Fred Vargas

Das barmherzige Fallbeil

Fred
VARGAS

Das barmherzige Fallbeil

Kriminalroman

Deutsch von Waltraud Schwarze

blanvalet

Die Originalausgabe erschien 2015 unter dem Titel
„Temps glaciaires“ bei Flammarion, Paris.

FSC
www.fsc.org
MIX
Papier aus verantwortungsvollen Quellen
FSC® C014496

Verlagsgruppe Random House FSC® N001967

1. Auflage

Redaktion: Stephan Kleiner
Umschlaggestaltung: © www.buerosued.de
Umschlagmotiv: © plainpicture/Ernesto Timor
ED • Herstellung: wag
Druck und Einband: GGP Media GmbH, Pößneck
Printed in Germany
ISBN 978-3-7341-0416-9

www.blanvalet.de

1

Nur noch zwanzig Meter, zwanzig kleine Meter bis zum Briefkasten, sie hatte es sich leichter vorgestellt. Blödsinn, sagte sie sich, es gibt keine kleinen oder großen Meter. Meter ist Meter, Punkt, aus. Seltsam, dass man an der Schwelle des Todes, an diesem unvergleichlichen Ort, noch immer über solche Belanglosigkeiten nachsinnt, während man doch eher annehmen würde, dass man irgendeinen bedeutenden Satz spricht, der sich mit glühendem Eisen in die Annalen der menschlichen Weisheit einbrennen wird. Einen Satz, der später einmal hier und da kolportiert werden wird: »Wissen Sie, was Alice Gauthiers letzte Worte waren?«

Wenn sie auch nichts Denkwürdiges zu erklären hatte, so trug sie doch eine schwerwiegende Botschaft in der Hand, die sich in die Annalen der menschlichen Schande einbrennen würde, welche ja sehr viel umfangreicher waren als die der Weisheit. Sie sah auf den Brief, der in ihrer Hand zitterte.

Also weiter, noch sechzehn kleine Meter. Noémie beobachtete sie von der Haustür aus, bereit, beim geringsten Schwanken hinter ihr herzustürzen. Noémie hatte alles versucht, ihre Patientin davon abzuhalten, dass sie sich allein auf die Straße wagte, aber Alice Gauthiers gebieterisches Wesen duldete keinen Widerspruch.

»Damit Sie mir über die Schulter schauen, um die Adresse zu lesen?«

Noémie war beleidigt, so etwas tat sie nicht.

»Das machen alle, Noémie. Einer meiner Freunde – ein alter Gauner im Übrigen – sagte immer zu mir: ›Wenn du ein Geheimnis wahren willst, dann wahre es.‹ Und so habe ich eins über lange Zeit gewahrt, nur in den Himmel komme ich damit nicht. Wobei mir der Himmel auch sonst nicht sicher wäre. Verkrümeln Sie sich, Noémie, und lassen Sie mich gehen.«

Lauf, Alice, verdammt noch mal, sonst hast du Noémie gleich wieder auf der Pelle. Sie stützte sich auf ihren Rollator, schob sich neun Meter weiter, nun ja, acht große Meter waren es auf jeden Fall. Jetzt nur noch an der Apotheke vorbei, danach am Waschsalon, an der Bank, und schon wäre sie dort, bei dem kleinen gelben Briefkasten. Während sie bei dem Gedanken an ihren nahen Sieg schon leise lächelte, wurde ihr schwarz vor Augen, sie ließ das Gefährt los und brach vor einer Frau in Rot zusammen, die sie mit einem Schrei in ihren Armen auffing. Der Inhalt ihrer Tasche verteilte sich über den Boden, der Brief glitt ihr aus der Hand.

Die Apothekerin kam angerannt, fragte, befühlte, legte große Geschäftigkeit an den Tag, während die Frau im roten Mantel die verstreut herumliegenden Dinge aufsammelte, in die Handtasche zurücklegte und diese neben die auf dem Boden liegende Frau stellte. Damit erschöpfte sich ihre flüchtige Rolle auch schon, der Rettungsdienst war unterwegs, sie hatte hier nichts mehr zu tun, zögernd richtete sie sich auf und trat zurück. Könnte sie sich nicht doch noch irgendwie nützlich machen, um noch ein wenig länger am Unfallort zu bleiben, könnte einer der Feuerwehrleute, die jetzt in großer Zahl eintrafen, nicht wenigstens ihren Namen notieren? Aber die Apothekerin hatte bereits alles in die Hand genommen, assistiert von einer furchtbar aufgeregten Frau, die erklärte, die Krankenpflegerin zu sein: Sie weinte ein wenig und rief, Madame habe es strikt abgelehnt, sich von ihr begleiten zu lassen, sie wohne nur einen Steinwurf entfernt, in der 33 a, nein, sie habe wirklich nicht fahrlässig gehandelt. Man legte die Frau auf eine Trage. Das war's, Kindchen, die Sache geht dich nun nichts mehr an.

Doch, dachte sie im Weitergehen, doch, sie hatte wirklich etwas getan. Indem sie die stürzende Frau aufgefangen hatte, hatte sie verhindert, dass diese mit dem Kopf aufs Pflaster schlug. Vielleicht hatte sie ihr damit das Leben gerettet, wer konnte das Gegenteil behaupten?

Obwohl es erst Anfang April war, wurde es schon mild in Paris, wenn die Luft an sich auch noch frisch war. Die Luft *an sich*. Wie sollte die Luft denn sonst sein? Außer sich? Marie-France runzelte die Stirn, genervt von solchen blöden Fragen, die ihr durch den Kopf schwirrten wie müßige Mücken. Schon gar, wo sie gerade ein Leben gerettet hatte. Oder sagte man *die Luft selbst*? Sie zupfte ihren roten Mantel zurecht und schob die Hände in die Taschen. Rechts ihre Schlüssel, ihr Portemonnaie, aber links ein dickes Papier, das sie nie dort hineingesteckt hatte. Die linke Manteltasche war ihrer Fahrkarte und den achtundvierzig Cent für das Brot vorbehalten. An einem Baum blieb sie stehen und überlegte. In der Hand hielt sie den Brief, den die arme Frau hatte fallen lassen. *Dreh deinen Gedanken sieben Mal im Kopf herum, bevor du handelst,* hatte ihr Vater ihr fortwährend eingehämmert, der übrigens nie in seinem Leben wirklich gehandelt hatte. Wahrscheinlich war er über vier Drehungen nicht hinausgekommen. Die Schrift auf dem Umschlag war zitterig, und der Name der Absenderin, Alice Gauthier, prangte in großen, etwas unsicheren Buchstaben auf der Rückseite. Ja, das war eindeutig ihr Brief. In der Eile, mit der Marie-France die aus der Handtasche gefallenen Sachen, Papiere, Geldbörse, Tabletten und Brille zusammengerafft hatte, bevor der Wind sie verwehte, hatte sie auch den Umschlag in ihren Mantel gesteckt. Er hatte auf der anderen Seite der Handtasche gelegen, die Frau musste ihn in der linken Hand gehalten haben. Darum also, dachte Marie-France, war sie allein aus dem Haus gegangen: um einen Brief einzuwerfen.

Sollte sie ihn ihr zurückbringen? Doch wohin? Man hatte sie in die Notaufnahme irgendeiner Klinik gebracht. Sollte sie ihn der Pflegerin in der 33 a aushändigen? Vorsicht, Marie-France, Vorsicht. Dreh deinen Gedanken sieben Mal herum. Wenn die kleine Madame Gauthier das Risiko auf sich genommen hatte, allein zum Briefkasten zu gehen, dann doch sicherlich, weil sie um keinen Preis wollte, dass der Brief jemand anderem in die Hände fiel. Sieben Mal, aber nicht zehn, nicht zwanzig Mal, sonst nutzt der Gedanke sich ab, und es kommt gar nichts mehr dabei heraus. Man kennt solche Leute, die sich immer nur grübelnd im Kreis drehen, traurig so was, brauchst dir ja nur deinen Onkel anzuschauen.

Nein, nicht die Pflegerin. Madame Gauthier war nicht umsonst allein auf ihre Expedition gegangen. Marie-France sah sich auf der Suche nach einem Briefkasten um. Dort drüben, das kleine gelbe Rechteck auf der anderen Seite des Platzes. Sie strich den Umschlag auf ihrem Bein glatt. Sie, Marie-France hatte einen Auftrag: Sie hatte die Frau gerettet, und sie würde auch den Brief retten. Schließlich war er geschrieben worden, um abgeschickt zu werden, oder? Also tat sie nichts Böses, ganz im Gegenteil.

Sie ließ den Umschlag in den Schlitz »Banlieue« gleiten, nachdem sie sich mehrmals vergewissert hatte, dass er auch bestimmt ins Departement 78, Les Yvelines, gehen sollte. Sieben Mal, Marie-France, nicht zwanzig, sonst geht die Post nie ab. Dann schob sie ihre Finger unter der Klappe durch, um sicher zu sein, dass er auch wirklich hineingefallen war. So, das war getan. Letzte Leerung um 18 Uhr, es war Freitag, der Empfänger würde ihn am Montag in aller Frühe haben.

Einen schönen Tag noch, Kindchen, einen wunderschönen Tag.

2

Kommissar Bourlin vom 15. Pariser Arrondissement saß in einer Sitzung mit seinen Beamten und kaute unschlüssig auf seinen Wangen herum, die Hände über dem dicken Bauch gefaltet. Er war einmal ein schöner Mann gewesen, erinnerten sich einige Ältere, bevor binnen weniger Jahre das Fett von ihm Besitz ergriffen hatte. Aber eine stattliche Erscheinung war er noch immer, die respektvolle Aufmerksamkeit, mit der seine Stellvertreter ihm begegneten, bezeugte es. Selbst dann, wenn er sich geräuschvoll, ja geradezu demonstrativ schnäuzte wie gerade eben. Frühjahrsschnupfen, erklärte er. Der nicht anders war als ein Schnupfen im Herbst oder Winter, aber doch etwas Luftiges, weniger Gewöhnliches, irgendwie Heiteres hatte.

»Wir sollten den Fall zu den Akten legen, Kommissar«, fasste Feuillère, der hitzigste seiner Lieutenants, die Meinung aller zusammen. »Es ist jetzt sechs Tage her, dass Alice Gauthier gestorben ist. Es war Selbstmord, da beißt die Maus keinen Faden ab.«

»Ich mag Selbstmörder nicht, die keinen Brief hinterlassen.«

»Der Mann in der Rue de la Convention vor zwei Monaten hat auch nichts Schriftliches hinterlassen«, wandte ein Brigadier ein, der fast dieselbe Statur hatte wie der Kommissar.

»Aber der war besoffen wie ein Schwein, einsam und völlig pleite, das kann man nicht miteinander vergleichen. Hier haben wir eine Frau mit gutem Auskommen, Mathematiklehrerin im Ruhestand, ein geradliniges Leben, wir haben alles unter die Lupe genommen. Und ich mag auch Selbstmörder nicht, die sich am Morgen noch die Haare waschen und Parfum auflegen.«

»Eben drum«, sagte eine Stimme. »Wenn schon tot, dann wenigstens schön.«

»Und am Abend dann«, sagte der Kommissar, »lässt Alice Gauthier sich ein Bad ein, zieht ihre Schuhe aus und steigt, immer noch im Kostüm, ins Wasser, um sich die Pulsadern aufzuschneiden?«

Bourlin nahm sich eine Zigarette, das heißt zwei, denn mit seinen dicken Fingern bekam er eine einzelne gar nicht zu fassen. So blieben immer ein paar einsame Zigaretten neben seiner Schachtel liegen. Aus demselben Grund benutzte er auch kein Feuerzeug, dessen Zündrädchen er gar nicht richtig hätte greifen können, sondern eine Art Kaminhölzer, deren große Schachtel seine Tasche wölbte. Er hatte dekretiert, dass in diesem Raum des Kommissariats das Rauchen erlaubt sei. Denn das Rauchverbot brachte ihn auf die Palme. Da wurden pro Jahr sechsunddreißig Milliarden Tonnen CO_2, sechsunddreißig Milliarden!, wütete er, auf die Geschöpfe dieser Erde abgelassen – »Ich sage ›Geschöpfe‹, auf alle Geschöpfe!« –, und es war nicht erlaubt, auf einem Bahnsteig, im Freien, auch nur eine Zigarette zu rauchen?

»Sie war todkrank, Kommissar, und sie wusste es«, beharrte Feuillère. »Ihre Pflegerin hat's uns erzählt: Stolz, wie sie war, und eine Person mit eisernem Willen, hat sie letzten Freitag noch versucht, allein einen Brief zum Kasten zu bringen, und ist dabei zusammengeklappt. Ergebnis: Fünf Tage später schneidet sie sich in der Badewanne die Pulsadern auf.«

»Einen Brief, der vielleicht ihre Abschiedsworte enthielt. Was erklären würde, dass sich bei ihr zu Hause keiner fand.«

»Ihr Letzter Wille sozusagen.«

»Und für wen bestimmt?«, fiel ihm der Kommissar ins Wort und nahm einen langen Zug von seiner Zigarette. »Erben hat sie nicht und auch keine großen Ersparnisse auf der Bank. Ein neues Testament hat ihr Notar nicht erhalten, ihre zwanzigtausend Euro gehen an eine Stiftung zum Schutz der Eisbären. Und obwohl dieser entscheidende Brief verlorengeht, bringt sie sich lieber um, als ihn neu zu schreiben?«

»Weil inzwischen dieser junge Mann bei ihr war, Kommissar. Am Montag und dann noch einmal am Dienstag, da ist sich der Nachbar ganz sicher. Er hat gehört, wie er klingelte und sagte, er käme wegen der Verabredung. Zu dem Zeitpunkt, zu dem sie jeden Tag allein in der Wohnung war, zwischen 19 und 20 Uhr. Demnach hat sie diese Verabredung selbst getroffen. Sie wird ihm ihren Letzten Willen mitgeteilt haben, womit der Brief überflüssig wurde.«

»Und dieser unbekannte junge Mann hat sich seitdem in der Landschaft verloren. Bei der Beerdigung waren nur betagte Herrschaften zu sehen. Kein junger Mann. Also? Wo ist er abgeblieben? Wenn er ihr so nahestand, dass sie ihn in großer Eile zu sich bestellen konnte, dann war er ein Verwandter oder ein Freund von ihr. In diesem Fall wäre er zur Beerdigung gekommen. Aber nein, er hat sich in Luft aufgelöst. In kohlendioxydgesättigter Luft, wohlgemerkt. Doch zur Sache, der Nachbar hat gehört, wie er sich vor der Tür mit seinem Namen meldete. Wie war der noch gleich?«

»Er hat ihn nicht so genau verstanden. André oder ›Dédé‹, ganz sicher ist er sich nicht.«

»André, so heißen ältere Leute. Wieso sagt er, es sei ein junger Mann gewesen?«

»Das hat er an seiner Stimme erkannt.«

»Kommissar«, warf ein Lieutenant ein, »der Richter verlangt, dass wir den Fall abschließen. Wir sind noch keinen Schritt weiter, weder mit der Messerstecherei am Gymnasium noch mit dem Überfall auf die Frau am Parkplatz Rue de Vaugirard.«

»Ich weiß«, sagte der Kommissar und griff sich die zweite Zigarette, die neben seiner Schachtel lag. »Ich habe mich gestern Abend mit dem Kerl unterhalten. Sofern man das Unterhaltung nennen kann. Suizid, Suizid, schließen Sie die Akte und weiter zum nächsten Fall – auf die Gefahr hin, dass man Tatsachen, und seien sie noch so geringfügig, in den Boden tritt wie Löwenzahn.«

Der Löwenzahn, dachte er, ist der arme Mann in der Gesellschaft der Blumen, er wird nicht geachtet, man tritt ihn mit Füßen oder gibt ihn den Kaninchen zu fressen. Während niemand auf den Gedanken käme, auf eine Rose zu treten. Und schon gar nicht, sie den Karnickeln zu geben. Alles schwieg, jedermann war im Zwiespalt zwischen der Ungeduld des neuen Richters und der schlechten Laune des Kommissars.

»Also, ich schließe ab«, gab Bourlin sich seufzend geschlagen. »Unter der Bedingung, dass wir vorher noch herauszufinden versuchen, was das Zeichen bedeutet, das die Frau neben ihre Badewanne geschrieben hat. Sehr klar, sehr entschieden, aber unverständlich. Dort steht sie, ihre letzte Botschaft.«

»Aber nicht zu entschlüsseln.«

»Ich rufe Danglard an. Der hat vielleicht eine Idee.«

Und dennoch, dachte Bourlin und folgte seiner Gedankenwindung, ist der Löwenzahn ein zähes Pflänzchen, während die Rose ständig leidet.

»Commandant Adrien Danglard?«, fragte ein Brigadier. »Von der Brigade criminelle im 13. Arrondissement?«

»Genau der. Er weiß Dinge, die ihr in dreißig Leben nicht lernen werdet.«

»Aber hinter ihm«, murmelte der Brigadier, »steht Kommissar Adamsberg.«

»Und?«, sagte Bourlin und erhob sich beinahe majestätisch, die Fäuste auf den Tisch gestemmt.

»Nichts, Kommissar.«

3

Adamsberg griff nach seinem Telefon, schob einen Stapel Aktenordner beiseite, legte die Beine auf den Schreibtisch und beugte sich in seinem Arbeitssessel vor. Er hatte letzte Nacht kaum ein Auge zugetan, eine seiner Schwestern hatte sich, weiß Gott wie, eine Lungenentzündung eingefangen.

»Die Frau aus der 33 a?«, fragte er. »Pulsadern aufgeschnitten in der Badewanne? Warum nervst du mich mit so was um 9 Uhr früh, Bourlin? Laut internen Berichten handelt es sich um Selbstmord. Zweifelst du daran?«

Adamsberg mochte Kommissar Bourlin. Ein großer Esser vor dem Herrn, großer Raucher, großer Trinker, ein Vulkan in fortwährender Eruption, ständig auf Hochtouren und immer dicht am Abgrund, hart wie ein Stein und eigensinnig wie ein junges Lamm, war er ein ernstzunehmender Gegner, der noch in hundert Jahren auf seinem Posten sein würde.

»Der neue Richter Vermillon sitzt mir im Nacken wie eine Zecke«, sagte Bourlin. »Du kennst doch Zecken?«

»Aber ja. Wenn du einen Leberfleck an dir entdeckst, dem Beine wachsen, dann hast du eine Zecke.«

»Und was mache ich dann?«

»Du ziehst sie durch eine Drehbewegung mit einer winzigen Zange heraus. Du rufst mich aber hoffentlich nicht deswegen an?«

»Nein, wegen dieses Richters, der nichts anderes ist als eine riesige Zecke.«

»Willst du, dass wir die zu zweit und mit einer riesigen Zeckenzange rausziehen?«

»Er verlangt, dass ich den Fall ad acta lege, aber das will ich nicht.«

»Und warum nicht?«

»Die Selbstmörderin, nach Parfum duftend und frisch frisiert wie am frühen Morgen, hat keinen Brief hinterlassen.«

Adamsberg hörte sich mit geschlossenen Augen an, wie Bourlin die Geschichte abspulte.

»Ein unverständliches Zeichen, sagst du? Neben der Badewanne? Und womit, denkst du, soll ich dir helfen?«

»Du selbst gar nicht. Ich will nur, dass du mir den Kopf von Danglard schickst, damit er sich das mal ansieht. Ihm sagt es vielleicht was, jemand anderes fällt mir nicht ein. Und zumindest hätte ich dann ein ruhiges Gewissen.«

»Nur seinen Kopf? Und was mache ich mit dem Körper?«

»Den lässt du nachkommen, soweit möglich.«

»Danglard ist noch nicht im Büro. Du weißt, er hat seinen eigenen Stundenplan, je nach den Tagen. Beziehungsweise den Abenden davor.«

»Hol ihn aus dem Bett, ich erwarte euch beide dort. Noch was, Adamsberg: Der Brigadier, der mich begleiten wird, ist ein junger Schnösel. Der muss noch Patina ansetzen.«

Adamsberg saß auf Danglards alter Couch und trank einen starken Kaffee, während er darauf wartete, dass der Commandant sich fertig anzog. Er war zu dem Schluss gekommen, dass es die schnellste Lösung wäre, ihn an Ort und Stelle wachzurütteln und direkt in sein Auto zu verladen.

»Ich habe nicht mal Zeit, mich zu rasieren«, schimpfte Danglard und beugte seinen großen, schlaffen Körper vor, um sich im Spiegel zu betrachten.

»Ins Büro kommen Sie auch nicht immer rasiert.«

»Das ist was anderes. Hier werde ich als Experte erwartet, und ein Experte rasiert sich.«

Adamsberg verzeichnete beiläufig die beiden Weißweinflaschen auf dem Couchtisch, das auf den Boden gefallene Glas, den noch feuchten Teppich. Weißwein hinterlässt keine Flecken. Danglard schien gleich auf dem Sofa eingeschlafen zu sein, ohne sich diesmal um die argwöhnischen Blicke seiner fünf Kinder sorgen zu müssen, die er wie Zuchtperlen aufzog. Die Zwillinge waren inzwischen in Richtung Universitätscampus ausgeflogen, und die Leere im Haus machte die Sache nicht viel besser. Immerhin blieb ihm noch der Jüngste, der mit den blauen Augen, der nicht von Danglard war und den seine Frau ihm als ganz kleines Kind zurückgelassen hatte, als sie fortgegangen war, ohne sich im Flur noch ein einziges Mal umzudrehen, wie er hundertmal erzählt hatte. Im vergangenen Jahr hatte Adamsberg auf die Gefahr hin, dass es zum Bruch zwischen ihnen beiden kommen würde, die Rolle des Folterers auf sich genommen und Danglard zum Arzt geschleppt, und der Commandant hatte als weinseliger Zombie auf seine Untersuchungsergebnisse gewartet. Die sich als ganz und gar untadelig erwiesen. Es gibt Leute, die können durch den Regen laufen, ohne nass zu werden, und das war nicht die geringste von den Gaben des Commandant Danglard.

»Als Experte wofür eigentlich?«, fragte Danglard, während er seine Manschettenknöpfe richtete. »Worum handelt es sich? Sagten Sie ›Hieroglyphen‹?«

»Die letzte Zeichnung einer Selbstmörderin. Ein nicht zu entschlüsselndes Symbol. Kommissar Bourlin ist sehr unglücklich, er will verstehen, was dieses Zeichen bedeutet, bevor er die Akte schließt. Der Richter sitzt ihm im Nacken wie eine Zecke. Eine ziemlich große Zecke. Wir haben nur ein paar Stunden.«

»Ah, um Bourlin geht es«, sagte Danglard und entspannte sich, während er gleichzeitig sein Jackett glatt strich. »Fürchtet er, der neue Richter kriegt eine Krise?«

»Zeckenmäßig betrachtet, fürchtet er wohl eher, dass er sein Gift auf ihn spuckt.«

»Zeckenmäßig betrachtet, fürchtet er, dass er ihm den Inhalt seiner Speicheldrüsen injiziert«, korrigierte Danglard, während er sich die Krawatte band. »Die Zecke hat nichts mit einer Schlange oder einem Floh zu tun. Und sie ist auch kein Insekt, sondern ein Spinnentier.«

»Genau. Und was halten Sie vom Inhalt der Speicheldrüsen des Richters Vermillon?«

»Offen gesagt, nichts Gutes. Aber abgesehen davon, bin ich kein Experte für kryptische Zeichen. Ich bin der Sohn eines nordfranzösischen Bergmanns«, sagte der Commandant voller Stolz. »Ich weiß nur hie und da ein paar Bruchstücke.«

»Dennoch hofft er auf Sie. Wegen seines Gewissens.«

»Also, die Gelegenheit, als gutes Gewissen zu dienen, kann ich mir nicht entgehen lassen.«

4

Danglard hatte sich auf den Rand der blauen Badewanne gesetzt, in der Alice Gauthier sich die Pulsadern aufgeschnitten hatte. Er betrachtete den Rand des Waschtischs, auf den sie das Zeichen mit einem Kajalstift geschrieben hatte. Adamsberg, Bourlin und sein Brigadier warteten schweigend hinter ihm in dem kleinen Bad.

»Sagt doch was, bewegt euch, verdammt noch mal, ich bin nicht das Orakel von Delphi«, rief Danglard gereizt, weil er das Zeichen nicht auf Anhieb entschlüsselt hatte. »Brigadier, könnten Sie so freundlich sein und mir einen Kaffee machen, man hat mich aus dem Bett geholt.«

»Aus dem Bett oder aus einer Bar am frühen Morgen?«, murmelte der Brigadier halblaut, zu Bourlin gewandt.

»Ich habe ein feines Ohr«, sagte Danglard, wie er da in eleganter Pose auf dem Rand der Wanne saß, ohne den Blick von dem gezeichneten Motiv zu wenden. »Ich habe nicht um einen Kommentar gebeten, sondern um einen Kaffee, in aller Freundlichkeit.«

»Einen Kaffee«, bekräftigte Bourlin, indem er den Brigadier am Arm fasste, den seine große Hand mühelos umschloss.

Danglard zog ein krummgesessenes Notizbuch aus seiner Gesäßtasche und zeichnete das Symbol ab: ein großes H, dessen Querbalken jedoch schräg verlief. Und unter dem Balken verlief außerdem eine konkave Linie:

»Könnte es einen Zusammenhang mit ihren Initialen geben?«

»Sie hieß Alice Gauthier, mit Mädchennamen Vermond. Ihre beiden Vornamen allerdings sind Clarisse und Henriette. H wie Henriette.«

»Nein«, sagte Danglard und schüttelte seine weichen, vom Grau seiner Bartstoppeln verschatteten Wangen. Das ist kein H. Der Querstrich verläuft eindeutig schräg, er weist entschieden nach oben. Und es ist auch keine Unterschrift. Eine Unterschrift verändert sich mit der Zeit immer, sie absorbiert die Persönlichkeit des Schreibenden, sie neigt sich, verformt sich, schrumpft. Nichts, was mit der Geradlinigkeit dieses Buchstabens vereinbar wäre. Das ist die getreue, fast schülerhafte Reproduktion eines Zeichens, eines Siegels und wurde noch nicht sehr oft ausgeführt. Sie hat es vorher vielleicht ein, zwei, wenn's hoch kommt, fünf Mal gezeichnet. Es ist die Arbeit eines eifrigen, gewissenhaften Schulkinds.«

Der Brigadier kam mit dem Kaffee zurück und drückte Danglard mit herausfordernder Miene den brühend heißen Plastikbecher in die Hand.

»Danke«, murmelte der Commandant, ohne sich etwas anmerken zu lassen. »Wenn sie sich umgebracht hat, dann weist sie damit auf diejenigen hin, die sie in den Selbstmord getrieben haben. Warum sollte sie in diesem Fall das Zeichen verschlüsseln? Aus Angst? Und für wen? Für ihr nahestehende Menschen? Sie fordert zur Nachforschung auf und verrät doch niemanden. Und wenn man sie umgebracht hat – und das ist Ihre Vermutung, nicht wahr, Bourlin? –, dann bezeichnet sie damit zweifellos ihre Angreifer. Aber noch einmal, warum tut sie das nicht in aller Offenheit?«

»Dann war es wohl doch Selbstmord«, brummte Bourlin resigniert.

»Darf ich?«, fragte Adamsberg, der an der Wand lehnte, und zog eine zerknautschte Zigarette aus seiner Jackentasche.

Das Signal für Kommissar Bourlin, der als Antwort ein gewaltiges Streichholz hervorholte und sich seinerseits eine anzündete. Beleidigt verließ der Brigadier das augenblicklich verqualmte, winzige Bad und wich zum Eingang zurück.

»Ihr Beruf?«, fragte Danglard.

»Mathematiklehrerin.«

»Was auch nichts hergibt. Es ist kein mathematisches und auch kein physikalisches Symbol. Weder ein Sternzeichen noch etwas Hieroglyphenähnliches. Weder von den Freimaurern noch von einer satanischen Sekte. Nichts von alledem.«

Verdrossen und in sich gekehrt grummelte er einen Augenblick vor sich hin.

»Es sei denn«, fuhr er fort, »es handelt sich um einen altnordischen Buchstaben, eine Rune, vielleicht sogar ein japanisches oder auch chinesisches Schriftzeichen. Da gibt es schon ähnliche H mit schräg verlaufendem Querstrich. Aber sie haben alle nicht diesen konkaven Bogen darunter. Da liegt der Hase im Pfeffer. So bleibt uns nur die Hypothese eines kyrillischen Buchstabens, wenn auch eines etwas missglückten.«

»Kyrillisch? Sie meinen das russische Alphabet?«, fragte Bourlin.

»Das russische, aber auch das bulgarische, serbische, mazedonische, ukrainische … ein weites Feld.«

Mit einem Blick beendete Adamsberg den gelehrten Diskurs über die kyrillische Schrift, zu dem der Commandant, wie er spürte, gerade ausholte. Und tatsächlich verzichtete Danglard mit Bedauern darauf, die Geschichte der Schüler des heiligen Kyrill zu erzählen, die das Alphabet geschaffen hatten.

»Es gibt im Kyrillischen einen Buchstaben Й, nicht zu verwechseln mit dem И«, erklärte er, indem er beide auf ein Blatt seines Notizbuchs schrieb. »Sie sehen, dieser Buchstabe hat ein konkaves Zeichen obendrauf, eine Art kleine Schale. Er spricht sich ungefähr *oi* oder *ai* aus, je nach dem vorausgehenden Buchstaben.«

Danglard bemerkte einen neuerlichen Blick von Adamsberg und brach seine Darlegung ab.

»Angenommen«, fuhr er fort, »in Anbetracht der Entfernung zwischen Badewanne und Waschtisch, den sie nur mit ausgestrecktem Arm erreichen konnte, wäre es der Frau schwergefallen, den Buchstaben korrekt zu schreiben, dann könnte ihr der Kringel möglicherweise von oben in die Mitte gerutscht sein. Doch wenn ich mich nicht irre, steht dieses Й nie am Wortanfang, sondern immer am Ende. Und ich habe noch nie von einer Abkürzung gehört, die ein Wortende benutzt. Prüfen Sie dennoch, ob sich auf ihrer Anruferliste oder in ihrem Adressbuch jemand findet, der das kyrillische Alphabet verwendet haben könnte.«

»Das wäre verlorene Zeit«, wandte Adamsberg sanft ein.

Wenn Adamsberg sanft sprach, dann nicht, um Danglard nicht zu kränken. Von seltenen Gelegenheiten abgesehen, pflegte der Kommissar nie laut zu werden, und er nahm sich auch alle Zeit beim Reden, selbst auf die Gefahr hin, sein Gegenüber einzuschläfern mit seiner Moll-Stimme, die für manche Leute etwas Hypnotisierendes hatte, auf andere dagegen anziehend wirkte. Es war ein Unterschied, ob eine Vernehmung vom Kommissar selbst oder von einem seiner Beamten durchgeführt wurde. Adamsberg erreichte, dass die Leute entweder schläfrig wurden oder ihre Geständnisse plötzlich nur so aus ihnen heraussprudelten, so wie man widerspenstige Nägel mit einem Magneten herauszieht. Der Kommissar schenkte dem keine Beachtung, er gab sogar zu, dass er manchmal selbst dabei einschlief, ohne es zu bemerken.

»Wieso verlorene Zeit?«

»Doch, Danglard. Wir sollten vielmehr herauszufinden versuchen, ob die konkave Linie vor oder nach dem Schrägstrich gezeichnet wurde. Ebenso die beiden senkrechten Striche des H: Wurden sie vorher oder hinterher gezeichnet?«

»Was ändert das?«, fragte Bourlin.

»Und«, setzte Adamsberg seinen Gedanken fort, »ob der Schrägstrich von unten nach oben oder von oben nach unten gezogen wurde.«

»Stimmt«, räumte Danglard ein.

»Der Schrägstrich lässt an ein Durchkreuzen denken«, sagte Adamsberg weiter. »Wie wenn man etwas Geschriebenes streicht. Vorausgesetzt, man zieht den Strich eindeutig von unten nach oben. Wenn das Lächeln zuerst da war, heißt das, dass es anschließend gestrichen wurde.«

»Was für ein Lächeln?«

»Ich meine die konvexe Linie. Die die Form eines Lächelns hat.«

»Konkave Linie«, berichtigte Danglard.

»Wenn Sie wollen. Diese Linie erinnert, für sich betrachtet, an ein Lächeln.«

»Ein Lächeln, das einer hätte auslöschen wollen«, meinte Bourlin.

»So ähnlich. Und die beiden vertikalen Balken des H könnten das Lächeln einrahmen wie ein vereinfachtes Gesicht.«

»Sehr vereinfacht«, sagte Bourlin. »An den Haaren herbeigezogen.«

»Ziemlich an den Haaren herbeigezogen«, bestätigte Adamsberg. »Aber überprüfe es trotzdem. In welcher Reihenfolge, Danglard, schreibt man diesen Buchstaben im Kyrillischen?«

»Zuerst die beiden Senkrechten, dann den Schrägstrich, dann den Kringel obendrauf. So wie auch wir einen Akzent als Letztes draufsetzen.«

»Wenn also der Kringel vorher gemacht wurde, handelt es sich nicht um einen missglückten kyrillischen Buchstaben«, bemerkte Bourlin, »und wir brauchen unsere Zeit nicht damit zu verplempern, in ihrem Adressbuch nach einem Russen zu suchen.«

»Oder einem Mazedonier. Oder einem Serben«, ergänzte Danglard.

Bekümmert darüber, dass es ihm nicht gelungen war, das Zeichen zu entschlüsseln, folgte Danglard mit schlurfenden Schritten seinen Kollegen auf die Straße, während Bourlin per Telefon seine Befehle erteilte. Allerdings zog Danglard beim Gehen immer die Füße nach, wodurch sich seine Schuhsohlen in kürzester Zeit abnutzten. Und da der Commandant mangels irgendwelcher Attraktivität ganz und gar auf englische Eleganz setzte, hatte er ein Problem mit dem Nachschub für seine Londoner Schuhe. Darum wurde jeder, der über den Ärmelkanal reiste, gebeten, ihm von dort ein neues Paar mitzubringen.

Der Brigadier war beeindruckt von den Proben seines Wissens, die Danglard gegeben hatte, und lief jetzt folgsam an seiner Seite. Er hatte »ein wenig Patina angesetzt«, wie Bourlin gesagt hätte.

Auf der Place de la Convention trennten sich die vier Männer.

»Ich melde mich, sobald die Ergebnisse vorliegen«, sagte Bourlin. »Es wird nicht lange dauern. Vielen Dank für die Unterstützung, aber ich glaube, ich werde den Fall heute Abend abschließen müssen.«

»Wenn wir schon im Dunkeln tappen«, meinte Adamsberg im Fortgehen mit einer laxen Handbewegung, »kann man ja auch mal sagen, was einem so einfällt. Mich erinnert das Ding an eine Guillotine.«

Bourlin sah seinen Kollegen eine Weile nach.

»Wundere dich nicht«, sagte er zu seinem Brigadier. »Das ist Adamsberg.«

Als wäre damit alles erklärt.

»Aber dieser Commandant Danglard«, meinte der junge Mann, »was hat der in seinem Schädel, dass er das alles weiß?«

»Weißwein.«

Kaum zwei Stunden später rief Bourlin Adamsberg an: Die beiden senkrechten Linien waren als Erstes gezogen worden, zunächst die linke, danach die rechte.

»Wie man ein H anfängt«, fuhr er fort. »Aber dann hat sie die konkave Linie gezeichnet.«

»Also nicht wie ein H.«

»Und auch nicht wie was Kyrillisches. Schade, das hatte mir irgendwie gefallen. Als Letztes hat sie den Schrägstrich hinzugefügt, und zwar von unten nach oben.«

»Und damit das Lächeln gestrichen.«

»Genau. So bleibt uns nichts mehr, Adamsberg. Weder eine Initiale noch ein Russe. Lediglich ein unbekanntes Kürzel, das sich an eine Gruppe von unbekannten Personen wendet.«

»An eine Gruppe von Unbekannten, die sie für ihren Selbstmord anklagt oder die sie auf eine Gefahr hinweisen möchte.«

»Oder aber«, schlug Bourlin vor, »sie bringt sich schlicht und einfach um, weil sie krank ist. Doch vorher will sie auf etwas oder jemanden hinweisen, auf ein Ereignis in ihrem Leben. Ein letztes Geständnis, bevor sie diese Welt verlässt.«

»Und was könnte das für ein Geständnis sein, das man erst im letzten Moment preisgibt?«

»Ein schändliches Geheimnis.«

»Zum Beispiel?«

»Ein Kind, das man verleugnet hat?«

»Oder eine Sünde, Bourlin. Oder ein Mord. Was hätte deine brave Alice Gauthier denn für eine Untat begehen können?«

»›Brav‹ würde ich nicht sagen. Autoritäre Person, rigoroses, um nicht zu sagen tyrannisches Temperament. Nicht sehr sympathisch.«

»Hat sie Ärger mit ehemaligen Schülern gehabt? Mit dem Ministerium?«

»Sie genoss höchste Anerkennung, ist nie woandershin versetzt worden. Vierzig Jahre an derselben Schule, und das in einem Problembezirk. Aber laut ihren Kollegen wagten nicht mal die ausgekochtesten unter den Kids, in ihren Unterrichtsstunden eine Lippe zu riskieren. Bei ihr spurten sie. Da kannst du dir ja vorstellen, dass die Schulleiter an ihr hingen wie an einer heiligen Ikone. Sie brauchte sich bloß in einer Klassentür zu zeigen, und schon war Ruhe im Karton. Ihre Strafen waren gefürchtet.«

»Körperliche Züchtigungen etwa?«

»Offenbar nichts dergleichen.«

»Was sonst? Einen Satz dreihundert Mal abschreiben?«

»Auch nicht«, sagte Bourlin. »Die Strafe war, dass sie ihnen ihre Liebe entzog. Denn sie liebte ihre Schüler. Das war die Drohung: dass sie ihre Liebe verlieren könnten. Viele Kinder kamen nach dem Unterricht unter dem einen oder anderen Vorwand zu ihr. Und damit du begreifst, was diese Frau für eine Kraft hatte: Einmal hatte sie einen von diesen kleinen Rowdys, die andere Schüler ausrauben, zu sich bestellt, und binnen einer Stunde hatte er ihr die Namen aller seiner Gangmitglieder verraten. Keiner weiß, wie sie das gemacht hat. So eine Frau war das.«

»Sie hatte offenbar Schneid.«

»Denkst du schon wieder an deine Guillotine?«

»Nein, eigentlich denke ich an diesen verlorengegangenen Brief. An diesen unbekannten jungen Mann. Vielleicht war er einer ihrer ehemaligen Schüler.«

»In welchem Fall das Zeichen für den Schüler bestimmt gewesen wäre? Das Zeichen eines Clans? Einer Bande? Mach mich nicht wahnsinnig, Adamsberg, ich muss den Fall heute Abend noch abschließen.«

»Dann zögere es halt ein bisschen hinaus. Und sei es nur um einen Tag. Sag, dass du gerade an was Kyrillischem arbeitest. Und sag vor allem nicht, dass das von mir kommt.«

»Warum hinauszögern? Denkst du an etwas Bestimmtes?«

»Nein. Ich möchte nur ein bisschen nachdenken.«

Bourlin stieß einen resignierten Seufzer aus. Er kannte Adamsberg lange genug, um zu wissen, dass »nachdenken« in seinem Fall überhaupt nichts zu bedeuten hatte. Adamsberg dachte nicht nach, er setzte sich nicht mit einem Bleistift in der Hand an einen Tisch, schaute nicht konzentriert aus dem Fenster, rekapitulierte die Fakten nicht mit Pfeilen und Ziffern an einer Tafel, stützte nicht das Kinn in die Faust. Er pausierte, lief lautlos herum, schlingerte zwischen den Büros hin und her, kommentierte, durchmaß sein Terrain mit langsamen Schritten, aber noch nie hatte jemand ihn nachdenken sehen. Er schien im Wasser zu treiben wie ein Fisch. Nein, ein Fisch treibt nicht, ein Fisch verfolgt sein Ziel. Adamsberg glich eher einem Schwamm, der von der Strömung getragen wird. Aber was war das für eine Strömung? Manche Leute sagten übrigens von ihm, dass, wenn sein ohnehin schon verschwommener brauner Blick sich noch weiter im Unbestimmten verlor, es aussah, als hätte er Algen in den Augen. Er gehörte eher zum Meer als zum Land.

5

Marie-France zuckte zusammen, als sie die Seite mit den Traueranzeigen aufschlug. Sie war in Verzug, sie hatte mehrere Tage aufzuholen, würde folglich Dutzende und Aberdutzende von Toten Revue passieren lassen müssen. Nicht, dass dieses tägliche Ritual ihr irgendeine morbide Befriedigung verschafft hätte. Aber – und es war schrecklich, das zu sagen, dachte sie wieder einmal – sie lauerte auf das Ableben ihrer Cousine zweiten Grades, die früher einmal große Zuneigung für sie empfunden hatte. In jenem begüterten Teil der Familie pflegte man bei Todesfällen eine Anzeige in die Zeitung zu setzen. Auf diese Weise hatte sie vom Tod zweier weiterer Cousins erfahren und auch von dem des Ehemanns der Cousine. Die folglich Witwe war und sehr reich – kurioserweise hatte ihr Mann sein Vermögen mit dem Vertrieb von Luftballons verdient –, und Marie-France fragte sich unaufhörlich, ob das Manna der Cousine die Aussicht hatte, auf ihr Haupt herabzuregnen. Sie hatte Berechnungen über diesen Geldsegen angestellt. Auf wie viel mochte er sich belaufen? Fünfzigtausend? Eine Million? Mehr? Wie viel würde ihr nach Abzug der Steuern davon bleiben? Würde die Cousine überhaupt auf den Gedanken kommen, sie zu ihrer Erbin zu machen? Und wenn sie nun alles für den Schutz der Orang-Utans stiftete? Das war so ein Tick von ihr gewesen, die Orang-Utans, Marie-France konnte es sogar gut verstehen und war bereit, mit den armen Tieren zu teilen.

Aber freu dich nicht zu früh, Kindchen, lies erst mal nur die Annoncen. Die Cousine ging auf die zweiundneunzig zu, da konnte es ja wohl kaum mehr lange dauern, nicht wahr? Obwohl es in der Familie haufenweise Hundertjährige gab, so wie in anderen Familien Kinder gezeugt wurden, zeugte man bei denen Alte. Allerdings hatten die auch nicht groß was zu tun im Leben, und das konservierte ihrer Meinung nach. Die Cousine aber war viel herumgekommen, auf Java, auf Borneo und allen diesen schrecklichen Inseln – wegen der Orang-Utans, natürlich –, und so was verbraucht den Menschen. Sie nahm ihre Lektüre in chronologischer Reihenfolge wieder auf.

IHRE COUSINS RÉGIS RÉMOND UND MARTIN DRUOT
SOWIE IHRE FREUNDE UND KOLLEGEN
TEILEN IN TIEFER TRAUER MIT, DASS

ALICE CLARISSE HENRIETTE GAUTHIER, GEB. VERMOND

NACH LANGER KRANKHEIT IN IHREM SECHSUNDSECHZIGSTEN
LEBENSJAHR DAHINGEGANGEN IST.
DIE AUFBAHRUNG DER VERSTORBENEN
IM HAUS NUMMER 33 A DER RUE …

In der 33 a. Sie hörte noch, wie die Pflegerin rief: »Madame Gauthier aus der 33 a …« Die arme Frau, da hatte sie ihr das Leben gerettet – indem sie verhindert hatte, dass ihr Kopf aufs Pflaster aufschlug, davon war sie jetzt überzeugt –, aber nicht für lange.

Es sei denn, dieser Brief … Dieser Brief, den sie beschlossen hatte in den Kasten zu werfen … Wenn das nun ein Fehler gewesen war? Wenn der kostbare Brief eine Katastrophe ausgelöst hatte? Wenn das der Grund war, warum die Pflegerin sich dem so heftig widersetzt hatte?

Aber er wäre ja in jedem Fall abgegangen, der Brief, tröstete sich Marie-France und goss sich eine zweite Tasse Tee ein. Das war Schicksal.

Nein, wäre er nicht. Der Brief war im Runterfallen weggeflogen. Denk nach, mein Kind, dreh den Gedanken sieben Mal herum. Und wenn Madame Gauthier im Grunde eine … – wie sagte er immer, der Chef in ihrer alten Firma? Er führte doch ständig dieses Wort im Munde – eine *Fehlleistung* begangen hätte? Also etwas, das man nicht tun will, aber dennoch tut, aus Gründen, die unter den Gründen verborgen sind? Wenn die Angst vor dem Absenden ihres Briefes diesen Schwindel bei ihr ausgelöst hätte? Und sie ihn in einer *Fehlleistung* hätte fallen lassen, womit sie ihr Vorhaben aufgab, aufgrund der Gründe, die unter den Gründen verborgen lagen?

In diesem Fall war sie, Marie-France, das Schicksal. Sie hatte beschlossen, das Vorhaben der alten Frau zu Ende zu führen. Und dabei hatte sie ihren Gedanken weiß Gott herumgedreht, nicht zu wenig, nicht zu viel, bevor sie zum Briefkasten ging.

Vergiss es, du wirst es nie erfahren. Und es ist überhaupt nicht erwiesen, dass der Brief verhängnisvolle Folgen hatte. Du machst dich wegen rein gar nichts verrückt, mein Kind.

Aber mittags hatte Marie-France die Sache noch immer nicht vergessen; der Beweis dafür war, dass sie mit dem Studium der Traueranzeigen keinen Schritt weitergekommen war und folglich immer noch nicht wusste, ob die Cousine mit den Orang-Utans gestorben war oder nicht.

Sie machte sich auf den Weg zu dem Spielwarenladen, in dem sie halbtags arbeitete, im Kopf ganz wirr und mit schmerzendem Magen. Und das, mein Kind, bedeutet, dass du grübelst, und du weißt nur zu gut, was Papa dir diesbezüglich immer eingehämmert hat.

Nicht, dass sie das Kommissariat auf ihrem Weg nie bemerkt hätte – schließlich kam sie sechs Tage in der Woche daran vorbei –, aber dieses Mal erschien es ihr plötzlich wie ein Licht in der Finsternis, ein Leuchtturm in der Nacht. *Ein Leuchtturm in der Nacht*, auch das war von ihrem Vater. »Doch das Ärgerliche an einem Leuchtturm«, fügte er hinzu, »ist, dass er blinkt. Sodass deine Idee pausenlos kommt und geht. Und außerdem schaltet er sich aus, sobald es Tag wird.« Jetzt aber war Tag, und das Kommissariat strahlte trotzdem wie ein Leuchtturm in der Nacht. Womit bewiesen war, dass auch väterliche Bibelsätze überarbeitungsbedürftig waren, bei allem Respekt.

Zögernd trat sie ein, bemerkte die traurige Gestalt am Empfang und weiter hinten eine sehr große und sehr kräftige Frau, die ihr Angst machte, dann einen unscheinbaren kleinen Blonden, mit dem sie gar nichts anfangen konnte, weiterhin einen Glatzkopf, der Ähnlichkeit mit einem alten Vogel hatte, der auf seinem Nest hockt in Erwartung einer letzten Brut, die nie schlüpfen würde, schließlich einen Typen, der – sie hatte ein scharfes Auge – in einem Fachblatt über Fische las, einen dicken weißen Kater, der auf einem Kopiergerät schlief, und einen Hünen, der so aussah, als wollte er die ganze Welt auseinandernehmen. Sie war drauf und dran, wieder zu gehen, doch dann fasste sie sich wieder und sagte sich: Stimmt, ein Leuchtturm blinkt, und im Augenblick ist er eben erloschen. Da kam ein Typ mit Bauch hereingeschlurft, sehr elegant, wenn auch ohne schärfere Konturen, der ihr im Vorbeigehen einen eindringlichen blauen Blick zuwarf.

»Suchen Sie etwas?«, fragte er mit vollendeter Korrektheit. »Hier werden keine Anzeigen wegen Diebstahl, Überfällen oder anderem entgegengenommen, Madame. Sie sind bei der Brigade criminelle. Totschlag oder Mord.«

»Ist das ein Unterschied?«, fragte sie ängstlich.

»Ein sehr großer«, sagte der Mann, indem er sich ganz leicht verneigte, wie wenn man im vergangenen Jahrhundert einen Gruß andeutete. »Ein Mord ist eine vorbedachte Tötung. Ein Totschlag kann ungewollt sein.«

»Ja, also, ich komme wegen einem Vielleicht-Totschlag, einem ungewollten.«

»Sie möchten Anzeige erstatten, Madame?«

»Das heißt nein, denn vielleicht war ich es, die ihn ausgelöst hat, den Totschlag, meine ich. Ohne dass ich es wollte.«

»Gab es eine Schlägerei?«

»Nein, Kommissar.«

»Commandant, bitte. Commandant Adrien Danglard. Ich stehe ganz zu Ihrer Verfügung.«

Es war lange her, wenn es überhaupt je vorgekommen war, dass ihr jemand mit so viel Achtung und Höflichkeit begegnet war. Der Typ war keine Schönheit – irgendwie ausgerenkt, fand sie –, aber, mein Gott, seine hübschen Sätze machten alles wett. Der Leuchtturm ging wieder an.

»Commandant«, sagte sie mit festerer Stimme, »ich fürchte, ich habe einen Brief abgesandt, der einen Tod zur Folge hatte.«

»Einen Brief, der Drohungen enthielt? Wütende Ausfälle? Rachegedanken?«

»Darüber, Commandant«, sie mochte dieses Wort, das auch ihr Bedeutung zu geben schien, »darüber weiß ich nichts.«

»Was wissen Sie nicht, Madame?«

»Ich weiß nichts von dem, was darin stand.«

»Aber Sie sagten doch, Sie haben ihn abgeschickt.«

»Das ja, abgeschickt habe ich ihn. Und ich habe vorher gut überlegt. Weder zu wenig noch zu viel.«

»Und warum haben Sie ihn eingeworfen – das meinen Sie doch? –, wenn er nicht von Ihnen war?«

Der Leuchtturm erlosch.

»Weil ich ihn vom Boden aufgehoben habe und die Dame hinterher gestorben ist.«

»Sie haben also einer Freundin einen Gefallen getan und einen Brief für sie eingeworfen, war es so?«

»Überhaupt nicht, ich kannte diese Frau gar nicht. Ich hatte ihr gerade erst das Leben gerettet. Was ja immerhin nicht wenig ist.«

»Das ist unendlich viel«, bestätigte Danglard.

Hatte Bourlin nicht gesagt, Alice Gauthier sei aus dem Haus gegangen, um einen Brief einzuwerfen, der seitdem verschwunden war?

Er richtete sich zu seiner vollen Größe auf, so gut er konnte. In Wirklichkeit war der Commandant ein großer Mann, viel größer als der kleine Kommissar Adamsberg, was nur niemand wirklich wahrnahm.

»Ja, unendlich viel«, wiederholte er und beobachtete die Verwirrung der Frau im roten Mantel.

Der Leuchtturm ging wieder an.

»Aber später dann ist sie gestorben«, sagte sie. »Ich habe es heute Morgen in der Rubrik ›Todesfälle‹ gelesen. Die schau ich mir von Zeit zu Zeit an«, erklärte sie etwas hastig, »damit ich nicht irgendwann mal die Beerdigung eines nahen Verwandten oder eines alten Freundes verpasse, Sie verstehen?«

»Diese Aufmerksamkeit ehrt Sie.«

Und Marie-France fühlte sich gleich besser. Sie empfand eine Art Zuneigung für diesen Mann, der sie so gut verstand und sie so flugs von ihren Sünden reinwusch.

»Und da las ich auf einmal, dass Alice Gauthier aus der Nummer 33a gestorben ist. Denn ihr Brief war es doch, den ich eingeworfen hatte. Um Gottes willen, Commandant, und wenn ich das nun alles ausgelöst hätte? Dabei hatte ich meinen Gedanken doch sieben Mal herumgedreht und nicht ein Mal mehr.«

Danglard erbebte bei dem Namen Alice Gauthier. In seinem Alter war Erbeben etwas so Seltenes geworden, und seine Neugier auf die kleinen Ereignisse des Lebens erschöpfte sich so schnell, dass er der Frau im roten Mantel geradezu dankbar war.

»An welchem Tag haben Sie den Brief eingeworfen?«

»Also, am Freitag vorher, als ihr auf der Straße schwindlig geworden war.«

Danglard machte eine heftige Bewegung.

»Kommen Sie, begleiten Sie mich zu Kommissar Adamsberg«, sagte er und legte den Arm um ihre Schultern, als fürchtete er, die unbekannten Dinge in ihrem Besitz könnten unterwegs verlorengehen wie bei einem Gefäß, das zerbricht und seinen Inhalt hergibt.

Widerstandslos ließ Marie-France sich führen. So ging es nun ins Büro des großen Chefs. Dessen Name ihr auch nicht unbekannt war.

Sie war enttäuscht, als der höfliche Commandant die Tür zum Direktorenzimmer öffnete. Dort döste ein Mensch in schwarzem Leinenjackett und schwarzem T-Shirt vor sich hin, die Füße auf dem Tisch; er hatte rein gar nichts von der Lebensart des Mannes an sich, der sie empfangen hatte.

Der Leuchtturm erlosch.

»Kommissar, Madame sagt, sie habe den letzten Brief von Alice Gauthier in den Kasten geworfen. Ich denke, Sie sollten sie anhören.«

Da schlug der Kommissar, von dem sie meinte, er sei am Einschlafen, sehr plötzlich die Augen auf und nahm seine sitzende Position wieder ein. Widerstrebend ging sie auf ihn zu, voller Bedauern, dass sie den liebenswürdigen Commandant gegen diesen schlaffen Typen eintauschen musste.

»Sie sind der Direktor?«, fragte sie verdrossen.

»Ich bin der Kommissar«, entgegnete Adamsberg lächelnd, der gleichermaßen an die häufig entgeisterten Blicke der Leute gewöhnt wie unbeeindruckt von ihnen war. Mit einer Handbewegung lud er sie ein, ihm gegenüber Platz zu nehmen.

»Glaube nie an die Autorität von Autoritäten«, hatte Papa gesagt, *»das sind die Schlimmsten.«* Tatsächlich hatte er noch hinzugefügt: *»Alles Arschlöcher.«* Marie-France verschloss sich. Adamsberg spürte diesen Rückzug und bedeutete Danglard, sich neben sie zu setzen. Und in der Tat, erst als der Commandant sie dazu aufforderte, entschloss sie sich zu reden.

»Ich war beim Zahnarzt gewesen. Das 15. ist nicht mein Viertel. Es passierte, wie es eben passierte, sie lief da mit ihrem Rollator, ihr wurde schlecht, und dann ist sie umgefallen. Ich habe sie gerade noch aufgefangen, bevor sie mit dem Kopf aufs Pflaster schlug.«

»Gute Reflexe«, bemerkte Adamsberg.

Nicht mal ein »Madame«, wie der Commandant gesagt hätte. Auch kein »unendlich viel«. Nur ein banales Bullenwort. Wie gesagt, sie mochte die Bullen nicht. Und wenn der andere ein Gentleman war, ein verirrter Gentleman allerdings, so war der hier, der Chef, einfach ein Bulle. Keine zwei Minuten, und der würde ihr was anhängen. *Du gehst zu den Bullen, und hinterher bist du schuldig.*

Der Leuchtturm blieb erloschen.

Adamsberg wechselte wieder einen Blick mit Danglard. Keine Frage, um ihren Ausweis durften sie sie nicht bitten, wie es sich für jede normale Aussage gehört hätte; dann hätten sie gleich verloren.

»Madame befand sich da wie durch ein Wunder«, betonte der Commandant, »sie hat die Frau vor einem Aufprall bewahrt, der fatal hätte sein können.«

»Das Schicksal hat Sie gleichsam in ihren Weg gestellt«, ergänzte Adamsberg.

Kein »Madame«, aber immerhin ein Kompliment. Marie-France wandte ihm ihr Anti-Bullen-Gesicht zur Hälfte zu.

»Wollen Sie einen Kaffee?«

Keine Antwort. Danglard stand auf, und hinter dem Rücken von Marie-France buchstabierte er für Adamsberg stumm ein »Ma-da-me« in drei sauberen Silben.

»Madame«, wiederholte Adamsberg, »möchten Sie einen Kaffee?«

Nach einem knapp zustimmenden Nicken der Frau in Rot stieg Danglard zum Kaffeeautomaten hinauf. Adamsberg schien begriffen zu haben. Man musste diese Frau beruhigen, ihr mit Respekt begegnen, ihr schwindendes Geltungsbedürfnis wiederbeleben. Man musste die allzu hemdsärmelige, allzu ungezwungene Ausdrucksweise des Kommissars kontrollieren. Aber ungezwungen war er nun mal, er war schon so geboren, er war direkt aus einem Baum entsprungen oder aus dem Wasser oder einem Felsen. Aus einem Berg in den Pyrenäen.

Nachdem der Kaffee serviert war – in Tassen und nicht in Plastikbechern –, übernahm der Commandant wieder die Führung des Gesprächs.

»Sie haben sie also aufgefangen, als sie stürzte«, sagte er.

»Ja, und da kam auch schon ihre Pflegerin angerannt. Sie

schrie, sie schwor, dass Madame Gauthier es strikt abgelehnt hätte, von ihr begleitet zu werden. Dann hat die Apothekerin die Sache in die Hand genommen, und ich habe alle Sachen von der Erde aufgehoben, die aus ihrer Handtasche gefallen waren. An so was denken die vom Rettungsdienst nie. Wo wir doch unser ganzes Leben da drin haben, in unserer Tasche.«

»Stimmt«, ermunterte Adamsberg sie. »Männer stopfen das alles in ihre Jacken- oder Hosentaschen. Und dabei haben Sie also auch einen Brief aufgelesen?«

»Bestimmt hatte sie den in ihrer linken Hand gehalten, denn er war auf die andere Seite gefallen.«

»Sie sind eine gute Beobachterin, Madame«, meinte Adamsberg und lächelte ihr zu.

Dieses Lächeln gefiel ihr. Es war charmant. Und sie spürte, dass sie diesen Direktor interessierte.

»Ich habe es nur nicht gleich wahrgenommen. Erst später, als ich zur Metro ging, fand ich den Brief in meiner Manteltasche. Sie werden doch wohl nicht glauben, dass ich ihn geklaut habe?«

»So was passiert schon mal aus Versehen«, meinte Danglard.

»Aus Versehen, genau. Als ich den Namen auf dem Absender sah, Alice Gauthier, war mir klar, dass das ihr Brief war. Dann habe ich überlegt, sieben Mal und nicht ein Mal mehr.«

»Sieben Mal«, wiederholte Adamsberg.

Wie konnte man eigentlich die Anzahl seiner Gedanken feststellen?

»Und nicht fünf und nicht zwanzig. Mein Vater hat immer gesagt, man muss einen Gedanken sieben Mal im Kopf herumdrehen, bevor man handelt, nicht weniger, sonst macht man eine Dummheit, aber auch nicht öfter, das schon gar nicht, weil man sonst anfängt, sich im Kreis zu drehen. Und dass man sich durch ewiges Im-Kreis-Drehen in die Erde bohrt wie eine Schraube. Dann aber kommt man nie mehr heraus. Und so habe ich gedacht: Wenn die Dame allein aus dem Haus gehen wollte, um den Brief in den Kasten zu werfen, musste er ihr sehr wichtig sein, oder?«

»Sehr.«

»Genau das habe ich mir gedacht«, sagte Marie-France mit neugewonnener Selbstsicherheit. »Ich habe ihn mir noch mal angesehen, und ja, es war wirklich ihr Brief. Sie hatte ihren Namen sehr groß auf die Rückseite des Umschlags geschrieben. Zunächst habe ich überlegt, ihn ihr zurückzugeben, aber man hatte sie doch ins Krankenhaus gebracht, und in welches? Ich hatte keine Ahnung, die Feuerwehrleute haben ja nicht mal das Wort an mich gerichtet, sie haben mich weder gefragt, wie ich heiße, noch sonst irgendetwas. Also habe ich mir gesagt, vielleicht ist es das Beste, ich bringe ihn in die 33 a zurück, die Pflegerin hatte ja gesagt, wo die Frau wohnte. Da war ich erst bei meiner fünften Gedankenumdrehung. Bloß das nicht, habe ich mir dann aber gedacht, schließlich hatte die Dame es abgelehnt, sich von der Pflegerin begleiten zu lassen. Vielleicht misstraute sie ihr oder so. Bei der siebten Runde dann, ich hatte inzwischen alles reiflich durchdacht, habe ich beschlossen, zu Ende zu führen, was die arme alte Dame nicht mehr geschafft hatte. Und habe den Brief eingeworfen.«

»Und haben Sie zufällig auf die Adresse geachtet, Madame?«, fragte Adamsberg mit leiser Unruhe. Denn es war ja sehr gut möglich, dass diese Frau mit all ihren Bedenken und Gewissensqualen es sich aus Diskretion versagt hatte, den Namen des Empfängers zu lesen.

»Das musste ich ja, wo ich ihn mir so genau angesehen

habe, diesen Brief, während ich nachdachte. Schließlich musste ich die Adresse ja auch wissen, um ihn in den richtigen Schlitz zu werfen: ›Paris‹, ›Banlieue‹, ›Provinz‹ oder ›Ausland‹. Irren darf man sich da wirklich nicht, sonst ist der Brief verloren. Ich habe draufgeschaut und noch mal draufgeschaut, es war die 78, das Departement Yvelines, und habe ihn eingeworfen. Aber seitdem ich erfahren habe, dass die arme Frau gestorben ist, fürchte ich, dass ich eine schreckliche Dummheit begangen habe. Im Fall, der Brief hat irgendwas ausgelöst. Irgendetwas, das sie umgebracht hat. Wäre das dann ein unfreiwilliger Totschlag? Wissen Sie denn, woran sie gestorben ist?«

»Dazu kommen wir noch, Madame«, sagte Danglard, »aber Ihre Hilfe ist sehr kostbar für uns. Jede andere als Sie hätte den Brief danach vielleicht vergessen und wäre nie zu uns gekommen. Doch haben Sie abgesehen von der Postleitzahl 78, den Yvelines, vielleicht auch noch den Namen des Empfängers gelesen? Und erinnern Sie sich wunderbarerweise an ihn?«

»Ein Wunder ist das nicht, ich habe einfach ein gutes Gedächtnis. Monsieur Amédée Masfauré, Le Haras de la Madeleine, Route de la Bigarde, 78491 Sombrevert. Da war der Schlitz ›Banlieue‹ doch richtig, oder?«

Adamsberg stand auf und streckte sich.

»Fantastisch«, sagte er, ging auf sie zu und packte sie etwas zu vertraulich an den Schultern und schüttelte sie leicht.

Sie verbuchte diese unpassende Geste auf das Konto seiner Zufriedenheit und war ebenfalls glücklich. Ein echt guter Tag, Kindchen.

»Aber eins möchte ich doch noch wissen«, sagte sie und wurde wieder ernst, »nämlich, ob meine Handlung den Tod der armen Dame ausgelöst hat, über einen nachträglichen

Schock oder so was. Sie müssen schon verstehen, dass mich das nicht loslässt. Denn wenn die Polizei sich dafür interessiert, wird sie vermutlich nicht in ihrem Bett gestorben sein, oder irre ich mich?«

»Sie trifft überhaupt keine Schuld, Madame, darauf gebe ich Ihnen mein Wort. Der beste Beweis ist, dass der Brief am Montag, spätestens Dienstag seinen Empfänger erreicht hat und Madame Gauthier am Dienstagabend gestorben ist. Und in der Zwischenzeit hat sie keinerlei Post, keinen Besuch und auch keinen Anruf erhalten.«

Während Marie-France sehr erleichtert aufatmete, warf Adamsberg Danglard einen raschen Blick zu: *Wir belügen sie jetzt.* Wir sagen ihr nichts von dem Besucher am Montag und am Dienstag. Wir belügen sie, denn warum sollten wir ihr das Leben schwermachen?

»Also ist sie wirklich eines natürlichen Todes gestorben?«

»Nein, Madame.« Adamsberg zögerte. »Sie hat sich das Leben genommen.«

Marie-France schrie auf, sodass Adamsberg ihr eine diesmal tröstende Hand auf die Schulter legte.

»Wir vermuten, dass dieser Brief, den wir verloren glaubten, ihren Letzten Willen enthielt, den sie einem lieben Freund mitteilen wollte. Sie haben sich also nichts vorzuwerfen, ganz im Gegenteil.«

Adamsberg wartete nicht ab, bis Marie-France – von Danglard gebührend hinausgeleitet – die Brigade verlassen hatte, um das Kommissariat des 15. Arrondissements anzurufen.

»Bourlin? Ich habe deinen Mann. Den Empfänger des Briefes von Alice Gauthier. Ein Amédée Dingsbums, in den Yvelines, keine Sorge, ich habe die komplette Anschrift.«

Nein, er hatte entschieden kein Gedächtnis für Namen. In

diesem Punkt war Marie-France ihm um hundert Nasenlängen voraus.

»Und wie hast du das geschafft?« Bourlin wurde wach.

»Ich habe gar nichts gemacht. Diese anonyme Frau, die Alice Gauthier bei ihrem Sturz aufgefangen hat, hat deren Sachen von der Straße aufgelesen, darunter den Brief, den sie sich in die Tasche gesteckt hat, ohne sich dessen bewusst zu sein. Und das Beste ist: Nachdem sie lange überlegt hat – sieben Mal, um genau zu sein, ich erspare dir die Details –, hat sie ihn in den Kasten geworfen. Und das Allerbeste ist: Sie konnte sich an die vollständige Anschrift des Empfängers erinnern und hat sie mühelos abgespult, so wie du mir die Fabel *Der Rabe und der Fuchs* aufsagen würdest.«

»Und warum sollte ich dir die Fabel *Der Rabe und der Fuchs* aufsagen?«

»Kannst du sie denn nicht mehr?«

»Nein. Bis auf die Zeile ›Ihr seid der Phönix unter den Gästen dieses Waldes‹. Die habe ich nie verstanden. Was man nicht versteht, daran erinnert man sich letztlich am besten.«

»Vergiss jetzt mal den Raben, Bourlin.«

»Du hast doch davon angefangen.«

»Tut mir leid.«

»Also, gib mir die Adresse von dem Mann.«

»Ich lese sie dir vor: Amédée Masfauré, keine Ahnung, wie sich das ausspricht. M-A-S-F-A-U-R-É.«

»Amédée. Wie ›Dédé‹, der Name, den der Nachbar verstanden hat. Er ist also gleich nach Empfang des Briefes zu ihr gefahren. Lies weiter.«

»Le Haras de la Madeleine, Route de la Bigarde, 78491 Sombrevert. Passt es dir?«

»Es passt mir schon, nur dass ich den Fall wirklich noch heute Abend abschließen muss. Der Richter ist ausgerastet bei der Erwähnung des Kyrillischen, ich habe nur einen Tag herausschlagen können. Darum springe ich in mein Auto und suche diesen Amédée sofort auf.«

»Darf ich dich mit Danglard inkognito begleiten?«

»Wegen des Zeichens?«

»Ja.«

»Okay«, sagte Bourlin nach kurzem Schweigen. »Ich weiß, was es heißt, wenn man ein Puzzle begonnen hat und nicht mehr damit aufhören kann. Eine Frage: Warum ist diese Frau zu dir gekommen statt in mein Kommissariat?«

»Anziehungskraft, Bourlin.«

»Und im Ernst?«

»Im Ernst kommt sie jeden Tag an der Brigade vorbei. So ist sie eben reingegangen.«

»Und warum hast du sie nicht sofort an mich verwiesen?«

»Weil sie Danglards Charme erlegen ist.«

6

Kommissar Bourlin war sehr schnell gefahren, und nun wartete er seit fünfzehn Minuten auf seine Kollegen, indem er vor dem gewaltigen hölzernen Tor, das den Eingang zum Haras de la Madeleine verschloss, ungeduldig auf und ab ging. Im Gegensatz zu Adamsberg, der keine Ungeduld kannte, war Bourlin ein Heißsporn, der der Zeit immer um einiges voraus war.

»Mein Gott, was hast du bloß unterwegs gemacht?«

»Wir mussten zweimal anhalten«, erklärte Danglard. »Der Kommissar, um sich einen fast vollständigen Regenbogen anzusehen, und ich wegen einer beeindruckenden Scheune der Tempelritter.«

Aber Bourlin hörte schon nicht mehr hin, er hing an der Türglocke des Grundstücks.

»*Carpe horam, carpe diem*«, murmelte Danglard, der zwei Schritte hinter ihnen geblieben war. »›Ergreife die Stunde, ergreife den Tag‹«, ein alter Rat von Horaz.

»Ziemlich großes Anwesen«, bemerkte Adamsberg, der das Gut durch die jetzt im April etwas gelichtete Hecke betrachtete. »Das Gestüt liegt vermutlich dort ganz hinten rechts, bei den hölzernen Baracken. Das sieht hier echt nach Geld aus. Großkotziges Haus am Ende einer Kiesallee. Was halten Sie davon, Danglard?«

»Wahrscheinlich auf dem Fundament eines alten Schlosses erbaut. Die beiden Pavillons, die die Auffahrt flankieren, stammen aus dem 17. Jahrhundert. Müssen wohl einst Kavalierhäuser gewesen sein, die zu einem wesentlich prunkvolleren Hauptgebäude gehörten. Das vielleicht während der Revolution niedergerissen wurde. Bis auf den Turm, der erhalten blieb, dort hinten in dem Wäldchen. Sehen Sie ihn, er ragt ein bisschen darüber hinaus? Sicher ein Wachtturm, und der ist noch älter. Wenn wir mal hinübergingen, um ihn uns anzusehen, würden wir vielleicht auf Grundmauern aus dem 13. Jahrhundert stoßen.«

»Aber das werden wir nicht, Danglard.«

Eine Frau öffnete ihnen das Portal nach umständlichem Hantieren mit schweren Eisenketten. Sie war über fünfzig, klein und schmächtig, notierte Adamsberg innerlich, aber mit einem molligen Gesicht und vollen runden Backen, die nicht zu ihrem Körper zu passen schienen. Lustige Apfelbäckchen über einem kantigen Leib.

»Finden wir hier Monsieur Amédée Masfauré?«, fragte Bourlin.

»Er ist auf dem Gestüt, da müssen Sie nach 18 Uhr wiederkommen. Und wenn Sie wegen der Termiten hier sind, das ist schon erledigt.«

»Polizei, Madame«, sagte Bourlin und zog seinen Ausweis heraus.

»Polizei? Aber wir haben denen doch alles gesagt! Haben wir nicht schon Kummer genug? Sie werden doch nicht noch mal mit dem ganzen Theater anfangen?«

Bourlin wechselte einen verständnislosen Blick mit Adamsberg. Was hatte die Polizei hier schon zu suchen gehabt. Vor ihm?

»Wann waren die Polizisten hier, Madame?«

»Das ist schon fast eine Woche her! Stimmen Sie sich denn

nicht untereinander ab? Am Donnerstagmorgen, eine Viertelstunde danach, waren die Gendarmen bereits hier. Und dann noch mal am nächsten Tag. Sie haben alle Leute befragt, alle mussten wir ran. Reicht Ihnen das nicht?«

»Eine Viertelstunde wonach, Madame?«

»Also, Sie stimmen sich ganz eindeutig nicht ab«, bemerkte die kleine Frau kopfschüttelnd und eher verärgert als aufgeregt. »Jedenfalls haben sie gesagt, dass sie nun fertig wären, und haben uns den Leichnam zurückgegeben. Tagelang haben sie ihn behalten. Vielleicht haben sie ihn sogar aufgemacht, ohne irgendwen zu fragen.«

»Wessen Leichnam, Madame?«

»Den vom Patron«, sagte sie und betonte die einzelnen Silben, als spräche sie zu einem Haufen Ignoranten. »Er hat sich umgebracht, der arme Mann.«

Adamsberg hatte sich ein wenig von der Gruppe entfernt und lief mit auf dem Rücken verschränkten Händen im Kreis herum, hin und wieder einen Kiesel vor sich herstoßend. Achtung, erinnerte er sich, wenn man zu viel im Kreis rennt, bohrt man sich in den Boden wie eine Schraube. Noch ein Selbstmörder, verdammt, genau einen Tag nach dem Tod von Alice Gauthier. Adamsberg verfolgte die schwierige Unterhaltung zwischen der dünnen Frau und dem dicken Kommissar. Henri Masfauré, der Vater von Amédée. Er hatte sich am Mittwochabend erschossen, aber sein Sohn hatte ihn erst am nächsten Morgen gefunden. Bourlin ließ nicht locker, mein Beileid, es tut mir unendlich leid, aber ich bin in einer ganz anderen Angelegenheit hier, nichts Ernstes, seien Sie unbesorgt. Welcher Angelegenheit? Einem Brief von Madame Gauthier, den Amédée Masfauré erhalten hat. Das heißt, die Frau ist inzwischen verstorben, und er sollte ihren Letzten Willen erfahren.

»Wir kennen keine Madame Gauthier.«

Adamsberg zog Bourlin drei Schritte zurück.

»Ich würde gern einen Blick in das Zimmer werfen, in dem der Vater sich umgebracht hat.«

»Ich will diesen Amédée sehen, Adamsberg. Nicht irgendein leeres Zimmer.«

»Beides, Bourlin. Und ruf die Gendarmen an, um rauszukriegen, was es mit diesem Selbstmord auf sich hat. Das wäre welche Gendarmerie, Danglard?«

»Hier zwischen Sombrevert und Malvoisine, denke ich, unterstehen sie Rambouillet. Capitaine Choiseul – wie der Staatsmann gleichen Namens unter Ludwig XV. – ist ein kompetenter Mann.«

»Mach das, Bourlin«, sagte Adamsberg mit Nachdruck.

Sein Ton hatte sich verändert, er war rigoroser, dringlicher geworden, und Bourlin willigte zähneknirschend ein.

Nach zehnminütiger, undurchschaubarer Unterhaltung mit Adamsberg machte die Frau das Tor schließlich ganz auf und ging ihnen auf dem Kiesweg voran, um sie zum Arbeitszimmer des Patrons zu führen, das im Obergeschoss lag. Ihre runden Wangen hatten partiell über ihren hageren Körper gesiegt. Dennoch sah sie nicht den geringsten Zusammenhang zwischen dem Büro des Chefs und dem Brief dieser Madame Gauthier, und es schien ihr, als sähe auch dieser Bulle, Adamsberg, ihn nicht. Er hatte sie nur eingewickelt, das war alles. Aber der Typ erinnerte sie mit seiner Stimme – oder war es sein Lächeln oder sonst was? – an ihren einstigen Lehrer. Der hätte einen dazu gebracht, das komplette Einmaleins an einem einzigen Abend zu lernen.

Adamsberg kannte inzwischen den Namen der Frau: Céleste Grignon. Sie war vor einundzwanzig Jahren ins Haus gekommen, als der Kleine sechs gewesen war. Der Kleine, das war Amédée Masfauré, er war sehr zart und sensibel, es ging ihm nicht gut, man durfte ihm kein Härchen krümmen.

»Hier ist es«, sagte sie, öffnete die Tür des Arbeitszimmers und bekreuzigte sich. »Auf diesem Stuhl vor seinem Schreibtisch hat Amédée ihn am Morgen gefunden. Das Gewehr stand noch zwischen seinen Füßen.«

Danglard lief durch den ganzen Raum, besah sich die mit Bücherregalen vollgestellten Wände, die Zeitschriften, die sich auf dem Boden stapelten.

»War er Lehrer?«, fragte er.

»Mehr als das, Monsieur, ein Gelehrter. Und mehr noch, ein Genie. Er widmete sich ganz dem Geist der Chemie.«

»Und was genau interessierte ihn am Geist der Chemie?«

»Er wollte herausfinden, wie man die Luft reinigt. Also, wie wenn er mit dem Staubsauger durch den Himmel gegangen und der ganze Dreck im Beutel hängen geblieben wäre. Einem riesigen Beutel, versteht sich.«

»Wie man die Luft reinigt?«, sagte Bourlin plötzlich interessiert. »Sie meinen, von CO_2, von Kohlendioxyd?«

»So was in der Art, ja. Er wollte das Schwarze, den Qualm, all den Dreck rausholen, den sie uns einatmen lassen. Sein ganzes Vermögen hat er dafür ausgegeben. Ein Genie und ein Wohltäter der Menschheit. Sogar der Minister hat ihn sprechen wollen.«

»Darüber müssen Sie mir noch mehr erzählen«, sagte Bourlin mit leichtem Beben in der Stimme, und schon betrachtete Céleste diesen Mann mit anderen Augen.

»Das sollten Sie besser mit Amédée tun. Oder mit Victor, seinem Sekretär. Aber bitte, reden Sie alle miteinander etwas leiser. Der Leichnam ist noch im Haus, Sie verstehen? In seinem Schlafzimmer.«

Adamsberg strich um den Arbeitssessel des Toten herum, um seinen Schreibtisch, ein schweres Möbel, das mit antikem, grünem Leder bespannt war; an den Stellen, wo die Arme sich aufgestützt hatten, war es abgenutzt und zerschrammt. Céleste Grignon und Bourlin, in ihr Gespräch über Kohlendioxyd vertieft, wandten ihm den Rücken zu. Er riss eine Seite aus seinem Notizbuch und zog mit dem Bleistift rasch eine dichte Schraffur über das Leder, während Danglard weiter an den Wänden des Zimmers entlangschlich und Bücher und Bilder begutachtete. Ein Gemälde, ein einziges, störte die gelehrte Anordnung. Ein Schinken, anders konnte man es nicht nennen, eine plumpe Ansicht der Vallée de Chevreuse in drei verschiedenen Grüntönen, in die winzige rote Tupfen hineingesetzt waren. Céleste Grignon kam auf ihn zu.

»Das ist nicht besonders schön, was?«, meinte sie leise.

»Nein«, sagte er.

»Überhaupt nicht schön«, setzte sie noch eins drauf. »Da muss man sich fragen, warum Monsieur Henri sich so ein Ding in sein Arbeitszimmer gehängt hat. Nicht mal Luft gibt es in dieser Landschaft, wo er doch die Luft so liebte. Wie zugestopft, könnte man meinen.«

»Das ist wahr. Bestimmt ist es ein Erinnerungsstück.«

»Überhaupt nicht. Das habe nämlich ich gemalt. Aber Sie brauchen nicht verlegen zu sein«, fügte sie schnell hinzu. »Sie haben eben einen Blick dafür, das ist es. Es braucht Ihnen wirklich nicht peinlich zu sein.«

»Vielleicht, wenn Sie mehr üben«, versuchte Danglard verwirrt, »wenn Sie öfter malen?«

»Ich male schon sehr viel. Ich habe siebenhundert Stück davon, immer das gleiche Motiv. Monsieur Henri fand das amüsant.«

»Und diese kleinen roten Punkte?«

»Mit einer starken Lupe sieht man, dass es Marienkäfer sind. Die kann ich am besten.«

»Stellen sie eine Botschaft dar?«

»Keine Ahnung«, meinte Céleste Grignon achselzuckend und zog sich zurück, als hätte sie nun jegliches Interesse an ihrem »Werk« verloren.

Wesentlich umgänglicher geworden – diese Bullen waren immerhin zuvorkommender als die Gendarmen neulich, die mit ihnen umgesprungen waren wie mit Apparaten –, bat Céleste die Männer in den großen Salon im Erdgeschoss und brachte ihnen ein paar Getränke. Sie würde jetzt zum Gestüt hinübergehen und könnte, den Rückweg eingerechnet, in zwanzig Minuten mit Amédée zurück sein. Bevor sie aus dem Haus ging, schärfte sie ihnen nochmals ein, leise zu reden.

»Und?«, fragte Adamsberg Bourlin auf der Stelle. »Was sagt die Gendarmerie?«

»Dass Henri Masfauré sich das Leben genommen hat und dass die Tatsachen unbestreitbar sind. Ich hatte Choiseul selbst am Telefon. Alles ist korrekt untersucht worden. Der Mann hat gesessen, er hat sich das Gewehr zwischen die Füße geklemmt und sich eine Kugel in den Mund geschossen. Seine Hände und sein Hemd sind von Pulver völlig verschmutzt.«

»Mit welchem Finger hat er abgedrückt?«

»Mit beiden Händen, den rechten Daumen über dem linken.«

»Wenn du sagst, ›völlig verschmutzt‹, gilt das auch für seinen Daumen? Haben sie auch Pulverspuren auf der Oberseite des rechten Daumens gefunden?«

»Genau das will Choiseul sagen. Es ist kein getürkter Selbstmord. Es gibt keinen Mörder, der dem Mann die Waffe in die Hand geschoben und dann auf seinen Finger gedrückt hätte. Aber es gibt ein Motiv: Es hat an ebenjenem Abend eine schreckliche Szene zwischen Vater und Sohn gegeben.«

»Wer sagt das?«

»Céleste Grignon. Sie wohnt zwar nicht im Haus, war aber noch mal zurückgekommen, um eine Wolljacke zu holen. Sie hat nicht gehört, was die beiden einander sagten, aber es soll sehr laut zugegangen sein. Die Gendarmen vermuten, Amédée hat seine Unabhängigkeit gefordert, der Vater aber hat ihn auf dem Hof festgenagelt und von ihm verlangt, dass er sein Nachfolger auf dem Gestüt wird. Sie sind wutentbrannt und schwer aufgewühlt auseinandergegangen; der Alte hat sein Pferd genommen und ist in den Wald geritten, um sich zu beruhigen.«

»Und der Sohn?«

»Hat sich hingelegt, aber nicht einschlafen können. Er bewohnt einen der beiden Pavillons am Eingang.«

»Kann jemand das bestätigen?«

»Nein, niemand. Doch Amédée hatte keine Pulverspuren an den Händen. Victor, der Sekretär des Alten – er wohnt im zweiten Pavillon, gegenüber dem von Amédée –, hat ihn bei Nacht zurückkehren und das Licht anmachen sehen, das auch nicht wieder ausging. Es war aber nicht Amédées Art, wach zu bleiben, sodass Victor überlegt hat, zu ihm rüberzugehen. Die beiden verstehen sich gut. Kurz, ein Selbstmord. Der nichts mit unserem Fall zu tun hat. Was ich will, ist, den Brief sehen, den Alice Gauthier geschrieben hat.«

Adamsberg, der nie sehr lange sitzen bleiben konnte, lief zwischen Fenster und Rückwand hin und her, in Längsrichtung diesmal und nicht im Kreis.

»Hat Choiseul Analysen vornehmen lassen?«, fragte er.

»Die Basisanalysen natürlich. Alkoholpegel 1,57. Eine ganze Menge immerhin, aber sie haben weder ein Glas noch eine

Flasche gefunden. Der Kerl muss sich Mut angetrunken haben, doch offensichtlich hat er vor seiner Tat noch alles weggeräumt. Tests auf die üblichen Drogen waren negativ. Auf die am leichtesten zu beschaffenden Gifte ebenfalls.«

»Keine Spuren von GHB?«, fragte Adamsberg. »Und wie hieß diese andere Substanz, Danglard?«

»Rohypnol.«

»Genau. Sehr geeignet, um einen dazu zu kriegen, dass er ganz brav ein Gewehr in den Händen behält. Ein paar Tropfen davon in sein Glas, was erklären würde, dass sich nichts gefunden hat. Auf jeden Fall aber längst zu spät, nach vierundzwanzig Stunden lässt sich nichts davon mehr nachweisen.«

»Man könnte noch eine Haarprobe nehmen«, meinte Danglard. »In Haaren hält sich das Zeug bis zu sieben Tagen.«

»Das brauchen wir nicht mal mehr, um Gewissheit zu haben«, sagte Adamsberg und schüttelte den Kopf.

»Verdammt noch mal«, sagte Bourlin, »der Selbstmord ist zweifelsfrei erwiesen, heißt es. Was stellst du dir vor? Choiseul ist doch kein Anfänger!«

»Choiseul kannte das Zeichen nicht, das wir bei Alice Gauthier gefunden haben.«

»Adamsberg, wir sind wegen des Briefes hier.«

»Noch bevor du diesen Brief liest, kannst du mal die große Zecke anrufen und ihr sagen, dass du den Fall definitiv nicht zu den Akten legst.«

Solcherart lakonischen Rat pflegte Bourlin bei Adamsberg nie zu übergehen.

»Dann erklär dich«, sagte er. »Die beiden werden in fünf Minuten hier sein.«

»Choiseul kann man nichts vorwerfen. Man musste wissen, wonach man sucht, um zu finden. Das hier nämlich«, fügte er hinzu und reichte Bourlin ein Blatt. »Diesen Abdruck habe ich auf die Schnelle vom Lederbezug des Schreibtischs gemacht, der eine Menge Kratzer aufweist. Und hier« – er folgte einigen der Linien mit dem Finger – »kann man es deutlich erkennen.«

»Das Zeichen«, sagte Danglard.

»Ja. Es wurde ins Leder geritzt. Die Schnittstellen sind ganz frisch.«

Die Tür ging auf, und Céleste stürzte außer Atem herein.

»Ich sagte es ja, dass es dem Kleinen nicht gutgeht. Als ich ihm gesagt habe, dass Sie ihn nur wegen eines Briefes von einer Madame Gauthier sprechen wollten, ist er zurückgewichen, Victor hat noch auf ihn eingeredet, aber umsonst, er hat sich auf Dionysos geschwungen und ist ab in den Wald. Victor hat sich sofort Hekate geschnappt und ist hinter ihm her. Denn Amédée ist ohne Helm und Sattel los. Und dann noch auf Dionysos, für den er gar nicht kräftig genug ist. Das riecht ganz nach einem Sturz.«

»Und ganz danach, dass er nicht mit uns reden will«, meinte Bourlin.

»Madame Grignon, bringen Sie uns zum Gestüt«, bat Adamsberg.

»Sie können mich Céleste nennen.«

»Céleste, hört Dionysos auf seinen Namen?«

»Er hört auf einen besonderen Pfiff. Aber den beherrscht nur Fabrice. Fabrice ist der Gestütmeister. Doch ich warne Sie, der hat Haare auf den Zähnen.«

An der Identität des bulligen Kerls, der ihnen entgegenkam, sobald sie sich dem Gestüt näherten, war nicht zu zweifeln. Er war von kleiner Statur, stark wie ein Ochse, bärtig, mit dem grantigen Gesicht eines alten Bären, der dem Feind gegenübertritt.

»Sie sind …?«, fragte Bourlin und streckte ihm die Hand hin.

»Fabrice Pelletier«, entgegnete der Mann und verschränkte seine kurzen Arme vor der Brust. »Und Sie?«

»Kommissar Bourlin, Kommissar Adamsberg und Commandant Danglard.«

»Feine Sippschaft. Betreten Sie nicht das Gestüt, Sie machen die Pferde scheu.«

»Inzwischen«, fiel Bourlin ihm ins Wort, »haben Sie schon mal zwei scheuende Pferde, die in den Wald abgehauen sind.«

»Ich bin nicht blind.«

»Bitte, rufen Sie Dionysos zurück.«

»Wenn's mir passt. Jetzt passt es mir gerade, dass Amédée Ihnen durch die Lappen gegangen ist.«

»Das ist ein Befehl«, knurrte Bourlin. »Anderenfalls werden Sie wegen unterlassener Hilfeleistung gegenüber Personen in Gefahr angeschuldigt.«

»Ich gehorche niemandem außer dem Chef«, sagte der Mann, die Arme noch immer unerschütterlich vor der Brust gekreuzt. »Und der Chef ist tot.«

»Rufen Sie Dionysos zurück, oder ich muss Sie festnehmen, Monsieur Pelletier.«

In dem Moment hatte Bourlin auch nicht weniger Haare auf den Zähnen. Zwei alte Alphatiere, die einander mit ausgefahrenen Krallen und drohend aufgerissenen Mäulern gegenüberstanden.

»Rufen Sie ihn doch selbst zurück.«

»Ich erinnere Sie daran, dass Amédée ohne Helm und ohne Sattel losgeritten ist.«

»Ohne Sattel?« Pelletier ließ die Arme fallen. »Auf Dionysos? Ist der Junge verrückt?«

»Jetzt sehen Sie, wie blind Sie sind. Verdammt, nun pfeifen Sie schon!«

Der Gestütmeister lief mit großen, schweren Schritten zum Waldsaum hinüber und ließ mehrmals hintereinander einen langen Pfiff ertönen. Es war ein verschlungener und sehr melodischer Gesang, von dem man sich nicht hätte vorstellen können, dass die wulstigen Lippen eines solchen Kerls ihn hervorzubringen vermochten.

»Na bitte«, sagte Adamsberg schlicht.

Wenige Minuten später, der kunstvolle Pfeifton von Pelletier hallte noch immer unter den Bäumen nach, kam ein noch junger, blondgelockter Mann mit gesenktem Kopf auf sie zu, eine Stute an den Zügeln hinter sich herziehend.

»Ist das Victor? Der Sekretär?«, fragte Adamsberg Céleste.

»Ja. Mein Gott, er hat ihn nicht gefunden.«

Abgesehen von seinem bemerkenswerten Haarschopf, war der etwa fünfunddreißigjährige Mann nicht schön zu nennen. Ein mürrisches, melancholisches Gesicht, Nase und Mund ziemlich breit, niedrige Stirn über engstehenden Augen, das Ganze auf einen sehr gedrungenen Hals gesetzt. Er gab den drei Polizisten nahezu mechanisch die Hand, wobei er allein Céleste ansah.

»Tut mir leid, Céleste«, sagte er. »Er war nicht sehr weit vor mir, ich hörte die Hufschläge seines Pferds, er ist blindlings ins Dickicht von Sombrevert geprescht, da, wo der Sturm alles runtergebrochen hat. Hekate ist gegen einen Ast geprallt, sie hinkt. Da werde ich von Pelletier was zu hören kriegen.«

Aus der Ferne vernahm man das Getrappel von Hufen, und vom Wald her sahen sie Dionysos auf sich zukommen, ohne Reiter.

»Heilige Muttergottes!«, schrie Céleste und schlug sich die Hand vor den Mund. »Er hat ihn abgeworfen!«

Pelletier machte dem Tier von fern ein beruhigendes Zeichen. Hinter dem Pferd folgte mit hängenden Armen Amédée, ganz und gar das störrische Kind, das von einem Ausreißversuch heimkehrt.

»Eins muss man ihm lassen, dem Pelletier«, sagte Céleste mit einem Seufzer der Erleichterung, »er hat's wirklich drauf. Der holt einem jedes Tier zurück. Und erst bei der Dressur sollten Sie ihn mal sehen. Wie der Patron immer sagte« – sie bekreuzigte sich –, »›Wenn es nur um seinen Charakter ginge, hätte ich mich schon längst von ihm getrennt. Aber auf einen Kerl wie den kann man nicht verzichten. Man muss ihn nehmen, wie er ist, das Gute wie das Böse. Ein bisschen ist es ja mit uns allen so, nicht wahr, Céleste, das Gute und das Böse‹, ja, so sprach er immer.«

Amédée ließ sich willenlos von Céleste umarmen. Dann wandte er sich mit ausdruckslosem Blick den Polizisten zu. Er war ein ausgesprochen hübscher Kerl, feine, gerade Nase, klar gezeichneter Mund, sehr lange Wimpern, schwarze Locken. Der Schweiß stand ihm auf der Stirn, die Wangen waren von dem Ritt noch gerötet. Romantische Zartheit, weiblicher Charme, kein Bart.

»Tut mir leid, Pelletier«, sagte Victor zum Pferdemeister, der besorgt Hekates Fuß betastete. »Ich wollte ihn doch nur einholen.«

»Das hast du schon mal nicht geschafft, mein Junge.«

»Weil er Richtung Sombrevert abgehauen ist. Die Stute hat sich mit dem Fuß im Unterholz verfangen.«

Pelletier richtete sich wieder auf, legte seine Wange an die des Pferdes und kraulte ihm die Mähne.

»Na bitte«, wiederholte Adamsberg.

»Nichts gebrochen«, sagte Pelletier. »Hast Schwein gehabt, ich hätte dir aber auch die Fresse poliert. Für so 'ne Verfolgungsjagd durftest du nicht Hekate nehmen, sondern Artemis. Die sieht die Äste, die springt drüber weg, das weißt du doch, Herrgott noch mal. Hekate hat große Schmerzen, ich werde ihr eine Salbe draufstreichen.«

Während er die Stute wegführte, drehte er sich noch einmal zu den Polizisten um.

»Und noch was«, rief er laut. »Ihr braucht eure beschissene Zeit nicht damit zu verschwenden, dass ihr in meiner Vergangenheit rumschnüffelt, ich liefere sie euch frei Haus. Ich war vier Jahre im Knast. Ich habe meine brave Frau so verprügelt, dass ich ihr einmal den Arm gebrochen und obendrein sämtliche Zähne ausgeschlagen habe. Das war vor über fünfundzwanzig Jahren. Sie hat wohl heute ein künstliches Gebiss und einen neuen Mann. Jetzt seid ihr also im Bilde. Kein Problem im Übrigen, alle hier wissen das, ich habe nie gelogen. Aber den Boss, den habe ich nicht umgelegt, falls ihr euch das fragen solltet. Ich verprügle nur brave Frauen und auch nur meine eigenen. Aber jetzt habe ich keine mehr, keine brave Frau.«

Und Pelletier ging würdevoll davon, den Arm zärtlich um den Hals der Stute geschlungen.

7

Céleste hatte frischen Kaffee gemacht, damit »die Aufregung sich legte«, so als spräche sie von Staub, der sich setzen müsste, und für Amédée einen Tee mit Milch. Sie hatte den Service um ein paar Kekse und einen kleinen Rosinenkuchen erweitert. Danglard griff sofort zu, gefolgt von Bourlin. Es war schon nach neunzehn Uhr, er hatte kaum etwas zu Mittag gegessen. Sie saßen nun wieder in dem weitläufigen Salon des Erdgeschosses mit seinen hohen Fenstern, seinen dicken, übereinanderliegenden Teppichen, seinen Statuen und dicht an dicht hängenden Gemälden.

Wenn auch ohne Schuhe.

»Hier kommt mir keiner mit Dreck an den Sohlen rein«, hatte Céleste kategorisch erklärt. »Ich bitte die Herren um Entschuldigung, aber die Schuhe müssen Sie ausziehen.«

So saßen denn alle in Socken da, was der Situation etwas Unpassendes gab und die Autorität der Ordnungshüter faktisch untergrub. Adamsberg hatte gleich auch noch die Socken ausgezogen – nackt ist man immer eleganter als halb ausgezogen –, nur Bourlin hatte sich geweigert, mit dem Argument, dass er keinen Dreck unter den Sohlen habe. Worauf Céleste in einem Ton, der keinen Widerspruch duldete, erklärte: »Man hat immer Dreck unter den Sohlen.« Adamsberg fand diese Feststellung goldrichtig und überzeugte Bourlin, sich dem Verdikt zu beugen; gerade jetzt sollten sie ihre neu gewonnene Verbündete nicht verprellen. Und Céleste legte ihnen noch einmal ans Herz, leise zu reden.

»Ja, es stimmt«, sagte Amédée, nachdem er zehnmal seine Beine übereinandergeschlagen und wieder gelöst, den Fuß mal auf den einen, dann auf den anderen Schenkel gelegt hatte, wobei seine roten Socken aus den zerrissenen Jeans krochen. »Es stimmt. Ich wollte nicht reden. Darum bin ich abgehauen. Das ist alles.«

»Worüber nicht reden? Über Ihren Vater oder über den Brief von Alice Gauthier?«, fragte Bourlin.

»Über Alice Gauthier. Dieser Brief, das ist etwas zwischen ihr und mir. Ich denke, ich habe nicht das Recht, Ihnen den ohne ihre Einwilligung zu zeigen. Ich weiß nicht, was daran für Sie von Interesse sein könnte. Er betrifft allein sie und mich.«

»Sie wird ihre Einwilligung aber nicht mehr geben können«, sagte Bourlin, wobei er seine dicken Pranken über das Tischtuch schob und seine Füße weit unter den Tisch streckte. »Madame Gauthier ist vergangenen Dienstag gestorben. Das war ihr letzter Brief.«

»Aber ich habe sie doch am Montag noch gesehen«, protestierte Amédée mit aufrichtiger Entrüstung.

Unweigerliche Reaktion, ebenso natürlich wie gedankenlos, als wenn die Tatsache, dass man jemanden an einem Montag gesehen hat, ausschloss, dass er am Dienstag sterben könnte. Der plötzliche Tod bleibt etwas Unverständliches.

»Der Arzt hatte ihr noch mehrere Monate gegeben«, fing der junge Mann wieder an. »Eben aus diesem Grunde wollte sie ihre Angelegenheiten regeln. Die kleinen wie die großen, wie sie sagte.«

»Sie hat sich in der Badewanne die Pulsadern aufgeschnitten«, sagte Bourlin.

»Das kann ich nicht glauben!«, rief Amédée lebhaft. »Sie hatte doch gerade ein riesiges Puzzle angefangen, ein Bild von Corot. Und sie hoffte sehr, dass sie bis zu ihrem Abgang noch den Himmel fertig kriegen würde. Der Himmel ist das Schwierigste. Ihn zu legen, wie ihn zu erreichen – so sagte sie.«

»Sie könnte Sie ja angelogen haben.«

»Glaube ich nicht.«

»Weil Sie sie gut kennen?«

»Ich habe sie am Montag zum ersten Mal gesehen.«

»Und war es ihr Brief, der Sie veranlasst hat, zu ihr zu fahren?«

»Was sonst? Und ich vermute, dass Sie ihn sehen wollen, diesen Brief?«

Amédée Masfauré sprach schnell und mit größerer Nervosität in der Stimme, als seine sanften Gesichtszüge ahnen ließen. Er zog einen Umschlag aus der Innentasche seiner Jacke und reichte ihn dem dicken Kommissar mit einer angespannten, etwas ungeschickten Geste. Adamsberg und Danglard traten hinzu, um mitzulesen.

Sehr geehrter Herr Masfauré,
Sie kennen mich nicht, und dieser Brief wird Sie überraschen. Es geht um Ihre Mutter, Marie-Adélaïde Masfauré, und ihr tragisches Ende auf jenem schrecklichen Felsenriff vor der isländischen Küste. Man hat Ihnen vermutlich gesagt, dass sie dort erfroren ist. Das stimmt nicht. Ich war mit auf dieser Reise, ich bin dort gewesen, ich weiß es. Zehn Jahre lang habe ich nicht den Mut aufgebracht, darüber zu reden, und ebenso lange kann ich nicht mehr ruhig schlafen. Egoistisch, wie ich bin – ja, das bin ich –, möchte ich Ihnen an der Schwelle

des Todes die Wahrheit sagen, auf die Sie ein Recht haben und die ich – wie auch einige andere – Ihnen vorenthalten habe. Ich bitte Sie, sobald Sie können, zu mir zu kommen, abends zwischen 19 und 20 Uhr, das ist die Stunde, in der ich allein bin, ohne meine Pflegerin.

Ihre Alice Gauthier

Rue de la Tremblaye 33 a,
75015 Paris
Eingang B, 5. Etage, gegenüber Fahrstuhl

PS: Achten Sie darauf, dass man Sie nicht sieht, kommen Sie durch den Hintereingang des Gebäudes (in der Rue des Buttes 26), das Schloss lässt sich mit einem feinen Schraubenzieher leicht öffnen. Es sei denn, es ist schon wieder kaputt, das ist es nämlich andauernd.

Bourlin faltete den Brief mit ernster Miene wieder zusammen.

»Wir wussten nicht, dass Sie Ihre Mutter verloren haben.«

»Ja, vor zehn Jahren. Ich durfte meine Eltern nicht auf ihrer Reise nach Island begleiten, da ich erst siebzehn war. Es war meine Mutter, die dieses plötzliche Verlangen hatte, ›sich im ewigen Eis zu reinigen‹, diesen Satz habe ich nie vergessen und auch ihren Enthusiasmus nicht. Mein Vater hat sich schließlich überreden, ja regelrecht betören lassen. Obwohl das ewige Eis überhaupt nicht sein Ding war. Aber gegen die Vitalität meiner Mutter kam keiner an. Sie war lustig, optimistisch, ja einfach unwiderstehlich. Manche würden sagen, ein wenig gierig, aber das kam daher, dass alles sie amüsierte und sie alles wollte. Also sind sie los. Sie, mein Vater und

Victor. Victor war sehr aufgeregt – er war ja nie aus dem Dorf herausgekommen. Und sie kamen allein zurück, mein Vater und er. Sie sei dort erfroren, haben sie mir gesagt.«

Amédée schniefte, und da er nicht wusste, wie er weiterreden sollte, massierte er sich die Zehen, das heißt, er verbog sie in alle Richtungen.

»Ich erinnere mich«, mischte Danglard sich ein. »Ist das die Geschichte von dieser Handvoll Touristen, die zwei Wochen lang im Nebel eingeschlossen waren? Auf einer kleinen Insel hoch im Norden? Sie überlebten dank einiger Robben, die auf den Strand geworfen wurden.«

»Sie sagten, Sie wüssten das mit meiner Mutter nicht«, warf Amédée überrascht ein. »Aber offenbar haben Sie doch schon Ermittlungen angestellt.«

»Nein. Ich erinnere mich nur an den Vorfall, mehr nicht.«

»Der Commandant speichert alles in seinem Gedächtnis«, erklärte Adamsberg.

»Wie Victor«, meinte Amédée; er wechselte das Knie und marterte nun seinen anderen Fuß in seinen Händen. »Er hat ein abnormes Gedächtnis. Darum hat mein Vater ihn ja auch eingestellt. Er braucht sich nicht mal Notizen zu machen, um einen Bericht über eine Versammlung zu schreiben. Und dabei hat er nicht mal Ahnung von Chemie.«

»Und Madame Gauthier«, nahm Adamsberg sanft den Faden wieder auf, »hat Ihnen nun eine andere Version vom Tod Ihrer Mutter erzählt?«

Amédée ließ seinen Fuß los und legte die Arme auf den Tisch. Er bog nun die Enden seiner Finger in der Art von Spinnenbeinen, die sich aufrichten. Er gehörte zu den Menschen, die ihr letztes Fingerglied anwinkeln oder auch nach hinten knicken können, was einem schnellen, nervösen Tanz glich, in dem seine Hände sich auf dem Tisch verkrampften.

»Sie schreibt, sie sei egoistisch, und das stimmt. Ich war ihr komplett egal, es war ihr gleichgültig, was ihre dreckigen Enthüllungen bei mir anrichten würden. Sie wollte in einem weißen Kleid mit Flügeln zum Himmel hinaufschweben, das allein war ihr wichtig. Aber weiß ist das Kleid nicht. Denn ihretwegen ist mein Vater nun tot. Und meinetwegen. Wegen dieser gottverdammten Alten, dieser Drecksperson.«

Céleste war nach draußen gegangen und kam mit einer Schachtel Taschentücher zurück, die sie vor ihren Kleinen hinstellte. Er schnäuzte sich und legte das zerknüllte Papier auf den Tisch.

»Danke, Nounou«, sagte er, nun schon etwas ruhiger.

»Stört es Sie, wenn wir aufzeichnen, was Sie erzählen?«, fragte Bourlin.

Amédée schien ihn gar nicht gehört zu haben, oder aber es war ihm egal, sodass Bourlin sein kleines Gerät einschaltete.

»Was also hat die ›gottverdammte Alte‹ gesagt?«, fuhr Adamsberg fort.

»Dass meine Mutter auf dieser Insel ermordet wurde! Und dass alle darüber den Mund gehalten haben!«

»Von wem ermordet?«

»Den Namen wollte sie mir nicht sagen. Sie erklärte mir, sie müsse ihn verschweigen, um mich zu schützen. Von wegen! Der Typ sei unheimlich gefährlich, bösartig, gnadenlos. Abscheulich, widerlich. Vorher hatte er wohl einen anderen aus der Gruppe umgelegt, so eine Art Legionär, der ihm nicht gehorchen wollte. Er hat ein Messer gezückt und ihn mit einem einzigen Hieb durchbohrt. Alle waren entsetzt, nur der Mörder nicht, er hat den Toten weggeschleift und ins Wasser geschmissen, mitten ins Packeis.«

Wieder schnäuzte Amédée sich. Man kam zum entscheidenden Punkt, zu seiner Mutter, und er schreckte davor zurück.

»Na los«, flüsterte Adamsberg.

»Drei oder vier Tage später, ich weiß nicht mehr genau, als sie alle noch mehr geschwächt waren von der Kälte, dem Hunger und der Nebel sich noch immer nicht lichtete, hat der widerliche Kerl erklärt, er werde ›vor dem Abkratzen noch 'nen letzten Fick machen‹. Der Satz wurde mit Schweigen aufgenommen, denn seit dem Tod des Legionärs zitterten sie alle vor Angst vor ihm. Er war der Chef geworden, er hielt sie durch seinen Terror in Schach. Der Arzt – es gab einen Mediziner in der Gruppe, den sie den ›Doc‹ nannten – wandte immerhin ein: ›Dazu haben Sie nicht mal mehr die Kraft, für Angeberei ist jetzt nicht der Zeitpunkt‹, oder so ähnlich. Das hat den Kerl in Rage gebracht, er hat zu meinem Vater gesagt: ›Glaubst du auch, dass ich deine Alte nicht vögeln werde?‹ Mein Vater stand taumelnd auf, aber die anderen traten dazwischen, um eine Schlägerei zu verhindern.«

Amédée zog ein neues Taschentuch aus der Schachtel.

»Das alles tut uns sehr leid«, sagte Bourlin.

»In der Nacht stieß meine Mutter einen Schrei aus, alle wachten davon auf. Der Typ war über ihr und hatte seine Hände schon zwischen ihre … also, seine Hände schon an ihr dran. Meine Mutter hatte noch die Kraft, ihn zurückzustoßen, dass er mit dem Arsch ins Feuer fiel. Das verwundert mich gar nicht bei ihr«, fügte Amédée mit einem leisen Lächeln hinzu. »Der Kerl stand wieder auf und schlug sich auf den Hintern, um die Funken zu ersticken. Er war auf einmal lächerlich, verstehen Sie, gedemütigt. Schlimmer noch, meine Mutter hat ihn ausgelacht und ihm alle möglichen Schimpfwörter an den Kopf geworfen, du Schwein, du Arschloch, Mama verfügte da über ein reiches Vokabular. Aber sie hätte sich lieber ganz klein machen sollen, die Arme. Denn da stürzte sich der Kerl wie rasend auf sie und tötete sie mit einem einzigen Messerstich ins Herz. Auch sie warf er ins Packeis. Mit einem brennenden Holzscheit zog er los, um sich im Nebel nicht zu verirren. Und mein Vater rührte keinen Finger. Weder er noch sonst jemand.«

Der junge Mann griff sich zwei weitere Taschentücher. Um seine elastischen Hände herum hatte sich schon ein kleiner Haufen angesammelt.

»Warum haben sie ihn nicht getötet?«, fuhr Amédée fort. »Sie waren zu zehnt! Zehn gegen einen! ›Wegen seiner Dominanz‹, hat Alice Gauthier mir darauf geantwortet, er sei eben ›dominant‹ gewesen. Vor allem war der Typ der Einzige, der noch die Kraft hatte, unaufhörlich über die Insel zu streifen und nach etwas Essbarem zu suchen. Für den Fall, dass ein Pinguin oder ein Papageitaucher an Land gegangen wäre. Also hielten sie alle den Mund und warteten, vollkommen passiv in ihrer Erschöpfung. An einem Abend kam er bluttriefend und nach Fisch stinkend mit einer Robbe zurück. Er hatte ihr das Rückgrat mit einem Knüppel gebrochen. Da allerdings sind mein Vater und der Doc aufgestanden und haben ihm geholfen, das Tier ranzuschleppen und zu zerteilen. Der Kerl hat sie angewiesen, Steine ins Feuer zu werfen, auf denen sie das Fleisch dann gebraten haben.«

Diesmal wischte Amédée seinen Rotz gleich mit dem Handrücken ab.

»Als Alice Gauthier das erzählte, glänzten ihre kleinen trockenen Augen, als wäre es das tollste kulinarische Ereignis ihres ganzen Lebens gewesen, ein Riesenlachs oder so was. Von der Robbe haben sie mehrere Tage lang gelebt. Eins muss man diesem Fiesling ja lassen, er hätte sie im Grunde alle umbringen und das Tier für sich allein behalten können. Aber nein, er hat die ganze Gruppe versorgt. Und als sich der Nebel endlich hob, hatten sie wieder genügend Kraft, um das

Packeis zu überqueren und die Insel Grímsey zu erreichen. Und erst da …«

Die grauenvolle Episode mit der Mutter lag hinter ihm, und Amédées Stimme war wieder hörbarer und weniger verschnieft.

»Und erst da hat er zu ihnen gesagt: ›Die beiden sind vor Kälte umgekommen. Ist das klar? Wir haben sie morgens erfroren aufgefunden. Wenn einer von euch plaudert, bring ich ihn um, wie ich die Robbe umgebracht habe. Und wenn das nicht reicht, töte ich seine Kinder, und wenn er keine hat, töte ich seine Frau, und wenn er keine Frau hat, seine Mutter, seinen Bruder, seine Schwester, alles, was mir unter die Finger kommt. Beim kleinsten Fehltritt ist es aus. Ihr sagt euch wahrscheinlich: Den zeigen wir an, dann landet er im Knast. Irrtum. Ich habe meine Jungs, die sind mir ergeben wie Sklaven. Sobald wir auf Grímsey angekommen sind, informiere ich sie über den …«

Amédée runzelte die Stirn, suchte in seinem aufgewühlten Gedächtnis.

»An dieser Stelle hat Alice Gauthier ein seltsames Wort benutzt. Ach, ja, er würde seine Jungs über die *tölva* informieren. *Tölva,* hat sie mir erklärt, heißt ›Computer‹. Denn die Isländer erfinden ihre eigenen Wörter, um sich gegen alles Amerikanische zu wehren. *Tölva* bedeutet ›die rechnende Hexe‹. Also der Rechner, Sie verstehen? Das hätte meiner Mutter gefallen, ›die Rechenhexe‹. Sie verstand nämlich nichts von Computern.«

Der junge Mann lächelte still vor sich hin, die Anwesenheit der drei Bullen schien er einen Moment lang vergessen zu haben.

»Verzeihung«, sagte er und war wieder bei ihnen. »Er hat ihnen also mehr oder weniger erklärt: ›Selbst wenn ich im Knast bin, ändert das nichts. Ihr wisst, wozu ich fähig bin. Und ihr habt mir gegenüber eine unermessliche Schuld. Ich habe eure miesen kleinen Leben gerettet, ihr Jammerlappen, nicht einer von euch war fähig, was zu essen aufzutreiben, nicht einer von euch hat was für sein Überleben getan, nicht einer von euch hat mich in den Nebel begleitet. Nein, die Herrschaften haben die Arme sinken lassen und sind am Feuer kleben geblieben wie die Säcke, und dann wart ihr selig, dass ihr meine Robbe verschlingen konntet.‹ Und das stimmte, hat mir die Gauthier gesagt. Wie es ebenso stimmte, dass sie sich vor ihm fürchteten. Sie selbst auch, das hat sie betont. Und darum hat in zehn Jahren niemand den Mörder meiner Mutter und des Legionärs angezeigt. Nicht mal mein Vater! Auch er hat den Mund gehalten, so sehr hat er gezittert. Er, der sich nicht scheute, sich mit der Luft auf unserem Planeten anzulegen, auch er hatte Angst.«

Amédée hatte sich in Rage geredet, er war aufgestanden und schlug mit seiner Akrobatenhand auf den Tisch, dass seine benutzten Taschentücher aufflogen.

»Und deswegen, ja, deswegen habe ich ihn angebrüllt! Nachdem ich Alice Gauthier verlassen hatte, bin ich zwei Tage lang in Paris herumgerannt, ich war wie vor den Kopf geschlagen, am Boden zerstört, ich wollte dieses Arschloch von Vater niemals wiedersehen. Am Mittwochabend bin ich schließlich doch nach Hause gefahren und habe ihn gestellt. Das aber habe ich den Gendarmen nicht gesagt, denen habe ich erzählt, dass ich meine Unabhängigkeit gefordert habe oder so was, ich weiß nicht mehr. Ich habe ihn nach Strich und Faden beschimpft. Er war völlig gebrochen, mein Vater, und ich war befriedigt, tief befriedigt, ihn so am Boden zu sehen, zu erleben, wie das Genie sich in seiner ganzen Unwürdigkeit suhlte. Das Genie, das den Mörder seiner Frau hatte laufen lassen! Und dann ist er, er hatte noch nicht mal seinen Whisky ausgetrunken …«

»Verzeihung«, unterbrach ihn Bourlin, »er trank Whisky?«

»Ja, zwei Gläser wie jeden Abend. Dann ist er wie ein Feigling abgehauen, auf seinem Pferd davongeritten, und die Hand schon auf der Klinke, hat er zu mir gesagt: ›Er hatte uns gewarnt, dass er auch die Kinder töten würde. Ja, ich gebe es zu, ich habe mich schützen wollen, aber auch dich. Versetz dich mal an meine Stelle.‹ Worauf ich gebrüllt habe: ›Ich würde lieber verrecken als an deiner Stelle sein!‹ Wie wahnsinnig bin ich in den Pavillon zurück. Als ich das Pferd zurückkommen hörte, wollte ich meinen Vater immer noch in der Hölle schmoren sehen. Aber drei Stunden später war ich wieder ein bisschen vernünftiger geworden. Natürlich hatte er mich schützen wollen. So bin ich am Morgen zu ihm gegangen, um in größerer Ruhe mit ihm zu reden. Ich bin in sein Büro hinauf und fand ihn tot. Er hatte sich umgebracht, und ich war daran schuld.«

Amédée zog an jedem seiner Finger und ließ die Gelenke knacken. Auch das konnte er. Céleste weinte still in einer Ecke. Adamsberg goss den letzten Rest Kaffee ein, der Kuchen war aufgegessen, vom Kirchturm irgendeines Dorfes schlug es halb neun, es wurde Nacht.

»Das war's«, sagte Amédée. »Vielleicht habe ich ihre Worte nicht ganz genau wiedergegeben, ich meine, die Dialoge und so, ich habe nicht Victors Gedächtnis. Aber was sich dort abgespielt hat, das schon. Jedenfalls hat meine Mutter ihm Feuer unterm Arsch gemacht, sie war die Einzige, die den Mumm hatte. Sind Sie verpflichtet zu sagen, was dort in Island geschehen ist?«

»Nein«, erwiderte Bourlin.

»Kann ich jetzt gehen?«

»Eins noch«, sagte Adamsberg und schob eine Zeichnung zu ihm hin. »Haben Sie dieses Zeichen schon mal gesehen?«

»Nein«, meinte Amédée überrascht. »Was ist das? Ein H? Wie ›Henri‹?«

»Voilà«, sagte Bourlin nach Amédées Weggang und rieb sich den Bauch, um den Hunger zu besänftigen, der ihm allmählich zu schaffen machte. »Nach ihrem Geständnis war Alice Gauthier mit ihrem Gewissen im Reinen, nun konnte sie sich in der Badewanne die Pulsadern aufschneiden. Amédée hat schon recht: Sie hat sich ihm nur wegen ihres eigenen Seelenheils offenbart, ohne sich um die Konsequenzen für den Jungen zu scheren. Denn wenn dieser ›Fiesling‹ alle umbringt, die ihn verraten, muss auch er jetzt den Mund halten.«

»Erwähne in deinem Bericht bloß nicht, dass er uns das erzählt hat.«

»Meinem Bericht worüber?«, entgegnete Bourlin.

Die drei Männer schlenderten durch die dunkle Allee, Danglard immer auf dem Kies, um seine Schuhe zu schonen, Adamsberg dagegen auf dem erdigen Rand, weil er nie eine Gelegenheit ausließ, durch Gras zu laufen. Ein Beweis, hatte der Divisionnaire einmal bissig bemerkt – er schätzte Adamsberg, doch er mochte ihn nicht –, dass der Kommissar nie einen normalen Grad von Zivilisation erreicht hatte. Und seitdem man in Paris das Unkraut auf den Baumgittern wachsen ließ, lenkte Adamsberg seine Schritte oft über diese Gitter, die für ihn winzige Räume wilder Natur waren. Unter den Gräsern, auf die er gerade im Augenblick trat, hinterließ eine Pflanze jene kleinen, fest haftenden Kugeln auf seinem Hosensaum, die man alle einzeln abreißen muss. Er hob sein rechtes Bein, sah in der Dunkelheit, dass Dutzende davon an dem Stoff hingen, und riss eine ab. Man fing sie sich schnell ein, sie waren schlau, sie ließen ihr Opfer nicht los und hatten dabei nicht einmal Klauen. Aber den Namen der Pflanze, den jedes Kind kennt, den hatte er vergessen.

Für Bourlin wiederum verlor jede Angelegenheit an Dringlichkeit, sobald der Hunger ihn trieb. Er musste schnell zu einem Schluss kommen.

»Ein Problem, Adamsberg?«, fragte er.

»Nein.«

»Dramatische Folge des Geständnisses von Alice Gauthier«, fasste er zusammen: »Amédée verflucht seinen Vater, und als er am Morgen danach noch einmal zu ihm geht, um seine Worte zu mildern, ist es zu spät. Henri Masfauré hat sich, von seinem Sohn verlassen, das Leben genommen.«

»Geht nur weiter geradeaus«, sagte Adamsberg, während die beiden anderen sich anschickten umzukehren. »Wir brauchen auch Victors Bericht über diese Island-Reise, ohne dass er sich vorher mit Amédée verständigt hat. Céleste sagt, er sei in seinem Pavillon, er isst nicht mit den anderen zu Abend.«

»Was könnte Victor dem noch groß hinzuzufügen haben?«, sagte Bourlin und zog seine mächtigen Schultern hoch.

»Und was machen wir mit dem Zeichen?«, fragte Danglard.

»Sicher ein Zeichen der Island-Gruppe«, meinte Bourlin, der mit jeder Minute, die verstrich, verdrossener wurde. »Wir werden es nie erfahren.«

»Doch, das werden wir«, erwiderte Adamsberg und trat lustvoll in einen weiteren Busch trockener Kletten.

Da, er hatte ihn wieder, den Namen der Pflanze mit den anhänglichen Früchten. Die Klette.

»Zwei Selbstmorde«, knurrte Bourlin. »Wir schließen den Fall ab und gehen essen.«

»Du hast Hunger«, sagte Adamsberg lächelnd, »und das macht dich blind. Was würdest du sagen, wenn Amédée am nächsten Tag noch mal zur Gauthier geht und sie in seiner Wut in ihrer Badewanne ertränkt? Er selbst sagt, er sei zwei Tage lang in Paris herumgerannt. Erinnerst du dich, wie er sie heute Abend nannte? ›Diese Drecksperson‹. Diese Drecksperson, die weder den Mumm gehabt hatte dazwischenzutreten, um seine Mutter zu retten, noch die Courage, hinterher darüber zu reden. Genauso wenig wie sein Vater. Was sagte er von dem?«

»›Dieses Arschloch von Vater‹«, ergänzte Danglard.

»Und kaum ist er zu Hause, stellt er ihn, diesen Vater, und tötet ihn. Warum nicht zwei vorgebliche Selbstmorde, Bourlin?«

»Weil Choiseul seinen Job gemacht hat: keine Pulverspuren bei Amédée, weder an den Händen noch auf dem Pullover.«

»Du hast Hunger, das ist es. Amédée zieht Handschuhe an, streift sich einen Kittel über und kommt sauber wie ein neues Cent-Stück aus dem Büro zurück. Und wenn dir die Idee nicht gefällt, dann nimm den Island-Mörder, diesen ›widerlichen Kerl‹. Er tötet Alice Gauthier und danach Masfauré.«

»Und wie hätte er erfahren, dass die Gauthier geredet hat?«

»Vielleicht ahnt er, wer reden *wird*, Bourlin. Wer umfallen *wird*. Dafür gibt es mehrere potenzielle Auslöser, zum Beispiel den unmittelbar bevorstehenden Tod im Fall der Gauthier, und davon hat er gewusst. Wie viele Geständnisse werden auf dem Totenbett gemacht! Und im Fall von Henri

Masfauré die Reue, weil sein Sohn ihn verflucht, nachdem er Alice Gauthiers Enthüllungen gehört hat. Der Kerl hat ihnen gesagt, dass er sie alle überwachen wird, stimmt's? Und man kann davon ausgehen, dass er besonders die Kranken und die Depressiven belauert. Oder auch einen Trinker, den der Alkohol gesprächig und reumütig macht.«

»Oder die Gläubigen«, ergänzte Danglard. »Stellen Sie sich vor, in der Gruppe war ein Geistlicher. So was gibt's, Pfarrer, die gern in unberührte, reine Weltengegenden reisen.«

»Einen Pfarrer, den es bis auf Widerruf aber nicht gibt«, erklärte Bourlin und hielt sich den Bauch. »Es wird schon Nacht«, sagte er mit Nachdruck.

Adamsberg hatte seinen Schritt beschleunigt und klopfte an die Tür von Victors Pavillon. Die Kirchturmuhr schlug Viertel nach neun, aus einem Nachbardorf antwortete ihr eine andere.

»Ich verstehe ja Ihre Vorgehensweise«, sagte Victor, »aber ich kann nicht mit Ihnen nach Paris fahren. Morgen früh um neun ist die Beerdigung, Sie erinnern sich? Schlafen Sie in Ihren Autos oder auch vor meiner Tür, wenn Sie befürchten, ich könnte inzwischen mit Amédée reden, oder schließen Sie mich meinetwegen ein, und morgen um 10.30 Uhr stehe ich Ihnen zur Verfügung. Oder nein, ich weiß was Besseres«, sagte er nach einem Blick auf Bourlin. »Der Kommissar hat Hunger, wenn ich das richtig einschätze. Und da ich kein Tatverdächtiger bin … ich gelte doch nicht als solcher, oder?«

»Sie sind schlichter Zeuge«, sagte Adamsberg. »Wir möchten einfach, dass Sie uns diese Island-Geschichte erzählen. Sie hat schon vier Opfer gefordert. Zwei vor zehn Jahren dort oben und zwei in dieser Woche.«

»Sie glauben nicht an Selbstmorde?«, fragte Victor leicht beunruhigt.

Und sollte der Mörder von der Insel sich tatsächlich in Gang gesetzt haben, dachte Adamsberg, dann hatte er auch allen Grund, beunruhigt zu sein.

»Wir wissen es nicht«, erwiderte er.

»Nehmen wir's mal an. Wenn ich also nur ein einfacher Zeuge bin, wäre es dann rechtlich zulässig, dass wir gemeinsam zu Abend essen?«

»Dagegen spricht überhaupt nichts«, erklärte Bourlin ungeduldig.

Victor zog eine Cordjacke über und fuhr sich mit den Händen durch die blonden Haare.

»Achthundert Meter von hier gibt's ein Gasthaus. Ein Familienbetrieb, Eltern, Sohn und Tochter. Ich gehe oft dorthin. Aber eins will ich gleich sagen, sie haben immer nur ein Menü pro Abend, wählen kann man nicht. Und es gibt nur zwei Sorten Wein. Einen weißen, einen roten.«

Victor schloss seine Tür ab und zog eine kleine Zeitung aus der Innentasche seiner Jacke.

»Kommen Sie mal bitte mit ans Gitter, damit ich unter der Laterne dort was sehen kann. Die Menüs für die ganze Woche stehen in der Lokalzeitung. Dienstag. Wir haben doch Dienstag? Dienstag: *Entrée: Hühnermägen-Salat.*«

»Auf die Mägen verzichte ich«, erklärte Danglard.

»Ich nehme deine gern«, sagte Bourlin.

»*Hauptgericht: Bauchlappen mit Pfeffersauce an Pommes paillasson.* Wissen Sie, was das ist?«

»Aber ja doch«, sagte Bourlin. »Halten wir uns nicht weiter mit den Vorreden auf. Victor, Sie haben meine ganze Sympathie.«

Die vier Männer liefen zügigen Schritts durch die Nacht,

drei auf dem Asphalt, Adamsberg auf dem grasbewachsenen Seitenstreifen.

»Sie sind kein Städter, Kommissar?«, fragte Victor.

»Ich komme aus den Pyrenäen.«

»Und können sich nicht an Paris gewöhnen?«

»Ich kann mich an alles gewöhnen. Ich habe vorhin nicht genau hingehört, ich habe Ihren Zunamen nicht recht verstanden.«

»Nicht recht verstanden? Das glaube ich Ihnen nicht. Masfauré. Victor Masfauré. Nein, ich bin nicht der Sohn von Henri, auch kein Cousin oder sonst was in der Art.«

Victor lächelte breit in die Nacht. Ein großherziges, ebenmäßiges Lächeln über blendend weißen Zähnen, das das Unschöne in seinem Gesicht für einen Moment vergessen ließ.

»Keinerlei Verwandtschaft, nein«, fuhr er beinahe lachend fort. »Ich habe die Masfaurés überhaupt erst wegen meines Namens kennengelernt. Es ist ein sehr seltener Nachname, und Henri wollte wissen, ob ich zum Zweig seiner Familie gehörte. Er besaß einen nahezu lückenlosen Stammbaum. Aber nichts zu machen, er musste schließlich einräumen, dass ich nicht seiner Linie entstamme.«

»Masfauré.« Danglard überlegte, wie immer unwiderstehlich angezogen von der kleinsten Denkübung. »*Mas* verweist auf einen kleinen provenzalischen Bauernhof. Aber *fauré*? Von ›Faurest‹ vermutlich? ›Forest‹, ›Forestier‹? Der Hof am Wald? Waren Ihre Vorfahren Provenzalen?«

»Die von Henri, ja. Ich selbst habe keine Vorfahren.«

Victor breitete die Arme aus, er hatte dieses Geständnis wohl schon häufiger gemacht.

»Ich wurde gleich bei der Geburt der Fürsorge übergeben und wuchs in einer Pflegefamilie auf«, sagte er hastig. »Aber dort sehen Sie schon die Auberge du Creux«, sagte er gleich darauf und deutete auf die Lichter am Straßenrand. »Sagt Ihnen das zu?«

»Beeilen wir uns«, meinte Bourlin.

»›Gasthof zur Kuhle‹?«, wiederholte Danglard. »Was für ein seltsamer Name.«

»Sie legen den Finger auf den Punkt, Commandant«, sagte Victor, schon wieder lächelnd. »Ich werde es Ihnen erzählen.« Er öffnete die Tür zu dem Gasthof mit den kleinen Sprossenfenstern. »Aber zuerst bringen wir dieses verfluchte Island hinter uns.«

Es waren zu dieser für das Dorf schon recht späten Stunde noch drei Tische besetzt, und Victor bat die Wirtin – nachdem er sie umarmt hatte – um den abgelegensten Tisch, der an einem Fenster ganz im Hintergrund stand.

»Wenn es Strohkartoffeln gibt, kommen immer mehr Leute als sonst«, erklärte er für Bourlin.

8

Die Hühnermägen wanderten von Danglards Teller auf den von Bourlin, und der Commandant füllte die Gläser. Adamsberg legte die Hand auf sein Glas.

»Wir hören einen Zeugenbericht, einer von uns sollte einen klaren Kopf behalten.«

»Ich habe immer einen klaren Kopf«, stellte Danglard fest. »Außerdem zeichnen wir ja auf, wenn Monsieur Masfauré damit einverstanden ist.«

Begeistert von seiner doppelten Portion Salat, übergab Bourlin sein Aufnahmegerät an Adamsberg und bedeutete ihm durch eine Geste: Übernimm du und lass mich in Ruhe, wenn ich esse.

»Victor, wie viele waren Sie in dieser Gruppe?«, fragte Adamsberg.

»Zwölf.«

»War es eine organisierte Reise?«

»Überhaupt nicht. Jeder war auf eigene Faust gekommen. Wir haben unsere Route von Reykjavík bis hinauf an die Nordküste von Etappe zu Etappe entschieden. An einem Abend kamen wir auf der kleinen Insel Grímsey an, der nördlichsten Insel von Island, und aßen im Gasthof von Sandvík. Es roch nach Hering, es war warm. Sandvík ist das Dorf am Hafen und das einzige überhaupt. Madame Masfauré hatte unbedingt nach Grímsey gewollt, weil über die Insel der Polarkreis verläuft. Auf den wollte sie ihren Fuß setzen. Der Saal war gerappelt voll. Und wir drei, Henri, seine Frau und ich, tranken nach dem Essen ein paar Gläschen Brennivín. So heißt der Schnaps dort. Und bestimmt waren wir auch ein bisschen laut. Vor allem Madame Masfauré, die vor Freude ganz aufgeregt war bei der Vorstellung, dass sie den Polarkreis betreten würde, und das hatte etwas Ansteckendes. So kamen plötzlich noch andere Franzosen an unseren Tisch, grüßten und gesellten sich zu uns. Sie wissen ja, wie die Leute sind: Sie reisen ans Ende der Welt, um mal alles hinter sich zu lassen, aber sobald sie dann einen Landsmann hören, rennen sie hin wie ein Kamel zur Oase. Von allen Frauen, die an dem Abend dort aßen, war Marie-Adélaïde – Madame Masfauré – bei Weitem die Schönste. Sie war wirklich verdammt attraktiv. Ich glaube, es war wohl vor allem ihre Anwesenheit, die all diese Leute an unseren Tisch zog, die Frauen eingeschlossen.«

»›Unwiderstehlich‹ hat Amédée sie genannt.«

»Genau. Kurz, am Ende saßen neun weitere Franzosen an unserem Tisch, sehr unterschiedliche Leute, eine bunte Mischung. Wir wussten nichts voneinander, einige nannten ihre Berufe. Da war der unvermeidliche Spezialist für Kaiserpinguine, ich erinnere mich noch an seinen mächtigen roten Schädel. Also, an dem Abend war er rot. Als wir dann auf dem Inselchen gegenüber festsaßen, konnte von Rot keine Rede mehr sein. Dann war da noch ein Führungskader aus irgendeinem Unternehmen, wofür, hat er nicht gesagt, er sah so aus, als hätte er's vergessen. Und eine Frau, die im Umweltschutz tätig war, mit ihrer Lebensgefährtin.«

Bourlin bewegte seine linke Hand, ohne die Gabel loszulassen, und zog ein Foto aus seiner Ledermappe.

»Auf diesem Bild ist sie zehn Jahre älter«, sagte er, »und tot. Ist das ihre Lebensgefährtin?«

Victor warf einen raschen Blick auf das makabre Foto und nickte.

»Kein Zweifel. Sie hatte ziemlich lange Ohren, und die Ohren werden nicht kleiner, wenn man tot ist. Ja, das ist sie.«

»Alice Gauthier.«

»Dann war sie es, die Amédée geschrieben hat? Ihren Namen wusste ich nicht. Eine Führernatur, sehr wagemutig, eine erstaunliche Frau. Und dennoch hat sie geschwiegen wie alle anderen, hatte Angst wie alle anderen.«

»Wer waren die anderen?«, fuhr Adamsberg fort.

»Da war ein großer Bulliger mit rasiertem Schädel, dann ein Arzt – seine Frau war in Reykjavík geblieben. Ein Vulkanologe, und der ist von Bedeutung für die Geschichte.«

Bourlin drückte mit dem Finger auf seine Strohkartoffeln, um deren Zartheit zu prüfen. Zufrieden mit dem Ergebnis, sah er Victor an, der an den Fingern abzählte, nachdachte und darüber sein Essen kalt werden ließ.

»Und ein Sportler«, sagte er schließlich, »vielleicht ein Skilehrer. Ja, und dann dieser Typ. Aber an dem Abend war nichts Erschreckendes an ihm festzustellen.«

»Vergessen Sie nicht zu essen.« Aus Bourlins Mund klang es beinahe wie ein Befehl. »War sonst etwas Auffälliges an ihm?«

»Nichts. Ein ganz gewöhnlicher Typ, weder unsympathisch noch sonderlich einnehmend. Mittelgroß, nichtssagendes Gesicht, um die fünfzig, kleiner Backenbart, fast runde Brillengläser über einem ausdruckslosen Blick. Aber sehr volles Haar, braun mit graumelierten Stellen. Ein Bourgeois, Typ Geschäftsmann, vielleicht auch Professor, wir haben es nie erfahren. Er hatte einen Stock mit metallbeschlagener Spitze, wie man sie in Island häufig benutzt, um das Terrain vor sich abzutasten. Er hob ihn an, ließ ihn fallen und vom Boden zurückschnellen. Dann erzählte uns der Vulkanologe – er hieß Sylvain – eine Legende von der Insel. Nach dem Handschlag zu urteilen, den der Mediziner voller Respekt mit ihm gewechselt hatte, schien Sylvain eine Kapazität auf seinem Gebiet zu sein. Aber er war ein ganz und gar offener Mensch, ohne alle Überheblichkeit. Und da lief alles aus dem Ruder. Es sei denn, der Brennivín war's. Jedenfalls lief in diesem Moment alles aus dem Ruder.«

Die Tochter des Hauses brachte eine neue Flasche Wein. Ein bezauberndes Gesicht, etwas teigig, aber mit klaren Zügen. Adamsberg betrachtete sie. Eine jüngere Ausgabe von Danica, dachte er und erinnerte sich an die Nacht, die er in ihrem Zimmer in Kiseljevo verbracht hatte.

Danglard hatte es sich, neben vielen anderen Dingen, zur Aufgabe gemacht, Adamsberg in die Wirklichkeit zurückzuholen, wenn er das Gefühl hatte, er entfernte sich einmal mehr in fremde Gefilde. Er legte den Zeigefinger auf sein Handgelenk, und Adamsberg blinzelte.

»Wo waren Sie?«, murmelte Danglard.

»In Serbien.«

Der Commandant warf einen Blick auf das junge Mädchen, das inzwischen wieder an der Bar stand.

»Ich verstehe«, sagte er. »Es heißt, das habe damals nicht allen gefallen, Sie erinnern sich?«

Adamsberg nickte, und ein vages Lächeln glitt über sein Gesicht.

»Verzeihung«, sagte er und wandte sich wieder Victor zu. »Wieso lief alles aus dem Ruder?«

»Wegen der Geschichte des Vulkanologen.«

»Sylvain.« Danglard dachte nach. »Sylvain Dutrémont? Tiefschwarzes Haar, dichter Bart, sehr blaue Augen? Brandnarben auf der einen Wange?«

»Ich weiß nicht.« Victor zögerte. »Wir kannten nur unsere Vornamen. Aber eine ramponierte Backe, ja, die hatte er. Ich erinnere mich, dass sein Bart an der Stelle nicht mehr nachgewachsen war.«

»Wenn es Dutrémont war, der ist später beim Ausbruch des Eyjafjöll ums Leben gekommen. Das war der Vulkan, der ganz Island in eine Aschewolke gehüllt hat.«

»Dann wären es schon fünf weniger«, bemerkte Victor leise. »Fünf von zwölf. Aber es war ein Unfall, vermute ich?«

»Es wurde damals heftig gestritten«, erklärte Danglard. Weil man seinen Körper, mit Blutergüssen bedeckt, ziemlich weit vom Eruptionskegel entfernt gefunden hatte. Vielleicht ein Sturz, während er vor dem Lavastrom zu fliehen versuchte. Die Ermittlungen haben nichts ergeben.«

Bourlin brach das nachdenkliche Schweigen.

»Was also hat dieser Sylvain erzählt?«

»Dass es vor der Küste von Grímsey, einen Steinwurf weit, unter all den unbewohnten kleinen Inseln, die sie säumen, ein ganz besonderes Eiland gäbe, das ebenso gefürchtet wie begehrt sei. Es hieß, dort gebe es einen immer warmen Stein von der Größe einer Stele, bedeckt mit alten Inschriften. Und wenn man sich auf diesen lauwarmen Stein legte, würde man nahezu unverwundbar werden, ewig sozusagen. Weil man von Wellen durchströmt würde, die direkt aus dem Erdinnern kämen. Solches Zeug eben. Man muss allerdings dazu sagen, dass es nicht wenige Hundertjährige auf Grímsey gibt, was man darauf zurückführt. Sylvain erklärte, er würde am nächsten Tag rüberlaufen, um das Phänomen wissenschaftlich zu erkunden, aber das dürften die Leute hier auf keinen Fall wissen, die Bewohner von Grímsey sähen es überhaupt nicht gern, dass jemand den Fuß auf ihr Inselchen setzte. Es sei nämlich von einem Dämon bewohnt, einem

Afturganga, so einer Art Zombie. Der Arzt hat gelacht, wir alle haben gelacht. Und trotzdem, nach einer Stunde war die ganze Gruppe dafür, den Vulkanologen zu begleiten, selbst der Arzt. Man gibt sich skeptisch, aber so eine kleine Vereinigung mit einem Ewigkeitsstein reizt im Grunde doch jeden. Obwohl zugleich jeder so tat, als ginge er nur aus Daffke mit oder wie nach einer Säuferwette. Es waren etwa drei Kilometer, ein Fußmarsch von einer Stunde über das Packeis, zum Mittagessen würde man zurück sein. Ha, und wie wir zurück waren!«

Bourlin bestellte eine zweite Portion Kartoffeln, und jeder sah es mit Wohlwollen. Die rabelaissche Vitalität dieses Kommissars lockerte die Atmosphäre in dem Maße, in dem man sich dem Epizentrum des Berichts näherte.

»Um 9 Uhr gingen wir vom Ende der Mole los. Sylvain hatte uns aufs Neue eingeschärft, gegenüber den Inselbewohnern kein Wort zu verlieren, denn außer der Sache mit dem *Afturganga* konnten sie es auch nicht leiden, dass blöde Touristen ihren warmen Stein beschmutzten, indem sie ihren Hintern darauf parkten. Der Himmel war blau, frostig und geradezu perfekt, ohne eine einzige Wolke. Aber in Island sagen sie, dass das Wetter sich pausenlos ändert, das heißt alle fünf Minuten, wenn es will. Am Ende der Mole wies Sylvain uns unauffällig auf den schwarzen Felsen hin, der die merkwürdige Form eines ›Fuchskopfs‹ habe, so sagten sie, mit zwei kleinen Kegeln, die ihn überragten wie Ohren, und einem dunklen Strand in Form einer Schnauze. Wir kamen ohne Zwischenfall hinüber, man musste nur auf die Spalten zwischen den Eisblöcken achten. Das Inselchen war winzig, wir hatten es rasch einmal umrundet, und der Manager – Jean? Hieß er nicht Jean? – fand auch den Stein.«

»Ich dachte, Sie haben so ein fabelhaftes Gedächtnis«, bemerkte Danglard.

»Oh, ich erinnere mich nur an das, wonach man mich fragt. Danach lösche ich es, um Platz zu gewinnen. Und Sie, löschen Sie nicht?«

»Ich denke gar nicht daran. Was also tat dieser Jean?«

»Er legte sich auf den Stein und lachte, lachte hemmungslos. Und während so jeder von uns seinen kleinen Aufenthalt auf der Stele absolvierte – die tatsächlich lauwarm war –, verging die Zeit. Der Typ mit dem glatt rasierten Schädel streckte sich mit todernster Miene darauf aus, sagte kein Wort und schloss die Augen. Plötzlich schüttelte Sylvain ihn, und er schrie es fast: ›Wir kehren um, wir gehen zurück!‹ Und wies mit dem Arm auf ein gewaltiges Nebelgebirge, das auf uns zukam. So schnell, dass Sylvain nach zwanzig Metern über das Packeis aufgab und zur Umkehr riet. Erst sah man noch sechs Meter weit, dann nur noch vier, dann zwei. Er befahl uns, einander bei den Händen zu fassen, und führte uns zurück auf die Insel. Er beruhigte uns und meinte, dass in zehn Minuten oder einer Stunde sich der ganze Spuk wieder verzogen haben könnte. Aber nichts hat sich verzogen. Wir sollten vierzehn Tage dort bleiben. Vierzehn Tage in eisiger Kälte und ohne etwas zu essen. Die Insel war leer, ein Ort für Tote, ein Ort für den *Afturganga*, der sie bewachte. Schwarzer, schneebedeckter Fels, kein Baum, kein einziges Tier, kein …«

Victor stockte so plötzlich, das Messer noch in der Luft, und sein Entsetzen war so unverkennbar, dass auch die anderen erstarrten. Adamsberg und Danglard wandten sich um und folgten der Richtung seines Blickes. Da war nichts weiter zu sehen als eine Wand und zwei verglaste Türen. Zwischen ihnen ein unbeholfenes Gemälde der Vallée de Chevreuse. Ein Werk von Céleste, eine ziemlich genaue Kopie des

Bildes, das in Masfaurés Büro hing. Victor verharrte in derselben Position, er atmete kaum. Adamsberg bedeutete seinen Kollegen, schweigend wieder eine zwanglose Haltung einzunehmen. Er nahm dem jungen Mann das Messer aus der Hand und drückte seinen Arm sanft auf den Tisch herunter, als bewege er eine Gliederpuppe. Dann fasste er ihn beim Kinn und drehte sein Gesicht herum.

»Das ist er«, flüsterte Victor.

»Der Mann am Tisch hinter uns, den Sie im Spiegel sehen?«

»Ja.«

Victor schüttelte sich wie ein Pferd im Gestüt, leerte sein Glas in einem Zug und rieb sich das Gesicht.

»Tut mir leid«, sagte er. »Ich hätte nicht gedacht, dass das Erzählen der Geschichte mich so umhauen würde. Ich habe sie noch nie jemandem erzählt. Nein, er ist es nicht, es ist das Spiegelbild, das mich verwirrt hat. Er sah schon damals vor zehn Jahren älter aus.«

Adamsberg betrachtete den Mann, der kurz nach ihnen den Gasthof betreten hatte. Er aß allein und wirkte zerstreut, das Lokalblatt lag ausgebreitet vor ihm auf dem Tisch, sein Blick schweifte teilnahmslos durch den Raum. Er schien müde zu sein von einem langen Arbeitstag und dachte wohl nur noch daran, ins Bett zu kommen.

»Victor«, sagte Adamsberg leise, »er hat weder einen Backenbart noch angegraute Strähnen, außer an den Schläfen. Denken Sie nach. Was an ihm hat Sie an den Mörder erinnert?«

Victor zog seine niedrige Stirn kraus, drehte hastig eine Haarlocke zwischen den Fingern.

»Es tut mir leid«, wiederholte er.

»Denken Sie nach«, beharrte Adamsberg sanft.

»Vielleicht sind es seine Augen«, sagte Victor zögernd, wie um eine Vermutung anzubieten. »Seine unscheinbaren Augen, die alles sehen und einen fixieren, wenn man es am wenigsten erwartet.«

»Und, hat er uns fixiert?«

»Ja, Sie.«

Adamsberg ging mit seinem leicht wiegenden Gang auf die Wirtin zu, die hinter ihrer Theke beschäftigt war. Nach einer Weile kam sie und setzte sich zu ihnen an den Tisch.

»Sie sind nicht der Erste«, sagte die große Frau amüsiert, »und werden auch nicht der Letzte sein, und wenn Sie dreimal Kommissar sind. Sogar aus den großen Restaurants sind sie gekommen und haben versucht, es rauszukriegen. Aber nichts da«, sagte sie und wedelte mit ihrem Geschirrtuch, »das gehört uns, und es bleibt hier. Wo denken Sie hin!«

Adamsberg goss ihr ein Glas Wein ein.

»Oh, und damit brauchen Sie's erst gar nicht zu versuchen!«, fuhr die Frau fort und trank einen Schluck. »Ich werde es erst verraten, wenn ich schon mit einem Bein im Grab stehe, und auch dann nur meiner Tochter!«

»Geständnis auf dem Sterbebett«, murmelte Danglard. »Geben Sie sich einen Ruck, Madame, wir sagen es auch niemandem weiter, mein Ehrenwort.«

»Kein Ehrenwort hat je gehalten, weder dafür noch für was anderes. Ich kannte mal eine Crêpes-Bäckerin aus dem Departement Finistère, die wurde gefoltert, damit sie ihr Geheimnis preisgab. Schließlich hat sie gesagt, dass sie Bier in ihren Teig gibt, und da haben sie sie freigelassen. Aber es war kein Bier.«

»Wovon reden wir hier eigentlich?«, fragte Bourlin mit schon etwas träger Zunge, während Danglard, im Gegenteil, immer lebhafter wurde, je mehr er trank. Allem Anschein nach tat der Alkohol ihm gut.

»Vom Rezept für die Strohkartoffeln«, sagte Danglard.

»Aber auch von Ihrem einsamen Gast dort an der Tür«, fügte Adamsberg hinzu. »Drei Worte über ihn, und ich lasse Sie frei.«

»Den kenn ich nicht. Und ich weiß nicht, ob ich berechtigt bin, über meine Gäste zu reden. Außerdem, wir und die Polizei, da schiebt sich nichts zusammen. Stimmt's, Victor?«

»Stimmt, Mélanie.«

»Können wir verstehen«, sagte Adamsberg lächelnd und mit leicht geneigtem Kopf.

Danglard beobachtete den Kommissar, wie er sein knochiges, seltsam zerklüftetes Gesicht unbewusst in eine ebenso betörende wie unvermutete Falle verwandelte.

»Sie kennen ihn nicht, aber Sie wollen auch nicht über ihn reden. Also wissen Sie doch ein ganz klein wenig über ihn?«, sagte er.

»Also drei Worte«, entgegnete Mélanie mit geheucheltem Groll.

»Fünf«, feilschte Adamsberg.

»Ich fand ihn einfach merkwürdig, das ist alles.«

»Warum?«

»Weil er mich gefragt hat, ob ich den Schuster kenne.«

»Wie bitte?«

»Den Schuster von Sombrevert. Ich verstand nicht. Ich sagte, na klar, hier kennen sich doch alle, und weiter? Ich mag so eine Art nicht. Da hat er seine Karte hervorgezogen, auf der stand *Steuerinspektor*. Da habe ich gesagt: ›Und? Was stellen Sie sich vor, das der Schuster vor der Steuer verbirgt? Schnürsenkel etwa?‹«

»Gut geantwortet«, sagte Victor.

»Na ja, so was regt mich auf, diese Typen, die ständig in der Scheiße rumwühlen – oh, Verzeihung, Kommissar.«

»Aber ich bitte Sie.«

»Ich meine, die uns kleine Leute ins Schwitzen bringen, dabei sitzt das richtige Geld doch ganz woanders. Da habe ich mir gesagt, alles, was der wollte, war, mir seine Visitenkarte zeigen. Um mich zu beeindrucken, was sonst. Und das Schlimmste dabei: Das schaffen die sogar, selbst wenn man sich überhaupt nichts vorzuwerfen hat. In der Küche haben wir dann sehr auf sein Steak in der Pfanne geachtet. Na ja, immerhin. Je schneller der von hier verschwindet, desto besser für uns.«

»Mélanie«, schaltete Victor sich ein, »dein kleines Hinterzimmer, könntest du das für uns aufmachen? Mit den Herren hier, du verstehst, würden wir gern ungestört reden.«

»Ich verstehe schon, aber da drin ist nicht geheizt, ich werde mal schnell ein Feuer machen. Geht es um den Tod des armen Monsieur Henri?«

»Natürlich, Mélanie.«

Die Wirtin nickte bedächtig.

»Ein Wohltäter«, sagte sie. »Victor, wo findet die Trauerfeier morgen statt? In Malvoisine oder in Sombrevert?«

»Weder noch. Wir lassen die Messe in der kleinen Kapelle in der Kuhle lesen. Na ja, du weißt ja, dass er an nichts glaubte. Und so kränken wir ihn nicht.«

»Im Creux? Ich weiß nicht, ob das der richtige Ort ist«, meinte Mélanie und schüttelte ihre weichen Wangen. »Nichts gegen Le Creux, wir fühlen uns ja wohl hier. Solange man dem Turm nicht zu nahe kommt.«

Danglard hielt sich zurück, jetzt war nicht der Augenblick, sich über den Aberglauben auszulassen, der sich um die »Kuhle« rankte. Mélanie hatte im Hinterzimmer den Kamin angeheizt, und die Männer drängten sich auf einer blau gestrichenen Schulbank, um den Flammen so nahe wie möglich zu sein. Nur Adamsberg lief hinter ihnen auf und ab.

»Ich träume oft davon, wissen Sie«, begann Victor wieder. »Seltsamerweise nicht von den Messerstichen oder von ihr. Ich träume davon, wie es uns schließlich gelang, ein Feuer zu machen, dank dem Legionär – wie wir den Typen mit dem kahl geschorenen Schädel nannten. Am Tage unserer Ankunft standen wir alle wie benommen am Ufer und warteten darauf, dass sich der Nebel lichtete. Er aber gab Befehle: Holz sammeln für ein Feuer, zwei Schneemauern aufschichten zum Schutz vor dem Wind, nach Tieren Ausschau halten, die man essen könnte. Er befehligte uns wie ein Adjutant, und wir spurten wie die Soldaten. ›Holz, woher?‹, hat der Manager gefragt. ›Auf dieser Insel wächst doch nichts.‹ ›Da oben, du Idiot!‹, hat der Legionär gebrüllt. ›Habt ihr keine Augen im Kopf? Auf dem Plateau stehen dreißig Meter lange Holzbauten, alte Trockengestelle für Fische. Nehmt mir das Zeug Brett für Brett auseinander! Ihr anderen schiebt Schnee zusammen, presst ihn zu Blöcken. Immer drei Mann arbeiten zusammen, helft euch gegenseitig! Und haltet euch ran, dass ihr vor Einbruch der Dunkelheit fertig seid!‹ Ein Energiebündel, dieser Legionär. Für ihn schien der Aufenthalt auf dem warmen Stein ein voller Erfolg gewesen zu sein.«

Victor streckte seine Hände zum Kamin.

»Das Feuer, verflucht, wenn wir das nicht gehabt hätten. Und wir hatten es dank diesem Haudegen. Ein Schlägertyp, aber sehr praktisch veranlagt. Am Abend hatten wir dann ein helles Feuerchen, die Schneemauern standen in ausreichendem Abstand zu den Flammen, und den einzigen schmalen Ausgang hatten wir mit unseren Taschen zugestellt.«

Bourlin zog an seiner Zigarette, das isländische Eis schien

ihn umklammert zu halten, er wärmte sich an den Flammen. Hier in diesem Raum war man unter sich, Mélanie hatte Aschenbecher hingestellt und Tassen mit Kaffee verteilt, dazu einen Verdauungsschnaps für Danglard.

»Das war unsere Hütte«, fuhr Victor fort. »Drin mögen es so um die null Grad gewesen sein, aber draußen, bei dem Wind, waren es bestimmt sechs, sieben Grad minus. Trotzdem waren wir vor Kälte wie erstarrt, und der Legionär zwang uns, notfalls mit Ohrfeigen, tags und nachts jede Stunde einmal aufzustehen, uns zu bewegen und zu reden – zum Beispiel laut das Alphabet aufzusagen –, damit unsere Glieder und unsere Gesichter nicht erfroren. So dämmerten wir mit leerem Magen im Sitzen vor uns hin. Kahlkopf wollte nicht, dass wir uns in den Schnee legten. Er ging uns auf den Geist, der Kerl, aber damit hat er uns das Leben gerettet. Bis dieser Mistkerl mit dem Backenbart ihn uns genommen hat. Er konnte den Befehlston des Legionärs nicht ertragen. Es kam zur Schlägerei, wir hatten seit drei Tagen nichts gegessen, und da ist der Mistkerl ausgerastet. Er hat ein Springmesser gezogen, hat ein einziges Mal zugestochen, und es gab keinen Legionär mehr. Das Blut spritzte in den Schnee, es war ekelhaft. Er hat lediglich gesagt: ›Er ging uns auf den Wecker.‹ Das war die ganze Totenmesse für den Legionär.«

Victor sah zu Adamsberg hoch.

»Ich würde gern schneller erzählen. Oder aber ich muss einen Schnaps haben wie der Commandant.«

»Das eine wie das andere«, erwiderte Adamsberg, der an der Kamineinfassung lehnte. »Dieses Zeichen hier«, sagte der Kommissar und schlug sein Notizbuch auf, »erinnert Sie das an etwas?«

»Nein, gar nicht. Warum? Was ist das?«

Er sagte es mit dem gleichen erstaunten Gesichtsausdruck wie Amédée.

»Nichts«, fuhr Adamsberg fort. »Wir hören, Victor.«

»Dann hat er den Leichnam weggeschleppt und ihn ins Packeis gestoßen, damit die Vögel ihm nicht die Augen aushackten und ihn direkt vor uns auffraßen, solange er noch warm war. Und dann, drei Tage später, erklärte er, wenn er schon krepieren müsse, dann würde er – und dabei sah er Madame Masfauré an – vorher wenigstens noch eine letzte Nummer schieben. Henri und ich, wir standen auf. Wieder eine Schlägerei.«

Victor fasste sich an die Nase.

»Dabei verpasste er mir eine derartige Rechte, dass er mir das Nasenbein brach. Vorher hatte ich eine ganz normale Nase, jetzt habe ich diesen Knubbel hier. Henri hat er mit einer bloßen Armbewegung umgerissen. Der Typ war wie aus Eisen. Und auf seinen Befehl hin, er hatte das offene Messer in der Hand, haben wir uns alle wieder gesetzt. Feige, was? Aber nach sechs Tagen ohne Nahrung und mit vor Kälte starren Gliedern hatten wir einfach keine Kraft. Er dagegen musste wohl auch von diesem verdammten Stein eine Ladung Energie aus dem Innern der Erde empfangen haben. Doch in der Nacht hörten wir Schreie, Madame Masfauré schrie, dieser widerliche Kerl begrabschte sie unter ihrem Anorak, er hatte seine Hände schon in ihrer Hose. Ich kürze ab, Kommissar, diese Szene zu berichten fällt mir schwer. Henri und ich, wir standen wieder, zwei kältestarre Zombies. Auch andere hatten sich erhoben. Madame Masfauré hat dem Kerl schließlich einen heftigen Stoß versetzt, und er ist ins Feuer gefallen.«

Victor lächelte breit, so wie zuvor Amédée.

»Verdammt, sein Hosenboden hatte Feuer gefangen, er

schlug mit den Händen darauf, im Schein des Feuers sah man beinahe seine Arschbacken schmoren. Einer von uns – war's Jean, der Manager? – rief: ›Hey, man sieht deinen Hintern, du Mörder! Lass ihn in der Hölle brutzeln!‹ Und Madame Masfauré mokierte sich noch über ihn und beschimpfte ihn nach allen Regeln der Kunst. Da hat der Kerl sein verdammtes Messer gezogen und es ihr in den Leib gestoßen. Madame Masfauré. Mitten ins Herz.«

Victor nahm das Glas Schnaps, das Mélanie ihm brachte.

»Wir verharrten die ganze Nacht wie gelähmt vor Entsetzen. Während der Typ ihren Körper davonschleifte, um ihn ins Eis zu werfen, und Henri still vor sich hin schluchzte, schworen wir uns, ihn kaltzumachen. Aber am Morgen war er nicht da. Jeden Tag streifte er unermüdlich über die Insel, er gab nicht auf. Er suchte etwas zu essen, und wir schwiegen. Eines Abends erschien er wieder, befahl uns, Steine ins Feuer zu werfen; darauf schmiss er einen großen Klumpen Fleisch. Mehrere Kilo Fisch, wir waren wie hypnotisiert. Er sagte: ›Wenn einer von euch weiß, wie man Seehunde ködert, soll er sich melden. Seit fünf Tagen stelle ich Fallen auf. Wenn ihr essen wollt, dann bitte. Aber wer von dem Tier isst, der hält den Mund. Und wer spricht, der ist tot.‹ Wir haben gegessen. Es war schon ein recht großes männliches Tier, aber zu zehnt hatten wir trotzdem nicht sehr lange was davon. Am nächsten Morgen ist er wieder los, um seine Fallen aufzustellen und mit seinem Stock über die Insel zu ziehen. Eins muss man sagen, während wir beim Feuer kauerten wie die Geschlagenen und das Alphabet aufsagten, stand er seinen Mann und suchte und suchte. Und später schleppte er dann noch mal eine Robbe an, eine junge diesmal.«

»Pardon«, sagte Danglard, »Amédée sprach nur von einer Robbe. Hat sich Alice Gauthier da geirrt?«

»Unmöglich. Amédée hat nie sehr aufmerksam zugehört, schon gar nicht in diesem Moment. Zwei Robben. Ein großes Männchen und dann dieses Jungtier. Der Typ hat uns das Leben gerettet, das muss man ihm zubilligen. Schließlich hätte er seine Beute auch irgendwo heimlich verschlingen können, ohne dass wir was davon erfahren hätten. Dennoch hat er geteilt. Wir haben mit Henri später manchmal über ihn gesprochen. Über diesen Kerl, der verrückt genug war, mit der Selbstverständlichkeit zu töten, mit der man atmet, und dann wiederum so menschlich, seine Beute mit uns zu teilen. Schließlich, wenn er uns alle umgebracht hätte, und das konnte er, und seine Robben ganz allein gegessen hätte, hätte er in aller Ruhe darauf warten können, dass der Nebel sich hob. Und am Ende hat er sich auch gehoben, dieser Scheißnebel, und wieder innerhalb von zehn Minuten. Wir haben einander bei den Schultern gefasst und sind losmarschiert. Dann sahen wir von Neuem die Dächer des Dorfes. Man hat uns aufgenommen, uns zu essen gegeben, uns gewaschen – wir stanken ja von Kopf bis Fuß nach Seehundfett und verfaultem Fisch –, aber unsere Lippen waren verschlossen. Das heißt, nicht ganz. Wir berichteten wie aus einem Munde, dass wir auf der Insel zwei Gefährten verloren hätten. Erfroren, wie er uns eingetrichtert hatte. Andernfalls würden auch wir dran glauben müssen, das hatte er uns angedroht. Wir, unsere Angehörigen, unsere Kinder, unsere Eltern, unsere Freunde. Ich selbst hatte ja weder Kinder noch Eltern noch Freunde. Aber Henri hat mich im Namen seines Sohnes angefleht zu schweigen. Wir haben den Mörder in Frieden gelassen, und ich schwöre Ihnen, dass er gefährlich war. Dass er es immer noch ist.«

»Die Namen?«, fragte Adamsberg. »Die Namen der anderen aus der Gruppe?«

»Die kennt niemand außer ihm.«

»Das ist unmöglich, Victor. Zwei Tote, da muss es bei Ihrer Rückkehr zwangsläufig polizeiliche Ermittlungen gegeben haben. Man wird Ihre Aussage und Ihre Personalien zu Protokoll genommen haben.«

»Das war auch die Absicht der Polizei in Akureyri, der Stadt gegenüber auf dem Festland. Aber der Typ hatte selbst daran gedacht. Ohne uns Zeit zu lassen, uns ein wenig zu erholen, ließ er uns schon am nächsten Morgen auf eine Fähre nach der kleinen Stadt Dalvík steigen. Unter Umgehung von Akureyri. Während der sechsstündigen Überfahrt dachte ich, Henri geht mir kaputt. Von dort nach Reykjavík, dann nach Paris. Die Behörden in Akureyri wären nicht einen Moment lang auf den Gedanken gekommen, wir würden versuchen zu fliehen. Warum auch? Also haben sie sich Zeit gelassen. So sind wir ihnen durch die Lappen gegangen.«

»Aber Masfauré hat doch wohl den Tod seiner Frau melden müssen?«

»Ja, natürlich. Aber es störte den Mörder ja nicht, dass die Namen der Toten, der beiden ›Kältetoten‹, bekannt würden. Nur sein eigener und die unseren durften es auf keinen Fall. Auch der ›Legionär‹ wurde am Ende identifiziert durch die Zeugenaussage seiner Schwester. Ein gewisser Éric, Éric Courtelin, glaube ich. Sie können das alles in den aktuellen Nachrichten jener Zeit nachlesen ... Seien Sie mal still!«, befahl er plötzlich und stand ruckartig auf.

»Aber wir reden doch gar nicht«, wandte Danglard ein, während Bourlin aus halb geschlossenen Augen zu uns aufschaute.

Diesmal stand nicht Angst auf Victors Gesicht, eher eine geradezu leidenschaftliche Erregung. Adamsberg hörte draußen ein Schaben und einen langgezogenen, klagenden Schrei.

»Das ist Marc«, sagte Victor und öffnete mit einem raschen Griff das Fenster.

Adamsberg trat zu ihm, horchte in die Stille und fragte sich, welcher Mensch ein dermaßen schauriges wie unmenschliches Stöhnen hervorbringen konnte. Ohne ein Wort der Erklärung stieg Victor über das Fensterbrett und sprang auf die Straße, wie getrieben von höchster Dringlichkeit.

»Ich komme wieder«, sagte Adamsberg zu Mélanie. »Hätten Sie irgendwo einen bescheidenen Platz, einen Treppenabsatz, einen Sessel oder sonst etwas, wo der Kommissar sich zum Schlafen hinlegen könnte? Ich komme wieder.«

»Ich komme wieder«, drei schon tausendmal gesagte Wörter, so als wollte Adamsberg das seiner Umgebung immer aufs Neue versichern, da er selbst wohl fürchtete, nie mehr zurückzukommen. Man schlägt einen Waldweg ein, man betrachtet die Bäume, und dann, wer weiß?

9

Adamsberg war bereits hinter Victor her, der seinerseits diesem stöhnenden, knurrenden Marc auf den Fersen war, als er hinter sich das charakteristische Geräusch des rennenden Danglard hörte.

Wer Commandant Danglard nie hatte rennen sehen, der konnte sich nur wundern. Mélanie sah von ihrer Türschwelle aus interessiert zu, wie dieses Individuum sich auf sehr seltsame Weise fortbewegte, den schlaffen Oberkörper nach vorn geworfen, während weit dahinter, so schien es, zwei lange, aber wackelige Beine folgten, die sie an die halb geschmolzenen Altarkerzen in der Kirche von Sombrevert erinnerten. Dass Gott ihn bloß behüte.

»Welchem Tier laufen wir eigentlich nach?«, keuchte Danglard, als er Adamsberg fast eingeholt hatte.

»Keinem Tier, irgendeinem Kerl.«

»So einen Kerl nenne ich ein Tier.«

Adamsberg schloss zu Victor auf, packte ihn bei seinem schweißglänzenden Nacken.

»Scheiße!«, schrie Victor ihm zu. »Es ist was mit Céleste passiert! Marc hat mich gesucht!«

»Wer ist Marc?«

»Ihr Wildschwein, mein Gott!«

Adamsberg wandte sich zu Danglard um, der schon zehn Meter zurückgefallen war.

»Sie hatten recht, Commandant. Es ist ein Tier. Das uns

geradewegs zu Céleste führt, fragen Sie mich nicht, wie und warum.«

Statt den direkten Zugang zum Haus zu wählen, schlug Victor sich in den westlich davon gelegenen Wald, er kannte seinen Weg in- und auswendig. Adamsberg blieb ihm dicht auf den Fersen, Danglard mit seiner Taschenlampe schnaufte verbissen ein Stück hinter ihnen, immer darauf bedacht, seine Schuhe zu schonen. Ein guter Kilometer Waldweg, schätzte Adamsberg, als er hinter Victor zum Stehen kam, vor sich eine alte Blockhütte, vor deren Tür in der Tat schnaubend ein mächtiger Keiler stand.

»Achtung«, warnte Victor, »Marc mag Fremde nicht, vor allem, wenn sie sich der Hütte von Céleste nähern. Fassen Sie meine Hand, ich führe Sie, wir müssen unsere Gerüche miteinander vermengen. Kraulen Sie ihm den Kopf. Sie werden sehen, seine Schnauze ist seidenweich wie der Schnabel eines Entenkükens. Das ist seine Besonderheit: Sein Maul ist kindlich geblieben.«

Victor legte die Hand des Kommissars auf die sozusagen knabenhafte Schnauze des imposanten schwarzen Tiers mit dem borstigen Fell, das gut und gern einen Meter sechzig lang war, schätzte Adamsberg, und dessen mächtiger Kopf ihm weit über die Gürtellinie reichte.

»Das sind Freunde, Marc«, sagte Victor und rieb dem Tier den Hals, während er mit der anderen Hand an eine schwere Tür aus Rundhölzern pochte. »Céleste! Mach auf!«

»Es ist nicht abgeschlossen«, sagte eine schwache, ziemlich grantige Stimme.

Victor stieß die Tür auf und krümmte sich, um in die enge und armselige Hütte treten zu können. Das Wildschwein stürzte auf Céleste zu, dann machte es auf der Stelle kehrt und versperrte den Zugang zur Hütte mit seinem Körper und seinen weißen Eckzähnen, die ebenso mächtig und weiß waren wie die Zähne von Victor.

»Es ist nichts«, sagte Céleste sofort und wedelte mit den Händen.

»Marc hat beim Gasthof nach mir gesucht. Was war los?«

»Er hat Angst gehabt.«

»Er war der Stärkste in der Rotte. Marc hat nur Angst, wenn du Angst hast.«

»Vielleicht hat er sich Sorgen gemacht. Was weißt du schon von den Sorgen eines Wildschweins?«

Adamsberg, der in der Umgebung der Hütte herumgelaufen war, trat ein.

»Hier riecht es nach Pferd«, sagte er.

»Alles hier riecht nach Pferd«, gab Céleste zurück.

»Draußen nicht und auch nicht im Wald. Es riecht auch vor allem nach Salbe. Eine Mischung aus Minze, Hyazinthe und Kampfer. Man strich das bei uns den Eseln auf die Füße. War er hier?«

»Wer?«

»Der nach Dionysos gepfiffen hat.«

»Oh, Pelletier?«, sagte Céleste in beiläufigem, fast unschuldigem Ton.

»War er hier?«

»Das würde mich wundern«, meinte Victor. »Den kann Marc nicht ausstehen.«

»Und heute Abend?«, beharrte Adamsberg.

»Die Tür hat geknarrt, und Marc ist unruhig geworden«, sagte Céleste gereizt und mit einer mürrischen Grimasse. »Ist ja schließlich nur ein Tier.«

»Nein«, versicherte Victor. »Marc ist feinfühlig wie eine Fliege. Er ist zu mir gekommen, weil du in Gefahr warst.«

Die kleine Frau, die sich auf den einzigen Schemel in der bescheidenen Hütte zurückgezogen hatte, zog eine Pfeife aus ihrer Kittelschürze und begann sie zu stopfen. Es war eine kurze Pfeife mit breitem Kopf, wie Männer sie rauchen.

»Céleste«, beharrte Victor, »morgen beerdigen wir Henri. Es ist nicht der Augenblick zu lügen. Ein Selbstmörder und ein Ermordeteter gelangen nicht auf dieselbe Weise nach da oben.«

»Gott weiß alles«, erwiderte Céleste und zündete ihre Pfeife an, dicke Rauchwolken ausstoßend. »Warum sprichst du von Mord, Victor? Schämst du dich nicht, so eine Anklage zu erheben?«

»Ich spreche davon, weil die Bullen davon sprechen. Aber Gott weiß, oder vielmehr *du weißt*, was Pelletier hier in der Nacht gewollt hat.«

»Es riecht nach Pferd und nach Pferdesalbe«, wiederholte Adamsberg leise, fasziniert von dieser hageren Frau, die ihr Pfeifenrohr zwischen den Zähnen hielt. »Aber ich mag den Geruch der Salbe«, fügte er hinzu und drehte sein Gesicht ins Dunkel, denn die Hütte wurde nur von zwei Kerzen erhellt.

»Also gut«, gab Céleste zu. »Er hat an der Tür gerüttelt.«

»Er hat sie aufgebrochen«, sagte Victor und hielt ihr ein paar Holzsplitter hin. »Womit hat er dieses Rundholz kaputt gekriegt? Mit seiner Axt?«

»Er war betrunken, es ist nicht seine Schuld. Ich muss das Fichtenholz eben durch Eiche ersetzen, du siehst ja, dass es nicht hart genug ist, ich hatte schon mal mit Monsieur Henri darüber gesprochen.«

»Hör auf, Céleste. Was hat er dir angetan?«

»Nichts.«

»Nichts? Und deswegen ist Marc bis zum Gasthof gerannt gekommen?«

»Ist doch nur ein Tier«, sagte sie noch einmal.

»Wer? Pelletier?«, Victor wurde etwas lauter.

»Reg dich nicht auf, er hat mich nur ein bisschen an den Schultern geschüttelt.«

»Ein bisschen? Zeig her.«

»Fass mich nicht an!«, befahl sie.

Und Marc nahm wieder seine Drohhaltung ein, ließ diesmal sogar seine Zähne aufeinanderschlagen.

»Henri Masfauré hat sich nicht umgebracht, Céleste«, unterbrach Adamsberg sie sanft. »Was hat Pelletier zu Ihnen gesagt?«

Und Céleste hatte den Eindruck, dass die verschwommenen Augen dieses Kommissars sie nicht loslassen würden, ebenso wenig wie seinerzeit die von ihrem Lehrer, nein, nicht bevor sie ihre Hausaufgaben gemacht hätte. Marc schien sich seltsamerweise zu beruhigen, ja, er ging sogar zwei Schritte auf den Kommissar zu und streckte ihm seinen Kopf entgegen. Adamsberg strich mit zwei Fingern vorsichtig über den Entenflaum seiner Schnauze. Dieses Einvernehmen schien Céleste zu überzeugen.

»Er hat nur gesagt, dass ich ihn seit dem Tod von Monsieur Henri so argwöhnisch ansehen würde. Und dass ich das lassen soll.«

»Und warum sehen Sie ihn argwöhnisch an?«

Céleste zog einen Pfeifenstopfer aus ihrer anderen Tasche, drückte den Tabak fest und tat einen langen Zug.

»Er war betrunken. Solche Sachen denkt er sich aus. Dann ist Marc auf ihn losgegangen und hat ihn bis in den Wald verfolgt. Aber ich hätte nicht gedacht, dass er Victor holen würde.«

»Wann kam er hierher?«

»Vor neun Jahren. Er hat seine Eltern verloren, als er noch

ganz klein war, sie wurden umgebracht wie der letzte Dreck, und seine Geschwister sind dann in der Lagerstatt verendet.«

»So was prägt den Charakter«, meinte Danglard, den sie völlig vergessen hatten und der beinahe aufrecht am Rahmen der aufgebrochenen Tür lehnte.

»Ich sprach von Pelletier, nicht von Marc«, sagte Adamsberg. »Wann kam er hierher?«

»Ach, der? Kurz nach mir. Wieso ist das von Bedeutung?«

»Alles kann von Bedeutung sein, wenn ein Mensch getötet wurde«, sagte Danglard.

»Weil Sie sich denken, dass er Monsieur Henri umgebracht haben könnte? Seinen Wohltäter? Und das nur, weil Marc durchgedreht ist? Er ist noch in der Rauschzeit, wenn Sie's genau wissen wollen. Sein Wurf hat nicht viel erbracht. Er muss die Sache wiederholen, und dafür ist es jetzt schon ganz schön spät. Das nervt ihn, muss man verstehen.«

»Es hat schon manch einer seinen Wohltäter verraten«, bemerkte Danglard.

»Als er weg war«, sagte Céleste mit veränderter Stimme, als bediente sie gerade noch im großen Salon, »habe ich eine Viper draußen zischen hören.«

Sie runzelte besorgt die Stirn, stieß eine Rauchwolke aus.

»Ich werde die Ritzen mit Holzkitt verstopfen müssen. Sonst kommen sie mir noch hier rein.«

Victor warf Adamsberg einen Blick zu und schüttelte den Kopf. Sie würden kein Wort mehr aus ihr herausbringen, jedenfalls nicht im Augenblick.

»Oder Vogelmist ausstreuen«, empfahl Adamsberg. »Der vertreibt die Schlangen.«

»Den gibt's im Turm haufenweise«, meinte Victor.

»Ich will nichts, was aus dem Turm kommt, Victor. Das weißt du genau.«

»Warum haben Sie nichts sagen wollen, Céleste? Über Pelletier?«

»Jetzt, wo Monsieur Henri von uns gegangen ist, wissen wir nicht, was aus uns werden wird. Aus mir, Victor, Pelletier. Da wollte ich ihm nicht noch zusätzlichen Ärger machen wegen so einer blöden Geschichte im Suff.«

Sie stand von ihrem Hocker auf und machte sich, die Pfeife noch zwischen den Zähnen, in der Hütte zu schaffen, goss Wasser aus einem alten Krug in eine Emailleschüssel, zog mit aller Sorgfalt eine Decke über ihre Schaumstoffmatratze, die direkt auf dem Boden lag und nur durch eine darunter liegende blaue Plastikplane vor Feuchtigkeit geschützt wurde. Adamsberg betrachtete diesen trostlosen Ort, den alten Kohleofen, den Fußboden aus gestampfter Erde, in dem ein kreisrunder dunkler Fleck von etwa zwanzig Zentimetern Größe seinen Blick auf sich zog. Er kauerte sich hin und legte seine Hand darauf. Ein einfacher kleiner Kreis, nur etwas feuchter als der Boden ringsum.

»Pisst Marc hierhin?«, fragte er.

»Ja«, erwiderte Céleste, ohne zu zögern.

»Nein«, sagte Adamsberg. »Sein Territorium markiert er außerhalb der Hütte.«

Und mit den Fingerspitzen begann er, unter Célestes entsetzten Augen die frische Erde aufzukratzen.

»Dazu haben Sie kein Recht!«, sagte sie in schrillem Ton. »Dort vergrabe ich meine Ersparnisse!«

»Die nehme ich Ihnen auch nicht weg«, sagte Adamsberg und grub weiter das krümelige Erdreich auf.

Er brauchte nicht sehr tief zu graben, bis seine Finger auf den Rand eines dicken Glases mit flachem Boden stießen, das er aus der kleinen Höhlung zog. Er stand auf, schüttelte das Glas, hielt es sich unter die Nase.

»Whisky«, sagte er ruhig.

»Das Glas von Henri Masfauré?«, fragte Danglard.

Vergiftet, dachte der Commandant. Céleste war in das große Genie der Luft verliebt. Vielleicht wollte Masfauré wieder heiraten, wer weiß. Da hat sie ihn getötet. Aber warum hat sie in diesem Fall das Glas nicht zerschlagen?

»Marc wird Sie zur Allee zurückbegleiten«, erklärte Céleste ganz plötzlich, so als spräche sie von ihrem Butler am Ende einer mondänen Abendgesellschaft.

»Nach Amédées Entdeckung an jenem Morgen«, sagte Adamsberg, »sind Sie ins Büro hinaufgegangen, haben die Flasche weggeräumt und das Glas mitgenommen.«

»Ja. Marc wird Sie zur Allee zurückbegleiten.«

»Warum, Céleste?«

Céleste nahm wieder auf dem Schemel Platz, schaukelte einen Moment hin und her, während der Keiler, wie um sie aufzumuntern, immer wieder gegen ihre Beine stieß und sie rieb, bis sie gerötet waren. Dann wandte er sich erneut zu Adamsberg und hob seinen Kopf zu ihm. Diesmal streichelte Adamsberg ihn ohne jede Furcht.

»Er hatte sich das Leben genommen. Die Polizei, die Journalisten, sie alle würden sagen, dass er jeden Abend Whisky trank. Sie würden ihn verleumden. Darum habe ich das Glas mitgenommen.«

»Und warum haben Sie es eingegraben?«

»Es ist sein letztes Glas, zur Erinnerung. Man wirft das letzte Glas eines Toten nicht weg.«

»Ich bin verpflichtet, es mitzunehmen und untersuchen zu lassen«, sagte Adamsberg und ließ es auch schon in seine Tasche gleiten. »Ich bringe es Ihnen zurück.«

»Ich verstehe. Aber machen Sie es bitte nicht sauber. Marc wird Sie zur Allee zurückbegleiten.«

Und dieses Mal gehorchten die Männer. Durch ein Zeichen gab Adamsberg Victor zu verstehen, er möge noch einen Moment lang bei ihr bleiben. Folgsam trottete Marc vor ihnen her, nunmehr ohne alle Feindseligkeit.

»Ein Mann, eine Frau«, stellte Danglard fest, der mit seiner Taschenlampe den Weg vor seinen Füßen beleuchtete.

»Fragt sich nur, welcher Mann, Danglard?«

»Henri Masfauré, wer sonst?«

»Glaube ich nicht. Sie vergessen den Besuch von Pelletier. Céleste weiß etwas, er fürchtet sie, und, schlimmer noch, er bedroht sie. Und doch schützt sie ihn. Wie alt war sie, als er herkam? Fünfunddreißig.«

»Ja, und?«

»Und? Ein Mann und eine Frau.«

Schweigend liefen die beiden Männer weiter, das sonore Rascheln des Keilers vor sich.

»Zu wem gehört dieser Turm eigentlich?«

»Zu Le Creux.«

»Und was hat es mit ihm auf sich?«

»Er hat laut Céleste einen schlimmen Ruf. Sie sagt, einst habe man ihn als Verlies benutzt. Man pferchte Gefangene darin zusammen und ließ sie verrecken.«

»Na, dann.«

»Und darum höre man noch heute ihre Seelen weinen und ihre Geister nach Rache schreien.«

»Verständlich.«

»Sicher.«

Marc blieb an der Allee nicht stehen, sondern führte sie mitten durchs Gehölz bis zu einer Bresche im Zaun.

»Na klar«, sagte Adamsberg. »Er weiß, dass wir nur hier durch nach draußen gelangen. Das Tor ist ja dreifach mit Eisenketten gesichert.«

»Céleste hat ihm befohlen: ›Zur Allee.‹«

»Ich will ja niemanden verletzen, Danglard, aber Marc ist möglicherweise schlauer als sie. Warum? Weil er sich anpasst, während Céleste ihre fest gefügten Ansichten hat.«

Er streichelte den kindlichen Riecher des schweren Keilers.

»Ich komme wieder«, sagte er zu ihm.

Bourlin schlief auf der blau gestrichenen Holzbank, die unter seiner Masse verschwand. Adamsberg rüttelte ihn an der Schulter.

»Bourlin, ich fahre mit Danglard nach Paris zurück.«

»Schade«, sagte Bourlin und richtete sich auf, »ich begann mich hier wohlzufühlen. Mélanie hätte mir jeden Abend Strohkartoffeln gemacht.«

»Bestimmt.«

»So gute habe ich noch nie gegessen. Der Fall ist mir natürlich entzogen worden. Habe gerade die Mitteilung erhalten. Hätte ich mir ja denken können, das 15. Arrondissement reicht eben nicht bis zur Auberge du Creux. Und du solltest dich schon mal warm anziehen.«

»So.«

»Was war das übrigens für ein Schrei?«

»Ein Wildschwein, das Hilfe gesucht hat. Pelletier hat Céleste misshandelt. Sie wohnt in einer elenden Hütte mitten im Wald und raucht Pfeife. Wie eine Hexe.«

»In einer Hütte? Aber was war ihr Boss eigentlich? Philanthrop oder Sklavenhändler?«

»Das zu wissen wäre vielleicht ganz nützlich. Vergiss nicht, das Zeichen auf der Lederbespannung des Schreibtischs zu fotografieren.«

»Dieses verdammte Zeichen.«

»Wie eine Guillotine.«

»Das sagtest du schon. Hast du schon mal eine zweischneidige Guillotine gesehen?«

»Noch nie.«

10

Adamsberg war auf die Nationalstraße zurückgefahren, nachdem er das Whiskyglas in der Gendarmerie von Rambouillet gelassen hatte, mit der ausdrücklichen Weisung, es nach der Analyse Céleste zurückzugeben. Das Prasseln des Regens auf der Windschutzscheibe weckte Danglard.

»Wie weit sind wir?«

»Bereits hinter Versailles.«

»Ich meine mit den Ermittlungen. Morde oder Selbstmorde.«

»Zwei Selbstmörder, Danglard, die dasselbe Zeichen hinterlassen. Zwei Selbstmörder, die mit demselben Felsen auf Island verbunden sind. So was gibt's nicht. Und Amédée, der auch noch zwischen beiden hin- und herfährt.«

»Man kann ihn sich schwer als besessenen Mörder vorstellen, der innerhalb von zwei Tagen beide Morde begeht. Man sieht ihn eher als bleichen Poeten mit der Feder in der Hand. Nicht mit einem Gewehr oder einem Rasiermesser.«

»Aber man wird nicht recht schlau aus ihm. Sprunghafte Persönlichkeit, nervöses Temperament, die Augen manchmal wie abwesend, manchmal cholerisch.«

»Auch ängstlich, siehe die überstürzte Flucht mit dem Pferd.«

»Wenn er hätte fliehen wollen, Danglard, wäre es wohl das Beste gewesen, er hätte sich in sein Auto geschmissen.«

»Das Beste für jeden Dummkopf, Kommissar. Zu Pferde

hätten wir ihm nicht folgen können. Er wäre bis Rambouillet gekommen, in den nächsten Zug nach Paris gesprungen. Und von dort nach Lissabon, Neapel, Kopenhagen, wohin Sie wollen. Schneller als wir.«

»Für einen solchen Plan hätte er nicht Dionysos genommen und ungesattelt schon gar nicht. Nein, er hatte etwas anderes im Sinn«, sagte Adamsberg, ließ das Seitenfenster herunter und streckte seinen Arm nach draußen.

Das tat er immer. Den Regen auf der Hand spüren.

»Oder er hatte gar nichts im Kopf«, sagte Danglard.

»Was noch viel beunruhigender wäre, aber durchaus möglich. Ein Hohlkopf hinter einem schönen Antlitz? Das Gegenteil von Victor. Ein reger Verstand hinter einem missgestalteten Gesicht.«

»Und er, Victor? Er kann den Brief von Alice Gauthier gelesen haben und auf der Stelle nach Paris gerast sein.«

»Damit sie nicht weiterredet. Aber Victor hatte keinen Grund, seinen Chef zu töten. Die anderen dagegen schon.«

»Genau«, sagte Danglard. Céleste wie Pelletier oder irgendeiner der Nachbarn hätte durchaus den Wunsch haben können, Henri Masfauré umzubringen. Laut Bourlin besitzt er ein Vermögen. In der Zeit zwischen 1870 und 1930 hat die Familie nahezu tausend Gemälde erworben. Und jede Menge Geld angehäuft, alles, was es braucht, um dramatische Begierden zu wecken. Keinerlei Grund hatten sie dagegen, Alice Gauthier zu ertränken.«

»Und schon gar nicht, dieses Zeichen zurückzulassen.«

»So sind wir also wieder bei dem Zeichen.« Danglard lehnte sich seufzend in seinen Sitz zurück.

»Es wurmt Sie, dass Sie es nicht entschlüsseln konnten«, meinte Adamsberg.

»Schlimmer noch. Warum haben Sie eigentlich von einer

Guillotine gesprochen? Es sieht nach allem aus, außer nach einer Guillotine.«

»Ich sprach davon, Danglard, weil es eine Guillotine *ist.*«

Der Commandant schüttelte im Dunkel den Kopf. Adamsberg verlangsamte das Tempo und parkte den Wagen auf dem Seitenstreifen.

»Was ist?«, knurrte Danglard.

»Ich geh nicht pinkeln, ich zeichne Ihnen diese Guillotine auf. Vielmehr diese Zeichnung einer Guillotine. Ich zeichne Ihnen eine Zeichnung.«

»Tun Sie es.«

Adamsberg schaltete seine Warnblinkanlage ein und drehte sich zum Commandant um.

»Erinnern Sie sich an die Revolution?«, fragte er und riss eine Klette von seiner Hose.

»Die Französische? Ich war nicht dabei, aber ich erinnere mich, ja.«

»Umso besser, ich mich nämlich nicht. Aber ich weiß, dass zu irgendeinem Zeitpunkt ein Ingenieur den Vorschlag machte, das Fallbeil für zum Tode Verurteilte einzusetzen, damit alle auf die gleiche Weise und ohne zu leiden hingerichtet würden. Damals ging es noch nicht darum, sie zum Instrument der Schreckensherrschaft zu machen.«

»Es war kein Ingenieur, sondern ein berühmter Arzt, Dr. Guillotin.«

»Genau.«

»Joseph-Ignace Guillotin.«

»Meinetwegen.«

»Der zuvor Leibarzt des Grafen von Provence gewesen war.«

»Danglard, soll ich Ihnen dieses Ding jetzt aufzeichnen, ja oder nein?«

»Also machen Sie schon.«

»Zu diesem Zeitpunkt ist der König noch König. Und sagen Sie mir jetzt nicht, dass er Ludwig XVI. heißt, das weiß ich. Auf irgendeiner Sitzung also stellt Guillotin seine Maschine vor. Es heißt, der König war zugegen.«

»Vor August 1792 also.«

»Gewiss, Danglard.«

Der Commandant runzelte die Stirn, Adamsberg zündete sich eine zerknautschte Zigarette an und reichte auch seinem Stellvertreter eine. Die beiden glimmenden Enden leuchteten im Dunkel des stillen Fahrzeugs.

»Man könnte meinen, wir sind allein auf der Welt«, sagte Adamsberg sehr leise. »Wo sind die Menschen? Wo sind die anderen?«

»Sie leben. Nur zeichnen sie gerade nicht Zeichnungen an Straßenrändern, das ist alles.«

»Es heißt«, fuhr Adamsberg fort, »dass der Doktor eine Zeichnung der traditionellen Guillotine vorführte. Denn in Wirklichkeit gab es sie schon viel länger.«

»Seit dem 16. Jahrhundert nämlich. Aber Guillotin hatte ihr System verbessert.«

»Denn vorher sah sie wie aus?«

»Sie hatte eine konvexe Klinge.«

»Folglich so.« Adamsberg zeichnete auf das beschlagene Glas der Windschutzscheibe zwei senkrechte Striche, die er durch eine sichelförmige Linie miteinander verband.

»So. Oder auch eine waagerechte Klinge. Und Guillotin fand, dass eine abgeschrägte Klinge sehr viel effektiver und schneller wäre.«

»So hat man es mir nicht erzählt. Mir hat man gesagt, dass der König, der von Mechanik sehr viel mehr verstand als von Politik, die Skizze nahm, sie prüfend betrachtete, überlegte, dann einen Schrägstrich durch die gerundete Klinge zog, um anzudeuten, wie sie verändert werden müsste. Er war es also, der die Maschine verändert, der sie verbessert hat.«

Adamsberg fügte seiner Zeichnung auf der Windschutzscheibe eine schräge Linie hinzu.

»So.«

Danglard öffnete seinerseits ein Fenster und streifte die Asche von seiner Zigarette. Adamsberg riss eine weitere Klette ab. Wenn das tatsächlich Samen waren, könnte er sie ja in seinem winzigen Gärtchen in den Boden stecken. Er legte sie aufs Armaturenbrett.

»Was ist denn das für eine Geschichte?«, fragte Danglard.

»Eine Geschichte, genau, und ich habe nicht gesagt, dass sie wahr ist. Ich sagte, man erzählt sie sich. Dass Ludwig XVI. selbst das perfekte Instrument entworfen habe, das ihn später enthaupten sollte.«

Danglard war verstimmt, er blies den Zigarettenrauch durch seine Zähne.

»Wo haben Sie das gelesen?«

»Ich habe es nicht gelesen. Erinnern Sie sich an den alten Gelehrten von der Place Edgar Quinet? Der hat es mir mal erzählt und dabei mit dem Finger das gleiche Teil auf den feuchten Kaffeehaustisch des Viking gemalt. Tut mir leid, Danglard«, sagte Adamsberg und schaltete die Zündung wieder ein. »Dinge nicht zu wissen ist keine Schande. Sonst wäre ich schon in Schande ertrunken.«

»Ich bin nicht gekränkt, ich bin verblüfft.«

»Und was denken Sie nun darüber? Über das Zeichen, meine ich?«

»Etwas Revolutionäres ist es jedenfalls nicht. Sonst wäre da nicht diese Anspielung auf den König.«

»Auf einen enthaupteten König, Danglard. Das ist nicht

dasselbe. Man kann es als ein Symbol für äußersten Terror, für die äußerste Strafe verstehen.«

»Falls der Mörder das ausdrücken wollte.«

»Es kann Zufall sein. Aber es wäre ein bemerkenswerter Zufall.«

»Ein Mörder, der sich für Geschichte interessiert.«

»Nicht unbedingt. Ich kannte die Zeichnung ja auch. Oder ein Mörder, der sich an alles erinnert.«

»Ein Hyperthymestiker.«

»Wie Victor, zum Beispiel.«

Adamsberg fuhr schweigend; sie näherten sich der Pariser Stadtgrenze.

»Wir sind also doch nicht allein auf der Welt«, sagte er und überholte einen Lkw. »Der Kerl da drin denkt sicher auch gerade über die Revolution nach.«

»Bestimmt.«

11

Im Unterschied zu Danglard brauchte Adamsberg nicht viel Schlaf. Um 7 Uhr war er wieder auf den Beinen und setzte den Kaffee auf, während sein Sohn Zerk das Brot schnitt. Zerk war auch nicht pingeliger als er, seine Scheiben waren dick und ungleichmäßig.

»Gab es Probleme heute Nacht?«

»Ein Toter in der Vallée de Chevreuse. Zeugenbefragungen, ein übernervöser Sohn, hübsch wie ein Mädchen, ein Sekretär mit phänomenalem Gedächtnis, ein Gestüt, ein Schlägertyp von Gestütmeister, eine Frau, die in einer Hütte im Wald lebt, ein Wildschwein, der Dorfgasthof, die Guillotine von Ludwig XVI., ein fluchbeladener Turm voller Rabenkot, und das alles an einem Ort, der ›Le Creux‹ heißt und auf keiner Karte verzeichnet ist.«

»Fehlstart, willst du sagen?«

»Es ist eher sehr verwickelt.«

»Gestern kam die Taube angeflogen. Du hast sie verpasst.«

»Es ist doch bestimmt zwei Monate her, dass sie das letzte Mal hier war. Ging es ihr gut?«

»Bestens, aber sie hat wieder mal auf den Tisch geschissen.«

»Das musst du als Geschenk verstehen, Zerk.«

Um 9 Uhr hatte Adamsberg fast alle seine Mitarbeiter im größten Raum der Brigade versammelt, den Danglard einmal etwas hochtrabend den »Konzilsaal« genannt hatte, im Unterschied zum bescheideneren »Kapitelsaal«, in dem kleinere Gruppen der Beamten tagten. Die Bezeichnungen waren in den Sprachgebrauch übergegangen. Selbst Danglard war an diesem Morgen schon im Konzil, noch nicht recht wach, und streckte die Hand nach dem Kaffee aus, den Estalère ihm brachte. Im Konzil wie auch anderswo hatte der junge Brigadier von sich aus die Aufgabe des Kaffeekochens übernommen und erfüllte sie geradezu perfekt – als einzige seiner Aufgaben, wie manche meinten. Ansonsten erweckten seine weit aufgerissenen grünen Augen immer den Eindruck irgendeines permanenten Erstaunens. Estalère hatte zwei Idole in der Brigade, den Kommissar und die ebenso kräftige wie allmächtige Violette Retancourt, der ihre Eltern irrigerweise den Namen einer zarten Blume, des Veilchens, gegeben hatten, ohne vorherzusehen, dass sie die Größe von einem Meter vierundachtzig und eine Masse von hundertzehn Kilo erreichen würde. Die fundamentale Verschiedenartigkeit seiner beiden Götter stürzte Estalère häufig in schmerzliche Fassungslosigkeit, wenn er, an einer Weggabelung angekommen, nicht zwei unterschiedliche Wege gleichzeitig einschlagen konnte.

Adamsberg hatte kein Talent für bündige Darstellungen und gut aufgebaute Lageberichte, und so überließ er diese Aufgabe Danglard, der die Ereignisse zusammenfasste, angefangen bei der Frau in der Badewanne – vollkommen angekleidet, wie er an die Adresse von Lieutenant Noël hinzufügte, dem vulgärsten Beamten in der Brigade – bis zu dem von einem Wildschwein angeführten nächtlichen Weg durch den Wald. Das alles nach chronologischen wie gleichzeitig thematischen Gesichtspunkten, in einer geschickten Verflechtung beider, die Adamsberg bewunderte. Natürlich wusste jeder, dass Commandant Danglard hier und da zu einigen gelehrten Abschweifungen ansetzen würde, was seinen Bericht verlängerte, aber damit fand man sich ab. Die Frau in der Blockhütte und der verrufene Turm erweckten das Interesse von Commandant Mordent, der den runzeligen Kopf auf seinem langen Hals reckte, was ihm das befremdliche Aussehen eines alten Reihers verlieh, der melancholisch nach einem Fisch Ausschau hält. Mordent war ein exzellenter Kenner von Märchen, eine Spezialität, die für die Arbeit der Brigade von keinerlei Nutzen war, ebenso wenig wie das profunde Wissen von Voisenet auf dem Gebiet der Ichthyologie – der Fischkunde also, wie Adamsberg sich schließlich eingeprägt hatte. Und insbesondere der Süßwasserfische. Voisenets Leidenschaft erstreckte sich auch auf andere Bereiche der Fauna, und so fragte er sich schon, welche Art Rabenvögel in besagtem Turm hausen mochten, Dohlen, schwarze Krähen, Nebelkrähen, Saatkrähen?

Der diskrete Justin, der neben Retancourt saß und so aussah, als könnte sie ihn mit einem Atemzug wegpusten, er war der Einzige, der sich unentwegt Notizen machte.

Während Adamsberg weitere Kletten von seinem Hosensaum riss, ließ Danglard die Zeichnung am Tisch herumgehen, und alle schüttelten nacheinander erstaunt den Kopf, mit Ausnahme von Lieutenant Veyrenc de Bilhc, der aus derselben Ecke der Pyrenäen stammte wie Adamsberg. Veyrenc hielt das Blatt einen Augenblick in der Hand, unter dem gespannten Blick des Kommissars, der wusste, dass sein Landsmann in einem früheren Leben Geschichte unterrichtet hatte.

»Und, Veyrenc?«, fragte Adamsberg und hob den Kopf.

»Ich bin mir nicht sicher. Sind das Kletten?«

»Ja, aus dem Vorjahr. Sie sind ausgetrocknet, haften aber

noch immer verdammt gut. Also, mich erinnert das an eine Guillotine. Bitte, Danglard, führen Sie aus, aber halten Sie sich nicht zu lange bei Joseph-Ignace Guillotin auf.«

Ein Moment der Unschlüssigkeit folgte auf den ohne jede Überzeugung von Danglard vorgetragenen Bericht über Ludwig XVI., die konvexe Klinge und ihre Korrektur durch eine gerade, aber abgeschrägte Klinge. Nur Veyrenc sandte Adamsberg ein feines Lächeln, dieses seltsam gewundene, schiefe Lächeln, das seine heimliche Genugtuung verriet.

»Die Revolution?«, meinte Retancourt und verschränkte ihre dicken Arme. »Ich denke, das können wir wohl vergessen, nicht wahr?«

»Ich habe nicht gesagt, dass es das ist«, entgegnete Adamsberg. »Ich habe gesagt, dass es mich daran erinnert. Und die Analysen des Zeichens haben ergeben, dass es tatsächlich so gezeichnet wurde: zuerst die beiden senkrechten Balken, dann die gebogene Linie, dann der Schrägstrich quer durch.«

»Eine hübsche Idee«, meldete sich Mercadet zu Wort, der gerade wach war und seine höchste geistige Beweglichkeit erreicht hatte.

Mercadet litt an Hypersomnie, er musste alle drei Stunden ein Nickerchen einlegen, und die Brigade stellte sich schützend vor ihn, um dem Divisionnaire diese Tatsache zu verbergen.

»Aber es stimmt schon«, fuhr er fort, »man erkennt schwerlich, was eine Guillotine – halb königliches, halb revolutionäres Symbol – mit dem Drama in Island zu tun haben sollte.«

»Man sieht sogar überhaupt keine Verbindung«, gab Adamsberg zu.

»Zumal man nicht mit Sicherheit sagen kann, dass es sich

überhaupt um Morde handelt«, sagte Noël mit seiner heiseren Stimme und schob seine Fäuste in seine Lederjacke. »Vielleicht waren diese beiden, Alice Gauthier und Henri Masfauré, ja ein verklemmtes Liebespaar, das beschlossen hatte, gemeinsam aus dem Leben zu scheiden.«

»Aber es hat nicht ein einziges Telefongespräch zwischen der Gauthier und Masfauré gegeben«, sagte Danglard. »Bourlin hat Alice Gauthiers Anschluss über ein ganzes Jahr zurückverfolgt.«

»Vielleicht hat sie ihm geschrieben. Sie bringen sich um und lassen das Zeichen ihres geheimen Einverständnisses zurück. Nein, nichts beweist, dass es Morde waren.«

»Jetzt schon«, sagte Adamsberg und klappte sein iPhone auf. »Das Labor hat schnell gearbeitet. Danglard hat Ihnen erklärt, dass die Hände des Selbstmörders Henri Masfauré von Pulverspuren bedeckt waren. Während ein potenzieller Mörder, mit Handschuhen ausgestattet, in dem Moment, in dem er auf Masfaurés Daumen drückt, um den Schuss auszulösen, den Daumennagel frei von Pulverspuren zurückgelassen hätte. Aber nein, es war überall Pulver. Folglich Selbstmord. Ich hatte um eine weitere, feinmaschigere Analyse gebeten.«

»Ich verstehe«, erklärte Estalère nach kurzer Betroffenheit mit feierlichem Ernst.

»Und in der Tat, jetzt zeigen sich pulverfreie Stellen an den Handgelenken«, sprach Adamsberg weiter, »da, wo der Mörder mutmaßlich Masfaurés Hände in den seinen gehalten hat. Und eine ganz eindeutige Spur auf dem rechten Daumen. Eine Linie, ein weißer Streifen von drei Millimetern Breite. Der Mörder hat demnach sehr wohl auf den Daumen seines Opfers gedrückt, aber mithilfe einer Schnur oder vielmehr eines festen Lederbands. Masfauré wurde ermordet.«

»Und wenn es dasselbe Zeichen ist«, beharrte Estalère und rieb sich die Stirn, »dann wurde die Frau mit Gewalt in ihrer Badewanne ertränkt.«

»Richtig. Und das Zeichen hat der Mörder hinterlassen.«

»Das ergibt keinen Sinn«, warf Retancourt ein. »Wenn er die beiden Morde zu Selbstmorden umdekorieren wollte, warum hat er dann ein Zeichen hinterlassen? Ohne das Zeichen wären beide Tote getrennt voneinander abgelegt worden, und kein Mensch würde mehr darüber sprechen.«

»Weil er die Tat für sich in Anspruch nimmt?«, schlug Voisenet vor. »Mit dieser mutmaßlichen Guillotine trägt er das Zeichen seiner Macht ein.«

»Banale Überlegung«, meinte Retancourt.

»Und wenn schon«, sagte Mordent. »Die Banalität ist der Humus des Lebens. Nur selten fällt uns eine Perle, ein Sandkorn, ein schimmerndes Teilchen auf die Schulter. Im Ozean der ganz gewöhnlichen Wellen aber ist die Macht das banale Laster, das sich beim Menschen am wohlsten fühlt. Warum also nicht das Symbol einer Guillotine, um seine Macht zu unterstreichen?«

»Royalistisch oder revolutionär«, meinte Adamsberg, »was spielt das im Grunde für eine Rolle? Es ist ein Zeichen, das für die gehobenste Form der Hinrichtung steht.«

»Was ist daran ›gehoben‹?«, warf Mercadet ein.

»Island. Dort hatte er elf Menschen in seiner Gewalt, er hat sie noch immer, und das berauscht ihn. Jetzt sind es noch sechs.«

»Die sich alle in Lebensgefahr befinden«, sagte Justin.

»Nur wenn sie reden.«

»Aber die Mauer des Schweigens beginnt zu bröckeln«, sagte Adamsberg. »Zwei Tote in zwei Tagen. Das Ganze von den Medien verbreitet. Die sechs anderen haben kapiert.

Werden sie schweigen, werden sie sich verkriechen, werden sie kapitulieren?«

»Und keine Möglichkeit, sie zu schützen«, fügte Danglard resigniert hinzu. »Abgesehen von Victor sind alle anonym. Wir haben einen Manager – Jean –, einen ›Doc‹, eine Umweltschützerin – die Lebensgefährtin der Gauthier –, einen Spezialisten für Kaiserpinguine, einen Sportler. Mehr wissen wir nicht. Inzwischen können wir auch Amédée auf die Liste der bedrohten Personen setzen.«

»Falls er nicht selber getötet hat«, konterte Mordent. »Beweggründe hatte er. Da könnte man sich fragen, warum wir ihn nicht gleich in die Mangel nehmen.«

»Weil wir im Augenblick ins Leere mangeln würden«, sagte Adamsberg, während er unter seinen Fingern einen kleinen Berg Klettensamen zusammenschob und einen langen Moment verstreichen ließ.

»Acht von Ihnen fahren gleich nach dem Mittagessen nach Le Creux«, wies er an. »Auch Sie, Estalère.«

»Estalère kann die Bereitschaft hier in der Brigade übernehmen«, sagte Noël in gewohnt spöttischem Tonfall.

»Estalère erweckt Vertrauen bei den Leuten, die er befragt«, stellte Adamsberg klar, »was man von Polizisten insgesamt, zum Beispiel Ihnen, Lieutenant, nicht sagen kann. Sammeln Sie mir in der Gegend so viel Klatsch und Tratsch wie möglich. Üble Nachreden, Anerkennung, Ressentiments, Wahrheiten, Lügen, Verdächtigungen, Groll. Gehen Sie zu den Dorfbewohnern, den Standespersonen, den Bürgermeistern von Sombrevert und Malvoisine, nehmen Sie alles mit, was Sie kriegen können. Wer war Henri Masfauré? Wer seine Frau? Und Céleste? Und Pelletier? Amédée? Victor? Wer, was, wie?«

»Es ist vielleicht amüsant zu erwähnen«, bemerkte Danglard, »dass der Erste, der 1792 seinen Kopf unter die neue Guillotine legte, ein Dieb namens Pelletier war.«

»Danglard, bitte«, sagte Adamsberg matt, »alle haben Hunger und wollen um 14 Uhr weg. Sie auch. Sie gehen beim Notar von Henri Masfauré vorbei. Mercadet begleitet Sie, er versteht was von Zahlen. Masfaurés Vermögen soll riesig sein, heißt es. Und Sie, Mordent, Sie nehmen sich, wen Sie wollen, und durchforsten die Vergangenheit der Ehefrau. Noël, Sie konzentrieren sich auf den Rambo, der das Gestüt leitet, ein Exsträfling, da kennen Sie sich ja aus. Nehmen Sie sich Retancourt mit. In Anbetracht des Kalibers von diesem Kerl ist das angebracht. Und sehen Sie zu, dass Sie nicht hinter den Pferden zu stehen kommen, der Mann ist fähig, ein Tier durch einen bloßen Pfiff zum Ausschlagen zu bringen. Veyrenc, Sie heften sich Amédée, dem Sohn, an die Fersen. Froissy, Sie bleiben hier und konzentrieren sich auf Alice Gauthier, Sie befragen noch einmal den Nachbarn, die Pflegerin, die Kollegen, lassen Sie nichts aus.«

»Können wir uns den Turm mal anschauen?«, fragte Voisenet, den die Rabenvögel interessierten.

»Warum?«

»Um uns so rundum eine Vorstellung zu machen.«

»Gehen Sie hin, wenn Sie wollen, Lieutenant. Und wenn Sie Zeit haben, bringen Sie einen Eimer Vogelmist von dort mit und verteilen ihn um die Hütte von Céleste. Aber sagen Sie ihr nicht, dass er vom Turm kommt, den fürchtet sie wie die Pest. Sie ist etwas barsch im Umgang. Aber eine brave Frau.«

»Weshalb?«, fragte Kernorkian.

»Weshalb sie barsch ist?«

»Nein, weshalb der Vogelmist?«

»Es gibt Schlangen hier. Oder sie bildet es sich ein. Und

ihre Hütte ist nicht gut isoliert. Verstreuen Sie ihn ringsherum.«

»Sehr richtig«, bestätigte Voisenet, »den Geruch meiden Schlangen. Aber die Frau? Barsch und brav zugleich?«

»Das erlebt man häufig, wenn jemand ein Kind allen Widerständen zum Trotz verteidigt. Und warum verteidigt sie den Jungen so heftig? Versuchen Sie, es herauszufinden, Sie alle. Zum Abendessen gehen Sie in die Auberge du Creux, die Küche lohnt sich, sagt Kommissar Bourlin.«

»L'Auberge du Creux?«, meinte Mercadet überrascht.

»Ja, genau, Lieutenant, ›die Kuhle‹ nennen sie das hier. Ein nicht näher umrissenes Stück Land zwischen beiden Dörfern, auf der Karte ist es nicht mal eingezeichnet. Der Gasthof zur Kuhle, die Kapelle in der Kuhle, der Turm in der Kuhle.«

»Dieser Turm ist uns scheißegal«, schimpfte Noël.

»Gar nichts kann uns scheißegal sein, Noël. Weder ein Turm noch eine Taube noch Retancourt. Sie erinnern sich?«

Noël nickte kaum merklich, die Gereiztheit war ihm anzusehen. Trotz allem hatte er Retancourt in einem Notfall einmal sein Blut gespendet. Auch wenn es Adamsberg manchmal an den Rand der Verzweiflung brachte, gab er den Versuch nicht auf, ihn doch noch ein kleines bisschen zu erziehen.

Dieses Delegieren von Aufgaben – aber es war nun mal sein verdammter Job, den er Danglard nicht übertragen konnte – verdross ihn. Er brachte es so schnell wie möglich hinter sich, und die Mannschaft trennte sich auf dem Weg zum Mittagessen; die einen steuerten die opulente, gutbürgerliche und dekadente Brasserie des Philosophes an, die anderen das kleine Proletencafé namens Würfelbecher, wo die Frau des Wirts, ihre Wut in sich hineinfressend, den Befehlen ihres schroffen Gatten stumm gehorchte und dabei ungewöhnlich gute Sandwiches produzierte. Man rief den Wirt »Gros-Plant«, Grobschnitt. In Wirklichkeit sprach man ihn gar nicht an, der Mann redete nicht gern. Zwischen den beiden einander gegenüberliegenden Etablissements tobte der soziale Wettbewerb. Eines Tages, so prophezeite Veyrenc immer, würde es hier noch einen Toten geben.

Adamsberg sah ihn hinausgehen, Veyrenc, der als Einziger das Zeichen der Guillotine verstanden hatte. Die Sonne flutete den großen Raum. Und in diesem strahlenden Aprillicht leuchteten die vierzehn ungewöhnlich roten Strähnen des Lieutenant in seinen dunkelbraunen Haaren auf.

»Heute Morgen beim Aufwachen kam mir ein Gedanke«, flüsterte Danglard, bevor er ging, in jenem verschwörerischen Ton, der nichts Gutes verhieß. »Nun ja, es war so ein Aufwach-Gedanke.«

»Beeilen Sie sich, Commandant, Sie haben gerade noch Zeit, sich ein wenig zu stärken, bevor Sie losmüssen.«

»Also, es geht da noch mal um den Grafen von Provence.«

»Ich verstehe nicht.«

»Ich sagte Ihnen doch, dass Guillotin Leibarzt des Grafen gewesen war.«

»Das sagten Sie, ja.«

»Im Halbschlaf kam ich vom Comte de Provence so nach und nach auf andere gräfliche und herzogliche Familien.«

»Da haben Sie aber Glück, Danglard«, Adamsberg lächelte. »Selten sind Gedanken, die man beim Aufwachen hat, so glanzvoll.«

»Und ich musste an die Vornamen von Amédée – ein sehr seltener Name, das werden Sie zugeben – und Victor denken, die seit ewigen Zeiten die Vornamen der Herzöge von Savoyen waren. Das dachte ich noch fast im Schlaf, und ich erspare Ihnen die Aufzählung sämtlicher Amédée de Savoie.«

»Danke, Commandant.«

»Aber zwischen 1630 und 1796 gab es drei Victor-Amédée de Savoie. Victor-Amédée III. widersetzte sich der Revolution, worauf französische Truppen in revolutionärem Überschwang in sein Herzogtum einfielen.«

»Ja, und?«, sagte Adamsberg mit müder Stimme.

»Nichts. Es amüsiert mich nur, dass der eine Victor heißt und der andere Amédée.«

»Danglard, ich bitte Sie«, sagte Adamsberg und löste wieder einmal eine Klette ab, »gewöhnen Sie sich nicht an, schwachsinniges Zeug zu erzählen. Sonst kommen wir beide nicht weit.«

»Ich verstehe«, sagte Danglard nach einem Schweigen.

Adamsberg hatte recht, dachte er, während er die Tür aufstieß. Sein Einfluss war heimtückisch wie ein Hochwasser, er sollte aufpassen, das stimmte. Sollte sich fernhalten von den schlickigen Ufern seines Flusses.

12

Adamsberg hatte Justin dabehalten, damit er die Berichte aufzeichnete, die aus Le Creux eintreffen würden. Das Telefon war auf laut gestellt, und Justin schrieb viel schneller auf seinem Laptop als Adamsberg, der lediglich mit zwei Fingern tippte.

»Der Tote hatte die unwiderstehliche Adélaïde vor sechsundzwanzig Jahren geheiratet«, berichtete Mordent mit seiner eintönigen Stimme. »Aber ihr Sohn kam erst im Alter von fünf Jahren zu ihnen ins Haus. Die Ankunft des Kindes hat seinerzeit alle Welt überrascht. Hinterher hat man erfahren, dass es seine frühe Kindheit in einem Heim verbracht hatte, wegen psychomotorischer Störungen heißt es. Diesen Begriff benutzen sie zwar nicht, aber das meinen sie. Der Kleine war also nicht ›normal‹, sozusagen.«

»Doch Amédée hat fast keine Erinnerung an diese Zeit und auch nicht an die Einrichtung«, fügte Retancourts Bassstimme aus dem Hintergrund hinzu. »Woran er sich zum Beispiel erinnert, ist, dass Enten geköpft wurden.«

»Guillotine«, murmelte Adamsberg.

»Mit Verlaub, Kommissar«, sagte Retancourt, »Enten schlägt man immer die Köpfe ab. Das ist was ziemlich Normales.«

»Das klingt aber eher nach Bauernhof als nach Pflegeeinrichtung«, bemerkte Justin.

»Vielleicht eine Einrichtung, in der man Aktivitäten gemeinsam mit Tieren praktizierte«, sagte Mordent. »So was ist modern. Kontakt mit Tieren haben, Verantwortung übernehmen, kleine Arbeiten an der frischen Luft verrichten, Körner verteilen, Wasser auswechseln.«

»Enten köpfen ist für ein Kind aber keine harmlose kleine Freiluft-Aktivität«, sagte Adamsberg.

»Er kann es ja zufällig mal gesehen haben. Auf jeden Fall war der Kleine nicht ganz richtig im Kopf. Und vielleicht tickt er auch heute noch nicht ganz richtig.«

»Woran erinnert sich Amédée noch?«

»An ein kaltes Bett, an eine Frau, die herumschrie. Das ist schon fast alles.«

»Waren keine anderen Kinder mit ihm dort?«

»Er erinnert sich an einen Erwachsenen, der manchmal mit ihm spazieren ging und den er sehr mochte. Sicher eine Pflegekraft. Der Hausarzt der Familie sitzt in Versailles, ich fahre mit Veyrenc hin. Retancourt übernimmt Pelletier, der Kerl ist nicht sehr zugänglich.«

Auf der anderen Leitung meldete sich Danglard.

»Der Notar hat sein Büro in Versailles, ich komme gerade von ihm.«

»Diese Leute haben wohl alles in Versailles erledigt.«

»Hat offensichtlich einen höheren Kurswert als Malvoisine. In Anbetracht der Summen, um die es ging, hatte Masfauré sich für eine große Kanzlei entschieden. Sehr geschmackvoll eingerichtet im Übrigen, holzgetäfelt vom Fußboden bis zur Decke, Wandteppiche aus Aubusson, eine Jagdszene mit einigen diskret schlüpfrigen Details, wie man sie …«

»Danglard, bitte«, fiel Adamsberg ihm ins Wort.

»Pardon. Der Notar hat die genaue Schätzung des Vermögens noch nicht abgeschlossen, aber es reicht an die fünfzig Millionen Euro heran. Können Sie sich das vorstellen?

Früher war es noch wesentlich mehr, aber Henri Masfauré hat persönliches Vermögen in die Forschung über den CO_2-Abbau und die Wiederverwertung der Abfallprodukte investiert. Der Prototyp des Werks, das die Technologie erproben soll, steht im Departement Creuse kurz vor der Fertigstellung. Ein Wohltäter, der Mann, und ein großer Forscher, bestätigt der Notar. Es gibt ein Testament, datiert von vor einem Jahr und fünf Monaten.«

»Also weiter«, sagte Adamsberg und zog eine zerknitterte Zigarette aus seiner Jacke.

Da er als Nichtraucher galt, bediente der Kommissar sich aus den Zigarettenschachteln seines Sohnes und steckte sich die Zigaretten lose in die Taschen, wo sie sich verbogen, zerkrümelten, ihr neues Leben in Freiheit lebten.

»Alles geht an seinen Sohn Amédée, mit der Verpflichtung, den Bau des Werkes zu vollenden und darüber zu wachen, dass es den Betrieb aufnimmt. Ausgenommen ist ein Vermächtnis von 100 000 Euro für Victor und 500 000 für Céleste.«

»Céleste, das verstehe ich«, sagte Adamsberg. »Aber dass einer seinem Sekretär 100 000 Euro vermacht, das ist schon recht selten. Man kann sich fragen, welchen Dienst er ihm erwiesen hat, um so üppig bedacht zu werden.«

»Solche Leute haben nicht denselben Begriff von Geld wie wir, Kommissar, ganz einfach. Auf jeden Fall sind es Summen, für die es sich durchaus lohnt, jemanden zu töten.«

»Masfauré zu töten vielleicht, aber nicht die Mathelehrerin.«

»Es sei denn«, sagte Danglard, »sein Plan war, zuvor einen anderen Mord zu begehen und ihn mit demselben vertrackten Symbol zu markieren, um den Verdacht in eine falsche Richtung zu lenken. In welchem Fall wir es mit der klassischen Technik des Täuschungsmanövers zu tun hätten.«

»Soll ich weiter mitschreiben?«, fragte Justin. »Weil es sich ja nicht mehr um einen Bericht, sondern um Kommentare handelt.«

Justins Gewissenhaftigkeit war kostbar, man konnte sich auf die Qualität seiner Protokolle verlassen, aber diese Akribie hatte auch eine pingelige Kehrseite, und die nervte.

»Ja, Justin, Sie schreiben alles mit«, ordnete Adamsberg an. »Und wie hätten Victor oder Céleste von der Existenz Alice Gauthiers erfahren?«

»Victor kannte sie ja tatsächlich seit Island«, sagte Danglard. »Und Céleste wiederum hatte alle Möglichkeiten, im Hause herumzuschnüffeln und auf eine eventuelle Korrespondenz zwischen Alice Gauthier und Masfauré zu stoßen. Wenn die Bullen an zwei Selbstmorde glauben, sagt er sich, umso besser. Wenn sie sich auf Island kaprizieren, auch gut. Und ansonsten bleibt immer noch dieses seltsame Zeichen, das dazu gedacht ist, uns den Blick zu vernebeln. Gute Arbeit, unter Vorwegnahme polizeilicher Logik.«

»Möglich wäre es.«

»Sehe ich auch so«, fügte Justin hinzu. »Aber das notiere ich jetzt nicht«, stellte er für sich selber klar.

»Und wie hätten sie von dem Testament erfahren?«, fuhr Adamsberg fort.

»Es gab einen Durchschlag bei Masfauré«, sagte Danglard, »der unauffindbar ist. Ich lege auf, Kommissar, ich will unsere Tische im Gasthof reservieren. Übrigens weiß ich jetzt, warum diese Gegend ›Le Creux‹ genannt wird. Hat nichts mit unserem Fall zu tun, ist aber amüsant. Ach, Verzeihung, eins ist noch wichtig: Pelletier. Er kriegt nichts. Das heißt nichts *mehr*. Im vorigen Testament ging er mit einem Vermächtnis von 50 000 Euro nach Hause. Und nach Aussage des Notars, der ein sehr förmlicher, aber liebenswürdiger Mensch ist – er benimmt sich ein bisschen wie ein alter Edelmann, wenn ich auch glaube, dass er sich seine Adelspartikel widerrechtlich angeeignet hat, denn alle Des Mar…«

»Danglard.«

»Das habe ich nicht notiert«, erklärte Justin in neutralem Ton.

»Also, Pelletier kriegt jedenfalls nichts«, fing Danglard sich wieder. »Denn Masfauré verdächtigte ihn, den Einkaufspreis der Pferde und ihres Samens zu hoch anzusetzen. Allein ein Hengst aus vornehmem Stall kann bis zu einigen hunderttausend Euro kosten, und da spreche ich noch nicht mal von preisgekrönten Tieren mit fantastischen Stammbäumen.«

»Nein, sprechen Sie nicht davon, Commandant.«

»Masfauré verdächtigte Pelletier, mit den Händlern zu feilschen, ihnen falsche Rechnungen auszustellen und die Differenz in bar mit ihnen zu teilen.«

»Das, was Céleste ahnte«, sagte Adamsberg.

»Zweifellos. Und wenn es stimmt, dann stellen Sie sich das Sümmchen vor, das er so hat zurücklegen können. Darum hat Masfauré sein Testament geändert.«

»Weiß der Notar mit der falschen Adelspartikel, warum Masfauré keine Schritte gegen Pelletier eingeleitet hat?«

»Weil er vorher noch weitere Erkundigungen einziehen wollte. Pelletier ist ein ganz außergewöhnlicher Gestütmeister, er könnte seine Pferde auf einem Bein tanzen lassen, während er ihnen einen Walzer vorpfeift. Darum wollte Masfauré erst Gewissheit haben, bevor er ihn vernichtete. Was letztlich auch für Pelletier ein schönes Mordmotiv ergibt.«

»Und was gibt's bei Voisenet?«

»Er buddelt im Leben der Gemahlin.«

»Geben Sie ihn mir mal.«

»Das heißt, im Augenblick ist er gerade auf einen Sprung zum Turm der Verurteilten.«

»Großartig«, meinte Adamsberg, »dann wissen wir in diesem ganzen Nebel bald zumindest eins ganz genau.«

»Ob es Dohlen oder Nebelkrähen sind«, bestätigte Danglard.

Den ganzen Abend lang arbeitete Adamsberg die Berichte seiner Mitarbeiter durch. Er hatte die Heizung nicht angestellt und machte nach dem Abendessen ein Feuer im Kamin. Die Füße auf einem der Feuerböcke, den Rechner – die *tölva* – in labilem Gleichgewicht auf den Knien, sah er die Informationen durch, die Justin ihm weiterleitete, jetzt von zu Hause aus, das heißt dem Haus seiner Eltern, wo er mit seinen achtunddreißig Jahren noch immer wohnte. Da er sich um nichts zu kümmern brauchte, war Justin ein stets einsatzbereiter Mann, außer wenn er gerade eine Partie Poker bestritt.

Noël hatte sich für Samthandschuhe entschieden, um Pelletier über den wahren Preis der Pferde zu befragen, in der Hoffnung, durch die Hintertür zu einem Ergebnis zu kommen. Aber Retancourt, die mit dem Gebrauch von Handschuhen wenig vertraut war, hatte ihn ohne alle Umschweife nach den Gerüchten über eine eventuelle Unterschlagung von Geldern gefragt. Pelletier war sofort ausgerastet und hatte sich, getreu seinen Reflexen, auf die große Frau gestürzt, ohne zu ahnen, dass er sie nicht mehr als einen Betonpfeiler erschüttern würde. Ohne auch nur die Hand gegen ihn zu erheben, hatte Retancourt ihn mit einer einzigen wuchtigen Bewegung ihres Oberkörpers zu Boden gestreckt. In ihrer rüden Kindheit mit vier kampflustigen Brüdern hatte die kleine Violette ziemlich ungewöhnliche Kampftechniken erlernt. Aber noch auf dem Boden liegend, hatte der Mann eine sehr kunstvolle Melodie gepfiffen, und auf der Stelle waren zwei aggressive Hengste mit schnaubenden Nüstern auf sie losgestürzt. Als er wieder auf den Beinen war, hatte Pelletier die Tiere fünfzig Zentimeter vor ihnen zum Stehen gebracht, und jeder hatte begriffen, dass so ein großes männliches Tier auf ein einziges Zeichen seines Herrn unter Einsatz seiner Hufe angreifen konnte. Noël hatte sofort seine Waffe gezogen.

»Machen Sie keine Dummheiten«, hatte Pelletier gedonnert. »Der kostet seine vierhundertfünfzigtausend. Es würde mich wundern, wenn Sie in der Lage wären, eine solche Summe zu erstatten, Sie kleiner Scheißbulle.«

Das allerdings hatte Retancourt in ihrem Bericht erwähnt, nicht Noël. Und Adamsberg konnte sich Noëls wutschnaubende Demütigung lebhaft vorstellen. Einen *kleinen* Scheißbullen hatte ihn bis dahin noch niemand genannt.

»Während ich Ihren Gegenwert im Fall eines Todes«, hatte Pelletier weiter gesagt und Noël wie ein Pferdehändler taxiert, »bei zehntausend ansetzen würde, und das ist noch hoch gegriffen. Die dagegen«, und dabei hatte er in Retancourts Richtung gezeigt und auf den Boden gespuckt, »wäre schon etwas teurer, sagen wir das Zehnfache Ihres Preises. Ich manipuliere meine Verkäufe nicht, das können Sie sich in Ihren Schädel hämmern. Und sollte ich es noch ein einziges Mal hören, kriegen Sie einen Prozess an den Hals!«

Amédée. Jetzt verstand der Kommissar schon besser das zögernde, in sich zurückgezogene, ja übererregbare Wesen des jungen Mannes, seinen Fluchtkomplex. Und dass er möglicherweise seelisch gestört war. Er war fünf Jahre lang isoliert gewesen. In einem »kalten« Bett. Kalt, in einer psychiatrischen Luxuseinrichtung? Hatte er regelmäßig Besuch erhalten? Unmöglich, das herauszufinden. Nach Aussage des Arztes in Versailles litt er neben häufigen Anginen und Mittelohrentzündungen, die Ausdruck von Angst seien, an einem Phänomen der »Verdrängung«. Das heißt, er hatte fast alle Erinnerungen an die ersten Lebensjahre aus seinem Gedächtnis gelöscht. »Zu hart?«, notierte er. »Schlechte Behandlung? Vernachlässigung?« Dann fügte er noch »*geköpfte* Enten« hinzu.

Denn seine Mutter, so unwiderstehlich sie gewesen sein mochte, hatte in der Gegend keinen guten Leumund, weder in Malvoisine noch in Sombrevert, ja nicht einmal in Versailles. Und zwar einhellig, mit Ausnahme des Bürgermeisters von Sombrevert, dem die Stimme des Masfauré-Sohns wichtig war. Es gab sechzehn übereinstimmende Zeugenaussagen in der ganzen Spannbreite der Ausdrucksmöglichkeiten, angefangen bei der zurückhaltenden Bemerkung einer Mitarbeiterin des Bürgermeisteramtes, die von Estalère auf eine Tasse Kaffee eingeladen worden war – »Sagen wir, sie spielte ein bisschen die feine Dame« –, bis hin zu der etwas deutlicheren Äußerung der Frau aus der Reinigung, auch sie von Justin getreulich wiedergegeben: »Sie hielt sich immer für was Besseres, als sie war.« Eine »eingebildete Kuh« sei sie gewesen, die »die Nase sehr hoch trug«, »sie kriegte den Mund nicht auf für ein ›Danke schön‹ oder ›Guten Tag‹«. Eine Verführerin, gewiss, aber auch eine Karrieristin, »die sich einen Dreck um ihr Kind scherte; ein Glück, dass es Céleste gab«, eine geldgierige Frau, »unersättlich«, »stolz auf die Kohle, die sie besaß«, und »die nie genug davon kriegen konnte, der arme Monsieur Henri«. Die feinen Leute von Versailles rümpften die Nase und hielten sie für eine äußerst vulgäre Person, die es nach oben geschafft hatte.

Voisenet und Kernorkian hatten über einen Briefwechsel, der teilweise erhalten geblieben war und sich in Kartons auf dem Dachboden fand, herausgefunden, in welchen Kreisen Marie-Adélaïde Masfauré – geborene Pouillard – vor ihrer sagenhaften Heirat verkehrt hatte. Das Bild war unvollständig, aber man erfuhr, dass ihre Eltern mittellose Arbeiter gewesen waren, deren sie sich bald schämte. Sie begann, in einem Frisiersalon in Paris zu arbeiten, machte dann eine Lehre als Maskenbildnerin, fand schließlich Zugang zur Welt des Theaters. Mit ihrer Schönheit und ihrem verwegenen Temperament schaffte sie es ins Bett von mindestens drei Produzenten.

Adamsberg blickte zu seinem Sohn auf, der durch die Küche schlich.

»Danglard kommt noch vorbei«, sagte er, was Zerk sofort veranlasste, grinsend ein Glas aus der Anrichte zu nehmen.

»Schläft er nicht mit den anderen vor Ort?«

»Danglard schläft dort, wo seine Kinder sind. Im Nest.«

»Sagtest du nicht, die Kinder hätten das Nest schon verlassen?«

»Trotzdem. Danglard schläft neben den Betten der Kinder.«

Die hölzerne Schranke knarrte, Zerk ging die Tür öffnen.

»Er steht noch im Garten«, sagte er. »Lucio bietet ihm ein Bier an.«

Der Commandant hatte eine Flasche Weißwein ins Gras gestellt und diskutierte mit Lucio, dem alten Spanier, der sich den kleinen Garten mit Adamsberg teilte. Mit feierlichem Ernst trank der aufgeweckte Lucio bei Einbruch der Dunkelheit stets seine zwei Flaschen Bier draußen im Freien, egal, was für Wetter war. Bevor er wieder ins Haus ging, pinkelte er an die Buche, und das war der einzige Streitpunkt zwischen den beiden Nachbarn, weil Adamsberg der Meinung war, er schädige damit die Baumwurzeln, während Lucio behauptete, er dünge den Boden mit wohltuendem Stickstoff. Danglard hatte sich neben dem Alten auf die Holzkiste gesetzt, die zu diesem Zweck unter der Buche stand, und schien sich nicht fortbewegen zu wollen. Da holte Adamsberg zwei Hocker heraus, gefolgt von Zerk, der das Glas für den Commandant und zwei weitere Flaschen Bier brachte und dabei einen Korkenzieher zwischen die Finger geklemmt hielt. Als Adamsberg sehr spät seinen damals achtundzwanzigjährigen Sohn kennengelernt hatte, sagte Zerk »Korkenkralle« dazu und benutzte auch noch andere seltsame Begriffe dieser Art. Adamsberg hatte sich damals gefragt, ob der junge Mann nun intelligent und originell sei oder aber langsam und ein bisschen beschränkt. Aber da er sich in Bezug auf sich selbst die gleiche Frage stellte, ohne ihr allzu große Bedeutung beizumessen, hatte er das Rätseln darüber schließlich aufgegeben.

»Wie viele Katzen gibt's hier jetzt eigentlich?«, fragte Danglard, als er ein paar zierliche Schatten vorüberhuschen sah.

»Die Kleine ist inzwischen groß geworden«, sagte Adamsberg, »und sie ist sehr fruchtbar. Sechs, sieben, keine Ahnung, ich verwechsle sie alle, außer der Mutter, die immer zu mir kommt, um sich an mir zu reiben.«

»Du hast sie auf die Welt gebracht, und sie liebt dich, *hombre*«, sagte Lucio. »Wir haben zwei Würfe, es sind insgesamt neun: Pedro, Manuel, Esperanza ...«, begann er an den Fingern aufzuzählen.

Während Lucio zählte, reichte Adamsberg Danglard einen Stapel Papiere.

»Ich habe die Berichte gerade ausgedruckt. Die Gemahlin war eher habgierig als mütterlich. Und was den kleinen Amédée angeht, so weiß man über seine ersten vier Jahre gar nichts.«

»… Carmen und Francesco«, schloss Lucio, er war mit dem Katzen-Aufzählen fertig.

»Céleste kam in der Tat erst ins Haus, als der Kleine fünf war«, sagte Danglard und reichte Zerk sein Glas.

»Und woher kam sie?«

»Aus einem Dorf in der Nähe von Sombrevert und mit guten Referenzen. Zwischen den Zeilen – sie redet nicht gern schlecht über andere Leute – hat sie durchblicken lassen, dass der Kleine ohne sie nie etwas Gutes erfahren hätte, weder Zuneigung noch auch nur ein anständiges Essen. Die Mutter verließ das Haus nach Lust und Laune, fuhr nach Paris oder sonst wohin, während der Vater bis in die Nacht in seinem Büro arbeitete. Alles lag auf Célestes Schultern, und das bis heute. Im Grunde, meint sie, hat sich seit dem Tod der Mutter, abgesehen von dem Schock für den Jungen und dem Schmerz, nichts an seinem Alltag geändert.«

»Wie hat Amédée auf die Nachricht reagiert, dass sein Vater sich nicht das Leben genommen hat?«

»Er ist erleichtert, dass ihn keine Schuld trifft. Aber er hat auch sofort begriffen, dass er jetzt ein ›1a Verdächtiger‹ ist, um es mit seinen Worten zu sagen. Er rechnet jeden Augenblick damit, verhaftet zu werden. Alle Welt dort hält den Atem an, außer Victor, der Masfaurés Papiere ordnet, und Pelletier, der sich weiterhin abrackert, Mord oder nicht Mord, was soll's, die Pferde müssen ihr Futter kriegen. Amédée streunt durch Wiesen und Wälder, er hat die Hosenbeine voller Kletten. Von Zeit zu Zeit setzt er sich auf eine Bank und reißt sie ab.«

»Ein Pluspunkt für ihn.«

»Finde ich nicht«, meinte Danglard. »Er weiß nicht, was er mit seinen zehn Fingern anfangen soll.«

»Das«, mischte Lucio sich ein, »ist eine existenzielle Frage. Was soll man mit seinen zehn Fingern anfangen? Ich habe nur noch fünf, und ich stelle mir die Frage immer noch. In meinem Alter.«

Lucio hatte als Kind im spanischen Bürgerkrieg einen Arm verloren, und dieser plötzliche Verlust hatte eine nie nachlassende, immer wiederkehrende Obsession bei ihm ausgelöst. Denn kurz bevor er den Arm verlor, war er von einer Spinne gebissen worden und mit dem Kratzen noch nicht fertig gewesen. »Zu Ende kratzen« war für Lucio seitdem zu einer lebenswichtigen Maxime geworden. Immer zu Ende kratzen, sonst juckt es einen ein Leben lang.

»Amédée lebt erst auf, wenn Victor seine Arbeit unterbricht und zu ihm kommt«, fuhr Danglard fort. »Es scheint, als wären Céleste und Victor sein einziger Halt. Auch ein Mädchen hat er nicht. Victor schützt ihn, ganz eindeutig. Vermutlich hat er das sein Leben lang getan. Alle zwei Stunden verlässt er das Büro, um ein paar Schritte mit Amédée zu gehen.«

»Und er selbst?«

»Er fragt sich wie alle anderen auch, wer seinen Chef umgebracht haben mag. Seinen Chef und Alice Gauthier. Voisenet hat es gewagt, eine mögliche Täterschaft Amédées ins Spiel zu bringen, da ist Victors Stirn runtergegangen wie ein Visier, fast waren die Augen unter dem Wulst nicht mehr zu erkennen. Er hat ihm den Rücken zugedreht, wie um der Versuchung zu widerstehen, ihn zu schlagen. Und als er sich wieder umwandte, hat er gesagt: ›Island, Herrgott noch mal, was sonst? Ich habe Ihnen doch von diesem wahnsinnigen Mörder erzählt. Wer also sonst?‹ Worauf Voisenet unklugerweise erwidert hat, dass wir keine Möglichkeit hätten, diesen Mann zu identifizieren, ebenso wenig wie die anderen Leute aus der Gruppe. ›Und weil ihr dazu nicht fähig seid‹, hat Victor geschnaubt, ›haltet ihr euch an Amédée? Weil ihr ja irgendeinen Vogel finden müsst?‹ Apropos Vögel, es sind Nebelkrähen. Voisenet ist ein bisschen enttäuscht, ich glaube, er hatte gehofft, es wären große Raben. Und vermutlich ist es diese Geschichte mit dem Turm, die seine Kompetenz bei dieser Befragung etwas eingeschränkt hat. Immerhin hat er sich die Zeit genommen, Vogelmist um die Hütte herum zu verteilen, ohne dass Céleste davon etwas gemerkt hat.«

»Sehr gut. Sind wir wenigstens dafür von Nutzen gewesen.«

»Dieser Amédée«, mischte Lucio sich wieder ein, »ist das der, über den man bis zu seinem fünften Lebensjahr nichts weiß?«

»Ja.«

»Dann wundert's mich nicht, dass er seine zehn Finger anstarrt, als wenn's nicht seine wären. Er hat nicht zu Ende gekratzt, das ist es.«

»Er will vor allem gar nicht kratzen, Lucio«, sagte Adamsberg. »Er hat alle seine Erinnerungen gelöscht, er kann weder sagen, wo er damals war, noch mit wem noch warum.«

»Dann ist er aber ziemlich heftig gebissen worden.«

»Es heißt, er war in einer Pflegeeinrichtung, und bestimmt keiner billigen. Sein Vater ist stinkreich.«

»Von wegen Pflegeeinrichtung«, meinte Lucio. »Er war irgendwo, wo er viel durchgemacht hat. Man muss ihn zwingen zu kratzen, hilft alles nichts. Und wo er als Kind war, das haben die Eltern gewusst. Was zwei schöne Drecksäcke ergeben würde. Ist das kein Motiv zu töten? Ich bitte Sie, ein Schuss zur rechten Zeit, und die Sache ist ausgestanden.«

»Lucio, es ist auch eine Frau in Paris ermordet worden, und die hatte mit Amédées Kindheit überhaupt nichts zu tun.«

»Zum selben Zeitpunkt? Die Frau, meine ich?«

»Am Abend zuvor.«

»Reine Täuschung. Sind Hunde hinter dir her? Dann wirf ihnen ein Stück Aas hin, und du kannst deinen Weg in aller Ruhe fortsetzen.«

»Genau was ich heute Nachmittag sagte«, bemerkte Danglard, »nur mit etwas anderen Worten. Auf jeden Fall hat Henri Masfauré Céleste nicht als Sklavin gehalten. Nicht nur hat er ihr eine halbe Million vermacht, sie war es auch, die mit aller Macht dort in der Hütte im Wald leben wollte, daran gibt's keinen Zweifel. Amédée hat es Estalère erklärt. Am Ende wollte er nämlich nur noch mit Estalère reden.«

»Wir hören, *hombre.*«

Es war das erste Mal, dass Lucio ihn so nannte, und Danglard empfand es als Ehre. Denn ihm schien, der alte Mann neigte eher dazu, seine geistigen Hervorbringungen gering zu schätzen.

»Sie hatte diese Hütte – einen alten Trockenraum für Äpfel – schon vor langer Zeit entdeckt, aber gewartet, bis Amédée zwölf Jahre alt war, um dem Patron ihre Bitte vorzutragen. Jeden Abend ihres Lebens – ich versuche es mit ihren Worten zu erzählen, so wie ich es von Amédée gehört habe – begab sie sich beim Einschlafen in ›ihr Häusl‹, um ihre Ängste zu vertreiben. Ein unwirkliches Häusl natürlich, wie sie es sich im Geiste ausdachte, umgeben von Gefahren, Sturm, Unwettern, Tieren. Sie hat dieses Häusl in Gedanken tausendmal umgebaut, nie war sie zufrieden damit, nie fand sie in ihm die vollkommene Sicherheit der idealen Hütte – bis sie diese Bruchbude im Wald entdeckte. Masfauré hat zuerst abgelehnt: zu gefährlich. Aber genau das reizte sie. Denn kein Gefühl der Sicherheit ohne den Eindruck, dass irgendwo Gefahren lauern. Céleste schläft nie so gut, wie wenn der Regen aufs Dach peitscht und ein Wildschwein sich an den Bohlen der Außenwände schubbert.«

»Mit Marcs Ankunft wird sich das ja wohl geändert haben?«

»Etwas. Er schläft draußen und beschützt sie. Sie hat ihn als Waisenkind, ausgehungert und quiekend, vor ihrer Tür gefunden.«

»Und wer ist dieses quiekende Wesen?«, fragte Lucio.

»Ein junger Keiler«, erklärte Adamsberg. »Marc verteidigt sie besser als ein Regiment Soldaten.«

»Alles nur eine Bauchangelegenheit, dieses Häusl«, meinte Lucio. »Kaum bist du Idiot da raus, so sagt man bei uns, kannst du nur noch um dich schlagen oder dir einen neuen Bauch suchen.«

»Wo raus?«, fragte Zerk.

Adamsberg bat Zerk um eine Zigarette, vielleicht, um von der Ungeschicklichkeit seines Sohnes abzulenken.

»Aus dem Bauch seiner Mutter«, sagte er rasch.

»So gesehen«, sagte Zerk, während er seinem Vater Feuer gab, »würden wir alle gern in einem Häusl leben.«

»Was wir ja auch versuchen«, meinte Lucio. »Und diese Frau? War was mit ihrer Mutter?«

»Ein Streit in ihrer Jugend«, sagte Danglard. »Aber die Mutter starb, bevor sie sich hätten versöhnen können.«

»Was habe ich gesagt?« Lucio machte mit den Zähnen eine neue Flasche Bier auf. »Sie hat den Streit nicht mehr begraben können, sie hat nicht zu Ende kratzen können. Und so was führt dich geradewegs in die Hütte. Man sollte sie auf keinen Fall da rausholen.«

Die Katze kam und rieb sich an Adamsbergs Bein, wobei sie ein paar Klettensamen abstreifte. Adamsberg streichelte ihr den Kopf, was zur Wirkung hatte, dass sie binnen weniger Minuten einschlief. Dasselbe machte er bei seinem kleinen Sohn Tom, mit identischem Ergebnis. Es gab in Adamsbergs Fingern – wie auch in seiner Stimme – eine beruhigende und einschläfernde Substanz, die von größerer Wirkung war als jede Hütte. Aber deswegen würde er nicht anfangen, Céleste den Kopf zu grabbeln.

»Ich geh in meine Hütte rauf«, sagte er und erhob sich. »Außerdem wird es regnen, genau der richtige Augenblick also. Lucio, pinkle nicht an den Baum.«

»Ich mach, was ich will, *hombre*.«

13

Kommissar Bourlin weckte Adamsberg um 6 Uhr morgens.

»Ich hab schon wieder einen Selbstmord am Hals, Kollege. Hast du was zum Schreiben? Natürlich im 15., sonst hätte ich ja nichts damit zu tun.«

»Bourlin, wirst du mich jetzt jedes Mal anrufen, wenn es bei dir einen Toten gibt?«

»Rue de Vaugirard 417, 3. Etage, Code 1789B.«

»Die Revolution, schon wieder die Revolution.«

»Was brabbelst du da?«

»Nichts. Ich versuche, mich mit einer Hand anzuziehen.«

»Aber der Türcode funktioniert nicht, kannst ihn ignorieren.«

»Gibt es Einbruchsspuren an der Wohnungstür?«

»Nein, keine. Ein perfekter Selbstmord. Allerdings ein ziemlich grausamer, der Mensch hat sich ein Messer in den Bauch gerammt. Wahrscheinliche Gründe: Er leitete einen Kunstbuchverlag, Konkurs, hohe Verschuldung, er war ruiniert.«

»Fingerabdrücke auf dem Messer?«

»Seine.«

»Und warum, Bourlin, ziehe ich mich jetzt an?«

»Weil in seiner Bibliothek drei Bücher über Island stehen. Obwohl der Mann kein Reisender war. Ein Band über Rom, ein Stadtplan von London, ein Besuch der Camargue, das ist alles. Aber drei Bände über Island. Da habe ich nach dem Zeichen suchen lassen. Mühselig, kann ich dir sagen. Denn weiß auf weiß, das war nicht leicht zu entdecken. Man musste schon daran glauben.«

»Red nicht so viel.«

»Und es ist tatsächlich da, mit der Messerspitze in eine Scheuerleiste dicht überm Boden geritzt. Ganz frisch, ein abgeplatztes Farbplättchen liegt davor.«

»Gib mir noch mal die Adresse, ich habe nicht zugehört.«

Der Mann war in seiner Küche getötet worden, der Fußboden hatte sich in eine Blutlache verwandelt, aus der ein paar Plastikbrücken ragten, damit die Beamten sich im Raum bewegen konnten. Die Kriminaltechniker waren schon da gewesen, man versuchte gerade mit Mühe, die Leiche wegzutragen. Das Opfer war ein kleiner, aber fetter und schwerer Mann, an dessen blutgetränktem Morgenmantel die Handschuhe abglitten.

»Um wie viel Uhr?«, fragte Adamsberg.

»Morgens um 2.05 Uhr«, sagte Bourlin, »der Nachbar hat einen entsetzlichen Schrei gehört, dann das Geräusch eines Sturzes. Er war es auch, der uns angerufen hat. Hier, sieh dir das Zeichen an.«

Adamsberg kniete sich hin, dann schlug er sein Notizbuch auf, um es abzuzeichnen.

»Ja, das ist es. Aber es erscheint mir kleiner, zaghafter.«

»Habe ich gesehen. Denkst du an eine Nachahmungstat?«

»Bourlin, im Moment treiben wir noch wie Seifenblasen im Wind. Besser, wir denken nicht zu viel.«

»Wie du meinst.«

»Die Fotos vom Opfer hast du schon im Kasten?«

»In meiner ›Rechenhexe‹? Ja. Victor könnte ihn identifizieren. Er heißt Jean Breuguel. Nicht wie Bruegel der Ältere, würde Danglard jetzt sagen, sondern schlicht Breuguel.«

»Natürlich«, sagte Adamsberg, der die Anspielung nicht verstand. »Schick sie Victor. Erklär ihm in zwei Worten die Situation. Hier hast du seine E-Mail-Anschrift«, sagte er und reichte ihm sein Notizbuch.

Ein Heft voller Zeichnungen auf den Seitenrändern oder auch über ganze Seiten, wie Bourlin feststellte, während er die Fotos zum Absenden fertig machte.

»Sind die alle von dir? Diese Zeichnungen?«

Adamsberg beobachtete, wie sich die Plastikbrücke in der Blutlache unter Bourlins Gewicht bog.

»Ja«, sagte er achselzuckend.

»Ist das Victors Porträt, da unter seiner E-Mail-Adresse?«

»Ja.«

»Und hier Amédée, Céleste, Pelletier«, Bourlin blätterte eine Seite nach der anderen um.

»Du solltest wissen, dass Masfauré ihn aus seinem Testament gestrichen hat. Verdacht auf Betrug beim Verkauf von Pferden und Pferdesamen.«

Bourlin hörte gar nicht zu, er war, immer noch zwanzig Zentimeter über dem erstarrten Blut schwebend, vollauf damit beschäftigt, sich die Zeichnungen anzusehen. Am Ende verschlüsselte er Victors Emailadresse und gab Adamsberg mit argwöhnischem Blick sein Heft zurück.

»Hast du mich auch gezeichnet?«

Adamsberg lächelte und blätterte an den Anfang zurück.

»Aus dem Gedächtnis«, präzisierte er, »bei unserem ersten Besuch in Le Creux.«

»Na, allzu hässlich hast du mich ja gar nicht gemacht«, meinte Bourlin; er schien entzückt von seinem Abbild, das ihm aus der Zeichnung entgegensah.

»Da, nimm«, sagte Adamsberg, riss die Seite heraus und gab sie seinem Kollegen. »Wenn du so scharf darauf bist.«

»Könntest du auch meine Kinder zeichnen?«

»Nicht jetzt, Bourlin.«

»Sicher, aber irgendwann mal?«

»Irgendwann gewiss, vielleicht, wenn wir wieder mal in der Auberge du Creux zu Abend essen.«

»Die Fotos sind raus«, sagte Bourlin und klappte seinen Laptop zu. »Komm, sieh dir mal diese Bücher über Island an. Hier drüben«, sagte er und ging in den Salon hinüber. »Ich habe sie auf den kleinen Tisch gelegt. Du kannst sie in die Hand nehmen, es sind keine Fingerabdrücke darauf.«

Adamsberg schüttelte den Kopf.

»Klar, die Bücher sind ja auch vollkommen neu. Alle drei. Kein Staub drauf, keine umgeknickten Ecken, einwandfreier Zustand.«

Adamsberg schlug eines auf und steckte seine Nase hinein.

»Das riecht sogar noch ganz neu.«

»Moment mal«, sagte Bourlin und nahm neben Adamsberg auf dem durchgesessenen grauen Sofa Platz. »Willst du damit sagen, dass man uns diese Bücher untergeschoben hat, um uns auf die Island-Fährte zu setzen? Aber dass die Fährte falsch ist, weil sie brandneu sind?«

»Genau. Wir haben uns getäuscht, Bourlin.«

»Und der Kerl hat einen Fehler gemacht. Er hätte gebrauchte Bücher kaufen sollen.«

»Sicher Zeitmangel. Drei Morde in acht Tagen, überleg mal. Der hat's eilig. Aber diese Bücher haben uns wenigstens darauf gebracht, das Zeichen zu suchen.«

»Aber warum hinterlässt er immer dieses bescheuerte Zeichen, wenn er Selbstmorde vortäuschen will?«

»Er weiß, dass wir nicht mehr an die Selbstmorde glauben. Oder er will es nicht wirklich. Ein Mörder, der seine Tat signiert, ist von Stolz zerfressen, das weiß jedes Kind, würde

Retancourt sagen. Angenommen, wir würden die Fälle zu den Akten legen, dann würde er uns irgendwann wissen lassen, dass es sich um Morde gehandelt hat, um seine Morde, seine Arbeit. Damit wir diese Toten nicht etwa im Turmverlies von Le Creux in der Versenkung verschwinden lassen.«

»Es sei denn, er hinterlässt dieses Zeichen nicht für uns. Sondern damit die anderen Bescheid wissen. Die, die von der Island-Gruppe noch übrig sind.«

»Aber dieser Mann hier war gar nicht mit in Island, Bourlin.«

»Scheiße, habe ich vergessen«, sagte Bourlin kopfschüttelnd. »Und dieses Mal sieht das Zeichen auch ein bisschen anders aus. Wer weiß noch von der Verbindung zwischen den beiden ersten Morden und dem Zeichen? Nur Victor und Amédée, sonst keiner. Ihnen hast du die Zeichnung vorgelegt.«

Die beiden Männer dachten einen Augenblick lang schweigend nach. Das heißt, Adamsberg ließ seine Gedanken treiben, während Bourlin überlegte, ja grübelte, seinen Gedanken zwanzigmal in seinem Kopf hin und her bewegte und sich dabei mit seinem Frühjahrsschnupfen quälte.

»Es sei denn, es ist nicht derselbe Mörder«, meinte Adamsberg. »Es sei denn, da ist einer, der von den beiden anderen Morden und dem Zeichen weiß und sie benutzt, um diesen hier zu begehen. Weshalb er ein paar Bücher über Island in die Bibliothek schmuggelt. Aber ihm fehlt die Übung im Zeichnen des Symbols.«

»Du denkst an Victor.«

»Ja, um Amédée von jedem Verdacht reinzuwaschen. Amédée, der für diese Nacht ein sehr solides Alibi haben wird. Wer kann dagegen Victors Kommen und Gehen überprüfen? Céleste ist nachts im Wald und Pelletier weit weg in seinem Gestüt.« Bourlin vergrub den Kopf in seinen großen Händen.

»Ich will mich ja nicht drücken, Adamsberg, aber ich bin nicht unglücklich darüber, dass du das alles aufgebrummt kriegst. Ich blicke schon nicht mehr durch.«

»Weil du nicht geschlafen hast.«

»Blickst du denn noch durch?«

»Ich bin's gewöhnt, das ist was anderes.«

»Ich hol mal die Thermoskanne.«

Bourlin goss zwei Kaffee in gravierte Weingläser, die einzigen Gefäße, die er außerhalb der Küche gefunden hatte.

»Was bist du gewöhnt?«, fragte er.

»Nicht durchzublicken. Bourlin, stell dir vor, du läufst über einen felsigen Sandstrand.«

»Ja, und?«

»Siehst du diese trockenen Algen vor dir, die sich aneinanderhängen und zu einer Art unentwirrbarem Knäuel verbinden? Das schließlich zu einer großen, manchmal sehr großen Kugel wird?«

»Ja, sehe ich.«

»Genau das haben wir.«

»Eine Scheißkugel.«

»Leider nein. Hast du keinen Zucker?«

»Nein. In der Küche ist welcher, aber ich wage nicht, hier Zucker zu klauen. Eine Frage der Achtung, Adamsberg.«

»Vergiss den Zucker, lass uns lieber über die Scheißkugel reden. Ich sagte: leider nein. Weil Scheiße eine kohärente, homogene Masse ist, während eine Algenkugel sich aus Tausenden ineinander verschlungener Stücke zusammensetzt, die ihrerseits wiederum von Dutzenden verschiedenen Algen stammen.«

Die beiden Männer tranken ihren bitteren Kaffee, sie

waren müde. Dieser kleine Salon im Morgengrauen hatte etwas sehr Trauriges. Seit mindestens zwanzig Jahren nicht renoviert, nur schwach erhellt von einem blassen Sonnenaufgang, roch er nach Schiffbruch und Verlassenheit. Und es war unpassend, hier Kaffee aus Stielgläsern zu trinken.

»Sieh mal in der *tölva* nach, ob Victor geantwortet hat«, sagte Adamsberg, ohne sich zu rühren; das alte graue, von zahlreichen Zigarettenbrandflecken gezeichnete Sofa hatte ihn förmlich verschluckt.

Bourlin vertippte sich dreimal beim Eingeben seines Passworts, die Tasten waren zu klein für seine dicken Finger.

»Du kannst eine weitere Alge zu deinem Knäuel hinzufügen«, sagte er schließlich. »Victor versichert, dass er diesen Mann noch nie gesehen hat. Und dabei ist er … wie hat Danglard gesagt? Hyperthymastiker.«

»Hyperthymestiker. Aber ich bin nicht ganz sicher.«

»Also, wie du schon sagtest. Breuguel hat nie zu dieser Reisegruppe gehört. Aber man will es uns glauben lassen.«

»Hast du feststellen können, wie der Mörder in die Wohnung gekommen ist?«

»Die Küche hat auch einen Ausgang zur Dienstbotentreppe«, erklärte Bourlin, »und damit vor allem zum Müllschlucker, den es auf jedem Treppenabsatz gibt. Jeden Abend warf Breuguel – wiederum nach Aussage des Nachbarn unter ihm – seinen Müllbeutel dort hinein, bevor er schlafen ging. Man brauchte ihn also nur zu erwarten und zu überfallen, wenn er in seine Küche zurückging.«

»Dazu musste man seine Gewohnheiten kennen.«

»Oder ihn eine Weile beobachten, um sie herauszufinden. Auch dieser Mann war, wie die anderen, ein Risiko. Konkurs, Depression, zwei Faktoren in Kombination, um möglicherweise ein Geständnis abzulegen.«

»Ein Geständnis worüber?«

»Na, über Island.«

»Der Typ war nicht in Island«, sagte Adamsberg.

»Verdammt«, sagte Bourlin und bohrte seine Stirn noch tiefer in seine Hände.

»Was ich dir gesagt habe. Das ist der Algenknäuel-Effekt. Man entgeht ihm nicht. Weißt du, wie spät es ist?«

»Du hast zwei Uhren am Handgelenk. Warum siehst du nicht selber nach?«

»Weil sie nicht richtig gehen.«

»Warum trägst du sie dann? Und warum überhaupt zwei?«

»Ich weiß nicht, es ist eine alte Geschichte. Also sagst du mir die Zeit?«

»8.15 Uhr.«

Bourlin goss ihnen noch zwei Kaffee in die gravierten Gläser.

»Zucker haben wir immer noch nicht«, sagte er in betrübtem Ton, als fasste er mit diesem Mangel den alarmierenden Stand der Ermittlungen zusammen. »Und ich habe Hunger.«

»Du kannst nichts Essbares aus der Küche klauen, Bourlin. Das hast du selbst gesagt. Man plündert Tote nicht, indem man über ihre Blutlache hinwegsteigt.«

»Das ist mir jetzt scheißegal.«

Adamsberg schwang sich aus dem alten Sofa hoch und lief in dem verwohnten kleinen Salon hin und her. Bourlin kam mit Puderzucker und einer Dose Ravioli zurück, deren Inhalt er mit der Spitze seines Taschenmessers herausfischte und kalt herunterschlang.

»Geht's dir jetzt besser?«, fragte Adamsberg.

»Ja, aber das Zeug schmeckt ekelhaft.«

»Wir müssen uns darauf einstellen«, erklärte Adamsberg langsam, mit nahezu wissenschaftlicher Bedächtigkeit, »dass das Knäuel, von dem wir sprachen«, und dabei breitete er seine Hände aus, »noch dicker ist, als wir uns vorstellten.«

»Wie dick?«

»So dick wie du.«

Schweigend erwogen die beiden Männer diese Eventualität. Bourlin tauchte sein Messer wieder in die Ravioli-Dose.

»Dann sind wir verloren«, sagte er. »Dann finden wir den Mörder nie.«

»Das ist sehr gut möglich. Wenn dir einer dreißig Billardkugeln entgegenwirft, ist es fast unmöglich, die richtige zu erkennen. Das heißt die vom Start.«

Adamsberg schnappte sich ein Stück Ravioli von Bourlins Messer.

»Was hältst du von den kalten Ravioli?«, fragte Bourlin.

»Ekelhaft.«

»Da hätten wir über einen Punkt ja schon mal Gewissheit.«

»Du vergisst die Nebelkrähen im Turm.«

»Zwei Punkte also.«

»So wie die Dinge liegen«, Adamsberg hielt im Gehen inne, »sollten wir unsere eigene Kugel ins Spiel bringen, so lächerlich sie ist. Auf die archaischen Methoden zurückgreifen.«

»Eine Mitteilung in der Presse?«

»In der Presse und über die sozialen Netzwerke. Damit erreichen wir binnen sechs Stunden die gesamte Welt.«

»Um dem Mörder zu sagen, dass wir wissen, dass es sich nicht um Selbstmorde handelt?«

»Das wird ihn sicher sehr freuen. Aber man provoziert nicht aus Spaß einen Kerl, der von der Guillotine besessen ist.«

»Wenn es denn eine Guillotine ist.«

»Wenn es eine ist. Ich habe es nicht vergessen, Bourlin. Und wir kümmern uns vorrangig darum, die anderen Teilnehmer der Island-Gruppe zu schützen. Die Schleusen sind geöffnet, nichts sagt uns, dass er nicht vorhat, sie nacheinander alle umzubringen, um ein für alle Mal seine Ruhe zu haben.«

»Willst du mich verarschen? Eben noch sagtest du, dass wir Island fallenlassen. Wegen dem da, wegen der ladenneuen Bücher.«

»Und wenn Victor lügt? Wenn er ihn doch kannte?«

»Also machen wir weiter?«

»Wie sollen wir etwas aufgeben, wenn wir nicht mal wissen, wo wir stehen?«

»Und erwähnen wir in der Pressemitteilung das Zeichen?«

»Nein«, sagte Adamsberg nach einem Moment. »Das heben wir uns noch auf. Danglard wird etwas formulieren, so was wie ›Drei Tote in acht Tagen‹. Mit Namen und Fotos.«

»Drei?«, unterbrach ihn Bourlin. »Aber wenn Breuguel nicht mit in Island war?«

»Das ist egal. Dann weiter: ›Die Polizeibehörden haben Grund zur Annahme, dass die an einer dramatischen Reise usw. nach Island usw. beteiligten Personen sich in Lebensgefahr befinden. Die von dieser usw. betroffenen Personen mögen sich so bald wie möglich bei einer Gendarmerie oder einem Kommissariat melden, damit ihnen Polizeischutz gewährt werden kann.‹ Dazu die E-Mail-Adresse der Brigade sowie die Telefonnummer.«

Bourlin hatte sein Frühstück beendet; er presste die Dose mit einem Druck seiner Faust zusammen, klappte den Laptop zu und wand sich unter Zuhilfenahme der Armstützen aus dem grauen Kanapee heraus.

»Dann schick deine Kugel mal los.«

14

Um 10.30 Uhr hatte Adamsberg, unrasiert und mit verkehrt herum übergestreiftem T-Shirt, die Mitglieder der Brigade bereits über die Umstände des dritten Mordes informiert. Wie auch über die Tatsache, dass das bei Céleste gefundene Whiskyglas keine verdächtigen Spuren aufwies, was sie von dem Verdacht freispräche, es sei denn, so hatte Danglard erinnert, es hätte da tatsächlich ein geheimes Liebesdrama gegeben. Und sie hätte den letzten Abdruck von Henri Masfaurés Lippen für sich bewahrt.

Die Pressemitteilung war formuliert, und Lieutenant Froissy übernahm es, sie sofort ins Netz zu stellen. Alle oder fast alle waren an diesem Morgen von ihrer Mission im Departement Yvelines zurückgekehrt.

Der Konzilsaal leerte sich, und Adamsberg hielt Froissy am Ärmel zurück.

»Lieutenant«, sagte er, »sobald Sie die Anzeige rausgeschickt haben, aber nicht vorher, besorgen Sie mir irgendwas zu essen. Ich habe seit gestern Abend nichts mehr zwischen die Zähne gekriegt.«

»Ich mache Ihnen sofort etwas«, sagte Froissy mit fieberhaftem Eifer.

Das Essen war Hélène Froissys Schwachstelle, manche hielten es gar für pathologisch. Nicht, dass sie Nahrungsmittel in den Mengen und mit der Hemmungslosigkeit von Bourlin vertilgte, im Gegenteil, Froissy aß wenig und blieb stets schlank und elegant, aber sie war von der panischen Angst besessen, es könnte ihr einmal an irgendetwas fehlen. Den Metallschrank in ihrem Büro hatte sie in eine Art Überlebensreserve für Kriegszeiten verwandelt, und die zapften die Mitarbeiter der Brigade gern mal an, wenn ihnen während der Überstunden das Essen ausging. Solche Entnahmen versetzten Froissy in eine solche Aufregung, dass sie die Lücken auf der Stelle schließen musste und die scheinheiligsten Gründe vorschob, nur um sich davonmachen und einkaufen gehen zu können. Der plötzliche Hunger des Kommissars war wie das Echo ihrer eigenen Ängste. Sie hätte jeden Auftrag sausen lassen, um die anderen Mitarbeiter zu ernähren. Von diesem schmerzlichen Punkt abgesehen, war Froissy aber mit Abstand die beste Informatikerin der Mannschaft, gefolgt von Mercadet.

»Es eilt überhaupt nicht«, beruhigte Adamsberg sie. »Zuerst die Pressemitteilung. So schnell wie möglich. Dann, während ich mich stärke, erzählen Sie mir, was Sie über Alice Gauthier herausgefunden haben.«

Binnen zehn Minuten hatte die schnelle Froissy die Pressenotiz rausgeschickt, die nun bereits um die Welt ging, und etwas zu essen auf Adamsbergs Schreibtisch gestellt. Auf einem Teller, versteht sich, mit Messer und Gabel, denn Lieutenant Froissy legte Wert auf Service. Warum kein frisches Brot dabei war, konnte Adamsberg sich denken: Sie hatte befürchtet, dass der Kommissar in der Zeit, die sie für den Weg zum Bäcker und zurück brauchen würde, vor Entkräftung umfiele. Die ernährungsbezügliche Dringlichkeit stand an oberster Stelle.

»Dann fangen Sie mal an«, sagte Adamsberg und machte sich über eine Scheibe Pastete her.

»Das ist Wildschwein-Mousse mit Armagnac. Ich habe auch gekrausten italienischen Schinken, nur eingeschweißten natürlich, der ist immer etwas weniger schmackhaft, oder Entenbrust oder …«

»Es ist alles bestens, Froissy«, Adamsberg hob abwehrend die Hand. »Erzählen Sie mir. Haben Sie etwas über den Besucher von Alice Gauthier in Erfahrung bringen können, den vom Dienstag, dem 7. April, dem Tag nach Amédées Besuch?«

»Der Nachbar meint, es sei derselbe Mensch gewesen, der an die Tür geklopft habe, denn wieder habe er dieses *Dé* im Vornamen gehört. Und es sei auch zur selben Zeit gewesen, in der Stunde, in der die Kranke allein war. Aber schwören kann er's nicht.«

»Und was sagen Alice Gauthiers Kollegen?«

»Ich habe zwei von ihnen und den Direktor gesprochen. Bei ihrer Rückkehr aus Island haben sie sie wie eine Art Heldin empfangen, aber sie wollte nichts von der Sache hören. Und jedes Mitgefühl lehnte sie ab. Soweit ich es verstehe, war sie schwierig im Umgang. Sie hatte sich Schweigen über das Thema ausgebeten, und das wurde respektiert. Über ihr Privatleben wusste man nichts. Eine ihrer Kolleginnen meint, sie sei lesbisch gewesen, aber ganz sicher ist sie sich nicht, sie mokiert sich eher darüber. All das führt uns nicht weiter. Den Schuldirektor habe ich nach eventuellen Jugendlichen gefragt, die sie seinerzeit getriezt hat und die sich an ihr gerächt haben könnten. Aber seiner Meinung nach haben die Jungs, selbst wenn sie sauer auf sie waren, am Ende doch ein Einsehen gehabt.«

»Auch die Rowdys, die sie angezeigt hat?«

»Es scheint so. Sie waren jung, sie haben nicht mal eine Bewährungsstrafe bekommen. Dafür bringt man nicht Jahre später noch einen um. Nein, der einzige wunde Punkt in ihrem Leben ist dieses Drama in Island.«

»Gibt es keine Vertraute, Freundin oder einen Freund, denen sie sich offenbart haben könnte, bevor sie mit Amédée gesprochen hat?«

»Niemand in Sicht. Die beiden Kolleginnen sagen, sie habe sich nach dieser Geschichte vollkommen zurückgezogen. Auch die Frau, die manchmal vor dem Collège auf sie gewartet habe, sei verschwunden. Ich vermute, das war ihre Freundin, die ›Umweltaktivistin‹. Demnach hätte sie sich von ihr getrennt. Zu den zweijährlichen Essen mit dem Lehrerkollegium kam sie nicht mehr. Klassenarbeiten wurden von ihr immer schon am nächsten Tag korrigiert zurückgegeben, was bewies, dass sie am Abend zu Hause blieb. Der Portier in ihrem Haus bestätigt es: Sie ging nie aus, empfing keine Gäste. Und dann vor zwei Jahren wurde sie krank. Seitdem hatte sie sich restlos eingeigelt.«

»Sackgasse«, schloss Adamsberg. »Immer wieder Sackgassen oder aber hundert Hypothesen, die sich in Widersprüchen und Windungen verlieren.«

»Die Pressemitteilung, Kommissar, wird uns da rausholen. Wenn wir erst mal alle Überlebenden von dieser Todesinsel befragt haben, wird sich der Nebel in zehn Minuten lichten, so wie damals auf Island.«

Adamsberg musste lächeln. Froissy verstand es, gelegentlich solche naiv optimistischen Sätze anzubringen, so als spräche sie mit einem Kind. Nähren, beruhigen, trösten.

»Bleiben Sie am Rechner, Froissy, verpassen Sie keine einzige Nachricht, ich bitte Sie.«

»Tag und Nacht, Kommissar«, versicherte Froissy und räumte den leeren Teller weg. »Ich habe ein akustisches Signal installiert, das bei jeder Antwort auf die Anzeige zu hören ist.«

Tag und Nacht, das kriegte sie fertig. In ihrem Arbeitssessel dösen und auf das Signal lauern. Ein gezieltes Tonsignal, Adamsberg wusste nicht mal, dass »Rechenhexen« so etwas konnten.

15

Ein verwundertes, bald schon beklommenes Schweigen senkte sich auf die Brigade.

Bis zum Abend des darauffolgenden Tages hatte sich kein einziger der verbliebenen Teilnehmer der Island-Gruppe gemeldet. Adamsberg hatte die letzten Kletten von seiner Hose entfernt und streifte durch die Räume seiner ratlosen Kollegen, deren Arbeitseifer in dem Maße nachließ, wie die Stunden vergingen, ohne dass Froissy aus ihrem Büro aufgetaucht wäre und die Atmosphäre belebt hätte. Eine kleine Gruppe stand diskutierend im Flur.

»Selbst wenn sie nicht alle in den sozialen Netzwerken aktiv sind, ja selbst wenn kein Einziger von ihnen einen Internetanschluss hätte, müsste irgendjemand sie doch längst informiert haben. Ein Freund, ein Familienangehöriger.«

»Sie haben Angst«, sagte Retancourt.

Sie hielt den dicken weißen Kater der Brigade auf dem Arm, er hing, einer amorphen Masse gleich, auf ihr wie ein sauber gefaltetes Wäschestück, entspannt und vertrauensvoll, mit baumelnden Beinen. Retancourt war der Lieblingsmensch des Katers, der auch »Die Kugel« genannt wurde und ausgestreckt seine achtzig Zentimeter Länge erreichen konnte. Retancourt war gerade im Begriff, ihn zu füttern, das heißt, ihn in die obere Etage hinaufzutragen, wo sein Napf stand, denn das – vollkommen gesunde – Tier ging die Treppe nicht selber hoch und fraß auch nicht, wenn keiner ihm

Gesellschaft leistete. Man musste folglich neben ihm warten, bis er seine Portion aufgefressen hatte, und ihn dann wieder hinuntertragen und auf seinen bevorzugten Platz legen, das warme Kopiergerät, das ihm als Lagerstatt diente.

»Sie haben größere Angst vor dem Mörder als davor, morgen umgebracht zu werden?«

»Sie befolgen das Gesetz des Schweigens. Wenn sie sich zeigen, wenn sie mit uns sprechen, werden sie hingerichtet. Warum sollten sie dem vorgreifen? Solange sie schweigen, wähnen sie sich in Sicherheit.«

»Sollte nach drei Toten nicht wenigstens einer von ihnen versuchen, sich in unseren Schutz zu begeben?«

»Victor hat schon recht, wenn er sagt, dass der Mann sie terrorisiert.«

»Noch zehn Jahre danach?«

Adamsberg war zu ihnen getreten.

»Ja, auch zehn Jahre danach«, bestätigte er. »Und wenn er sie noch dermaßen in seiner Macht hat, dann weil er sich ihnen immer wieder in Erinnerung bringt. Er sieht sie, oder er schreibt ihnen. Er hält sie nach wie vor unter Beobachtung und übt ständig Druck auf sie aus.«

»Aber warum eigentlich?«, fragte Mordent. »In dieser Gruppe, die sich auf eine Schnapslaune hin eines Abends in einer Kneipe verabredet hat, kannte doch niemand die Namen der anderen. Was könnten sie uns im Grunde schon sagen, das sie in Gefahr bringt?«

»Wir könnten ein Phantombild erstellen«, sagte Voisenet. »Vielleicht kennen einige seinen Beruf. Oder wissen mehr, als wir uns vorstellen.«

»Sie denken an Victor?«, fragte Adamsberg.

»Zum Beispiel. Er hatte keine andere Wahl, als mit uns zu reden. Aber vielleicht hat er nur ein Minimum durchblicken lassen. Zu riskant für ihn wie auch für die anderen, uns eine präzise Information über den Kerl zu geben. Das Gleiche bei Amédée. Möglich, dass Alice Gauthier ihm noch viel mehr gesagt hat. Und auch er muss den Mund halten, wenn er am Leben bleiben will.«

»Was also machen wir?«, fragte Estalère, den dieser Lähmungszustand in der Truppe aus der Fassung brachte.

»Wir geben dem Kater zu fressen«, sagte Retancourt und stieg die Treppe hoch.

»Mercadet schläft« – Estalère zählte an den Fingern ab –, »Danglard trinkt gerade ein Glas, Retancourt füllt den Fressnapf auf, Froissy überwacht ihren Bildschirm. Aber wir, können wir gar nichts tun?«

Adamsberg schüttelte den Kopf. Es gab nicht eine Faser in diesem Algenknäuel, die man hätte fassen können, ohne dass sie riss.

Während des ganzen Wochenendes entfernte er sich nicht weiter als einen Meter von seinem Telefon, den Ton auf höchste Lautstärke gestellt, und lauerte auf einen Anruf von Froissy. Aber er hoffte schon nicht mehr. Alle in Schreckstarre verfallen, verkrochen, stumm. Und an Polizeischutz glaubte keiner. Wer könnte sich auch vorstellen, dass zwei Bullen vor einer Tür den Mörder davon abhalten würden, zu ihnen zu gelangen? Sie, sie wussten, was sie erwartete, sie hatten ihn kennengelernt, sie hatten ihn handeln sehen. Und wie lange würde dieser Schutz gewährleistet sein? Zwei Monate? Ein Jahr? Wäre die Polizei überhaupt in der Lage, fünfzig Leute zehn Jahre lang für ihren Schutz bereitzustellen? Nein. Der Mörder hatte sie gewarnt: Selbst das Gefängnis würde ihn nicht daran hindern, sie zu liquidieren. Sie, ihre Ehepartner, ihre Kinder, Schwestern und Brüder. Warum also sollten sie sich dämlicherweise bei der Polizei melden? Da konnten sie ja gleich zum Schlachthof gehen.

Wenn Island denn überhaupt eine echte Fährte war.

Es war recht mild an diesem Sonntagabend. Adamsberg ging, das Telefon in der Hand, im Garten auf und ab, begleitet von der Katzenmutter. Als hätte er ihn vom Fenster aus belauert, gesellte sich der alte Spanier bald mit zwei Flaschen Bier zu ihm.

»Kommst du nicht voran, *hombre*?«

»Ich werd's nicht rauskriegen, Lucio. Drei Leute wurden in acht Tagen getötet, einige weitere sind in Gefahr, darunter vier, die ich noch nicht mal kenne. Sie werden umgebracht werden, morgen oder in einem Jahr oder in zwanzig Jahren, keiner kann das genau sagen.«

»Hast du alles versucht?«

»Ich denke, ja. Sogar einen Fehler.«

Denn diese Anzeige, die er rausgeschickt hatte, würde am Ende nur bewirkt haben, dass der Mörder nun alarmiert war. Ohne für die Sache selbst von irgendeinem Nutzen gewesen zu sein. Eine Dummheit, nichts weiter. Vielleicht hatte er nicht richtig nachgedacht. Vielleicht hatte er den Gedanken nicht sieben Mal herumgedreht. Lucio machte sein Bier mit den Zähnen auf.

»Du wirst dir noch die Zähne kaputtmachen.«

»Sind ja nicht meine.«

»Ach, ja, richtig.«

»Das ist doch kein Fall, den du auf halber Strecke abgebrochen hast«, meinte Lucio. »Das ist eine Geschichte, die ein Ende haben wird. Das dürfte dich nicht jucken.«

»Es juckt mich auch nicht. Aber diese Geschichte ist nicht zu Ende. Ein neuer Tag, ein weiterer Toter. An dem Punkt bin ich nun schon angekommen: auf den nächsten Toten zu warten, zu hoffen, dass er eine Spur hinterlässt. Und das wird er nicht tun, glaub mir.«

»Es gibt einen Weg, den du nicht gesehen hast.«

»Es gibt keinen Weg. Es ist ein dickes Knäuel verfilzter Algen. Trockener Algen. Wege gibt's darin keine. Und *er* hat dieses Ding zusammengedreht. Und gerade wenn man meint, einen Sinn zu erkennen, verheddert er das Knäuel wieder auf andere Weise.«

»Scheint sich gut zu amüsieren, der Kerl.«

Lucio kratzte über seinem fehlenden Arm ins Leere, dort, wo die Spinne ihn einst gebissen hatte.

»Du bist so, weil du seit Monaten keine Frau gehabt hast.«

»Was heißt ›so‹?«, fragte Adamsberg und öffnete sein Bier, indem er den Flaschenhals mit dem Verschluss einmal kurz gegen den Stamm der Buche schlug.

»Das macht den Baum auch kaputt … ›So‹ heißt, dass du aller Welt mit deinem Algenknäuel auf den Geist gehst.«

»Und woher willst du wissen, dass ich keine Frau habe? Ich habe immer irgendwo eine Frau.«

»Das ist nicht wahr.«

16

Am Montagmorgen war er erst um 9.20 Uhr in der Brigade. Algenknäuel, schlecht geschlafen. Ein Dutzend seiner Leute standen am Empfang um Brigadier Gardon versammelt, wobei Retancourt mit ihrer dominanten Masse die Komposition des Ganzen auszutarieren schien und in dieser nahezu malerischen Szene so etwas wie die Mittelachse bildete. Wortlos und gespannt sahen alle auf den Rezeptionisten, so als hielte Gardon ein Geschenk der Vorsehung oder ein explosives Gerät in der Hand. Noch nie war Gardon in der Situation gewesen, im Mittelpunkt der allgemeinen Neugier zu stehen, und so wusste er nicht, was er sagen oder tun sollte. Und obwohl seine geistigen Fähigkeiten bekanntermaßen etwas eingeschränkt waren, kam doch niemand auf den Gedanken, ihm den Brief aus den Händen zu nehmen. Das hieße, den Rezeptionisten zu beleidigen. Er war es, der die Sendung entgegengenommen hatte, er musste seinen Auftrag auch zu Ende führen.

»Das wurde durch Boten überbracht«, erklärte er dem Kommissar.

»Was, ›das‹, Gardon?«

»Dieser Brief. Er ist an Sie adressiert. Aber da es so dickes Papier ist und die Schrift so schön ist wie auf einer Heiratsanzeige und das da draufsteht«, er wies mit seinem Zeigefinger auf die linke obere Ecke des Umschlags, »habe ich ihn Lieutenant Veyrenc gezeigt, und dann kamen alle, um sich den Brief anzusehen.«

Gardon legte ihn in Adamsbergs Hände, als überreiche er ihn auf einem Silbertablett; alle verharrten in ihrer Position, keiner rührte sich, nur richteten sich jetzt aller Augen auf den Kommissar. Die wissen was, was du nicht weißt, dachte Adamsberg und hörte die heisere Stimme von Lucio.

Mit Füllfederhalter beschriftet, nicht mit Filzstift oder Kugelschreiber, nahezu Schönschrift, gefütterter Umschlag, kostbares Papier. Er zögerte fast, den klein gedruckten Namen des Absenders zu entziffern, der seine Truppe in so sprachloses Erstaunen versetzt hatte:

GESELLSCHAFT ZUM STUDIUM DER SCHRIFTEN
MAXIMILIEN ROBESPIERRES

Seine Finger krampften sich leicht um den Umschlag, und er blickte auf.

»Die Guillotine«, sagte Veyrenc leise, womit er die Gedanken – den einzigen Gedanken – aller zusammenfasste, und sie nickten, breiteten die Hände aus und rieben sich die Wangen.

Adamsbergs Interpretation des Zeichens hatte die einen amüsiert, die anderen genervt: reiner Zeitverlust, Wolkenschaufelei, Dinge, die sie von ihm gewöhnt waren, weshalb sie ihr keine große Bedeutung beigemessen hatten, mit Ausnahme von Veyrenc. Adamsberg begegnete seinem Blick, er lächelte. »*Schrecklich glänzt ihre Klinge im frühen Morgenlicht*«, deklamierte der Lieutenant mit leiser Stimme,

Schwarz ihre Balken zum Himmel hochgeh'n,
eiskalt neigt sie herab sich auf ein Leben, das zerbricht.
Dies unheilvolle Bild, wir wollten es nicht seh'n.«

»Die Versfüße, verdammt, Veyrenc, die Versfüße«, raunte Danglard.

Veyrenc zuckte die Schultern. Seine Manie – die er von

seiner gleichwohl ungebildeten Großmutter geerbt hatte –, falsche und überdies schlechte Verse zu schmieden, die er »racinesche Verse« nannte, schlug dem Commandant regelmäßig auf den Magen. Danglard saß als Einziger mit gesenktem Kopf und eingezogenen Schultern da. Adamsberg ahnte, was in ihm vorging. Seinen Stellvertreter wurmte es, dass er das Zeichen nicht hatte deuten können und dann auch noch Adamsbergs Interpretation mit einigem Spott von sich gewiesen hatte. Auch er hatte, wie alle anderen, *dies unheilvolle Bild* nicht sehen wollen.

»Also, ein Brief, Kommissar, der ist dazu da, dass man ihn aufmacht, oder?«, sagte Gardon in aller Unschuld, und sein prosaischer Einwurf brach diesen Moment kollektiver Spannung, der sie in eine etwas beunruhigende oder vielleicht auch poetische Region entführt hatte.

»Ein Papiermesser«, sagte Adamsberg und streckte die Hand aus. »Ich werde so was nicht mit den Fingern aufreißen. In den Konzilsaal«, fügte er hinzu, »trommeln Sie alle zusammen, die in ihren Büros oder am Getränkeautomaten rumhängen.«

»Mercadet füttert gerade den Kater«, präzisierte Estalère.

»Nun, dann holen Sie den Kater zusammen mit Mercadet herunter.«

»Ich geh schon«, sagte Retancourt, und niemand hatte etwas dagegen, denn die Kugel und zugleich den verschlafenen Lieutenant herunterzuholen war keine Kleinigkeit, vor allem bei dieser verflixten unregelmäßigen Stufe, über die jeder regelmäßig strauchelte.

Adamsberg ging den Brief zunächst einmal allein durch, während Estalère im Konzilsaal seines Amtes waltete und den Kaffee servierte. Wenn er laut vorlas, las er nämlich nicht sehr flüssig, verhaspelte sich bei manchen Wörtern, ja veränderte sie. Nicht, dass ihm das vor seinen Mitarbeitern peinlich gewesen wäre, doch er wollte ihnen lieber einen einigermaßen klaren Text zu Gehör bringen, zumal er ahnte, dass die Prosa des anspruchsvollen Briefschreibers nicht die allereinfachste sein würde.

Froissy kam als Letzte in den Saal, mit müden Augen nach den drei Tagen und drei Nächten, die sie vor dem stummen Bildschirm gewacht hatte.

»Wir haben schließlich eine Antwort erhalten«, sagte Adamsberg zu ihr, »wenn auch nach althergebrachter Art.«

Er wartete, bis das Geklingel der kleinen Löffel in den Tassen sich beruhigt hatte, dann begann er mit seiner Lektüre:

»Von François Château, Präsident der Gesellschaft zum Studium der Schriften Maximilien Robespierres.

Sehr geehrter Herr Kommissar,
erst gestern spät in der Nacht habe ich durch einen Kollegen von der Anzeige erfahren, die Ihre Dienste über die wenige Tage zurückliegende Ermordung dreier Personen, Mme Alice Gauthier, M. Henri Masfauré und M. Jean Breuguel, veröffentlicht haben. Durch besagte Anzeige erfuhr ich ihre Namen, die mir bis dahin unbekannt waren. Auf den Fotografien hingegen habe ich die drei unglücklichen Opfer sehr wohl erkannt, und zwar ohne jeden Zweifel.
Es erscheint mir von allerhöchster Wichtigkeit, Sie wissen zu lassen, dass alle drei Mitglieder der oben genannten Gesellschaft waren, deren Präsident zu sein ich die Ehre habe. Obgleich nur gelegentliche Besucher, erschienen diese Personen seit etwa sieben bis zehn Jahren – genauer vermag ich es nicht einzugrenzen – ein, zwei Mal im Jahr zu unseren Sitzungen Anfang Herbst und im Frühjahr.

Ihr ›Verschwinden‹ hätte mich ohne die Lektüre Ihres Kommuniqués in keiner Weise beunruhigt. Unsere Statuten sehen keinerlei Anwesenheitspflicht vor, jeder kann kommen und gehen, wie es ihm beliebt. Gleichwohl versetzt mich das Zusammenfallen dieser drei Tode mit der Teilnahme der Genannten an unserem Studienkreis in berechtigte Unruhe. Umso mehr, als mir die Abwesenheit eines vierten Mitglieds spürbar auffällt, das viel regelmäßiger kam und mit den Verstorbenen hin und wieder Umgang zu pflegen schien. Zumindest grüßten sie sich immer freundlich, da bin ich sicher.
Sie mögen die Länge dieses Schreibens entschuldigen, doch Sie werden unschwer erkennen, dass ich fürchte – um eine Formulierung zu gebrauchen, die ein Polizist nicht in Abrede stellen wird –, dass ein Mörder unter unserem Dach sein Unwesen treibt, was weitere tragische Todesfälle zur Folge haben könnte und damit das sichere Ende unserer Arbeit.
Aus diesen Gründen wäre ich Ihnen außerordentlich dankbar, wenn Sie einwilligen würden, mich sehr bald zu treffen, wenn möglich schon heute um 12.30 Uhr, unmittelbar nach Erhalt dieses Briefes. Und angesichts der alarmierenden Tatbestände erscheint es mir in hohem Maße angeraten, dass man mich nicht beim Betreten Ihrer Behörde sieht. Ich wäre Ihnen darum sehr zu Dank verpflichtet – wobei ich Sie bitte, dieses ungewöhnliche Vorgehen meinerseits, das die Umstände gebieten, zu entschuldigen –, wenn Sie ins Café des Joueurs, Rue des Tanneurs, kommen könnten und sich dem Wirt als ein Bekannter von mir vorstellten. Er wird Sie zum Hinterausgang geleiten und von dort in ein Gässchen, das Sie zu einem unterirdischen Parkhaus führt. Über den Trep-

penaufgang Nr. 4 gelangen Sie nach draußen und befinden sich zwei Schritte neben dem Hintereingang des Café La Tournée de la Tournelle, auf dem Quai gleichen Namens. Dort sitze ich an einem schwach beleuchteten Tisch rechts im Hintergrund des Saals und lese, in Ihre Richtung gewandt, die Zeitschrift Motorräder gestern und heute. *Bitte tragen Sie diesen Brief mit sich, damit ich Ihrer Identität sicher sein kann.*
Ich verbleibe, sehr geehrter Herr Kommissar, mit dem Ausdruck meiner vorzüglichen Hochachtung …«

Adamsberg war nur über etwa ein Dutzend Wörter gestolpert – und wer wäre das nicht?, sagte er sich. Fassungsloses Schweigen folgte auf die Lektüre, das im Augenblick wohl mehr dem Tonfall des Briefes als seinem Inhalt geschuldet war.

»Können wir das noch mal hören?«, fragte Danglard, denn er sah den entgeisterten Blick von Estalère, der offensichtlich nichts mehr begriff.

Adamsberg sah automatisch auf seine beiden stehengebliebenen Uhren, fragte nach der Zeit – 10.10 Uhr – und begann noch einmal zu lesen, ohne dass irgendjemand Einwände erhob.

»Na, dann, Island ade«, fasste Voisenet zusammen, als der Kommissar den Brief aus der Hand legte.

»In der Tat«, sagte Noël. »Dann wird es wohl noch eine Weile dauern, bis du die Fische in den arktischen Gewässern begucken kannst. Stattdessen werden wir, wenn ich es recht verstehe, in ein Aquarium eintauchen, in dem noch viel seltsamere Fische herumschwimmen als alle, die du kennst. Ein Aquarium voller bekloppter Robespierristen, das lohnt den Umweg, da bin ich mir sicher.«

»Und eisig ist das Klima da auch«, meinte Voisenet.

»Nichts besagt, dass es sich um eine Gesellschaft von ›Robespierristen‹ handelt«, entgegnete Mordent mit jener Spur von Verachtung, die er für Noël hegte. »Es sind Wissenschaftler, die die Texte von Robespierre analysieren. Das ist ein großer Unterschied.«

»Trotzdem«, sagte Noël, »trotzdem sind das Leute, die sich für diesen Kerl begeistern. Und wir sind hier in der Brigade criminelle. Wir werden nicht auf einmal anfangen, einen Massenmörder zu verteidigen, oder?«

»Schluss jetzt damit, Noël«, sagte Adamsberg.

Noël zog sich in seine schwere Lederjacke zurück, diesen Machopanzer, der ihn doppelt so vierschrötig erscheinen ließ, wie er eigentlich war.

»Eine Falle?«, fragte Justin und wies mit zartem Finger auf den Brief. »Er verlangt von Ihnen, durch ein regelrechtes Labyrinth zu gehen, um ihn zu treffen.«

»Wahnsinn, welche Tricks die Leute so kennen, um die Bullen abzuhängen«, sagte Kernorkian.

»Was in einer Hinsicht aber auch beruhigend ist«, fand Adamsberg.

»Man verlangt von Ihnen«, insistierte Justin, »dass Sie sich, falls das Gässchen oder das Parkhaus keine Falle ist, dort mit einem Unbekannten treffen, der wie gedruckt redet, von dem man nicht weiß, ob er die Wahrheit sagt, oder auch nur, ob er tatsächlich Präsident dieser Gesellschaft ist. Das alles klingt sehr konspirativ, es riecht nach klassischer Intrige.«

»Ich gehe ja nicht allein, Justin. Veyrenc und Danglard kommen mit mir, sie werden mir den Binder liefern, die historische Untermauerung des Gesprächs.«

»Den Soßenfond, sozusagen«, meinte Voisenet.

»Geschichte ist kein Soßenfond«, protestierte Danglard.

»Verzeihung, Commandant.«

»Und zu unserem Schutz«, fuhr Adamsberg fort, »fünf Mann im Hintergrund, denn man kann in der Tat nie wissen. Also, Sie allein, Retancourt. Sie warten auf uns im Parkhaus und folgen uns. Das ist der gefährliche Teil der Strecke. Dann betreten Sie das Café durch den Haupteingang wie jeder beliebige Gast, der hier zum Essen herkommt. Fallen Sie nicht auf.«

»Was schwierig sein wird«, bemerkte Noël ironisch.

»Weniger als für Sie, Lieutenant«, sagte Adamsberg. »Sie riechen doch hundert Meter gegen den Wind nach Spezialeinheit. Retancourt dagegen kann nach Belieben bedrohlich und beruhigend erscheinen.«

Auf Retancourts gelassenem Gesicht las er, dass Noël die Kränkung noch büßen würde, und das nicht zum ersten Mal.

»Diese Gesellschaft existiert in der Tat, ich habe gerade nachgesehen«, sagte Froissy, die nur selten ihren Bildschirm verließ und der der letzte Wortwechsel entgangen war. »Gegründet vor zwölf Jahren. Aber auf der Seite erfährt man nicht die Namen der Leute, die sie leiten.«

»Das werden wir im *Journal officiel* nachlesen«, sagte Mercadet. »Ich übernehme das mal.«

»Ihre Website ist denkbar nüchtern«, fuhr Froissy fort. »Ein paar zeitgenössische Stiche, einige Texte von Robespierre, Fotos von den Örtlichkeiten, Versammlungsdaten und die Anschrift. Sieht wie eine alte Lagerhalle oder so was aus.«

Danglard stand auf, um einen Blick auf den Monitor zu werfen.

»Sicher ein Kornspeicher«, sagte er. »Die leichte Deckenwölbung über den Fenstern weist auf ein Bauwerk des ausgehenden 18. Jahrhunderts. Wo ist das?«

»Ganz im Norden, am Rand von Saint-Ouen, Rue des

Courte-Logis 42«, erwiderte Froissy. »Sie melden sechshundertsiebenundachtzig eingeschriebene Mitglieder. Sie verfügen über einen großen Konferenzsaal mit Tribünen, eine Cafeteria, einen Salon, Garderoben. Die Sitzungen, getrennt nach ›ordentlichen‹ und ›außerordentlichen‹, finden einmal pro Woche, am Montagabend, statt.«

»Also heute Abend«, sagte Adamsberg mit einem leichten Schauer.

»Und heute ist es eine ›außerordentliche‹ Sitzung«, ergänzte Froissy.

»Um wie viel Uhr?«

»Um acht.«

»Man braucht viel Geld, um einen solchen Schuppen zu mieten. Recherchieren Sie mal, Froissy. Eigentümer, Mieter und so weiter.«

Der Kommissar hatte lange genug gesessen, er stand auf und begann durch den Saal zu schreiten.

»Vergessen wir nicht, dass man uns seit Anbeginn verschaukelt«, sagte er. »Man schickt uns nach Island und lenkt uns gleichzeitig auf die Guillotine hin, mit einem Zeichen, das bewusst so unklar angelegt ist, dass man es nicht leicht entschlüsseln kann. Mit dem Mord an Jean Breuguel lotst man uns dann aufs Neue nach Island, zu Unrecht, um uns gleichzeitig wieder auf die Guillotine zu verweisen, aber diesmal mit einem Zeichen, das ein bisschen anders aussieht. Zittrig. Wir schwanken zwischen Selbstmord und Mord hin und her, verdächtigen einen nach dem anderen, Amédée, Victor, Céleste, Pelletier oder den ›Mörder von der Insel‹. Und nun haben wir Robespierre vor uns. Oder vielmehr einen Mörder, der im Schoße dieser Gesellschaft Robespierre-Anhänger um die Ecke bringt.«

»Einer, der sich eingeschleust hat«, sagte Kernorkian.

»Oder mehrere Eingeschleuste. Politische Morde vielleicht?«

»Oder auch nur persönliche Racheakte«, schlug Voisenet vor. »Denn für überzeugte Robespierristen scheinen unsere Opfer keine sehr emsigen Sitzungsteilnehmer gewesen zu sein.«

»Wenn dieser Präsident die Wahrheit sagt.«

»Und wenn es ihn überhaupt gibt.«

»Oder aber«, sagte Mordent, »wie der Mann andeutet – wie hieß er noch mal?«

»François Château.«

»Oder, wie dieser François Château andeutet, jemand versucht, die Gesellschaft zu ruinieren. Denn wer würde in einem Verein bleiben, in dem ein wahnsinniger Mörder einen nach dem anderen umbringt? In weniger als einem Jahr wird der Laden entvölkert und geschlossen sein.«

»Aber warum«, fragte Justin und sah auf seine Notizen, »lenkt man uns zunächst auf das Drama in Island hin?«

»Ich weiß nicht, ob man uns jemals darauf ›hingelenkt‹ hat«, sagte Adamsberg betont langsam, indem er zurückkam. »Ich habe mich geirrt, oder ich habe mich schlecht ausgedrückt, oder ich habe mich verloren. Es ist dieses verdammte Algenknäuel, selbst eine Katze würde ihre Jungen darin nicht wiederfinden.«

»Nicht mal die Kugel.«

»Niemand hat uns gesteuert«, fuhr Adamsberg fort. »Das haben wir ganz allein getan. Bereits beim ersten Mord hatte der Mörder ein Zeichen hinterlassen, das nichts mit Island zu tun hatte. Aber da war dieser Brief von Alice Gauthier, der uns zu Amédée führte, da waren der zweite Mord in Le Creux und der Felsen auf Island. Wir sind von uns aus nach Island gegangen.«

»Dahin, wo der Nebel in fünf Minuten einfällt und einen verschlingt«, sagte Mordent und nickte.

»*Warum lenkst du*
Regendrude
Deine Nebelfracht
Auf die Felder?«

Danglard sah ihn überrascht an.

»Pardon für die Unterbrechung«, sagte Mordent. »Es ist nicht von mir, Veyrenc, es ist ein isländisches Gedicht.«

Dann reckte Mordent seinen mageren Hals, das Zeichen, dass der Reiher verlegen war.

»Gleichwohl sind die ersten Opfer beide in Island gewesen«, sagte er. »Zufall? Für Zufälle haben wir nichts übrig.«

»Nicht unbedingt«, meinte Adamsberg und nahm sein Umherwandern wieder auf. »Vielleicht haben sich die beiden nach dem tragischen Ereignis wiedergesehen. Nehmen wir an, dass einer von beiden zu diesem Studienkreis gehörte. Und dass dieser eine, sagen wir Henri Masfauré, die andere, sagen wir Alice Gauthier, in die Robespierre-Gesellschaft eingeführt hat.«

»Weder bei Alice Gauthier noch bei Masfauré weist etwas auf eine Aktivität in dieser Richtung hin.«

»Und dennoch, Mordent, wenn der Präsident die Wahrheit sagt, waren sie Mitglieder dieser Gesellschaft. Und Jean Breuguel ebenfalls. Das sind ja Sachen, die man nicht unbedingt über die Dächer schreit. ›Robespierre-Studien‹, so was hätte dem Direktor von Madame Gauthier oder Masfaurés Auftraggebern in der Industrie vielleicht nicht so gefallen.«

»Das Thema ist nach wie vor ein heißes Eisen«, bestätigte Danglard.

»Aber wenn der Mörder nichts mit Island zu tun hat«,

meinte Mercadet, »warum hat er dann diese Bücher zu Jean Breuguel gebracht?«

»Um uns zu verarschen, Lieutenant, um uns zu ermuntern, an der falschen Spur dranzubleiben, auf die wir uns eingelassen hatten, und uns von der Gesellschaft abzulenken. Was erklären würde, dass die Guillotine so vertrackt gezeichnet ist. Er musste sie zeichnen, aber es war ihm nicht so wichtig, dass sie entschlüsselt wird.«

»Ich hab's«, sagte Froissys zartes Stimmchen.

»Was?«

»Diese Halle, ›Getreidescheune‹ genannt, gehört der Stadt Saint-Ouen. Sie wird von verschiedenen Vereinigungen angemietet, darunter einmal wöchentlich von der Robespierre-Gesellschaft. Namentlich genannter Mieter für diese Montage: Henri Masfauré«, und seelenruhig fügte sie hinzu: »Für hundertzwanzigtausend Euro im Monat.«

»Sieh an«, Adamsberg hielt in seinem Umherwandern inne. »Da tut sich uns ja ein gänzlich unerforschter Teil des Gebirges auf, eine bisher unbekannte Seite des Philanthropen.«

»Ein Philanthrop und Robespierre, das ist ein Unterschied wie Tag und Nacht.«

»Da irren Sie sich, Kernorkian«, sagte Danglard mit leichter Schärfe in der Stimme. »Robespierre war in seinem Denken durchaus Philanthrop, glauben Sie mir. Das Glück der kleinen Leute, ein ausreichender Lebensunterhalt für alle, die Abschaffung der Sklaverei, die Aufhebung der Todesstrafe – oh, ja –, das allgemeine Wahlrecht, ein ehrbares Statut für alle Geächteten, Schwarzen, Juden, unehelichen Kinder und die ›erhabene‹ Vollkommenheit auf dieser Erde …«

»Danglard«, fiel Adamsberg ihm ins Wort, »versuchen wir doch bitte alle, am Thema dranzubleiben. Und das lautet: ein

Mörder in den Reihen der Robespierre-Gesellschaft, der ihre Mitglieder umbringt. Also strikt zum Thema.«

Eine überraschende Weisung für Adamsberg, der vieles von einer Qualle hatte, die sich treiben lässt, und nichts von einer Muschel, die hartnäckig an ihrem Felsen »klebt«. Wieder fragte er nach der Uhrzeit: 11.15 Uhr.

»Man müsste ihm mal die Batterien seiner beiden Uhren auswechseln«, flüsterte Froissy.

»Also zurück zum Thema«, wiederholte Adamsberg noch entschiedener. »Veyrenc, Danglard, machen Sie sich bereit, vor allem keine Waffen. Mordent, Sie überprüfen diese Mietangelegenheit Getreidescheune bei Masfaurés Notar. Geht die Sache durch die Bücher, oder wird bar bezahlt? Kontaktieren Sie Victor, um zu erfahren, was in Masfaurés Bibliothek an Geschichtsbüchern und Untersuchungen zur Revolution steht. Oder verheimlichte er seine Neigung?«

»Bei hundertzwanzigtausend im Monat nenne ich das mehr als eine Neigung«, sagte Mercadet.

»In der Tat. Sie, Froissy, schicken eine dringende Suchanzeige raus, aber eine interne diesmal, an alle Kommissariate und Gendarmerien des Landes: Gesucht wird ein ›Selbstmörder‹ mit einem Guillotine-Zeichen. Schicken Sie die Zeichnung in allen drei bekannten Varianten mit.«

»Was für ein Selbstmörder?«, fragte Estalère.

»Erinnern Sie sich«, erklärte Adamsberg mit der großmütigen Geduld, die er stets gegenüber dem Brigadier bewies, »dass François Château uns auf einen vierten Mann hinweist, dessen Fehlen er neuerdings beobachtet und der mit unseren Toten hin und wieder Kontakt hatte. Wahr oder nicht wahr, wir suchen nach ihm. Die Leute können einen vermeintlichen Selbstmord übersehen haben.«

»Ohne das Zeichen zu bemerken«, ergänzte Mercadet.

»Schon bei Masfauré war es beinahe unsichtbar, und bei Breuguel hat Bourlin es nur wegen der Island-Bücher entdeckt.«

»Wir beginnen mit der Nachforschung bei den Selbstmorden des letzten Monats. Die Leute sollen auf der Suche nach dem Zeichen noch einmal an die Tatorte zurückkehren. Sollte dabei nichts herauskommen, wird die Nachforschung auf die Selbstmörder der vorhergehenden Monate ausgedehnt und so fort. Informieren Sie den Divisionnaire über die Ausweitung der Recherchen. Justin, Sie formulieren die Anzeige, und Sie, Froissy, ahmen meine Unterschrift nach. Wir fahren in zehn Minuten von hier los. Retancourt, machen Sie sich bereit, Sie starten als Vorhut.«

»Danglard«, fragte Adamsberg beim Hinausgehen, »worum ging es eigentlich bei diesem Spruch ›Wenn der Berg nicht zu dir kommt, dann wirst du zum Berge gehen‹?«

»Ich dachte, wir sollen beim Thema bleiben«, meinte Danglard trocken.

»Das stimmt schon. Aber Mordent war nicht verpflichtet, uns dieses isländische Gedicht zu rezitieren. Sie stecken sie an, Commandant, einen wie den anderen. Am Ende ist kein Einziger in dieser Brigade mehr konzentriert bei der Sache. Und ich brauche konzentrierte Beamte.«

»Weil Sie es nicht sind.«

»Genau. Und dieses Ding mit dem Berg?«

»Es ist ein Satz aus dem Koran, Kommissar. Es handelt sich sogar schlichtweg um Mohammed. ›Wenn der Berg nicht zum Propheten kommt, dann muss der Prophet zum Berge gehen.‹«

»Also, dann sage ich etwas bescheidener von mir: ›Da ich nicht beim Berge war, ist der Berg zu mir gekommen.‹ Ich habe den Weg nicht gesehen.«

»Doch. Sie haben das Zeichen verstanden.«

»Aber ich bin nicht darüber hinausgekommen, Danglard. Ich bin nicht über die Guillotine gesprungen.«

»Besser nicht, Kommissar.«

»Und ohne den Brief heute Morgen würden wir immer noch auf der Stelle treten.«

»Aber es hat den Brief gegeben. Und es hat ihn gegeben, weil Sie die Idee mit der Anzeige hatten.«

»Commandant, Sie sind heute sehr gnädig mit mir«, sagte Adamsberg lächelnd.

17

Aus dem Auto rief Adamsberg Kommissar Bourlin an.

»Wir verabschieden uns von Island, Bourlin. Definitiv.«

»Und nehmt Kurs worauf?«

»Auf eine Gesellschaft zum Studium Robespierres.«

»Gesellschaft zum Studium der Schriften Maximilien Robespierres«, korrigierte Danglard laut.

»Scheiße«, sagte Bourlin. »Deine Guillotine.«

»Deren Präsident hat uns höchstpersönlich geschrieben, er beklagt den Verlust von drei Mitgliedern.«

»Unsere drei Selbstmörder.«

»So ist es. Und ein viertes seiner Mitglieder, meint er, fehle seit Kurzem.«

»Wie viele sind sie denn insgesamt?«

»Nahezu siebenhundert.«

»Scheiße«, wiederholte Bourlin.

»Das wollte ich dir nur sagen.«

»Hältst du es für möglich, dass der Mörder eine Bombe da reinschmeißt? Einfach, um Zeit zu sparen?«

»Nein, dafür amüsiert er sich viel zu sehr. Jedenfalls im Augenblick noch.«

Der Chef des kleinen Café des Joueurs erwartete sie schon.

»Man hat mir nicht gesagt, dass Sie zu dritt kommen.«

»Man hat es uns auch nicht verboten«, sagte Adamsberg und zog den Brief aus seiner Tasche.

Schon der Anblick der barocken Schriftzüge besänftigte den Mann, und er führte sie zum Hinterausgang des Lokals. Von dort in einen kleinen Hof, danach in einen zweiten, dann in ein Gässchen bis zu einer eisernen Brandschutztür.

»Hier runter kommen Sie ins Parkhaus vom Quai de la Tournelle. Ich nehme an, man hat Ihnen gesagt, welchen Ausgang Sie wählen müssen.«

»Hat man.«

»Also beeilen Sie sich«, sagte der Mann, sich nach rechts und links umsehend. »Und verhalten Sie sich unauffällig. Obwohl, mit ihm da«, setzte er hinzu und wies auf Veyrencs Haarschopf, »ist das wohl von vornherein ausgeschlossen.«

Dann kehrte er ohne irgendein weiteres Wort um. Justin hatte recht: Das roch nach Konspiration, nach Verschwörung, nach Komplott der altväterlichen Art.

»Ein bisschen lächerlich, was?«, sagte Veyrenc.

»Zweifellos«, sagte Adamsberg. »Aber was dich angeht, hat er schon recht.«

»Und, wer ist daran schuld?«

Adamsberg schnitt eine Grimasse. Er war sicher, dass einen wie Veyrenc niemand übersehen könnte, dieses massive, schöne Gesicht mit dem zweifarbigen Haarschopf wie ein umgekehrtes Leopardenfell. Er war der letzte Polizist, den man zu einer Beschattung einsetzen würde, und erst recht nicht in einer Verschwörung des 18. Jahrhunderts. Eine Bande von Jungen hatte ihn als Kind gefoltert, ihm mit vierzehn Messerstichen die Kopfhaut zerfetzt, und über den Narben waren die Haare fuchsrot nachgewachsen. Das war oben in den Pyrenäen geschehen, auf der Hochwiese von Laubazac, hinter dem Weinberg. Adamsberg erinnerte sich niemals ohne Grausen daran.

Sie verließen das Parkhaus über den Treppenaufgang Nr. 4 und stießen die Hintertür zum Tournée de la Tournelle auf.

Ein ausgesprochen prächtiger, geräumiger Saal, weiße Tischtücher und zu dieser Zeit auch gut besetzt. Danglard hatte Retancourt bereits entdeckt, sie saß in einer Ecke, ein blassrosa Band in ihren kurzen blonden Haaren und ein dazu passendes Kostüm, auf dem Tisch ein Magazin für wollene Babysachen. Die imposante Polizistin strickte, ohne überhaupt auf ihre Nadeln zu achten, sie zog ihre weiße Wolle aus einer großen geblümten Tasche, die zu ihren Füßen stand, und hielt nur gelegentlich inne, um sich einen Happen von ihrem Teller zu nehmen.

»Wusstest du das?«, flüsterte Veyrenc. »Dass sie stricken kann? Und so gut?«

»Ich gebe zu, ich wusste es nicht.«

»Keiner käme auf den Gedanken, dass sie ein getarnter Kampfpanzer ist. Nein, sie ist einfach perfekt. Mit ihrer Knarre unter den Wollknäueln.«

»Und unser Mann sitzt dahinten«, sagte Danglard, »in der Nähe des Kleiderständers. Der im weißen Hemd und der grauen Strickweste, der sich gerade die Nägel saubermacht.«

»Glaube ich nicht«, sagte Veyrenc. »Ich kann mir nicht vorstellen, dass der Präsident der Robespierre-Gesellschaft sich im Restaurant die Nägel reinigt.«

»Jetzt greift er zu der Motorrad-Zeitschrift«, sagte Adamsberg. »Er sieht zu uns herüber. Zögert, weil wir zu dritt sind.«

Sie gingen an seinen Tisch, stellten sich vor, der Mann erhob sich halb, um ihnen die Hand zu geben.

»Messieurs? Haben Sie den Brief?«

Adamsberg öffnete seine Jacke, der Umschlag ragte aus seiner Innentasche.

»Sie sind Kommissar Adamsberg, nicht wahr?«, sagte François Château. »Ich meine, Ihr Gesicht schon einmal gesehen zu haben. Und diese Herren sind …?«

»Commandant Danglard und Lieutenant Veyrenc.«

»Wir koordinieren unsere Kompetenzen«, sagte Danglard. »Nehmen Sie doch bitte Platz.«

Beruhigt ließ Château seinen Nagelreiniger aus poliertem Stahl in seine Westentasche gleiten und bat sie, ihr Menü zu wählen, wobei er ihnen die Champignons im Blätterteig an Sauerampfer und die Kalbsleber nach venezianischer Art empfahl. Der Mann war nicht groß, schmale Schultern, rundes Gesicht, rosige Wangen. Dunkelblonde, auf dem Hinterkopf bereits spärlich gesäte Haare, kleine blaue Augen ohne jeden Ausdruck. Nichts Bemerkenswertes außer diesem unpassenden Nagelreiniger und seiner bemüht aufrechten Körperhaltung, als säße er auf einem Kirchenstuhl. Adamsberg war enttäuscht, so als müsste der Präsident einer Robespierre-Gesellschaft etwas Einschüchterndes haben.

»Trinken Sie etwas?«, fragte Danglard, der die Weinkarte studierte.

»In Maßen, aber in Ihrer Gesellschaft mit Vergnügen«, erwiderte Château, und sein Lächeln entkrampfte sich. »Für mich gern einen Weißen.«

»Das kommt mir entgegen«, sagte Danglard und gab sofort die Bestellung auf.

»Ich bitte Sie noch einmal um Entschuldigung für die Vorkehrungen, mit denen ich Sie hierherbestellt habe. Ich war leider dazu gezwungen.«

»Wurden Sie bedroht?«, fragte Veyrenc.

»Seit Langem schon«, sagte der kleine Château und presste erneut die Lippen aufeinander. »Und es nimmt zu. Mögen Sie mir gleichermaßen die übergroße Sorgfalt nachsehen, mit der ich meine Hände pflege«, sagte er und streckte ihnen seine Finger entgegen, deren Nägel schwarz von Erde waren.

»Sind Sie Gärtner?«, fragte Adamsberg.

»Ich habe gerade drei mexikanische Orangenbäume gepflanzt und erhoffe mir von ihnen eine schöne Blüte. Was die Drohungen angeht, meine Herren, so müssen Sie verstehen, dass die Leitung einer Robespierre-Gesellschaft nichts mit dem Steuern eines Handelsschiffes gemein hat, nicht wahr? Vielmehr handelt es sich um ein Kriegsschiff, das Feinden wie Stürmen standhalten muss, weil allein der Name Robespierre Leidenschaften wiederaufleben lässt, die gegen das Schiff anbranden und es überrollen. Ich gestehe, als ich diesen Studienkreis gründete, hatte ich nicht damit gerechnet, dass er diesen riesigen Erfolg haben würde, noch dass er so glühende Reaktionen auslösen würde, Verehrung, aber auch Hass. Und manchmal«, sagte er und spielte mit der Spitze seines Messers auf seinem Teller, »manchmal denke ich daran abzudanken. Dieses Polarisieren, diese immer wieder aufflammenden Reaktionen, diese kultische Verehrung auf der einen und hasserfüllte Ablehnung auf der anderen Seite, die aus unserer Forschungsgemeinschaft mit der Zeit eine Arena der Wahnvorstellungen gemacht haben. Das beklage ich zutiefst.«

»Tatsächlich?«, sagte Danglard und füllte die Gläser, wobei er das von Adamsberg ausließ.

»Ich hatte Ihr Misstrauen vorausgeahnt, das ja nur allzu normal ist. Sehen Sie, ich habe Ihnen zwei Briefe aus der jüngsten Zeit mitgebracht, die beweisen, dass solche Drohungen, nicht wahr, alles andere als ein Scherz sind. Und ich habe noch viele weitere im Büro. Diesen hier erhielt ich vor ungefähr einem Monat.«

Du hältst dich für einen großen Mann, und schon meinst du zu triumphieren, aber ahnst du auch den Schlag von meiner Hand voraus, und wirst du ihm zu entgehen wissen? Ja, wir sind entschlossen, dir das Leben zu nehmen und Frankreich von der Schlange zu befreien, die es zu zerreißen sucht.

»Und hier noch ein anderer«, fuhr Château fort. »Aufgegeben am 10. April. Unmittelbar nach den Morden an Alice Gauthier und Henri Masfauré, wenn ich mich nicht irre. Ein Computerausdruck, wie Sie sehen, auf ganz gewöhnlichem Papier. Über den Autor weiß ich nichts, außer dass der Brief in Le Mans aufgegeben wurde, was uns in keiner Weise weiterhilft.«

Danglard griff begierig nach diesem zweiten Brief.

Jeden Tag bin ich mit dir, ich sehe dich jeden Tag. Zu jeder Stunde sucht mein erhobener Arm deine Brust. O du ruchlosester aller Menschen, lebe noch ein paar Tage, um an mich zu denken, schlafe, um von mir zu träumen. Adieu. An jenem Tag aber werde ich, wenn ich dich ansehe, dein Entsetzen genießen.

»Nicht ganz alltäglich, nicht wahr?«, sagte Château und quälte sich ein Lachen ab. »Aber essen Sie doch, meine Herren.«

»Umso weniger alltäglich«, sagte Danglard ernst, »als diese beiden Texte exakte Kopien authentischer Briefe sind, die an Maximilien Robespierre gerichtet wurden, nach dem Votum des Konvents über das schreckliche Gesetz vom 10. Juni 1794.«

»Wer sind Sie?«, rief Château und stieß seinen Stuhl zurück. »Sie sind keine Polizisten! Wer sind Sie?«

Adamsberg hielt den Mann am Arm zurück und suchte seinen blassen Blick. Château atmete heftig, aber er schien im

Gesichtsausdruck des Kommissars, wenn er denn Kommissar war, doch ein wenig Beruhigung zu finden.

»Polizisten, wir sind Polizisten«, versicherte er ihm. »Danglard, zeigen Sie ihm unauffällig Ihren Ausweis. Der Commandant weiß einfach sehr viel über die Zeit der Revolution.«

»Ich kenne niemanden außer den Historikern«, sagte Château dumpf und immer noch auf Verteidigung bedacht, »dem der Wortlaut dieser Briefe geläufig wäre.«

»Er«, sagte Veyrenc und wies mit der Gabel auf den Commandant.

»Das Gedächtnis von Commandant Danglard«, bestätigte Adamsberg, »ist ein übernatürlicher Abgrund, in den man sich besser nicht hineinwagt.«

»Tut mir leid«, sagte Danglard und schüttelte sein langgezogenes, biederes Haupt, »aber diese hier sind gleichwohl ziemlich bekannt. Glauben Sie denn, wenn ich zu jenen Leuten gehörte, die Sie bedrohen, dass ich mich dann auf so dämliche Weise zu erkennen geben würde?«

»Nun ja, das ist wahr«, und leidlich beruhigt rückte Château seinen Stuhl wieder heran. »Dennoch.«

Danglard füllte Wein nach und schenkte Château zur Versöhnung ein leichtes Kopfnicken.

»An wen sind diese Briefe adressiert?«, fragte er. »Auf dem Umschlag, meine ich.«

»Sie mögen es glauben oder nicht, an ›M. Maximilien Robespierre‹. Als wäre er noch am Leben. Als drohte er noch immer. Darum sage ich Ihnen ja, es geistern Wahnsinnige durch unsere Versammlungen und vergreifen sich jetzt schon an unseren Mitgliedern. In der Absicht, zumindest glaube ich das, ein Klima des Schreckens zu verbreiten, das am Ende mich erreichen wird. Sie haben den Satz gelesen: *An jenem*

Tag werde ich, wenn ich dich ansehe, dein Entsetzen genießen. Ich habe die Gesellschaft gegründet, es war meine Idee, ich habe ihr Konzept ausgearbeitet, und in dieser Eigenschaft führe ich seit zwölf Jahren ihren Vorsitz. So wäre es in der Tat nur logisch, dass der Briefschreiber oder irgendein anderer Verrückter am Ende auf die Spitze zielt, nicht wahr?«

»Und haben Sie niemand anderen neben sich?«, fragte Adamsberg.

»Einen Schatzmeister und einen Sekretär, die mir auch als Leibwache dienen. Was im *Journal officiel* steht, sind nicht ihre wirklichen Namen. Meiner hingegen schon. Nun ja, anfänglich habe ich auf derlei nicht geachtet.«

»Und einen Finanzier«, fügte Veyrenc hinzu.

»Mag sein.«

»Sogar einen Mäzen.«

»Ja.«

»Henri Masfauré.«

»Stimmt«, sagte Château. »Der gerade ermordet wurde. Er bezahlte die Miete für den Saal. Als er vor neun Jahren zu uns kam, stand es finanziell schlecht um uns, und er nahm die Dinge in die Hand. Mit seinem Verschwinden schneidet der Mörder uns die Lebensader ab, das Geld.«

Adamsberg beobachtete, mit welcher Präzision der kleine Vorsitzende mit seinen erdigen Händen den Blätterteig schnitt, und suchte diesen Gegensatz bei einem so kultivierten Menschen zu ergründen. Das Schwarz der Erde adelt die Hände, Unsauberkeit entwürdigt sie. So was in der Art.

»Wenn Masfauré«, sagte er, »so begeistert von Ihrer Sache war, dass er sie finanzierte, warum kam er dann nicht öfter? Sie schreiben, er sei, wie die beiden anderen Opfer, ein ›zeitweiliges‹ Mitglied gewesen.«

»Henri verfolgte ein bedeutendes wissenschaftliches Ziel –

ein revolutionäres sogar, das Wort ist nicht zu hoch gegriffen –, und seine Aufgabe nahm ihn völlig in Anspruch. Er wollte lieber nicht das Risiko eingehen, bei unseren Sitzungen von irgendjemandem erkannt zu werden. Das wäre, Sie verstehen, vermutlich nicht nach dem Geschmack seiner Mitarbeiter gewesen. Was, nun ja, unser aller Problem und auch meines ist. Ich bin Oberbuchhalter im Grand Hôtel des Gaules, hundertzweiundzwanzig Zimmer. Kennen Sie es?«

»Ja«, sagte Veyrenc. »Dabei hielt ich Sie für den Gärtner.«

»Wenn man so will«, meinte Château träumerisch und mit Blick auf seine Fingernägel. »Ich kümmere mich um den Garten des Hotels, die anderen verstehen nichts davon. Doch abgesehen davon: Sollte mein Direktor je erfahren, welches Gremium ich leite, ich wäre auf der Stelle gefeuert. Denn wer sich mit Robespierre beschäftigt, ist zwangsläufig dubios, so einfach ist das im Denken der Leute. Henri genügte es zu wissen, dass die Gesellschaft ihr Auskommen hatte. Er kam zweimal im Jahr.«

»Was meinen Sie«, fragte Adamsberg, »könnte es Masfauré gewesen sein, der Alice Gauthier, die ermordete Frau, zu einigen Sitzungen eingeladen hat?«

»Das ist durchaus wahrscheinlich. Man sah sie des Öfteren miteinander. Ich werde diese Madame Gauthier und auch diesen Breuguel vielleicht zwanzigmal gesehen haben, nicht öfter. Auf Ihren Fotos habe ich sie deshalb erkannt, weil sie nie verkleidet waren. Sie nahmen an den Sitzungen von den Galerien aus teil, im Rücken der Abgeordneten.«

»Verkleidet?«, sagte Adamsberg.

»Ich verstehe nicht«, mischte Veyrenc sich ein. »Es gibt in Frankreich noch andere Forschungsgruppen zu Robespierre. Historiker, die die Texte studieren, auswerten, analysieren und ihre Ergebnisse in einem rein geistigen Umfeld veröffentlichen. Ihre Gesellschaft dagegen löst Tumulte aus, bringt leidenschaftliche Erregung und Hass hervor.«

»Ja, so ist es«, sagte Château und setzte sich noch ein wenig aufrechter hin, um Platz zu schaffen für die Kalbslebern nach venezianischer Art.

»Denn Monsieur Château«, erklärte Danglard, »sprach von einem ›Konzept‹, das das kostspielige Anmieten eines großen Gebäudes erforderlich macht. Für ›außerordentliche‹ Sitzungen. Ich vermute, da liegt das Problem: Sie werten also nicht nur die Archive aus?«

»So ist es, Commandant. Ich habe Ihnen ein paar Fotos mitgebracht, die Ihnen das besser verdeutlichen werden, als meine Worte es könnten. Denn ich gebe zu«, er griff in seine Tasche und zog die Dokumente heraus, »dass ich durch das jahrelange Anhören von Reden aus dem 18. Jahrhundert die fatale Angewohnheit angenommen habe, mich ein wenig gedrechselt auszudrücken, was die Dinge nicht eben einfacher macht. Selbst im Hotel, nicht wahr?«

Ein Dutzend Fotos wurden um den Tisch gereicht. In einem sehr großen Saal, der von hohen Lüstern mit elektrischen Kerzen erhellt wurde, drängten sich an die drei-, vierhundert Personen, alle in Kostümen des ausgehenden 18. Jahrhunderts, um eine Tribüne herum, die einen ganz im Zentrum des Raums, die anderen auf den Rängen, manche saßen, manche standen, wieder andere hatten sich aufgerichtet und schienen, die Hände erhoben, die Arme ausgestreckt, dem Redner auf seinem Podium etwas zuzuschreien oder ihm zu applaudieren. Über ihnen auf seitlichen Emporen an die hundert Männer und Frauen in normaler, aber unauffälliger Kleidung, teils vom Dunkel verschluckt, viele über die Brüstung gebeugt. Trikoloren waren hier und da entrollt. Die Aufnahmen waren aus zu großer Entfernung gemacht, als dass man Gesichter hätte erkennen können. Aber man hörte fast das Raunen im Saal, die Hintergrundgeräusche, die Stimme des Redners, Gemurmel, Gelächter, Beleidigungen, die hin und her flogen.

»Erstaunlich«, meinte Danglard.

»Gefällt es Ihnen?«, fragte Château, diesmal mit echtem Lächeln und einigem Stolz.

»Ist das eine Aufführung?«, fragte Adamsberg. »Ein Schauspiel?«

»Nein«, sagte Danglard und ging noch einmal alle Fotos durch. »Es ist eine sehr getreue Rekonstruktion der Sitzungen der Nationalversammlung während der Revolution. Irre ich mich?«

»Durchaus nicht«, sagte Château, dessen Lächeln immer breiter wurde.

»Ich nehme an, auch die offiziellen Reden und die Diskussionsbeiträge der Abgeordneten folgen den historischen Vorlagen?«

»Selbstverständlich. Jedes Mitglied erhält vor dem Zeitpunkt der Versammlung den vollständigen Text, der an dem Abend gesprochen wird, einschließlich seiner eigenen Beiträge, je nach Rolle. Das erfolgt über eine Website, deren Zugangscode jeder kennt.«

»Je nach Rolle?«, fragte Adamsberg.

Was hatte es für einen Sinn, die Revolution »nachzuspielen«?

»Zwangsläufig«, sagte Château. »Ein Mitglied spielt Danton, ein anderer übernimmt die Rolle von Brissot, Billaud-Varenne, Robespierre, Hébert, Couthon, Saint-Just, Fouché, Barère und so weiter. Jeder muss die Rede, die er zu halten hat, im Voraus kennen. Wir arbeiten in Zyklen über jeweils zwei Jahre, angefangen bei den Sitzungen der Verfassunggebenden Versammlung bis zu denen des Konvents. Wir spielen sie nicht alle nach! Sonst würden die Zyklen ja fünf Jahre dauern, nicht wahr? Wir wählen die repräsentativsten oder auch denkwürdigsten Tage aus. Kurz, wir erwecken die Geschichte zu neuem Leben, mit peinlicher Genauigkeit. Das Ergebnis ist beeindruckend.«

»Und was bezeichnen Sie als ›außerordentliche‹ Sitzungen?« fragte Adamsberg. »Wie die heute Abend?«

»Die, auf denen Robespierre erscheint. Da kommen immer viel mehr Leute. Er ist nur zweimal im Monat anwesend, denn sein Auftritt ist lang und erschöpfend. Und ihn können wir nicht auswechseln. Im Augenblick allerdings spielt er jede Woche, denn wir sind in Verzug.«

Châteaus Miene nahm wieder ihren ängstlich besorgten Ausdruck an.

»Dieser Erfolg hat jedoch einen Haken«, sagte er.

»Die Leidenschaft«, vermutete Danglard.

»Und das ist ein Phänomen, das wir in keiner Weise vorausgesehen hatten«, bestätigte Château. »Eine Art Abdriften, nicht wahr? Haben wir noch einen Schluck Wein, Commandant? Anfangs hatten wir die Rollen nach der Physiognomie unserer Mitglieder und ihrem Temperament verteilt. Wir hatten einen fantastischen Danton, sehr hässlich und mit gewaltiger Stimme. Ungemein talentierte Leute auch für den gelähmten Couthon, den Erzengel Saint-Just, den ungehobelten Hébert. Aber nach einem Jahr hatte jeder der Abgeordneten bis hin zum Bescheidensten unter ihnen sich total mit seiner Figur und dem von seiner Partei verfochtenen Programm identifiziert, seien es die Vorsichtigen aus dem Marais, die Gemäßigten von der Gironde, die Radikalen von der Bergpartei, seien es Dantonisten, Robespierristen, Enragés oder Exagérés – es war ein fürchterlicher Hexenkessel geworden. Die Mitglieder folgten nicht mehr ihrem Text, sie schrien sich mitten in der Sitzung an oder beschimpften sich gegenseitig: ›Wer bist du, Citoyen, dass du es wagst, die Republik mit deinen scheinheiligen Worten herabzuwürdigen?‹ Dem musste ein Ende gemacht werden.«

Château schüttelte traurig den Kopf, der Wein hatte seine runden Wangen gerötet.

»Und wie?«, fragte Danglard.

»Unsere Mitglieder sind verpflichtet, alle vier Monate das politische Lager zu wechseln: Einer aus dem Marais geht zur Bergpartei, ein Hébertist wird ein Gemäßigter, Sie verstehen das Prinzip. Und Sie können mir glauben, diese erzwungenen Seitenwechsel verlaufen nicht immer reibungslos.«

»Interessant«, meinte Veyrenc.

»So interessant, weiß Gott, dass wir eine innovative Studie in Angriff genommen haben. Nämlich das Phänomen zu erforschen, das kein Historiker bis heute hat ergründen können: Wie hat der bleiche, eisige Robespierre, ein Mensch ohne jedes Charisma und ohne jede Empathie, mit seiner piepsigen Stimme und seinem leblosen Körper eine so überwältigende Verehrung hervorrufen können? Mit seinem düsteren Gesicht und seinen hinter den Brillengläsern blinzelnden leeren Augen? Also, das beobachten wir, das halten wir fest.«

»Wie lange läuft Ihre Studie schon?«, fragte Danglard, den diese absonderliche Gesellschaft im Augenblick mehr zu fesseln schien als die laufenden Ermittlungen.

»Seit ungefähr sechs Jahren.«

»Und, liegen bereits Ergebnisse vor?«

»Gewiss. Wir haben schon Tausende Blatt Notizen, Beobachtungen und Synthesen. Unser Sekretär hat dieses Projekt in der Hand. Die Frauen zum Beispiel, diese Tausenden von

Frauen, die so hingerissen waren von Robespierre, die ihn so leidenschaftlich begehrten und die er dennoch nicht wollte. Sehen Sie, Commandant, die haben wir auch auf unseren Tribünen hier. Sie geraten in Verzückung, wenn er redet, es ist nicht zu glauben.«

»Ich würde mich gern etwas bewegen«, sagte Adamsberg. »Könnten wir unser Gespräch auf den Quais fortsetzen?«

»Mit Vergnügen, meine Herren, ich halte mich hier schon viel zu lange auf.«

So fanden sich die vier Männer, als Kontrastprogramm gleichsam, bald am Reiterstandbild des Königs Henri Quatre auf dem Square du Vert-Galant wieder und setzten sich auf eine sonnenbeschienene Bank.

»Unter Ihren Fotos«, fragte Adamsberg, »sind da auch welche aus größerer Nähe?«

»Das verbieten uns unsere Statuten«, sagte Château, der seine Nagelreinigung wieder aufgenommen hatte. »Unsere Mitglieder schreiben sich anonym ein, und jedes Fotografieren ist untersagt. Aus Gründen der Vertraulichkeit, von der ich sprach. Und es muss jeder sein ausgeschaltetes Telefon am Eingang abgeben.«

»Sodass Sie uns auch nicht den Namen des vierten Mannes geben können, dessen Fehlen Sie so beunruhigt, und schon gar kein Foto von ihm.«

»So ist es. Außerdem erscheint dieser Mann geschminkt, er nimmt aktiv teil. Nicht von Anfang an. Aber nach einiger Zeit hat er Feuer gefangen wie viele hier, nicht wahr? Darum macht mir seine Abwesenheit ja solche Sorge. Vor zwei Wochen schon hätte er da sein müssen, er hatte eine Rolle zu spielen. Er hätte nicht versäumt zu kommen, dafür mochte er das alles viel zu sehr. Aber ich wäre nicht in der Lage, Ihnen unter all den aufgeregten Masken einen Verdächtigen zu zeigen. Wenigstens so viel kann ich Ihnen sagen, dass die, die Robespierres Auftreten am heftigsten erregt, ungefähr fünfzig Leute sind. Dennoch kann der Mörder, nicht wahr, ebenso gut ein Mann im Dunkel sein, diskret wie ein Frettchen, der nichts von seinem Hass erkennen lässt.«

Château war inzwischen bei seinen Ringfingern angekommen, deren Nägel er akribisch bearbeitete.

»Und das hier?«, unterbrach ihn Adamsberg und zeigte ihm die Zeichnung. »Haben Sie das schon mal gesehen? Es fand sich am Ort aller drei Morde.«

»Noch nie«, Château schüttelte den Kopf. »Was soll das darstellen?«

»Das fragen wir uns. Ihrer Meinung nach? Im vorliegenden Zusammenhang?«

»Im Zusammenhang?« Château rieb sich seinen kahlen Hinterkopf.

»Genau. In Ihrem Zusammenhang.«

»Die Guillotine?«, schlug er vor, ein wenig zögernd wie ein Schüler an der Tafel. »Aber welche? Die von vorher? Oder die nachher? Vermischte Guillotinen? Das würde keinen Sinn ergeben.«

»Das stimmt«, meinte Adamsberg.

Er schob die Hände in die Taschen. Auch er sah nicht, wie man unter annähernd siebenhundert anonymen und geschminkten Personen auf die Spur eines Menschen kommen sollte. Ein neues Bündel Algen formte sich an seinem Horizont, noch verschlungener als jenes, das ihn in der vergangenen Nacht um den Schlaf gebracht hatte, ja, es ballte sich sogar mit ihm zusammen und verschmolz schamlos mit ihm.

»Sie sagen, man kann als ›zeitweiliges Mitglied‹ an Ihren Sitzungen teilnehmen.«

»Ja, dreimal im Jahr.«

»Heute Abend, zum Beispiel?«

»Wer? Sie drei?«, fragte Château überrascht und ließ sein Instrument fallen.

»Warum nicht?«

»Aber was hoffen Sie dabei zu gewinnen?«

»Einen Eindruck«, sagte Adamsberg mit einem Achselzucken.

»Die Sitzung heute Abend ist eine sehr bedeutsame. Es geht um Robespierres Marathonrede vom 5. Februar 1794, dem 17. Pluviôse des Jahres II nach dem Revolutionskalender. Aber ich kann Sie beruhigen, sie wird gekürzt.«

»Das möchte ich doch gern erleben«, meinte Danglard.

»Wie es Ihnen beliebt. Kommen Sie um 19 Uhr zum Hintereingang des Gebäudes, Hausnummer 42. Ich werde dafür sorgen, dass Sie Kostüme und Perücken erhalten. Falls Ihnen das nicht unangenehm ist. Aber in gewöhnlicher Kleidung, nun ja, wird man Sie ganz nach hinten oder auf die Emporen verweisen, von wo aus Sie rein gar nichts sehen.«

»Ihr Robespierre«, sagte Adamsberg, »warum können Sie den nicht auswechseln?«

Château schwieg nachdenklich, er schien ungehalten.

»Das, meine Herren, werden Sie heute Abend verstehen«, sagte er.

18

Adamsberg, mit glatten schwarzen Haaren, die ihm bis auf den Rücken reichten und zu einem Pferdeschwanz zusammengebunden waren, betrachtete sich in den hohen Garderobenspiegeln der Gesellschaft. Er trug einen anthrazitfarbenen, doppelreihig geknöpften Gehrock, darunter ein weißes Hemd mit bis zu den Ohren hochgestelltem Kragen und um den Hals ein breites Seidentuch, das vorn zu einer bauschigen Schleife gebunden war. »Elegant, aber nüchtern«, hatte Château für den Kommissar empfohlen. »Mehr nicht«, hatte er hinzugefügt, »denn ich bezweifle, dass Ihnen das stehen würde. Sie werden der Sohn einer bescheidenen Standesperson aus der Provinz sein, dabei wollen wir es belassen. Für Ihren Commandant Danglard hingegen cremefarbene Weste, dunkelvioletter Justaucorps und Spitzenjabot, er ist der leicht verweichlichte Abkömmling eines berühmten Soldatengeschlechts. Ihr Kollege mit den roten Haarsträhnen bekommt eine Perücke und eine dunkelblaue Weste, einen dazu passenden Rock und eine weiße Kniehose, er ist der Sohn eines Pariser Anwalts, brillant, aber sehr viel gemessener.«

Dutzende geschäftige Männer liefen an ihnen vorbei, gekleidet in Seide, Samt, Spitzen, und begaben sich eiligen Schritts in den großen Saal des Nationalkonvents. Manche hatten sich in eine Ecke zurückgezogen, um den Text ihres Diskussionsbeitrags noch einmal zu überfliegen. Andere unterhielten sich in einem antiquierten Französisch, sprachen sich gegenseitig mit »Citoyen« an, erzählten von einer Frau, die an einer Reizung im Unterbauch gestorben sei, von einem Müller, der gesteinigt worden sei, da er Mehl unterschlagen habe, von einem Cousin, Priester seines Zeichens, der ins Ausland geflohen sei. Ein bisschen verloren inmitten dieser Veranstaltung, die ihm wie ein gewaltiger kindischer Mummenschanz vorkam, aber auch irritiert von seiner eigenen Erscheinung, hätte Adamsberg seine beiden Stellvertreter beinahe verfehlt.

»Beeil dich, Citoyen«, sagte Veyrenc und legte ihm die Hand auf die Schulter, »die Sitzung beginnt in zehn Minuten.«

An seiner schrägen Lippe hatte Adamsberg den Lieutenant erkannt, es war ein leichter Schock. Ja, es war ein Kinderspiel für einen Mörder, in diesem Saal unterzutauchen, wo die Menschen nicht mehr zu erkennen und Namen unbekannt waren, und jeden hier nach Belieben zu beobachten.

Ein leicht aufgekratzter Danglard in seiner violetten Seidenrobe übergab sein Telefon einem der Aufseher.

»Schade«, sagte er sehr aufgeräumt, »dass solche Gewänder nicht mehr zeitgemäß sind. Ich verliere viel von mir mit unserer heutigen, armseligen Mode. Wie konnten wir in unserer Fantasie nur so auf den Hund kommen?«

»Auf die Bühne, Danglard«, sagte Adamsberg und schob ihn auf die großen hölzernen Eingangstüren zu, wobei er in diesem seltsamen Theater einen Augenblick lang vergaß, dass er nur hierhergekommen war, um das glibberige Herz der Algen zu fassen zu kriegen.

Sie nahmen in der »Ebene« Platz, unter den Abgeordneten der Mitte, wenige Schritte von der Tribüne entfernt, wo ein unbekannter Redner gerade die jüngsten Siege der republikanischen Armeen rühmte. Es war kalt zwischen diesen steinernen, mit Vorhängen drapierten Wänden und unter dem gewaltigen hölzernen Gewölbe. Geheizt wurde nicht, man respektierte die Bedingungen der damaligen Zeit. Beim Licht der großen Kronleuchter ging Danglards Blick suchend über die Menge, insbesondere über die Ränge auf der linken Seite, wo sich lebhaft gestikulierend die Bergpartei drängte.

»Sehen Sie, dort sitzt Danton«, flüsterte er Adamsberg zu, »dritte Reihe, sechster Platz. In genau zwei Monaten wird er unter der Guillotine sterben, und er ahnt es.«

»Von der 8. Schwadron«, grummelte ein Abgeordneter neben ihm, »sind nur zwölf Pferde und neun Mann übrig.«

Der Präsident der Versammlung übergab nun das Wort dem Bürger Robespierre. Schweigen; ein Mann stieg aufrecht die Stufen der Tribüne hinauf und drehte sich um. Frenetischer Beifall, Frauen kreischten auf den Emporen, Fahnen wurden geschwenkt.

Der Darsteller, ungerührt, mit fahlem Gesicht unter der weißen Perücke, den schmächtigen, stocksteifen Leib von einem gestreiften Rock umschlossen, lässt den Blick über die Gesichter der Abgeordneten schweifen, dann rückt er seine kleinen runden Brillengläser zurecht und beugt sich über seinen Text.

»Er ist totenbleich«, sagte Adamsberg.

»Er ist gepudert, das ist er immer«, murmelte Danglard und hieß ihn, still zu sein, während auf ein kaum erkennbares Zeichen des Darstellers hin mit einem Schlag das gesamte Publikum verstummte.

Dann erhob sich seine Stimme im Raum, kalt, schrill, ohne Tiefe, er entrollte seine Rede, die teils von Wiederholungen durchsetzt, teils geradezu grandios war, gefährlich, versöhnlich, aggressiv und die er gelegentlich mit großen, mechanischen Gesten unterstrich.

»Es ist an der Zeit, das Ziel der Revolution und den Endzweck, den wir erreichen wollen, klar zu bestimmen; es ist an der Zeit, uns selbst gegenüber Rechenschaft abzulegen, sowohl über die Hindernisse, die uns noch davon trennen …«

Nach einer Viertelstunde spürte Adamsberg, wie ihm die Lider schwer wurden. Er drehte sich zu Danglard um, aber der Commandant saß mit vorgebeugtem Körper da und sah gebannt auf den Redner, mit halb offenem Mund über seinem Spitzenjabot, als erlebte er gerade das Erscheinen eines Wesens von unbekannter Art. Unmöglich, den Commandant aus diesem Zustand von Fassungslosigkeit zu reißen.

»Wir wollen eine Ordnung der Dinge, in der alle niedrigen und grausamen Leidenschaften von den Gesetzen im Zaum gehalten, alle edlen und wohltätigen Leidenschaften von ihnen geweckt werden …«

So suchte er denn in seiner Langeweile zu seiner Rechten ein wenig geheimes Einverständnis, bei seinem Landsmann und Weinbauernsohn Veyrenc. Zwar waren Veyrencs Gesichtszüge weniger entstellt als die von Danglard, doch starrte er ebenso verblüfft auf den kleinen, bleichen und verkrampften Mann, der da über ihnen deklamierte, so als wollte er sich keine Einzelheit der Szene entgehen lassen. Adamsberg sah wieder auf den Redner, fragte sich, worin seine Wirkung bestand, dass er seine beiden Stellvertreter derart in seinen Bann zog. Sehr elegant, dabei scharfsinnig und präzise in jeder seiner Gesten, schien der Mann durch das Beschwörende seiner Erklärungen zu fesseln, aber vielleicht war es auch seine strenge Erscheinung, die den Betrachter in Erstaunen versetzte, sein blassblauer, starrer Blick und das auffällige

Blinzeln seiner Augen, das etwas Irritierendes hatte, seine krampfhaft verzerrten Lippen, die sich, so schien es, wohl noch nie zu einem Lächeln entspannt hatten und darum so beunruhigend wirkten. Ja, das war Geschichte in Aktion, der Präsident hatte es ihnen prophezeit, der Schauspieler verkörperte den »Unbestechlichen« in geradezu vollendeter Weise.

»Wir wollen in unserem Land den Egoismus durch die Moral ersetzen, die Tyrannei der Mode durch die Herrschaft der Vernunft, die Verachtung des Unglücks durch die Verachtung des Lasters, die Anmaßung durch den Stolz, die Liebe zum Geld durch die Liebe zum Ruhm, die gute Gesellschaft durch gute Menschen, den Schöngeist durch das wahre Genie, die Fadheit der Wollust durch den Zauber des Glücks …«

»Citoyen Robespierre!«, fiel ihm eine von rechts kommende Stimme ins Wort. »Welch Dämon treibt dich anzunehmen, dass der Mensch in einem solchen Maße verbesserungsfähig wäre? Willst du, dass diese ›guten Menschen‹ über so viel Tugend den Verstand verlieren, den du so preist?«

»Das steht nicht im Text«, raunte Danglard Adamsberg gereizt ins Ohr. »Die Rede vom 17. Plûviose wurde nicht unterbrochen.«

Adamsberg begriff, dass Danglard aufrichtig schockiert war über diesen Verstoß. Genau wie Robespierre, der seine Brille abnahm, mit seinem wasserfarbenen, unerbittlichen Blick den aufdringlichen Zuhörer streifte und ihn lediglich mit einer verächtlichen Grimasse seines Mundes bedachte. Der Mann setzte sich auf der Stelle wieder, alles Feuer in ihm war erloschen.

»Großer Gott!«, murmelte Veyrenc.

Der Redner war ungerührt fortgefahren.

»… auf dass wir, indem wir unser Werk mit unserem Blut besiegeln, zumindest die Morgenröte des universellen Glücks erstrahlen sehen! Das ist unser Ehrgeiz, das ist unser Ziel!«

Alles erhob sich, und der Saal füllte sich mit dem Scharren der Stühle, dem Knarren der Bänke, mit Beifall, Geschrei, rüden Rufen unter den Abgeordneten, während von den Emporen, wo das Volk stand, die Trikoloren der Revolution herabrollten.

Wie betäubt hatte Adamsberg unauffällig den Saal verlassen. An einen Baum gelehnt, wartete er auf seine Kollegen, während er eine von Zerks Zigaretten rauchte. Dieser unglaubliche Abend hatte ihn ebenso genervt wie verwirrt, und geradezu erstaunt betrachtete er die Menschen und alltäglichen Dinge um ihn herum – ein Baumgitter, Passanten in Jeans, das erloschene Schaufenster einer Apotheke, einen Zeitungskiosk. Nicht länger als eine Stunde hatte es gebraucht, und jenes andere Jahrhundert hatte zumindest seine Abwehr aufgeweicht, er hatte sich an die Kleidung, die Lichter, den Redestil, die Hintergrundgeräusche in der Versammlung gewöhnt. Danglard und Veyrenc waren für diesen Abend faktisch verloren, die Fiebrigkeit jener Zeit hatte sie fasziniert, verschlungen. Ja, er konnte es verstehen. Was für ein bewunderungswürdiges und gefährliches Objekt hatte der kleine François Château da geschaffen. Welch unvorhersehbare Leidenschaften konnten Menschen ergreifen, die seit Jahren schon vom Räderwerk dieser Abende erfasst und mitgerissen wurden, und welch ungeheuerlichen Mörder konnten sie hervorbringen.

Eineinhalb Stunden später fuhren die drei Männer, ohne ein Wort miteinander zu reden, Richtung Süden. Adamsberg betrachtete ihre erschütterten Gesichter und beschloss, sie schweigend in die Gegenwart zurückkehren zu lassen. Erst als sie die Seine überquert hatten und an einer Ampel zum Stehen kamen, murmelte er ganz ruhig:

»Fußgänger, Asphalt, Abgase, 21. Jahrhundert.«

»Du hast nicht begriffen«, entgegnete Veyrenc.

»Solange du mich nicht mit ›Citoyen‹ ansprichst, habe ich ja noch Hoffnung.«

»Wirklich überhaupt nichts begriffen«, wiederholte Veyrenc.

»Erinnern Sie sich«, ließ Danglard sich von der Rückbank vernehmen, »was Château zu uns sagte? Dass sie Robespierre nicht auswechseln könnten? Und dass wir das heute Abend verstehen würden?«

»Ja«, sagte Adamsberg. »Weil der Darsteller absolut großartig ist.«

»Nein, Kommissar. Weil er selbst es ist.«

»Wer, er?«

»Robespierre. Der ›Darsteller‹, wie Sie sagen, *ist* Robespierre. Er *ist* der ›Unbestechliche‹.«

Adamsberg spürte, dass es sinnlos und deplatziert wäre, ja nahezu vulgär, seine beiden ergriffenen Stellvertreter daran zu erinnern, dass Robespierre enthauptet worden war. Wie sinnlos, bestätigte ihm Veyrenc, als er, das Gesicht zum Fenster gewandt, wie zu sich selbst murmelte:

»Dem kann man nichts hinzufügen. Das war er.«

19

»Wir haben ihn, Kommissar«, sagte Mordent, als er mit großen Schritten Adamsbergs Büro betrat.

Die langen, dürren Beine von Mordent waren sicherlich mit ein Grund für seinen Stelzvogelgang.

»Wen?«, fragte der Kommissar, ohne aufzublicken.

Adamsberg stand hinter seinem Tisch, und nicht das störte Mordent, denn der Kommissar arbeitete fast immer im Stehen. Aber genau das tat er im Augenblick nicht, er arbeitete nicht. Er zeichnete – während die gesamte Brigade in großer Nervosität auf Anrufe aus den Kommissariaten und Gendarmerien des Landes wartete, nach der Suchanzeige zu dem vierten vermeintlichen Selbstmörder, die Adamsberg selbst aufgegeben hatte. Schlimmer noch, er aquarellierte mit Material, das er sich vermutlich von Froissy geliehen hatte, die hin und wieder ein paar Landschaften malte.

»Sie malen?«, fragte Estalère, der Mordent auf dem Fuße folgte.

Estalère musste immer – keiner wusste, warum – irgendjemandem auf dem Fuße folgen. Wie ein verlorenes Entlein, das sich irgendwo einreiht. Egal, auf wen der Brigadier an einer Flurbiegung gerade stieß, Mordent, Voisenet, Noël, Justin, Kernorkian, Froissy oder wen auch immer, er hängte sich an ihn dran und folgte ihm. Sodass jeder Beamte es gewohnt war, plötzlich zu entdecken, dass der junge Mann hinter ihm herlief, und ihm rasch einen Teil seiner Aufgaben übertrug.

»Heute Morgen gegen 4 Uhr, Estalère, wurde ich wach und hatte eine Idee«, erklärte Adamsberg. »Ich habe sie auf ein Stück Papier gekritzelt und bin wieder eingeschlafen.«

Adamsberg zog ein zerknittertes Blatt aus der Tasche und reichte es dem jungen Mann.

»›Zeichnen‹«, las Estalère. »Das war Ihre Idee, Kommissar?«

»Genau. Also befolge ich sie. Die Ideen der Nacht muss man befolgen. Vorsicht, Estalère, nicht die des Abends, die oft nur schwärmerisch und gefährlich sind.«

»Und die der Nacht? Was sind die?«

»Das sagen sie nicht«, Adamsberg schüttelte den Kopf und tauchte seinen feinen Pinsel in eine Schale mit Wasser.

»Kommissar«, unterbrach ihn Mordent, »ich sagte Ihnen etwas, als ich hereinkam.«

»Ich weiß, Commandant. Aber Sie haben nicht weitergeredet. Sie sagten: ›Wir haben ihn‹, und ich fragte: ›Wen?‹ Also, ich höre.«

»Wir haben unseren Toten«, sagte Mordent sehr betont.

»Den vierten? Einen mit dem Zeichen?«

»Genau. Obwohl wir nicht wissen, ob es der richtige Tote ist.«

»Was ist das, ein ›richtiger Toter‹?«, fragte Estalère.

»Das heißt«, Adamsberg lehnte sich zurück, um seine Skizze zu beurteilen, »dass wir nicht wissen, ob es die fehlende Person ist, auf die uns der Präsident der Gesellschaft hingewiesen hat. Oder ob wir auf einen anderen gestoßen sind. In der Island-Angelegenheit, die keine Angelegenheit mehr ist, mussten wir sechs weitere Tote befürchten, wenn der Mörder erst einmal in Fahrt wäre. In dieser hier können wir mit über sechshundert rechnen. Entschuldigen Sie«, sagte er, zu Mordent gewandt, und setzte den Pinsel neu an, »aber beim Aquarellieren gibt es Pinselstriche, die darf man nicht trocken werden lassen, bevor sie fertig sind. Wer? Wo? Wie? Rufen Sie alle Mitarbeiter in den Konzilsaal.«

Estalère verschwand augenblicklich aus dem Büro, diesmal in niemandes Gefolge. »Konzilsaal« hieß Versammlung, hieß Kaffee vorbereiten. Mit Zucker oder ohne Zucker, mit einem oder zwei Stückchen, mit oder ohne Milch oder mit nur ganz wenig, stark oder weniger stark, er kannte die Vorliebe jedes Einzelnen auswendig. Er selbst trank keinen Kaffee. Adamsberg sah auf seine beiden stillstehenden Uhren, und Mordent sagte ihm, dass es 11 Uhr sei.

»Der Anruf kam aus der Gendarmerie von Brinvilliers-le-Haut, in der Nähe von Montargis«, begann Mordent, nachdem alle im Saal Platz genommen hatten.

»Im Departement Loiret«, präzisierte Danglard.

»Dort hat es vor neunzehn Tagen zwar keinen Selbstmord, aber einen tödlichen Unfall gegeben, im Dorf Mérecourt-le-Vieux.«

»Das heißt, vier Tage vor dem Tod von Alice Gauthier«, errechnete Veyrenc.

»Und warum haben sie sich auf unsere Suchanzeige gemeldet?«, fragte Justin. »Wir hatten nicht von ›Unfall‹ gesprochen, sondern von ›mutmaßlichem Selbstmord‹.«

»Weil einer von ihren Brigadiers, als er am Abend des ›Unfalls‹ am Tatort war, sich seinen Ärmel an einer Wand beschmiert hat, mit kräftiger blauer Kreide beschmiert. Nach unserem Aufruf – er war ziemlich aufgeregt am Telefon, und ich stelle Ihnen die Dinge so dar, wie er sie mir erzählt hat – hat er sich gefragt, was blaue Kreide an der Treppe zu einem alten, dunklen Keller zu suchen hat. Die Treppe war sehr schmal, und so hat er mit seiner Jacke das Mauerwerk gestreift und sich beschmutzt.«

»Der Unfall hat sich also in einem alten, dunklen Keller ereignet?«, fragte Voisenet.

»So ist es.«

»Mann oder Frau?«

»Ein sechzigjähriger Mann. Er ging täglich nach dem Abendessen – also schon zur Nachtzeit – in seinen Keller runter, zwei Flaschen Wein heraufzuholen, um sie für den nächsten Tag zu temperieren. Zwei Flaschen, die er immer auf der flachen Hand hielt, um den Weinstein nicht aufzuwirbeln. Das habe die Schwester gesagt, denn er lebte bei der Familie seiner Schwester. Und dieses Detail habe sie erwähnt, um zu erklären, wie der Unfall passiert sei: Er ist beim Hinaufgehen über eine Stufe gestolpert und nach hinten gefallen. Da er die Flaschen in den Händen hielt, konnte er sich nirgends festhalten und ist die ganze Kellertreppe rückwärts hinuntergestürzt. Die Flaschen auch, eine sei dabei sogar ganz geblieben, hat der Brigadier hinzugefügt.«

»Es gibt eben keine Gerechtigkeit«, meinte Kernorkian.

»Was haben die Ermittlungen ergeben?«, fragte Adamsberg. »Hätte einer von der Familie ihn hinabstoßen können?«

»Im Augenblick des Sturzes saßen sie alle noch am Tisch und tranken gerade das letzte Glas von dem temperierten Wein des Vortags«, sagte Mordent nach einem Blick in seine Notizen.

»Und der Brigadier?«

»Einer von der alten Schule. Er ist heute Morgen noch einmal hin, um sich das Mauerwerk an der Treppe genauer anzusehen wegen dieses Kreideflecks.«

»Intelligenter Bursche«, meinte Veyrenc.

»Kann man wohl sagen. Und er hat eine kleine, leuchtend blaue Zeichnung auf der schmutzigen Wand entdeckt. Etwa fünfzehn Zentimeter hoch, schon ein wenig verwischt von seinem Jackenärmel, aber noch zu erkennen.«

Mordent ließ den Fotoabzug, den der Gendarm geschickt hatte, herumgehen.

»Auf besondere Kunstfertigkeit ist der Mörder nicht aus«, sagte Danglard. »Kreide, Schminkstift, Scherenspitze, Messerspitze, Hauptsache, er setzt sein Zeichen, das allein ist ihm wichtig. Und wie wir gesehen haben, will er nicht mal, dass es auffällt. Aber er kann nicht umhin, das Ding zu zeichnen, und das ist ein Zug von Stolz, den manche Mörder haben. Banalerweise«, fügte er mit Blick auf Retancourt hinzu.

»Ich denke«, meinte Adamsberg, während er das blaue Graffito betrachtete, »dass im Fall von Jean Breuguel der Mörder das Mal mit der linken Hand eingeritzt hat. Was uns die Unbeholfenheit der Zeichnung erklären könnte.«

»Warum mit der linken Hand?«

»Weil seine rechte blutverschmiert war.«

»Und was will uns das sagen?«, fragte Noël, der zwar oberflächlich, ein Frauenfeind und aggressiv war, aber durchaus kein Dummkopf.

»Dass der Fall Breuguel, der nicht Bruegel ist, sehr wohl zu unserer Mordserie gehört, Lieutenant.«

»Was soll das nun schon wieder heißen, ›Breuguel, der nicht Bruegel ist‹?«

»Fragen Sie Bourlin, der hat's gesagt.«

»Wenn einer ›Breuguel‹ sagt«, erklärte Danglard, »ist man geneigt zu denken, es handele sich um Bruegel den Älteren, einen flämischen Maler des 16. Jahrhunderts.«

»Nein«, sagte Noël, »das ist man durchaus nicht geneigt zu denken.«

»Stimmt«, gab Adamsberg zu. »Mordent, der Name des Opfers, Foto, Beruf?«

»Angelino Gonzalez. Er war Professor für Zoologie an der Université Laval in Québec, später an der Université Jussieu in Paris. Seitdem er im Ruhestand war, lebte er bei seiner Schwester, in der Hoffnung, eine Wohnung in der Bretagne zu finden. Er ist Bretone.«

»Angelino Gonzalez ein Bretone?«, höhnte Noël.

»Halten Sie die Klappe, Noël«, sagte Adamsberg schlicht, und es lag ihm auf der Zunge hinzuzufügen: ›Und woher kommen Sie?‹, denn der Lieutenant war ein Findelkind, das an einem Weihnachtsmorgen unter einem verschneiten Torbogen gefunden wurde, »wie im Märchen«, hätte Mordent gesagt. Nur dass es durchaus nicht märchenhaft zugegangen war.

»Welche Sparte der Zoologie?«

»Ein Vogelspezialist.«

»Victor sprach doch von einem Spezialisten für Kaiserpinguine in ihrer Gruppe«, sagte Kernorkian.

»Es ist nicht bekannt, ob Gonzalez auch auf nordische Vögel spezialisiert war«, sagte Mordent.

»Darf ich daran erinnern«, sagte Mercadet entschieden, »dass wir Island fallengelassen haben?«

»Absolut«, pflichtete Adamsberg ihm bei. »Justin, lassen Sie trotzdem in seinem Pass nachsehen.«

»Ist schon geschehen«, sagte Mordent, »aber der Pass ist erst acht Jahre alt. Zwei Reisen Frankreich – Kanada und zurück, sonst nichts.«

»Wir haben Island fallengelassen«, wiederholte Mercadet.

»Wie oft müssen wir das noch sagen?«, bemerkte Danglard leicht gereizt.

»Es ist doch normal«, entgegnete Adamsberg, »dass Island uns noch im Kopf herumspukt. Schicken Sie das Foto von Angelino Gonzalez an der Präsidenten der Gesellschaft. Und auch an Victor.«

»Verdammt«, sagte Danglard. »Warum an Victor?«

»Warum nicht, Commandant?« Adamsberg erhob sich. »Aber keine Sorge, wir haben die weißen Felsen hinter uns gelassen. Übrigens fürchte ich, dass unsere neue Reise in den Polarkreis Robespierres noch viel eisiger werden wird.«

Die Truppe verließ ungeordnet den Saal und teilte sich zum Mittagessen in die Stammkunden des Würfelbechers und die der Brasserie des Philosophes; einige blieben mit einem Sandwich im Hause, wofür auch Adamsberg sich entschied, der »zu tun«, das heißt zu malen hatte.

Die Antworten ließen nicht lange auf sich warten. Victor hatte »diesen Typen noch nie gesehen, der dem Pinguin-Fan auch in keiner Weise ähnlich sah«, und François Château, ja, er glaubte ihn zu erkennen. Aber könnte er noch weitere Aufnahmen sehen, um ganz sicher zu sein?

Sie waren für 15 Uhr in seinem Büro am Sitz der Gesellschaft verabredet. Ein Vertrauensbeweis, unter der ausdrücklichen Bedingung jedoch, dass Veyrenc, sollte er mitkommen, seinen Kopf bedeckte. Was er auch tat, indem er seinen Haarschopf unter einer schwarzen Schirmmütze verbarg, auf der in goldenen Buchstaben Paris stand.

»Das ist alles, was ich in der Requisite gefunden habe«, witzelte Veyrenc. »Und diesen khakifarbenen Blouson von Retancourt habe ich mir genommen. Passt doch, oder? Ich geh ja sowieso hinter euch.«

»Warum«, sagte Adamsberg, »hält man uns, was wir auch anstellen mögen, immer für Bullen?«

»Es ist unser Blick«, sagte Danglard. »Unsere völlig unangebrachte Wachsamkeit, unser notorischer Argwohn, die Macht, die wir zu haben meinen, unsere jederzeit spürbare

Angriffslust. Eine Sache der Botenstoffe; Kleider machen eben keine anderen Leute.«

»Apropos Kleider«, sagte Adamsberg. »Waren Sie das, Danglard, der uns gestern Abend in unseren Kostümen fotografiert hat? Und diese Bilder allen Beamten der Brigade auf die Smartphones geschickt hat?«

»Ja, sicher. Ich fand, wir sahen sehr respektabel aus.«

»Aber die haben sich kaputtgelacht.«

»Das Lachen ist eine Verteidigung gegen das Beeindruckende. Sie selbst, das will ich Ihnen sagen, haben sehr gefallen. Froissy hat sich auf der Stelle um 9.20 Uhr in Sie verknallt. So was erschüttert die Wahrnehmung, die die Leute normalerweise von Ihnen haben. Männer wie Frauen.«

»Na schön, Danglard. Und was habe ich davon?«

»Zweideutigkeit.«

Adamsberg pflegte auf solche Erwiderungen seines Stellvertreters nicht zu antworten.

20

»Nun ja, ich meine, ja, ich glaube, ihn hier schon gesehen zu haben«, sagte François Château, während er die vier Fotos durchsah, die Adamsberg ihm mitgebracht hatte. »Sie können jetzt Ihre Mütze abnehmen, Lieutenant«, fügte er lächelnd hinzu.

»Sein Name ist Angelino Gonzalez«, sagte Veyrenc und schüttelte seine Mähne.

»Sie, Lieutenant«, fuhr Château immer noch lächelnd fort, »sollten nicht im Nationalkonvent der Französischen Revolution auftreten, sondern im römischen Senat. Ein klassisches antikes Profil, Sie hätten perfekt dorthin gepasst. Doch entschuldigen Sie, ich schweife ab, ich bin schon dabei, eine Rolle für Sie zu suchen. Angelino Gonzalez? Ich kenne ihre Namen ja nicht, wie ich Ihnen sagte.«

»Aber Sie beobachten sie«, sagte Adamsberg.

»Wir müssen schon wissen, nicht wahr, welche Art Leute hier verkehren. Nach den Sitzungen – Sie sind gestern ja viel zu früh gegangen – wird in einem Nebensaal ein Büfett eröffnet. Gegen Bezahlung, aber fast alle kommen dahin. Es ist nicht nur eine Gelegenheit, sich zu stärken und etwas zu trinken, sondern auch zwanglos zu diskutieren. Ich bin auch hin und wieder da, und dabei kriege ich natürlich mit, worüber geredet wird. Ich bin mir fast sicher, dass fünfundsiebzig Prozent unserer Mitglieder Berufshistoriker sind – was sie freilich nicht daran hindert, sich leidenschaftlich zu erregen, wie ich Ihnen ja schon erzählte. Weitere fünfzehn Prozent sind Amateurhistoriker aus allen möglichen Berufen, interessierte Laien, Wissensdurstige. Wie man, verzeihen Sie, auch einen Polizisten wie Commandant Danglard unter uns finden könnte, nicht wahr? Die übrigen zehn Prozent sind Freiberufler, Beamte, Psychologen und Psychiater, Industrielle, Erzieher, Lehrer, auch Theaterleute. Ich sehe sogar einige Künstler unter ihnen, aber grundsätzlich beobachte ich, dass es zwischen dem Interesse für Geschichte und künstlerischer Arbeit kaum Verbindungen gibt. Ja, man kann sagen, dass ich in den annähernd zwölf Jahren alle hier kennengelernt habe. Und jeder, wer es auch sein mag, ist fasziniert von unseren Kostümaufführungen, von der Textgenauigkeit, der Atmosphäre jener Zeit und, das glaube ich sagen zu können, von der Tatsache, dass er selbst ein historisches Gewand trägt. Das wertet auf.«

»Habe ich gemerkt«, sagte Danglard.

»Sehen Sie. Und man spielt ja auch eine Rolle, und sei es nur eine stumme. Man ist hier wer, Commandant, jeder Einzelne zählt. Man stimmt ab in den Versammlungen. Man erlebt die Geburt von Ideen, die Ausarbeitung von Gesetzen. Kurz, man gewinnt an Bedeutung.«

»Und die ›zeitweiligen‹ Besucher?«, fragte Adamsberg.

»Die übersehe ich durchaus nicht. Denn gerade unter ihnen könnte man ›Eingeschleuste‹, ›Spione‹, Gegner finden. Diese Besucher, die nicht den jährlichen Mitgliedsbeitrag zahlen – der erheblich ist, denken Sie allein an die Kosten für die Kostüme und deren Reinigung –, dürfen an drei Sitzungen pro Jahr teilnehmen, wofür sie jeweils Eintritt zahlen wie im Theater. Darauf können wir nicht verzichten: Alle unsere festen Mitglieder haben als ›Zeitweilige‹ begonnen. Doch andere bleiben bewusst Besucher. Das war – ganz offensichtlich – bei

Henri Masfauré der Fall, aber auch bei Alice Gauthier und Ihrem dritten Mann, dem mit dem Namen des Malers.«

»Jean Breuguel.«

»Genau.«

»Doch wenn Sie sich weder Namen sagen noch Ausweispapiere zeigen lassen, wie können Sie dann wissen, dass Ihre ›Zeitweiligen‹ nur dreimal im Jahr kommen?«, fragte Veyrenc. »Oder bei Ihren ständigen Mitgliedern, wie können Sie da sicher sein, dass kein anderer an ihrer Stelle kommt?«

»Wir verlangen ein Pseudonym und fotografieren eine ihrer Handflächen. Beim Einlass vergleichen wir die Linien der Hand mit unserer Aufnahme. Das ist zuverlässig und geht schnell, und es hat nichts von einem Fingerabdruck.«

»Gut ausgedacht«, sagte Veyrenc.

»Nun, es ist nicht übel«, sagte Château mit Genugtuung. »Die anderen dachten an die Rückseite des Ausweises, aber die enthält immer noch zu viele Informationen, von denen man leicht auf die Person schließen könnte.«

»Welche ›anderen‹«, fragte Adamsberg.

»Meine beiden Mitbegründer, ich erwähnte sie schon, der Sekretär und der Schatzmeister, die gleichfalls anonym sind und über meine Person wachen.«

»Sogar die Buchhalter?«

Wieder lächelte Château. Nachdem seine ersten Vorbehalte einmal überwunden waren, war der Mann alles in allem recht angenehm und gewitzt.

»Bemühen Sie sich nicht, Kommissar. Sagen wir, einer wie der andere sind absolute Geschichtsfans.«

»Fans«, stellte Danglard fest. »Also keine professionellen Historiker.«

»Das habe ich nicht gesagt, Commandant. Sie stehen für den experimentellen Aspekt unserer Arbeit.«

»Die Erforschung des ›Robespierre-Effekts‹.«

»Nicht nur. Auch des therapeutischen Effekts. Wir haben das erst später entdeckt. Viele Depressive oder krankhaft Schüchterne oder Menschen, denen das Leben Angst macht, haben sich hier wieder gefangen. Sie haben zurückgefunden in die Wirklichkeit, stellen sich ihr von Neuem, über den Umweg dieser zeitversetzten, anderen Realität. Sie können mir folgen, nicht wahr? Sprechen Sie mit meinen beiden Gesellschaftern – nennen wir sie, wenn Sie wollen, Leblond und Lebrun –, die kennen unsere Mitglieder besser als ich, und besonders die Seltsamen, die Ungewöhnlichen unter ihnen. Vielleicht auch diese ›Zeitweiligen‹, die uns sehr treu sind, aber bewusst am Rande bleiben wollen. Eine unserer Sorgen.«

»Und ein dunkler Punkt«, meinte Veyrenc. »Warum wollen wir uns gerade an die halten, die am wenigsten repräsentativ für Ihre Versammlungen sind?«

»Bedauerlicher Zufall vielleicht, aber das vierte Opfer, dieser Gonzalez, nicht wahr, war es nicht. Doch Genaueres kann ich nicht über ihn sagen. Denn wenn es der Mann ist, an den ich denke, so trug er immer Perücke und Rock. Es fällt mir darum sehr schwer, ihn nach diesem Foto eines Toten zu identifizieren. Wie auch immer, er hatte eine lange Nase, müde Augen und wulstige Lippen, ich glaube, da irre ich mich nicht.«

»Augenblick.« Adamsberg stand auf. »Haben Sie mal ein Stück Papier?«

»Natürlich«, sagte Château etwas erstaunt und reichte ihm ein Blatt.

Adamsberg wählte eine der Aufnahmen von Gonzalez und fertigte danach rasch eine genaue Zeichnung.

»Hübsch«, meinte Château. »Aber an Geschichte sind Sie nicht besonders interessiert, nicht wahr?«

»Ich habe kein Gedächtnis für Schriftliches, ich behalte nur, was ich sehe. Und nun schauen Sie her.«

Mit leichten, genauen Strichen fügte Adamsberg dem Gesicht von Gonzalez eine Perücke, ein um den Hals gebundenes Tuch, einen hochgestellten Kragen und ein kunstvoll geknotetes Jabot hinzu.

»Und jetzt?«, fragte er und reichte Château die Zeichnung.

Der Präsident nickte, dann rieb er sich beeindruckt seinen Haarkranz.

»Aber sicher kenne ich ihn. Ich sehe ihn jetzt sogar leibhaftig vor mir.«

»Ein Zeitweiliger?«

»Nein. Einer, der starke Emotionen liebte. Er kam oft zu den großen Sitzungen. Dieser Gonzalez trug sich immer freiwillig in die Rollenlisten ein. Er hat einen großartigen Hébert gegeben, unverschämt, vulgär wie ein Schwein – Hébert ist der, der den *Père Duchesne* verfasste, aber das wissen Sie ja.«

»Mitnichten«, sagte Adamsberg.

»Verzeihung«, Château wurde rot, »ich wollte Sie nicht kränken.«

»Ich bitte Sie.«

»Ich wollte sagen, jedes fünfte Wort bei Hébert war ›Scheiße‹: ›Scheißgebimmel‹, ›Scheißgesetze‹. Gonzalez machte das einen Riesenspaß, es waren immer sehr schöne Sitzungen. ›Sollen die Arschlöcher vom Marais doch in den Sack niesen!‹ Robespierre war ungeheuer schockiert wie immer, wenn Hébert in seiner Vulgärsprache seine Hasstiraden losließ.«

»In den Sack niesen?«, fragte Adamsberg.

»Ein damals gängiger Ausdruck für ›seinen Kopf unter das Fallbeil legen‹. Gonzalez hatte auch viel Erfolg in der Rolle des liederlichen Marat. Er hat, nun ja, viel Sorgfalt auf seine Maske verwendet, speziell, um Marats Tränensäcke hinzukriegen. Wir haben hier drei Maskenbildnerinnen«, fügte er zur Erklärung hinzu, und dabei fuhr spürbar Leben in ihn wie immer, wenn er von seinem »Konzept« sprach. »Aber auch in einem ganz anderen Register kannte er sich aus, so hat er etwa den unvermeidlichen Couthon gespielt. Ja«, sagte er und gab Adamsberg das Porträt zurück, »er mochte das. Einen Kaffee vielleicht?«, fragte er und stand auf.

Adamsberg sah auf seine beiden Uhren, dann auf die Wanduhr, die an der Holztäfelung hing.

»Wir stehlen Ihnen Ihre Zeit«, sagte er.

»Es liegt mir noch mehr am Herzen als Ihnen herauszufinden, wer unsere Mitglieder ermordet. Meine Zeit gehört Ihnen«, sagte er im Schnurren der Kaffeemaschine. »Vier Morde in drei Wochen. Aber es wird furchtbar schwer werden, den Mörder in dieser Menge von Leuten einzukreisen.«

»Das heißt«, bemerkte Adamsberg, »wir hätten größere Chancen, wenn jeder die Wahrheit sagte.«

Und er sah wieder das höllische Algengeschlingere, das ihn bis in seine Nächte verfolgte. Was er nun tun musste, gefiel ihm überhaupt nicht.

»Worauf wollen Sie hinaus, Kommissar, und worauf spielen Sie konkret an?«, fragte der Präsident sehr ruhig.

»Auf Robespierre.«

»Außergewöhnlich, der Mann, nicht wahr?«, sagte Château und stellte die Tassen auf den Schreibtisch. »Ich deutete es Ihnen ja an. Diese Rede vom 17. Pluviôse ist ohne Zweifel ein Bravourstück, wenn auch an manchen Stellen etwas langweilig, wie so oft beim ›Unbestechlichen‹. Aber er, er schafft es, selbst das nehmen ihm die Leute ab.«

»So wie *ihm*?«

»Wie wem?«

»Das sagten meine beiden Kollegen gestern Abend auf

dem Heimweg. Sie kamen aus der Sitzung fast in einem Zustand von Schockstarre.«

»Das ging ja schnell«, sagte Château lächelnd und reichte den Zucker herum.

»›Das war *er*‹, sagten sie. *Er selbst*: Robespierre.«

Der Präsident sah überrascht zu Danglard und Veyrenc, die ihrerseits verständnislos auf Adamsberg blickten, peinlich berührt, dass der Kommissar so offen über ihre Reaktionen sprach.

»Und sie hatten recht«, fuhr Adamsberg fort. »Das war *er*. Und darum kann man ihn natürlich nicht auswechseln.«

»Worauf wollen Sie hinaus, Kommissar?«, fragte Château kopfschüttelnd. »Selbst Ihre beiden Stellvertreter können Ihnen nicht folgen, oder irre ich mich?«

»Darf ich rauchen?«

»Aber natürlich«, sagte Château und nahm einen Aschenbecher aus seiner Schublade.

Adamsberg zog eine Zigarette und zugleich mit der anderen Hand eine Mappe heraus, die er auf den Schreibtisch legte. Er entnahm ihr ein Aquarell auf Zeichenkarton und reichte es Château.

»Was halten Sie davon?«

»Kein schöner Mann«, meinte Château nach einem Schweigen, und sein Mund entspannte sich, nachdem er ihn einen Augenblick lang fest geschlossen hatte, »aber das Porträt ist ausgezeichnet. Sie sind tatsächlich begabt.«

»Ist es treffend?«, fragte Adamsberg weiter, indem er das Blatt seinen Stellvertretern reichte.

Er zündete seine Zigarette an, lehnte sich in den Stuhl zurück und suchte – was ihm selten geschah – eine Ruhe, die er nicht fand.

»Sehr«, sagte Château. »Das bin ich.«

»Ganz eindeutig«, Danglard war ein wenig sprachlos, und behutsam, um es nicht zu beschädigen, legte er das Aquarell auf den Schreibtisch zurück.

»Ist das ein Geschenk, Kommissar?«, fragte Château vorsichtig.

»Mit Vergnügen, aber später. Erinnern Sie sich an das Experiment, das wir vorhin mit dem Gesicht von Gonzalez machten, indem wir ihn mit Perücke und Rock ausgestattet haben. Ich habe mir erlaubt, für Sie exakt die Kleidung zu wählen, die Robespierre gestern Abend trug: gestreifter Rock, in zwei goldbraunen Tönen gehalten, cremeweißes Spitzenjabot, strahlend weiße Perücke, Brille und natürlich das bleich gepuderte Gesicht.«

Adamsberg zeigte seinen Stellvertretern ein zweites Aquarell, bevor er es dem Präsidenten gab.

Die drei Männer erstarrten, und Adamsberg ließ versehentlich seine Asche auf das Parkett fallen.

»Das Gesicht ohne den rosigen Teint, den Sie von Natur aus haben«, fügte er hinzu.

Es war gesagt, es war getan, und Adamsberg erhob sich, um einen Augenblick herumzulaufen, wobei er unauffällig seine Arme dehnte.

»Das ist *er*«, sagte Danglard halblaut, während Veyrenc noch immer betroffen auf das Porträt blickte.

»Wer, ›er‹?«, fragte Adamsberg vorsichtig. »Er, Maximilien Robespierre, der 1794 enthauptet wurde? Oder Sie, Monsieur François Château, wie Sie uns hier gegenübersitzen? Robespierre, der aus dem Schattenreich zurückgekehrt wäre? Oder François Château, der ihn so gut, so gründlich kennt, dass er sein krampfhaft zuckendes Lächeln, sein Augenblinzeln anzudeuten weiß, dass er sein unbewegtes Gesicht nachahmen und seine Hände ebenso subtil spielen lassen kann, seine Stimme zu imitieren versteht und sich in der gleichen starren Positur hält, den Rücken gerade wie ein Brett? Wobei Sie sich übrigens«, sagte er, zum Schreibtisch zurückkehrend und sich zu Château hinunterbeugend, »von Natur aus sehr gerade halten, Ihre Bewegungen von Natur aus grazil sind, Ihre Stimme von Natur aus blass ist, Ihre Augen wässrig und Ihr Lächeln immer leicht verkniffen.«

Château litt, und seine Qual verteilte sich in dem kleinen Raum wie ein toxischer Stoff, der jeden der Männer erreichte. Und in seiner Not, nun, da Adamsbergs Zeichnungen das Double enthüllt hatten, erkannte man in ihm auch den Robespierre von gestern. Er hatte sich auf seinem Sessel verkrampft, seine Lippen waren schmal geworden, und das jugendliche Rosa war aus seinen Wangen gewichen. Adamsberg ließ sich müde auf seinen Stuhl fallen, wie erschöpft und unglücklich über seine eigene Attacke. Er legte seine erloschene Kippe in den Aschenbecher und schüttelte traurig den Kopf.

»Aber Sie, Monsieur Château, Sie können lächeln, während *er* dies zu seinem Unglück nicht konnte. Sie haben nicht seinen fahlen Teint, Sie tragen keine Brille, Sie haben keinen nervösen Tick. Wie Sie auch keine Geschwüre an den Beinen haben und nicht aus der Nase bluten. Sie sehen, ich habe mich gestern ein wenig kundig gemacht.«

»Dann bin ich also einfach ein guter Schauspieler«, sagte Château mit farbloser Stimme. »Aber noch einmal, Kommissar, ich beglückwünsche Sie. Ich bin ja selbst ein aufmerksamer Beobachter, doch ich war überzeugt, dass niemand jemals mein so alltägliches Gesicht hinter dem seinen erraten könnte. Auch Ihre beiden Stellvertreter haben es nicht erkannt, wie ich feststelle.«

»Jedenfalls haben Sie recht, wenn Sie sich in Gefahr wähnen. Wenn ich François Château hinter Robespierre erkannt habe, kann auch ein anderer es tun. Niemand kann Sie auf dieser Tribüne ersetzen. Niemand wird je dazu in der Lage sein. Mit Ihrem Tod erlischt die Gesellschaft. Und mehr als das: Mit Ihrem Verschwinden geht auch Robespierre, er kehrt ins Nichts zurück. Immerhin hatte man seinerzeit schon seinen Körper vorsorglich mit ungelöschtem Kalk überschüttet, damit auch ganz gewiss nichts von ihm bliebe. Aber die Seele? Wo ist seine Seele hin?«

»Mit diesen Seelengeschichten lassen Sie mich bitte in Ruhe, Kommissar«, sagte Château, und sein Ton war härter geworden.

»Wir werden Sie jetzt verlassen, Monsieur Château. Ich erlaube mir, in drei Stunden wiederzukommen.«

»Und aus welchem Grund, wenn ich fragen darf?«

»Weil Sie nicht einfach ein ›guter Schauspieler‹ sind. Sie sind *er*, wie meine Mitarbeiter es ausgedrückt haben. Oder, um es mit anderen Worten zu sagen, Sie sind ein ausgezeichneter Schauspieler, denn Sie sind tatsächlich *er*.«

»Jetzt verlassen Sie den Boden der Vernunft, Kommissar.«

»Ich komme …«, Adamsberg warf einen Blick auf die Wanduhr, » … um 19.30 Uhr wieder. Passen Sie auf sich auf, Sie sind in größerer Gefahr, als Sie denken.«

21

Gleich nachdem er das Büro der Gesellschaft verlassen hatte – in Begleitung eines Wachmanns, der ihn durch zwei mit Spezialschlössern und Zahlencode gesicherte Gittertore führte, der Präsident war abgeschirmt wie in einer Bastion –, beorderte Adamsberg Retancourt zum ständigen Personenschutz von François Château. Der Mörder hatte Masfauré beseitigt, denn ohne seinen finanziellen Beitrag würde die Gesellschaft nicht mehr bestehen können. Dieser erste Schlag war fatal. Und es war anzunehmen, dass nach dem ersten Mord Robespierre sein nächstes Ziel war. Er würde dafür sorgen, dass Beunruhigung um sich griff, danach Angst, danach das blanke Entsetzen, *la terreur*, so wie Robespierre es gemacht hatte, bevor er dann ins Herz zielen würde. *Lebe noch ein paar Tage, um an mich zu denken, schlafe, um von mir zu träumen. Adieu. An jenem Tag aber werde ich, wenn ich dich ansehe, dein Entsetzen genießen.* Wie viele Mitglieder hatte er sich zu töten vorgenommen? Genug, damit das Gerücht sich verbreitete und die Gesellschaft sich leerte, bevor er ihre Seele zerstörte? Genug, um Robespierre-Château als Einzigen erleben zu lassen, wie sein Werk zusammenbrach? Ja, sein Symbol war gegen Robespierre gerichtet, es war die Guillotine, die Ludwig XVI. gezeichnet hatte. Es war das letzte Siegel seiner königlichen Macht, und wenn er es der Maschine aufdrückte, die ihn selbst enthaupten sollte.

»Bleiben Sie an ihm dran, Retancourt. Setzen Sie den kleinen Justin auf ihn an, den bemerkt man sowieso nicht, und Kernorkian auf dem Motorrad. Nehmen Sie sich, wen Sie wollen, außer Mercadet, Mordent, Noël.«

Woraus Retancourt schloss: der eine zu verschlafen, der andere zu angeschlagen, der Letzte zu impulsiv.

»Froissy lassen Sie auf ihrem Posten, ich brauche sie für die Recherchen. Wissen Sie, ob sie schon fündig geworden ist?«

»Noch nicht. Jetzt sucht sie einen direkteren, das heißt also einen illegalen Kanal.«

»Sehr gut. Ich denke, dass ich den Sitz der Gesellschaft gegen halb neun verlassen werde. Justin und Kernorkian sollen dann schon vor Ort sein, ich glaube, der Mann ist tatsächlich in Gefahr. Wenn auch nicht unbedingt sofort. Es können Wochen vergehen«, warnte Adamsberg, der wusste, wie nervenzermürbend eine ungewisse und endlose Observierung war. »Danglard und Veyrenc kommen in die Brigade zurück, sie werden der Mannschaft die Situation erklären.«

»Du hast ins Schwarze getroffen«, sagte Veyrenc, »François Château spielt Robespierre. Aber wie hilft uns das? Warum willst du ihn noch weiter in die Mangel nehmen?«

Die drei Männer standen noch beim Wagen. Adamsberg wollte ein paar Schritte tun, das war offenkundig, man musste es nicht weiter erläutern. Seine Zeichenmappe hatte er Veyrenc für die Berichterstattung vor den Kollegen übergeben, und die Hände in den Taschen, machte er Anstalten zu gehen.

»Weil wir jetzt wissen, dass der Mann bedroht ist«, sagte er.

»Das haben wir ja verstanden«, sagte Danglard. »Die Frage ist: warum sich noch weiter an ihm festbeißen?«

»Danglard, haben Sie schon jemals eine angebrochene Flasche, die erst zur Hälfte geleert ist, stehen lassen?«

»Ich sehe nicht den Zusammenhang.«

»Den sehen Sie sehr wohl. Wir haben die Flasche François Château noch nicht ausgetrunken. Man kann das Ganze von zwei Seiten betrachten: François Château *ist* Robespierre, und er ist bedroht. Oder aber: François Château *ist* Robespierre, und er ist gefährlich. Oder es ist noch komplizierter.«

Veyrenc, der seine Haare wieder unter seiner Touristen-Kappe versteckt hatte, runzelte die Stirn. Er zündete sich eine Zigarette an und reichte die Schachtel mechanisch an Adamsberg weiter.

»Château sollte so von Robespierre durchdrungen sein, dass er mit ihm verschmilzt? Dass er auch seine Massaker nachvollziehen wollte? Und, kaum dass er einen Feind vernichtet hätte, schon einen nächsten entdeckte?«

»Ein Räderwerk ohne Ende«, spann Danglard den Gedanken weiter, »denn der Feind, den Robespierre verfolgte, war in ihm selbst. Aber warum hätte Château uns in diesem Fall geschrieben?«

»Keine Ahnung«, meinte Adamsberg, der bereits von einem Bein auf das andere trat, ein untrügliches Zeichen, dass er gleich losgehen würde. »Wir müssen die Flasche austrinken. Bis auf den Grund.«

»Den Bodensatz«, sagte Danglard.

»Nein«, berichtigte Adamsberg. »Stellen Sie sich eine Flasche mit zwei Korken vor. Die eine Hälfte haben wir geleert. Wenn Froissy mit ihrer Arbeit rechtzeitig fertig wird, hoffe ich, dass auch der zweite Korken rausfliegt.«

»Worum haben Sie Froissy gebeten?«

»Um eine Identitätsprüfung von François Château.«

»Sie denken, er lebt unter falschem Namen?«

»Überhaupt nicht. Schicken Sie mir, wenn Sie wieder in der Brigade sind, ein Foto von Victor.«

»Was hat denn nun Victor schon wieder damit zu tun?«, fragte Danglard.

»Er war der Sekretär von Masfauré, möglicherweise hat er ihn in die Gesellschaft begleitet, irgendwas gehört, erfahren. Sagen Sie, Danglard, hatte Robespierre Nachkommen?«

»Totaler Holzweg, Kommissar. Man sagt, bei Robespierre war tote Hose. Also Unterhose, Sie verstehen?«

»Ich hatte schon kapiert.«

»Ich meine nicht Impotenz, sondern Unvermögen. Ein bemerkenswertes Symptom in seinem umfassenden Krankheitsbild.«

»Zerk hat eine Lammkeule für heute Abend vorbereitet«, fiel Adamsberg ihm rasch ins Wort. »Die ist viel zu groß für uns beide.«

»Gut, ich übernehme den Wein«, sagte Danglard eilig, denn der Weiße, den Zerk bei sich an der Ecke kaufte, hatte die Qualität von Spülmittel.

»Wobei es mir nicht so sehr um Ihre Gesellschaft geht«, fügte Adamsberg lächelnd hinzu, »aber ich muss noch wissen, was Sie wissen.«

»Wenn dieser Fall irgendwann mal abgeschlossen sein sollte, kann ich dann eine von Ihren Zeichnungen behalten?«

»Sie auch? Warum?«

»Es ist einfach ein schönes Porträt von Robespierre.«

»Ein Porträt von Château«, korrigierte Adamsberg. »Auch Sie verwechseln die beiden schon. Wie soll es ihm dann erst gehen?«

Die Seine war zu weit entfernt, als dass er es hin und wieder zurück schaffen könnte, vor allem bei seinem gemächlichen

Schritt. Am besten, er ginge zum Canal Saint-Martin. Das war auch Wasser. Zwar war es nicht der Gave de Pau, aber immerhin eine Art Fluss, an dem man entlanggehen konnte, mit Möwen darüber. Die Häuser an den Ufern waren auch keine Pyrenäenmassive, aber immerhin aus Stein. Stein und Wasser, Blätter an den Bäumen, Möwen, so ramponiert sie auch aussahen – das war nicht zu verachten.

Sein Telefon vibrierte, als er gerade am Kanal ankam und den Geruch nach nassem Stoff atmete, den das schmutzige Wasser in den Städten immer verströmte. Er hoffte inständig auf eine Antwort von Froissy und hob den Kopf zu den kreischenden Möwen, um ihnen ein heidnisches Stoßgebet zu schicken. Aber die Möwen kümmerten sich nicht um ihn, und er bekam das Foto von Victor. Island war zwar gerade sehr weit weg, aber die beiden jungen Männer aus der »Kuhle« waren ihm plötzlich wieder ganz gegenwärtig. Denn wenn Victor über die parallelen Aktivitäten seines philanthropischen Chefs informiert war, konnte er Amédée davon erzählt haben. Und wer weiß, wie er und Victor Henris Leidenschaft für Robespierre einschätzten? Als gefährlich? Als kostspielig? Victor hatte versichert, dass in Masfaurés Bibliothek kein einziges Buch über die Revolution stand. Logisch, wenn er sein Geheimnis über die Gesellschaft wahren wollte. Und das tat er auch konsequent: Mordent hatte bestätigt, dass der Notar keinerlei Nachweis von Zahlungen an irgendeine kulturelle Vereinigung besaß. Das Geld wurde also in bar übergeben.

Stein, Wasser, Vögel. Adamsberg streckte sich auf der Bank, die er sich ausgesucht hatte, verschränkte die Hände im Nacken, beobachtete den Himmel und suchte sich die zahmsten unter den Möwen. Es fiel ihm nicht schwer, eine von ihnen auszuwählen, auf ihren Rücken zu steigen, ohne ihr wehzutun, ihren Flug zu lenken, indem er sanft ihre Flügel führte, über die Felder zu fliegen bis zum Meer und dort Gegen-den-Wind-Segeln zu spielen.

Nachdem er auf diese Weise wohl an die sechshundert Kilometer geflogen war, erhob Adamsberg sich wieder, fragte jemanden nach der Zeit und hielt ein Taxi an. Der Gedanke, in Châteaus düsteres Büro zurückkehren zu müssen, gefiel ihm nicht. Und schon gar nicht, dass er ihn zwingen müsste, diese Flasche zu leeren. Wenn es denn überhaupt in seiner Macht stand, den zweiten Korken herauszuziehen.

Um 19.25 Uhr öffnete der Wachmann ihm wieder geräuschvoll die vergitterten Tore des Gebäudes und bat ihn, in Monsieurs Büro zu warten, er würde gleich da sein. Da ihm die zerknitterten Zigaretten von Zerk ausgegangen waren, hatte Adamsberg sich eine neue Schachtel gekauft. Im holzgetäfelten Büro des kleinen Präsidenten herumzulaufen und zu rauchen konnte beim Korkenrausziehen nicht schaden. Froissys zweite Antwort hatte er gerade vor sieben Minuten erhalten. Großartige Froissy. Dass er mit seiner Vermutung recht gehabt hatte, verursachte ihm ein leichtes Schwindelgefühl, so als wagte er sich damit in Bereiche der Unvernunft vor, deren Mechanismen er nicht kannte und von der er, schlimmer noch, nicht wusste, wohin sie ihn führen würde. Wo er sich doch nur auf einem Gebirgskamm in der Nacht so sicher fühlte wie eine Gämse. Die Welt von François Château dagegen, die jetzt noch undurchdringlicher geworden war, war nicht sein Terrain. Er musste an das Märchen denken, das Mordent so liebte: das, in dem, kaum ist man in einen Wald hineingegangen, die Zweige sich hinter einem schließen, sodass kein Rückweg mehr zu erkennen ist.

Adamsberg hatte nicht gewagt, die Schreibtischschublade aufzuziehen, um den Aschenbecher herauszunehmen, und so betrachtete er die Buchrücken der Bibliothek, ohne die Titel zu lesen.

»Guten Abend, Kommissar«, sagte eine schrille Stimme hinter ihm.

Eine Stimme, die er vom gestrigen Abend in Erinnerung hatte. François Château war hereingekommen, vielmehr Maximilien Robespierre. Adamsberg war sprachlos angesichts der Person, die er am Vorabend ja nicht aus solcher Nähe gesehen hatte. Mit verschränkten Armen und stocksteifem Rücken stand der Mann vor ihm in einem wundervollen blauen Rock, mit Perücke und gepudertem Antlitz, schenkte ihm dieses starre Lächeln, das keines war, und blinzelte hinter einer kleinen runden Brille mit getönten Gläsern. Adamsberg rührte sich nicht, ebenso gebannt, wie es seinerzeit die Zuhörer gewesen waren. Mit Château zu reden war eine Sache, mit Maximilien Robespierre zu diskutieren eine andere.

Wortlos öffnete der Mann seine Schublade und stellte den Aschenbecher auf den Tisch.

»Ein schönes Kostüm«, bemerkte Adamsberg einfallslos und ließ sich ungelenk auf eine Stuhlkante sinken.

»Ich trug es zum Fest des Höchsten Wesens, das meine Weihe sein sollte«, erklärte der Mann frostig und richtete sich wieder zu seiner starren Haltung auf. »Der einzige Morgen, an dem man mich wahrhaft und innig lächeln sah, wie einige Leute geschrieben haben, die Anekdoten lieben, so sehr strahlte just an diesem Tag ein überirdisches Licht vom Himmel über Paris. Sie haben solch unerhörte Klarheit nie gesehen, Sie werden sie auch nie sehen. Und dann trug ich diesen Rock noch einmal am 8. Thermidor vor dem Konvent. Aber er konnte nicht verhindern, dass ich zwei Tage später hingerichtet wurde, womit auch das Ende der Republik eingeläutet war.«

Adamsberg riss seine Zigarettenschachtel auf und streckte sie sinnloserweise Château entgegen, oder wie sollte er diesen Mann nennen? Gerade er, Adamsberg, der das Gesicht des kleinen Präsidenten hinter dem von Robespierre erkannt hatte, hätte von dieser Erscheinung nicht so beeindruckt sein dürfen. Aber der blaue Rock hatte die Persönlichkeit des Mannes verändert, so als hätte das unbewegte Gesicht Robespierres das liebenswerte, ein wenig infantile Antlitz von Château verdrängt, ja brutal vertrieben. Von dem unscheinbaren Präsidenten war nichts mehr übrig, und Adamsberg fragte sich, was der Hintergrund dieser maßlosen und lächerlichen Inszenierung war, die ihn gleichwohl verwirrte. Hoffte Château, aus Robespierre eine Kraft zu ziehen, die er für dieses Gespräch nicht zu haben fürchtete? Hoffte er, ihn zu beeindrucken durch diesen Auftritt, der einen zu Eis erstarren ließ? Aber da war noch etwas anderes, schloss er, als er ihn durch den Zigarettenrauch hindurch beobachtete. Château hatte geweint, und er hatte um keinen Preis gewollt, dass man es bemerkte. Doch Adamsberg erkannte auch unter dem Puder noch die geröteten Ränder der Unterlider und die Tränensäcke, die sich unter den geschwollenen Augen bildeten. Instinktiv dämpfte er seine Stimme.

»War es das wirklich, das Ende?«, sagte er, noch immer sehr unglücklich auf seiner Stuhlkante hängend.

»Daran zweifeln Sie, Herr Kommissar? Die Reaktion fegte Frankreich hinweg, das wie ein vergessliches, leichtfertiges Weib einem Tyrannen in die Arme sank. Und was kam danach? Ein paar kurz aufflammende Revolten, die Erinnerung an drei ruhmreiche Tage auf den Barrikaden, dann war der Elan erloschen, untergegangen in einer ehrlosen Republik, in der die Niedertracht und die Gier unsere Ideale erschlagen haben. Ihre Namen jedoch, Freiheit, Gleichheit, Brüderlichkeit, geistern noch immer durch die Welt wie eine große Sehnsucht. Ihre Devise schmückt eure Giebel, aber niemand denkt mehr daran, sie zu skandieren.«

»Stammt sie von Ihnen, die Devise?«

»Aber nein. Die Begriffe waren in aller Munde, ich war es nur, der daraus eine einzige Klinge geschmiedet hat: *Freiheit, Gleichheit, Brüderlichkeit oder der Tod.*«

Plötzlich brach Château, dessen Nasenflügel bebten, seine Rede ab, und die feingliedrigen Hände flach auf den Schreibtisch gelegt, neigte er sich zu Adamsberg hinüber.

»Reicht es, Herr Kommissar? Haben wir uns genug unterhalten? Denn so wollten Sie mich doch sehen, nicht wahr? Mich in ›*ihm*‹? Hat Ihnen die Vorstellung gefallen? Sind wir jetzt fertig damit?«

»Was wird aus all dem hier werden?«, fragte Adamsberg prosaisch und schloss das Gebäude in einer weiten Handbewegung ein.

»Was geht Sie das an? Unsere Finanzen erlauben uns, unsere Recherche zu Ende zu führen.«

Der schneidende Tonfall Robespierres, der einen beinahe erstarren ließ, hielt sich noch immer in der Stimme des Präsidenten und irritierte Adamsberg auch weiterhin.

»Den hier, kennen Sie ihn?«, fragte er übergangslos und zeigte ihm das Foto von Victor.

»Noch ein Toter? Noch ein ruchloser Verräter?«, fragte Château und nahm das iPhone, das der Kommissar ihm reichte.

»Haben Sie ihn schon mal hier gesehen?«

»Selbstverständlich. Es ist der Sekretär von Henri Masfauré, Vorname Victor, Bastard und ein Sohn des Volkes. Ebenfalls beseitigt?«, fragte er kalt.

»Noch am Leben. Also begleitete er seinen Chef bei seinen gelegentlichen Besuchen im Konvent?«

»Henri verzichtete nie auf seinen Sekretär. Victor gehorcht, Victor merkt sich alles. Befragen Sie auch ihn.«

»Das habe ich vor«, erwiderte Adamsberg, und es war ihm bewusst, dass Château in seiner gebieterischen Rolle ihm gerade einen Befehl erteilt hatte.

Das verunsicherte ihn nicht, aber es erstaunte ihn. Er stand auf, machte ein paar Schritte und legte sein Telefon auf dem Schreibtisch ab, nicht ohne vorher die 4 gedrückt zu haben, die ihn mit Danglard verband, sodass sein Stellvertreter das Gespräch aus der Brigade verfolgen konnte. Die Meinung des Commandant zu dieser einzigartigen Situation war ihm wichtig.

»Wissen Sie, woher Ihre Ähnlichkeit mit Robespierre rührt?«, fuhr Adamsberg fort, ohne sich wieder zu setzen.

»Von der Maske, Herr Kommissar.«

»Nein. Sie ähneln ihm.«

»Eine Laune der Natur, eine Eingebung des Höchsten Wesens, was Sie wollen«, sagte Château, während er sich setzte und die Beine übereinanderschlug.

»Eine Ähnlichkeit, die Sie bewogen hat, sich auf die Spuren von Robespierre zu begeben und diese Gesellschaft zu gründen, dieses ›Konzept‹ zu erarbeiten.«

»Keineswegs.«

»Bis die Figur allmählich von Ihnen Besitz ergriffen hat.«

»Es ist spät, Herr Kommissar, und Sie hatten einen anstrengenden Tag, anders kann ich mir nicht erklären, dass Ihr Scharfsinn Sie so im Stich lässt. Sie sind dabei, mich zu fragen, ob ich mit ihm ›verschmelze‹, aufgrund irgendeines aberwitzigen mentalen Vorgangs, ob ich das Opfer einer Identitätsstörung bin, und anderen bemerkenswerten Unsinn. Ich möchte Sie bremsen, bevor Sie mir mit solchem Humbug kommen. Ich spiele Robespierre, wie ich Ihnen soeben bewiesen habe, und damit hat es sich. Und im Übrigen werde ich sehr gut dafür bezahlt.«

»Sie sind ein bisschen schnell.«

»Ihnen zuvorzukommen ist nicht schwer.«

»Er ist nicht mehr Herr der Lage«, sagte Danglard im besorgten Ton eines Menschen, der den Verlauf eines sportlichen Wettkampfes kommentiert.

Die Beamten saßen in einem dichten Pulk um den Tisch, einer an den anderen gedrängt, manche mit vorgeneigtem Oberkörper, um die Stimmen besser zu verstehen, die aus dem vor ihnen liegenden Gerät kamen.

»Sie sind François Château, das weiß ich«, sagte Adamsberg.

»Sehr gut. Dann können wir die Debatte ja beenden.«

»Und Sie sind der Sohn von Maximilien Barthélemy François Château. Der wiederum der Sohn von Maximilien Château ist.«

Château-Robespierre zuckte ebenso zusammen wie Danglard und Veyrenc am anderen Ende von Paris.

»Was bedeutet das?«, fragte Voisenet, gefolgt von den Blicken seiner Kollegen.

»Das sind die Vornamen des Vaters und des Großvaters von Robespierre«, erklärte Danglard rasch. »Die Familie Château hatte sich dieselben Vornamen gegeben wie die Robespierres.«

Der Präsident Château verfiel in einen jener Wutausbrüche, die man auch vom »Unbestechlichen« kannte, wenn er angegriffen wurde, er donnerte mit der Faust auf den Tisch, seine schmalen Lippen bebten, er schimpfte, schmähte.

»Ist Adamsberg in Gefahr?«, fragte Kernorkian.

»Haltet den Mund, verdammt noch mal«, sagte Veyrenc. »Retancourt ist nicht weit.«

Den allmächtigen Lieutenant in der Nähe des Kommissars zu wissen beruhigte die Truppe auf der Stelle, selbst Noël. Man reckte die Köpfe noch näher an den Lautsprecher heran.

»Verräter!«, schrie Château in diesem Augenblick. »Ich rufe Sie in allem Vertrauen zu Hilfe, und Sie infamer Heuchler nutzen das aus, um wie eine Ratte in meiner Familie herumzuschnüffeln!«

»›Infamer Heuchler‹ war ein Lieblingsausdruck von Robespierre«, kommentierte Danglard halblaut.

»Und wenn schon«, fuhr Château fort. »Ja, die ganze Familie war fanatisch robespierristisch, und ich wünsche Ihnen nicht, so etwas erlebt zu haben, das können Sie mir glauben!«

»Warum haben Sie die geheiligten Vornamen nicht geerbt?«

»Dank meiner Mutter!«, brüllte Château. »Die alles getan hat, um mich vor diesen erbitterten Frömmlern zu schützen, und die vor meinen Augen ertrunken ist, als ich zwölf Jahre alt war! Sind Sie jetzt zufrieden, Herr Kommissar?«

Der kleine Mann war aufgestanden, hatte seine Perücke abgerissen und sie heftig auf den Boden geschleudert.

»Die Maske ist gefallen«, sagte Danglard. »Der zweite Flaschenkorken ist rausgeflogen.«

»Flaschen mit zwei Korken, gibt's denn so was?«, wollte Estalère wissen.

»Natürlich«, sagte Danglard. »Still jetzt. Man hört Wasser fließen. Es gibt ein Waschbecken in dem Büro, neben der Kaffeemaschine. Vielleicht wäscht er sich die Schminke ab.«

Château rieb sich wie wild das Gesicht, eine weißliche Brühe floss herunter. Ohne jede Scham spuckend und schniefend, trocknete er sich die Haut ab, die wieder ihren halb rosigen, halb blässlichen Ton angenommen hatte, und setzte sich mit einem Ausdruck zwischen Stolz und Niedergeschlagenheit hin. Er streckte seine feine Hand aus und bat diesmal um eine Zigarette.

»Sie sind ein hervorragender Kämpfer, Kommissar, ich hätte Sie schon früher guillotinieren sollen«, sagte er, und es gelang ihm fast ein gequältes Lächeln. »Ich hätte Sie als Ersten von allen guillotinieren sollen. Denn das denken Sie doch, nicht wahr? Dass meine verrückte Familie mich als ›Nachfahren‹ Robespierres inthronisiert hat? Dass sie meinem kindlichen Gemüt diesen Auftrag eingehämmert hat? Und genau so war es auch. Mein Großvater hat dieses Schicksal für mich geschmiedet, ein halsstarriger alter Mann, der selbst auch im Kult Robespierres erzogen worden war. Meine Mutter hat sich dem widersetzt, und mein Vater war ein Schwächling. Soll ich fortfahren?«

»Ich bitte Sie darum. Mein eigener Großvater war ein Dummkopf, ruiniert durch den Krieg und ein Despot.«

»Als ich vier Jahre alt war, begann der Alte mit meiner Erziehung«, sagte Château, inzwischen etwas ruhiger geworden. »Er brachte mir die Texte bei, aber auch die Haltung, die Stimme, die Mimik des Mannes und, mehr noch, sein Misstrauen gegenüber Feinden, seinen Argwohn gegen alle und die Reinheit als Lebensmaxime – überzeugt, wie der von Hochmut zerfressene alte Schwachkopf war, dass er von dem großen Mann abstammte. Meine Mutter half mir, ihm Widerstand entgegenzusetzen. Wie Penelope mit ihrem Totentuch, so trennte sie jeden Abend wieder auf, was der Alte am Tage in mir herangebildet hatte. Aber dann verließ sie mich. Ich habe immer gedacht, dass der Alte das Boot angesägt hatte, in dem sie untergegangen ist. Auf robespierresche Art eben: das Hindernis beseitigen, das zwischen ihm und mir stand. Nach ihrem Tod verschärfte er seine Diktatur. Aber ich war inzwischen zwölf Jahre alt, und der Schild, den meine Mutter geschmiedet hatte, war fertig. So sah der Alte nun ein neues Hindernis vor sich: mich.«

Adamsberg hielt in seinem Herumlaufen vor dem Schreibtisch inne, und beide Männer nahmen sich eine weitere Zigarette. Das Schauspiel, das Château bot, mit seinem nur flüchtig gesäuberten, wenig ansehnlichen Gesicht, das von weißen Schlieren überzogen war, dem feuchten Haarkranz, den geschwollenen Augen, das Ganze auf dem Körper, der noch in Robespierres Rock steckte, hatte etwas ebenso Grandioses wie Bedauernswertes. Er hätte grotesk wirken können. Aber seine Verzweiflung, die Grazie seiner Haltung, das Urkomische seines Anblicks erschütterten und rührten Adamsberg. Er, Adamsberg, hatte diese Niederlage gewollt, ja selbst diesen Zusammenbruch, er brauchte ihn, um in dem Fall voranzukommen. Bis zum zweiten Korken, bis zur Neige. Aber um welchen Preis.

Ähnliche Gedanken hegte man auch in der Brigade, wo man den Atem anhielt und die Ergriffenheit zu spüren war, die wieder nur Estalère aussprach.

»Wie traurig, nicht wahr?«

»Mein Vater verehrte Napoleon«, sagte Voisenet, »aber er hätte nie von mir verlangt, Russland zu erobern. Obwohl ihn meine Leidenschaft für Fische rasend machte.«

»Ruhe!«, forderte Danglard.

»Aber«, fuhr Château fort, während er den Rauch ausblies, »Ihr Verdacht geht ja viel weiter. Sie stellen sich vor, dass der Alte meine Persönlichkeit verbogen hätte, so wie der Schmied eine Eisenstange formt. Dass ich die Rolle des ›Auserwählten‹, die er mir zugedacht hatte, angenommen hätte und heute, nicht wahr, Robespierres Zerstörungswahn kopieren würde. Dass ich selbst es wäre, der die Mitglieder meiner eigenen Gesellschaft umbringt. Das denken Sie doch. Und darin, Kommissar, irren Sie sich.«

Château verkrampfte und löste seine Finger auf seiner Brust, auf dem feuchten Spitzenjabot, als wollte er etwas greifen oder streicheln. Diese zwanghafte Geste war Adamsberg schon am Abend zuvor aufgefallen. Ein Anhänger, vermutete er, ein Talisman, ein Bildnis der Mutter, eine Haarlocke.

»Doch warum haben Sie trotz des ›Schutzschildes‹, den Sie Ihrer Mutter verdanken, diese Gesellschaft gegründet und die verhasste Rolle angenommen?«

»Ich beherrschte die Robespierre-Rolle im Schlaf, seit ich fünfzehn war. Selbst als der Alte gestorben war, ließ die Figur mich nicht zur Ruhe kommen, sie verfolgte meine Schritte, meine Bewegungen, sie beschattete mich buchstäblich, sie ließ mich nicht los. Da habe ich mich eines Tages umgedreht und habe ihr ins Gesicht gesehen. Direkt ins Gesicht, Kommissar. In dem Verlangen, dem ein Ende zu machen, mit ihm abzurechnen. Und ich habe ihn gepackt, habe mich an ihm festgekrallt und habe ihn gespielt und immer wieder gespielt. Nicht ich bin mehr seine Schöpfung, er ist die meine. Jetzt bin ich es, der die Fäden in der Hand hält.«

Adamsberg nickte.

»Wir sind beide müde, nicht wahr?«, sagte er, während er sich setzte und seine Zigarette ausdrückte.

»Ihre Gesellschafter, die beiden Mitbegründer – wie wollten wir sie gleich nennen?«

»Leblond und Lebrun.«

»Leblond und Lebrun, wissen die das alles?«

»Auf keinen Fall. Und darf ich Sie bitten, falls man die Polizei um etwas bitten darf, dass sie auch weiterhin nichts davon erfahren?«

22

Zerk war noch kein wirklich guter Koch, aber er machte Fortschritte. Seine Lammkeule war gar, und die Dosenbohnen waren annehmbar. Danglard schenkte reichlich Wein ein, und auch Adamsberg gönnte sich die Zeit für das Abendessen. Seine Stellvertreter hatten das begriffen und gaben sich mit großem Vergnügen einem Disput über dies und jenes hin, der Zerk entzückte, der für derartiges verbales Lanzenstechen ebenso unbegabt war wie sein Vater. Und auch Adamsberg erholte sich dabei für einen Moment von dem Algengemengsel, das bis jetzt noch nichts von seiner Dichte und seiner Schwärze verloren hatte.

Mit einem Kaffee in der Hand setzten sie sich anschließend um den angeheizten Kamin zusammen, Danglard wie gewohnt auf der linken Seite, Adamsberg rechts, die Füße auf einem der Feuerböcke, und Veyrenc in der Mitte.

»Ihr Eindruck?«, fragte Adamsberg.

»Er schien mir aufrichtig«, meinte Danglard.

»So wie bei unserem gestrigen Mittagessen am Quai de la Tournelle«, sagte Veyrenc eher skeptisch, »als er uns nicht gesagt hat, dass er den Robespierre spielt. Wozu er allerdings auch nicht verpflichtet war.«

»Vielleicht gibt es noch einen dritten Korken auf dem Grund der Flasche«, sagte Adamsberg.

»Es soll Flaschen mit neun Korken geben«, bemerkte Danglard und goss sich ein neues Glas ein.

»Nicht für Sie, Commandant.«

»Mit Korken habe ich in der Tat nie Probleme gehabt. Sie springen mir entgegen wie zahme Tierchen.«

Zerk hatte zu viel getrunken; er war, den Kopf auf den Armen, am Tisch eingeschlafen.

»Er behauptet, die Fäden der Figur zu ziehen«, sagte Adamsberg, »sich also über Robespierre lustig zu machen, wenn er ihn auf der Tribüne spielt. Aber als er heute Abend Robespierre war, als er vor mir seinen Wutanfall bekam, als er Wörter wie ›Verräter‹, ›infamer Heuchler‹, ›Bastard und Sohn des Volkes‹ herausschrie, da hatte ich überhaupt nicht das Gefühl, dass der kleine Château noch das Steuer in der Hand hielt. So als ob er in dem Moment, in dem er Robespierres Rock anzieht – einen himmelblauen Rock, den er auch beim Fest des Herrn getragen hat …«

»Des Höchsten Wesens«, korrigierte Danglard.

»Als ob«, fuhr Adamsberg fort, »der kleine Château durchlässig würde, porös, als ob er die Figur zwar absorbierte, aber sie in keiner Weise mehr beherrschte. Robespierre bemächtigt sich seiner, wie er will, und in solchen Augenblicken gibt es keinen François Château mehr. Ganz im Gegensatz zu dem, was er mir weismachen wollte. Auch da hat er gelogen. Und trotzdem litt er. Und sein Lächeln tat weh.«

»*Dies Lächeln tut weh*«, rezitierte Danglard. »*Die Leidenschaft, die sichtlich all sein Blut getrunken und seine Knochen ausgedörrt hat, täuscht das Spiel der Nerven vor, wie bei einer zuvor ertränkten und durch ein galvanisches Experiment scheinbar wiederbelebten Katze oder gar einem Reptil, das sich spannt und sich aufrichtet, mit einem unbeschreiblichen, entsetzlich anmutigen Blick. Der Eindruck, den man gewinnt, ist gleichwohl nicht von Hass beseelt; was man empfindet, ist schmerzliches Mitleid, gemischt mit Grausen.*«

»Eine Beschreibung Robespierres?«

»Ja.«

»Wie bist du auf die Idee gekommen, die Vornamen seiner Familie zu recherchieren?«, fragte Veyrenc.

»Wer so von dem Mann besessen ist wie Château, dachte ich mir, ist vielleicht ein Nachfahre von ihm. Da wusste ich noch nicht, dass Robespierre keine Kinder hatte.«

»Keinerlei Nachkommenschaft«, versicherte Danglard noch einmal. »Die Frauen und alles, was mit Sexualität zu tun hatte, jagten ihm Angst ein. Und auf diesem Hintergrund schuf er seinen so häufig wiederkehrenden Begriff des ›Lasters‹, natürlich ohne sich dessen bewusst zu sein. Seine Mutter hatte er im Alter von sechs Jahren verloren, und diese Mutter, die eine Schwangerschaft nach der anderen hatte, hat ihren Sohn Maximilien kaum gesehen, bevor sie im fünften Kindbett starb. Nach ihrem Tod verließ der vorbildliche Vater und gute Anwalt von Arras das Haus, bald verschwand er ganz und ließ seine vier Kinder allein zurück. Mit sechs Jahren wurde Maximilien der Familienvorstand, ohne jemals so etwas wie Zuneigung erfahren zu haben. Das Kind verschloss sich in sich, so heißt es, und man sah es nie wieder spielen oder lachen.«

»Trifft das nicht auch auf Château zu?«, fragte Veyrenc.

»Sogar ziemlich genau.«

»Im bloßen Zustand«, sagte Adamsberg, »ich meine, wenn Château die Robespierre-Hülle ablegt, erscheint er nahezu geschlechtslos.«

»Wäre Robespierre nicht der Revolution begegnet«, sagte Danglard, »dann wäre er, als kleiner Anwalt in Arras, unserem Château vielleicht tatsächlich ähnlich geworden. Talentiert und versteinert, exaltiert und geknebelt. Ohne jemals auf eine Frau zugehen zu können. Und wie haben ihn die Frauen geliebt! Aber nein, keine Nachkommen. Nicht eins der vier Robespierre-Kinder hat Nachfahren gezeugt. Vielleicht hat Maximilien einige Male, oder sei's auch nur ein einziges Mal, gegen die Regel verstoßen, bevor er *der* Robespierre wurde. Aber man bezweifelt es sehr.«

Danglard unterbrach sich, verharrte nachdenklich mit gerunzelter Stirn, zögernd, plötzlich verdrossen und wie auf der Lauer.

»Herrgott noch mal«, sagte er. »Château! Nein, sagen Sie nichts, sonst ist es weg.«

Der Commandant drückte sein Glas an die Lippen, schloss halb die Augen.

»Ich hab's«, sagte er. »Da gab es doch dieses Gerücht. Das hatte ich vollkommen vergessen. Es wäre mir beinahe durch die Finger geschlüpft wie die Katzen draußen im Garten.«

»Schießen Sie los, Commandant«, sagte Adamsberg und zog eine Zigarette aus seiner persönlichen Schachtel.

Er würde die Schachtel morgen Zerk dalassen und sich wieder welche von ihm klauen. Es waren die Zigaretten seines Sohns, die ihn reizten. Aber man bestiehlt keinen schlafenden Mann.

»Es hält sich hartnäckig das Gerücht von einem heimlichen Sohn Robespierres«, erklärte Danglard, »der 1790 geboren wurde. Er hieß Didier Château.«

»Château?« Adamsberg fuhr hoch.

»Wie Château.«

»Sprechen Sie weiter, Commandant.«

»Er hieß sogar *François* Didier Château. François, wie François. Es gibt nur einen einzigen ›Beweis‹ seiner Herkunft, einen Brief. Im Jahr 1840 – François Didier Château ist zu dem Zeitpunkt fünfzig Jahre alt – ersucht kein Geringerer als der Präsident des Pariser Appellationsgerichts nachdrücklich um einen Posten für ihn. Dabei ist der Mann nur ein kleiner Gastwirt in der Provinz. Wie hat der unscheinbare François Didier Château, ›Bastard und Sohn des Volkes‹, eine derartige Beziehung zu dem mächtigen Pariser Gerichtspräsidenten herstellen können? Das ist ein erstes Rätsel. In einem Schreiben an den Präfekten bittet dieser Präsident darum, dass man dem Gastwirt die Poststation von …«

Danglard rieb sich die Stirn, richtete sich wieder auf und schüttete einen Schluck Wein hinunter.

»… von Château-Renard im Departement Loiret anvertraut«, schloss er mit Erleichterung. »Und es kommt noch besser: Der Präsident deutet an, dass sein Schützling auch von Persönlichkeiten wie dem Friedensrichter, dem Bürgermeister und den Schlossherren empfohlen werde. Was hatte also dieser Gastwirt, um so erlauchte Befürworter zu finden?«

»Einen Ruf«, sagte Veyrenc.

»Genau. Denn in seiner Antwort – die übrigens abschlägig war – schrieb der Präfekt … Geben Sie mir mal Ihren Laptop, Kommissar.«

»Hier«, fuhr Danglard nach einigen Augenblicken fort. »›Nun ist aber besagter Château, den Sie mir anempfehlen, der uneheliche Sohn von Robespierre.‹ Bemerken Sie, mit welcher Sicherheit der Präfekt das behauptet, ohne den geringsten Zweifel. Ich fahre fort: ›Gewiss, für seine Geburt ist er nicht verantwortlich, doch leider ist seine Herkunft von bedauernswertem Einfluss auf seine Ansichten und sein Benehmen gewesen, und einen radikaleren Menschen als ihn kann man sich kaum vorstellen.‹«

Danglard stellte den Rechner auf den Boden und verschränkte die Arme, lächelnd und zufrieden.

»Was noch, Danglard?«, fragte der verblüffte Adamsberg

und beugte sich zu seinem Stellvertreter vor wie zu Aladins Wunderlampe.

»Nicht viel, aber immerhin. Nach Robespierres Tod flüchtete die Mutter von François Didier mit ihrem vierjährigen Kind nach Château-Renard. Gingen Gerüchte um? Hatte sie Angst um ihren Sohn? War er in Lebensgefahr? Schon gut möglich. Hatte man nicht wenige Jahre zuvor noch befürchtet, dass selbst das Kind im Temple eine Bedrohung darstellte? Die Stimme des Blutes, die erwacht und nach Rache schreit. Wie die Stimmen der zu Tode Gefolterten im Turm von Le Creux.«

»Das Kind im Temple?«, fragte Adamsberg.

»Der kleine Sohn von Ludwig XVI.«

»Man besitzt eine Beschreibung von ihm aus der Zeit, als er in der napoleonischen Armee diente. Nichts Beweiskräftiges, aber auch nichts Widersprüchliches im Vergleich zu seinem mutmaßlichen Vater. Damit meine ich, dass er kein Riese mit Adlernase und schwarzen Augen war. Nein, er war kaum einen Meter sechzig groß, hatte blaue Augen und helle Haare, eine kleine Nase und einen kleinen Mund.«

»Das ist in der Tat sehr vage.«

»Aber, und nun kommt das zweite Rätsel: Fünf Jahre nachdem er mit seiner Bewerbung für den Relaismeister gescheitert war, wird unser Gastwirt Direktor der öffentlichen Pferdekutschen. Der Staatskarossen! Einfach so«, Danglard schnalzte mit den Fingern. »Wieder mit höchsten Empfehlungen, natürlich. Das ist aber auch alles, mehr habe ich nicht im Köcher.«

»Es ist viel, Danglard. Die Aussage des Präfekten ist keine Kleinigkeit.«

»Ich glaube es nicht«, meinte Danglard. »Dass Robespierre mit einer Frau geschlafen hat. Wer sagt uns, dass diese Denise

Patillaut – jetzt fällt mir der Name der Mutter wieder ein –, als sie unehelich schwanger wird, sich nicht dieser illustren Vaterschaft rühmt, um ihre Schande herunterzuspielen? Und die Familie Château wird die Legende später verewigt haben, bis hin zu unserem heutigen François. Falls er denn wirklich ein Nachfahre dieses François Didier ist.«

»Wir haben noch ein weiteres Beweiselement«, sagte Veyrenc. »Seine unerhörte Ähnlichkeit mit Robespierre.«

»Wir werden es nie herauskriegen«, meinte Danglard. »Weder wir noch die Familie Château. Ein DNA-Vergleich scheidet aus, die Überreste von Robespierre wurden am Ende in den Katakomben von Paris verscharrt.«

»Aber das Wichtigste für uns ist auch nicht die Wahrheit« – Adamsberg legte seine Füße wieder auf den Feuerbock –, »sondern dass die Châteaus daran geglaubt haben. Dass der Großvater sich, wie seine Vorfahren, fest daran geklammert hat. Dass sie die Flamme am Brennen gehalten und den Kult befördert haben. Was glaubt demnach unser François? Dass er ein Abkömmling von Robespierristen ist, wie er mir gesagt hat, oder aber dass er von Robespierre *selbst*, in Fleisch und Blut, abstammt? Das würde vieles ändern.«

»Der Kerl lügt wie gedruckt«, sagte Veyrenc.

»Wenn er sich für seinen Nachfahren hält«, sagte Danglard, »und wenn er unser Mörder ist, warum, frage ich noch einmal, hätte er uns dann geschrieben?«

»Weil er sich ganz wie sein Ahn verhält«, meinte Veyrenc. »Denn Robespierre tötet nicht im Verborgenen wie ein ›heuchlerischer‹ Schurke aus dem Untergrund. Er exekutiert in aller Öffentlichkeit. Seine Toten sollen exemplarisch sein.«

»Also gibt es doch noch einen dritten Korken auf dem Grund der Flasche«, schloss Adamsberg leise.

23

Auf Einladung von Adamsberg erklärten sich die beiden Gesellschafter von François Château vorbehaltlos bereit, um 15 Uhr in die Brigade zu kommen. Froissy recherchierte unterdessen im Gemeindearchiv von Château-Renard die Nachfahren von François Didier Château, dem Gastwirt von 1840, während Retancourt mit ihrer Begleitmannschaft die Bewachung des Präsidenten fortsetzte.

KBV, keine besonderen Vorkommnisse, hatte Retancourt per SMS gemeldet. *Um 22 Uhr heimgekommen, allein gegessen, allein geschlafen, lebt allein. Jetzt in seinem Büro im Hotel, Arbeitszeit 11 bis 17 Uhr. Kleine Anekdote am Rande: Bin letzte Nacht im Versteck Rue Norevin von drei kleinen Glatzen überfallen worden, die mich für ein begehrenswertes Objekt hielten. Sehr schmeichelhaft. Justin war Zeuge, kein Ärger zu erwarten, aber die Jungs sitzen leicht demoliert im Kommissariat des 18.*

Ganz schön demoliert, dachte Adamsberg, nahm sein Telefon und rief seinen Kollegen vom 18. Arrondissement an.

»Montreux? Adamsberg. Du hast heute Nacht drei Kerle eingesammelt?«

»So, von dir kommt das, was ihnen da auf den Kopf gefallen ist? Ein Baum oder so was?«

»Ein heiliger Baum, genau. Wie geht's den Jungs?«

»Blamiert bis auf die Knochen. Sie hat ihnen einfach eine Gerade in den Magen verpasst, aber nichts gebrochen, dein

›Baum‹ weiß sich zurückzuhalten. Auch keine Verletzungen an den Hoden.«

»Die sanfte Tour, sozusagen.«

»Fazit aber immerhin: eine ramponierte Nase für den einen, ein zerfetztes Ohr für den anderen – der Kerl versucht brüllend, seine drei Piercings aus den Hautfetzen herauszuziehen – und eine nette Schnittwunde in der Wange des Dritten. Aber sie war im Recht, sie haben versucht, sie flachzulegen, stockbesoffen, wie sie waren. Wir haben ja die Aussage ihres Kollegen. Wer ist eigentlich dieses Jüngelchen, ein Hälmchen gegenüber dem Baum?«

»Ein zartes Schilfrohr, das denken kann.«

»So was ist gut, jedenfalls mal was anderes. Alles, was ich hier habe, sind fünf Idioten. Und du?«

»Ich glaube, nur einen.«

Adamsberg legte auf, als Estalère die beiden Gesellschafter von François Château hereinführte. Ein Hänfling und ein Kerl wie ein Schrank, ein merkwürdiges Zwiegespann, aber beide hatten dichte Bärte und für ihr Alter – sie mochten um die fünfzig sein – noch sehr volles Haar, und beide trugen dunkle Brillen.

»Ich verstehe«, sagte Adamsberg lächelnd, indem er sie zum Sitzen aufforderte. »Sie fürchten, Sie könnten heimlich fotografiert werden. Estalère, bring uns doch bitte einen Kaffee. Ich habe mich schon verpflichtet, Sie nicht nach Ihrem Namen zu fragen.«

»Wir arbeiten mit äußerster Diskretion«, sagte der Stämmige. »Wir sind dazu gezwungen. Die Leute sind so engstirnig, da kommt es schnell zu Missverständnissen.«

»Ihr Vorsitzender hat mir Ihre Geheimhaltungsregeln in aller Ausführlichkeit erklärt. Diese Bärte sind übrigens klasse.«

»Sie wissen sicher, dass wir ausgezeichnete Maskenbildnerinnen in der Gesellschaft haben. Die Bärte sind noch gar nichts. Alles an uns ist verändert.«

»Also, fühlen Sie sich bitte wohl hier«, sagte Adamsberg.

»Hat ihn irgendetwas erschreckt?«, fragte der Schlanke, nachdem der junge Mann hinausgegangen war.

»Estalère? Der macht immer solche Augen.«

»Mit schwarzen Haaren würde er einen guten Billaud-Varenne abgeben.«

»Einen Robespierre-Anhänger?«

»Ja«, sagte der Stämmige.

»Estalère ist ein Lamm.«

»Aber er ist ein schöner Mensch, wie Billaud einer war. Der Charakter ist unwichtig. Sie haben erlebt, wie François Château den Saal zu beherrschen versteht. Aber in seinem Hotel, das kann ich Ihnen versichern, wirkt er überhaupt nicht so! Und Ihre Ordonnanz vorn an der Rezeption, ein, mit Verlaub gesagt, nicht sehr schöner Mann, wäre ein guter Marat.«

»Ich bezweifle, dass er einen Text deklamieren kann. Ich selbst wäre nicht dazu in der Lage.«

Adamsberg schwieg, während Estalère den Kaffee hereintrug.

»Aber François hat Ihnen sicher auch erklärt, dass unsere Versammlung die Zungen löst und das Verhalten lockert«, sagte der Stämmige.

»Bis hin zu dem Phänomen«, fügte der Dünne hinzu, »dass echte Leidenschaften entstehen, dass man sich glühend mit den Personen identifiziert, die man spielt.«

»Selbst dann, wenn ein Darsteller im wirklichen Leben nicht die geringste politische Affinität zu seiner Figur hat, ja mitunter sogar im Gegenteil. Wir erleben stockkonservative

Leute, die sich zu fanatischen Vertretern der extremen Linken wandeln. Das ist übrigens einer der Gegenstände unserer Studien: wie der Gruppeneffekt individuelle Überzeugungen hinwegfegt. Aber da wir alle vier Monate wechseln, suchen wir gegenwärtig einen Billaud-Varenne und einen Marat.«

»Und einen Tallien.«

»Aber keinen Robespierre«, sagte Adamsberg.

Der Dünne lächelte geschmeichelt.

»Haben Sie neulich Abend verstanden, warum?«

»Fast zu gut.«

»Er ist außergewöhnlich, unersetzlich.«

»Passiert es auch ihm, dass er Opfer einer ›glühenden Identifikation‹ wird?«

Der Bullige schien zweifellos irgendwo in der Psychiatrie tätig zu sein. Man konnte verstehen, dass er nicht wünschte, dass seine Patienten ihn in Jabot und Spitze sähen.

»In seinen Anfängen konnte das schon mal vorkommen«, sagte der Schmächtige nachdenklich. »Aber den Maximilien gibt er nun schon seit zwölf Jahren. Da hat sich Routine eingestellt, er macht das, wie ein anderer Dame spielt. Konzentriert und mit großer Intensität, aber mehr nicht.«

»Eine Sekunde«, unterbrach ihn Adamsberg. »Wer von Ihnen beiden ist der Schatzmeister, alias Leblond, und wer der Sekretär, alias Lebrun?«

»Leblond«, erklärte der Schmächtige mit dem hellen, seidigen Bart.

»Und Sie sind folglich Lebrun. Darf ich rauchen?«, fragte Adamsberg und kramte in seiner Tasche, denn er hatte sich am Morgen aus den Reserven von Zerk einen kleinen Vorrat eingesteckt.

»Sie sind hier zu Hause, Kommissar.«

»Vier Tote bereits, alle waren sie Mitglieder Ihrer Gesellschaft. Henri Masfauré, Ihr finanzieller Dreh- und Angelpunkt, Alice Gauthier, Jean Breuguel und Angelino Gonzalez. Kennen Sie ihre Gesichter?«

»Aber sicher«, sagte Lebrun mit dem dunklen Bart. »Gonzalez trat immer kostümiert auf, aber wir haben Ihre Zeichnung gesehen. Das ist er.«

»François Château hat mir dringend geraten, Sie zu konsultieren. Denn mehr noch als er, meint er, beobachteten Sie Ihre Mitglieder.«

»Schlimmer noch.« Leblond lächelte. »Wir spionieren sie aus.«

»Tatsächlich?«

»Sie sehen, wie offen wir Ihnen gegenüber sind. Die ›lebendige Geschichte‹ ist uns über den Kopf gewachsen und hat verblüffende psychologische Veränderungen ausgelöst. Das erleben wir vermutlich auch im Augenblick. Was uns beweist, wie gut wir daran taten, unsere Mitglieder genau zu überwachen.«

»Wie stellen Sie das an?«

»Die große Mehrheit der Anwesenden verhält sich in klassischer Weise«, fuhr Lebrun fort. »Sie geben sich ihrer Aufgabe hin, erarbeiten sich ihre Rolle, manchmal gehen sie auch darüber hinaus. Das umfasst eine breite Skala von Verhaltensweisen, angefangen bei den Leuten, die sich dabei amüsieren – wie so oft auch Gonzalez, was ihn nicht daran hinderte, einen unverschämt guten Hébert hinzulegen, stimmt's, Leblond?«

»Ja, er war einzigartig. Es tut mir im Herzen weh, Hébert jetzt einem anderen übertragen zu müssen, der zwar nicht schlecht ist, aber nicht an ihn heranreicht. Was aber nicht weiter schlimm ist, denn in der kommenden Sitzung ist er ohnehin seit einer Woche tot. Verzeihung«, sagte er und hob die Hände, »so reden wir halt unter uns.«

»Wie gesagt«, setzte Lebrun seinen Gedanken fort, »die Skala reicht von denen, die sich dabei amüsieren, bis zu denen, die ihr Spiel todernst nehmen. Es gibt die bloßen Teilnehmer, und es gibt andere, die sich in Feuer und Flamme reden.«

»Wobei wir das gesamte Spektrum der Verschiedenartigkeiten und graduellen Nuancen zwischen diesen beiden Polen durchlaufen.« *... Spektrum der Verschiedenartigkeiten und graduellen Nuancen ...*, dachte Adamsberg. Sollte Leblond Physiker sein?

»Aber all das bleibt doch in den Grenzen der ›Normalität‹, jener ›ungeheuren Normalität‹«, sagte Lebrun, »vor allem seit wir turnusmäßig die Rollen wechseln. Worauf mein Kollege und ich unser Augenmerk richten, sind vielmehr die anderen, etwa zwanzig Mitglieder, die ›Infras‹, wie wir sie unter uns nennen.«

»Stört es Sie, wenn ich ein bisschen herumlaufe?«, fragte Adamsberg und erhob sich schon.

»Sie sind hier zu Hause«, wiederholte Lebrun.

»Was verstehen Sie unter ›Infras‹?«

»Die Leute, die aus dem üblichen Spektrum herausfallen«, erläuterte Leblond. »So wie die Infrarotstrahlen, die unser Auge nicht wahrnimmt. Stellen Sie sich ein komisches Schauspiel vor, bei dem irgendeiner nicht lacht. Oder einen herzzerreißenden Film, bei dem ein Zuschauer kalt wie Marmor bleibt.«

»Während die, die zu unseren Sitzungen kommen, insgesamt ja doch ›aus sich herausgehen‹, um es einfach auszudrücken.«

»Und dabei sprechen wir nicht von einem ›Moment‹«, präzisierte Leblond, »sondern von einer Konstante. Einer unveränderlichen Größe.« *Unveränderliche Größe*. Auf jeden Fall ein Wissenschaftler.

»Die ›Infras‹«, übernahm nun Lebrun – Adamsberg stellte fest, wie harmonisch das nahezu austauschbare Duo argumentierte –, »bleiben erstaunlich neutral. Sie sind nicht traurig oder abwesend, nein, aber undurchschaubar. Sie sind ganz gewiss nicht gleichgültig – denn was wollten sie sonst bei uns? –, aber sie bleiben distanziert.«

»Ich höre Ihnen zu«, sagte Adamsberg im Weitergehen.

»In Wahrheit«, sagte Leblond, »sind sie anwesend, sie sind sehr aufmerksam, aber ihre Teilnahme ist von ganz anderer Art als üblich.«

»Um es genauer zu sagen, sie beobachten«, übernahm Lebrun. »Und wir, wir beobachten die, die uns beobachten. Sie gehören nicht zu uns. Was machen sie bei uns? Was suchen sie?«

»Ihre Antwort?«

»Schwierig«, fuhr Lebrun fort. »Mit der Zeit haben mein Kollege und ich zwei verschiedene Gruppen unter den ›Infras‹ ausgemacht. Die eine nennen wir die ›Eingeschleusten‹, die andere die ›Guillotinierten‹. Wenn wir uns nicht irren, waren es bei den Eingeschleusten kaum ein Dutzend Leute.«

»Henri Masfauré zählen wir nicht zu ihnen, obwohl auch er sie ausspioniert hat. Er sprach mal mit dem einen, mal mit dem anderen. Victor war dabei, und seine Ohren registrierten alles. Aber Alice Gauthier und Breuguel gehörten zu ihnen, sie wurden ermordet, und auch ein Mann, den wir seit Jahren nicht mehr hier gesehen haben. Sie sehen, bis auf Gonzalez hat der Mörder es darauf angelegt, diese Eingeschleusten, diese Späher, diese Schnüffler zu liquidieren. Was darauf hindeutet, dass sie nicht ungefährlich sind.«

»Und wie würden Sie die Übrigen beschreiben? Die, die noch am Leben sind?«

Adamsberg hielt vor seinem Tisch an und begann, immer noch stehend, sich Notizen zu machen.

»Bei vier von ihnen sind wir absolut sicher«, sagte Lebrun. »Einer Frau und drei Männern. Die Frau ist um die sechzig, glattes, halblanges Haar, blond gefärbt, ein ebenmäßiges Gesicht, strahlend blaue Augen, sie muss einmal sehr schön gewesen sein. Leblond hat einige Male mit ihr reden können, obwohl die Eingeschleusten sich ungern ansprechen lassen. Er vermutet, dass sie vielleicht Schauspielerin war. Den Ex-Radprofi, den kannst du beschreiben, du kennst ihn besser als ich.«

»Wir nennen ihn den Ex-Radprofi, weil er ein bisschen breitbeinig läuft. Als wenn ihm, verzeihen Sie, der Fahrradsattel immer noch wehtut. Daher sein Spitzname. Vierzig Jahre, würde ich sagen, kurz geschnittenes dunkelbraunes Haar, regelmäßige Gesichtszüge ohne jeden Ausdruck. Es sei denn, er guckt absichtlich so gleichgültig, um sich etwaige Gesprächspartner vom Leibe zu halten. Wie alle Eingeschleusten das auf ihre Weise tun.«

»Eine Schauspielerin, ein Radfahrer«, notierte Adamsberg. »Der Dritte?«

»Ich vermute, er ist Zahnarzt«, sagte Lebrun. »Er hat eine Art, Sie anzusehen, als taxiere er Ihr Gebiss. Seine Hände verströmen auch immer einen leichten Geruch nach Desinfektionsmitteln. Fünfundfünfzig vielleicht. Forschende braune, irgendwie traurige Augen, schmale Lippen, gepflegtes Gebiss. Er hat etwas Verbittertes. Und Schuppen.«

»Verbitterter Zahnarzt, forschender Blick, Schuppen«, fasste Adamsberg zusammen, während er schrieb. »Der Vierte?«

»Nichts Auffälliges«, sagte Lebrun und verzog bedauernd das Gesicht. »Nichtssagender Typ, ohne herausragendes Merkmal, ich durchschaue ihn nicht.«

»Treten sie zusammen auf?«

»Nein«, sagte Leblond. »Aber sie kennen sich ganz sicher.

Es ist ein merkwürdiges Ballett, das sie da aufführen. Sie begegnen sich, reden kurz miteinander, schwenken zu einem anderen ab und so weiter. Flüchtige Kontakte, wohl irgendwie notwendig, aber auch diskret, freiwillig, wie ich glaube. Sie gehen immer schon vor Ende des Abends. Sodass weder Lebrun noch ich ihnen jemals folgen konnten. Denn wir sind gehalten, dazubleiben und über die Sicherheit von François zu wachen.«

Adamsberg fügte zur Liste der »Eingeschleusten« die Namen der Toten hinzu: *Gauthier, Masfauré, Breuguel* und weiter unten, etwas separat, *Gonzalez*. Er zog eine Trennlinie und schrieb über eine zweite Säule: die »Guillotinierten«.

»Noch einen Kaffee?«, schlug er vor. »Oder einen Tee, eine heiße Schokolade? Ein Bier?«

Und da die beiden Herren plötzlich sehr interessiert schienen, legte er noch einen Zahn zu.

»Oder auch einen Weißwein, wenn Sie mögen. Wir haben hier einen ausgezeichneten Cru.«

»Bier«, entschieden beide Männer einstimmig.

»Dazu müssen wir in die obere Etage, kommen Sie. Aber passen Sie auf, da gibt es eine unregelmäßige Stufe, die uns schon eine Menge Ärger gemacht hat.«

Adamsberg war so sehr an die Einrichtung des kleinen Raums gewöhnt, in dem der Getränkeautomat stand, dass er ihn ohne Vorwarnung mit seinen Gästen betrat. Gerade war der Kater unter Aufsicht von Voisenet dabei, seine Schale Trockenfutter zu knabbern, aber vor allem lag dort Lieutenant Mercadet auf einer eigens für ihn installierten Reihe blauer Kissen und schlief selig.

»Wir haben einen Mitarbeiter, der an Hypersomnie leidet«, sagte Adamsberg zur Erklärung. »Er folgt einem Wach-Schlaf-Rhythmus von jeweils drei Stunden.«

Adamsberg nahm drei Flaschen Bier aus dem Kühlschrank – eine davon für sich selbst, er musste sich schon beteiligen, wenn er das gute Einvernehmen besiegeln wollte – und öffnete sie auf einer schmalen Bar, um die vier Stühle herumstanden.

»Wir haben nur Plastikbecher«, sagte er entschuldigend.

»Wir ahnen, dass Sie hier keine Luxusbar haben. Und dass dieses Bier verboten ist.«

»So ist es.« Adamsberg stützte sich mit einem Ellbogen auf den Tresen. »Das hier«, sagte er und legte die Zeichnung der Guillotine vor sie hin, »kennen Sie das? Haben Sie es schon mal gesehen?«

»Noch nie«, erwiderte Leblond, und auch Lebrun schüttelte den Kopf.

»Aber wie würden Sie es interpretieren? Wenn Sie wissen, dass es, gezeichnet oder eingeritzt, an allen vier Tatorten hinterlassen wurde?«

»Keine Ahnung«, sagte Lebrun.

»Ich meine, in Ihrem Kontext? Dem der Revolution?«, half Adamsberg ihnen auf die Sprünge.

»Einen Moment«, sagte Lebrun und griff nach dem Blatt. »Zwei Guillotinen? Die alte, englische und die neue, französische im selben Piktogramm miteinander verbunden? Eine Warnung?«

»Wovor?«

»Einer Exekution?«

»Aber für welches Vergehen?«

»Nun, in ›unserem Kontext‹«, sagte Leblond ein wenig traurig, »für Verrat.«

»Also hätte der Mörder die ›Eingeschleusten‹, die Spione ausfindig gemacht?«

»Zweifellos«, sagte Lebrun. »Wobei dieses Zeichen eher

ein Royalist verwenden würde. Es heißt ja, Ludwig XVI. persönlich hätte den alten Prototyp der Guillotine verändert, indem er einen Schrägstrich durch die gerundete Klinge zog. Trotzdem, beweisen tut es nichts.«

»Ein sehr guter Ingenieur, dieser König«, bemerkte Leblond lakonisch und trank einen Schluck Bier.

»Bleibt die zweite Gruppe«, sagte Adamsberg und schob die Zeichnung zur Seite, »die der ›Guillotinierten‹, wie Sie sie nennen.«

»Oder der ›Nachkommen‹.«

»Welcher Nachkommen?«

Voisenet begegnete Adamsbergs Blick, der ihm bedeutete, sich nicht einzumischen. Daraufhin nahm der Lieutenant den satten Kater hoch und verließ den kleinen Raum.

»Er trägt den Kater?«, fragte Lebrun.

»Das Tier mag Treppen nicht. Es frisst auch nicht, wenn nicht jemand neben ihm steht und wartet.«

»Und warum stellen Sie seinen Napf dann nicht unten hin?«, fragte der Logiker Leblond.

»Weil er nur hier fressen will. Aber unten schlafen.«

»Sehr speziell.«

»Ja.«

»Fürchten Sie nicht, dass wir Ihren Lieutenant wecken?«

»Keine Gefahr, das ist sogar das Problem. Dafür ist er doppelt so wach wie die anderen, wenn sein Zyklus wechselt.«

»Schwierig, die Leitung so eines Kommissariats«, bemerkte Lebrun.

»Manche Leute sind sogar der Meinung, dass hier ein gewisser Schlendrian herrscht«, sagte Adamsberg und nahm einen Schluck direkt aus der Flasche.

Er hatte nicht die geringste Lust auf dieses Bier.

»Und, haben Sie Erfolg?«

»Keinen schlechten. Dank diesem Schlendrian, nehme ich an.«

»Interessant«, sagte Lebrun wie zu sich selbst. Lebrun, Sekretär der Gesellschaft und Psychiater.

Die drei Männer gingen mit ihren Flaschen in der Hand wieder nach unten, wobei Leblond trotz Adamsbergs Hinweis auf der unregelmäßigen Treppenstufe beinahe das Gleichgewicht verlor. Wieder im Büro des Kommissars, hatte sich die Atmosphäre, die bis dahin nur höflich gewesen war, sichtlich entspannt. Leblond gab von sich aus das Stichwort zur Fortführung ihrer Arbeitssitzung.

»Also die ›Guillotinierten‹«, sagte er. »Das sind Einzelgänger, sie kennen sich untereinander nicht, sie sprechen nicht miteinander. Es sind feste Mitglieder, sie kommen sogar sehr regelmäßig, doch keiner von ihnen spielt jemals eine Deputiertenrolle. Sie setzen sich ins Dunkel der oberen Ränge, gehen in der Menge unter. Stumm, aufmerksam, ernst, ohne erkennbare Gefühlsregung. Und genau an diesem ungewöhnlichen Ausdruck haben wir sie einen nach dem anderen erkannt. Drei von ihnen bleiben immer bis zum Schluss und trinken nach dem Ende der Sitzung noch schweigend ein Glas am Büfett.«

»Sie sind Nachkommen von wem?«

»Von Enthaupteten.«

»Wie haben Sie das herausgefunden?«

»Diesen drei«, übernahm Lebrun, »konnten wir in der Tat hinterhergehen. Wenn François erst einmal zu Hause in Sicherheit ist, kehren wir in den Salon zurück und bleiben, bis das Büfett schließt. Und dann verfolgen wir sie.«

»Wollen Sie damit sagen, dass Sie ihre Namen kennen?«

»Mehr noch. Ihre Namen, ihre Adressen und Berufe.«

»Und folglich kennen Sie auch ihre Vorfahren?«

»Genau«, sagte Lebrun mit einem breiten, herzlichen Lächeln.

»Diese Namen können Sie mir aber nicht verraten?«

»Wir müssen uns strikt an die Regel halten: Die Identität unserer Mitglieder wird nicht enthüllt. Weder ihre noch die von anderen. Aber es ist nicht verboten, dass ich sie Ihnen während einer Sitzung zeige. Dann steht es Ihnen frei, ihnen hinterherzugehen, wenn die Spur Ihnen vielversprechend erscheint.«

»Wohlgemerkt«, sagte Leblond, »wir beschuldigen diese Personen in keiner Weise, weder die ›Eingeschleusten‹ noch die ›Guillotinierten‹. Denn die Gründe, aus denen die Eingeschleusten zu unseren Sitzungen kommen, sind uns nicht klar, das sagten wir schon.«

»Aus welchen Gründen die ›Nachkommen von Guillotinierten‹ zu uns kommen, leuchtet uns schon eher ein«, meinte Lebrun, »sie hegen einen hartnäckigen, unerschütterlichen Hass, der über Generationen weitergegeben wurde und damit durchaus etwas Morbides hat. Ein Gefühl erlittener grausamer Ungerechtigkeit. Robespierre live zu erleben und ihn zu hassen, das erleichtert sie vermutlich. Es sei denn, sie lieben es, den unaufhaltsamen Verlauf der Geschichte mitzuverfolgen, der den ›Unbestechlichen‹ schließlich zu Fall bringt. Bis hin zu jenen starken Szenen, mit denen unser Konvent-Zyklus schließt und in denen Robespierres grauenhaftes Sterben geschildert wird. Das löst Gejohle und Beifall aus, eine Art Katharsis in Texten und Zeugenaussagen, denn die eigentliche Hinrichtung würden wir nie und nimmer spielen. Wir sind schließlich weder pervers, noch sind wir Sadisten. Warum erzähle ich Ihnen das alles? Weil ich sagen will, dass wir uns vielleicht ungewollt auf falsche Fährten begeben. Diese ›Nachkommen‹ und diese ›Eingeschleusten‹ haben vielleicht nicht die geringste Mordabsicht. Und warum sollten sie auch simple Mitglieder töten und nicht Robespierre selbst?«

»Das ist der Kern der Frage, der Kern des Knäuels«, murmelte Adamsberg. »Aber die Namen ihrer Vorfahren, die können Sie mir doch wohl geben?«

»Ja, sofern sie sich von den Namen der Nachkommen unterscheiden.«

»Ich höre.«

»Wir würden sie lieber in Ihr Notizheft schreiben«, sagte Leblond lächelnd. »So kann es niemals heißen, dass wir einen Namen, der irgendwie mit unserer Gesellschaft verbunden ist, ausgesprochen hätten.«

»Heuchelei«, sagte Adamsberg und lächelte zurück.

»Sogar ›infame Heuchelei‹«, meinte Lebrun und kritzelte rasch drei Namen auf die Seite, die der Kommissar ihm hinhielt.

Er hatte zweieinhalb Stunden mit ihnen zusammengesessen, und nachdem sie gegangen waren, zog sich Adamsberg, ein wenig steif geworden, seine Jacke über. Er schlug sein Heft auf und las noch einmal die drei Namen: *Sanson, Danton, Desmoulins.* Er kannte nur einen von den dreien, Danton. Und auch nur, weil auf dem Carrefour de l'Odéon ein Denkmal stand, auf dessen Sockel der Satz eingraviert war: »Wir brauchen Kühnheit, Kühnheit und nochmals Kühnheit.« Wer Danton gewesen war, was er getan haben mochte und warum er unter dem Fallbeil endete, wusste er nicht.

Die zahlreichen Fährten, die ihm das Duo Lebrun-Leblond eröffnet hatte, der Psychiater und der Logiker in vollkommener Übereinstimmung, ohne dass je einer den andern ausgestochen hätte, brachten in das Chaos des Algenknäuels so etwas wie eine harmonische Note. Dennoch verfolgte ihn das größer gewordene Knäuel hartnäckig noch bis hinunter an die Seine. Er lief an den Auslagen der Bouquinisten vorbei und bemerkte erstaunt, dass alte Bücher ihn auf einmal mehr interessierten. Er lebte seit zwei Tagen im 18. Jahrhundert und fand allmählich Geschmack daran. Nein, nicht Geschmack, er gewöhnte sich einfach daran. Er konnte sich diesen François Didier Château sehr gut vorstellen, diesen unscheinbaren kleinen Mann und mutmaßlichen Sohn, den so seltsam Privilegierten, wie er das Netz des öffentlichen Postkutschverkehrs im Departement Loiret managte. Mit seinen Pferderelaisstationen, seinen Haltepunkten, seinen Gasthöfen. Er stieg die Treppen zum Wasser hinab, fand eine abgewetzte steinerne Bank und schlief darauf ein, wie es irgendwer hier vor über zwei Jahrhunderten auch schon getan haben mochte. Und das erschien ihm angemessen und komfortabel.

24

Adamsberg erwachte bei Sonnenuntergang, die Sonne vergoldete Notre-Dame und das schmutzige Wasser.

»Danglard, wo essen Sie?«, fragte er an.

»Im Moment esse ich nicht, ich trinke.«

»Ja gut, aber wo gehen Sie essen? Vielleicht in der Brasserie Meyer? Zwischen Ihrer Wohnung und der Seine? Ich habe hier drei Namen, von denen mir zwei überhaupt nichts sagen.«

»Namen von wem?«

»Von Guillotinierten. Deren Nachfahren schweigend und mit finsteren Gesichtern an den Sitzungen der Gesellschaft teilnehmen, wo sie im Dunkel der oberen Ränge sitzen.«

»Bin in zwanzig Minuten da«, sagte Danglard. »Wo waren Sie? Wir haben Sie gesucht.«

»Ich war im Außendienst.«

»Wir haben mehrfach versucht, Sie zu erreichen.«

»Ich habe geschlafen, Danglard. Auf einer steinernen Bank aus dem 18. Jahrhundert. Sie sehen, ich bleibe immer am Thema dran.«

Die Brasserie Meyer hatte an ihrer Ausstattung seit sechzig Jahren nichts verändert. Ein aufdringlicher Sauerkrautgeruch stand im Raum und verhieß Danglard einen erstklassigen Weißwein. Adamsberg wartete, bis sein Stellvertreter ein Würstchen verschlungen und zwei Gläser getrunken hatte, bevor er ihm die Ausführungen von Lebrun und Leblond referierte, ihm die Sache mit den »Eingeschleusten« und den »Guillotinierten« erklärte und sein Notizbuch mit den Namen der drei »Nachfahren« vor ihn hinlegte.

»Sie kennen nur einen davon?«, fragte Danglard.

»Ich habe eine Vorstellung von Danton. Sein Name, sein Denkmal, sein berühmter Satz, mehr nicht. Die beiden anderen sind mir komplett unbekannt.«

»Ich mag diese naive Aufrichtigkeit.«

»Nun schießen Sie schon los, Danglard«, befahl Adamsberg, während er zögernd vor seinem Teller saß. Er brauchte nur noch zuzuhören – und eventuell zu versuchen, die Sache abzukürzen, worauf er sich einstellte.

»Danton war von Anfang an mit Robespierre befreundet, ein wahrer Patriot mit einer gewaltigen Stimme, der die Welt und das Leben verschlang, ein Mann mit Herz und ein gläubiger Mensch, aber zugleich ein blutvoller Kerl, der die Frauen liebte, ein Mann der Begierden und der Vergnügungen, für die er sehr wohl zahlen musste – wobei er sein Geld und das des Staats gern miteinander verwechselte und gelegentlich auch mit dem Hof mauschelte. Wenn man schon profitieren kann, dann profitieren wir doch! Loyal und korrupt. Er hat Robespierre erstaunliche Liebesbriefe geschrieben. Und im April 1794 hat der Unbestechliche ihn aufs Schafott geschickt. Robespierre hatte überhaupt kein Gespür für Freundschaft, weder für ihre Wohltaten noch für ihre Kehrseiten. Zum Schluss ertrug er nur noch die Anbetung, die sein Bruder oder der junge Saint-Just ihm entgegenbrachten. Der ausschweifende Lebensstil des großen Danton muss ihn am Ende unsagbar angewidert haben. Der mächtige Mann beherrschte den Konvent, ohne sich stimmlich zu verausgaben, während der schmächtige Robespierre sich die Lunge aus dem Hals schreien musste. In vier Jahren hatte sich die anfängliche Nachsichtigkeit Robespierres sehr verändert. Die Hinrichtung des Patrioten Danton und seiner Freunde nach einer wahren Farce von Prozess war der erste traumatische Schock für das Volk und einen großen Teil der Nationalversammlung. Der Karren, auf dem Danton zur Guillotine gefahren wurde, nahm den Weg durch die Rue Saint-Honoré, in der Robespierre wohnte. Als er an dessen Haus vorbeikam, schrie Danton: ›Du folgst mir, Robespierre!‹ Und man kennt ja den Satz, den er zum Henker sprach, bevor er sich auf das Brett legte.«

»Nein«, sagte Adamsberg nachsichtig, »den kennt man nicht.«

»›Zeig dem Volk meinen Kopf! Er ist es wert!‹«

Adamsberg, der zwar nicht sehr sensibel war, die gefährlichen Klippen der Sensibilität aber mied wie ein vorsichtiger Vogel, der sich im Flug dicht an Mauern hält, entschied sich, die Elsässer Wurst auf seinem Teller lieber mit den Fingern zu essen, statt sie Stück für Stück – Kopf für Kopf – mit seinem scharfen Messer zu zerschneiden. So schmeckte sie übrigens sehr viel besser. Danglard sah ihn missbilligend an.

»Essen Sie jetzt schon mit den Fingern? Ich meine: hier in der Brasserie Meyer?«

»Gewiss«, sagte Adamsberg. »Wir brauchen Kühnheit, Kühnheit und nochmals Kühnheit.«

»So viel also zu Danton. Es war eine schreckliche Hinrichtung. Selbst wenn Danton alles andere als ein tugendhafter Mensch war.«

»Und Dumoulins?«

»Desmoulins. Noch schlimmer, falls sich all das überhaupt noch steigern lässt. Er war der Schulkamerad von Robespierre. Als glühender Republikaner verehrte er ihn geradezu. Er lud ihn zu sich ein, er betrachtete ihn als seinen Freund und den seiner jungen, hübschen Frau. Robespierre spielte mit dem Baby, zumindest hielt er es auf dem Schoß. Aber Freund Desmoulins ließ irgendwann erkennen, dass er den Terror satthatte und seine Rückwirkungen fürchtete. Er wurde am selben 5. April, gleichzeitig mit Danton, guillotiniert. Und schon am nächsten Tag beschloss Robespierre auch den Tod seiner jungen Frau. Der kleine Junge, den er auf dem Arm gehalten hatte, war nun Waise. An dem Tag begriff jeder, dass, wie lang und eng jemand auch mit Robespierre verbunden gewesen sein mochte, es Mitleid für ihn nicht gab. Robespierre kannte keine Bindung, und schon gar keine enge. Desmoulins' Hinrichtung war einfach entsetzlich, und sie war zugleich eine Offenbarung.«

Adamsberg war mit seinen elsässischen Würsten fertig. Es blieb ihm noch das Sauerkraut, das ihn nun wieder, wenn auch in weniger tragischer, irgendwie gelösterer Form, an sein riesiges Algenknäuel erinnerte. Letztlich ein sehr spezielles Abendessen.

»Und der Dritte?«, fragte er. »Dieser Sanson? Wurde er auch an diesem Tag enthauptet? Mit Dantons Freunden?«

Danglard lächelte und wischte sich gemächlich die Lippen ab, den kleinen Überraschungseffekt im Voraus genießend.

»Dieser Sanson war es, der sie an dem Tag guillotinierte.«

»Wie bitte?«

»Wie er auch Ludwig XVI., Marie-Antoinette und später dann, unter der Schreckensherrschaft, alle anderen guillotinierte. Sanson und sein Sohn ließen, ohne schwach zu werden, Tausende Male in drei Jahren das Fallbeil der schrecklichen Maschine herabsausen.«

»Wer war das, Danglard?«

»Nun, der berühmte Henker von Paris, Kommissar. Der

›Vollstrecker der hohen Werke‹, wie sein offizieller Titel lautete. Charles-Henri Sanson hat ein furchtbares Leben gehabt, das kann man sagen. Und ich sage bewusst ›Charles-Henri‹, damit man ihn nicht mit den anderen Sansons verwechselt.«

»Das kann mir nicht passieren, Danglard.«

»Denn die Sansons«, redete Danglard weiter und überging den Einwurf, »waren seit Ewigkeiten Henker gewesen, von Ludwig XIV. bis ins 19. Jahrhundert hinein, als schließlich ein Sanson, der ein Spieler war, hoch verschuldet und zudem homosexuell, die Ahnenreihe abbrach. Sechs Generationen von Henkern. Aber Charles-Henri hatte deshalb ein so furchtbares Leben, weil er sein Amt unter der Schreckensherrschaft ausüben musste. Über zweitausendneunhundert Köpfe musste er abschlagen. Alle Henker damals beschwerten sich über das unerträgliche Maß an ›Arbeit‹, wenn auch nicht aus moralischen Gründen, sondern weil sie Eigentümer ihrer Maschine waren und für alles selber zu sorgen hatten: Sie mussten die Klinge reinigen und schleifen, die Körper und die Köpfe entsorgen, das Schafott abwaschen, die Pferde halten und die Karren warten, das Stroh auswechseln, mit dem das Blut aufgefangen wurde, und so weiter. 1793, Charles-Henri Sanson ist offensichtlich am Ende seiner Kraft, übergibt er an seinen Sohn Henri. Kollateralschaden des Massensterbens: Sein anderer Sohn kam ums Leben, als er von dem Blutgerüst stürzte, während er dem Volk gerade einen Kopf zeigen wollte.«

»Und warum sollte ein Nachfahre dieses Sanson der Robespierre-Gesellschaft übelwollen?«

»Die Henker, das können Sie sich vermutlich vorstellen, hatten nie eine gute Presse, auch in den Zeiten vor der Schreckensherrschaft nicht. Man gab ihnen nicht die Hand, man berührte sie nicht, man bezahlte sie, indem man das Geld auf den Boden legte, ohne ihre Hände zu streifen. Sie konnten sich nur mit Kindern aus anderen Henkersfamilien verheiraten. Niemand wollte sie haben. Aber von allen diesen Familien von Ausgestoßenen aus sämtlichen Provinzen Frankreichs ist nur ein einziger Name im kollektiven Gedächtnis geblieben: Sanson. Weil er den König enthauptete. Und die Königin. Und alle, die die Schreckensherrschaft ihm lieferte. Robespierre hat seinen Namen zu schauriger Berühmtheit gebracht, er hat ihn zu einem Symbol abstoßender Grausamkeit gemacht.«

»Und das könnte einer seiner Nachfahren nicht mehr ertragen?«

»Mit so einer Last zu leben ist nicht leicht.«

Danglard ließ schweigend einen Moment verstreichen, während Adamsberg sich ohne großen Appetit über sein Sauerkraut-Knäuel hermachte.

»Was aber nichts mit Danton und Desmoulins zu tun hat«, sagte er.

Und Adamsberg spürte, wie das Knäuel auf ihn zukam, sich mit allen seinen trockenen Stacheln an ihn hängte, wie es ihn anbleckte aus seinen vielen Fallen, Tunneln, Sackgassen, so wie er es noch nie zuvor erlebt hatte. Resigniert ließ er die Gabel sinken.

»Lassen Sie uns umkehren«, sagte er. »Seit Le Creux haben wir schon vierzehn Verdächtige ins Auge gefasst. Vierzehn! In neun Tagen. Das ist zu viel, Danglard. Wir laufen in alle Richtungen, wir rennen wie Murmeln über Glatteis. Wir haben den Weg verloren. Vielmehr, wir haben ihn nie gefunden.«

»Vergessen Sie nicht, dass wir zunächst mal auf dem isländischen Eis ins Schlittern gekommen sind. Das hat uns viel Zeit gekostet. Und nach alldem sehen wir uns plötzlich brutal in die Revolution versetzt, vor uns ein unwahrscheinlicher Robespierre-Nachkomme und seine Rächer. Da kann man sich schon verunsichert fühlen.«

Es war etwas ganz Seltenes, dass der Pessimist Danglard den Kommissar ermutigte, der doch für gewöhnlich eine so abgehobene Ruhe besaß, dass sie an Gleichgültigkeit grenzen mochte – einer der Hauptvorwürfe von Lieutenant Retancourt, die dieses träumerische Phlegma beinahe zur Verzweiflung brachte. Aber heute Abend bemerkte der Commandant wenn nicht gerade Angst, so doch eine ungewöhnliche Art von Ratlosigkeit beim Kommissar. Das beunruhigte ihn, wenn auch in erster Linie aus eigenem Interesse. Denn für Danglard, der ständig von Ängsten und selbstquälerischen Attacken heimgesucht wurde, die die bedrohlichsten und vielfältigsten Formen annehmen konnten, stellte Adamsberg einen sicheren Kompass mit beruhigenden und klinisch wohltuenden Kräften dar, den er nie aus den Augen verlor. Aber der Kommissar hatte recht. Seit Beginn der Ermittlung war ihnen, als hätten sie sich in einem dunklen Wald verlaufen, sie erforschten Wege ohne Ausgang, organisierten sinnlose Treibjagden, befragten Leute ohne Unterlass und ohne irgendeinen Nutzen.

»Nein«, sagte Adamsberg, »nicht die Tatsachen sind schuld. Wir sind es. Wir haben irgendetwas übersehen. Übrigens juckt es mich geradezu schmerzhaft.«

»Es juckt? In der lucianischen Bedeutung des Wortes?«

»Was heißt ›lucianischen‹?«

»Im Sinne der Theorie des alten Lucio?«

»Genau, Danglard. Irgendwas stimmt nicht bei dem Duo Schatzmeister-Sekretär, bei Leblond-Lebrun.«

»Ich dachte, das Gespräch sei ganz gut gelaufen.«

»Ja, sehr gut. Perfekt.«

»Und das ist ärgerlich?«

»Ja. Es verlief zu glatt, zu einvernehmlich.«

»Abgesprochen, meinen Sie? Es wäre normal, dass sie sich abgesprochen hätten.«

Adamsberg zögerte.

»Vielleicht. Und in dieser Einmütigkeit, bei der sie sich gegenseitig die Bälle zuwerfen, liefern sie uns sieben Verdächtige. Vier ›Eingeschleuste‹ und drei Nachkommen.«

»Glauben Sie nicht daran?«

»Doch. Es sind ernst zu nehmende Fährten, und gerade die ›Guillotinierten‹ sollten wir befragen. Vor allem Sie, Danglard. Ich selbst sehe mich kaum in der Lage, mich mit dem Nachfahren eines Danton, des Henkers oder eines Dumoulins zu unterhalten.«

»Desmoulins.«

»Warum, Danglard, stapeln Sie eigentlich diese Milliarden Dinge in Ihrem Kopf?«

»Um ihn zuzustopfen, Kommissar.«

»Ach, richtig.«

Ihn zuzustopfen, damit kaum noch Platz blieb, um über sich selber nachzudenken. Die Taktik war gut, aber ihre Ergebnisse recht unvollkommen.

»Stören diese sieben neuen Verdächtigen Sie?«, fragte der Commandant. »Denken Sie, dass Leblond-Lebrun sie uns nur vor die Füße werfen?«

»Warum nicht?«

»Um jemand anderen unbedingt zu schützen? Ihren Freund François Château, zum Beispiel?«

»Erscheint Ihnen das abwegig?«

»Durchaus nicht. Und dennoch macht der Nachfahre von Sanson mich stutzig. Dass die Nachkommen von Danton und Desmoulins in der Versammlung sitzen, kann man ja noch verstehen. Selbst wenn sie keinerlei Mordgedanken hegen, könnten sie immerhin ein Interesse daran haben, die Epoche kennenzulernen, in der ihr Vorfahr so dramatisch in die Geschichte einging. Doch der Nachfahre des Henkers, was tut der dort? Sanson hat nie auf der politischen Bühne agiert. Er exekutierte, und das war's. Aber könnten, Ihrer Meinung nach, Leblond und Lebrun davon wissen, wenn François Château töten würde?«

»Sie hätten entweder Zweifel oder Befürchtungen. Sie könnten Angst vor ihm haben und ihn lieber schützen wollen, als selbst seine Opfer zu werden.«

»Und wie weit ist Froissy mit ihren Recherchen über unseren Gastwirt François Didier?«

»Sie ist bis in seine Zeit zurückgegangen. Beim Jahr 1848 gab es ein leichtes Fragezeichen. Wegen der Revolution, die ganz schön reingehauen hat in das Archiv. Derzeit nähert sie sich dem Jahr 1912, bald ist sie beim Ersten Weltkrieg angekommen. Zu dem Zeitpunkt ist die Familie Château noch immer in derselben Gegend ansässig. Aber das Rathaus schließt um 18 Uhr seine Tore, Froissy macht morgen weiter.«

»Sie wird es schon schaffen.«

»Sicher.«

»Nach dem Krieg wird es die Familie möglicherweise zerstreut haben. Sollte die Linie in Château-Renard dann nicht mehr nachweisbar sein, kann Froissy in den größeren Städten der näheren Umgebung, die sich damals zu industrialisieren beginnen, weitersuchen, in Orléans, Montargis, Gien, Pithiviers oder, etwas bescheidener, in Courtenay, Châlette-sur-Loing, Amilly.«

»Die Geografie stopft den Kopf auch ganz schön zu«, meinte Adamsberg.

»Wie Zement«, sagte Danglard lächelnd.

»Allerdings mit Rissen.«

»Selbstverständlich.«

»Die man mit Holzkitt nicht zukriegt.«

»Und auch mit dem Kot von Nebelkrähen nicht schützen kann.«

»Obwohl – Sie könnten ja Kot vor Ihrer Tür und um Ihr Bett herum verteilen.«

»Das käme auf einen Versuch an.«

25

Adamsberg ging nicht mal zu Hause vorbei, sondern setzte sich gleich auf die Holzkiste unter der Buche. Drei Minuten später erschien Lucio mit drei Flaschen Bier, die er sich zwischen die Finger seiner einzigen Hand geklemmt hatte.

»Es juckt mich, Lucio«, sagte Adamsberg und nahm das angebotene Bier an.

Er stand auf, um es an der Rinde des Baums zu öffnen.

»Bleib stehen«, sagte Lucio, »damit ich dein Gesicht unter der Straßenbeleuchtung sehen kann. Stimmt«, sagte er und kehrte zu seiner eigenen Flasche zurück. »Diesmal, *hombre,* juckt es dich wirklich. Da besteht kein Zweifel. Das war nicht zwangsläufig eine Spinne. Das kann was Schlimmeres gewesen sein. Eine Wespe, vielleicht sogar eine Hornisse. Du musst herausfinden, was dich gestochen hat.«

»Das kann ich nicht, Lucio, ich lauf ins Leere. Vierzehn Verdächtige. Minus vier, die wir schon rausgenommen haben. Bleiben noch zehn, abgesehen von etwa siebenhundert anderen. Alle ziemlich spektakulär, aus einem früheren Jahrhundert stammend, aber nicht einer unter ihnen bietet mir den geringsten Ansatzpunkt. Und selbst wenn ich dahinterkomme, was mich juckt, verliere ich Zeit.«

»Niemals.«

Adamsberg lehnte sich an die Buche.

»Doch. Denn was mich da juckt, hat mit dem Fall nichts zu tun.«

»Und?«

»Ich kann es mir nicht leisten, irgendwo nach meiner Hornisse zu suchen, während da einer am laufenden Band mordet.«

»Du kannst es dir vielleicht nicht leisten, aber du hast gar keine Wahl. Du findest deinen Kerl sowieso nicht, aber kannst an nichts anderes mehr denken. Also, wo ist da der Unterschied? Fällt dir ein, wann es angefangen hat, dich zu jucken?«

Adamsberg trank einen Schluck und schwieg eine ganze Weile.

»Ich glaube, es war am Montag, aber ich bin mir nicht sicher. Vielleicht mache ich mir nur so meine Gedanken.«

»Was willst du dir denn sonst machen?«

»Nein, ich glaube, es ist doch schon früher passiert. Ich muss schon in der Kuhle gestochen worden sein.«

»In welcher Kuhle? Ist doch scheißegal, ob du am Ellbogen oder am Schenkel gestochen worden bist.«

»Nein, Lucio, in Le Creux, das ist der Name eines winzigen Landstrichs im Departement Yvelines.«

»Ach, in *der* Kuhle.«

»Kennst du sie?«

»Ich hab mal vier Jahre lang in der Gegend gearbeitet.«

»Und weißt du, warum dieses kleine Stückchen Land so heißt?«

»Wenn ich mich recht erinnere, ist das in den Wirren des Zweiten Weltkriegs passiert. Die Gegend hat ganz schön was abgekriegt, dabei sind auch die Flurbücher verlorengegangen, verstehst du? Da haben die Jungs neue Ortsschilder, ziemlich über den Daumen gepeilt, eingesetzt. Na ja, und sie haben sich dabei so dämlich angestellt, dass sie am Ende bemerkten, dass zwischen einem Dorf und dem nächsten eine Lücke von ungefähr einem Kilometer geblieben war. Und man wusste nicht mehr, zu welchem von den beiden Dörfern dieses Stück gehörte.«

»Da brauchten sie die Flurkarten doch nur neu zu zeichnen.«

»Nicht so einfach, *hombre.* Denn in dieser Senke zwischen den beiden Dörfern gab es eine Art Spukschloss, und das wollte keiner. Jedes Dorf wollte lieber ein bisschen Boden verlieren, als die Gespenster bei sich zu haben. Kannst du dir so was vorstellen? Mitten im Krieg? Als hätte es nichts Wichtigeres gegeben, als sich mit solchem Scheiß herumzuschlagen.«

»Kein Schloss, es ist ein Turm, in dem es da spukt. Er diente ursprünglich als Verlies für zum Tode Verurteilte.«

»Also, dann sind die das, die man nachts schreien hört. Kann man allerdings verstehen.«

»Nein, das sind Nebelkrähen.«

»Meinst du? Denn ich bin in einer Nacht mal mit dem Fahrrad da vorbeigekommen, und ich kann dir sagen, die Schreie klangen wirklich nicht angenehm.«

»Das Quarren der Krähe ist auch nicht angenehm. Es ist kein Gesang. Du kennst die Gegend aber ziemlich gut, Lucio.«

»Ja. Du solltest mich zu deinen Verdächtigen hinzufügen, dann kämst du auf fünfzehn. Halt, jetzt erinnere ich mich an den Namen des einen Kaffs. Sombrevert. Kein guter Name.«

»Das andere heißt Malvoisine. Kanntest du die Leute, die da wohnten?«

»Nein, ich bin immer nur durchgefahren. Und ich werde dir auch sagen, warum. Es gab ein Gasthaus in der Kuhle. Manchmal bin ich dort eingekehrt. Da war ein junges Mädchen, Mélanie, eine richtige Schönheit. Zu groß, zu mager, aber ich war verrückt nach ihr. Gott bewahre, wenn meine Frau das wüsste.«

»Entschuldige, Lucio, aber deine Frau ist doch vor achtzehn Jahren gestorben?«, wandte Adamsberg sanft ein.

»Nun ja.«

»Wie soll sie es also wissen?«

»Sagen wir, mir ist es lieber, sie weiß es nicht, und basta«, erwiderte Lucio und kratzte sich seine stählernen Bartstoppeln. »Jedenfalls hat sich diese Geschichte mit der ›Kuhle‹ zwischen den beiden Dörfern bis heute erhalten. Mal kümmert sich Sombrevert darum, dass die Bäume beschnitten werden und die Straße instand gesetzt wird, mal ist es Malvoisine. Und du glaubst, dort in Le Creux bist du gestochen worden?«

»Erinnerst du dich an die große Versammlung in historischen Kostümen, von der ich dir erzählte? Wo ich einen Rock trug wie vor zweihundert Jahren? Hier, sieh dir mal das Foto an«, und Adamsberg schaltete sein Telefon ein.

»Du siehst ja richtig gut aus darin«, sagte Lucio. »Womöglich bist du ein schöner Mann, und keiner weiß es.«

»Nun, ich habe mich ein bisschen amüsiert mit diesem Kostüm. Ich habe mich im Spiegel betrachtet. Und genau in dem Augenblick wurde mir irgendwie komisch. Also musste es vorher passiert sein, in der Kuhle. Nicht, als ich in die Kletten gelaufen bin. Nein, später. Céleste in ihrer alten Hütte, mit ihrem Wildschwein? Pelletier, der so nach Pferd roch? Ich weiß es nicht. Oder als ich auf die Windschutzscheibe gezeichnet habe?«

Was er da gezeichnet hatte, interessierte Lucio offenbar nicht.

»Wie viele Stunden lagen zwischen den Kletten und der Windschutzscheibe?«

»Ungefähr acht Stunden.«

»Das ist nicht zu lange, da müsstest du dich erinnern können. Grab nach. Es ist ein Gedanke, den du gedacht, aber nicht zu Ende gedacht hast. Man darf seine Gedanken nicht einfach so fallenlassen, *hombre.* Man muss darauf achten, wo man die Sachen hinräumt. Deinen Stellvertreter, den Commandant, juckt's den auch? Und den anderen, den mit den roten Haaren?«

»Nein. Weder den einen noch den anderen.«

»Was beweist, dass es wirklich dein Gedanke war. Wenn man so drüber nachdenkt, ist es eigentlich schade, dass die Gedanken keine Namen haben. Dann könnte man sie rufen, und sie würden kommen und sich einem bäuchlings zu Füßen legen.«

»Ich glaube, wir haben so an die zehntausend Gedanken pro Tag. Vielleicht auch Milliarden, ohne dass wir uns dessen bewusst sind.«

»Ja«, sagte Lucio und machte sein zweites Bier auf, »das wäre das blanke Chaos.«

Adamsberg ging durch die Küche, wo er seinen Sohn traf, der an Dingen arbeitete, die einmal zu Schmuck werden sollten, neben sich Brot und Käse.

»Du gehst schon nach oben?«

»Ich muss noch Gedanken suchen, die ich gedacht, aber dann weiterzudenken vergessen habe.«

»Ich verstehe«, sagte Zerk aufrichtig.

Adamsberg legte sich aufs Bett, aber behielt die Augen offen in der Dunkelheit. Lucios Bier saß ihm ein bisschen im Nacken. »Grab nach«, hatte Lucio gesagt. Such. Denk nach. Find es heraus.

Ohne nachgedacht zu haben, schlief er ein.

Die knarrenden Stufen, als Zerk heraufkam, um sich schlafen zu legen, weckten ihn zwei Stunden später. Du hast nicht gegraben. Adamsberg setzte sich aufrecht hin. Die perfekte Harmonie des Duos Leblond-Lebrun ging ihm als unangenehme Erinnerung noch immer im Kopf herum, und er war sicher, dass sie ihn ärgerte, aber sie juckte ihn nicht. In seiner Verdrossenheit ging er in die Küche hinunter und machte sich ein Fertiggericht heiß. Nudeln mit Thunfisch, was Zerk in seiner ersten Zeit ständig auf den Tisch gebracht hatte, als er noch nichts anderes zuzubereiten wusste.

Er fügte noch kalte Tomatensoße hinzu, es war schon nach zwei Uhr morgens. Das Duo Leblond-Lebrun. Wie hatte er es noch genannt? Das Zwiegespann. Ihre makellosen Aussagen, ihre sich überlagernden Aussagen. Nein. Nicht überlagernd, sich verschränkend. Überlagernd, das galt für Amédée und Victor. Die beiden hatten getrennt voneinander über Island berichtet, jeder mit seinen eigenen Reaktionen und Empfindungen, aber ihre Aussagen waren dennoch nahezu identisch gewesen. Von der Geschichte mit dem Mörder, der sich den Hintern am Feuer versengt hatte und sich auf den Hosenboden schlug, um die Flämmchen zu löschen, über Adélaïde Masfaurés Schimpfwörter bis zu den Steinen, die der Typ ins Feuer zu werfen befahl. Ja, bis zu der Bezeichnung ›widerlich‹. Sollte das heißen, dass Alice Gauthier Amédée die Dinge genauso erzählt hatte wie Victor? Mit ähnlichen Worten? Nehmen Sie zehn Augenzeugen ein und derselben Szene, und keiner von ihnen wird sie aus demselben Blickwinkel schildern, keiner wird dieselben Einzelheiten erwähnen oder dieselben Worte benutzen. Aber die beiden schon.

Adamsberg legte vorsichtig seine Gabel hin wie immer, wenn eine Idee, die noch keine war, der Embryo einer Idee, eine Kaulquappe, träge an die Oberfläche seines Bewusstseins stieg. In solchen Augenblicken, das wusste er, durfte er keinerlei Geräusch machen, sonst würde die Kaulquappe sofort wieder abtauchen und für immer verschwinden. Aber eine Kaulquappe steckte nicht zufällig ihren unförmigen Kopf aus dem Wasser. Und wenn sie es nur aus Jux tat, nun, dann würde er sie wieder ins Wasser setzen. Ohne eine Bewegung wartete Adamsberg darauf, dass die Kaulquappe ein bisschen näher käme und anfinge, sich in einen Frosch zu verwandeln. Amédée-Victor, eine ebenso übereinstimmende Erzählung wie der nahtlose Bericht von Leblond-Lebrun. So als hätten die beiden sich genau wie der Schatzmeister und der Sekretär darüber verständigt, wie sie die Dinge darstellen wollten.

Ausgeschlossen, denn er war mit Bourlin und Danglard ohne Vorankündigung in Le Creux aufgekreuzt, die beiden jungen Leute hatten ihre Befragung nicht voraussehen und sich also auch nicht vorher absprechen können.

Aber sicher! Adamsberg rührte sich noch immer nicht, den Blick aufmerksam auf die Bewegung der Wasseroberfläche gerichtet, und beobachtete seine Gedankenlarve, es schien ihm, als hätte sie jetzt schon zwei Schenkel ausgebildet. Es reichte noch nicht, um sie mit raschem Griff zu fassen. Aber sicher, Bourlin hatte schon draußen am Tor den Brief von Alice Gauthier erwähnt. Céleste wusste also Bescheid, sie hatte es ihnen gesagt. Oder aber Victor hatte ihr Gespräch mit angehört. Denn weder er noch Danglard hatte eine plausible Erklärung für Amédées überstürzte Flucht auf dem ungesattelten Dionysos finden können, augenblicklich gefolgt von Victor auf Hekate. Und dort im Wald hatten sie einen kurzen Moment gehabt, um sich auf einen gemeinsamen Bericht zu verständigen. Wie auch ihre Rückkehr zu inszenieren: zuerst Victor, der Amédée nicht hatte einholen können, dann Pelletiers Pfiff, mit dem er den ungestümen Hengst zurückgerufen hatte, und schließlich ein Amédée in bejammernswertem Zustand. Sicher verstanden sich die beiden wie zwei Finger einer Hand, weit über die normalen Beziehungen zwischen dem Sohn eines steinreichen Patrons und seinem Sekretär hinaus. Sicher kannten die beiden irgendeine Lichtung im Wald, wo sie sich treffen würden. Sicher gab es zwischen ihnen ein ungewöhnliches, tiefes Einverständnis. Ihre parallelen Berichte über das Geschehen in Island waren aus diesem Einverständnis erwachsen. Und wenn die beiden Männer es für notwendig erachtet hatten, sich abzusprechen, dann weil ein Teil des Berichts falsch war, und das musste verborgen werden.

Amédée und Victor hatten in perfektem Einvernehmen gehandelt. Und sie hatten beide gelogen.

Nun konnte Adamsberg seine Gabel wieder in die Hand nehmen und seine kalt gewordenen Nudeln weiteressen. Der Gedanke war aus den Wellen aufgetaucht, er sah ihn jetzt ganz deutlich, wie er, nun auch mit Vorderbeinen versehen, neben ihm auf dem Tisch hockte, aufgestiegen aus der wässrigen Sphäre, um zu ihm an Land zu kommen. Darum also der Schleier über den Geschehnissen in Island wie auch über Amédées Kindheit. Wo war der Junge vor seinem sechsten Lebensjahr bloß gewesen? Diese Geschichte mit der »Einrichtung«, was hatte sie zu bedeuten? Was war das für eine Behinderung, die nicht einmal einen Namen hatte? Und von der Amédée nicht die geringsten Spätfolgen davongetragen zu haben schien?

Verdammt noch mal, wo war der Junge gewesen, dieses Kind ohne Erinnerung? Und woher kam das Waisenkind Victor?

Er glaubte nicht mehr an die zufällige Übereinstimmung

der Nachnamen. Ein Säugling, der beim Kinderhilfswerk aufwächst, trägt keinen Familiennamen. Victor hatte sich den in der Tat seltenen Namen Masfauré zugelegt, um einen ausgezeichneten Vorwand zu haben, die Familie zu kontaktieren. Und sie nicht nur zu kontaktieren, sondern in sie hineinzugelangen wie ein Kuckucksei in ein fremdes Nest. In welcher Absicht? Und um an wen heranzukommen? An den großen Gelehrten, den Retter der Lüfte? Oder den Milliardär? Oder auch an Amédée?

Was hatte Danglard gleich zu den Vornamen der beiden jungen Leute gesagt? Eine von seinen gelehrten Anspielungen. Richtig, die gebräuchlichen Vornamen bei irgendwelchen Herzögen. Adamsberg schob die Anekdote beiseite, sie hatte mit dem Gedanken, der ihn gejuckt hatte, nichts zu tun. Und in Wahrheit waren es ja auch zwei Stiche gewesen: die allzu perfekte Übereinstimmung der Aussagen des Sohnes und des Sekretärs von Masfauré sowie die in Nebel gehüllte Kindheit von Amédée. Masfauré, der große Geldgeber der Robespierre-Gesellschaft.

Zerk fand seinen Vater am Morgen tief schlafend auf seinem Stuhl, die ausgestreckten Beine auf dem Feuerbock vor dem Kamin, auf dem Tisch einen Teller mit kalten Thunfischnudeln. Also war er auf der Suche nach seinem Gedanken wieder heruntergekommen und, als er ihn gefunden hatte, über seinem Erfolg sehr plötzlich eingeschlafen.

Er machte sich geräuschlos daran, Kaffee zu kochen, stellte ganz behutsam die Kaffeeschalen auf den Tisch, ging zum Brotschneiden ins Treppenhaus, damit sein Vater noch einen Moment schlafen konnte. Alles in allem mochte er den alten Kerl ganz gern. Vor allem stellte er fest, dass ihm noch nicht danach war, das Haus zu verlassen. Adamsberg, vom Duft des

Kaffees geweckt, fuhr sich mit der Hand übers Gesicht, als Zerk mit dem geschnittenen Brot herunterkam.

»Und, geht's besser?«, fragte Zerk.

»Ja. Aber das hat nichts mit dem Fall zu tun.«

»Das macht nichts«, meinte Zerk.

Und wieder einmal begriff Adamsberg, dass dieser Sohn ihm erschreckend ähnelte, ja vielleicht sogar eine noch schlimmere Version seiner selbst war.

26

Geduscht, rasiert, wenn auch nur mit den Fingern gekämmt, schloss Adamsberg sich gleich nach seiner Ankunft in der Brigade in seinem Büro ein. Nach zwanzig Minuten hatte er endlich die Zentrale des Sozialen Hilfswerks im Departement am Apparat.

»Kommissar Adamsberg von der Brigade criminelle, Paris.«

»Sehr wohl, Monsieur«, sagte eine gewissenhafte Stimme. »Gestatten Sie, dass ich zur Kontrolle Ihre Zentrale anrufe. Sie werden verstehen, dass wir verpflichtet sind, unsere Anrufer zu überprüfen … In Ordnung«, meldete sie sich nach einigen Minuten zurück. »Ihr Anliegen, Herr Kommissar?«

»Ich brauche Auskunft über einen gewissen Victor Masfauré, der gleich nach seiner Geburt ausgesetzt und vor nunmehr siebenunddreißig Jahren in eine Gastfamilie gegeben wurde. Es ist dringend.«

»Einen Moment, Herr Kommissar.«

Adamsberg hörte das Klicken der Tastatur, es dauerte.

»Tut mir leid«, sagte die Frau fünf Minuten später. »Ich habe kein Neugeborenes mit diesem Namen, das bei uns aufgenommen worden wäre. Allerdings habe ich in meiner Kartei ein Ehepaar Masfauré, das ein bei uns untergebrachtes Kind adoptiert hat. Aber das war vor zweiundzwanzig Jahren, nicht siebenunddreißig, und der Junge hieß auch nicht Victor.«

»Sondern Amédée?«, fragte Adamsberg und griff nach einem Kugelschreiber.

»Genau. Er war fünf Jahre alt, als diese Leute sich darum bewarben, ihn zu adoptieren. Alle Formalitäten waren bereits erledigt.«

»Er war bei Ihnen ›untergebracht‹, sagen Sie? Aus Gründen elterlicher Verantwortungslosigkeit? Oder wegen Kindesmisshandlung?«

»Keineswegs. Er war nach der Geburt ohne Namen abgegeben worden. Die Mutter hatte lediglich den Vornamen bestimmt.«

»Den Namen der Gastfamilie, bitte, und den Ort.«

»Das Ehepaar Grenier, Antoine und Bernadette. Das ist die Ferme du Thost, T-H-O-S-T, Route du Vieux-Marché in 28790 Santeuil, Departement Eure-et-Loir.«

Adamsberg sah auf seine beiden unbeweglichen Uhren. Amédées Kindheit war zum Greifen nah, anderthalb Autostunden entfernt. Es hatte nichts mit dem Fall Robespierre zu tun, aber schon war der Kommissar aufgestanden, den Autoschlüssel in der Tasche. Er würde sich nicht sein Leben lang kratzen.

Er zog sich seine Jacke über und rief Mordent, Danglard und Voisenet zu sich.

»Ich muss mal weg«, verkündete er, »bin aber vor heute Abend zurück. Danglard und Mordent, übernehmen Sie. Und Sie, Voisenet, wie weit sind Sie in der Beobachtung von François Château?«

»Der Bericht liegt auf Ihrem Schreibtisch.«

»Keine Zeit, ihn zu lesen, Lieutenant, tut mir leid.«

»Es gibt nichts Neues, bisher ist kein Schatten aufgetaucht. Er kommt jeden Abend zur selben Zeit nach Hause, ein Leben, wie es biederer nicht sein könnte. Aber er ist vorsichtig. Er verlässt das Hotel beziehungsweise sein Büro immer im bestellten Taxi.«

»Haben Sie die weiteren Hausbewohner ausfindig gemacht?«

»Ja, Kommissar.«

»Von allen sonstigen Personen, die das Haus betreten, lassen Sie sich die Ausweise zeigen. Und haben Sie wie immer ein Auge auf die verstohlen Daherkommenden, auf die gesenkten Köpfe und die demonstrativ Entspannten. Auf Brillen, Schirmmützen, Bärte. Denen folgen Sie in den Fahrstuhl.«

»Klar.«

»Wohin fahren Sie, Kommissar?«, fragte Danglard etwas spitz.

»In die Kindheit von Amédée. Er war nicht in einer ›Einrichtung‹. Er wurde abgegeben und in einer Pflegefamilie untergebracht, im Departement Eure-et-Loir. Die Masfaurés haben ihn erst im Alter von fünf Jahren adoptiert.«

»Verzeihung«, bemerkte Mordent ziemlich schroff, »Sie kehren zu dem Fall zurück? Sie geben Robespierre auf?«

»Ich gebe überhaupt nichts auf. Wir können die Guillotinierten – beziehungsweise ihre Nachfahren – erst kommenden Montag weiterverfolgen, nach der nächsten großen Sitzung, auf der Lebrun sie uns zeigen wird. Aus dem Trio Château-Leblond-Lebrun haben wir für den Moment alles herausgeholt, was möglich war. Und Froissy ist mit ihren Recherchen über die Nachkommenschaft des Gastwirts Château noch nicht am Ende. Im Augenblick ist sie in Montargis. Folglich fahre ich für ein paar Stunden weg, jawohl.«

»Wegen eines Familiengeheimnisses, das uns nichts angeht.«

»In der Tat, Mordent. Aber wir haben uns in Le Creux schon zu viele Dinge durch die Lappen gehen lassen.«

»Und wenn schon. Die Leute betrifft es doch nicht mehr.«

Adamsberg sah seine drei Stellvertreter einen Moment lang wortlos an, dann schob er Mordent sanft zur Seite und ging zum Ausgang.

»Ich fahre«, sagte er, gefolgt von den vorwurfsvollen Blicken der drei Männer.

Er war noch auf der überfüllten Stadtautobahn, als er einen Anruf erhielt, unbekannte Nummer, hastige, verzerrte Stimme.

»Kommissar Adamsberg, hier Lebrun. Ich rufe Sie aus einer Telefonzelle an.«

»Ich höre.«

»Als ich heute Morgen aus dem Haus ging, sah ich Danton auf dem gegenüberliegenden Bürgersteig mit großen Schritten auf und ab gehen.«

»Sie meinen, den Nachfahren von Danton.«

»Ja, natürlich!«, schrie Lebrun gereizt, aber vor allem verängstigt. »Ich bin in den Hauseingang zurückgewichen, dann habe ich ihn vom Fenster aus beobachtet. Zwei Stunden, Kommissar, zwei geschlagene Stunden ist er dageblieben, bevor er aufgegeben hat. Dann ist er schließlich weg, wohl in der Annahme, dass ich arbeiten gegangen bin.«

»Sind Sie ihm gefolgt?«

»Wozu? Ich weiß doch, wo er wohnt. Verstehen Sie, was das bedeutet?«, rief der Mann aufgebracht. »Dass er weiß, wer ich bin und wo ich lebe, dass er mein wahres Gesicht kennt. Keine Ahnung, wie er das herausgefunden hat, aber jetzt ist er mir auf den Fersen, mit dem Messer in der Tasche oder was weiß ich!«

»Und was soll ich Ihrer Meinung nach tun, wenn Sie mir jedwede Auskunft über ihn oder über sich verweigern?«

»Ich verlange Personenschutz, Kommissar. Es gab vier Tote, und jetzt bin ich in der Schusslinie.«

»Ohne Informationen kann ich nicht eingreifen. Tut mir leid«, sagte Adamsberg und setzte schon zur Umkehr an, zurück nach Paris.

»Ist gut«, gab Lebrun nach. »Wo? Wann?«

»In etwa dreißig Minuten in der Brigade.«

»Nicht früher?«

»Ich bin im Dienst, Lebrun, und im Augenblick gerade auf dem Périphérique. Bleiben Sie nicht in der Kabine und fahren Sie gleich zur Brigade. Mit dem Taxi. Und bitte ohne Bart.«

Adamsberg beschleunigte, und fünfundzwanzig Minuten später betrat er sein Büro. Er hätte den Mann beinahe nicht erkannt, der sich zu ihm umwandte. Kurz geschnittenes weißes Haar, Brille, der Teint farbloser als in seiner Rolle des Lebrun, eine feinere Nase. Insgesamt eine respektablere Erscheinung, tadelloser grauer Anzug.

»Guten Tag, Doktor«, sagte Adamsberg und warf seine Jacke über die Stuhllehne.

»Wie Sie sehen, hat Ihr Billaud-Varenne mir schon einen Kaffee gebracht. Sie nennen mich ›Doktor‹?«

»So eine Vorstellung, die ich mir von Ihnen mache, sie mag zutreffen oder nicht. Psychiater vielleicht. Welcher Billaud-Varenne?«

»Der junge Mann, der die Augen immer so weit aufreißt, dass man sich fragt, ob er sie nachts überhaupt zukriegt. Ich fand, dass er einen guten Billaud abgeben würde. Verdammt, wir hätten das ganze Unternehmen abblasen müssen, als wir sahen, dass es aus dem Ruder zu laufen begann. Als die Geister Feuer fingen. Ja, das hätten wir tun sollen. Aber es war ja auch spannend, diese Entfesselung von Leidenschaften mitzuerleben. Es stimmt, ich bin Psychiater.«

»Sie haben einen zu perfekten Robespierre gehabt. Er hat

aus Ihrer ›lebendigen Geschichte‹ eine beängstigende Nachbildung gemacht.«

»Sodass die Trennlinie zwischen Wirklichkeit und Illusion eingebrochen ist«, sagte Lebrun ernst. »Und wenn diese Linie einbricht, Kommissar, können die Konsequenzen dramatisch sein. So weit sind wir jetzt. Unser Experiment ist damit natürlich beendet, aber es hat immerhin schon vier Menschenleben gekostet.«

»Sind Sie sicher, dass es dieser Danton-Nachkomme war, der vor Ihrem Haus gewartet hat?«

»Sicher. Ich hätte rausgehen sollen, ihn ansprechen, mit ihm reden, aber ich hatte nicht den Mumm dazu. Mut ist nicht meine größte Stärke. Ich bin ein Mensch des Kabinetts.«

»Diesmal, Doktor, brauchen wir aber seinen Namen und seine Adresse.«

Der Arzt überlegte immer noch, dann nickte er.

»Meine Kollegen haben mich ermächtigt, sie Ihnen zu geben«, sagte er. »Aber nicht die der beiden anderen Nachkommen, solange sie nichts Beunruhigendes getan haben.«

»Was, glauben Sie, wollte er von Ihnen? Doch bestimmt nicht Sie auf offener Straße umlegen, das ist nicht seine Art.«

»Nachdem ich mich zunächst selber in Gefahr gewähnt habe, habe ich gedacht, dass er vielleicht hoffte, über mich an Robespierre heranzukommen. Nur der Schatzmeister und ich kennen seine Adresse.«

»Um jetzt schon den führenden Kopf zu treffen? Das glaube ich nicht, es wäre zu früh.«

»Aber um sich wenigstens darauf einzustellen, die Orte zu markieren. Ich glaube wie Sie, dass Robespierre sein letztes Ziel ist. Doch vorher schafft er ein Klima zunehmenden Terrors. Er will, dass Robespierre die Angst kennenlernt, wie er selbst sie andere hat erfahren lassen. Ich vermute also, dass er sich in seinem Wahn einbildet, den echten Robespierre vor sich zu haben.«

»Das sehe ich auch so«, meinte Adamsberg und zündete sich eine von seinen Zigaretten an, die nur noch zur Hälfte mit Tabak gefüllt war, sodass das Papier in einer hellen Flamme wegbrannte.

»Er erlebt diese Auflösung der Grenze zwischen Wirklichkeit und Imitation, von der ich sprach.«

»Aber wenn Sie denken, dass Robespierre anvisiert ist, warum wünschen Sie dann Polizeischutz für sich?«

»Weil ich mir über gar nichts mehr sicher bin. Einen begrenzten Schutz, Kommissar. Aber vielleicht ist das zu viel verlangt? Schließlich bin ich nicht bedroht worden.«

»Begrenzt worauf?«

»Auf meine Wegstrecke Wohnsitz–Krankenhaus und Krankenhaus–Wohnsitz.«

»Welcher Wohnsitz?«, fragte Adamsberg lächelnd.

»Ich ziehe noch heute zu einem Freund«, sagte der Arzt gleichfalls mit einem Lächeln. »Nein, Kommissar, ich sage Ihnen immer noch nicht meinen Namen. Nicht, dass er heilig oder unantastbar wäre, aber stellen Sie sich die Reaktion meiner Patienten vor, wenn sie es erfahren würden. Dass sie ihre Seelen einem ›Kopfabschneider‹ anvertrauen! Nein. Ich verzichte auf jeden Schutz, wenn dabei mein Name erscheinen muss. Ihnen persönlich gebe ich keine Schuld, aber man weiß ja, wie schnell Polizeigeheimnisse nach außen dringen.«

»Und welches ist Ihre Arbeitsstelle?«, fragte Adamsberg seufzend.

»Wenn Sie einverstanden sind, erwarten Sie mich jeden Abend um 18 Uhr vor dem Haupteingang des Krankenhauses in Garches, ich werde den schwarzen Bart tragen, den Sie von mir kennen.«

»Durch eine interne Ermittlung würden wir sehr bald Ihren Namen herauskriegen.«

»Ich bin dort nur in vorübergehendem Auftrag. Und wenn Sie denen mein Foto zeigen, wird man Ihnen vielleicht einen Dr. Rousselet nennen. Was aber auch nicht mein wirklicher Name ist.«

Adamsberg stand auf, durchschritt sein Büro und sah nach, wie weit die Blätter an dem Baum vor seinem Fenster schon herausgekommen waren. Die Linden ließen sich immer Zeit. Dieser Lebrun-Rousselet war vielleicht ein Angsthase, aber ein sehr gut organisierter.

»Danton, der echte Danton«, fuhr er fort, »hatte nach dem, was der Commandant mir gesagt hat, auch Blut an den Händen, nicht wahr?«

»Aber natürlich. Er hatte unter der Schreckensherrschaft ein Amt inne, bevor sie ihn selbst zermalmte. Es war Danton, der den Anstoß für das Revolutionstribunal gab: ›Seien wir schrecklich, damit wir es dem Volk ersparen, es zu sein …‹, kennen Sie diesen Satz?«

»Nein.«

»›… und organisieren wir ein Tribunal, damit das Volk weiß, dass das Schwert des Gesetzes über dem Haupt aller seiner Feinde schwebt.‹ Von diesem neuen Tribunal wurden die Urteile in vierundzwanzig Stunden zusammengeschustert und gleich darauf von der Guillotine vollstreckt. Ja, dazu hat der gute Danton ganz wesentlich beigetragen.«

»Also eine Woche Personenschutz, verlängerbar«, willigte Adamsberg ein. »Die technischen Einzelheiten besprechen Sie mit den Commandants Mordent und Danglard.«

»Ihre Leute werden wissen wollen, wie dieser Danton-Ableger aussieht. Bitte«, sagte der Arzt und legte zögernd ein Foto auf den Schreibtisch.

»Ich dachte, Sie haben keine Fotos von Ihren Mitgliedern.«

»In dem Fall habe ich eine Ausnahme gemacht. Urteilen Sie selbst.«

Adamsberg betrachtete das Porträt des Nachkommen. Es war eines der finstersten und hässlichsten Gesichter, die er je gesehen hatte.

27

Er fuhr mit Blaulicht auf dem Dach, um die Zeit wieder aufzuholen, die er mit Dr. Lebrun-Rousselet verloren hatte. Der Mann war ihm freundlich begegnet, aber die Unruhe war ihm anzumerken gewesen. Seine Redeweise war nicht so flüssig wie bei seinem ersten Besuch gewesen, seine Hände hatten sich häufig zur Faust geschlossen, den Daumen nach innen gezogen. Adamsberg überlegte auch, ob er heute vielleicht anders geschminkt gewesen war. Der Mann bewegte sich vorsichtig, geduckt, wie in Deckung. Bereit, sich bei der geringsten Gefahr zurückzuziehen wie die Jungs in der Arena, die den Stier reizen und sich dann durch einen Sprung hinter die hölzernen Barrieren retten.

»Danglard?«, sagte er ins Telefon, nur noch eine Hand am Lenker. »Sprechen Sie lauter, ich bin auf der Straße.«

»Du lieber Himmel, ich dachte, Sie wären längst zurück.«

»Die Schiffe driften immer jenseits der Leuchttürme ab.«

»Nach wie vor auf dem Weg zu dem Baby Amédée? Während ich gerade erfahre, dass der Sekretär der Gesellschaft bedroht wurde und Personenschutz verlangt?«

»Nicht bedroht, beobachtet.«

»Haben Sie die Visage von diesem Danton-Stammhalter gesehen?«

»Finster. Sagen Sie, Danglard, wie heißen diese hölzernen Barrieren, hinter denen die Typen in Deckung gehen, die den Stier erst mal bis aufs Blut reizen?«

»Wie bitte?«

»Bei den Corridas.«

»*Burladeros.* Und die ›Typen‹ sind die *peones*. Ist das von Bedeutung?«, fügte Danglard bissig hinzu.

»Überhaupt nicht. Es ist nur, weil unser Herr Doktor – Lebrun ist tatsächlich Psychiater – genau so einer ist. Er fürchtet sich vor Anschlägen und bringt sich in Sicherheit. Während François Château, der vermutlich direkt in der Schusslinie steht, keinerlei Schutz beantragt hat.«

»Nach vier Morden und einem Danton auf der Straße vor seinem Haus kann ich mich gut in seine Lage versetzen.«

»Vielleicht sollten wir ihm empfehlen, sich mit dem Kot von Nebelkrähen einzuschmieren.«

»Das wird ihm bestimmt gefallen.«

»Ich könnte mir vorstellen, dass unser Lebrun nur deshalb in der Robespierre-Gesellschaft mitarbeitet – man kann ihn ja wohl durchaus als ihren Funktionär bezeichnen, nicht wahr –, weil er dort Aggressionen miterlebt, Ausbrüche von Gewalt und Offensiven, zu denen er im Leben nicht fähig ist. Es ist sein stellvertretender Ausgleich.«

»Und weiter?«

»Danglard, ich bin in vier Stunden zurück, kein Grund, sich aufzuregen.«

»Und weiter? Jetzt, und nicht morgen, werden wir zu dem Danton-Ableger gehen und ihn befragen. Und was machen Sie? Sie plaudern indessen mit der Familie von Amédée.«

»Sie sind viel besser dazu geeignet als ich, einen Kerl zu befragen, der dermaßen geschichtsversessen ist, dass er darüber den Verstand verliert. Für diesen Danton-Ableger braucht es einen gebildeten und einfühlsamen Menschen. Und gehen Sie nicht allein dorthin, das versteht sich sicher von selbst.«

Adamsberg fuhr in das bescheidene Dörfchen Santeuil hinein und hielt gegenüber einem Bar-Tabac, dessen Wirt sich bereit erklärte, ihm ein Sandwich zu machen, was nicht zu den Gepflogenheiten des Hauses gehörte.

»Ich hab nur Gruyère«, sagte der Mann barsch.

»Wunderbar. Ich suche die Ferme du Thost.«

»Da sieht man gleich, dass Sie nicht von hier sind. Es heißt *Tôt*, das s spricht man nicht. Und was wollen Sie da?«

»Einem Kind helfen, das dort vor sehr langer Zeit gelebt hat.«

Der Mann zog ein Gesicht, überlegte. Wenn es sich um ein Kind handelte, war das was anderes.

»Es ist siebenhundert Meter von hier, auf der Straße nach Réclainville. Dort kreuzen Sie die Route du Vieux-Marché, und schon sind Sie da. Aber Sie werden nichts mehr finden. Wenn der Junge, also wenn der seine Eltern sucht, dann sieht es düster für ihn aus. Denn die sind vor fünfzehn Jahren in Flammen aufgegangen. Die Bude ist abgebrannt, der Mann und die Frau mit. Schlimm, was? Ein paar Jugendliche, die es toll fanden, in der Nacht ein Lagerfeuer anzuzünden. Bei all dem Stroh ringsherum, man stelle sich das mal vor. Alles war innerhalb einer Stunde abgefackelt. Und da die Greniers immer Schlaftabletten nahmen, kriegten sie nichts mit. Schlimm, schlimm.«

»Sehr schlimm.«

»Wohlgemerkt, wir mochten sie hier nicht sehr. Man soll ja über Tote nichts Schlechtes sagen« – der übliche Eröffnungssatz, der einem erlaubte, es hinterher zu tun –, »aber das waren verdammt miese Schweine. Nichts im Herzen, alles im Wollstrumpf. Und sie nahmen Waisenkinder in Pflege, um sich was dazuzuverdienen. Ich verstehe nicht, wie man solchen Leuten Kinder anvertrauen konnte. Sie mussten hart schuften, die Kleinen.«

»Hieß eines der Kinder Amédée?«

»Ich selbst bin nie dort gewesen. Aber eine, die Ihnen da schon mehr sagen könnte, ist die Mangematin. Eine brave Frau, die Mangematin. Wenn Sie an dem abgebrannten Hof vorbei sind – irren können Sie sich nicht, ein paar rußgeschwärzte Mauern stehen immer noch da –, fahren Sie dreißig Meter weiter, dann sehen Sie rechter Hand ein grünes Tor.«

»Kannte sie die Leute gut?«

»Sie ging einmal im Monat zu ihnen, um bei der großen Wäsche zu helfen. Und den Kindern brachte sie immer eine Leckerei mit. Eine kreuzbrave Frau.«

Kurz vor sechzehn Uhr und nachdem er die Sandwichkrümel von seiner Jacke gestreift hatte, klingelte Adamsberg an dem grünen Tor. Ein großer Hund wetzte die Zähne an der Absperrung und bellte grimmig, doch Adamsberg legte ihm durch das Gitter seine Hand auf den Kopf. Nach einigem Geknurr und Gewinsel zog der Hund sich schließlich zurück.

»Mit Tieren kennen Sie sich ja aus«, sagte eine dicke Frau, die hinkend näher kam. »Und was führt Sie her?«

»Eine Untersuchung über einen Jungen, der vor langer Zeit mal auf dem Hof von Thost gelebt hat.«

»Bei den Greniers?«

»Ja. Er hieß Amédée.«

»Es ist ihm doch hoffentlich nichts zugestoßen?«, sagte die Frau und öffnete die ins Tor eingelassene kleine Tür.

»Keineswegs. Aber er erinnert sich nicht an viel, was die Zeit hier angeht, da bräuchte er ein bisschen Hilfe.«

»Nun, ich habe ein ganz gutes Gedächtnis«, sagte sie und geleitete ihn in ihr kleines Speisezimmer. »Kaffee? Cidre?«

Adamsberg entschied sich für Kaffee, und die Frau – sie hieß Roberta Mangematin, das hatte er auf ihrem Briefkasten gelesen – wischte mit dem Schwamm über das Wachstuch auf dem kleinen Tisch, das bereits vollkommen sauber war.

»Macht es Ihnen was aus, wenn ich einen Cidre trinke?«, sagte sie und trocknete den Tisch mit einem Geschirrtuch nach. »Kommen Sie von weit her?«

»Aus Paris.«

»Gehören Sie zur Familie?«

»Zur Polizei.«

»Aha«, sagte die Frau, während sie ihr Tuch über einen großen Heizkörper legte.

»Amédée ist in eine schlimme Geschichte hineingezogen worden – aber keine Sorge, er hat nichts damit zu tun –, und darum muss er ein bisschen mehr über seine Kindheit hier auf dem Thost-Hof erfahren.«

»Es heißt *Tôt*, das s spricht man nicht. Sie sagen ›Kindheit‹, Chef.«

»Kommissar.« Adamsberg zeigte ihr seinen Ausweis.

»Da kommt extra ein Kommissar für so was?«

»Weil niemand sonst sich für Amédée interessiert. Ich schon. Also bin ich gekommen.«

Roberta goss ihm respektvoll den Kaffee und sich selbst ein anständiges Glas Cidre ein.

»Wie sieht er jetzt aus, der Kleine?«

»Ein bildschöner Kerl.«

»Es gab keinen hübscheren kleinen Jungen in der ganzen Gegend. Man hätte ihn glatt auffressen mögen. Und so was von lieb. Aber glauben Sie, das hätte die Mutter Grenier milde gestimmt? Ach woher. Sie fand ihn zu zart. Also trieb sie ihn zur Arbeit wie einen Gaul. Mit vier Jahren! Um einen Mann aus ihm zu machen, sagte sie. Wohl eher, um einen Sklaven zu haben. Es zerriss mir das Herz, wenn ich sein trauriges Gesichtchen sah. Und da sagen Sie, er erinnert sich an nichts?«

»Nur Bruchstücke. Er spricht von geköpften Enten.«

»Ach, das«, sagte die Frau und stellte ihr Glas energisch auf den Tisch. »So ein Biest, die. Man soll ja nichts Schlechtes über die Toten sagen, aber es gibt kein anderes Wort für sie. Sie hatte sich in den Kopf gesetzt, dass Amédée das Federvieh töten sollte, wenn sie eine Ente brauchte. Mit vier Jahren, können Sie sich das vorstellen? Aber der Amédée, der war viel zu sensibel, er weigerte sich, da war nichts zu machen. Da zeigte sie ihm, wie er's anstellen müsste, sie schnappte sich die Ente, und krack! schlug sie ihr mit dem Beil den Kopf ab. Vor seinen Augen. Es war ein Drama nach dem anderen. Denn jedes Mal, wenn er sich weigerte, es zu tun, bekam er zur Strafe den ganzen Tag nichts zu essen. Und eines Tages ist der Kleine dann zwangsläufig durchgedreht. Wie alt wird er gewesen sein? Fünf vielleicht. Es war nicht lange vor seiner Abreise. Er hat das Beil genommen und ein wahres Blutbad angerichtet, sieben bis zehn Enten, die er auf einen Schlag geköpft hat. Der Doktor hat mir gesagt, er hätte sich damit gerächt für alles, was man ihm angetan hat, oder so ähnlich. Und dass er in seiner Raserei auch leicht der Mutter Grenier den Kopf hätte abschlagen können. Aber das glaube ich nicht.«

Roberta schüttelte energisch ihr Haupt, wobei sie das Kinn vorstreckte.

»Und was glauben Sie?«, fragte Adamsberg.

Der Kaffee war zehnmal besser als der in der Brigade, er würde mit Estalère darüber reden müssen.

»Ich glaube, er wollte nur zeigen, dass er wusste, wie man's macht«, erwiderte Roberta, »damit sie aufhörten, ihn zu bestrafen und wie ein kleines Mädchen zu behandeln. Er war nicht recht bei Trost an dem Tag, da braucht man gar nicht weiter zu forschen. Aber wie schrecklich, so ein netter Junge. Sie hat ihn verbogen, das hat sie getan.«

»Und der Mann?«

»War auch nicht besser als seine Furie von Frau. Außer, dass er ziemlich maulfaul war. Aber er machte alles, was sie sagte, er hat den Jungen nie in Schutz genommen. Ein Taugenichts und Alkoholiker – ach, wo wir gerade davon reden …«, sie goss sich noch ein Glas ein, »aber anpacken konnte der, das muss man schon sagen. Es wundert mich nicht, dass Amédée sich an die Enten erinnert. Denn wissen Sie, was sie hinterher gemacht hat?«

»Sie hat ihn windelweich geprügelt.«

»Sicher, aber danach?«

»Weiß ich nicht.«

»Nun, sie hat ihn gezwungen, alle Enten, die er getötet hatte, zu rupfen und auszunehmen. Und dann hat sie ihm zu jeder Mahlzeit, zum Frühstück, zu Mittag, zu Abend, Ente zu essen gegeben. Der Junge hat überallhin gekotzt. Gott sei Dank hat der Große ihm geholfen. Er aß manche Portionen an seiner Stelle, er vergrub ganze Stücke, er drehte ihm das Fleisch durch den Wolf. Ich weiß nicht, was ohne den aus ihm geworden wäre.«

Adamsberg horchte auf. »Welcher Große?«

»Oh, der war schon zehn, als Amédée als ganz kleines Baby hier ankam, und so unansehnlich, wie Amédée anmutig war, aber er hatte ein Herz aus Gold. Er hat wie eine Glucke über den Kleinen gewacht. Die beiden liebten sich, das kann man so sagen.«

»Welcher Große denn?«, wiederholte Adamsberg.

»Der, den sie vorher aufgenommen hatte, auch ein verlassenes Kind. Die Mutter schickte das Geld für den Unterhalt, das war alles. Aber der Amédée war schließlich wohl doch nicht so verlassen, denn eines schönen Tages sind seine Eltern gekommen und haben ihn abgeholt. Diese Frau, man hätte meinen können, dass sie sich für eine Großfürstin hielt. Nicht ein einziges Mal war sie in all den Jahren da gewesen und hatte ihn besucht, aber sie zahlte gut, sagte der alte Grenier. Masfauré, so hießen die Leute.«

»Woher wissen Sie das?«

»Durch den Briefträger. Alle hier wussten es. Sie hätten sehen sollen, wie sie den Jungen abholen kamen. Ich war an dem Tag gerade zur Wäsche dort. Amédée klammerte sich an Victor fest – so hieß der Große –, und der drückte ihn mit aller Kraft an sich, unmöglich, die beiden voneinander zu trennen. Victor murmelte dem Kleinen immerzu was ins Ohr, er rannte über den ganzen Hof mit dem Jungen, der wie ein kleiner Affe an ihm hing, ja, so war das. Am Ende hat der alte Grenier sich eingemischt, sie haben die beiden Jungs voneinander losgerissen und den schreienden Amédée in ihr schönes Auto verfrachtet. In einer Dreiviertelstunde war alles vorbei.«

»Hatte er blonde Haare, dieser Victor?«

»Ja, und gelockt wie ein Engel. Dieses Haar war das einzig Schöne an ihm. Und auch sein Lächeln. Aber das sah man nicht oft.«

»Madame Mangematin, Sie haben von Unterhaltszahlungen gesprochen.«

»Sie glauben doch wohl nicht, dass die Greniers das aus reiner Menschenliebe getan hätten?«

»Natürlich nicht. Wissen Sie, ob von diesen Zahlungen eine oder zwei pro Monat eingingen?«

»Das kann ich Ihnen nicht sagen. Der Briefträger sprach immer von dem Geld der Masfaurés, von was anderem nicht.

Ich kann ihn fragen, wenn Ihnen das weiterhilft. Aber ich sage Ihnen gleich, er ist nicht mehr ganz jung. Es ist nicht sicher, ob er sich daran erinnern wird.«

Die Frau ging in ein Nebenzimmer, um zu telefonieren. Der bissige Hund war hereingekommen und hatte sich genau zwischen Adamsbergs Beine gelegt. Der Kommissar kraulte ihm mechanisch den Hals, all sein Denken war im Augenblick bei den beiden Jungen auf dem Hof von Thost. Von *Tôt*.

»Also wirklich, mit Tieren können Sie ja, Herr Kommissar«, sagte die Frau, als sie zurückkam. »Der hat mir auch mal eine Ente gefressen. Aber das ist nicht dasselbe.«

»Nein.«

»Beim Hund liegt es in der Natur zu töten.«

»Ja«, erwiderte Adamsberg, und er fragte sich, ob Töten auch zu Amédées Natur geworden war, nachdem die Mutter Grenier ihn »verbogen« hatte.

»Ein einziger Umschlag pro Monat«, sagte Roberta und griff nach ihrem Glas Cidre, »dafür könne er seine Hand ins Feuer legen. Nur dass im Anfang das Geld nicht von einer Masfauré kam, sondern der Name ein anderer war. Sie musste in der Zwischenzeit wohl geheiratet haben.«

»Und woher wusste er, dass es die Pension war?«

»Das hat er mir früher mal lachend anvertraut. Ein Briefträger, der fühlt das, wenn in einem Umschlag Banknoten knistern, so sicher, wie die Katz die Maus findet. Das kam ja in bar, denn wahrscheinlich wollte sie keine Spuren hinterlassen.«

»Was bedeuten würde, nicht wahr, Madame Mangematin, dass Victor und Amédée Brüder wären? Wenn ein einziger Umschlag für beide Kinder kam?«

»Also, daran habe ich noch gar nicht gedacht«, sagte sie und korkte entschlossen ihre Flasche zu, »aber es würde mich nicht wundern, so wie die beiden immer zusammensteckten. Ich kann Ihnen nur sagen, dass, als die Masfauré kam, um Amédée wieder mitzunehmen, sie nicht einen Blick für Victor gehabt hat, nicht mehr, als wenn er ein Stück Scheiße gewesen wäre, wenn Sie mir den Ausdruck gestatten. Selbst eine Rabenmutter macht doch so was nicht, stimmt's? Und wenn sie seine Mutter gewesen wäre, warum hätte sie an dem Tag damals nicht beide Jungs auf einmal mitgenommen?«

Adamsberg suchte eine ganze Weile in seinem Notizbuch herum, wo nichts irgendeine Ordnung hatte.

»Würde es Ihnen etwas ausmachen, den Briefträger nochmals anzurufen und ihn zu fragen, ob in der Zeit vor Amédées Ankunft dieser Umschlag vielleicht von jemandem namens Pouillard kam? Marie-Adélaïde Pouillard? Das war der Mädchenname von Amédées Mutter.«

»Aber überhaupt nicht, ich rufe ihn doch gern an.«

Die Antwort kam wenig später, sie war positiv: Pouillard. Roberta hatte die Gelegenheit wahrgenommen und den Briefträger gleich zum Abendessen eingeladen.

28

Danglard schlug sich mit dem Nachfahren Dantons herum, als Adamsberg mitten in der Befragung zu ihnen stieß. Es war ein kleines Zimmer unter den Dächern von Paris, unaufgeräumt, ungelüftet. Der Mann, ein ehemaliger Buchbinder, wie Danglard ihm angedeutet hatte, war seit vier Jahren arbeitslos. Danglards Haare waren zerzaust, standen teils zu Berge, vielleicht vor Wut, und Justin saß mit gesenktem Kopf da, die Arme nervös gekreuzt.

»Seien Sie gegrüßt, Kommissar«, rief der Stammhalter mit Überschwang. »Ich freue mich, Sie unter uns zu wissen, Ihre Kollegen unterhalten mich bestens. Wie Sie sehen, kann ich Ihnen nicht mal mehr einen Stuhl anbieten.«

»Macht nichts, ich setze mich ohnehin nie.«

»Da sind Sie wie die Pferde. Das hat seine Vorzüge, aber das Dumme ist, dass Sie dabei nicht über Ihre Nasenspitze hinaussehen. Weshalb Sie auf den Gedanken gekommen sind, dass ein Nachfahre des dicken Danton für die Ehre des Ahnen getötet haben könnte.«

Der Mann brach in Gelächter aus. Finster und abstoßend, das war er in der Tat, mit seinen hohlen Wangen, seinen langen, grauen, unregelmäßigen Zähnen und seinen weit auseinanderstehenden schwarzen Augen.

»Der dicke Danton, genau«, sagte er in einem verebbenden Lacher. »Man hat ihn einen ›Patrioten‹ genannt, aufrichtig, feurig, warmherzig, liebend und verschwenderisch. Ich aber sage Ihnen, er war verdammt korrupt, ein Opportunist, hochmütig, der allein mit seiner Korpulenz und seiner Stimme eines Fuhrknechts Erfolge einheimste, habgierig, ein Lustmolch, ein Mörder, ein Verräter. Robespierre war wenigstens rein in seiner Niedertracht. Wie ich Ihren Kollegen schon sagte, bin ich Royalist. Die Schandtaten eines derart verkommenen Ahnen wiedergutmachen zu wollen ist das Mindeste, was ich tun kann. Er hat für den Tod des Königs gestimmt, da soll er sich nicht beklagen, dass er selbst den Kopf verloren hat.«

»Beklagt er sich denn?«

Die Frage brachte den Danton-Nachkommen in seiner Beredsamkeit einen Moment lang aus der Fassung.

»Was machen Sie als Royalist«, fuhr Adamsberg fort, »eigentlich in dieser Versammlung?«

»Ich forsche, Kommissar«, erwiderte der Mann, nun mit großem Ernst. »Ich spioniere, ich verfolge. Ich sammle alle Verfehlungen und Laster ihrer Mitglieder, dieser Menschen, die sich verkleiden und wie die Kanalratten da rumwuseln, ohne den Mut zu einer Meinung zu haben. Sie denken, sie bleiben anonym? Nicht für mich. Unterschlagungen, geheime Vermögensgeschäfte, Gemeinheiten, Betrug, Pornografie, Waffenhandel, Homosexualität, Pädophilie, alles interessiert mich. Und denken Sie nicht, dass ich nicht fündig würde, weit gefehlt. Diese Republikaner stinken doch aus allen Poren. Aber vergeuden Sie nicht Ihre Zeit damit, nach meinen Dossiers zu suchen, die sind längst alle in Sicherheit. Und es ist schon eine verdammt große Menge. Noch ein bisschen Material, dann zünde ich die Lunte. Ich werde dieses von ekligen Termiten wimmelnde Nest in die Luft jagen, die weiß Gott würdige Nachfahren all jener widerlichen Eiferer sind, die Frankreich mit ihrer lahmarschigen Demokratie in den Ruin getrieben haben. Und indem ich sie zerstöre, treffe ich die gesamte Republik.«

»Na schön«, sagte Adamsberg, »und wie stellen Sie es an, eine so umfassende Ermittlung allein durchzuführen?«

»Allein? Sie träumen, Kommissar. Der Kreis der Royalisten ist größer, als Sie denken. Er schiebt seine Tentakel bis in höchste Staatsämter vor, selbst in Ihre Polizei. Und auch in dieser Gesellschaft sind wir viele. Glauben Sie, dass Ihre Republik ewig währen wird?«

Wieder lachte der Mann grimmig, dann richtete er seinen schmächtigen Körper auf und öffnete die beiden Türen eines kleinen Wandschranks. Auf ihren Innenseiten waren die mit allem möglichen Unrat beschmierten Konterfeis von Danton und Robespierre angebracht, die Augen durchstochen und mit roter Farbe bekleckst, die über die Wangen heruntergelaufen war.

»Gefallen sie Ihnen so?«

»Brutal«, kommentierte Adamsberg. »So brutal, dass Sie auch töten könnten, in Erwartung des großen Abends, an dem alles in die Luft fliegt.«

Der Mann schloss liebevoll seinen Schrank.

»Aber warum sollte ich meine Zeit damit vertrödeln, sie einen nach dem anderen abzusägen, wo ich doch bald die Möglichkeit haben werde, sie alle mit einem Schlag zu versenken.«

Adamsberg gab das Zeichen zum Aufbruch.

»Sagen Sie diesem Kastraten François Château«, rief er ihnen hinterher, »und seinen beiden eitlen und pedantischen Komplizen, dass es mit ihrem Saustall bald vorbei ist!«

»Brutal, der Mann«, wiederholte Adamsberg, als sie wieder auf der Straße waren.

»Auf diesen Nachfahren wird Danton nicht sehr stolz sein«, meinte Justin.

»Man wird immer nur von den eigenen Leuten verraten.«

»Theater, das alles?«, fragte Danglard.

»Nein, nein«, meinte Adamsberg. »Die Plakate sind schon älter, das war keine Inszenierung. Er hasst sie.«

»Was einen sehr überzeugenden Mörder ergeben würde«, sagte Justin.

»Ich glaube, der will höher hinaus«, sagte Adamsberg. »Er will sie in den Dreck ziehen und, indem er die Gesellschaft beschmutzt, die Revolution diffamieren und die Republik zum Einsturz bringen. Nichts Geringeres. Womit hat er Ihnen seine Präsenz vor der Wohnung des Psychiaters erklärt?«

»Lebrun sei nur einer von vielen, die er ausspäht. Er sucht eine Schwachstelle in seinem Leben.«

»Und, hat er sie gefunden?«

»Das wissen wir nicht. Seine ›Dossiers‹ sind an einem geheimen Ort, das hat er mehrmals gesagt.«

»Ich glaube nicht, dass irgendeiner der beiden ›eitlen Komplizen‹ von diesem armseligen Danton auch nur das Geringste zu befürchten hat. Wenn der Mörder die Gesellschaft ihrer Führungsspitze berauben will, wird er Robespierre umbringen. Und im Augenblick, das sahen wir, lässt er seine Welle erst mal aus großer Ferne anrollen, indem er vor allem ›Zeitweilige‹ ausschaltet. Warum? Weil ein Tornado, den man auf leisen Sohlen herannahen fühlt, viel größere Angst macht als eine Wasserhose, die brutal über einem zusammenschlägt. Er wird sein Netz ganz allmählich enger ziehen, damit man es am Horizont langsam auftauchen sieht. Wir reduzieren den Schutz von Lebrun, wir wachen nur darüber, dass er beim Verlassen des Krankenhauses ein sicheres Taxi vorfindet. Das

Gleiche für Leblond. Lassen Sie ihn herkommen, versuchen Sie herauszufinden, wo er wohnt. Ich halte ihn für gerissener als den Sekretär.«

»Lebrun wird winseln vor Entsetzen«, wandte Danglard ein.

»Wenn er solche Angst hat, soll er den Posten abgeben.«

»Damit würde er sein Gesicht verlieren. Der Psychiater, der hinter einem *burladero* in Deckung geht.«

»Einem was?«

»Der hölzernen Barriere bei der Corrida«, sagte Danglard genervt. »Sie selbst haben mich vor nicht mal sechs Stunden danach gefragt.«

»Stimmt.«

Das Angelusläuten ertönte vom Glockenturm der Kirche Saint François Xavier, es war 19 Uhr. Adamsberg hielt an.

»Ich brauche einen Kaffee.«

Und ich einen Aperitif, dachte Danglard. Es war an der Zeit.

»Falls es Sie interessiert«, fügte Adamsberg hinzu, »was ich mit dem Satz ›Man wird immer nur von den eigenen Leuten verraten‹ meinte: Es könnte sein, dass die beiden isländischen Morde nicht das sind, was wir glauben.«

»Wir hatten doch gesagt, dass wir Island aufgeben«, sagte Justin etwas kläglich.

»Ja, sicher. Was uns nicht daran hindert, einen Abstecher dorthin zu machen, wenn Sie das reizt.«

Es reizte weder den Commandant noch den Lieutenant, sie rührten sich nicht. Adamsberg lächelte sie an, machte ihnen ein flüchtiges Zeichen und stieg aus. Sie sahen ihn über die Straße gehen und in einem Café verschwinden. Ein paar Minuten später setzten sie sich zu ihm an den Tisch.

»Wir fahren nicht nach Island, sondern zur Ferme du Thost im Departement Eure-et-Loir.«

»Wo Sie heute waren?«, fragte Justin.

»Und worüber Sie den ganzen Anfang unseres Gesprächs mit Danton versäumt haben«, bemerkte Danglard bissig.

»War es interessant?«

»Nein.«

»Sehen Sie, Danglard, eine halbe Stunde mit solchen Leuten genügt vollauf. Die Ferme du Thost gehörte einmal dem Ehepaar Grenier, einer Pflegefamilie.«

»Wo Amédée Masfauré vor seinem sechsten Lebensjahr untergebracht war, das sagten Sie schon.«

»Inhaftiert wäre zutreffender. Schlechte Behandlung in jeder Hinsicht, bis das Kind bei der Geschichte mit den geköpften Enten plötzlich durchdreht.«

»Diese Enten hat er damals in Le Creux erwähnt«, sagte Danglard, den das Eintreffen seines Weißweins schlagartig entspannte.

Während der Geschichte mit den sieben bis zehn Enten schüttelte Justin heftig den Kopf, um die Bilder zu verdrängen, die wie Fliegen über ihn herfielen. Der Junge mit seinem Beil, das Gemetzel, das Entenfleisch, das er jeden Tag essen musste, bis es ihm zu den Ohren herauskam. Der Große, der ihm half, Fleischstücke zu vergraben.

»Da versteht man, dass er alle seine Erinnerungen gelöscht hat«, sagte er.

»Ich glaube nicht, dass er auch nur irgendetwas gelöscht hat«, meinte Adamsberg. »Ich glaube, dass er lügt. Und der größere Junge, der ihn während dieses fünfjährigen Alptraums beschützt hat, ein Pflegekind wie er selbst, ich glaube auch nicht, dass Amédée den je hat vergessen können. Er war – und ist sicher immer noch – seine einzige Liebe und sein Retter.«

»Und?«

»Er war zehn Jahre älter als Amédée, und er war kein hübscher Junge, bis auf seine üppigen blonden Locken und sein breites Lächeln. Das man aber selten sah.«

Danglard, den Blick wie abwesend ins Leere gerichtet, hielt einen Arm nach oben gereckt, um den Kellner heranzuholen, falls er vorüberkäme.

»Brüder, wollen Sie sagen? Sie sind Brüder?«

»Ich kapiere überhaupt nichts mehr«, sagte Justin.

»Amédée und Victor«, erklärte Adamsberg, »waren Brüder. Die im Abstand von zehn Jahren von derselben Mutter verlassen wurden.«

»Gibt es einen Beweis dafür?« Danglard hielt den Arm immer noch hochgereckt.

»Es kam jeden Monat nur ein Briefumschlag auf dem Hof an, mit dem Geld für den Unterhalt. Keine zwei. Absender Madame Masfauré. Aber davor kam er von Mademoiselle Pouillard. Marie-Adélaïde Pouillard, später verheiratete Masfauré.«

Der Kellner füllte das Glas in Danglards Hand ein zweites Mal, der wandte rasch den Kopf und dankte ihm, aus seiner kurzen Benommenheit zurückkehrend.

»Und eines schönen Tages«, fragte Justin, »als er fünf Jahre alt ist, kommt sie und holt ihn ab? Hat sie plötzlich ein schlechtes Gewissen? Aber warum holt sie dann nur ihn allein?«

»Wenn es nur nach ihr gegangen wäre, hätte sie auch Amédée nie wieder geholt.«

»Okay«, sagte Danglard. »Man kann also vermuten, Henri Masfauré hat auf die eine oder andere Weise erfahren, dass seine unwiderstehliche Gemahlin ihr neugeborenes Kind ausgesetzt hat, den Daten nach kurz vor ihrer Heirat. Aus Angst, Masfauré sonst zu verlieren.«

»Wollte er kein Kind?«

»Wahrscheinlich nicht«, sagte Adamsberg. »Sie hat es vorgezogen, ihr Baby loszuwerden, als sich das Vermögen von Masfauré entgehen zu lassen. Gleiches Szenario zehn Jahre früher mit einem Produzenten. Sie war gierig, Sie erinnern sich. Nichts sollte sie dabei behindern.«

»Natürlich!«, sagte Danglard. »Brüder! Victor und Amadée, die gekoppelten Vornamen der Herzöge von Savoyen.«

»Stimmt«, realisierte Adamsberg. »Sie hatten recht.«

»Aber weiter ging es nicht.« Danglard schüttelte den Kopf. »Selbst um sie in der freien Wildbahn auszusetzen, hat sie ihnen noch Vornamen aus dem Hochadel gegeben.«

»Als Masfauré von der Existenz dieses verlassenen Sohnes erfuhr, hat entweder sein Herz gesprochen oder seine Moral. Jedenfalls hat er seine Frau verpflichtet, den Kleinen zu holen. Ich glaube, an dem Tag hat unser Philanthrop seine Gemahlin erstmals mit anderen Augen gesehen. Möglich, dass sie ihn entsetzt hat. Möglich auch, dass er ihr verziehen hat. Jedenfalls stand es für Marie-Adélaïde außer Frage, dass Masfauré auch noch von einem zweiten Kind erfuhr, das sie zehn Jahre früher verlassen hatte. So hat sie nichts von Victor erzählt und ihn, als sie auf den Hof kam, nicht eines Blickes gewürdigt. Ganz bewusst.«

»Infam«, sagte Danglard und stellte sein Glas ab. »Eine ›infame Heuchlerin‹.«

»Warten Sie ab«, sagte Adamsberg sanft. »Mit fünfzehn Jahren oder auch früher war Victor durchaus in der Lage, in den Papieren der Greniers zu stöbern und dort auf den Namen seiner Mutter zu stoßen: Pouillard. Und des Weiteren an der immer gleichen Schrift auf den Umschlägen zu erkennen, dass ihr neuer Name Masfauré war. Versetzen Sie sich an die Stelle dieses blutjungen Mannes, wie er die schöne

Adélaïde Pouillard-Masfauré ankommen sieht, die den kleinen Amédée mitnimmt, ihn selbst jedoch großzügig übersieht. Wie sie ihm Amédée, sein einziges Glück auf dieser Welt, aus den Armen reißt. Mit dem schluchzenden Kind in ihrem schicken Auto davonfährt und den anderen Sohn seinem Schicksal überlässt.«

»Ihn zum zweiten Mal verlässt«, sagte Justin.

»Was bei Weitem ausreichen würde, Victor in eine geballte Masse aus Wut und Hass zu verwandeln«, sagte Danglard.

»Bis hin zu dem Gedanken, sie umbringen zu wollen, Commandant?«

Adamsberg schaukelte versonnen auf seinem Stuhl hin und her.

»Es zumindest zu wünschen«, meinte Justin.

»Und warum«, fuhr Adamsberg fort, »taucht er zehn Jahre später plötzlich bei den Masfaurés auf? Unter diesem geliehenen Namen, mit dem er ihre Aufmerksamkeit erregen will? Warum sagt er nicht, dass er ihr Sohn ist? Warum löst er keinen Skandal aus? Warum schleicht er sich maskiert in die Familie ein und setzt sich ohne ein Wort in ihr fest? Mit welchem Ziel, Justin, wenn nicht, um sie zu töten?«

»Weil er, wenn er sich zu erkennen gibt und die Frau ermordet wird«, sagte Danglard, »der Erste ist, den man verdächtigt. Also darf man nicht wissen, dass sie seine Mutter ist.«

»Und er lässt sich Zeit«, sagte Justin. »Bis sich eine Gelegenheit bietet.«

»Island«, sagte Adamsberg.

»Island«, wiederholte Danglard. »Weiß Amédée, dass Victor sein Bruder ist?«

»Ich glaube«, Adamsberg zögerte, »dass Amédée auf inständiges Bitten seiner Eltern nie über seine Kindheit gesprochen hat. Er erinnert sich natürlich an Victor, seinen Abgott aus der Zeit auf der Ferme du Thost – man spricht es *Tôt* aus, Danglard –, aber er hat ihn nicht wiedererkannt. Er war erst fünf, als er ihn verlassen musste, und als er ihn wiedertrifft, ist Victor ein Erwachsener von fünfundzwanzig Jahren. Doch in seinem Unterbewusstsein ahnt er, dass er es ist. Anders lässt sich nicht erklären, dass er ihm ergeben ist wie ein Kind. Was Victor angeht, so bin ich überzeugt, dass er sein Geheimnis gewahrt hat, selbst gegenüber seinem geliebten Amédée. Wenn er seine Mutter – ihrer beider Mutter – so sehr hasste, dass er sie töten wollte, musste er schweigen.«

»Sodass die Geschichte mit dem Drama in Island, die Geschichte von dem Killertypen mit dem Messer …«, begann Justin.

»Falsch wäre«, kürzte Adamsberg ab.

»Sie konnten sich darüber nicht absprechen, bevor wir sie befragt haben«, wandte Danglard ein.

»Aber sicher. Erinnern Sie sich an Amédées Flucht zu Pferde, Commandant, diese so sinnlose Flucht, und an Victor, der sofort seine Verfolgung aufnimmt. Das hat Victor Amédée so befohlen, sobald Céleste von einer Madame Gauthier sprach.«

»Und wie hätte Victor wissen können, dass diese Madame Gauthier eine der Island-Reisenden war? Er kannte doch ihren Namen gar nicht.«

»Weil Amédée ihm den Brief gezeigt hatte. Er verheimlichte Victor nichts.«

»Verstehe«, sagte Danglard. »Im Wald hatten sie dann die Zeit, ihre Darstellung der Geschichte zusammenzubasteln.«

»Erinnern Sie sich an die Beschreibung, die Victor uns von dem Mörder gegeben hat. Ein banales, unbestimmtes Gesicht ohne besondere Merkmale. Er hat die Identität des Typen bewusst unscharf gelassen, der Mann blieb irgendwie unsichtbar. Dagegen hat er – und Amédée ebenso – immer wieder seine Brutalität betont. Der ›widerliche‹, grauenhafte, ›abscheuliche‹ Kerl, der geborene Mörder. Als wenn Victor uns mit Macht den Weg mit der Taschenlampe zeigen wollte: Geht da lang, ihr Bullen, sucht den fiesen Kerl ohne Gesicht und ohne Namen. Sucht ihn bis ans Ende der Welt.«

»Und der Mord an dem Legionär?«, fragte Justin.

»Vielleicht, um den an der Mutter zu verschleiern?«

»Und Masfauré? Hätte er demnach auch Masfauré umgebracht?«

»Nein. Warum sollte er seinen Wohltäter ermorden? Außerdem, zehn Jahre danach? Nein, das ergibt keinen Sinn. Masfauré gehört in die Robespierre-Serie. Zwei Fälle, zwei Mörder. Die wir für einen einzigen gehalten haben. Daher dieser Eindruck des Algengeflechts. Danglard, Sie werden all das morgen im Konzil den Kollegen erläutern. Ich bin nicht sicher, ob ich dabei sein will.«

»Sie sind nicht zufrieden, nicht wahr, Kommissar?«, sagte Danglard sehr leise. »Wegen Victor?«

Adamsberg sah seinen Stellvertreter an, und sein Blick war bereits sehr verschwommen. Es war einer von diesen Momenten, wo er in unerreichbare Gegenden abdriftete und man in seinen Augen die Pupille nicht mehr von der Iris unterscheiden konnte.

»Zufrieden vielleicht. Aber nicht glücklich.«

29

Die Versammlung im Konzilsaal war nach dem Vortrag von Commandant Danglard einen Moment lang in heller Aufregung. Es wurde gepfiffen und mit den Fingern geschnippt als Zeichen der Zustimmung für Adamsberg, der wieder einmal »Wolken schaufeln« gewesen war auf diesem Bauernhof und von dort allerhand Stoff zum Nachdenken mitgebracht hatte.

Die Sache mit dem »Wolkenschaufler« – wie ein Sergent in Québec Adamsberg einmal genannt hatte – spaltete die Brigade seit Langem in zwei Lager, die »Gläubigen« und die »Positivisten«. »Gläubig« waren die, die jedes Abdriften des Kommissars, das häufig stumm verlief oder schwer zu entschlüsseln war, aus Loyalität oder sogar aus Überzeugung verteidigten – ein typischer Vertreter war der eifrige Estalère. Die »Positivisten« hingegen blieben im Interesse der Ermittlungen unbeirrbare Cartesianer, die das Schlingern, ja die unergründlichen Abwesenheiten des Kommissars aus der Fassung brachten oder schlicht rasend machten – ihr führender Kopf war die pragmatische Retancourt. Aber für alle überraschend hatte die stämmige Beamtin Adamsbergs Ausbüxer nach der Ferme du Thost am Tage zuvor nicht kritisiert.

»Weiber«, hatte Noël gesagt. »Sobald ein Kind im Spiel ist, haben sie nichts mehr in der Birne.« Worauf Kernorkian trocken erwidert hatte, dass Noël sich bereit erkläre, Retancourt als Frau anzusehen, sei ja schon mal ein Fortschritt.

Mordent und Voisenet, die das Verhalten ihres Vorgesetzten am Vortag missbilligt hatten, hielten verwirrt die Köpfe gesenkt.

»Torschuss«, gab Mordent zu, indem er seinen langen Hals aus seinem Kragen schob.

»Gewiss«, meinte Justin, »und er lässt die alten Morde in Island in einem neuen Licht erscheinen.«

»Morde, die allerdings verjährt sind«, ergänzte Veyrenc, »seit vier Monaten. Selbst wenn Victor Grenier-Masfauré den Legionär und seine Mutter umgelegt haben sollte, wird es weder einen Prozess noch eine Verurteilung geben.«

»Sodass wir mit der Island-Geschichte nach wie vor unsere Zeit verlieren«, schloss Voisenet.

»Aber an Erkenntnis gewinnen«, gab Danglard zu bedenken.

»Schade«, sagte Mordent, »dass wir nicht die genaue Anzahl der geköpften Enten wissen. Sieben oder aber zehn? Das würde einen schönen Titel für ein ungewöhnlich grausames Märchen abgeben: ›Die sieben Enten von Thost‹.«

Es konnte vorkommen, dass auch Mordent abdriftete, aber nur, wenn er an seine Märchen und Legenden dachte, und auch dann nur für sehr kurze Zeit. Sein Blick wurde nie so wässrig wie der von Adamsberg. Er behielt immer das fest und haarscharf auf seine Beute gerichtete Auge des lauernden Vogels. Seine Ausreißer waren nur kleine Seitensprünge, während die des Kommissars an lange, kompasslose Märsche im Nebel erinnerten.

»Erstens«, sagte Retancourt und hob den Daumen, »hat Victor durchaus das Zeug zum Mörder. Zweitens«, sie streckte den Zeigefinger hoch, »ist er ein Mann der Tat. Drittens hat er Masfauré zu den Robespierre-Versammlungen begleitet. Viertens gibt es keinen Grund, ihn von den gegenrevolutionär motivierten Morden auszunehmen.«

»Nein«, konterte Danglard. »Victors Morde – wenn er denn gemordet haben sollte – lassen sich nur aus der Tragödie seiner Kindheit erklären. Man mordet nicht mal hier, mal da weiter, weil man nichts anderes zu tun hat.«

»Die isländischen Morde sind Vergangenheit«, meinte Voisenet. »Aber die Robespierre-Serie geht weiter, und die Ermittlungen treten auf der Stelle. Die Lokomotive steht am Prellbock, kein Gleis in Sicht, auf dem es weitergehen könnte.«

»Montagabend«, erinnerte Mordent, »können wir den beiden anderen ›Nachfahren‹ folgen und sie identifizieren. Die Ableger des Henkers und dieses anderen Kerls, der auf der Guillotine endete.«

»Sanson und Desmoulins«, sagte Veyrenc.

»Inzwischen«, sprach Voisenet weiter, »drehen wir uns im Kreis, bewachen Château und seine beiden Büttel und sind nicht in der Lage, die anderen Mitglieder der Gruppe der ›Zeitweiligen‹ zu identifizieren.«

Voisenet war ein umtriebiger Mensch; Machtlosigkeit, Warten, Scheitern und dergleichen legten seine Nerven blank. Er war von geschäftigem Naturell, was mit der Beobachtung von Süßwasserfischen unvereinbar schien. Doch Adamsberg war der Meinung, dass gerade diese Fixierung auf die Fische Voisenet ein lebenswichtiges Gegengift zu seiner Rastlosigkeit lieferte. Weshalb er auch immer gestattet hatte, dass der Lieutenant seine Fachzeitschriften in der Brigade las.

Mercadet, der, um die Sitzung nicht zu versäumen, seinen Schlafzyklus verfrüht abgebrochen hatte, bat Estalère um eine zweite Tasse Kaffee.

»Die werden noch alle umgelegt werden«, meinte er, »während wir im Auto rumkurven und uns in Torbögen verstecken.«

»Wer ist denn überhaupt noch am Leben?«, fragte Estalère.

Veyrenc beschloss, Adamsberg in seiner Schlichterrolle zu vertreten.

»Von der Gruppe der ›Zeitweiligen‹ mindestens vier, Estalère.«

»Vier, sehr gut. Wer?«

»Eine Frau, die Lebrun und Leblond ›die Schauspielerin‹ nennen.«

»Okay.«

»Ein athletischer Typ, genannt ›der Radprofi‹.«

»Ja«, sagte Estalère nachdenklich.

Selbst wenn er sich sehr konzentrierte, senkte er seine Brauen nicht, sondern riss die Augen noch weiter auf, als es eigentlich möglich war.

»Ein Mann mit prüfendem Blick, für Lebrun-Leblond ein Zahnarzt. Er soll einen leichten Geruch nach Desinfektionsmitteln an sich haben. Und dann noch ein Typ ohne hervorstechende Merkmale.«

»Das haut hin«, sagte Estalère und ging, um Mercadet einen weiteren Kaffee zu machen – sehr stark.

»Wenn ein Wunder geschieht«, sagte Voisenet, »haben wir vielleicht eine Chance, sie in der Sitzung am Montagabend zu sehen. Wir sollten zusätzliches Personal einplanen, wenn wir die beiden Nachfahren und diese vier ›Eingeschleusten‹ anschließend beschatten wollen.«

»Das könnten wir«, stimmte Mordent zu. »Aber nachdem vier Leute von ihnen umgebracht wurden, bezweifle ich, dass sie kommen werden. Was ist mit Robespierre?«

»Er arbeitet bis spät in die Nacht«, sagte Justin. »Sicher bereitet er seine Rede für Montag vor.«

»Wo es um welche Sitzung gehen wird?«, fragte Veyrenc.

»Um die beiden Sitzungen vom 11. und vom 16. Germinal

des Jahres II zusammen, sie wurden gekürzt. Also die vom 31. März und vom 5. April 1794.«

»Auf denen Robespierre die Verhaftung von Danton, Desmoulins und seinen Freunden fordert«, ergänzte Veyrenc.

»Genau die.«

Eine Ansage, die alle anderen Mitglieder der Brigade unbeeindruckt ließ. In diesem Augenblick betrat Adamsberg den Raum, den Blick auf das Display seines Telefons gesenkt, während er die Versammelten schlicht mit einem Handzeichen begrüßte. Estalère sprang sofort auf, um seiner Kaffeemission nachzukommen.

»Froissy hat soeben ihre Arbeit abgeschlossen«, verkündete Adamsberg, ohne sich zu setzen. »Sie hat die Ahnenreihe von Ortschaft zu Ortschaft bis hin nach Montargis zurückverfolgt. Unser François Château ist tatsächlich ein Nachkomme des Gastwirts François Didier Château, des mutmaßlichen Sohnes von Robespierre. Was seinen Fall beträchtlich erschwert. Danglard, klären Sie alle über unseren seltsamen Gastwirt von 1840 auf. Und erinnern Sie mich daran, Sie zu fragen, was es mit dem ›grauenhaften Sterben‹ von Robespierre auf sich hat. Lebrun erwähnte es. Retancourt, kommen Sie doch bitte mal mit in mein Büro.«

Er schloss sorgfältig die Tür, während Retancourt sich auf den Besucherstuhl setzte, der nicht für ihr Format geschaffen war – kein Stuhl war dafür geschaffen – und unter ihr verschwand.

»Sie werden die Verantwortung bei der Überwachung von François Château abgeben.«

»So«, sagte Retancourt und wappnete sich, denn das Verschwommene in Adamsbergs Blick, das Danglard am Abend zuvor wahrgenommen hatte, war nicht verschwunden. Und jeder in der Brigade wusste, was diese Bildstörung bedeutete:

Abdriften, Schwebezustand, Wolkenschaufelei, in drei Worten gesagt.

»Wie Sie sicher verstanden haben«, begann Adamsberg und nahm dabei die Zigarette, die Retancourt ihm reichte, »ist in Island etwas anderes passiert, als die Brüder Amédée und Victor uns erzählt haben.«

»Ja.«

»Etwas viel Schlimmeres.«

»Ein Muttermord.«

»Noch schlimmer, Retancourt. Erinnern Sie sich: Victor erklärt, dass der Mörder alle Mitglieder der Gruppe unter Androhung ihres Todes zum Schweigen verpflichtet hat. Und in der Tat schweigen sie seit zehn Jahren. Können Sie sich vorstellen, dass Victor neun Männer und Frauen, die älter und erfahrener sind als er, in einem solchen Maße terrorisiert haben könnte? Im Alter von siebenundzwanzig Jahren? Denn das war er zu dem Zeitpunkt.«

»Jung oder alt, was bedeutet das schon? Das Alter spielt in der Sache keine Rolle.«

»Laut Victor hat der Mörder ihnen versichert, dass sein ›Netz‹ oder welches Wort auch immer er benutzt hat, sie selbst dann verfolgen würde, wenn einer von ihnen ihn in den Knast gebracht hätte. Victor soll über ein ›Netz‹ verfügen? Victor, der Autodidakt, der geradewegs vom Bauernhof gekommen ist? Wie sollte er eine solche Macht besitzen und eine solche Überzeugungskraft?«

»Der Fall ist verjährt, Kommissar«, sagte Retancourt mit einem Achselzucken.

»Das ist mir egal.«

»Viel schlimmer noch als was? Woran denken Sie?«

»An nichts, Retancourt. Wie soll ich das wissen? Man muss suchen.«

Retancourt schob polternd ihren Stuhl nach hinten, ihr Misstrauen wuchs von Sekunde zu Sekunde.

»Wo?«, fragte sie.

»In Island. Ich gehe zu dem warmen Felsen.«

»Das ist absurd, Kommissar, es ergibt keinen Sinn.«

»Das ist mir egal«, wiederholte Adamsberg. »Aber alles hängt von meiner heutigen Begegnung ab. Ich fahre nach Le Creux zurück, um noch einmal mit Victor und Amédée zu reden.«

»Wozu? Um ihnen zu enthüllen, dass sie Brüder sind? Einfach so, ohne alle Vorbereitung? Das wird einen Schock auslösen, Geschrei, Tränen.«

»Bestimmt. Und so was liebe ich gar nicht.«

»Also, warum dann?«

»Um die Wahrheit zu erfahren. Einer von beiden wird vielleicht ehrlich sein.«

»Und weiter?«

»Nichts weiter. Ich werde es wissen, das ist alles.«

»Und die Robespierre-Morde?«, erregte sich Retancourt. »Die vier Eingeschleusten, die in Gefahr sind? Sie lassen sie im Stich, um zu ›wissen‹, was Victor auf der lauwarmen Insel angestellt haben mag?«

»Ich lasse niemanden im Stich. Auf dem Schachbrett Robespierre tut sich derzeit nichts. Aber es wird sich etwas bewegen. Nichts bleibt je, wie es ist, nichts verbleibt je im Zustand der Erstarrung. Die Bewegung siegt immer. Irgendjemand hat mal gesagt: ›Denn es bewegt sich das Tier von selbst‹, ich weiß nur nicht mehr, wer es war. Die Sache wird von sich aus wieder in Bewegung kommen, verlassen Sie sich darauf.«

»Ja, mit vier weiteren Morden.«

»Weiß man's?«

»Und wenn Ihre heutige Begegnung nichts erbringt?«

»Dann gehe ich zum warmen Stein. Hier bleiben noch dreiundzwanzig bestens informierte Beamte, die alle fähig sind, an dem Fall Robespierre dranzubleiben.«

»Dreiundzwanzig? Das heißt, Sie fahren nicht allein?«

»So ist es. Wobei ich weniger die eisigen Weiten fürchte als vielmehr meine Wesensart. Die der anderen zu beobachten hilft mir – wie sagen Sie? –, auf dem rechten Weg zu bleiben.«

»Den Sie längst verlassen haben, Kommissar«, sagte Retancourt und stand auf, um anzudeuten, dass sie auf der Stelle gehen werde. »Sie treiben sich in der Gegend herum. Wenn der Divisionnaire mitkriegt, dass Sie einem sinnlosen, längst abgelegten Fall hinterherjagen und darüber die laufende Ermittlung vernachlässigen, können Sie Ihren Posten vergessen.«

»Das würden Sie tun, Retancourt? Sie würden ihn darüber informieren?«

Adamsberg zündete sich eine weitere Zigarette an und ging zum Fenster, seiner Stellvertreterin den Rücken zukehrend.

»Sie können es gar nicht tun, Violette« – er liebte es von Zeit zu Zeit, sie mit ihrem Vornamen anzusprechen –, »denn Sie werden mit mir kommen. Es sei denn, ich wiederhole es, dass heute Nachmittag aus der Tiefe des Brunnens die Wahrheit ans Licht kommt, aber das bezweifle ich sehr.«

»Kommt nicht infrage«, fauchte Retancourt und wich zur Tür zurück. »Ich verlasse die Mannschaft nicht mitten in der Flaute.«

Sie standen beide da wie zwei störrische Tiere, die einander herausfordern, die ungleichsten, die man sich denken konnte.

»Nun gut«, sagte Adamsberg, immer noch zum Fenster gewandt, während seine Zigarettenasche auf den Boden fiel. »Dann nehme ich Justin mit.«

»Justin? Das ist der reine Wahnsinn. Er kann keine fünf Kilo heben.«

»Und Sie, Violette, wie viel?«

»Gerissen oder gestemmt?«

»Was ist schwerer?«

»Reißen.«

»Also wie viel, gerissen?«

»Zweiundsiebzig Kilo«, sagte Retancourt und wurde leicht rot dabei.

Adamsberg pfiff vor Bewunderung.

»Das ist gar nichts«, meinte Retancourt. »Der Weltrekord für Frauen in meiner Gewichtsklasse liegt bei einhundertachtundvierzig Kilo.«

»Ich brauche keine Weltmeisterin. Es reicht mir, wenn Sie mich aus dem eisigen Wasser ziehen können, falls ich reinfalle.«

»Wir haben April. Es sind nicht dieselben Bedingungen wie im November, als diese Idioten damals losgezogen sind.«

»Täuschen Sie sich mal nicht. Zu dieser Jahreszeit haben Sie dort, mit ein wenig Glück, fünf magere Sonnenstunden pro Tag, Temperaturen zwischen 2 und 9 Grad, und Sie müssen sich auf plötzlichen Schneeeinbruch gefasst machen, auch mal auf einen arktischen Tornado, Nebelbänke und Treibeis auf dem eisigen Wasser.«

»Aber nicht Justin«, sagte Retancourt noch einmal mit Nachdruck. »Der bleibt hier. Er ist sehr gut bei Beschattungen, diskret wie eine Katze.«

»Sie und Veyrenc. Danglard natürlich nicht. Schon die Reise würde ihn für zwei Monate aus dem Gleichgewicht bringen. Sie erinnern sich an Québec. Danglard bleibt hier und übernimmt zusammen mit Mordent die Leitung. Danglard hat das Wissen, Mordent den strategischen Verstand.«

Adamsberg vermaß mit großen Schritten die eine Seite des langen Tischs, Retancourt die andere. Wobei sie beide darauf achteten, nicht über das große Hirschgeweih zu stolpern, das in einer Ecke lag, Erinnerungsstück an einen düsteren normannischen Wald, das Adamsberg einst dort abgelegt und nie wieder weggeräumt hatte. Zwei Wesen, die sich in zwei Meter Abstand voneinander umschlichen, nur getrennt durch den symbolischen *burladero* des Holztischs. Und keiner von beiden ahnte, dass vor der Tür Estalère stand, mit dem inzwischen kalt gewordenen Kaffee für den Kommissar. Er hörte den Lärm der Auseinandersetzung, und dieser Streit zwischen seinen beiden liebsten Kollegen machte ihn geradezu hilflos.

»Wenn Sie sich diese Idee nicht aus dem Kopf schlagen können, Kommissar«, sagte Retancourt in versöhnlicherem Ton, »dann verschieben Sie sie doch. Bringen wir den Fall Robespierre zu Ende, und danach reisen Sie zu Ihrer Aufmunterung hoch zu Ihrem warmen Felsen.«

»Ich habe schon drei Tickets für Dienstag gebucht. Offene Tickets, für den Fall, dass hier etwas in Bewegung kommt.«

»Personalisierte Tickets?«

»Für mich, ja. Für Sie und Veyrenc nicht. Andernfalls fliege ich mit Voisenet – er wird sich freuen, seine Nordmeerfische zu sehen. Mercadet wäre auch gut, aber wir können uns nicht erlauben, ihn drei Stunden lang im Schnee schlafen zu lassen. Voisenet und Kernorkian. Oder Noël.«

»Noël halten Sie keine drei Tage aus.«

»Aber sicher. Was er sagt, geht bei mir hier rein und da raus. Er hat Kraft und ist schnell, wenn es darum geht, ein Leben zu retten. Vergessen Sie das nicht, Retancourt.«

»Ich erinnere mich.«

»Und den Kater. Ich nehme die Kugel mit. Er ist besser als jede Wärmflasche.«

Retancourt hielt auf der Stelle im Laufen inne, Adamsberg ebenso. Er grinste.

»Denken Sie darüber nach, Lieutenant. Ich erwarte Ihre Antwort spätestens morgen Nachmittag.«

30

Adamsberg hatte Telefon und Autoschlüssel eingesteckt und erwischte Danglard im Flur.

»Kommen Sie mit, Commandant?«

»Wohin?«

»Nach Le Creux. Herausfinden, was die beiden Brüder vor uns verbergen wollten.«

»Die nicht wissen, dass sie Brüder sind. Sie werden ein Erdbeben auslösen, vielleicht sogar eine Katastrophe.«

»Oder aber eine Wohltat, eine Notwendigkeit.«

»Es ist schon nach zwei, und wir haben noch nichts gegessen.«

»Wir werden uns im Auto ein Sandwich reinschieben.«

Danglard verzog das Gesicht, zögerte. Aber seit ihrem gestrigen Gespräch im Café musste er gegen seinen Willen immer wieder an diese Geschichte mit dem Bauernhof und ihre Folgen denken.

»Dafür essen wir in der Auberge du Creux zu Abend«, fügte Adamsberg hinzu. »Das wiegt es doch auf, oder?«

»Vielleicht könnten wir das Menü vorbestellen? Damit wir die Strohkartoffeln kriegen?«

»Versuchen wir's.«

Als sie durch den Gemeinschaftsraum gingen, blieb der Kommissar an Veyrencs Arbeitstisch stehen.

»Nochmalige Befragung in Le Creux und Abendessen in der Auberge, was hältst du davon?«

»Ich komme mit«, sagte Veyrenc. »Die beiden Jungs gehen mir nicht aus dem Kopf.«

»Was hast du mit deinen Haaren gemacht?«

»Ich habe sie gestern Abend zu färben versucht.«

»Ist nicht viel dabei rausgekommen.«

»Nein.«

»Es ist eher schlimmer geworden.«

»Ja.«

»Ein bisschen lila.«

»Hab's gesehen.«

Von ihrem Büro aus sah Retancourt, verschlossen wie eine Auster, die drei Männer davongehen.

Adamsberg warf einen Blick auf seine stillstehenden Uhren, als Céleste ihnen das große hölzerne Tor öffnete.

»16 Uhr«, sagte Veyrenc.

Céleste schien sich offensichtlich zu freuen, sie wiederzusehen; lächelnd gab sie ihnen die Hand, den Blick auf Veyrenc gerichtet.

»Sie mag dich«, flüsterte Adamsberg seinem Gefährten seit Kindertagen zu. »Was hatte Château noch mal über dich gesagt? Warum könntest du nicht im Nationalkonvent der Revolution auftreten? Ach richtig, weil du 'ne Birne wie 'ne antike Statue hast.«

»Leider eine römische«, sagte Veyrenc, »keine griechische.«

Adamsberg tat einen Schritt zur Seite, um im Gras neben der Kiesallee zu laufen, auf der Suche nach seinem vertrockneten Klettenbusch. Céleste war Amédée und Victor holen gegangen, sie kamen beide aus dem Gestüt herüber, nach Pferd riechend und mit misstrauischer Miene. Wenn die Bullen den

Mörder von Henri gefasst hätten, dann hätten sie angerufen, oder? Wozu kamen sie noch mal persönlich her?

»Es tut uns leid, dass wir Sie einfach so überfallen, ohne uns anzukündigen«, sagte Adamsberg.

»Das tut Ihnen überhaupt nicht leid«, konterte Victor. »Polizisten kommen immer, ohne sich anzukündigen. Schon wegen des Überraschungseffekts.«

»Stimmt. Wo könnten wir hingehen?«

»Dauert es lange?«

»Kann sein.«

Amédée wies auf einen runden Holztisch mitten auf dem Rasen.

»Die Sonne hält noch«, meinte er. »Wenn Ihnen nicht kalt ist, könnten wir vielleicht draußen bleiben?«

Adamsberg wusste, dass befragte Personen sich draußen immer sicherer fühlten als in einem Raum eingeschlossen. Und da es nicht seine Absicht war, sie fertigzumachen, steuerte er auf den Tisch zu.

»Es ist etwas heikel«, begann er, als alle saßen. »Es ist etwas heikel, Ihnen den Grund zu sagen, weshalb wir gekommen sind.«

»Und der wäre?«

»Die Tatsache, dass Sie beide gelogen haben. Ich muss es so unumwunden sagen.«

»In Zusammenhang mit meinem Vater?«

»Überhaupt nicht.«

»Womit sonst?«

»Mit Ihrer beider Leben.«

»Worüber wir Ihnen keinerlei Rechenschaft schuldig sind«, sagte Victor und stand auf. »Wenn Sie einen Banditen befragen, müssen Sie nicht wissen, mit wem er schläft.«

»Manchmal schon. Aber um Bettgeschichten geht es hier

nicht. Setzen Sie sich wieder, Victor, Sie machen nur Céleste nervös.«

Céleste, die mit eiligen Schritten auf sie zukam, ein schwankendes, schweres Tablett vor sich hertragend, das mit vielerlei Keksen und Getränken vollgestellt war. Veyrenc sprang auf, um ihr zu helfen, und verteilte mit ihr Flaschen und Gläser auf dem Tisch, während Victor wieder Platz nahm und seinen Stirnwulst senkte.

»Amédée«, sagte Adamsberg und wandte sich an den beunruhigten jungen Mann, »Sie sagten, dass Sie sich kaum an Ihre fünf ersten Lebensjahre in einer Einrichtung erinnern.«

»Das ist richtig.«

»Das ist falsch. Sie waren gar nicht in einer Einrichtung. Sie waren auf einem Bauernhof untergebracht, in der Ferme du Thost, bei einer ziemlich brutalen Pflegefamilie, von wo Ihre Eltern Sie abgeholt haben, als Sie fünf Jahre alt waren.«

Amédée verzwirbelte seine Finger wie Spinnenbeine, unfähig, ein Wort zu sagen. Sofort sprang Victor in die Bresche.

»Wo haben Sie das in Erfahrung gebracht?«

»Beim Sozialen Hilfswerk und auf dem Gehöft selbst, genauer gesagt, bei Madame Mangematin. Roberta. Die immer bei den Greniers aushalf, wenn sie große Wäsche hatten. Sie erinnert sich an Amédée, der gleich nach seiner Geburt von der Mutter weggegeben und fünf Jahre später von einem Ehepaar Masfauré wieder abgeholt wurde.«

Adamsberg sprach leise und langsam und war sich dennoch bewusst, dass er den Jungen in Panik versetzte.

»Kommt Ihnen keine Erinnerung, Amédée, wenn ich diese Namen nenne?«

»Nein, nichts.«

»Muss ich also bis zu den Enten gehen? Sie sagten, Sie könnten sich an Enten erinnern.«

»Ja.«

Victors Hand lag auf dem Tisch, gerade hatte er die beiden ersten Glieder seines Zeigefingers nach innen gebogen. Amédée ebenso. Zeichen geheimer Absprache, Pakt des Schweigens.

»An einem Tag haben Sie sieben oder zehn Enten auf einmal den Kopf abgeschlagen. Daraufhin hat man Sie gezwungen, sie auszunehmen und morgens, mittags und abends, zu jeder Mahlzeit Ente zu essen. Ein anderer Junge auf dem Hof, der älter war als Sie, hat Ihnen dabei geholfen.«

»An einen größeren Jungen erinnere ich mich, das habe ich gesagt.«

»Und an diese Enten? An das Beil? Das Blut?«

»Er erinnert sich«, sagte Danglard ebenso leise wie Adamsberg.

Amédée streckte seinen Zeigefinger.

»Wozu das alles?«, sagte er, und Schweiß perlte auf seiner Stirn und seiner Oberlippe. »Ja, ich bin ein Pflegekind. Meine Eltern hatten mir verboten, es zu sagen. Ich erinnere mich nicht gern daran, und ich rede nicht gern darüber. Und schließlich und endlich, was hat es für eine Bedeutung für Sie?«

»Und dieser Junge, der Ihnen geholfen hat, die Enten aufzuessen«, beharrte Adamsberg, »an den erinnern Sie sich?«

»Wenn es einen Menschen auf der Welt gibt, an den ich mich erinnern möchte, dann an ihn.«

»Er hat Sie beschützt, nicht wahr?«

»Ohne ihn wäre ich hundertmal gestorben.«

Victor hatte seine sämtlichen oberen Fingerglieder nach innen gebogen, aber Amédée schien es zu übersehen, oder er war nicht mehr in der Lage, das Signal aufzufangen, jetzt, da die düstere Erinnerung an den Bauernhof wieder über ihm zusammenschlug, in der es nur einen einzigen Lichtpunkt gegeben hatte, diesen »größeren Jungen«.

»Und als Ihre Eltern kamen, diese unbekannten Eltern, hat man Sie von ihm losreißen müssen. Sie hatten sich, so erzählte man mir, in seinen Armen festgeklammert, und auch er wollte Sie nicht loslassen.«

»Ich war zu klein, um es zu verstehen. Ja, sie haben mich losgerissen, es sei zu meinem Besten, sagten sie. Er aber flüsterte mir immer wieder ins Ohr: ›Hab keine Angst, wo du sein wirst, werde auch ich sein. Ich werde dich niemals verlassen. Wo du sein wirst, werde auch ich sein.‹«

Amédée presste die Hände auf seine Schenkel. Adamsberg atmete tief ein, hob den Kopf, ließ seinen Blick in das hohe Laubwerk wandern. Das Schwerste blieb noch zu tun.

»Und doch ist er verschwunden«, fuhr Amédée mit veränderter Stimme fort. »Das ist normal, wie sollte er mich denn auch finden? Aber das habe ich erst später begriffen. Jahrelang habe ich jeden Abend auf ihn gewartet und mit den Augen den Park nach ihm abgesucht. Aber er ist nicht gekommen.«

»Doch«, sagte Adamsberg. »Er ist gekommen.«

Amédée wich gegen die Stuhllehne zurück und warf die Hände vors Gesicht.

»Er hat Wort gehalten«, sprach Adamsberg weiter, während Victor seine Finger löste und die Lippen aufeinanderpresste. »Haben Sie ihn wirklich nicht wiedererkannt?«, fragte er und beugte sich zu Amédée vor. »Ihn« – er wies mit einer leichten Fingerbewegung auf Victor –, »Victor, genannt Victor Masfauré.«

Amédée wandte den Kopf zum Sekretär seines Vaters, langsam wie ein zu Eis erstarrter Mensch, der nicht mehr weiß, wie er seine Glieder gebrauchen soll.

»Als Sie ihn verlassen haben, war er ein schmächtiger Bengel von fünfzehn Jahren, schlaksig und unansehnlich, und zehn Jahre später sahen Sie einen ausgewachsenen Mann vor sich, bärtig und muskulös. Aber seine Haare, Amédée? Und sein Lächeln?«

»Unansehnlich bin ich immer noch«, sagte Victor bewusst lässig, um die Feierlichkeit des Augenblicks zu brechen.

»Ich gehe mal ein paar Schritte mit meinen Kollegen. Wir lassen Sie einen Moment allein.«

Aus der Ferne sah Adamsberg, der sich ins Gras gehockt hatte, wie sie sich bei den Händen fassten, sich gegenseitig ins Wort fielen, wie Amédées Stirn an Victors Schulter sank, Victor ihm mit der Hand einmal rasch durchs Haar fuhr und sie dann, nach einer Viertelstunde, wieder ruhiger wurden. Er ließ ihnen noch fünf Minuten und gab seinen beiden Mitarbeitern, die abseits auf einer Bank saßen – wegen des feinen englischen Anzugs von Danglard, der die feuchte Erde nicht vertrug –, das Zeichen zur Rückkehr.

»Achten Sie auf die Finger der beiden«, sagte er zu ihnen, während er sich sehr gemächlich auf den Tisch zubewegte. »Wenn Victor den Zeigefinger umbiegt, dann heißt das für Amédée, dass er nichts sagen soll.«

»Sie haben ihn wirklich nicht wiedererkannt?«, fragte Adamsberg noch einmal.

»Nein«, sagte Amédée, der Victors Arm noch immer umklammert hielt, mit ganz und gar verändertem Blick.

»Aber unbewusst schon. Sie haben ihn sofort erkannt und angenommen und geliebt, diesen Mann, der nun der Sekretär Ihres Vaters war.«

»Ja«, gab Amédée zu.

»Womit wir bei Ihnen, Victor, und Ihren Geheimnissen wären. Was ist eigentlich Ihr richtiger Name?«

»Das wissen Sie. Masfauré.«

»Aber nein. Ein der Fürsorge übergebenes Kind erhält drei Vornamen, von denen der Letzte ihm als Zuname dient. Welcher war das?«

»Laurent. Die Greniers haben mich Victor Laurent genannt.«

»Aber Sie haben sich Masfauré nennen lassen, um Henris Aufmerksamkeit zu erregen. Sie sind unter falschem Namen in dieses Haus gekommen und haben sich hier eingenistet, ohne Amédée zu sagen, dass Sie sein Gefährte von dem Bauernhof sind.«

Eine Hand auf der von Amédée, tat Victor sehr schläfrig und antwortete mit müder Stimme.

»Ich wollte keinen Schock auslösen. Amédée schien sich gefangen zu haben, es ging ihm gut, sicher war er etwas schwermütig, aber es ging ihm gut, ich wollte das nicht alles aufwühlen. Bei ihm zu sein genügte mir.«

»Das klingt edelmütig, und ich glaube es sogar«, sagte Adamsberg. »Doch zurückzukehren, ohne ihm etwas zu sagen, ihn zwölf Jahre lang in diese Lüge einzuhüllen, welchen Sinn hat das?«

»Den, den ich Ihnen nannte.«

»Nein«, sagte Veyrenc sehr bestimmt.

»Nein«, sagte Adamsberg. »Amédée hätte Sie wie einen Gott empfangen. Nicht ihm gegenüber wollten Sie verschweigen, wer Sie waren.«

»Doch«, beharrte Victor; sein Gesicht mit der hässlichen niedrigen Stirn unter den malerischen blonden Locken hatte sich verhärtet.

»Nein. Nicht vor ihm versteckten Sie sich, sondern vor ihr.«

»Vor wem, ihr?«, versuchte er es mit einer hochmütigen Reaktion.

»Marie-Adélaïde Pouillard, verehelichte Masfauré.«

»Ich verstehe nicht, was Sie sagen wollen.«

»Sie haben alle Papiere der Greniers durchwühlt, sobald Sie alt genug waren. Und Sie haben es gewusst, lange vor Amédées Weggang.«

»Es hat nie irgendwelche Papiere gegeben! Oder sie waren vernichtet worden!«, schrie Victor. »Ja, ich habe danach gesucht, aber ich habe nichts gefunden!«

»Vernichtet? Wo sie ein solches Erpressungspotenzial darstellten? Leute wie die Greniers? Aber ganz gewiss nicht. Sie haben sie sehr wohl gefunden. Oder wie hätten Sie sonst erfahren, wo Amédée jetzt lebte?«

Eine kompakte Stille breitete sich aus, und Danglard schlug vor, ein Glas Portwein zu trinken. Oder irgendetwas anderes. Er schlingerte auf seinen langen, weichen Beinen zum Haus und suchte nach Céleste. Ein bisschen was Starkes, bat er. Und dieses eine Mal war es nicht für ihn selbst. Jedermann wartete schweigend, so als könnte dieses Manna alles lösen oder zumindest aufschieben.

»Na schön«, sagte Victor schließlich nach zwei Gläsern Portwein. »Ich habe in den Papieren der Greniers gesucht. Sie waren in einem Hohlraum des Stützbalkens versteckt, hinter der alten, verrosteten Sense. Aber es waren nur zwei Briefe.«

»Und Ihre Entdeckung machten Sie vor Amédées Weggang, da haben wir uns richtig verstanden?«

»Ja«, sagte Victor und goss sich ein weiteres Glas ein. »Ich war dreizehn.«

»Es waren an die hundert Briefe, nicht nur zwei. Und Sie haben noch etwas anderes dabei erfahren.«

Victor knickte seinen Zeigefinger ein, diesmal für sich allein. Amédée hatte schon längst aufgegeben, dem Gespräch folgen zu wollen. Er starrte Victor immer noch mit diesem sprachlosen, fragenden und nahezu seligen Gesichtsausdruck an, den auch Estalère haben konnte.

»Nur den Namen seiner Mutter und ihre Anschrift«, erklärte Victor barsch. »Als ich volljährig war, bin ich weg vom Hof, ich habe mich von Job zu Job durchgeschlagen, aber sobald ich ein Motorrad hatte, fuhr ich regelmäßig hin, um ihn vom Wäldchen aus zu sehen. Bis ich eine Möglichkeit fand, ins Haus zu kommen.«

»Mit einer neuen Ausbildung und einem falschen Namen.«

»Was ist daran schlimm? Ich hatte es ihm versprochen.«

»Gewiss. Aber zwölf Jahre hier leben, ohne es ihm zu sagen, um ihn nicht ›aufzuwühlen‹ – das glaube ich Ihnen nicht. Sie haben aus einem ganz anderen Grund geschwiegen.«

»Ich verstehe nicht, was Sie sagen wollen.« Noch einmal dasselbe Sprüchlein.

Victors Stimme war ebenso müde wie erregt durch die beginnende Trunkenheit, und darauf wartete Adamsberg, indem er ihm noch einmal nachschenkte. Je mehr einer trinkt, desto schneller trinkt er, und Victor stürzte sein viertes Glas in zwei Zügen hinunter. Amédée sagte kein Wort mehr, seine Hand hielt immer noch Victors Arm umklammert. Danglard blieb ausnahmsweise mal nüchtern.

»Aber ja doch«, fuhr Adamsberg fort, »es gab nur eine einzige Unterhaltszahlung für beide Kinder. Das haben Sie herausgefunden.«

»Nein, meine Mutter hat nie etwas bezahlt.«

»Das stimmt nicht, Victor. Auf den Briefumschlägen standen das Datum und handschriftlich der Name der Absenderin. In den ersten Jahren der von Adélaïde Pouillard. Später dann der von Adélaïde Masfauré. Derselbe Vorname und dieselben Schriftzüge. Es war leicht, daraus seine Schlüsse zu ziehen.«

»Es wurde alles vernichtet.«

»Nicht aber die Gedächtnisse ausgelöscht. Das des Briefträgers, zum Beispiel.«

Benebelt vom Portwein, den Adamsberg reichlich nachschenkte, streckte der tapfere Victor die Waffen.

»Also gut«, sagte er schlicht.

»Ihr seid mehr als Leidensgefährten«, sagte Adamsberg so leise wie möglich, »ihr seid Brüder.«

Wieder stand er vom Tisch auf und ging diesmal in das Wäldchen, wo Marc, der Keiler, sich ihm in den Weg stellte und ihm seinen Kopf entgegenhielt. Seine Stellvertreter hatten sich unterdessen weitab auf ihre saubere Bank zurückgezogen. Adamsberg setzte sich auf einen Teppich aus trockenem Laub, geschützt vor den neuerlichen Gefühlsausbrüchen am Tisch, Marc an seiner Seite, der sich von ihm die entenflaumige Schnauze kraulen ließ. Adamsberg hatte von seiner Mutter eine ausgeprägte Skepsis gegenüber Gefühlsäußerungen geerbt, die, so sagte sie, sich abnutzten wie ein Stück Seife und sich in Rauch auflösten, wenn man zu viel darüber redete. Er hob den Kopf – ebenso Marc –, als Veyrenc vor ihm stand.

»Es sind nun schon fünfundzwanzig Minuten vergangen«, sagte dieser. »Wenn wir abwarten wollen, bis die Ergriffenheit der beiden Brüder halbwegs abgeklungen ist, sind wir noch in zwei Jahren hier, das weißt du.«

»Dagegen hätte ich nichts einzuwenden.«

Adamsberg stand auf, strich flüchtig über seine Hose, kraulte noch einmal Marcs Schnauze und kehrte zum Tisch der Offenbarungen und Geständnisse zurück. Jetzt kam der härteste Teil der Runde, er beschloss, sehr schnell vorzugehen. Er setzte sich gar nicht erst wieder, sondern schritt im Gras auf und ab, während die Gesichter seinem Hin und Her folgten.

»Victor kehrt vor zwölf Jahren unter falschem Namen unauffällig zurück wie ein Schatten. Warum? Weil er um keinen Preis will, dass man erfährt, dass Adélaïde Masfauré seine Mutter ist. Absolut ungewöhnliches Verhalten. Aber sehr logisch unter einem einzigen Gesichtspunkt: wenn er die Absicht hat, sie zu töten.«

»Was?«, schrie Victor auf.

»Du bist später dran, Victor«, befahl Adamsberg. »Lass mich ausreden. Und das Schlimmste kommt noch. Diese Absicht trägt Victor seit sehr langer Zeit in sich, seit seiner Kindheit auf dem Bauernhof. Und erst recht, als er seine Mutter dort auftauchen sieht und erleben muss, wie sie kaltherzig über ihn hinwegsieht. Wie sie den Kleinen mitnimmt und ihn zurücklässt. Jeden Tag, jeden Abend brütet er über seinem Hass, seiner Verzweiflung und seinen Plänen. Denn das wird sie ihm bezahlen. Mit fünfundzwanzig Jahren dann ist er anonym im Hause Masfauré angekommen. Er lauert auf eine Gelegenheit. Dass niemand weiß, dass sie seine Mutter ist, ist dafür elementare Voraussetzung. Sie aber soll es erfahren, unmittelbar bevor er zuschlägt. In Island. Darum unterstützt er lebhaft den Vorschlag, zu dem warmen Felsen hinüberzulaufen. Dort, in der Isolierung der Insel ist alles möglich. Ein Loch im Eis, oder aber er lockt sie irgendwo an eine abseitige Stelle, der Boden ist glatt, ein Sturz, ihr Kopf schlägt auf einen Stein, er schreit nach Hilfe, zu spät, sie ist schon tot. Er schwört sich, sie wird nicht lebend von der Insel zurückkehren. Aber dann hüllt der Nebel sie ein, und der besagte ›Legionär‹ wird von einem gewalttätigen Typen erstochen. Nehmen wir erst mal an, dass Victor das nicht selbst getan hat. Aber er ergreift die sich bietende Gelegenheit. In der Nacht nimmt er das Messer von dem Mann, zielt auf ihr Herz und tötet seine schlafende Mutter. Ein zweiter Mord, der sofort dem gewalttätigen Kerl zugeschrieben wird, die Rache ist vollzogen. Doch zehn Jahre später taucht plötzlich eine Gefahr auf. Amédée erhält einen Brief von Alice Gauthier und zeigt ihn Victor. Am Tage nach Amédées Besuch bei ihr liegt Alice Gauthier verblutet in ihrer Badewanne. Und warum hinterlässt er dieses Zeichen?«

»Ich kenne dieses Zeichen nicht!«, sagte Victor wutschnaubend.

»Später«, sagte Adamsberg und goss ihm ein neues Glas ein. »Nächste Gefahr: Die Polizei erscheint, um Amédée über sein Gespräch mit Alice Gauthier zu befragen. Die ihm die Wahrheit gesagt hat: Adélaïde Masfauré ist auf der Insel ermordet worden. Doch über die Taten des ›widerlichen Kerls‹ haben wir nur die Aussagen von Victor und Amédée. Warum sollte dieser Mensch Adélaïde umgebracht haben? Beim ersten Verbrechen könnte man sich vorstellen, dass es zwischen zwei Männern in Panik zu einer Auseinandersetzung gekommen ist. Aber sie? Unter dem Eindruck des ersten Mordes könnte der Ehemann gleich die Gelegenheit ergriffen haben, seine Frau zu beseitigen. Oder aber sein ergebener Sekretär, Victor? Möglicherweise hat Alice Amédée ihre Zweifel dazu anvertraut. Victor läuft Gefahr, verdächtigt zu werden, zumal auch Masfauré gerade ums Leben gekommen ist. Die Polizisten werden wiederkommen und ihn in die Mangel nehmen. So legt Victor Amédée auf eine Version der Fakten fest. Das erklärt Amédées Flucht zu Pferde, damit er sich mit ihm über einen gleichlautenden Bericht verständigen kann: Adélaïde Masfauré wird überfallen, der Kerl taumelt ins Feuer – ein Detail, das glaubhaft klingt, sich aber als falsch erweist, wenn man nachhakt –, der Mann ist gedemütigt, dann der

Messerstich vor aller Augen. ›Denn sonst, Amédée‹, schärft Victor ihm ein, ›wird dein Vater verdächtigt. Und was werden die Bullen denken? Dass er, nachdem er seine Frau und die Gauthier umgebracht hat, sich schließlich das Leben nimmt. Wollen wir das?‹ Und Amédée, der Victors Weisungen stets befolgt – Victor, seine Sonne –, aber auch von der Schuld seines Vaters überzeugt ist, lässt sich darauf ein. Das war's.«

Die Arme vor der Brust verschränkt, die Wangen vom Alkohol gerötet, goss Victor sich ein neues Glas ein – Adamsberg konnte sie schon nicht mehr zählen – und versuchte, ruhig zu sprechen, den Rücken steif aufgerichtet wie Robespierre. Die Haltung eines betrunkenen und zutiefst schockierten Mannes, der das Gleichgewicht zu wahren sucht.

»Nein, Kommissar. Es ist genau so geschehen, wie Amédée und ich es erzählt haben. Warum sollte uns der Mörder sonst bedroht haben? Und warum hätten alle Beteiligten seit zehn Jahren geschwiegen – wenn ich es gewesen wäre, der getötet hat?«

»Ja, das ist das Problem. Dieses Schweigen.«

»Und doch, Kommissar, hat Ihre Hypothese Hand und Fuß«, sagte Victor großmäulig. »Das muss ich zugeben.«

Schwankend stand er auf, fegte mit einer grimmigen Geste alle Gläser vom Tisch, griff nach der Portweinflasche und setzte sie an den Mund. Und breitbeinig dastehend, die Flasche hing ihm noch in der Hand, brüllte er:

»Und ich werde Ihnen sagen, warum sie Hand und Fuß hat! Weil ich sie wirklich töten wollte! Ja, ich habe es immer gewollt! Als sie Amédée mitgenommen hat, ja, da habe ich es mir geschworen! Und auch wieder, als ich hier ins Haus kam, um bei meinem Bruder zu sein. Und ja, ich habe nichts gesagt, damit niemand erfuhr, dass ich ihr verdammter Sohn war! Oder der Sohn meiner verdammten Mutter! Damit ich sie ungestraft töten konnte! Ja, Island war die perfekte Gelegenheit! Ja, ich habe die Idee des Ausflugs zu diesem Drecksfelsen unterstützt! Aber dieser Typ hat den Legionär wirklich umgebracht, ob Sie mir glauben oder nicht! Und genau da kam mir der Gedanke, sie gleich mit zu erstechen! Ja, Sie haben sich alles so vorgestellt, wie es war! Nur dass nicht ich es war, der sie getötet hat! Dieser Mistkerl hat mir meinen Mord gestohlen! *Meinen* Mord!«

Victor nahm einen erneuten Schluck aus der Flasche, und diesmal verlor er das Gleichgewicht und fiel ins Gras. Er versuchte, wieder aufzustehen, gab aber auf und blieb im Gras sitzen, die Arme um die Knie geschlungen, den Kopf zwischen Arme und Beine gezogen. Und dann kam der Schluckauf, kamen die Schluchzer, schrie er seine ganze seelische Not heraus, die durch nichts mehr einzudämmen war. Adamsberg hob eine Hand zum Zeichen, nichts zu unternehmen.

»Lass, Amédée«, sagte Victor zwischen zwei Schluckaufs. »Ich will nicht aufstehen.«

»Eine Decke? Willst du eine Decke?«

»Ich will kotzen. Bring mir was, damit ich kotzen kann.«

»Was soll ich dir bringen?«

»Pferdemist.«

»Nein, Victor.«

»Bitte. Pferdemist, ich will Pferdemist.«

Amédée sah ratlos zu Adamsberg hoch, der ihn mit einem Blick beruhigte.

»Aber als wir auf Grímsey in Sicherheit waren«, fuhr er mit seiner lauten, immer wieder kippenden Stimme fort, und der Rotz und die Tränen liefen ihm nur so übers Gesicht, »habe ich begriffen, dass der Mörder meine – wie heißt dieses Ding? – meine Seele gerettet hatte. Dass ich es niemals hätte tun wollen. Nein, das meine ich überhaupt nicht. Ich hätte es gekonnt, ich wollte es tun, dieses, dieses … diesen Mord. Etwas anderes hatte ich begriffen.«

Victor ließ seinen schweren Kopf auf die Knie sinken. Adamsberg hob ihm das Kinn an.

»Schlaf nicht ein. Ich halte deinen Kopf. Stütz ihn auf meine Faust. Sprich weiter.«

»Ich will kotzen.«

»Du wirst kotzen, keine Sorge. Was hattest du begriffen?«

»Wo?«

»Als du auf Grímsey in Sicherheit warst.«

»Dass ich es nie hätte tun können. Ich sah wieder meine tote Mutter dort zwischen Fels und Schnee, und der Gedanke war mir entsetzlich, dass ich sie erstochen hätte. Wenn dieser Dreckskerl mir nicht um ein paar Stunden zuvorgekommen wäre und die grässliche Tat begangen hätte, hätte ich sie begangen. Und mich umgebracht.«

»Das ist es, was du in dem Moment begriffen hast?«

»Ja. Ich will Pferdemist. Und wenn Sie mich verklagen wollen, dann tun Sie's, es ist mir egal. Es ist mir vollkommen egal.«

»Dich verklagen, wofür? Ich habe keinerlei Beweise.«

»Aber Sie werden doch welche suchen?«

»Es ist verjährt, Victor.«

»Suchen Sie Beweise, verdammt noch mal! Worauf warten Sie noch? Suchen Sie welche! Sonst wird sich Amédée immer fragen, ob ich nicht seine Mutter erstochen habe!«

»Und wie soll ich sie suchen? Wenn du uns nichts über den Kerl sagen willst?«

»Ich kenne ihn doch gar nicht! Ich weiß nicht, wer er ist, ich weiß nicht, wo er ist!«

»Du lügst schon wieder, Victor. Los jetzt, dreh dich um und übergib dich. Es ist Schluss.«

»Hier ins Gras? Gleich vor den Tisch?«

Danglard nickte. Er hatte das immer so gemacht, selten zwar, aber fein säuberlich.

»Hilf mir, Amédée«, sagte Adamsberg und packte Victor. »Wir drehen ihn auf die Knie, den Kopf nach unten. Du drückst auf seinen Magen, und ich schlag ihm in den Rücken.«

Zehn Minuten später, Amédée hatte noch ein Paar Schaufeln Erde auf den Boden geschüttet, fassten Veyrenc und Danglard Victor und führten ihn zum Pavillon, auf sein Bett. Adamsberg lehnte sich nachdenklich an die Wand, mit erhobenem Arm, den Zeigefinger in seltsamer Weise hochgestreckt.

»Was machen Sie da?«, fragte Danglard.

»Was meinen Sie?«

»Mit dem Finger.«

»Ach so. Ich halte eine Fliege. Sie war in eine Neige Portwein gefallen. Ich habe sie rausgeholt.«

»Ja, aber was machen Sie jetzt mit ihr?«

»Nichts, Danglard. Ich warte, dass sie trocknet.«

Veyrenc hatte Victor die Schuhe ausgezogen und ließ sie schwer auf den Boden fallen.

»Du brauchst jetzt nicht mehr hierzubleiben«, sagte Adamsberg zu Amédée, der wie ein Dienstbote auf dem Bett des Bruders saß. »Er wird wie ein Stein schlafen bis morgen früh. Es ist nur ein Blitzrausch. Er ist in die Portweinflasche gefallen und muss trocknen, das ist alles.«

»Trocknen?«

»Genau«, sagte Adamsberg und betrachtete die Fliege, wie sie ihre klebrigen Flügel aneinanderrieb. »Morgen Nachmittag wird er wieder frisch und munter sein.«

Gerade rieb sich die Fliege ihre Vorderbeine. Sie versuchte

einen Satz von einem Zentimeter auf Adamsbergs Fingernagel, trocknete sich erneut und hob ab.

»Bei einem Menschen geht das langsamer«, sagte er.

31

Sie aßen in der Auberge du Creux zu Abend, Mélanie hatte sich bereit erklärt, ihnen ein spezielles Menü zu bereiten. Danglard prüfte nach Bourlins Vorbild mit der Fingerspitze, wie zart die Strohkartoffeln geraten waren.

»Perfekt«, sagte er. »Ich meine das Essen. Was die Ereignisse dieses Nachmittags angeht, so lässt sich darüber schwerer urteilen.«

»Man kann den Wert einer Ermittlung auch nicht mit der Fingerspitze testen«, meinte Veyrenc.

»Das ist klar.«

»Wobei das sehr praktisch wäre. Wenn man wüsste, ob sie gar ist oder angebrannt, ausgedörrt, misslungen, reif zum Wegschmeißen.«

»Dies hier ist keine Ermittlung«, sagte Adamsberg. »Wir sind vom Weg abgekommen, wie Retancourt mir unmissverständlich erklärt hat. Wir haben in dieser Geschichte nichts zu suchen, und was auch immer auf der warmen Insel geschehen sein mag, es ist verjährt, aus und vorbei, es geht uns nichts an.«

»Was haben wir dann hier gewollt?«, fragte Danglard.

»Wissen sammeln und Phantome befreien.«

»Das ist nicht unsere Aufgabe.«

»Aber wir haben's getan«, sagte Veyrenc. »Ob mit Erfolg, ist eine andere Frage. Haben wir die Geister befreit, Jean-Baptiste?«

»Das haben wir, ja, und auch ganz gut. Immerhin ein paar weniger, die im verfluchten Turm der Verzweifelten heulen werden. Mit dem Wissen um eine Wahrheit zu leben ist immer das Schwerere.«

»Glauben Sie Victor nicht?«

»Er war sehr überzeugend«, fand Veyrenc. »Er ist so weit gegangen wie möglich. Er hat gewagt, vor seinem Bruder zu gestehen, dass er die Mutter töten wollte. Das war mehr als mutig, es war bekloppt.«

»Portwein macht bekloppt«, erklärte Danglard in gelehrtem Ton. »Sein Bedürfnis zu gestehen war hemmungsloser als seine Angst; es hat die Barrieren eingerissen.«

»Die schon vom Portwein ganz schön aufgeweicht waren«, fügte Veyrenc hinzu.

»Das sagte ich ja. Süßer Alkohol steigt ins Gehirn mit der Geschwindigkeit eines Akrobaten auf dem Seil.«

»Doch alles in allem«, schloss Adamsberg, »hat ein Wunder seine ›Seele‹ gerettet: Der Mörder ist ihm zuvorgekommen und hat die ›grässliche Tat‹ an seiner Stelle vollbracht. Victor geht weiß wie der Schnee auf Island daraus hervor.«

»*In vino veritas*«, sagte Danglard.

»Nein, Danglard. Ich war nie der Meinung, dass Alkohol die Wahrheit hervorbringt. Einen Brummschädel dagegen schon.«

»Warum haben Sie ihn dann zum Trinken veranlasst?«

»Damit er die Bremsen löst und auf dem Weg so weit wie möglich kommt. Was nicht heißt, dass er bis ans Ende gekommen ist. Selbst in betrunkenem Zustand, selbst bei durchbrochenen Barrieren wacht das Unterbewusstsein über seine kostbarsten Güter, so wie Marc über Céleste wacht. Mehr werden wir nicht erfahren. Ich habe abgewartet, was bei diesem Ausbruch von Gefühlen und Halbwahrheiten herauskommen würde, um eine Entscheidung zu treffen. Ich habe heute Mittag kurz mit Retancourt darüber gesprochen. Sie ist entschieden dagegen.«

»Wogegen?«, fragte Danglard.

»Sie sagt, das sei nicht unsere Angelegenheit, das ist alles.«

»Und sie hat recht.«

»Ja. Folglich wird sie nicht kommen. Ich hatte an sie gedacht und an dich, Louis, um mich zu begleiten.«

Weder Veyrenc noch Danglard fragte: »Wohin?« Es trat ein Schweigen ein, eine kompakte Stille von der Art, in der selbst das Klappern von Besteck als unangenehm empfunden wird. Veyrenc legte das seine aus der Hand. Er erfasste Adamsbergs Gedankengänge schneller als jeder andere. Vielleicht weil er aus derselben Ecke des Gebirges stammte wie der Kommissar.

»Wann fliegen wir?«, fragte er schließlich.

»Dienstag. Ich habe drei Tickets nach Reykjavík gebucht oder wie auch immer man das ausspricht. Dreieinhalb Stunden Flug. Dann noch vierzig Minuten bis …«

Adamsberg zog sein Notizheft aus seiner Innentasche.

»Akureyri«, las er langsam. »Danach noch ein Hopser rüber auf die kleine Insel Grímsey. Gegenüber vom Hafen, gleichsam am Ende der Mole, die lauwarme Insel. Zu dieser Jahreszeit wird das Packeis größtenteils auseinandergebrochen sein, wir werden einen Fischer finden müssen, der uns rüberfährt. Das wird nicht leicht sein, bei dem Aberglauben, der auf der Insel herrscht. Oder der bereit ist, uns seinen Kahn zu vermieten.«

»Und um was zu finden?«, fragte Danglard. »Felsgestein? Noch ein paar Reste von Schnee? Es sei denn, Sie wollen sich auf den warmen Stein legen, um ewig zu leben?«

»Nein, nicht den Stein.«

»Also, was dann?«

»Wie soll ich das wissen, Danglard, wo ich noch gar nicht gesucht habe?«

Nun legte auch Danglard sein Besteck hin.

»Sie selbst haben es gesagt. Es ist nicht unsere Ermittlung, und es ist nicht unsere Angelegenheit.«

»Das habe ich gesagt.«

»Und Sie riskieren, gefeuert zu werden.«

»Retancourt hat mich schon gewarnt. Sie hat mir fast gedroht, den Divisionnaire zu informieren.«

»Retancourt ist keine Denunziantin«, warf Veyrenc ein.

»Aber sie ist außer sich und würde sonst was tun, um mich an der Reise zu hindern.«

»Nichts als die reine Vernunft«, sagte Danglard sehr bestimmt.

»Wann, sagtest du, willst du los?«, fragte Veyrenc.

»Kommst du mit?«

»Aber sicher«, erwiderte Veyrenc mit der ihm eigenen unerschütterlichen Ruhe.

Römer, hatte Château gesagt.

»Was heißt hier ›Aber sicher‹?«, schrie Danglard, der sich plötzlich von seinen beiden Kollegen isoliert sah.

»Er geht, also gehe ich auch«, sagte Veyrenc. »Es interessiert mich ebenso. Ich bin derselben Meinung wie Jean-Baptiste, Victor ist seinen Weg nicht zu Ende gegangen. Er lügt, und zwar sehr gut. Es ist fast nicht erkennbar.«

»Und woran erkennen Sie es dann?«

»An Amédées Gesicht. Es ist in Island etwas passiert. Es wäre interessant herauszufinden, was.«

»Interessant! Aber alles ist interessant«, brauste Danglard diesmal auf. »Ich würde mir gern alle romanischen Kirchen des Landes ansehen, das wäre ›interessant‹ – und, tu ich es?

Habe ich je die Zeit dazu? Ich würde gern meine Freundin in London besuchen fahren, denn sie wird mir bald den Laufpass geben. Und, habe ich die Zeit dazu? Mit vier Morden am Hals und dem nächsten vor mir?«

»Das hatten Sie mir nicht gesagt, Danglard«, sagte Adamsberg. »Das mit Ihrer Freundin mit der roten Brille.«

»Das geht Sie auch gar nichts an«, erwiderte Danglard aggressiv. »Was aber machen Sie indessen? Sie verschwinden heimlich nach Island, außerhalb jeder Mission! Und warum? Weil es ›interessant‹ ist!«

»Sehr«, bestätigte Adamsberg.

»Sie sagen das, Commandant, weil Sie uns im Grunde beneiden«, sagte Veyrenc mit jenem Lächeln, das nur die Frauen verführte und Danglard völlig kalt ließ. »Sie beneiden uns, aber Sie haben zu viel Angst, um mitzukommen. Der Flug, die Kälte, der drohende Nebel, die düsteren vulkanischen Felsen. Aber gleichzeitig bedauern Sie, dass Sie nicht auch dieses kleine Wirtshaus gegenüber der warmen Insel betreten und ein Gläschen Brennivín mit uns trinken werden.«

»Quatsch, Veyrenc! Und im Übrigen kenne ich den Brennivín, den man auch den ›schwarzen Tod‹ nennt. Sie fahren ohne Anlass, ohne Logik, ohne das geringste rationale Element.«

»Da haben Sie absolut recht«, meinte Adamsberg. »Aber, Danglard, sagten Sie nicht selber unlängst, dass es immer von Nutzen wäre, noch ein paar Körnchen in die Mühle der Erkenntnis zu geben?«

»Indem Sie uns mit dem ganzen Robespierre-Desaster hier alleinlassen?«

»Eben, Danglard, es ist genau der richtige Augenblick, um zu fahren. Das Robespierre-Desaster ist an einem toten Punkt, alle unsere Figuren stehen gut verteilt auf dem

Schachbrett. Aber nichts bewegt sich. Verstehen Sie? Nicht einer der Steine verändert seinen Platz. Helfen Sie mir, wer hat noch mal gesagt: ›Denn es bewegt sich das Tier von selbst‹?«

»Aristoteles«, knurrte Danglard.

»Der ein Gelehrter der Antike war, oder?«

»Ein griechischer Philosoph.«

»Sie bewundern ihn, nicht wahr?«

»Aber was, verdammt noch mal, hat Aristoteles mit all dem zu tun?«

»Er kann uns mit seiner Weisheit helfen. Nichts bleibt ewig an seinem Platz. Das Schachbrett Robespierre jedoch verharrt ungewöhnlich still. *Ungewöhnlich,* Danglard. Früher oder später wird ein Stein sich bewegen. Und den müssen wir erkennen. Aber noch ist es zu früh. Folglich der richtige Augenblick, um zu reisen. Ich habe ohnehin keine Wahl.«

»Wieso?«

»Weil es mich juckt.«

»Im Sinne von Lucio?«

»Ja.«

»Haben Sie vergessen, Kommissar«, sagte Danglard erbost, »dass wir am Montagabend, bei der nächsten Sitzung des Konvents, auf diesem Schachbrett einen Zug zu tun haben? Nämlich die Nachkommen des guillotinierten Desmoulins und des Henkers Sanson ausfindig zu machen?«

»Aber ich werde da sein, Danglard, genau wie Sie und die acht mit der Verfolgung beauftragten Beamten. Darum fliege ich ja auch erst am Dienstag.«

»Es wird eine Meuterei in der Brigade geben.«

»Schon möglich. Ich erwarte von Ihnen, dass Sie sie in Schach halten.«

»Ganz bestimmt nicht.«

»Wie Sie wollen, Commandant. Schließlich werden Sie das Kommando haben.«

Außer sich vor Ärger stand Danglard auf und verließ den Tisch.

»Er wird im Auto auf uns warten«, sagte Veyrenc.

»Ja. Bereite am Wochenende dein Gepäck vor. Warme Kleidung, Flachmann, Geld, Kompass, GPS.«

»Ich glaube nicht, dass wir auf dem Inselchen ein Netz haben werden.«

»Ich auch nicht. Vielleicht werden wir vom Nebel eingeschlossen sein, vielleicht werden wir vor Hunger und Kälte krepieren. Weißt du, wie man einen Seehund ködert?«

»Nein.«

»Ich auch nicht. Wen sollten wir deiner Meinung nach noch mitnehmen?«

Veyrenc dachte einen Augenblick lang nach, während er sein Weinglas auf dem Tisch kreisen ließ.

»Retancourt.«

»Sie ist dagegen, das habe ich dir doch gesagt. Und wenn Violette gegen was ist, dann kannst du sie nicht weiter bewegen als einen Betonpfeiler. Schade, aber dann fahren wir eben allein.«

»Sie wird mitkommen«, sagte Veyrenc.

32

Danglards Laune hatte sich übers Wochenende nicht gebessert; schweigend saß er auf der Rückbank des Wagens, mit dem sie zum montäglichen Treffen des Nationalkonvents fuhren, den gekoppelten Sitzungen vom 11. und 16. Germinal mit der Verhaftung Dantons.

Adamsberg hatte die zwei Tage damit verbracht, seine Tasche für Island zu packen. Als echter Gebirgsmensch, der etliche Pyrenäengipfel erklommen hatte, auf denen die Temperatur leicht auf minus 10 Grad sinken konnte, besaß er Überlebensdecken, Eisschrauben, Schneeanker und Spaltenbrücken. Er hatte sich den Wetterbericht der letzten Apriltage angesehen: 9 Grad in Reykjavík – ganz entschieden ein unaussprechliches Wort –, aber minus 5 Grad in Akureyri, mit Wind, treibenden Nebelschwaden und möglichem Schneefall. Über die Botschaft hatte er einen Dolmetscher engagiert, einen Menschen, der Almar Engilbjarturson hieß. Na gut, man würde ihn Almar nennen.

Der Wagen mühte sich durch den Stau an der Gare Saint-Lazare. Die Angst siegte schließlich über Danglards Schweigen.

»Wir werden zu spät kommen, wir werden die Sitzung verpassen.«

»Wir werden rechtzeitig da sein, wir werden sogar noch genügend Zeit haben, um unsere Kostüme anzuziehen.«

Die Aussicht auf seinen violetten Rock und sein Jabot aus feiner Spitze entspannte den Commandant etwas.

»Sagen Sie, Danglard, Sie haben mir immer noch nicht von ›Robespierres grauenhaftem Sterben‹ erzählt.«

Wobei er natürlich damit rechnen musste, dass die Erzählung länger dauern würde als gewünscht. Denn dieser Versuchung zu widerstehen war Danglard trotz seines Schweigegelübdes nicht in der Lage.

»Er wurde am 9. Thermidor des Revolutionskalenders verhaftet«, begann er grummelnd, »gegen 4 Uhr nachmittags. Zusammen mit seinem Bruder Augustin, dem ›Erzengel des Todes‹ Saint-Just und vielen anderen. Nachdem er von einem Ort zum anderen geschleppt worden ist, nachdem der Pariser Aufstand gescheitert ist – ich kürze etwas ab …«

»Gewiss doch, Danglard.«

»… ist Robespierre schließlich im Rathaus. Gegen 2 Uhr morgens bricht eine bewaffnete Kolonne die Türen des Saals auf, sein Bruder Augustin springt aus dem Fenster und bricht sich ein Bein. Der gelähmte Couthon wird ins Treppenhaus gestoßen, und zu Robespierre gibt es zwei Hypothesen: Die sicherste ist wohl, dass er sich eine Kugel in den Mund schießt, die ihm aber nur den Kiefer wegreißt. Die andere ist, dass ein Gendarm namens Merda – so einen Namen erfindet man nicht – auf ihn geschossen hat. Grauenvoll verletzt, sein Kiefer hängt unterm Gesicht, wird Robespierre hingelegt. Auf einer Trage bringt man ihn in die Tuilerien, wo zwei Chirurgen sich um ihn bemühen. Der eine von ihnen taucht die Hand in seinen Mund und holt die zermalmten Teile heraus, zwei Zähne, Knochensplitter, es ist nichts zu machen, er kann den Mann nur noch verbinden, um den Unterkiefer zu befestigen. Erst am nächsten Tag gegen 5 Uhr nachmittags werden alle zur Guillotine gefahren. Und als Robespierre an der Reihe ist, reißt der Henker, Henri, der Sohn unseres Charles-Henri Sanson, ihm brutal den Verband ab. Der ganze Unterkiefer fällt runter, ein Strom von Blut schießt aus seinem Mund, und Robespierre stößt einen entsetzlichen Schrei aus. Ein Augenzeuge berichtet: ›Was man von seinem Gesicht erkennen konnte, war grauenhaft entstellt. Dazu eine Leichenblässe, die ihn vollends grässlich erscheinen ließ.‹ Er fügt hinzu, dass, als der Henker dem Volk den Kopf zeigte, ›er nur noch ein monströses, ekelerregendes Objekt war‹.«

»War der Henker gezwungen, diesen Verband abzureißen?«

»Nein, er behinderte das Fallbeil keineswegs.«

»Gibt es Porträts von den Sansons?«

»Zumindest eins vom Vater, Charles-Henri. Ein kräftiger Mann, bulliger Kopf, abfallende Augen unter finsteren Brauen, sehr lange, kräftige Nase, wulstige Lippen, hängende Mundwinkel.«

»Es heißt, er sezierte seine Enthaupteten gern«, fügte Veyrenc hinzu. »Es wird bezaubernd sein, heute Abend seinen Nachkommen kennenzulernen.«

Lebrun, graue Perücke, den Hals umschlossen von einer Flut von Spitzen, die aus einem dunkelroten Rock hervorsahen, empfing sie in der Garderobe fast mit offenen Armen. Er saß, einen Stock in der Hand, auf einem Louis-Seize-Sessel, der auf einer mit zwei großen Holzrädern versehenen Kiste festgeschraubt war. Gelähmt.

»Guten Abend, Citoyen Couthon«, sagte Danglard, der durch das Vergnügen, wieder ins Jahr 1794 versetzt zu sein, alle Heiterkeit zurückgewonnen oder doch binnen weniger Minuten die Wirklichkeit vergessen hatte.

»Ich sehe ihm nicht besonders ähnlich, was?«, sagte Lebrun,

der sich seinerseits sehr amüsierte. »Sag, Citoyen Danglard, sehe ich unverfroren genug aus, um als Couthon durchzugehen, Robespierres ›zweite Seele‹?«

»Ehrlich gesagt, nein«, gab Danglard zu. »Aber für den Zweck wird es reichen.«

»Legen Sie Ihre Röcke an, geben Sie Ihre Telefone ab, Sie kennen die Bräuche ja inzwischen. Ich habe Ihnen dieselben Kostüme wie in der vergangenen Woche reserviert, damit Sie gleich in Ihre Rolle zurückfinden.«

Die drei Polizeibeamten erschienen kurz darauf in Schwarz, Violett und Dunkelblau wieder, Veyrenc rieb sich ein wenig Staub von seinen weißen Strümpfen.

»Könntest du Geschmack daran finden, Citoyen Veyrenc?«, fragte Lebrun-Couthon.

»Warum nicht?«, sagte Veyrenc, der sich vor dem Spiegel seine Perücke zurechtrückte.

»Wer hat heute das Präsidium?«, wollte Danglard wissen.

»Tallien.«

»Kein Spaßvogel«, meinte Veyrenc.

»In der Tat, Citoyen. Heute Abend setzen Sie sich bitte unter die Abgeordneten der Bergpartei, links auf den oberen Rängen. Unten in der Ebene der Zentristen würde mein Rollstuhl zu sehr auffallen, Sie könnten sich dort leicht verraten. Und vergessen Sie nicht, in dieser Sitzung schleudert Robespierre seine Anklage gegen Danton heraus. Sie sind beunruhigt, entsetzt, und doch wagen Sie nicht, Widerspruch einzulegen, feige klatschen Sie mit. Angst greift um sich. Wenn er sich jetzt schon an Danton zu vergreifen wagt, wo wird das alles dann noch enden? Trotzdem ist es wohl klüger, man verscherzt es sich nicht mit Robespierre. Das also ist Ihr Part. Haben wir uns verstanden?«

»Absolut«, sagte Danglard, der sich darüber amüsierte, wie

Lebrun das Zittern und Zagen der aufgeschreckten Montagnards nachahmte.

Adamsberg begriff allmählich, dass Lebrun im Grunde ein unterhaltsamer Mensch war. Was wieder einmal bewies, dass gerade die Ängstlichen häufig die Kontingente der Spaßvögel stellten.

Ein Mann mit ausgemergeltem Gesicht, halb geschlossenen Augen unter ungewöhnlich langen Lidern wie bei einem Frosch und scharfen, blutleeren Lippen betrat den Raum leise und irgendwie verstohlen.

»Ich hätte Sie beinahe nicht erkannt«, sagte Adamsberg zu Leblond. »Einfach frappierend.«

»Citoyen Fouché«, begrüßte ihn seinerseits Danglard. »Für dich ist das heute Abend die reinste Freude, nicht wahr? Wie immer wirst du aus dem Schatten heraus beobachten, ohne ein einziges Wort.«

»Ja, die Maske ist nicht schlecht gelungen«, sagte Leblond mit einer leichten Verneigung. »Und doch kann niemand Fouchés hohle Wangen und die Falschheit seines Reptilblicks wirklich imitieren.«

»Sie sind aber auch so schon unheimlich«, meinte Adamsberg.

»*Du* bist unheimlich«, korrigierte ihn Danglard. »Man siezt sich nicht in der Revolution. Wir sind alle gleich.«

»Ah, sehr gut.«

»Aber nicht unheimlich genug«, erwiderte Leblond-Fouché und verzog das Gesicht. »Bedenke, Citoyen Kommissar, dass Fouché in Wirklichkeit der schrecklichste Mensch der Revolution ist. Ein absoluter Zyniker, gerissen wie der Teufel, heimtückisch und scheinheilig, überwacht er jeden, taktiert je nach Lage der Dinge, er ist die Schlange im Gras gegenüber dem Idealisten Robespierre, der sich von seiner irrwitzigen Reinheit mitreißen lässt. Unbarmherzig und von einem unstillbaren Blutdurst. Er ist – ich bin – vor Kurzem aus Lyon zurückgekehrt, wo ich es für praktischer gehalten habe, die Verdächtigen gleich mit Kanonen umzulegen. Ich bin auf Befehl Robespierres zurückgekommen, der mir wütend erklärte, die ›Grausamkeiten‹, deren ich mich schuldig gemacht habe, seien ›durch nichts zu rechtfertigen‹. So sitze ich denn, Citoyens, heute Abend durchaus auf der Anklagebank«, schloss Leblond mit einem feinen, zufriedenen Lächeln. »Ich tue so, als würde ich vor dem Unbestechlichen kuschen, damit man mir meine Exzesse verzeiht.«

Dieses Lächeln berührte Adamsberg plötzlich sehr unangenehm.

»Wurdest du zusammen mit Robespierre enthauptet, Citoyen Fouché?«, fragte er.

»Ich?«, erwiderte Leblond, und in seinem Blick blitzte die Falschheit auf. »Ich, den keiner zu fassen kriegt? Ganz im Gegenteil, ich werde an seinem Sturz arbeiten, indem ich nachts zu den einzelnen Abgeordneten schleichen und ihnen einreden werde, dass sie auf der Liste der nächsten Hinrichtungen stehen. Was nicht stimmt, aber große Wirkung hat. Ich werde Robespierre hinwegfegen, in vier Monaten ist er tot. Aber jetzt, Citoyens, muss ich auf die Bühne.«

»Er ist sehr gut in seiner Rolle«, sagte Lebrun anerkennend und sah seinem Freund hinterher.

»Fast schon unangenehm gut«, sagte Adamsberg.

»Fouché *ist* nun einmal unangenehm«, meinte Lebrun und unterstrich seine Worte mit dem Stock. »Citoyant Lieutenant, würdest du bitte meinen Fauteuil schieben? Auch wir müssen in den Saal.«

Adamsberg ließ die drei Männer vorausgehen und rief rasch noch die Brigade an, bevor er sein Handy abgab.

»Kernorkian? Schick heute Abend noch zwei Mann mehr, ich möchte, dass wir uns dem Schatzmeister Leblond an die Fersen heften.«

»Unmöglich, Kommissar. Er wie auch Lebrun verschwinden geradezu magisch von der Bildfläche, nachdem sie Robespierre zurückbegleitet haben.«

»Genau das meine ich. Erkunden Sie das Netz von Kellern, Dächern, Höfen. Überprüfen Sie, ob er über eine andere Straße verschwinden kann.«

Es war sehr viel Volk gekommen, um an der Sitzung vom 11. und 16. Germinal teilzunehmen. Die Menge der Abgeordneten, in Schwarz oder in leuchtende Farben gekleidet, drängte in den Saal, und jeder suchte sich seinen Platz in dem kühlen, spärlich beleuchteten Raum. Lebrun, seinen Rollstuhl zwischen zwei Bänke schiebend, postierte sich in der Nähe von Adamsberg und seinen Männern, während Leblond-Fouché von seinem alles überragenden Platz auf den höchsten Rängen des »Berges« seinen schläfrigen Blick über die Versammlung schweifen ließ.

»Dort oben«, raunte Lebrun, »auf der rechten Tribüne, der schwarz gekleidete Mann mit dem roten Halstuch, neben der Frau, die die Fahne schwenkt.«

»Der Dicke?«, fragte Adamsberg.

»Genau, der mit dem tief in die Augen gezogenen Filzhut. Das ist er.«

»Der Nachkomme von Sanson?«

»Woher wissen Sie, dass ich Ihnen nicht Desmoulins zeige?«

»Weil dieser Mann alles tut, um nicht wie ein Henker auszusehen.«

»Er spielt eine Rolle. Alle hier spielen. Sie haben gerade eben Leblond erlebt, man hätte ihn fast für gefährlich halten können.«

»Während er doch nur Gleichungen löst.«

»In gewisser Weise ja. Bleiben Sie bitte unauffällig«, murmelte er. »Couthon wird unter allen sofort erkannt, und jeder beobachtet ihn, um sein eigenes Verhalten nach ihm auszurichten.«

»Verstanden.«

Adamsberg schaltete sein kleines Mikrofon ein, das er hinter dem Ohr trug, unsichtbar versteckt unter seiner langen, schwarzhaarigen Perücke.

»Sanson ist gekommen«, murmelte er.

»Habe verstanden.«

In diesem Augenblick stieg Robespierre die Stufen hinab, um, von Präsident Tallien aufgerufen, auf die Tribüne zu gehen. Wie bei der vorherigen Sitzung trat Schweigen ein, die einen schwiegen in Ehrfurcht, die anderen in angstvoller Spannung. Was war echt? Was gespielt? Adamsberg beobachtete die Teilnehmer, aber er konnte nicht erkennen, ob ihre kriecherischen oder verkrampften Mienen zum Spiel gehörten oder ihre Wahrheit dieses einen Abends waren. Und er verstand auf einmal, wie interessant die von Lebrun-Leblond durchgeführte Studie über jene Grenze sein musste, ab der man das Spiel für die Wahrheit hält und eine Gewissheit fahren lässt, um einem Schatten hinterherzujagen. Und was waren diese verstörenden, blutigen Tage auch für ein riesiger Schatten! Danglard und Veyrenc verloren auch diesmal wieder völlig die Orientierung, offenen Mundes lauschten sie der Wucht der robespierreschen Redekunst und schienen völlig vergessen zu haben, in welcher Mission sie hier waren.

Robespierre war ungeheuer stark an diesem Abend, in dieser heiklen Sitzung, auf der er die Abgeordneten dazu überreden musste, dem Stier Danton, der Inkarnation des revolutionären Elans, den Todesstoß zu versetzen. Durch das nahezu mystische Schweigen hindurch drang seine schrille Stimme heute Abend bis hinauf zu den am weitesten entfernten Bänken.

»Am heutigen Tage werden wir sehen, ob der Konvent in der Lage sein wird, ein vermeintliches Idol, das schon längst verfault ist, zu zerschmettern, oder ob es in seinem Sturz den Konvent und das französische Volk erschlagen wird.«

Beifall auf den Rängen der Bergpartei, wo aber auch einige ihre Fäuste auf die Knie pressen. Die »Ebene« zögert, raunt, brodelt, erschrickt. Adamsberg entsinnt sich seiner Rolle und beginnt halbherzig zu applaudieren, nach dem Vorbild seiner Kollegen dieses Abends. Lebrun-Couthon neben ihm stößt seinen Stock auf den Boden, um die Beifallsbekundungen zu begleiten und zu befördern. Die Atmosphäre ist gespannt, sehr emotional, mit den Händen zu greifen und doch verworren, geradezu spürbar in den sich überlagernden Gerüchen von Puder, Parfum und Schweiß, die die Kälte im Saal noch verdichtet. Alle wissen, worum es heute Abend geht, aber alle erleben es voller Beklemmung, so als wüßten sie nicht von vornherein, wie die Sache ausgeht. Selbst der mit Unbildung geschlagene Adamsberg fragt sich, wie dieser schwächliche, steife Mensch Robespierre, der an ein lebloses Brett erinnert, es wagen kann, einen Danton anzugreifen, den es vor Energie in alle Richtungen treibt.

»Wodurch verdient er einen Vorzug vor seinen Mitbürgern? Etwa, weil einige betrogene Individuen sich um ihn reihten …«

Adamsberg sah, wie Danglard sich in seinem violetten Rock streckte, er kannte die berühmten Texte und genoss ihr Crescendo. So dachte er im Augenblick wenigstens nicht an Island. Allein der Gedanke an seine eigene Abreise morgen kam ihm in diesem Saal unpassend, deplatziert, nahezu anstößig vor. Warum Island? Island, wo lag das überhaupt?

»Achtung«, murmelte Lebrun. »Hören Sie genau auf den nächsten Satz.«

Robespierre machte eine kurze Pause, griff sich mit den Fingern an sein Jabot.

»Ich sage, dass jeder, der in diesem Augenblick zittert, selber schuldig ist; denn noch nie hat Unschuld die Aufsicht durch die Öffentlichkeit gefürchtet.«

»Entsetzlich«, flüsterte Adamsberg.

»Meiner Meinung nach der furchtbarste von allen Sätzen.«

Robespierre sprach weiter, auf die Gliederung seiner endlosen Sätze bedacht, er ließ seinen leeren Blick auf dem einen oder anderen ruhen, registrierte das geringste Beben in der Versammlung, nahm, stets mit einer eleganten Bewegung, seine Brille ab oder rückte sie zurecht und ließ seine magere Stimme anschwellen, erregte sich in genau berechneter Weise, ohne dass dieser Kraftaufwand auch nur die blasseste Farbe in seine fahlen Wangen getrieben hätte.

»Unser zweites Objekt der Begierde kommt in Sicht«, sagte Lebrun. »Rechte Tribüne, vorletzter Platz, zwischen zwei Männern in Braun. Lange, dunkelblonde Haare, sehr weiblicher Mund, graue Jacke.«

Adamsberg verständigte Danglard, der noch immer gebannt auf den Redner sah, denn die Beschattung des Desmoulins-Nachkommen würde er zu koordinieren haben. Der Commandant brauchte etliche Sekunden, um zu reagieren, dann aber schaltete er, peinlich berührt, sein Mikro ein.

»Nachkomme Desmoulins in Sicht.«

»Empfangen, Commandant.«

»Mein Leben gehört dem Vaterland, mein Herz ist ohne Furcht, und wenn ich sterben müsste, so geschähe es ohne Schuld noch Schande.«

Die Versammlung erhob sich geschlossen, fiebrig und ungleichmäßig war der Beifall. Wieder stieß Couthon seinen Stock auf den Boden, die Begeisterung untermalend.

»Pause«, erklärte Lebrun. »Ich sagte Ihnen ja, dass es eine Unterbrechung gibt, bevor wir zur Sitzung des 16. Germinal kommen.«

Die mehreren Hundert Mitglieder fanden sich zu Gruppen im Büfettsaal zusammen, ohne dass Imbiss und Getränke die Atmosphäre in die eines festlichen Abends im 21. Jahrhundert verwandelt hätten. Nein, sie alle waren von ihren Rollen, die sie in Kälte und Kerzenlicht spielten, tief durchdrungen. Die Gesprächsfetzen, die man hörte, wie die Gesten, die ausgetauscht wurden, passten sich weiterhin in die vergangene Epoche ein.

»Erstaunlich, nicht wahr?«, sagte Lebrun und gesellte sich zu Adamsberg; sein Rollstuhl wurde geschoben von dem verschlagenen Fouché, der sich in den Dienst des furchterregenden Couthon stellte, um sich seine Massaker von Lyon vergeben zu lassen. »Selbst Leblond-Fouché spielt, wie Sie sehen, weiter die Rolle dessen, der jede Sache verrät bis auf die eigene. So wird er es unter Napoleon noch bis zum Minister bringen, Polizeiminister natürlich, und sich sogar zum Herzog küren lassen.«

»Das war ja nun das Mindeste nach all den Diensten, die ich dem Vaterland erwiesen hatte«, meinte Leblond säuerlich.

»Sanson setzt sich in Bewegung«, bemerkte Adamsberg.

»Und Desmoulins acht Meter hinter ihm«, sagte Danglard.

»Sie gehen zum Südausgang«, sagte Lebrun. »Beeilen Sie sich.«

Voisenet, Justin, Noël und Mordent nahmen ihre Posten ein. Vier Minuten später knisterte das Empfangsgerät.

»Ich sehe sie«, meldete Mordent. »Sie sind gemeinsam herausgekommen, gehen jetzt aber in verschiedene Richtungen.«

»Der Dicke ist Sanson«, sagte Adamsberg. »Voisenet und Noël, Sie folgen ihm. Das hübsche Puppengesicht ist Desmoulins. Sie und Justin bleiben an ihm dran.«

»Sanson fährt ein Motorrad. Desmoulins einen Pkw.«

»Notieren Sie die Kennzeichen. Die beiden scheinen sich zu kennen«, fügte Adamsberg, zu Lebrun gewandt, hinzu. »Was die Situation möglicherweise erschwert.«

Zwanzig Minuten später war Sanson in der Rue du Moulin-Vieux ausfindig gemacht, eine weitere Viertelstunde danach Desmoulins in der vornehmen Rue Guynemer. Vorladung in die Brigade für den nächsten Tag. Adamsberg bedauerte, bei den Gesprächen nicht dabei sein zu können. Aber es war mit Mordent vereinbart, dass er die Befragungen, soweit möglich, von seinem blöden Island aus würde verfolgen können.

In der Brigade rumorte der Aufstand.

Adamsberg fragte sich erneut, was er dort oben eigentlich wollte.

»Island kommt mir auf einmal sehr weit vor«, sagte er zu Veyrenc.

»Es *ist* ja auch weit weg«, entgegnete Veyrenc.

»Ich meine, weit in meinen Gedanken, weit entfernt in der Zeit, über zwei Jahrhunderte weit von mir entfernt. Diese wiederauferstandene Nationalversammlung macht einen verrückt. Jetzt, wo ich mit dir rede, bin ich schon nicht mehr sicher, ob ich weiß, was Luftverkehr eigentlich bedeutet.«

»Das hatte ich schon begriffen. Man muss zugeben, dass Robespierre heute Abend auch ganz außergewöhnlich war. Er konnte einem das Blut in den Adern gefrieren lassen.«

»Aber erst recht Fouché, nicht wahr?«

»Das hast du auch bemerkt? Der fühlt sich ausgesprochen wohl in seiner schrecklichen Rolle, könnte man meinen.«

»Was wollen wir eigentlich in Island? Falls es dieses Land überhaupt gibt.«

»Vielleicht den Samen der Revolution aussäen?«

»Das wäre eine Idee«, stimmte Adamsberg zu. »Nimm die Schriften aus der Revolution mit. Die werden uns Gesellschaft leisten, wenn der Nebel uns auf der Insel eingeschlossen hat.«

»Wir werden deklamieren.«

»Für die Gleichheit! Für die Freiheit! Und dabei vor Kälte krepieren.«

»Genau.«

33

»Es scheint, du reist zum Nordpol?«, sprach Lucio ihn von seinem gewohnten Platz aus an.

Die Birne in der Straßenbeleuchtung war durchgebrannt, Adamsberg hatte seinen Nachbarn in der Dunkelheit nicht bemerkt.

»Nicht zum Nordpol, nach Island.«

»Das ist dasselbe.«

»Aber ich weiß nicht mehr, warum ich eigentlich fahre.«

»Du fährst, damit du aufhörst, dich zu kratzen. Da, wo es dich in Le Creux gestochen hat. Brauchst nicht weiter zu suchen.«

»Aber es geht nicht, Lucio«, sagte Adamsberg und streckte die Hand nach einer Bierflasche aus.

»Sie ist schon offen. So machst du mir wenigstens den Baum nicht kaputt.«

»Es geht nicht. Ich lasse die Ermittlung sausen, ich lasse meine Leute allein, und alles, um mich auf einem vereisten Eiland zu kratzen.«

»Du hast gar keine Wahl.«

»Ich weiß nicht mal mehr, wo Island liegt oder wo das Flugzeug ist. Das kommt von diesen Sitzungen im Konvent. Ich habe dir davon erzählt. Ich lebe im April 1794. Verstehst du?«

»Nein.«

»Was verstehst du dann überhaupt?«

»Dass es ein verdammt gemeines Biest war, das dich da gestochen hat.«

»Noch habe ich Zeit, alles zu annullieren.«

»Machst du nicht.«

»Fast alle meine Mitarbeiter sind dagegen. Wenn sie morgen sehen, dass ich tatsächlich geflogen bin, gibt es einen Aufstand. Sie verstehen es nicht.«

»Man kann nie verstehen, was den anderen juckt.«

»Ich storniere«, sagte Adamsberg und stand auf.

»Nein!«, wiederholte Lucio und packte ihn mit seiner einzigen Hand, die schon so lange seine einzige war, dass sie fast ebenso stark geworden war wie zwei Hände zusammen, am Handgelenk. »Wenn du das machst, wird es sich entzünden. Und du wirst flennen. Wenn das Gepäck fertig ist, dreht sich der Mensch nicht mehr um. Soll ich dir mal was sagen?«

»Nein«, sagte Adamsberg, genervt von der Überlegenheit, die der Alte sich anmaßte.

»Trink das Bier aus. In einem Zug.«

Des Disputs müde, trank Adamsberg unter dem verschlagenen Blick des alten Spaniers.

»Und jetzt geh schlafen, *hombre*«, befahl Lucio.

Das hatte er noch nie im Leben gesagt.

Dann hörte Adamsberg, wie er sich räusperte und auf den Boden spuckte. Und auch das hatte Lucio noch nie im Leben getan.

34

Adamsberg traf Veyrenc am Check-in des Fluges um 14.30 Uhr nach Reykjavík. Die Schlange war nicht sehr lang, April war keine Touristensaison. Geschäftsleute und viele blonde Köpfe, von einem fast weißlichen Blond, Isländer, die für die Osterferien nach Hause flogen. Ruhige, friedliche Isländer, alle mit leichtem Gepäck, außer Adamsberg und Veyrenc mit ihren schweren Rucksäcken, so als hätten sie ihr ganzes Verteidigungsarsenal gegen das feindliche Eis geladen. Aber schließlich war diese kleine Insel auch nicht wie jede andere.

Der Platz neben ihnen im Flugzeug, der von Retancourt, war leer geblieben, Veyrenc hatte es abgelehnt, ihn zu stornieren.

»Ich habe sie in der Schlange gesehen«, sagte er, während er sich setzte. »Ich meine Retancourt. Sie hat nicht mal versucht, zu uns zu stoßen, ihr Gesicht ist verschlossen wie eine Auster. Wie diese Austern, weißt du, die man mit aller Macht nicht aufkriegt und die man schließlich wegschmeißt oder mit einem Hammer zertrümmert, um ranzukommen.«

»Ich verstehe.«

»Was aus ihrer Sicht heißt: ›Fragt mich bloß nicht, warum ich hier bin.‹«

»Und warum ist sie deiner Meinung nach hier?«

»Entweder weil sie denkt, dass zwei Typen wie wir diese

Expedition nicht überleben werden, und sich verpflichtet fühlt, uns gegen die feindlichen Elemente zu beschützen.«

»Oder weil irgendetwas an der rätselhaften warmen Insel sie trotz allem interessiert.«

»Der Stein? Glaubst du, sie will irgendwelche Energie aus dem Stein schöpfen?«

»Das ganz bestimmt nicht«, sagte Adamsberg. »Dann würde sie am Ende vor Kraft explodieren. Sie sollte dem Stein sogar besser nicht zu nahe kommen.«

»Oder aber weil sie sich von der Meuterei – die sie immerhin billigt – distanziert, um den Aufstand im Zaum zu halten. Ohne sie fehlt den Meuterern ein gewichtiger Rückhalt. Im Augenblick muss in der Brigade ziemliche Verwirrung herrschen: ›Warum folgt Retancourt ihnen nach Island?‹ – ›Wer hat unrecht, wer hat recht?‹«

Die letzten Passagiere betraten das Flugzeug, und Retancourt kam auf die beiden zu, ohne sie anzusehen. Adamsberg klappte die Armstützen hoch und drückte sich an Veyrenc, um der breiten Kollegin, für deren Muskelmasse die engen Sitze schlecht geeignet waren, Platz zu machen. Während des Starts schwiegen alle; Retancourt hatte sich in eine Zeitschrift vertieft, die sie nicht las.

»Klarer blauer Himmel über Island, habe ich gelesen«, sagte Veyrenc.

»Aber auf der Insel da oben genügt es, dass einer niest, und schon ändert sich das Wetter«, erwiderte Adamsberg.

»Stimmt.«

»Rejkavik werden wir uns nicht mal ansehen können.«

»Es heißt Reykjavík.«

»Kann ich nicht aussprechen.«

»Häuserfassaden in Rot, Blau, Weiß, Rosa, Gelb«, sprach

Veyrenc weiter. »Seen und Steilküsten, verschneite schwarze Berge.«

»Das muss schön aussehen.«

»Bestimmt.«

»Immerhin habe ich gelernt, was ›Auf Wiedersehen‹ und ›Danke‹ auf Isländisch heißt«, sagte Adamsberg und zog einen kleinen Zettel aus seiner Hosentasche. »*Bless* und *takk*.«

»Und warum nicht auch ›Guten Tag‹?«

»Zu schwierig.«

»Weit kommen wir damit aber nicht.«

»Wir haben unseren Dolmetscher von der Botschaft. Er erwartet uns am Flughafen mit einem Schild in der Hand.«

»Dort werden wir auch gleich noch einen Happen essen.«

»Ja.«

»Was, denkst du, werden sie zu essen haben?«

»Geräucherten Fisch.«

»Oder internationalen Fraß.«

Nichts. Keine Regung. Die mühsamen Versuche der beiden Männer, Retancourt ihrem Schweigen zu entreißen, waren vergeblich.

Landung, internationales Menü, das schnell gegessen war und von Retancourt ohne ein Wort hinuntergeschlungen wurde.

»Das kann ja heiter werden«, murmelte Veyrenc. »Wir werden sie tagelang wie eine Statue mit uns herumschleppen.«

»Wahrscheinlich.«

»Wir könnten sie hierlassen und uns klammheimlich davonmachen.«

»Zu spät, Veyrenc.«

Adamsberg sah auf sein Telefon.

»Die Befragung des Sanson-Nachkommen beginnt um 19 Uhr«, sagte er. »Wir haben zwei Stunden Zeitunterschied, hier ist es gleich 17 Uhr, wir gehen online.«

Auf Retancourts Gesicht hatte sich etwas bewegt. Sie folgte ihren beiden Kollegen ein bisschen weniger schwerfällig zu einem Tisch, wo Adamsberg die Verbindung herstellte.

»Wir werden nur den Ton haben«, sagte er. »Und die Lautstärke von meiner *tölva* ist auch nicht besonders. Versuchen wir also, während der Befragung nicht groß zu reden.«

»Ich glaube, da wird uns Lieutenant Retancourt keine Probleme bereiten«, wagte Veyrenc in Gegenwart seiner Kollegin zu bemerken.

»Nein«, schob Adamsberg gleich hinterher. »Violette begleitet uns wie auf einem Kreuzweg. Dabei ist Island ein schönes Land.«

»Wunderschön.«

»Wunderschön«, wiederholte Adamsberg.

»Es ist eine schöne Reise.«

»Sehr schön«, sagte Adamsberg.

»Selten.«

»Selten.«

Die Befragung des Henker-Nachfahren begann mit Verspätung. Um den Mann mit Namen René Levallet herum saßen Danglard, Mordent und Justin.

»Kann ich erfahren, warum ich hier bin?«

Eine heisere Stimme mit einem kehlig-rauen Pariser Akzent.

»Wie wir Ihnen schon angekündigt hatten, sind Sie hier in der Eigenschaft eines Zeugen«, begann Danglard.

»Zeuge wofür?«

»Dazu kommen wir noch. Ihr Beruf, Monsieur Levallet?«

»Ich arbeite auf dem Schlachthof Meursin, im Departement Yvelines.«

»Und was schlachten Sie?«

»Rinder. Natürlich praktizieren wir humanes Schlachten, das ist Gesetz.«

»Und das heißt?«

»Zuerst betäuben wir sie mit Elektrizität, damit sie nichts davon mitkriegen, wenn wir sie dann töten. Was allerdings nicht in allen Fällen funktioniert, das muss man schon zugeben.«

»Gefällt Ihnen der Beruf?«

»Essen müssen wir schließlich. Da sind die Leute schon ganz froh, dass es Männer gibt, die diese Arbeit machen, oder? Sie sind froh, dass sie ein Steak auf ihrem Teller haben, und stellen keine weiteren Fragen. Wir opfern uns halt, das ist alles.«

»Wie es ja auch Männer geben musste, die sich opferten und Henker wurden.«

»Was meinen Sie damit?«

»Ich meine damit, dass Sie der berühmten Henkersfamilie Sanson entstammen.«

»Na und, was soll's?«, entrüstete sich Levallet. »Schließlich musste es auch Leute geben, die sich opferten und die Guillotine bedienten. Heute würde man es nur professioneller machen. Mit Betäubung vorher.«

»Heute ist die Todesstrafe abgeschafft, Monsieur Levallet.«

»Also, wofür bin ich Zeuge?«

»Für die Rekonstruktion der Sitzungen des Nationalkonvents in der Revolution durch die Mitglieder der Gesellschaft zum Studium der Schriften Maximilien Robespierres.«

»Ja, und? Ist das etwa nicht legal?«

»Vollkommen legal.«

»Gut, dann kann ich ja gehen.«

»Noch nicht. Warum besuchen Sie jeden Montagabend diese Sitzungen?«

»Gibt es nicht auch Leute, die ins Theater gehen? So was Ähnliches ist das eben.«

»Es ist Ihr Theater?«

»Wenn Sie's so nennen wollen, bitte schön.«

»Ihr Theater, wo jene Leute agieren, die Ihren Ahnen und speziell Charles-Henri einen so schrecklichen Ruf eingebracht haben?«

»Na und?«

»Vier Mitglieder der Gesellschaft sind ermordet worden.«

Es war zu hören, wie die Fotos der Opfer auf dem Tisch ausgebreitet wurden.

»Kenne ich nicht«, sagte Levallet.

»Wir befürchten«, fuhr nun Mordent fort, »dass ein Mörder die Mitglieder der Gesellschaft nach und nach umbringt, bevor er auf die Spitze zielt: auf Robespierre oder vielmehr auf den Mann, der Robespierre spielt.«

»Sagen Sie lieber, der sich für ihn hält. Der Typ ist doch krank.«

»Sodass wir derzeit sehr viele Mitglieder befragen«, log Mordent. »Und wir müssen wissen, aus welchem Grund Sie zu den Sitzungen gehen.«

»Na, um sie mir anzusehen, was sonst? Ich bin ja nicht der einzige Nachkomme, der da hingeht.«

»Das ist wahr«, übernahm Danglard wieder, »es scheint, Sie sind befreundet mit dem Nachfahren von Camille Desmoulins.«

»Ist doch ein lieber Kerl.«

Ein Kindersatz, dachte Adamsberg. Die Lieben, die Bösen, eine Aufteilung der Welt.

»Aber ein Freund ist er nicht, nur ein Bekannter.«

»Und was machen Sie und worüber reden Sie mit diesem Bekannten?«

»Wir erzählen uns so'n bisschen unseren Kummer. Den Kummer, den wir deretwegen haben. Das verbindet uns eben.«

»Worin besteht der Kummer von Desmoulins?«

»Erst mal heißt er nicht so. Und außerdem ist es nicht an mir, Ihnen das zu erzählen. Aber er kommt nicht darüber hinweg, dass sie den Camille guillotiniert haben, der doch ein lieber Kerl war, und seine Frau gleich danach auch. Sodass der kleine zweijährige Junge dann ganz allein war.«

»Ich weiß«, sagte Danglard.

»So was ist nicht menschlich, sage ich.«

»Nein. Aber in Ihrer Familie wurde niemand guillotiniert. Was also ist Ihr Unglück?«

»Muss ich das den Bullen erzählen?«

»Heute schon. Tut mir leid, Monsieur Levallet.«

»Dass ich nicht lache. Und danach kann ich gehen?«

»Ja.«

»Mein Unglück ist schlimmer als das von Desmoulins, sage ich immer zu ihm. Und zwar wegen denen da unten in ihren schönen Gewändern. Die möchte ich tot sehen, genau.«

»Und sie auch selbst töten?«

»Das brauche ich doch gar nicht. Ihr Bullen denkt aber auch nie nach. Denn am Ende des ganzen Theaters sind sie doch sowieso alle tot. Die Köpfe abgeschlagen von Charles-Henri und danach von Onkel Henri. Und das zu erleben tut gut. Dass sie am Ende alle tot sind und dass wir, die Sansons, sie getötet haben. Im Augenblick sind Danton und die anderen Scheusale dran.«

»Darunter der ›liebe‹ Camille Desmoulins.«

»Sicher. Aber er war auch nicht unbedingt ein Unschuldslamm, was ich seinem Nachkommen immer sage. Es hatte schon Hinrichtungen gegeben, *bevor* er auf die Guillotine stieg, und da hat er nicht Nein gesagt. Und nach allem, was mir ›Desmoulins‹ erzählte, hat der Camille auch eine große Dummheit begangen. Robespierre lebte in einer Familie, wo es junge Mädchen gab. So. Und er hatte sie sehr gern. Nicht, was Sie denken. Er kümmerte sich einfach um sie, ließ ihnen Bildung angedeihen. So. Und der Camille, der war oft da zugange. So. Eines Abends gibt er einem der Mädchen, sie war noch ganz jung, ein Buch. Und der Robespierre, der sieht sofort, dass es ein anstößiges Buch ist. Mit Bildern für Erwachsene, Sie verstehen, was ich meine?«

»Ein pornografisches Buch?«

»Genau. Da reißt der Robespierre fuchsteufelswild dem Mädchen das Buch aus der Hand. Und von da an war der Camille bei Robespierre nicht mehr gut angeschrieben. Der verstand bei so was nämlich keinen Spaß.«

»Sie sagten also«, fuhr Danglard nach kurzem Zögern fort, »jetzt seien ›Danton und die anderen Scheusale dran‹.«

»Glaubst du, dass Danglard diese Anekdote kannte?«, flüsterte Veyrenc. »Die mit dem Buch?«

»Bestimmt nicht, sonst hätte er seinen Kommentar dazu gegeben.«

»Das wird ihn ärgern.«

»Aber sicher.«

»So ist es«, erwiderte Levallet. »Und das wird dann Onkel Henri erledigen. Der alte Sanson hatte wohl nicht mehr die Kraft dazu oder so. Und bald darauf – nur neun Sitzungen später – wird der Onkel Robespierre den Kopf abschlagen.

Und er wird ihm noch zusätzlich wehtun, indem er ihm seinen Verband abreißt. Also das, nein, das finde ich nicht okay. An dem Tag ist er durchgeknallt, damit bin ich nicht einverstanden. Aber was wussten die damals schon von humanem Schlachten. Bei mir, das versichere ich Ihnen, gibt's so was nicht, meine Tiere leiden nicht. Und manchmal tut es einem trotzdem in der Seele weh.«

»Ich verstehe«, sagte Mordent, der, nach seinem Tonfall zu schließen, nun wirklich zu begreifen schien.

»Und Ihr Unglück?«, fragte Danglard nun schon fast zuckersüß. »Worüber Sie mit Desmoulins sprechen?«

»So heißt er nicht.«

»Wie er heißt, wissen wir. Jacques Mallemort.«

»Nicht lustig, wenn man so heißt, was?«

»Sicher, besonders hilfreich war ihm der Name wohl nicht. Aber heute geht es um Sie.«

»Scheiße, ja. Muss man hier seine Lebensgeschichte erzählen?«

»Manchmal schon. Aber nicht die ganze. Nur eben dieses Unglück, das die Ihnen angetan haben.«

»Ich kann nicht.«

»Warum?«

»Manchmal muss ich dabei weinen. Und vor Bullen weine ich nicht.«

Es gab eine ziemlich lange Pause. Retancourt hatte vergessen, ihre unbewegliche Maske zu wahren, und hörte den Worten des Schlachters aufmerksam zu.

»Ich bin Bulle«, sagte Justin, »und manchmal weine ich auch.«

»Vor deinen Kollegen, Kleiner?«

»Das ist mir schon passiert. Da hatte mich eine Frau verlassen.«

»Scheiße, die Frauen.«

»Ja«, bestätigte Justin.

»Und Sie, Commandants oder was sind Sie? Weinen Sie vor Ihren Leuten?«

»Ein Mal«, gestand Mordent.

»Ah. Und Sie werden es nicht weitersagen, wenn's mir passiert?«

»Nein«, versicherte Danglard. »Wollen Sie einen Schluck Wein, damit es Ihnen leichter fällt? Ich habe einen sehr anständigen weißen Cru von 2004 da.«

»Sie langweilen sich ja nicht gerade bei der Polizei. Ist das auch keine Falle?«

»Nein. Ich trinke ein Glas mit.«

»Zu dieser Zeit? Im Dienst?«

»Es ist die Stunde des Aperitifs. Und Sie sehen, das Gerät läuft, unser Gespräch wird aufgezeichnet. Und wenn es Sie wirklich überkommt, unterbreche ich die Aufzeichnung.«

Neuerliches Schweigen.

»Es war vor sechs Jahren. Ich war damals noch nicht so dick, im Gegenteil, ich sah sogar ziemlich gut aus, auch wenn Sie mir das nicht glauben werden.«

Man hörte, wie Gläser klirrten und eine Flasche entkorkt wurde.

»Danglard nimmt die Gelegenheit gleich wahr«, sagte Retancourt mit einer Spur von Lächeln.

»Nein, Violette. In dem Fall glaube ich, dass er dem Mann helfen will.«

»Ist übrigens ausgezeichnet, sein 2004er-Jahrgang«, sagte Veyrenc.

»Ja«, bestätigte Retancourt.

»Stimmt, er ist gut, Ihr Wein«, sagte Levallet wie ein Echo auf seine fernen Zuhörer auf dem Flughafen von Reykjavík.

»Ich hole ihn mir immer selbst bei einem kleinen Weinbauern in der Gegend von Sancerre. Ist nicht mal teuer.«

»Würden Sie mir die Adresse geben?«

»Wenn Sie möchten.«

»Und es ist schon wahr, er macht einem ein bisschen Mut. Also, da ich gar nicht so schlecht aussah, hatte ich seit drei Jahren auch eine Freundin. Und sie war trächtig, wir wollten heiraten.«

»Sie wollten sagen: schwanger.«

»Ja, im fünften Monat. Ich freute mich, klar. Und das Kind sollte auch mal nicht auf dem Schlachthof arbeiten, das kann ich Ihnen sagen. Außerdem war es ein kleines Mädchen. Aber da gab es ein Miststück von bigotter alter Tante, die mich nie hatte verknusen können, die kam zu meiner Verlobten und sagte ihr, dass ich ein Sanson sei und dass ich das Töten auch im Blut hätte, denn warum würde ich sonst auf dem Schlachthof arbeiten. Als ob das irgendwas miteinander zu tun hätte! Essen muss man schließlich. Allerdings hatte ich es Ariane nicht gesagt.«

»Warum nicht?«

»Ach, wissen Sie, Frauen sind empfindlich, ich glaube, die mögen Henker nicht besonders und auch Kerle nicht, die den ganzen Tag lang Tiere schlachten, was soll's, das ist normal. Darum hatte ich ihr gesagt, dass ich bei einem Schuhgroßhandel in den Yvelines arbeite – so konnte sie mich nicht auf der Arbeitsstelle besuchen. Ich hatte mich auch ziemlich gut über Schuhe und alles informiert: Leder, Kunstleder, Sohlen, Schnürsenkel, Klettverschlüsse und vor allem italienische Schuhe. Ich sagte ihr, dass ich in der Abteilung für Hausschuhe arbeite. Hausschuhe, das hat schließlich was Beruhigendes.«

»Auf jeden Fall. Ich hätte es an Ihrer Stelle genauso gemacht.«

»Also, das war natürlich eine Katastrophe. Und es war vor allem diese Henkersgeschichte, die sie nicht schlucken konnte. Ariane sagte, dass sie wegen meiner Lügen nun ›eine Henkerstochter auf die Welt bringen würde‹. Und dass sie niemals mit einem Mann zusammenleben wolle, der ›das Töten im Blut‹ …«

Neuerliche kurze Stille.

»Es geht gleich wieder«, sagte der Mann, nachdem Danglard die Aufzeichnung unterbrochen hatte. »Wenn man kräftig auf die Augen drückt, gehen die Tränen nach innen. Ich habe sie angefleht, ich habe alles gesagt, was man sagen kann, aber sie ist gegangen. Der Gesichtsausdruck, mit dem sie mich zum letzten Mal angesehen hat, war richtig angeekelt. Und sie ist so weit wie möglich weg – sie hatte Familie in Polen –, damit ich nie kommen könnte, um meine Tochter zu sehen.«

Stille.

»Er drückt sich auf die Augen«, sagte Adamsberg.

»Von dem Tag an bin ich dick geworden wie ein Ochse, die Haare fielen mir aus, es ging mir einfach nicht gut. Ich hätte sie umgebracht, die Tante, doch dann hatte sie einen Autounfall, und das geschah ihr recht für ihr Schandmaul. Aber die Leute, die dafür gesorgt haben, dass die Sansons so bekannt waren, das waren doch diese Revolutionäre in Paris, richtig?«

Danglard hatte das Gerät wieder eingeschaltet.

»Weil die Namen aller anderen Henker in der Provinz, die kennt doch kein Mensch. Ich hätte diese Kerle umbringen können, alle Welt wollte ich umbringen, auf jeden Fall.

Ein Arzt, ein Kardiologe – denn mein Herz tat immer solche Sprünge – hat mir dann von diesem Verein erzählt, wo man die lebende Revolution sähe und sie am Ende alle sterben würden, und dass es sicher nicht schlecht für mich wäre, mir das anzusehen. Und es stimmt, dieses Theater hat mir gutgetan. Wenn der Juli vorbei ist, gehe ich nicht mehr hin, und dann mache ich auch eine Diät. Für den Fall, dass ich doch noch mal eine Frau finde, hat er mir gesagt, der Desmoulins. Daran hatte ich nicht mal gedacht.«

Der Aufruf zum Weiterflug nach Akureyri ertönte auf Isländisch und Englisch. Sie nahmen ihre Taschen, und Veyrenc führte sie zum richtigen Gate.

»Der ist es nicht«, sagte Adamsberg.

»Glaube ich auch nicht«, meinte Veyrenc.

Sie warteten Retancourts Meinung ab, ohne zu wissen, ob sie nach dieser Pause ins Leben zurückkehren oder in ihr Statuendasein zurückfallen würde.

»Unglücklich«, sagte sie. »Harmlos.«

»Um wie viel Uhr landen wir?«, fragte Veyrenc.

»19.50 Uhr Ortszeit.«

Adamsberg zog sein Handy aus der Gesäßtasche.

»Danglard«, verkündete er. »Er fragt – sehr kurz angebunden –, was wir von der Vernehmung halten.«

Unglücklich, aber nicht gefährlich, lassen Sie ihn frei, schrieb Adamsberg. *Ist erfolgt,* antwortete Danglard knapp. *Wann wird Dumoulins befragt? – Desmoulins. Morgen 10 Uhr. Das heißt, 8 Uhr auf Ihrer Scheißinsel.*

Während des kurzen Fluges nach Akureyri sann Adamsberg über das traurige Schicksal des Sanson-Nachkommen und seinen seltsamen Ausflug in den Nationalkonvent nach.

Lebrun hatte die therapeutischen Effekte erwähnt, die bei manchen Mitgliedern durch ihre Teilnahme an den Versammlungen zu beobachten seien. Möglich, dass Levallet ihm am Ende seine Geschichte erzählt hatte. Der Sekretär war schließlich ein aufmerksamer Zuhörer und konnte einen Menschen durchaus ermuntern, sich mitzuteilen.

Eine Pappe in der Hand, die er lebhaft schwenkte, erwartete sie der isländische Dolmetscher. Klein, dickbäuchig und mit schwarzen Haaren, widersprach er in allem der Vorstellung, die Adamsberg sich von ihm gemacht hatte; er war schon recht alt – um die sechzig – und ziemlich unruhig. Aber auf eine fröhliche Weise unruhig. Er benahm sich wie einer, der voller Ungeduld auf liebe Freunde wartet, und begrüßte sie lauthals und mit deutlichem Akzent auf Französisch.

»Wir werden Sie Almar nennen, wenn Sie einverstanden sind«, sagte Adamsberg, als er ihm die Hand gab. »Ich kann Ihren Nachnamen einfach nicht aussprechen.«

»Kein Thema«, sagte Almar und hob seine kleinen Arme. »Wir haben hier keine Familiennamen. Man ist ›Sohn von‹ oder ›Tochter von‹. Geschnallt?«

Veyrenc gewann den Eindruck, dass Almar sein Französisch offenbar in einem Milieu gelernt hatte, in dem man sich eher deftig ausdrückte. Was erklärte, dass Adamsberg ihn so kurzfristig und so leicht gefunden hatte. Almar wurde vermutlich nicht zum Dolmetschen von politischen oder wissenschaftlichen Konferenzen eingesetzt.

»Mein Sohn, zum Beispiel, heißt Almarsson. Almars Sohn, verstehen Sie? Praktisch und total unkompliziert. Wohin gehen wir? Die Stadt empfehle ich Ihnen nicht, die ist hässlich. Also für uns, die wir nicht von hier sind. Ich bin aus Kirkjubæjarklaustur, da können Sie sich das ja vorstellen.«

»Können wir nicht.«

»Nie bei uns gewesen?«

»Wir sind zu einer polizeilichen Ermittlung hier.«

»Das hat man mir gesagt, find ich geil, das wird lustig werden.«

»Nicht unbedingt«, meinte Retancourt.

Da erst schien der kleine Mann die imposante Polizeibeamtin über sich zu bemerken und betrachtete sie unanständig lange. Adamsbergs Gedanken waren indessen schon wieder bei dem Desmoulins-Nachfahren. Verdammt, wie konnte man im Angesicht des Schicksals seiner Vorfahren auch noch Mallemort heißen. Dieses kleinen Jungen, der nach *la mal-mort,* dem »schlimmen Tod« seiner Eltern Waise geworden war. Kam vielleicht auch er aus therapeutischen Gründen zu den Konventssitzungen, um die dafür Verantwortlichen sterben zu sehen? Oder aber, um diesen »schlimmen Tod« zu rächen?

»Wo wollen Sie zu Abend essen?«

Adamsberg erklärte dem Übersetzer, dass sie früh aufstehen müssten, um eine Befragung um 8 Uhr morgens am Telefon zu verfolgen. Und ihr Flug nach Grímsey gehe um 11 Uhr.

»Sie verfolgen Ihre Befragungen von hier aus? Find ich ja lustig«, sagte Almar anerkennend. »Also, dann bringe ich Sie in ein kleines Hotel im Süden der Stadt, nicht weit vom Flughafen. So gibt's keine Probleme. Das Restaurant ist sympathisch, die Küche ist gut – Sie mögen doch Fisch? –, nur die Zimmer sind nicht gerade luxusmäßig. Ist es trotzdem okay?«

Es war okay.

»Ziehen Sie sich was über, bevor wir rausgehen. Es ist nicht gerade bitterkalt, aber ein bisschen schon. Abends haben wir hier minus 3 Grad. Das macht einen Temperatursturz von 20 Grad im Vergleich zu Frankreich, aber nicht weiter dramatisch. Die Kälte in Island hat was Belebendes, das werden Sie sehen. Und das kann man nicht von jeder Kälte sagen.«

»Gewiss«, sagte Adamsberg.

Sie zogen Pullover und Anoraks über, und Almar brachte sie zu einem kleinen Hotel mit rot gestrichener Fassade in der südlichen Vorstadt von Akureyri. Fetzen von Schnee lagen noch auf den Dächern ringsum.

»So haben wir immerhin ein rotes Haus gesehen«, meinte Veyrenc.

»Das war doch der Zweck der Reise, nicht wahr?«, sagte Retancourt.

»In der Tat, Lieutenant«, bestätigte Adamsberg.

»Es heißt ›Hotel zum Bären‹«, erklärte Almar und wies auf das rosa blinkende Schild. »Dabei ist es eine Ewigkeit her, dass man in Island einen Eisbären gesehen hat. Und mit dem Schmelzen des Packeises werden sie es immer schwerer haben, an Land zu gehen.«

»Warum ist hier eigentlich alles farbig gestrichen?«

»Weil Island ein Land in Schwarz-Weiß ist, verstehen Sie? Vulkanischer Fels und Schnee und Eis. Da sehen Farben schön aus. Zu Schwarz passt alles, sagen die Franzosen. Aber warten Sie ab, wenn Sie erst mal das Blau des Himmels sehen. So ein Blau haben Sie noch nie gesehen, noch nie.«

»Sind die Tage zu dieser Jahreszeit überhaupt lang?«, fragte Retancourt.

»So wie bei Ihnen. Was nicht heißt, dass man viel die Sonne sieht, es regnet oft, das muss man zugeben.«

Almar half ihnen, sich in ihren Zimmern einzurichten – in denen es sehr kühl war –, bestellte das Abendessen und das Frühstück für den kommenden Morgen. Er blieb an diesem Abend nicht bei ihnen, er wollte seinen Aufenthalt in Akureyri nutzen, um Freunde zu treffen, die er seit sieben Jahren nicht mehr gesehen hatte.

»Es wird lustig werden«, sagte er wieder. »Ich habe Ihnen Bier bestellt, lassen Sie sich keinen Wein andrehen, der würde Sie so viel wie die ganze Reise kosten. Treffpunkt morgen früh um 10 Uhr unten. Da haben wir genügend Zeit, um in den kleinen Hopper zu springen. Zu dieser Zeit gibt es keine Touristen, die ihren Fuß auf den Polarkreis setzen wollen. Wen werden Sie auf Grímsey befragen? Denn die Insel hat ja nur etwa hundert Einwohner.«

»Niemand«, sagte Adamsberg. »Wir wollen nur zu einem Felsen gegenüber, wo es einen warmen Stein gibt.«

Almars Lebhaftigkeit erlosch mit einem Schlag.

»Zur Fuchsinsel?«

»Sie hat so eine Form, glaube ich, mit zwei spitzen Ohren.«

»Gar nicht lustig«, meinte Almar kopfschüttelnd. »Wissen Sie wenigstens, dass sich da vor zehn Jahren ein paar Idioten verlaufen haben? Zwei von ihnen sind nicht wiedergekommen. Erfroren.«

»Deswegen wollen wir ja dahin«, sagte Veyrenc. »Das ist die Ermittlung.«

»Auf diesem Stückchen Land ist rein gar nichts«, beharrte Almar. »Was wollen Sie da finden, nach so langer Zeit? Spuren? Da sind Sie auf dem Holzweg. Hunderte Stürme sind seitdem darüber hinweggetobt, Polarwinde, Schnee und Eis. Da ist nichts mehr auf der Fuchsinsel.«

»Wir müssen trotzdem nachsehen«, sagte Adamsberg. »Wir haben unsere Anweisungen.«

»Ich will ja Ihre Chefs nicht verärgern, aber das sind schwachsinnige Anweisungen. Schlimmer noch, Sie werden niemanden finden, der Sie da rüberbringt. Die glauben, dass die Insel von einem Wesen bewohnt wird.«

»Wer?«

»Die einen glauben felsenfest daran, die anderen glauben es nicht, wollen aber den Teufel lieber nicht versuchen. Aber ihr Franzosen habt den Teufel ja im Blut. Sagt man hier bei uns. Ein Franzose, der regt sich um nichts und wieder nichts auf. Bei uns hier lebt man so nicht.«

»Dann mieten wir uns ein Boot und fahren selber rüber. Es ist nur einen Steinwurf vom Hafen entfernt.«

»Ein Steinwurf, Kommissar, kann hier eine Ewigkeit sein. Man hat kaum geniest, da sieht der Himmel schon wieder anders aus. Rufen Sie Ihre Chefs an, gehen Sie nicht da rüber.«

»Aber Sie, Almar, werden wissen, dass wir dort sind. Wenn Sie uns nicht zurückkommen sehen, alarmieren Sie den Rettungsdienst.«

»Den Rettungsdienst?« Almar erregte sich und fuchtelte wild mit den Armen. »Und wenn der Nebel kommt? Wie findet der Hubschrauber Sie? Wie soll er landen, wenn er den Boden nicht sieht? *Skít!*«, sagte er und verließ sie sehr plötzlich.

»Ich glaube, das hieß ›Scheiße‹«, sagte Veyrenc und sah dem davongehenden Übersetzer nach, der immer noch heftig mit den Armen gestikulierte.

»Da wird er wohl recht haben«, schloss Retancourt.

Der Wirt, diesmal ein sehr blonder Mann, strenges Gesicht, wettergegerbte Erscheinung, brachte ihnen wortlos die Vorspeise – feine Matjesfilets auf Roggenbrot –, gefolgt von einer Platte mit – wie Veyrenc herausfand – geräuchertem Lamm und Gemüse.

»Sieht aus wie Sauerkraut«, sagte Adamsberg und kostete.

»Ja, aber es ist rot.«

»Dann ist es eben rotes Sauerkraut. Die lieben hier Farben.«

»Sie haben Almar gehört?«, sagte Retancourt, die doppelt so schnell aß wie sie.

»Wir werden ein Boot mieten.«

»Nichts werden wir mieten, wir fahren nirgendwohin. Der Mann kennt das Land. Zehn Jahre Stürme werden alles hinweggefegt haben. Was erwarten Sie denn? Dass Sie ein Messer mit Fingerabdrücken finden? Ein Stückchen Papier, das sich zwischen den Steinen festgehakt hat, mit einem Geständnis drauf?«

»Ich will nachsehen, Retancourt. Sehen, ob es dem entspricht, was Victor erzählt hat. Sehen, ob sie Feuer gemacht haben. Das hinterlässt auch nach zehn Jahren noch Spuren auf dem Fels. Sehen, ob sie die hölzernen Wände der alten Fischtrockner abgerissen haben. Mir einfach eine Vorstellung machen. Sehen, ob es den warmen Stein tatsächlich gibt oder ob man den für uns erfunden hat, um uns abzulenken.«

Retancourt zuckte ihre schweren Schultern und drehte mit dem Finger die blonden Strähnen, die sich in ihrem Nacken ringelten, ihre natürliche Note von weiblichem Raffinement.

»Das Lamm ist butterweich«, versuchte Veyrenc ein Ablenkungsmanöver. »Darf ich euch noch was davon geben?«

»Bleiben Sie an Land, Retancourt, ich zwinge Sie nicht«, sagte Adamsberg.

»Sie sind von der Spur abgekommen, Kommissar. Und warum das alles?«

»Weil es mich juckt, mit Lucios Worten gesprochen. Heute Abend, Violette, sehen Sie aus Ihrem Fenster auf die Lichter der Stadt, wie sie da eingebettet liegt in ihre Berge und den Glanz des Schnees. Das ist schön. Das entspannt.«

»Und das war der Zweck der Reise, nicht wahr?«, sagte Retancourt.

35

Der Wirt hatte ihnen ein Frühstück hingestellt, bei dem es nicht infrage kam, auch nur eine Etappe auszulassen: Kaffee, so viel sie wollten, Sauermilch, Pastete, Schinken, Käse, Roggenkekse. Etwas beschwert und mit einer weiteren Tasse Kaffee in der Hand gingen sie in Veyrencs Zimmer hinauf, das einzige, das einen kleinen Tisch hatte, und Adamsberg gelang es schließlich auch, eine Internet-Verbindung herzustellen. Während er auf den Nachkommen von Desmoulins wartete, öffnete er das Fenster und ließ seinen Blick über die schwarzen und weißen Berge wandern. Almar hatte recht gehabt, das Blau des Himmels war ganz ungewöhnlich, es gab den Reliefs eine Schärfe, dass sie geradezu flirrten.

»Es geht los«, knurrte Retancourt. »Die Gesprächsführung hat Danglard.«

»Fantastisches Wetter«, sagte Adamsberg und schloss das Fenster.

Wieder klatschten die Fotos der vier Toten auf den Tisch.

»Das Gerücht von diesen Morden ging im Büfettsaal um«, gab der Desmoulins-Nachkomme zu. »Nein, ich habe keine Ahnung, wer diese Leute sind.«

Die Stimme von Jacques Mallemort war ruhig und selbstsicher, ohne eine Spur von Gereiztheit.

»Obwohl, der hier sagt mir was.«

»Ein Zeitweiliger, der dann zum festen Teilnehmer wurde. Angelino Gonzalez.«

»So, hat er also Gefallen dran gefunden?«

»Hier sieht man ihn im Kostüm«, sagte Danglard.

»Schöne Zeichnung«, meinte Mallemort. »Ja, jetzt sehe ich ihn vor mir. Er hat uns einen unglaublichen Hébert hingelegt, fluchen konnte der wie ein Landsknecht. Und Robespierres empörte Antwort darauf war auch sehr überzeugend.«

»Sonst wissen Sie nichts über ihn?«

»Wir haben uns nie gesprochen. Wir reden dort ohnehin kaum über uns selbst. Das ist nicht das Ziel.«

»Was wir gern wissen würden, ist, warum Sie zu den Konventssitzungen gehen.«

Man hörte das typische Knarren einer Stuhllehne, das alle in der Brigade kannten, eines der vielen kleinen rituellen Geräusche wie der Sprung des Katers vom Fotokopiergerät, wenn seine Lust, im Papierkorb zu wühlen, mal wieder über seine Faulheit siegte. Mallemort-Desmoulins hatte sich also gerade zurückgelehnt.

»Ich verstehe«, sagte er. »Eine polizeiliche Ermittlung. Jemand hat es auf die Mitglieder der Gesellschaft abgesehen. Und ich als Nachfahre von Desmoulins – keine Ahnung, wie Sie das herausgefunden haben – gebe einen schönen Verdächtigen ab. Auch nach über zwei Jahrhunderten nagt an mir noch der Schmerz über die Abscheulichkeit der Hinrichtung meiner Ahnen, und ich räche die Ehre des sanften Camille, indem ich diese Leute umbringe. Wissen Sie, wie viele wir sind? Beinahe siebenhundert. Ein gewaltiges Unterfangen, da wäre es doch wohl praktischer, man würde die Ausgänge blockieren und ein großes Feuer im Saal legen, nicht wahr?«

Der Mann sprach immer noch mit gesetzter Stimme, ohne eine Spur von Nervosität. Er schien eher laut nachzudenken, als sich gegen irgendetwas zu verteidigen.

»Viel wahrscheinlicher wäre es«, fuhr er fort, die Situation von der Warte der Polizisten aus betrachtend, »dass die angepeilte Person Robespierre ist. Ich sage Robespierre, denn der Mann, der ihn verkörpert, ist einfach spektakulär. Ich würde sogar sagen, fast beängstigend. Aber vorher versucht Ihr Mörder, ihn durch andere Morde zu verunsichern, zu erschrecken, indem er ihm bewusst macht, wie der Tod langsam auf ihn zukommt. Ich nehme an, es ist Ihnen gelungen, an ihn heranzukommen? An den Schauspieler, meine ich?«

»Ja«, sagte Danglard zögernd.

»Er kann nicht so gut mit ihm wie mit Sanson«, flüsterte Adamsberg. »Er weiß nicht, wie er dieses Puppengesicht mit dem Mädchenmund nehmen soll.«

»Hat Robespierre Angst?«, fragte Mallemort.

»Ich würde sagen, nein. Er sorgt sich eher um seine Mitglieder. Meine Frage, Monsieur Mallemort?«

»Ich habe sie nicht vergessen.« In seinem Tonfall war ein Lächeln zu hören. »Ich erlebe den Konvent nun schon in seinem zweiten Zyklus. Ich bin seit vier Jahren dabei.«

»Sie nehmen an allen Sitzungen zum zweiten Mal teil?«

»So ist es. Doch meine Motivation hat sich mit der Zeit seltsam verändert. Sodass ich Ihnen zwei Antworten auf Ihr ›Warum?‹ geben muss.«

»Es folglich auch zwei ›Warum?‹ gibt.«

»Genau. Was das erste angeht, meine Mitgliedschaft in der Gesellschaft, so ist es einfach zu beantworten. Ich bin Historiker.«

»Das wissen wir. Sie sind Professor für Neuere Geschichte an der Universität Nanterre.«

»So ist es. Ich wollte begreifen, wie Robespierre dazu gekommen war, diesem Camille, der ihn verehrte, diesem treuen und ihm so zärtlich verbundenen Gefährten den Kopf abzuschlagen. Ich gedachte, einen kleinen Artikel über die Frage zu schreiben. Obwohl mein Ahn Desmoulins, ein mustergültiger Ehemann und Vater, ja durchaus nicht so vollkommen war. Es heißt, er habe eines Abends einem sehr jungen Mädchen ein schlüpfriges Buch in die Hand gedrückt. Robespierre habe es ihr weggerissen, aber seit dem Tag sei das Todesurteil für Camille unterzeichnet gewesen.«

»Davon haben wir gehört«, sagte Danglard, ohne sich weiter darüber auszulassen.

»Und«, fragte Mordent, »empört Sie seine Enthauptung und die seiner jungen Frau nach so langer Zeit immer noch?«

»In den dunklen Tiefen meiner selbst?«, sagte Mallemort, und wieder war deutlich ein Lächeln aus seiner Stimme herauszuhören. »Am Anfang bestimmt. Familientradition, Sie verstehen? Aber es hat nachgelassen. Die Sitzungen, an denen ich teilgenommen habe, haben mir dazu, glaube ich, einen Schlüssel geliefert.«

»Der wäre?«

»Die Abstraktion des Mordens bei Robespierre. Die Hinrichtungen fanden ja im Übrigen immer außerhalb seines Gesichtskreises statt, sie waren entmaterialisiert. So als hätte er nicht Menschen, sondern Konzepte guillotiniert: das Laster, den Verrat, die Heuchelei, die Eitelkeit, die Lüge, das Geld, den Sex. Der liebende Camille, der zärtliche Freund, eventuell auch ein bisschen pervers veranlagt, vielleicht verkörperte er für ihn jenes ›Laster‹, zu dem er selbst keinen Zugang hatte. Aber ich werde zu ausführlich, nicht wahr?«

»Ich bitte Sie«, sagte Danglard. »Und das zweite ›Warum‹? Warum haben Sie noch einmal von vorn angefangen? Warum nehmen Sie an einem zweiten Zyklus teil?«

Schweigen. Wieder knarrte die Stuhllehne.

»Wir müssen den Stuhl mal leimen«, sagte Veyrenc.

»So einfach, wie das erste ›Warum‹ mit dem Interesse des Historikers zu beantworten ist, zusätzlich motiviert durch ein Familienschicksal, so sehr bringt mich das zweite in Verlegenheit. Sagen wir, während des ersten Zyklus habe ich wohl stärker empfunden, was mit Robespierre vor sich gegangen war. Und während des zweiten habe ich begriffen, was Camille widerfahren ist.«

»Das heißt«, bot Danglard zögernd an, »Sie sind für Robespierre entflammt.«

»Danke, Commandant, dass Sie es an meiner Stelle sagen. Darf man hier rauchen? Vermutlich nicht.«

Papier knisterte, ein gläserner Aschenbecher klackte, ein Feuerzeug wurde gezündet.

»Das geschah ganz allmählich, unmerklich. Ich ging schließlich nicht mehr wegen Camille hin, sondern seinetwegen. Das hat mich sehr irritiert. Woher rührte meine Faszination? Was waren die Ursachen meiner Quasi-Hypnose? Dann habe ich die anderen Mitglieder beobachtet. Sie waren alle, oder doch fast alle, ebenso hingerissen. Ich habe gehört, der Sekretär führt eine Studie zu diesem Thema durch, diesem Verführungseffekt Robespierres, diesem süchtig machenden Strudel, von dem mein Ahn sich verschlingen ließ.«

Und schon hatten Danglard und Mallemort den Rahmen der Befragung verlassen und waren mitten in einer historischen Fachsimpelei, spielten sich die Bälle nur so zu, diskutierten über das Prärial-Gesetz, die Paranoia des Revolutionstribunals, den Kult des Höchsten Wesens, über Robespierres Kindheit, die amourösen Zweideutigkeiten Desmoulins', die thermidorianische Reaktion.

Adamsberg schüttelte den Kopf.

»Nicht nur ich, Retancourt, bin aus der Spur«, sagte er.

»Ein Duell unter Kennern«, fasste Veyrenc zusammen. »Es fehlt nicht viel, und sie gehen Arm in Arm in die Brasserie des Philosophes zum Mittagessen.«

»Also bringen uns unsere drei Nachfahren rein gar nicht weiter«, sagte Retancourt finster.

»Ein undurchdringliches Algenknäuel, ich sagte es ja von Anfang an. Nichts bewegt sich. Die Nachkommen sollten aber weiterhin observiert werden, sie durchlaufen eine gute Schule, in der sie Rollen spielen und lügen lernen.«

»Aber die Spuren sind auch nicht besonders auffällig«, sagte Veyrenc.

»Sie sind unverständlich«, bestätigte Adamsberg. »In dieser Gesellschaft bewegt sich jeder kostümiert, maskiert, geschminkt, ohne Namen und ohne Gesicht, es sind keine Personen, sondern Figuren, die so tun, als würden sie sich nicht kennen. Scheinhandlungen, Trugbilder, Vortäuschungen, Illusionen, Wahnvorstellungen und kein Körnchen Wahrheit, an das man sich halten könnte. Sie sagen uns, was sie wollen, reden von einer Gruppe Eingeschleuster, von sogenannten ›Zeitweiligen‹, von Nachkommen Guillotinierter. Und? Sie können uns erzählen, im Himmel ist Jahrmarkt! Wem soll man glauben, wohin soll man gehen? Am Ende sind es siebenhundert Leute, die siebenhundert Leute umbringen wollen.«

»Still«, sagte Veyrenc, »es geht weiter. Vielleicht hat Danglard nur ein bisschen vom Thema ablenken wollen.«

»Geheimes Einverständnis unter Gelehrten«, bestätigte Adamsberg.

Danglards Stimme, nun sehr locker, von Neugier beseelt, durchaus nicht mehr inquisitorisch.

»Aber dieser Zuname ›Mallemort‹ ist ja wohl ziemlich selten, nicht wahr? Der ›schlimme Tod‹. Es gibt eine Gemeinde mit diesem Namen im Rhône-Delta. Aber ein Familienname?«

Man hörte das leise Lachen des Historikers.

»Sie legen den Finger auf die geheimen Wunden der Geschichte, Commandant. Im Jahr 1847 richtete ein vom Schicksal Camilles besessener Ahn, der schlicht Moutier hieß, ein begründetes Gesuch an den Bürgermeister von Mallemort, diesen Namen tragen zu dürfen. Damit, so sagte er, die Erinnerung an den ›schlimmen Tod‹ seines Vorfahren im Gedächtnis seiner Nachkommen niemals erlöschen möge. In Anbetracht des revolutionären Kontextes wurde ihm die Bitte gewährt.«

»Charmante Idee.«

»Aber das war es nicht allein.«

»Sie tragen auch seinen Vornamen, nicht wahr? Jacques Horace?«

»Hier irren Sie. Camille hieß nicht Horace.«

»Ich spreche nicht von ihm. Sondern von dem zur Waise gewordenen kleinen Sohn. *Horace* Camille.«

Wieder das leise Lachen, ein bisschen verlegen diesmal.

»Was könnte ich Ihnen noch beibringen, Commandant?«

»Und trotz der Bürde dieses Namens – Horace Mallemort – kein Wahn, keine Phobie, kein Rachegedanke?«

»Ich habe Ihnen alles dazu gesagt. Und Sie, Commandant, wie steht es mit Ihrer Familie?«

»Die Hälfte ist an Staublunge umgekommen in den Bergwerken im Norden.«

»Würden Sie deshalb alle großen Bosse im Kohlesektor umbringen wollen?«

»Nicht unbedingt. Was halten Sie von einem Mittagessen?«

Adamsberg stand auf.

»Das wird im Weißwein enden«, sagte er seufzend. »Wir sehen uns in fünfzehn Minuten unten. Der blaue Himmel wird uns guttun.«

»Es braucht nur einer zu niesen, und schon ändert er sich«, erinnerte Retancourt.

36

Das halb leere kleine Flugzeug kreiste um die Landebahn der Insel Grímsey. Adamsbergs Blick wanderte über das winzige Eiland, seine schwarzen Steilküsten, seine Schneeplatten, die weite gelbe Fläche von niedergedrücktem Gras, das nach der Schneeschmelze noch nicht wieder gewachsen war. Kleine weiße und rote Häuschen, dicht um den Hafen gedrängt, und eine einzige Straße.

»Warum landen wir nicht?«, fragte Veyrenc.

»Wegen der Vögel, der Tausenden von Seevögeln«, erklärte Almar. »Man muss eine ganze Weile kreisen, um sie zu verscheuchen. Sonst fahren wir wie ein Trecker da mitten rein. Dort hinten« – er wies mit dem Finger durch das Bullauge – »sehen Sie das Dorf Sandvík, direkt am Hafen: ein Dutzend Häuser, unter ihnen unser Gasthof.«

Kaum standen sie auf dem schwarzen Rollfeld, sah Adamsberg, wie die Vogelschwärme sich schon neu formierten.

»Hundert Einwohner und eine Million Vögel auf der Insel«, sagte Almar. »Ist schon lustig. Lassen Sie sich nicht einfallen, auf die Eier zu treten, die Rache der Möwen ist schrecklich.«

Sie ließen ihr Gepäck im Gasthof, gelb und rot, mit weißen Fenstern, sauber wie ein Kinderspielzeug. Sicher hatte hier auch die Reisegruppe von Victor und Henri Masfauré logiert. In der Gaststube roch es nach frisch gebackenem Roggenbrot und geräuchertem Kabeljau.

»Die Wirtin heißt Eggrún«, sagte Almar. »Ich habe mich gestern erkundigt. Ihr Mann, Gunnlaugur, arbeitet im Hafen wie drei Viertel aller Männer hier. Bei ihm werden wir anfangen, dann kriegen Sie gleich eine Vorstellung davon, was Sie erwartet.«

Adamsberg notierte die Namen, so gut er konnte, in sein Heft und folgte Almar zum Hafen. Der Dolmetscher verhandelte kurz mit Gunnlaugur, der gerade seinen Fang aus dem Boot hievte. In gerader Fortsetzung der aus grauen Steinen aufgeschütteten Mole sah man von hier aus ganz deutlich die Fuchsohren der warmen Insel. Noch waren sie schneebedeckt, aber die Küste war schwarz. Entfernung: drei Kilometer, höchstens. Retancourt starrte hinüber, ohne eine Miene zu verziehen.

»Sind die Franzosen lebensmüde?«, übersetzte Almar, und auf alle Fragen antwortete Gunnlaugur mit einem Kopfschütteln; am Ende warf er ihnen noch einen mitleidigen und verächtlichen Blick zu.

Alle anderen Fischer am Quai, jung oder alt, zeigten ungefähr die gleiche Reaktion, hochfahrend und ablehnend, bis auf Brestir, einer der Jüngeren, der weniger besorgt und etwas redseliger war.

»Ich soll denen mein Boot vermieten? Wie viel Kronen haben sie denn, deine Hirnis?«

»Sie bieten dir zweihundert.«

»Zweihundertfünfzig. Plus fünfhundert Kaution, denn ich bin nicht sicher, ob ich meinen Kahn wiedersehe.«

»Er hat nicht unrecht«, sagte Almar. »Auch ich möchte vorher bezahlt werden.«

»Heute Abend im Gasthof«, sagte Adamsberg.

»Nein, jetzt.«

»Ich habe nicht so viel bei mir.«

»Es ist sicher nicht lustig, aber dann höre ich hier auf«, sagte Almar und verschränkte seine kleinen Arme.

Adamsberg schrieb ein paar Worte in sein Notizbuch, riss das Blatt heraus und reichte es dem Dolmetscher.

»Name, Telefonnummer und Adresse meines ältesten Stellvertreters, mit meiner Unterschrift. Er wird dich bezahlen, es wäre ihm nicht recht, wenn ich diese Welt in Unehren verlasse.«

Dann öffnete er seinen Anorak und nahm zweihundertfünfzig Kronen heraus.

»Sag ihm, dass ich ihm die fünfhundert Kaution gebe, wenn wir an Bord gehen.«

»Die volle Summe also um 14 Uhr«, sagte Brestir und nahm die Scheine. »Ich werde dort warten. Aber vorher sollen sie noch mit Rögnvar sprechen. Dass es nicht heißt, ich sei ein schlechter Christ und hätte die Leute unwissend in ihren Tod rennen lassen.«

»Wo finden wir ihn?«

»Auf der Mole. Er hilft beim Ausnehmen der Fische. Irgendwas muss er ja tun.«

»Wohin gehen wir?«, fragte Veyrenc, sich umwendend. »Zu einem Pfaffen, uns die Letzte Ölung geben lassen?«

»Die Isländer sind Protestanten«, sagte Almar. »Nein, Rögnvar ist einer, der sich wohl mal auf die Insel gewagt hat.«

Ein Fischer, mit dem sie auch verhandelt hatten – wenn man es so nennen konnte –, winkte Almar heran. Sie wechselten einige wenige Worte, dann kam der Dolmetscher zu ihnen zurück.

»Was hat er gesagt?«, fragte Veyrenc.

»Muss ich wirklich alles übersetzen?«

»Das ist Ihr Job, Almar«, erinnerte ihn Adamsberg.

»Also gut. Er hat mich gefragt, ob es dort unten in den schlaffen Ländern viele Leute mit zweifarbigen Haaren gibt. Ich habe ihm gesagt, dass er der Erste ist, den ich sehe.«

»Die ›schlaffen Länder‹?«, fragte Retancourt.

»Westeuropa. Wo die Menschen leben, ohne gegen die Elemente zu kämpfen. Wo die Menschen schwatzen.«

»Reden die hier nie mehr?«

»Mit Ausländern nicht. Es heißt, die Isländer seien so streng wie ihr Klima, aber so freundlich, wie ihr Gras grün ist.«

»Kommen Sie mit uns auf die Insel?«, fragte Retancourt.

»Nie im Leben.«

»Sie sind nur zur Hälfte Isländer. Sie müssten gegen Aberglauben gefeit sein.«

Almar lachte hell auf.

»Meine Mutter ist Bretonin«, sagte er, »das hat es nur noch schlimmer gemacht. Aber da ist Rögnvar. Der Alte da auf dem Sessel, der nur noch ein Bein hat. Rögnvar, uns schickt Brestir. Diese Fremden hier wollen auf die Fuchsinsel. Brestir bittet dich, mit ihnen zu reden, bevor sie fahren.«

Rögnvar musterte zunächst lange die Gesichter der drei Neuankömmlinge.

»Franzosen?«, fragte er dann.

»Ja, warum?«

»Es waren Franzosen, die damals dort umgekommen sind.«

»Ebendarum, sie ermitteln, sie haben ihre Anweisungen.«

»Da gibt es nichts zu ermitteln. Wie oft haben wir es ihnen erklärt, als sie zurückkamen? Wie die Zombies kamen sie daher.«

Rögnvar legte den blutigen Dorsch, den er gerade ausnahm, auf sein Knie und atmete tief ein. Adamsberg bot ihm eine Zigarette an, die er sehr bereitwillig nahm.

»Man sagt«, brummelte er, »in zehn Jahren haben auf dieser Insel nur noch die Vulkane das Recht zu rauchen. Verbieten wollen sie's. Schon um was zu trinken zu bekommen, muss man sich hier Arme und Beine ausreißen. Die Beine, nun ja, da kann ja bei mir nicht mehr die Rede davon sein. Als ob die Menschen sich nicht schon immer vergiftet hätten, um leben zu können. Also, was mich angeht, wenn die hier erst alles verboten haben, gehe ich weg, ganz einfach. Nach Frankreich«, fügte er mit einem Augenzwinkern hinzu, »wo ich im Winter auf der Terrasse von einem Bistro sitzen und schwatzen kann. Auf jeden Fall aber sollte man rauchen, wenn man auf die Insel geht. Die Kreatur mag den Geruch von Menschen nicht.«

»Erzähl es ihnen, Rögnvar.«

»Oh, das ist schnell getan. Das war vor siebenunddreißig Jahren, ich war jung und war scharf auf ein Mädchen. Und um mich zu prüfen, hat sie gesagt, dass sie mich heiraten würde, wenn ich auf die Fuchsinsel ginge und ihr ein Stück von der warmen Stele brächte. Die ganzen Geschichten waren mir so was von egal, können Sie sich ja denken, ich habe nicht lange überlegt und bin mit dem Boot meines Vaters rüber. Ich kann Ihnen sagen, da gibt es nichts, nicht mal ein Vogel lässt sich da nieder. Nichts, kein bisschen Moos, keine Möwe, das ist schon seltsam. Es war still. Aber eine seltsame Stille. Man meint, etwas rauschen zu hören, aber es weht kein Wind. Man meint, etwas kriechen zu hören, aber da ist kein Tier. Unangenehm, so eine Stille. Das Inselchen ist ja nur so groß wie ein Taschentuch. Da gibt es vorn, und es gibt hinten. Zwischen den beiden Ohren ein glattes Plateau, wo einer vor Urzeiten mal Heringe verarbeitet hat, das ist alles. Er hatte sich dort niedergelassen, damit ihm keiner seine Fische klaute. Es hat böse mit ihm geendet, das ist alles, was ich weiß. Mit dem Mädchen, das mich dazu angestiftet hatte, übrigens auch. Im Jahr darauf ist sie auf den Eiern von Papageitauchern ausgerutscht und die Steilküste runtergestürzt.«

»Ist das die ganze Geschichte?«

»Wie heißt du eigentlich?«

»Almar.«

»Also, Almar, lass mich rauchen, ich erzähl zu Ende, wann ich will.«

Rögnvar tat mit geschlossenen Augen mehrere Züge hintereinander.

»Aus der Stele konnte man kein Stück rausbrechen. Also nahm ich mir ein kleines, flaches Stückchen Fels daneben, sie würde ja wohl nicht kommen und es nachprüfen, wie? Dann bin ich zum Boot zurück. Im Moment, wo ich den Motor anließ, durchfuhr mich im linken Bein ein grässlicher Schmerz. Als wären meine Knochen in Brand gesetzt worden. Ich habe gebrüllt, habe mich ans Boot geklammert und bin reingerollt, mein Bein an mich gedrückt, und die Stille war auf einmal gar nicht mehr so still. Das fauchte, das keuchte, und es stank sogar. Es stank nach Fäulnis, es stank nach Tod. Mit der einen Hand presste ich mein Bein an mich, mit der anderen hielt ich die Pinne, ich fuhr zurück, so schnell ich konnte, fast hätte ich die Mole gerammt. Dalvin und Tryggvi kamen angerannt, dann ging alles ruck, zuck. Sie haben mich mit Karacho ins Krankenhaus nach Akureyri gebracht, und dort haben sie nicht lange gefackelt und mir das Bein abgeschnitten. So bin ich aufgewacht. Es gab keine Wunde, nichts. Aber das Bein hatte auf einen Schlag angefangen zu verfaulen, ohne irgendeinen Grund war es blau und grün geworden. Sie haben sogar in der Zeitung darüber geschrieben. Noch eine Stunde länger, und ich wäre hops gewesen. Das war der Afturganga, er hatte versucht, mich zu töten.«

»Was ist der Afturganga?«, fragte Adamsberg.

»Der Untote, der Dämon, der über die Insel herrscht. Jetzt hast du deine Geschichte, Almar.«

»Sie ist nicht für mich, sie ist für die da.«

»Das habe ich verstanden«, sagte Rögnvar und warf einen klaren, blauen Blick auf Adamsberg, der ihm eine weitere Zigarette reichte und sich selbst eine anzündete.

»Und du, wie heißt du?«, fragte er ihn.

»Adamsberg.«

»Das könnte fast ein Name von hier sein. Und du bist es auch, nicht wahr, der auf das Inselchen rüber will?«

»Das stimmt.«

»Aber sie nicht«, Rögnvar wies auf Retancourt.

»Nein.«

»Also, warum geht sie dann mit?«

»Anweisung.« Adamsberg breitete machtlos die Arme aus.

»Von wegen Anweisung. Und der da« – er deutete auf Veyrenc –, »der geht mit, weil er dein Freund ist.«

»Das stimmt.«

»Aber selbst wenn sie wütet wie ein Orka, kann sie euch trotzdem was nützen. Denn es heißt, nur eine ungewöhnliche Kraft kann einen Afturganga besiegen. Oder auch eine große geistige Kraft. Aber die sehe ich hier nicht.«

Adamsberg musste lächeln.

»Du hast gar keine Anweisung, stimmt's?«, fing Rögnvar wieder an.

»Du hast recht.«

»Du selber wolltest kommen.«

»Ja.«

»Das heißt, du glaubtest, dass du kommen wolltest. Aber in Wirklichkeit war er es.«

»Der Afturganga?«

»Ja. Er hat dich von fern gerufen.«

»Und warum?«

»Kann sein, dass er dir etwas zu sagen hat. Woher soll ich das wissen, Berg? Aber eins ist sicher, wenn ein Afturganga dich ruft, dann tust du verdammt gut daran zu gehorchen. Viel Glück, Berg, ich weiß nicht, ob ich dich wiedersehe.«

»Für den Fall lasse ich dir schon mal meine Zigaretten da«, sagte Adamsberg und legte ihm seine Schachtel auf die Knie, neben den Kabeljau.

Nach Rögnvars Erzählung herrschte eine gewisse Unschlüssigkeit in der kleinen Gruppe, die von den Fischern mit Blicken verfolgt wurde, als ginge es um einen Abschied. Nicht zu Ende gesprochene Sätze, Fragen ohne Antwort, ein abgebrochenes Gespräch; so ging es bis zum Mittagessen.

»Esst anständig«, sagte Adamsberg endlich.

»Bist du dir nicht mehr sicher?«, fragte Veyrenc lächelnd.

»Und ob ich mir sicher bin, schließlich hat der Afturganga mich persönlich herbestellt. Das ist eine Ehre. Und es bestätigt mich sogar.«

»Bestimmt wird er eine mit Ihnen rauchen, Kommissar«, sagte Retancourt, »mit seinen grauen Schuppen und seinem Totenschädel, und Ihnen liebenswerterweise die ganze Sache mit der Gruppe erzählen. Wie er den Legionär gefressen hat, wie er Madame Masfauré gefressen hat, wie er sie alle gefressen hätte, wenn der Nebel nicht gestiegen wäre.«

»Was beweist, Retancourt, dass er nicht länger als vierzehn Tage über den Nebel gebietet.«

»Das reicht doch schon.«

»Danglard schreibt mir«, sagte Adamsberg nach einem Blick auf seine neu eingegangenen Nachrichten, »dass Lebrun heute Mittag in der Brigade war. Er wollte mich sprechen. Ausdrücklich.«

»Und weiter?«, fragte Veyrenc.

»Nichts. Man hat ihm gesagt, ich sei in Familienangelegenheiten unterwegs. Er wollte mit niemand anderem sprechen.«

»Erkundigt sich Danglard nach uns?«

»Mitnichten. Er will nichts über uns erfahren. Wo verläuft dieser Polarkreis?«

Almar lachte schallend und schüttelte seine Arme.

»Mitten durch ein Ehebett.«

»Was?«

»Der Polarkreis. Man erzählt sich, dass ein Pastor eines Tages entdeckte, dass der Kreis mitten durch sein Haus ging, ja schlimmer noch, mitten durch sein Bett. Was das Liebesverhältnis merklich abkühlte, da der Mann nun nicht mehr wagte, die Linie unbedacht zu überschreiten. Lustig, was?«

»Aber wo ist er? Gibt es dieses Haus noch?«

»Jean-Baptiste«, sagte Veyrenc, »der Polarkreis verschiebt sich jedes Jahr.«

»Na gut. Und wo verläuft er jetzt?«

»Ich glaube, sie markieren ihn mit einem Stab. Wollen Sie wirklich Ihren Fuß darauf setzen?«

»Wenn wir zurückkommen, warum nicht?«

37

Brestir erwartete sie am Boot, und Adamsberg gab ihm die versprochenen fünfhundert Kronen. Diesmal lag in seinem blauen Blick nicht mehr die ironische Teilnahmslosigkeit vom Morgen, sondern der Respekt, den man tollkühnen Idioten schuldete, die man nicht wiedersehen würde.

»Hier«, erklärte er, »ist der Anlasser, hier der Schalthebel. Sie werden Gegenwind haben, es bläst voll aus West.«

Und unter diesem stärker werdenden Wind war die angezeigte Temperatur minus 5 Grad, aber die gefühlte Kälte mochte eher bei minus 12 Grad liegen. Die drei Polizisten sahen in ihren dicken Jacken ziemlich unförmig aus, Adamsberg etwas weniger, denn er hatte seine alte Schafwollweste aus den Pyrenäen unter seinen Anorak gezogen, die vom vielen Waschen so verfilzt war, dass sie hart geworden war wie ein Panzer. Er sah in den Himmel, der bis in weite Ferne von einem so durchsichtigen Blau war, dass man die Augen schließen musste.

»Und draußen auf dem Meer steuern Sie nicht geradeaus«, befahl Brestir. »Seitliche Wellen erschüttern das Boot zu sehr, Sie selbst kommen in Teufels Küche, und vor allem leidet der Motor. Drehen Sie ab, kreuzen Sie die Wellen. Wer steuert?«

»Ich«, sagte Veyrenc.

»Okay«, urteilte Brestir, nachdem er die kompakte Silhouette und das massive Gesicht des Lieutenant geprüft hatte. »Verteilen Sie die Gewichte gut, die Frau soll sich in die

Mitte setzen«, riet er ohne alle Scheu. »Sie darf sich weder zur einen noch zur anderen Seite rüberbeugen.«

Almar übersetzte etwas verlegen, Veyrenc warf den Motor an und verließ den kleinen Hafen, nach Süden abdrehend. Die Fischer hatten ihre Tätigkeit einen Augenblick lang unterbrochen, eine kleine Gruppe von Männern, die ihren Aufbruch mit Fatalismus im Blick verfolgten. Nur Rögnvar hob einen Arm zum Abschied.

»Hast du es fest in der Hand?«, schrie Adamsberg vom Bug her, damit Veyrenc ihn im Pfeifen des eisigen Windes hörte.

»Gutes Boot«, schrie Veyrenc zurück, »stabil und flexibel.«

»Jetzt dreh auf Nord.«

Von einer Drehung zur anderen näherte sich das Boot im Zickzackkurs der Insel mit den weißen Ohren.

»Bist du sicher, dass du keinen Seehund ködern kannst?«, fragte Adamsberg, immer noch schreiend, und zog seine Kapuze über den Ohren fest, um diese vor dem gnadenlosen Wind zu schützen.

»Nie gemacht«, sagte Veyrenc lächelnd und ebenso ruhig, als steuerte er gerade seinen Wagen zur Brigade.

Louis Veyrenc hatte etwas Unerschütterliches an sich, Adamsberg empfand es in diesem Moment ganz besonders. Bürositzungen waren wenig geeignet, das Unerschütterliche im Menschen wahrzunehmen.

»Dreh auf Süd.«

»Ist das jetzt der Augenblick, sich für die Robbenjagd zu interessieren?«, fragte Retancourt.

»Jetzt oder nie, Lieutenant. Dreh nach Norden, leg sanft an. Das ist kein Sand, es sind schwarze Kiesel.«

»Ich habe nicht die Absicht, das Boot aufzuschlitzen«, erwiderte Veyrenc und näherte sich vorsichtig, in sehr flachem Winkel, dem kleinen Strand.

Das Boot wurde auf das steinige Ufer gezogen, Retancourt allein hatte den Bug angehoben. Adamsberg bat Veyrenc um eine Zigarette – seine hatte er ja als Trauergabe bei Rögnvar gelassen –, zog seine Handschuhe aus und flüchtete in den Windschatten des Bootskörpers, um sie anzuzünden.

»So ein Blödsinn«, sagte Retancourt, aus deren grellgelber Kapuze nur die feine Nase und die hellen Augen hervorlugten.

»Wir müssen schließlich Rögnvar gehorchen«, sagte Adamsberg.

»Das Wesen erwartet dich in jedem Fall«, bemerkte Veyrenc, »ob du nun rauchst oder nicht.«

»Das ist kein Grund, es mit unserem Geruch zu belästigen. Rauch, Louis. Eine Frage der Höflichkeit, würde Danglard sagen. Also, ich tu mal die ersten Schritte auf dem Strand. Ich würde sagen, der Treffpunkt ist beim warmen Stein.«

Adamsberg wies mit ausgestrecktem Arm auf das Plateau, wo noch die Überreste der hölzernen Stellagen aufragten.

»Er kann nur dort oben sein. Denn auf der anderen Seite geht's steil abwärts.«

Je weiter sie auf dem ziemlich breiten Strand bei Gegenwind kamen, desto mehr ging das Geröll in flaches Felsgestein über, das dann über einen Hang von etwa fünfundzwanzig Metern anstieg bis hinauf zu den Bretterverschlägen. Reste von Schnee und Eis erschwerten den Aufstieg. Nur Retancourt erreichte das Plateau, ohne dass ihr Herzrhythmus sich beschleunigte.

»Es stimmt«, stellte Adamsberg schnaufend fest, »sie haben die alten Aufbauten zu drei Vierteln abgerissen, um sie zu verbrennen. Jetzt suchen wir die Stele. Wir trennen uns nicht.«

»Wir trennen uns«, sagte Retancourt. »Wozu sinnlos Zeit

vergeuden? Das Ding ist nicht mehr als hundert Meter lang und vierzig breit. Wir können uns nicht aus den Augen verlieren.«

»Wie Sie meinen, Lieutenant.«

Ein paar Minuten später stand Veyrenc beim linken Ohr des Fuchses und winkte sie heran. Der Stein, eigentlich ein Teil des Felsens, war kaum größer als ein Kinderbett, aber glatt geschliffen, wie poliert durch die Finger, die darübergefahren waren, und mit eingravierten Inschriften bedeckt.

»Ich bin hier der Geladene, ich fange an«, sagte Adamsberg, kniete sich hin, zog einen Handschuh aus und legte seine Hand auf die schwarze, leicht glänzende Oberfläche. »Lauwarm«, stellte er fest.

»Gut, dass wir gekommen sind«, sagte Retancourt. »Das wussten wir schon.«

»In was für einer Sprache ist das geschrieben? Was meinst du, Louis?«

»In Altnordisch. Es sind Runen. Soll ich sie für Danglard abschreiben?«

»Warum nicht?«, meinte Adamsberg. »Wäre ein nettes Geschenk anlässlich unserer Rückkehr. Eine ehrfürchtige Opfergabe.«

»Kommt nicht infrage«, entschied Retancourt, während sie den Horizont in westlicher Richtung absuchte. »Lassen Sie uns keine Zeit verlieren«, beharrte sie.

»Sehr gut«, sagte Adamsberg großmütig und stand auf. »Wir suchen jetzt die Stelle, wo sie ihr Lager aufgeschlagen haben. Das will ich sehen.«

»Dort wahrscheinlich«, sagte Veyrenc und wies auf den felsigen Teil des Strandes weiter unten. »In dieser Mulde an der Basis der beiden Ohren, wo sie vor dem Wind etwas geschützt waren. Unmittelbar bevor der Abhang beginnt. Dort hätte ich mich hingeduckt.«

»Sehr gut«, sagte Adamsberg. »Wir steigen wieder ab, am besten bäuchlings, wenn wir nicht den ganzen Steilhang hinunterrasen wollen. Er ist nicht mal gekommen«, fügte er ein bisschen enttäuscht hinzu.

»Keine Sorge«, sagte Retancourt. »Er wird kommen.«

Ihre Füße rutschten auf den Steinen, die unter ihrem Gewicht manchmal nachgaben, ihre Hände glitten von den durchsichtigen Eisplatten ab.

»Welcher Idiot hat eigentlich gesagt«, fragte Veyrenc, als er endlich am Strand angekommen war, »dass runter leichter ist als rauf?«

»Danglard«, erwiderte Adamsberg. »Aber da sprach er vom Wein. Suchen wir nach ihrer Feuerstelle. Ein vierzehn Tage lang unterhaltenes Feuer muss Spuren hinterlassen haben. Wir gehen in einer Linie vor wie bei einer Suchaktion.«

Die beiden Männer gingen langsam und suchten aufmerksam die Felsoberfläche ab, während Retancourt sichtlich unwillig mal nach rechts, mal nach links blickte, ohne auch nur im Geringsten vom Sinn der Sache überzeugt zu sein.

»Und was ist, wenn wir diese Feuerstelle gefunden haben?«, sagte sie schließlich. »Dann werden wir wissen, dass sie Feuer gemacht haben. Was wir auch schon wussten.«

»Diese Löcher.« Adamsberg blieb stehen. »Was ist das? Hier, da, da und da auch wieder«, sagte er und lief schneller.

Kleine Öffnungen von der Breite eines Rattenlochs, ganz regelmäßig verteilt im Abstand von etwa fünfzig Zentimetern.

»Das sind Löcher von Pflöcken«, diagnostizierte Retancourt. »Sehen Sie, sie bilden zwei parallele Linien.«

»Und, Lieutenant?«

»Ich nehme an, der Typ, der nicht wollte, dass man ihm seinen Fisch klaut, hatte hier seine Heringsräucherei aufgebaut. Denn da oben ein Feuer anzumachen« – sie wies auf die Barackenbauten auf dem Plateau –, »ergibt keinen Sinn. Man räuchert Fische nicht in einem Gebäude aus Holz, auf die Gefahr hin, die gesamte Anlage abzufackeln. Er hat sie hierher, an eine windgeschützte Stelle, gestellt. Er hat eine leichte Konstruktion hingebaut, wo er seine Viecher aufgehängt hat.«

Sie unterbrach sich, um die Linie der Öffnungen mit großen Schritten abzuschreiten.

»Achtundzwanzig Pflöcke«, sagte sie. »Ein kleines Gebäude von vier mal zwei Metern ungefähr. Damit sind wir aber auch nicht sehr viel weiter. Wir haben die Spuren einer Fischräucherei entdeckt.«

»Wie hat der seine Löcher in dieses Gestein reingekriegt?«

»Wie alle Welt«, sagte Retancourt achselzuckend. »Er hat mit dem Strahlstock vorgebohrt und dann eine kleine Dynamitstange eingeführt.«

»Ah, gut«, sagte Veyrenc. »Also hat sich die Gruppe hier niedergelassen. Wenn der Fischer diesen Ort als optimal eingeschätzt hat, dann haben es die anderen auch. Reiner Instinkt.«

»Und keinerlei Spuren von Feuer«, sagte Retancourt. »Keine Felsplatten, die röter oder schwärzer wären als andere. In zehn Jahren hat das Eis alles zerfressen. Ende der Reise.«

Sie hatte recht, Adamsberg stand mit verschränkten Armen da und beobachtete schweigend den Boden. Eine blank gescheuerte, stumme Oberfläche, auf der Frost und arktischer Wind alle Spuren wie mit eiserner Bürste ausradiert hatten.

»In den Löchern«, sagte er plötzlich. »Am Boden der Löcher.«

Er setzte seinen Rucksack ab und riss hastig Decke, Konservendosen, Werkzeuge, Gasflasche, Kompass heraus, bis er einen Löffel und ein paar Plastikbeutel fand. Er bemerkte nicht, dass Retancourt ihr Gesicht nach Westen gewandt hatte und mit geweiteten Nasenflügeln tief einatmete.

»Hol deinen Löffel raus, Louis, hilf mir. Grab in den Löchern und steck alles, was du findest, getrennt in die Beutel. Die Erosion kann nicht bis in die Tiefe der Löcher gewirkt haben. Da unten ist es auch nicht gefroren.«

»Und wonach suchen wir?«, fragte Veyrenc und zog seine eigene Ausrüstung aus seinem Rucksack.

»Nach Seehundfett. Grab.«

Die Pflocklöcher waren nicht tiefer als zehn Zentimeter, die beiden Männer kamen leicht bis auf den Grund. Adamsberg untersuchte den Inhalt des ersten Löffels. Eine pechschwarze Masse, durchsetzt von schwarzen und rötlichen Felssplittern.

»Wenn es nicht schwarz wie Ruß ist«, sagte Adamsberg, »lass es sein. Dann war ihre Feuerstelle nicht dort.«

»Verstanden.«

»Sie waren zu zwölft, da haben sie bestimmt nicht nur ein kleines Witwenfeuer gemacht. Wir können davon ausgehen, dass ihre Brandstelle sich über einen Meter fünfzig erstreckt hat. Such du in diesem Loch, ich such in dem da.«

»Fertig«, sagte Veyrenc und richtete sich auf. »In den anderen Löchern findet sich keine Kohle. Ihre Feuerstelle hörte hier auf.«

»Und hier«, Adamsberg schloss seinen letzten Beutel. »Louis …«

»Ja?«

»Was ist das hier?« Er streckte ihm einen kleinen weißen Kiesel hin.

»Retancourt ist nicht mehr da«, sagte Veyrenc. »Tut mir

leid, wenn ich deine Göttin beleidige, aber ihre schlechte Laune geht mir allmählich auf den Geist.«

»Mir auch«, entgegnete Adamsberg und warf dennoch einen leicht beunruhigten Blick in die Runde.

»Da oben ist sie«, sagte Veyrenc und wies zum Plateau. »Verdammt, sie ist noch mal da raufgestiegen. Was macht sie denn da?«

»Sie geht uns aus dem Weg. Nun sag schon, was ist das hier?«, wiederholte Adamsberg und streckte Louis weiter den weißen Kiesel hin. »Aber pass auf, zieh deinen Handschuh aus.«

Er spuckte mehrmals auf den Stein und trocknete ihn mit dem Saum seines Pullovers, bevor er ihn Veyrenc in die Hand legte.

Dann setzte er sich und wartete schweigend.

»Das ist kein Stein«, meinte Veyrenc.

»Nein. Teste mit den Zähnen. Aber verschluck ihn nicht.«

Veyrenc klemmte sich den Gegenstand zwischen seine beiden Eckzähne und biss mehrmals darauf.

»Fest und porös«, sagte er.

»Das ist Knochen«, sagte Adamsberg.

Der Kommissar stand wortlos wieder auf, legte das Fragment von der Größe einer Murmel in den Beutel zurück und hielt ihn gegen das Licht.

»Aber nicht von einem Seehund«, sagte er. »Dafür ist es zu klein.«

Der Wind wehte ihnen Fetzen von Retancourts Stimme herüber; sie schrie ihnen etwas zu. Dann aber rutschte sie den Hang in atemberaubender Geschwindigkeit herunter, auf dem Rücken liegend, die Beine vorgestreckt, mit ausgebreiteten Armen sich an den Unebenheiten festhaltend, manchmal sogar übers Eis schlitternd, um noch schneller nach unten zu gelangen. Adamsberg rollte noch immer das Knöchelchen in der Plastikfolie unter seinen Fingern, während Veyrenc interessiert die erstaunliche Talfahrt des Lieutenant verfolgte.

»So ganz in Gelb könnte man sie glatt für einen Schneepflug halten.«

»Du weißt, dass Retancourt ihre Energie in alles, was sie will, verwandeln kann, je nach den erforderlichen Umständen«, erklärte Adamsberg. »Wenn sie ein Schneepflug sein muss, dann wird sie einer, so einfach ist das.«

»Glaubst du, dass sie sich auf den warmen Stein gesetzt hat? Oder dass sie den Afturganga gesehen hat?«

»Schon möglich. Louis, das ist kein Knochen von einem Seehund«, wiederholte Adamsberg.

»Dann von einem Vogel. Einer Seeschwalbe, die da krepiert ist.«

»Zu groß für eine Seeschwalbe.«

»Dann von einem Papageitaucher.«

Retancourt kam jetzt auf sie zugerannt. Adamsberg stopfte die sechs Beutel in die Innentaschen seines Anoraks, gerade noch rechtzeitig, bevor Retancourt sie beide an den Armen packte, ohne in ihrem Lauf innezuhalten.

»Schnell zum Boot!«, schrie sie und zog sie hinter sich her.

»Verdammt, was soll denn das?«, protestierte Veyrenc, riss sich energisch los und kniete sich hin, um seine verstreuten Sachen in seinen Rucksack zu sammeln.

Retancourt fasste den unerschütterlichen Veyrenc beim Kragen und schüttelte ihn heftig.

»Vergessen Sie Ihren Rucksack, Lieutenant! Und Sie Ihren auch, Kommissar. Wenn ich sage, wir rennen, dann rennen wir!«

Im Grunde hatten die beiden Männer gar keine Wahl; Retancourt lief jetzt hinter ihnen und stemmte sich ihnen mit all ihrer Kraft in den Rücken.

»Schneller, verdammt noch mal! Könnt ihr nicht mehr rennen?«

Adamsberg bemerkte, dass sich unter dem immer noch genauso blauen Himmel die Luft in ihrer Konsistenz verändert hatte, sie roch auf einmal feucht. Er wandte den Kopf und sah eine weiße Nebelbank über dem Plateau aufziehen, drohend wie ein Lavastrom, die bereits die Umrisse der Barackenbauten verschlang.

»Der Nebel, Veyrenc! Lauf!«

Sie hatten den Saum des Steinstrandes erreicht, während das Areal der einstigen Heringsräucherei, wo ihre Rucksäcke lagen, schon zur Hälfte eingeschlossen war. Veyrenc verstauchte sich den Knöchel zwischen den losen Steinen und stürzte. Retancourt half ihm hoch, schob ihm einen Arm unter die Achsel und setzte ihren Trab fort, den Lieutenant hinter sich herschleppend.

»Nein, Kommissar! Ich brauche keine Hilfe, ich schaff das schon allein! Rennen Sie lieber zum Boot runter und werfen Sie den Motor an, verflucht noch mal!«

Schon war von der Heringsräucherei nichts mehr zu sehen, auch nichts vom Saum des Steinstrandes. Nein, der Nebel bewegte sich nicht mit der Schnelligkeit eines galoppierenden Pferdes, er kam wie ein Zug auf sie zugerast, wie ein Monster, wie ein Afturganga.

Adamsberg konnte den Motor nicht anwerfen, er allein konnte das Boot nicht vom Strand ins Wasser ziehen. Er sah zum Hafen von Grímsey hinüber. Obwohl es dort noch heller Tag war, hatten sie das Leuchtfeuer entzündet. Um ihnen den Weg zu weisen. Aber bei diesem klaren Himmel war das

Blinken des schwachen gelben Lichts kaum wahrzunehmen. Hinter sich sah Adamsberg noch zehn Meter weit. Retancourt ließ Veyrenc auf den Boden gleiten, um ihm zu helfen, das Boot ins Wasser zu bekommen. Adamsberg sprang hinein, warf den Motor an und packte den Lieutenant, den Retancourt, mit den Füßen schon im Wasser, um die Taille gefasst und hochgehoben hatte.

»Gib Gas!«, sagte Veyrenc und hielt sich mit beiden Händen seinen Knöchel. »Er holt uns ein!«

Adamsberg nahm Kurs auf den Hafen und jagte den Motor hoch. Rückenwind, kreuzen musste er nicht, er hielt geradewegs auf die Mole zu, der Nebel etwa fünfzehn Meter, dann zehn, dann sieben Meter hinter ihnen. Er war drei Meter hinter dem Heck, als sie etwas unsanft an den Landesteg des Hafens stießen, wo mehrere Arme ihnen halfen, wieder festen Boden zu betreten.

Brestir machte sein Boot fest, dann brachte er sie mit Gunnlaugur bis zum Gasthof. Hinter ihnen folgte Rögnvar auf seinen Krücken.

38

Als sie in der Gaststube angekommen waren, wies ihnen Gunnlaugur ungebeten den Tisch am größten Heizkörper zu, während seine Frau Eggrún vor jeden ein kleines Glas hinstellte. Almar erwartete sie schon und ließ durch lebhaftes Fuchteln mit den Armen seine ganze Rührung erkennen.

Es war ein langer Tisch, mit einer Bank an jeder Seite, und die Isländer gesellten sich wortlos zu den drei Fremden. Veyrenc hatte um einen Hocker gebeten, um seinen Fuß daraufzulegen, der inzwischen blau geworden war wie das Bein von Rögnvar. Eggrún füllte die kleinen Gläser, und Adamsberg tauchte einen Finger ein und kostete.

»Brennivín?«, sagte er.

»Das muss sein«, antwortete Eggrún. »Es heißt ja auch, besser der schwarze Tod als der weiße Tod. Manchmal.«

»Vielleicht wären wir ja gar nicht umgekommen«, meinte Adamsberg und sah reihum in die blauen Augen, die sie musterten wie unwahrscheinliche Überlebende. »Der Nebel hätte vielleicht nur zehn Minuten gedauert.«

»Zehn Minuten oder einen Monat«, sagte Gunnlaugur.

»Er wird zwei Wochen dauern«, diagnostizierte Brestir. »Der Wind hat sich ganz plötzlich gelegt.«

Der Nebel belagerte jetzt alle Fenster des Gasthofs. Er sollte sich noch viel länger auf Grímsey halten, fast drei Wochen lang. Adamsberg nickte und kippte seinen Brennivín hinunter, der ihm die Tränen in die Augen trieb.

»Der ist gut«, betonte Eggrún. »Trinken Sie nur«, befahl sie Veyrenc und Retancourt, die es denn auch taten.

Wieder trat Schweigen ein, und Adamsberg begriff, dass alle auf ihren Bericht warteten. Das schuldeten sie ihnen. Kein Fremder hatte das Recht, ein Geheimnis von der Fuchsinsel mit nach Hause zu nehmen.

»Hast du ihn gesehen?«, fragte Rögnvar.

Da der Afturganga ihn zum Krüppel gemacht hatte, hielt jeder es für legitim, dass er das Gespräch eröffnete.

»Gesehen nicht«, sagte Adamsberg. »Ich bin zum warmen Stein gegangen, um ihn zu begrüßen. Aber ohne mich draufzusetzen«, fügte er klugerweise hinzu.

»Wie hast du ihn begrüßt?«

»Ich habe meine Hand auf ihn gelegt. So«, sagte er und legte seine offene Hand auf den Holztisch.

Was ihn schlagartig an die Fotos von den Handflächen erinnerte, die sie in der Robespierre-Gesellschaft von den Mitgliedern machten.

»Das mag angehen«, urteilte Rögnvar. »Und was hat er gemacht?«

»Uns eine Gabe überreicht.«

»Zeig her«, befahl Rögnvar.

Adamsberg ging die Beutel aus seinem Anorak holen, inständig hoffend, dass die Inselbewohner sie nicht als nationale Beute beschlagnahmen würden. Schließlich hatte der Afturganga sie *ihm* gegeben. Und er hatte sie teuer bezahlt. Zögernd legte er die Beutel auf den Tisch.

»Mach auf«, sagte Rögnvar.

»Es ist nicht sehr sauber.«

»Der Afturganga schenkt keine Diamanten. Mach auf.«

Adamsberg breitete den Inhalt der sechs Beutelchen in sechs voneinander getrennten Häufchen auf dem Tisch aus.

Währenddessen war Retancourt im Sitzen eingeschlafen, sie schwankte nicht einmal auf der Bank. Almar sah sie verblüfft an.

»Sie kann sogar im Stehen, an einen Baum gelehnt, schlafen, ohne umzufallen«, erklärte Adamsberg. »Sie braucht es dann einfach.«

»Kann man verstehen«, meinte Rögnvar. »Sie war es, nicht wahr?«

»Sie war was?«

»Die euch vor dem Tod gerettet hat.«

»Ja«, sagte Veyrenc.

»Mit ihrer Kraft«, sagte Rögnvar. »Ich hatte es dir ja gesagt. Sie hat den Nebel des Afturganga auf Abstand halten können, bevor er euch auffressen konnte.«

»Wird es sie nicht beim Schlafen stören, wenn wir reden?«, fragte Eggrún besorgt.

»Überhaupt nicht«, antwortete Rögnvar an Adamsbergs Stelle, der mit der Fingerspitze die sechs kleinen Häufchen schwarzer Erde durchsuchte.

Nicht nur der Beutel Nummer 1 enthielt ein kleines weißes Steinchen, auch in Nummer 3 und Nummer 6 fanden sich welche. Insgesamt fünf weiße Steinchen. »Der kleine Däumling«, hätte Mordent gesagt.

»Und was ist das?«, fragte Brestir.

»Die Überreste des Lagers der zwölf Franzosen vor zehn Jahren«, sagte Adamsberg.

»Nein«, sagte Gunnlaugur. »Auf diesem Boden bleibt nichts.«

»Es befand sich unten in den Löchern«, erklärte Veyrenc. »Löchern von Pflöcken, die für den Bau der Heringsräucherei gedient hatten. Da drin ist das hängen geblieben.«

»Der Afturganga hat seine Verstecke«, sagte Rögnvar, und

Adamsberg wagte nicht hinzuzufügen, dass die zwölf Franzosen seiner Meinung nach dort campiert und auch dort gegessen hatten, wobei die Überreste ihrer Mahlzeiten eben in diesen Löchern verschwunden waren. Wie Golfbälle.

»Und war es das, was du gesucht hast?«, fragte Rögnvar.

»Es ist noch viel mehr als das, glaube ich.«

»Also, das verstehe ich nicht.«

»Darf ich sie waschen«, fragte Almar mit gerunzelter Stirn. »Die kleinen weißen Stückchen?«

»Ja, mach das«, sagte Adamsberg. »Aber vorsichtig.«

»Was verstehst du nicht?«, fragte Veyrenc.

Rögnvar hatte großen Respekt vor diesem Mann mit den Feuerzotteln, die ihm aus einer anderen Welt zu stammen schienen.

»Warum der Afturganga euch töten wollte«, sagte er kopfschüttelnd und sich die Haare kratzend. »Du musst irgendeine Dummheit gemacht haben, Berg.«

»Ich habe die Löcher mit einem kleinen Löffel ausgekratzt, und Veyrenc ebenso.« Adamsberg breitete die Hände zum Zeichen seiner Ahnungslosigkeit aus. »Wir haben das Ausgegrabene fein säuberlich in die Beutel getan. Vorher habe ich noch auf das kleine Stück draufgespuckt, um es ein bisschen zu säubern.«

»Und was sonst?« Rögnvar war noch nicht zufrieden.

»Ich habe es untersucht, habe es Veyrenc gezeigt, es dann wieder an mich genommen und noch mal betrachtet. Und währenddessen kam sie«, er zeigte auf Retancourt, die noch immer wie ein Kirchenpfeiler schlief, »den Hang herunter auf uns zugerannt.«

»Ah, das ist es«, meinte Rögnvar, »du hast dich *aufgehalten.*«

»Genau«, bestätigte Gunnlaugur.

»Der Afturganga ruft dich von sehr weit her«, fuhr Rögnvar fort, »er schenkt dir das alles, und was tust du? Du hältst dich auf.«

»Na und?«

»Du richtest dich ein. Er empfängt dich, und du nimmst dir gleich einiges heraus, du fühlst dich wie zu Hause. Auf erobertem Gebiet. Na, dann ist alles klar.«

»Alles klar«, bekräftigte Gunnlaugur.

»Er zerstört dich. Er ruft seine weiße Wolke und verschlingt dich.«

»Mangelnde Höflichkeit meinerseits?«, fragte Adamsberg.

»So könnte man es nennen«, meinte Brestir. »Eine Beleidigung. Niemand verweilt auf dem Boden eines Afturganga länger, als er es wünscht.«

Almar hatte die weißen Teilchen fertig gewaschen und sie sorgfältig wieder zu ihren entsprechenden Erdhäufchen gelegt. Er gab Adamsberg ein Zeichen, mit ihm an den Tresen zu kommen. Ein sachliches Zeichen diesmal, ohne alles Gefuchtel.

»Was trinkst du?«, fragte Adamsberg.

»Ein Bier.«

»Das geht auf meine Rechnung.«

»Trink du auch eins.«

»Mir reicht schon dieser Brennivín. Er brennt mir noch immer im Schlund.«

»Du solltest aber lieber eins trinken. Oder wenigstens einen Kaffee. Nimm einen Kaffee. Sehr süß.«

»Ist gut«, gab Adamsberg nach und ließ Almar die Bestellung bei Eggrún aufgeben. Er sah ein, dass es hier und unter diesen besonderen Umständen besser war, keine großen Einwände zu erheben. Ebenso wenig, so erinnerte er sich, wie seinerzeit in dem normannischen Café in Haroncourt.

»Was glaubst du, was deine weißen Steinchen sind?«

»Knochen von Papageitauchern.«

Almar trank die Hälfte seines Biers und bedeutete dem Kommissar mit einem Finger, auch seinen Kaffee zu trinken. Adamsberg spürte plötzlich, wie eine große Müdigkeit schwer auf seine Schultern sackte. Auch Veyrenc am Tisch schien leicht zu schwanken, und Retancourt schlief noch immer. Er stellte seine Tasse hin und kratzte mit dem Teelöffel die Reste des braunen Zuckers heraus.

»Es sind die kleinen Knöchelchen, die am unteren Ende eines Glieds angeordnet sind«, sagte Almar. »Ich habe das mal studiert, seinerzeit in Rennes.«

»Gut«, sagte Adamsberg mit schon halb geschlossenen Augen.

»Die sind nicht von Papageitauchern«, sagte Almar. »Sie sind von Menschen.«

39

Adamsberg verließ den Gasthof und ging nach draußen, aber er konnte dessen Wände nicht von den benachbarten Häusern unterscheiden, so rot oder blau sie auch sein mochten. Er sog den Geruch von jodhaltiger Feuchtigkeit ein, den der stehende Nebel in sich barg, jenen Geruch, den er schon auf der Insel bemerkt und den vor allem Retancourt lange vor ihnen gewittert hatte, was sie bewogen hatte, noch einmal auf das Plateau hinaufzusteigen, um zu sehen, was der Wind von Westen her herantrug. Retancourt, die über die Wolke des Afturganga gesiegt hatte. Er streifte den Ärmel seines Anoraks hoch und blickte auf seine Uhren. Er sah sie zwar, aber er hätte nicht genau sagen können, wo die Zeiger standen. Selbst mit ihrem Kompass, der dort bei den Pflocklöchern liegen geblieben war, hätten sie keinen Kurs halten und schon gar keine driftenden Blöcke von Treibeis erkennen können.

In der Gaststube war Eggrún dabei, mit geübter Hand den Knöchel von Veyrenc zu umwickeln, nachdem sie einen stark riechenden Balsam aufgetragen hatte, sehr ähnlich der Salbe, die Pelletier der Stute Hekate auf den Fuß gestrichen hatte. Rögnvar beugte sich mit besorgter Miene über das Bein des Verletzten. Er winkte Almar heran, damit er übersetzte.

»Bist du sicher, dass du dir den Fuß verrenkt hast, als du über die Steine gerannt bist?«

»Absolut sicher. Es ist nur eine Verstauchung, Rögnvar.«

»Aber es tut verdammt weh, nicht wahr?«

»Ja«, gab Veyrenc zu.

»Und als du gestürzt bist, hast du da einen heftigen Schmerz gespürt? Als wenn's dir den Knochen zersägt?«

»Ja, nach einer Weile. Bestimmt ein Bänderriss.«

Rögnvar nahm seine Krücken und humpelte zu Gunnlaugur hinüber, der gegen sich selbst Schach spielte.

»Ich weiß, was du willst«, sagte Gunnlaugur.

»Ja. Ruf den Flughafen an, sie sollen ein Flugzeug zum Krankenhaus von Akureyri bereithalten. Wir müssen uns diesen Knöchel stündlich ansehen. Wenn das Violett über den Verband hinaussteigt, bringen wir ihn an Bord.«

»Und wie können wir abheben bei diesem Nebel?«

»Ich wette, dass er sich nicht bis zur Rollbahn erstreckt. Oder zumindest nicht so dicht. Er steht nur über der Fuchsinsel und über uns.«

Gunnlaugur bewegte eine Figur und stand auf.

»Ich geh anrufen«, sagte er. »Rühr die Figuren nicht an.«

In seinem Rücken sah Rögnvar sich das Brett an. Dann versetzte er den schwarzen Turm. Er war der größte Schachspieler von Grímsey und Grímsey die größte Schachinsel überhaupt.

Adamsberg half Veyrenc, sich zu einem kleinen Zimmer zu schleppen, das Eggrún ihm im Erdgeschoss eingerichtet hatte.

»Und sie? Was machen wir mit ihr?«, fragte Eggrún, auf Retancourt weisend.

»Wir rühren sie nicht an«, sagte Adamsberg. »Sie erholt sich fünf Mal schneller als wir.«

Eggrún warf einen Blick zum Schachtisch hinüber, wo ihr Mann gerade den hinterhältigen Zug von Rögnvar entdeckte.

»So lange wie die für das Revanchespiel brauchen«, schätzte sie, »werden wir nicht vor halb neun zu Abend essen können. Schlafen Sie drei Stunden.«

Um sieben Uhr verließ Rögnvar den ratlosen Gunnlaugur nach einem entscheidenden Zug, der dessen Dame bedrohte, um den Knöchel des schlafenden Veyrenc zu begutachten. Im Augenblick schritt »es« noch nicht bedrohlich fort. Dennoch, die Zehen waren geschwollen, und ein violetter Fleck von der Größe einer 1-Kronen-Münze ragte über den Verband hinaus.

»Der Flughafen soll weiterhin in Bereitschaft bleiben«, sagte er, setzte sich wieder und legte seine Krücken auf den Boden.

Retancourt, die seit einer halben Stunde wach war, hatte per Zeichensprache darum gebeten, sich zu ihnen setzen zu dürfen, um die Partie zu verfolgen. Aus dem Augenwinkel beobachtete sie, wie Eggrún den Tisch deckte und dann die Speisen auftrug. Hering, Dorsch und Lachs in Scheiben, getrocknet, geräuchert, gesalzen, dazu Bier und sogar eine Flasche Wein. Und das waren erst die Vorspeisen. Ein Festmahl, das erkennen ließ, dass der siegreiche Sturm auf die Insel des Afturganga das sprichwörtliche Eis gebrochen hatte.

Adamsberg war, auf seinem Bett sitzend, nur für Augenblicke eingenickt. Er wartete darauf, dass die Wanduhr in der Herberge Viertel vor acht schlug, dann ging er in die Gaststube hinunter und half Gunnlaugur, Veyrenc an den Tisch zu tragen. Retancourt kam herüber und ließ sich mit einem Ruck auf ihren Stuhl fallen, ihr Gesicht war vollkommen ausgeruht. Adamsberg schenkte den Wein ein und erhob sein Glas.

»Auf Violette«, sagte er schlicht.

»Auf Violette«, wiederholte Veyrenc.

»Ihr Sturz auf dem Strand hätte fatal für uns werden können«, sagte Retancourt, während sie ihr Glas an das des Lieutenant stieß.

»Das war nicht *mein* Sturz, Retancourt. Das war der Afturganga, der mich eingeholt hatte. Rögnvar ist fest davon überzeugt. Er wird mich nicht verlassen, bevor er nicht sicher ist, dass das Bein nicht mit einem Schlag brandig werden wird.«

»Aber in einem Punkt hatte er recht«, sagte Retancourt. »Es gibt auf diesem Felsen wahrlich keine Sterbensseele. Nicht mal Eier von Papageitauchern in der Felswand. Nicht eine Robbenschnauze auf der Wasseroberfläche. Die Touristen damals hatten Glück, dass sie diese Robben an Land ziehen konnten, verdammtes Glück.«

Das ist der Augenblick, dachte Adamsberg, in seinem Denken noch immer starr vom Schock seiner Entdeckung. Aber was hatte er auch anderes erwartet, als er die Überreste aus den Löchern kratzte auf der vermeintlichen Suche nach einem Lagerfeuer und Seehundfett?

»Almar hat vorhin mit mir gesprochen«, begann er und stellte die fünf Knöchelchen, nunmehr in einer kleinen Dose für Hustenpastillen aufbewahrt, behutsam auf den Tisch. »Das hier fand sich in den Pflocklöchern«, erklärte er für Retancourt, die schon schlief, als Almar die Gebeine gereinigt hatte.

»Das sind Knochen«, sagte Retancourt, als sie einen davon in der Hand hielt.

»Von Papageitauchern«, sagte Veyrenc. »Immerhin also haben sie die zu essen gefunden.«

»Nein, Louis, die stammen nicht von Papageitauchern. Sie stammen von Menschen.«

Tiefes Schweigen. Adamsberg stand auf, um Almar aus seinem Zimmer zu holen. Der kleine Mann war gerade aufgewacht und zog sich einen dicken blauen Pullover über.

»Kommen Sie, Almar, und erklären Sie ihnen das. Ich kann mich schon nicht mehr an die Begriffe erinnern, mir werden sie es nicht glauben.«

»Es sind Handwurzelknochen«, sagte Almar und zeigte auf sein Handgelenk. »Sie befinden sich zwischen dem Unterarm und der Hand. Das Handgelenk eben. Wir besitzen acht dieser kleinen Knochen, die sich, in zwei Reihen angeordnet, ineinanderfügen. Haben Sie mal ein Blatt Papier, Kommissar? Danke. So werden Sie das besser verstehen«, sagte er und zeichnete in groben Zügen die beiden Unterarmknochen, dann die acht kleinen Handwurzelknochen und den Beginn der Mittelhandknochen, der »Metacarpalia«, wie er präzisierte. »In der oberen Reihe haben wir hier das Os scaphoideum, das Os lunatum, das Os triquetrum und das zierliche Os pisiforme oder auch Kahnbein, Mondbein, Dreiecksbein und Erbsenbein, weil es aussieht wie eine zerquetschte Kichererbse.«

»Hübsch, diese Namen«, sagte Veyrenc mit farbloser Stimme.

»In der unteren Reihe dann das Trapezbein, das Trapezoidbein, das große Capitatum, also Kopfbein, und das Hakenbein.«

»Waren Sie mal Arzt?«, fragte Retancourt, während sie mechanisch ihr restliches Fleisch hinunterschlang.

»Ich bin Physiotherapeut in Lorient. Ich verdiene mir als Dolmetscher nur was dazu. Weswegen ich Ihnen auch versichern kann« – er wandte sich Veyrenc zu –, »dass Sie nur eine mächtige Verstauchung haben. Vielleicht einen Bänderriss und eine Prellung eines Mittelfußknochens, aber gebrochen ist nichts. Blutgerinnungshemmende Spritze vor Beginn des Fluges und Beinschiene in Reykjavík. Ich besorge Ihnen das. Und sechs Wochen Ruhe.«

Veyrenc nickte bedächtig mit dem Kopf, den Blick immer noch auf die kleinen Knochen geheftet, mit denen Almar hantierte.

»Sind sie schon alt, diese Knochen?«, fragte Retancourt.

»Nein. Von der Hand des Menschen, der da einst seine Fische getrocknet hat, sind sie nicht. Außerdem waren zu der Zeit noch Pflöcke in den Löchern. Sehen Sie sich diesen hier mal näher an.« Er hielt eines der Knöchelchen ans Licht. »Man erkennt noch den Ansatz eines Bandes. Ich würde sagen, sie sind zwischen sechs und fünfzehn Jahre alt.«

Retancourt hob ihre hellen Augen zu Adamsberg.

»Ich habe nicht gehört, dass einer der Reisenden verstümmelt wurde.«

»Nein, Lieutenant.«

»Was weniger lustig ist«, fuhr Almar fort, »diese beiden hier, das Dreiecksbein und das Erbsenbein, fügen sich eins ins andere. Sehen Sie? Ihre Facetten passen genau zueinander. Und dieses Dreiecksbein passt sich wiederum übergangslos dem Lunatum, dem Mondbein, an. Probieren Sie selbst.«

Die drei Knöchelchen gingen von Hand zu Hand, jeder versuchte, sie zusammenzusetzen, als handelte es sich um ein chinesisches Geduldsspiel, während Adamsberg mit einem Wink eine zweite Flasche Wein bestellte. Almar trank schnell.

»Es ist nicht ganz leicht, wenn man keine Übung hat«, sagte er und nahm die Knöchelchen wieder an sich. »Auch diese beiden, das Trapezbein und das Kopfbein, passen ineinander. Aber ihre oberen Facetten fügen sich nicht an unser Mondbein und unser Dreiecksbein an.«

»Was folgt daraus?«, sagte Adamsberg, der die Antwort schon kannte, und schenkte ein.

»Sie haben Wein bestellt?«, sagte Almar. »Aber ich habe Ihnen doch gesagt, dass der ein Vermögen kostet.«

»Eggrún hat die erste Flasche spendiert, ich übernehme die zweite. Das gebietet die Höflichkeit.«

»Hat Ihnen Brestir übrigens die fünfhundert Kronen zurückgegeben? Sein Boot ist ohne einen Schaden zurückgekommen.«

»Ja, Almar. Fahren Sie bitte fort. Die Facetten, die passen, und die, die nicht passen.«

»Genau. Weswegen es sich um zwei verschiedene Handgelenke handelt, darüber gibt es keinen Zweifel.«

»Ein rechtes und ein linkes?«, fragte Veyrenc.

»Nein, es handelt sich um zwei rechte Hände. Von zwei Personen. Ich füge hinzu« – dabei teilte er die Knöchelchen rasch in zwei kleine Haufen wie in einem Spiel –, »von einem Mann und einer Frau. Das Dreiecksbein, das Erbsenbein und das Mondbein von der Frau, das Trapezbein und das Capitatum von dem Mann. Sollte das von Ihrer Reisegruppe stammen, das versichere ich Ihnen, muss sich da ein grässliches Drama abgespielt haben, gar nicht lustig.«

»Was ist da passiert, verdammt?«, sagte Veyrenc.

Almar trank zwei große Schlucke von seinem Wein.

»Das Ende erzählen Sie, Kommissar.« Er hob die Hände. »Ich für meinen Teil bin fertig. Auf die Fortsetzung habe ich keine Lust.«

Adamsberg nahm die Knöchelchen der Männerhand und hielt sie seinerseits unters Licht.

»Hier gibt es eine Einkerbung von einem Messer«, sagte er, »und da zwei weitere Einschnitte. Die Knochen sind an der Naht zwischen Hand und Handgelenk abgetrennt worden. Und die Schnittstellen sind schwarz. Das ist kein Dreck. Das sind Spuren von Feuer.«

Er legte die Knochen auf den Tisch zurück, gerade als einer der Spieler hinter ihm eine Figur aufs Brett warf.

»Schachmatt«, schloss Adamsberg dumpf. »Sie sind zerteilt und gegessen worden. Der Legionär und Adélaïde Masfauré wurden gegessen.«

Eggrún räumte schweigend den Tisch ab und stellte vor jeden eine Crêpe und Rhabarber-Konfitüre hin. Almar bedankte sich lebhaft bei ihr.

»Wenn ihr dieses Dessert nicht esst, werdet *ihr* gefressen. Reißt euch zusammen.«

»Eine Frage der Höflichkeit«, murmelte Veyrenc.

»Ein Geschenk ist ein Geschenk«, sagte Adamsberg und machte sich über seine Crêpe her.

»Meinst du die Gabe des Afturganga?«

»Ja.«

»Jetzt versteht man, dass er dich von so weit her gerufen hat. Das war ja keine Kleinigkeit. Und es beschmutzte seine Insel.«

»Genau. Von wegen, sie hätten Robben erlegt! Von wegen!« Adamsberg wurde lauter. »Sie haben sie umgebracht, um sie zu *essen*! Ich geh nach draußen, eine rauchen«, fügte er hinzu und schnappte sich seinen Anorak.

»Erst die Crêpes aufessen«, befahl Almar.

»Die übrigens ausgezeichnet sind«, murmelte Retancourt in einförmigem Ton. »Almar, danken Sie Eggrún für dieses Abendessen. Danken Sie ihr herzlich.«

»Sagen wir Danglard Bescheid?«, fragte Veyrenc.

Ein Funke sprühte im verschwommenen Blick des Kommissars.

»Nein«, sagte er.

Während Adamsberg und Retancourt ihre Anoraks überzogen, griff Veyrenc nach den robusten hölzernen Krücken, die Gunnlaugur ihm gegeben hatte. »Nein, nein, die werden uns nicht fehlen«, hatte er versichert. Er hatte zwölf Paar davon im Gasthof, die Touristen hier hätten ja nichts anderes zu tun, als auf die Schnauze zu fallen, übersetzte Almar.

»Berg«, rief Gunnlaugur, vom Schachbrett aufblickend, »bleibt vor dem Gasthof. Entfernt euch nicht weiter als drei Meter. Vor dem zweiten Fenster steht eine Bank. Sie ist rot, versucht sie zu finden und rührt euch nicht von dort weg.«

Sie fanden die Bank, umso leichter, als Gunnlaugur das Fenster geöffnet hatte, um sie durch diesen unbeschreiblichen Nebel zu lotsen. Adamsberg hatte so etwas noch nie gesehen. Die reine Rohbaumwolle.

»Wir müssen frisches Eis auf den Knöchel legen«, sagte Almar, der ihnen mit dem Glas in der Hand gefolgt war.

»Wir werden schon welches finden, Doc«, sagte Veyrenc. »An Schnee mangelt es hier ja nicht.«

»Schön ist es hier«, sagte Adamsberg und gab allen in der Runde Feuer. »Ich sehe zwar schon einen Meter weiter nichts mehr, aber ich bin sicher, es ist schön.«

»Schrecklich schön«, meinte Almar.

»Ich glaube, ich werde hierbleiben«, sagte Adamsberg.

»Bei Gunnlaugur und Eggrún, die uns derzeit wie Entenküken hätscheln, ja, ich bleibe auch«, sagte Veyrenc. »Ich muss nur noch einen isländischen Vornamen für mich finden. Almar?«

»Lúðvíg, ganz einfach.«

»Perfekt. Und Retancourt?«

»Was ist ihr Vorname?«

»Violette wie das Veilchen.«

»Na, dann Víóletta.«

»Im Grunde ganz einfach, das Isländische.«

»Schrecklich einfach.«

»Ich habe aber nie gesagt, dass ich bleiben will«, bemerkte Retancourt. »Spielen sie hier viel Schach?«

»Intensiv betriebener Nationalsport.«

»Wir hatten keine Zeit, die Inschrift auf der Stele für Danglard zu kopieren«, sagte Veyrenc nach einigem Schweigen. »Es müsste so was gewesen sein wie: *Fremder, der du den Fuß auf diesen Boden setzt, hüte dich …*«

»*… vor den widerwärtigen Lastern der infamen Heuchler*«, vollendete Adamsberg. »Am Ende könnten wir unser ganzes Leben lang auf diese Weise parlieren, ohne überhaupt davon zu sprechen. Ohne jemals von der warmen Insel und den Knochen zu sprechen. Dabei kämen wir gar nicht so schlecht über die Runden. Wir würden uns dies und das sagen, dann würden wir's wiederholen, dann würden wir unser Glas austrinken und schlafen gehen.«

»Um wie viel Uhr geht morgen unser Flug?«, fragte Veyrenc.

»Um zwölf auf dem Rollfeld. Mit der Zeit, die sie brauchen, die Million Vögel zu verscheuchen, sind wir um 13 Uhr auf dem Flughafen von der Stadt gegenüber.«

»Akureyri«, sagte Almar.

»Abflug nach Reykjavík um 14.10 Uhr, Ankunft in Paris um 22.55 Uhr Ortszeit.«

Paris.

Nahezu beklommenes Schweigen.

»Und wir würden reden, und wir würden schlafen gehen«, sagte Adamsberg.

40

»Geh bei Retancourt behutsam vor«, sagte Veyrenc nach dem Frühstück. »Ich glaube, sie erträgt diese Sache mit den verspeisten Leichen nicht.«

»Wer erträgt sie denn überhaupt, Veyrenc? Kann man die Vorstellung ertragen, dass Victor seine Mutter isst? Oder der Philanthrop seine Frau verschlingt?«

»Ob sie's gewusst haben? Oder ob sie bis zum Schluss an die Robben-Story geglaubt haben? Violette jedenfalls verkraftet es nicht, wirklich nicht.«

»Ja, sie ist sensibel«, sagte Adamsberg ohne alle Ironie.

Retancourt kam mit einer zweiten Kanne Kaffee zurück.

»Also, ich sehe die Dinge am Ende so«, sagte sie, während sie eingoss. »Sie sind tatsächlich erfroren. Und die anderen haben sie gegessen, um zu überleben. Wie die Überlebenden bei dem Flugzeugabsturz in den Anden.« Sie verkleinerte das Drama, um es für ihre revoltierende Vorstellungskraft annähernd ertragbar zu machen.

»Warum aber«, warf Adamsberg ein, »hätte sich in dem Fall Victor die Geschichte mit den beiden Messermorden ausgedacht?«

»Weil zwei Morde mit dem Messer im Vergleich dazu geradezu harmlos waren«, sagte Veyrenc. »Gleichzeitig konnten sie die feierliche Vorladung Amédées durch Alice Gauthier erklären, die man den Bullen nicht gut würde verschweigen können.«

»Richtig«, sagte Adamsberg. »Aber warum dann diese Geschichte von dem Mörder erfinden, der sie alle seit zehn Jahren bedroht?«

»Um ihrer aller Schweigen zu rechtfertigen. Obwohl in Wahrheit niemand sie bedroht. Sie schweigen instinktiv: Wer wird sich schon rühmen, seine Reisegefährten verspeist zu haben? Sie haben sich alle gemeinsam darauf verständigt, für immer zu schweigen, ohne dass irgendein imaginärer Mörder sie terrorisiert.«

Adamsberg rührte endlos seinen Zucker in der Tasse um.

»So sehe ich die Dinge nicht.«

»Weil?«

»Weil Victors Bericht, so falsch er ist, von Angst geprägt ist. Wie er diesen ›widerlichen Menschen‹ beschreibt, das hat selbst bei aller mutmaßlichen Übertreibung etwas Authentisches. Und sein plötzliches Erschauern in der Auberge du Creux, erinnerst du dich, Louis, als er auf einmal aufgehört hat zu reden, weil er im Spiegel hinter uns ›den Mann‹ zu erkennen meinte. Wenn das keine echte Angst war, wozu sollte er dann in uns den Glauben erwecken, dass der Mörder am Nachbartisch aufgetaucht wäre? Grotesk.«

»Diese Einzelheit kannte ich nicht«, sagte Retancourt. »Wer war der Mann letztlich?«

»Ein Steuerinspektor, so sagte man uns. Der in seinen Zügen wohl irgendetwas mit dem Mörder gemein gehabt haben muss.«

»Sie glauben also an einen Mörder?«

»Ja.«

»Erzähl ihr deine Version, Jean-Baptiste.«

»Die ist schlimmer als alles andere.«

»Nun machen Sie schon«, sagte Retancourt und trank ihren Kaffee in einem Zug aus.

»Auch wenn wir wenig von der Gruppe wissen, steht doch zumindest fest, dass ein Arzt darunter war. Victor sagt, sie hätten ihn ›Doc‹ genannt. Ein überflüssiges Detail in seiner Lüge und darum wahr. Das ist der wesentliche Punkt. Ich denke, die Schlägerei zwischen dem Mörder und dem Legionär hat es tatsächlich gegeben. Aber es war keine echte Schlägerei. Sondern ein provozierter Angriff in der Absicht, den Mann zu töten, was jedoch wie ein verhängnisvoller Unfall aussehen sollte. Dann schleppt der Mörder den Leichnam weg – um sie von ihm zu befreien, sagt er. Von ihnen unbeobachtet, zerstückelt er den Körper sofort, bevor er gefriert. Er trennt alle erkennbaren Teile – Kopf, Füße, Hände, Knochen – ab und behält nur das Fleisch zurück.«

»Fass dich kurz«, sagte Veyrenc.

»Tut mir leid, aber ein Detail bin ich gezwungen hervorzuheben. Der Mörder hat nur ein Messer bei sich. Nichts, womit er die festen Knochen des Unterarms zerschneiden könnte. Er schneidet folglich da, wo es am leichtesten ist, an einem Gelenk, am Handgelenk, und die kleinen Handwurzelknochen, so erklärt uns Almar, bleiben an den Bändern hängen. Die Überreste des Körpers entsorgt er im Packeis, und seine präparierten Stücke Fleisch lässt er gefrieren. Um der Wahrscheinlichkeit willen lässt er eine Zeit verstreichen, und kurz darauf, o Wunder, fängt er eine Robbe ein. Er schleppt sein Fleisch zum Lager. Passiert es nun bei diesen ›Robben‹mahlzeiten, dass der besagte Arzt beim Verschlingen seiner Portion auf ein Knöchelchen stößt? Das wird man später erfahren. Das gleiche Szenario wiederholt sich bei Adélaïde Masfauré. Ich glaube nicht an den dramatischen Vergewaltigungsversuch, an den Sturz ins Feuer, an den brennenden Hosenboden, den Messerstich. Viel einfacher: Als er mit der Nachtwache an der Reihe ist, erstickt der Mörder sie lautlos, indem er ihr Gesicht in den Schnee drückt. Am Morgen findet man sie tot, erfroren. Wieder befreit der Typ die Leute von dem Leichnam. Und einige Tage später gibt es erneut Fleisch im Lager, eine zweite wundersame Robbe, eine ›junge‹ diesmal. Der Arzt fischt einen Knochen aus seinem Mund und identifiziert ihn sofort.«

Adamsberg unterbrach sich plötzlich, und sein Blick, der eben noch auf Retancourt gerichtet war, sah niemanden mehr. Retancourt bemerkte dieses Abdriften seiner Augen, das sie mehr als alles fürchtete.

»Kommissar?«

Adamsberg hob eine Hand und gebot Schweigen; langsam zog er sein Notizheft heraus und schrieb den letzten Satz auf, den er gesagt hatte. *Der Arzt fischt einen Knochen aus seinem Mund.* Dann las er ihn noch einmal, indem er mit dem Finger daran entlangfuhr, so als würde er den Sinn nicht ganz verstehen. Er steckte das Heft wieder ein, und sein Blick kehrte in seine Augen zurück.

»Ich habe an etwas gedacht«, sagte er wie zur Entschuldigung.

»Woran?«

»Keine Ahnung. Und der Arzt«, fuhr er fort, »identifiziert ihn sofort: vom Menschen. Was passiert? Wirft er sein Stück ins Feuer? Sagt er die Wahrheit? Bestimmt. Und alle erfahren plötzlich, woraus ihre rettenden Mahlzeiten seit Tagen bestehen. Fahren sie *trotzdem* fort, Adélaïde Masfauré ... sagen wir zu verspeisen? Oder wussten sie es schon beim Legionär? Haben sie alle es so laufen lassen? Als der Nebel endlich steigt, gibt der Mörder seine Befehle und droht ihnen, ohne auf Widerstand zu stoßen. Niemand von ihnen hat die Absicht, seine Heldentaten herumzuposaunen, und heute verstehen wir, warum. Aber weiß man's? Kriegt jemand eine Depression? Eine Krankheit? Hat ein mystisches Erweckungserlebnis? Jähe Gewissensbisse? Die Gefahr eines Geständnisses ist immer gegeben, wir sahen es bei Alice Gauthier. Und der Mörder beobachtet sie ja alle. Weil er, wie sie alle, zwei Menschenwesen gegessen hat, aber vor allem, weil *er* sie wissentlich getötet hat, um sich zu ernähren.«

Adamsberg trank endlich von seinem Kaffee, den er hundertmal umgerührt hatte.

»Und?«, sagte Retancourt wie abwesend, so als wollte sie sich ausklinken und in ihre abweisende Haltung vom ersten Tag zurückkehren. »Wir kennen jetzt die wahre Geschichte der Verzweifelten auf der warmen Insel. Und was nutzt uns das?«

»Wir wissen jetzt, dass ein Mörder noch immer um sie herumschleicht.«

»Ein Mörder, der weder Alice Gauthier noch Masfauré noch Breuguel noch Gonzalez umgebracht hat. Ein Mörder, der nicht unser Mörder ist. Ein Mörder, der nichts mit dem Angriff auf die Robespierre-Truppe zu tun hat.«

»Ich denke, ich weiß«, murmelte Adamsberg, »warum sich auf dem Schachbrett Robespierre nichts tut.«

»Erzählen Sie.«

»Ich weiß es nicht.«

»Sie sagten gerade eben, dass Sie es zu wissen glauben.«

»Das sagt man so, Retancourt.«

Retancourt lehnte sich schwer in ihren Stuhl zurück.

»Ob sie umgekommen sind und dann verspeist wurden oder ob einer sie bewusst massakriert hat und sie sie gegessen haben, es läuft auf dasselbe hinaus: Es führt uns nirgendwohin. Wir sind für nichts und wieder nichts hergekommen.«

»*Veni, vidi, non vici.* Ich kam, ich sah, ich siegte nicht«, sagte Veyrenc.

Rögnvar am Nachbartisch war so indiskret, sich ihr Gespräch von Almar übersetzen zu lassen. Diese Geschichte stand ihm zu, er hatte ein Anrecht auf sie. Er richtete sich auf seinen Krücken auf, riet Gunnlaugur, die Steine nicht anzurühren, und stellte sich aufrecht vor Retancourt hin, Almar hinter sich.

»Violetta«, sagte er, »man kann sich vor einer Frau, die den Afturganga auf Abstand gehalten hat, nur verneigen. Auf einem derartigen Abstand, dass auch das Bein deines Freundes ausheilen wird. Ohne dich, Violetta, hätte er …«

Und er deutete mit einem beredten Blick auf sein fehlendes Bein.

»Und Berg wäre tot. Weil er den Fehler gemacht hat, auf dem Boden des Afturganga zu verweilen. Du aber hast begriffen, dass man das nicht darf. Du hast es von Anfang an begriffen, nicht wahr, Violetta? Lange bevor du den Nebel gesehen hast?«

Retancourt zog die Stirn kraus, rückte ihren Stuhl, ohne sich dessen wirklich bewusst zu sein, ein bisschen näher an Rögnvar den Verrückten, Rögnvar den Weisen heran und sah zu ihm hoch.

»Das stimmt«, sagte sie.

»Wann?«

»Bei der Ankunft auf der Insel«, sagte Retancourt nach einigem Überlegen. »Sie wollten den Text abschreiben, der auf dem warmen Stein eingraviert ist. Ich habe gesagt – ich glaube, ich habe es geschrien –, dass wir keine Zeit vergeuden dürften.«

»Du siehst«, sagte Rögnvar und setzte sich auf den Hocker, den Eggrún ihm gerade gebracht hatte. »Du wusstest es. Und du wusstest es seit Langem, schon in deiner Stadt Paris, wo man im Winter auf Café-Terrassen rumhängt. Du wolltest nicht mitkommen, aber du wusstest es. Darum bist du gekommen.«

Rögnvar hatte sich vorgebeugt, seine langen, noch blonden Haare streiften fast Retancourts Stirn. Adamsberg beobachtete verblüfft die Szene. Retancourt, unstreitig der führende Kopf der Positivisten, der Materialisten in der Brigade, war einem Rögnvar ins Netz gegangen. Retancourt im Banne der Geister Islands. Nein, sie waren nicht umsonst gekommen.

Dann legte Rögnvar dem Lieutenant seine breite Hand aufs Knie. Wer hätte das in der Brigade gewagt?

»Aber du irrst dich, Vióletta«, sagte er.

»Worin?«, hauchte Retancourt, unfähig, sich von Rögnvars blauen Augen abzuwenden.

»Du hast eben gesagt« – Rögnvar presste ein wenig die Lippen zusammen –, »dass ihr umsonst hergekommen seid. Du sagst, tapfere Vióletta, dass das nirgendwohin führt.«

»Ja, das sage ich, Rögnvar. Denn es stimmt.«

»Nein.«

»Rögnvar, Sie wissen nichts von dem, woran wir in Paris arbeiten.«

»Ich weiß nichts davon, und es ist mir auch egal. Hör mir zu, Vióletta, hör mir gut zu.«

»Ich höre«, lenkte Retancourt ein.

»*Der Afturganga ruft nie jemanden umsonst. Und seine Gabe führt immer auf einen Weg.*«

»Aber Ihnen, Rögnvar, hat der Afturganga das Bein weggerissen. Ist das ein Weg?«

»Ich bin ja auch nicht gerufen worden. Ich habe ihn verletzt. Berg dagegen ist von ihm gerufen worden.«

»Wiederholen Sie den Satz noch einmal.«

»*Der Afturganga ruft nie jemanden umsonst. Und seine Gabe führt immer auf einen Weg.* Brauchst ihn dir nicht aufzuschreiben«, sagte Rögnvar und ergriff Retancourts Hand. »Keine Sorge, du wirst dich immer daran erinnern.«

Durch das Bullauge sah Adamsberg die Insel Grímsey, zu einem Viertel von Nebel verhüllt, mit einer Wehmut entschwinden, die er nicht erwartet hatte. Die lange Eggrún hatte ihn zum Abschied umarmt, und im Hafen hatten sich die Männer versammelt, um sie mit einem Gruß zu entlassen. Gunnlaugur, Brestir, Rögnvar natürlich, der die Hand hochwarf, und all die anderen blonden Köpfe, deren Namen er nicht kannte.

Heute Abend Paris. Und dann der morgige Tag. Morgen würde er vor der Brigade stehen und über die Bilanz seiner Eskapade berichten müssen, die in der Tat die Konstellation auf dem Schachbrett Robespierre um keinen Millimeter verändert hatte. Er brachte nicht den Mörder im Gepäck mit, nur eine Flasche Brennivín, die Gunnlaugur ihm geschenkt hatte. Aber der Bericht war dennoch zwingend. Er würde seine Rede mit Argumenten untermauern müssen, sie strukturiert aufbauen und bündig vortragen, alles, was ihm zutiefst widerstrebte. Und das auch noch vor mürrischen oder feindseligen Gesichtern, außer denen von Froissy, Estalère, Justin und Mercadet, den sein eigenes Handicap nachsichtig machte gegenüber den Unvollkommenheiten anderer.

»Veyrenc«, sagte er, »übernimm du den Bericht morgen in der Brigade. Es ist ein Haufen Arbeit, ich weiß. Aber da Château dich zum römischen Senator geschlagen hat, wirst du das besser hinkriegen als ich. Und Retancourt wird dich unterstützen.«

»Da wird ihr Groll hochschnellen wie eine Rakete.«

»Das ist zu erwarten.«

»Gut, ich werde sprechen«, versicherte Veyrenc ganz

ruhig. Er hatte sein Bein in den Gang gestreckt, ein gerinnungshemmendes Mittel im Bauch, das Almar ihm gespritzt hatte. »Versuch du, Voisenet und Mordent wieder auf unsere Seite zurückzuholen. Voisenet, weil er gegen den Wind kreuzen kann wie seine Fische, und Mordent, weil er Legenden und Sagen liebt. Der Kampf zwischen dem Afturganga und Vióletta der Tapferen wird ihn nicht unbeeindruckt lassen.«

»Ich habe keine Lust, sie ›zurückzuholen‹, Louis. Sollen sie doch auf ihrem Weg klarkommen, es ist nicht meiner.«

»Genau das werfen sie dir ja vor. Und vielleicht kannst du verstehen, dass sie dir nicht gefolgt sind.«

»Nicht ganz«, murmelte Adamsberg.

Kurz vor der Ankunft auf dem Flughafen Roissy schlug Adamsberg, noch halb schlafend, die Seite in seinem Notizbuch auf, wo er heute Morgen im Gasthof diesen Satz notiert hatte: *Der Arzt fischt einen Knochen aus seinem Mund.* Darunter schrieb er jene banale Bemerkung, die Veyrenc einmal über François Château gemacht hatte. *Der Kerl lügt wie gedruckt.* Dann zeichnete er einen Pfeil und schrieb: *Robespierre. Er ist es. Er hat sie.*

Die Lämpchen im Flugzeug waren erloschen, die Sicherheitsgurte geschlossen, die Sitze hochgestellt. Die Maschine setzte zum Sinkflug an, man sah schon die Lichter der Fahrzeuge auf der Autobahn. Adamsberg weckte Veyrenc und zeigte ihm die Seite in seinem Heft. Veyrenc las und schüttelte verständnislos den Kopf.

»Das hast du mal gesagt«, beharrte Adamsberg. »Nach unserer ersten Sitzung im Konvent. Da hast du gesagt: ›Das war er.‹«

»Robespierre?«

»Ja. Und du hattest recht. Er war es.«

41

An diesem Freitagmorgen, dem Feiertag des 1. Mai, hatten sich die Mitarbeiter der Brigade auf recht ungewöhnliche Weise um den langen Tisch im Konzilsaal versammelt, was Estalère beim Austeilen des Kaffees etwas verwirrte. Beim Warten auf Adamsberg hatten sie sich instinktiv zu Einflussgruppen zusammengefunden. Am Kopfende des Tisches, in der Tiefe des Saals, saßen nach wie vor die verantwortlichen Leiter, die Commandants Danglard und Mordent. Aber im Unterschied zur normalen Sitzordnung saß Retancourt heute am gegenüberliegenden Tischende, wie um Danglard die Stirn zu bieten, eingerahmt auf der einen Seite von Froissy und Estalère, auf der anderen von Mercadet und Justin. Zu seiner Rechten, registrierte Danglard, hatten sich die eher zögernden Meuterer hingesetzt, unter ihnen Voisenet und Kernorkian, zu seiner Linken die entschlossenen Frondeure, zu deren Sprecher sich Noël gemacht hatte. Brigadier Lamarre, der gerade erst aus dem Urlaub in Granville zurückgekehrt und über die Situation nicht auf dem Laufenden war, saß zwischen zwei leeren Stühlen und las in Eile die Berichte aus den letzten vierzehn Tagen.

Geradezu ein Nachklang des robespierreschen Konvents, dachte Danglard, mit seinen Faktionen, den ultralinken Hébertisten, den Girondisten, den Dantonisten, der »Ebene«. Er seufzte. Irgendetwas zerbrach im Königreich Adamsberg, und er war nicht sicher, ob er nicht sogar die Hauptschuld daran trug. In seiner Verbitterung hatte er nicht eine einzige Nachricht nach Island geschickt, um zu erfahren, wie die sinnlose Expedition verlief, die er immerhin für gefährlich hielt. Und folglich auch keine Rückmeldung erhalten. Aber er machte sich keine Illusionen. Adamsberg hatte mit Sicherheit nichts im Gepäck, nicht mal eine Flasche Brennivín für ihn.

Veyrenc betrat den Raum majestätisch auf seinen hölzernen Krücken und setzte sich auf den Stuhl, den Retancourt neben sich für ihn reserviert hatte. Er wandte sich zur Seite und bat Estalère um einen Hocker, auf den er sein Bein legen konnte.

Danglard schreckte auf. Veyrenc war verletzt. Wie das? Und wenn er sich die Gesichter von Lieutenant Veyrenc und Retancourt ansah, die blass waren und von Falten und Augenringen gezeichnet, ahnte er, dass sie etwas Schlimmes durchgemacht haben mussten. Und er, Danglard, der für gewöhnlich so loyale Danglard, der aber im Augenblick verschanzt war hinter seiner hartnäckigen Verdrossenheit des Opponenten, hatte sich nicht ein einziges Mal nach ihnen erkundigt. Er verdrängte diese Anwandlung von schlechtem Gewissen und stimmte sich auf den Bericht von Lieutenant Veyrenc ein. Bei dem nichts herauskommen würde. Da lag der Hund begraben, eindeutig.

»Warten wir auf Adamsberg?«, fragte er, auf seine Uhr blickend.

»Nein«, sagte Veyrenc; er sah die verschlossenen Gesichter oder gesenkten Köpfe und begegnete dem Blick des Commandant.

»Verletzt, Lieutenant?«, fragte Mordent.

»Eine ziemlich gewagte Auseinandersetzung am verlassenen Ufer der warmen Insel.«

»Und mit wem, wenn dieses Ufer so verlassen ist?«, fragte Danglard erstaunt.

»In der Tat«, sagte Veyrenc. »*Er kroch heran so weiß, als niemand ihn noch sah, /Auf schwarzem Fels er schlich, er war uns schon ganz nah, /Er hatte uns gegeben, erhielt doch keinen Dank, /Sein Biss bis auf den Knochen ging, sodass ich seitdem wank.*«

Und Veyrenc beschrieb mit dem Arm einen weiten Bogen, der für ihn den Afturganga beschwor, aber von Danglard anders interpretiert wurde: *Das können Sie nicht verstehen.* Was in gewissem Sinne aufs Gleiche herauskam.

»Sie sind also auf diese Insel gelangt«, bemerkte Danglard. »Und dann?«

»Gestatten Sie, Commandant, dass ich die Geschehnisse auf meine Weise darlege.«

»Tun Sie das.«

Wann, so fragte sich Danglard mit einer gewissen Wehmut, war eine Sitzung in der Brigade jemals in einer dermaßen gereizten Atmosphäre verlaufen? Wobei er sich zugleich bewusst war, dass sein eigener Ton wesentlich dazu beitrug. Ein Gedanke durchfuhr ihn mit einem Schauder. Adamsbergs Eskapade, ja selbst Fahnenflucht, die ihn, Danglard, de facto zum provisorischen Chef der Brigade gemacht hatte, kam sie ihm auf die eine oder andere Weise sogar gelegen? Strebte er ungewollt die Entmachtung von Adamsberg an? Und wenn ja, seit wann? Seit er diesen prächtigen dunkelvioletten Gehrock angezogen hatte, der ihn so ungemein aufwertete? Seit er gespürt – genossen, bewundert – hatte, welche Macht dieser Robespierre ausstrahlte? Aber er, der neue Chef in Abwesenheit, was hatte er getan, gesagt oder herausgefunden, das die Ermittlung in der Sache Robespierre vorangebracht hätte? Außer sein Wissen zu verbreiten, wenn man ihn darum bat? Und Noël und Voisenet und Mordent? Hatte auch nur einer von ihnen das kleinste Sandkorn zum Bau beigetragen?

Apropos Sandkörner. Durch eine simple, schnelle Gedankenassoziation sah Danglard die Gemälde von Céleste wieder vor sich, also ihr einziges Gemälde mit seinem roten Getüpfel, das man mit der Lupe betrachten musste, um die Marienkäfer darin zu erkennen. War sie das, Célestes schlichte Botschaft? Dass sie die Aufmerksamkeit auf die sanfte Würde der kleinen Dinge lenkte, der winzigen, so vernachlässigten? War er ohne Lupe vorgegangen und hatte darum keinen einzigen Marienkäfer finden können?

Ein vages Unwohlsein überkam Danglard. Er goss sich rasch ein großes Glas Wasser ein, das er in einem Zug austrank, was für ihn sehr ungewöhnlich war, während Veyrenc seinen Bericht an dem Punkt begann, an dem ihr Boot ohne Begleiter den Hafen von Grímsey verlassen hatte, um zu der kleinen Insel überzusetzen. Rögnvars Warnungen und die Geschichte von seinem Bein, das der Afturganga ihm weggerissen hatte, ließ er aus.

Die Stelle des Berichts, an der die Fundstücke als menschliche Knochen identifiziert wurden und das ganze Ausmaß des Dramas – der Kannibalismus – erkennbar wurde, löste Wellen der Bestürzung und des Abscheus aus, es gab Aufschreie der Empörung, Fragen, Erschrecken. Für einen Augenblick gewann die spontane Reaktion auf diese ungeheuerlichen Fakten die Oberhand über Launen und Flügelkämpfe. Adamsberg hatte sich nicht getäuscht, es war eine ganz andere Geschichte, die sich auf der Insel abgespielt hatte.

Veyrenc wahrte seine ruhige Distanz, er wachte über den

Tumult und kam dann auf Retancourts entscheidenden Einsatz zu sprechen, durch den sie sie vor dem tödlichen Nebel gerettet hatte, hielt sich jedoch nicht lange dabei auf, um nun nicht eine Woge des Mitgefühls auszulösen. Es gab ein paar anerkennende Pfiffe und zustimmendes Kopfnicken hier und da. Dann aber kehrte wieder eine gewisse Ruhe ein, Noël ging zum Angriff über und fragte nach den konkreten Folgerungen aus der Expedition.

Was brachte sie ihnen eigentlich?

So erstaunlich die Ergebnisse waren, kam die Ermittlung durch sie irgendwie voran?

Verwirrung, auseinandergehende Meinungen, sinnlose Diskussionen.

»Kernorkian«, unterbrach Danglard, »Ihr Bericht über die Art und Weise, wie Lebrun und Leblond uns durch die Finger schlüpfen? Was ergibt die Überprüfung des Netzes von Kellern, Dächern, Höfen? Der Kommissar hatte Sie doch darum gebeten?«

»Ja, Commandant. Sie ist auch erfolgt.«

»Erfolgt? Und wieso weiß ich nichts über die Ergebnisse?«

»Tut mir leid, Commandant. Ich dachte, ich sollte meinen Bericht dem Kommissar bei seiner Rückkehr übergeben.«

Wieder diese vage Bitternis in Danglards Gedanken, eine Bitternis, die er nie gekannt hatte und die ihm nicht gefiel. Er goss sich ein Glas Wasser ein und versuchte sie mit ein paar Schlucken hinunterzuspülen.

»In seiner Abwesenheit vertrete ich den Kommissar. Also, das Netz der Keller?«

»Nein, Commandant, es gibt keine Verbindung über die Keller, auch nicht über die Höfe. Aber sie können über die Dächer verschwinden. Die Zinkverkleidungen sind steil, und selbst die Dachschrägen sind leicht zugänglich. Der Übergang vom einen Haus zum anderen ist dreißig Zentimeter breit und durch ein eisernes Taubengitter geschützt. Nichts, was eine sportliche Leistung erfordern würde. Durch ein Oberlichtfenster kommt man in das Haus Nr. 22 hinein, und über dessen Tiefgarage gelangt man in eine Seitenstraße. Sehr wahrscheinlich verlassen sie so das Haus von François Château, ohne gesehen zu werden.«

»Nächsten Montagabend also hängen Sie sich an Leblond ran, falls er diesen Ausgang wählt, und finden Sie seinen Wohnort heraus. Führen Sie die Operation mit Voisenet und Lamarre durch. Ein Auto, ein Motorrad.«

»In Ordnung, Commandant.«

»Und danach?« Noël ging wieder auf Angriff. »Und danach nichts! Vier Tote. Und wir verfolgen weiter diese Hampelmänner Château, Lebrun, Leblond, Sanson, Danton und wie sie alle heißen, ausgewählt aus siebenhundert Personen, da wir ja nichts Besseres haben, da wir überhaupt nichts haben. Während unser Kommissar sich in Island herumtreibt, um ein touristisches Drama aufzuklären.«

»Auf seine eigenen Kosten«, wandte Justin sanft ein.

»Aber abwesend ist abwesend«, betonte Noël lautstark, begleitet vom Gemurmel sieben uniformierter Männer.

»Dass die Ermittlungen stagnieren, ist nicht ihm zuzuschreiben«, schaltete Mercadet sich ein. »Wir hören mit Ungeduld deine Vorschläge, Noël.«

»Ist Adamsberg der Einzige, der nachdenken muss?«, sagte nun auch Retancourt.

»Aber denkt er denn nach?«, konterte Noël. »Die Ermittlungen sind festgefahren, weil Adamsberg stagniert, weil er irgendwo anders rumrennt, in diesem Le Creux oder am Nordpol. Und diese Stagnation überträgt sich auf uns, sie nagelt uns am Boden fest, sie beraubt uns eigener Initiativen.«

»Keiner verlangt von dir, dass du dich so seinem Einfluss ergibst«, bemerkte Mercadet.

»Ich sehe nicht, wo sein Fehler liegt«, fügte Froissy hinzu. »Alle Nachforschungen, alle Befragungen und möglichen Folgeaktionen wurden eingeleitet.«

Adamsberg, der mit Absicht sehr viel später gekommen war, lehnte im Rahmen der geschlossenen Tür und hörte sich diesen letzten Wortwechsel an.

»Aber es ist noch immer nichts dabei herausgekommen«, sagte Mordent. »Man könnte meinen, wir schütten Wasser in den Sand.«

»Und warum?«, fragte Justin und sah Danglard an.

»Sicher, seine Gedanken waren in Island«, formulierte Danglard vorsichtig. »Aber dieses Kapitel ist jetzt abgeschlossen.«

Den Moment wählte Adamsberg, um die Tür aufzumachen, worauf völliges Schweigen eintrat.

Zunächst sah er sich Veyrencs Bein an, Befehl von Almar, um sich zu vergewissern, dass sich sein Zustand durch die Reise nicht verschlechtert hatte. Er sah sie wieder vor sich im Hafen, Brestir, Eggrún, Gunnlaugur und Rögnvar mit erhobenem Arm. Und ihm gegenüber nun diese übelgelaunten Männer, die so gern ein bisschen gemeutert hätten, frustriert von den festgefahrenen Ermittlungen, erbittert über ihre fehlende Inspiration, unfähig zuzugeben, dass dieses Algenknäuel nun mal dunkel und zäh war. Für diesen Zustand von Ohnmacht brauchten sie ein Ventil. Ihn. Er begegnete dem flackernden Blick von Danglard und Mordent, die schon gar nicht mehr mit ihm rechneten, und blieb hinter den Stühlen von Retancourt und Veyrenc stehen, während Estalère ihm eine Tasse Kaffee in die Hand drückte. Er sah über die versammelte Mannschaft, registrierte die veränderte Sitzordnung, beobachtete die Feindseligkeit, das Zögern, die verhärteten Gesichter und auch diese seltsame Unschlüssigkeit in Danglards Haltung, eine Schulter hochgezogen, die andere unten, wie hin- und hergerissen zwischen Aufruhr und innerer Not.

Danglard, der künftige Chef der Truppe? Warum eigentlich nicht? In seiner Klarheit und seinem Wissen war er ihm, Adamsberg, weit überlegen. Leidenschaftslos, fast gleichgültig blickte Adamsberg auf seine Mannschaft, ohne genau zu wissen, ob es noch »seine« Mannschaft war. So erwog er, was er sagen würde.

»Wie Veyrenc Ihnen berichtet hat, hat unsere Island-Erkundung die Lügen von Victor und Amédée Masfauré schlagartig ans Licht gebracht. Sie weist uns auf einen Mörder, der zu allem bereit ist, um seine beiden Morde und seinen Kannibalismus geheim zu halten.«

»Zu allem bereit?«, sagte Noël. »Der aber zehn Jahre lang nichts unternommen hat. Und inwiefern betrifft uns das?«

»Insofern, als von den zwölf Reisenden sechs in Lebensgefahr sind, zu denen man nun auch noch Amédée zählen muss.«

»Und die immer noch weder tot sind noch bedroht werden.«

Noël hatte mehr Mut als andere, etwa Voisenet, der mit gesenktem Kopf dasaß, oder Mordent, der in seiner Akte blätterte. Mut, den er zum großen Teil aus seiner natürlichen Gewaltbereitschaft bezog, aber dennoch Mut.

»Reine Information, Lieutenant«, sagte Adamsberg. »Was das Schachbrett Robespierre angeht, so rührt sich da noch immer nichts. Nun aber ›bewegt sich das Tier von selbst‹. Diese Unbeweglichkeit hat also eine Ursache, und die ist kein Schicksal und auch nicht einfach Pech. Ich glaube sie zu ahnen, aber ich kann sie nicht ausdrücken. Alles notiert, Danglard?«

»Ja«, sagte Danglard mit ausdrucksloser Stimme. »Was uns immer noch nirgendwohin führt.«

»Nirgendwohin?«

Danglard unterbrach seine Notizen, gewarnt von einer leichten Veränderung in der Stimme des Kommissars, die angriffslustig geworden war. Das kam äußerst selten vor und dann immer begleitet von einem ungewöhnlich scharfen Blick. Er sah hoch und erkannte ihn, diesen bohrenden Blick mit dem kurzen Aufglühen darin, der in Adamsbergs für gewöhnlich so ausdruckslosen Augen erschien. Vielleicht für ihn und nur für ihn, dieses kurze Aufblitzen, das auch schon wieder verschwunden war.

»Na, wohin denn?«, fragte er.

»Dorthin, wo Bewegung ist. Wir müssen dorthin, wo die Tiere sich bewegen. Und dürfen nicht, Retancourt hatte es sofort begriffen, dort verweilen, wo der Nebel uns an Ort und Stelle festnagelt. Ich werde heute Nachmittag nicht hier sein. Sie, Danglard, bleiben unterdessen an der Spitze der Brigade. Ich habe den Eindruck, diese Ablösung hat ihren Reiz.«

Adamsberg trank seinen kalt gewordenen Kaffee aus, dann ging er mit der Plastiktüte in der Hand um den Tisch herum und postierte sich neben seinem ältesten Mitarbeiter. Er nahm ihm den Stift aus der Hand und schrieb unter seine Notizen: *Nirgendwohin, Danglard? Der Afturganga ruft nie jemanden umsonst. Und seine Gabe führt immer auf einen Weg.* Dann nahm er die Flasche Brennivín aus der Tüte und stellte sie mit einem Lächeln auf den Tisch.

»Wir fahren«, sagte er zu Veyrenc, als er hinter ihm vorbeiging.

»Nach Le Creux?«, murmelte Retancourt.

»Ja.«

Veyrenc stützte sich auf seine Krücken, und Retancourt stand, obwohl nicht aufgefordert, ebenfalls auf und folgte ihnen. Seltsame Bekehrung, dachte Adamsberg. Wenn man im Nebel mal was durchgemacht hat, dann hat man im Nebel was durchgemacht, so hätte Rögnvar es erklärt.

42

»Was wollen wir aus ihnen herausholen?«, fragte Retancourt.

Sie hatten in der Auberge du Creux gegessen, die trotz des Feiertags geöffnet war, und den Brüdern Masfauré ihr Kommen angekündigt, ohne jedoch ihre Reise nach Island zu erwähnen. Victor, der die Gründe dieses neuerlichen Besuchs nicht kannte, zeigte sich schon am Telefon in Alarmbereitschaft, denn Adamsberg hatte darum gebeten, dass sie in einem der Pavillons am Eingang auf sie warten sollten, außer Reichweite von Céleste.

»Zunächst mal«, sagte Adamsberg und dachte dabei an Lucio, »versuchen wir, zu Ende zu kommen. Dann versuchen wir, die Bewegung zu intensivieren.«

»Victor wird nicht über den Mörder sprechen«, sagte Veyrenc.

»Man kann eine Tür auch nicht mit einem einzigen Schulterstoß öffnen. Heute rütteln wir an ihr.«

Retancourt verbiss sich die Frage, wozu das alles dienen sollte.

Beide Brüder erwarteten sie in Amédées Pavillon und sahen sie wortlos an; sie waren auf der Hut.

»Wir drei sind gestern Abend aus Island zurückgekehrt«, begann Adamsberg. »Genauer gesagt, von der Insel Grímsey, und noch genauer, von der warmen Insel. Der Fuchsinsel. Ein harter Kampf«, sagte er und wies auf Veyrencs Bein, »den

Erkenntnissen angemessen, die wir von dort mitbringen. Erkenntnisse, die euch im Gegensatz zum letzten Mal allerdings nichts Neues sagen werden.«

»Ich weiß nicht«, sagte Victor halblaut, »was Sie hätten ›mitbringen‹ können. Es gibt nichts auf der Fuchsinsel.«

»Es gibt Löcher von Pflöcken, die da mal gestanden haben. Genau an der Stelle, wo ihr euer Lager aufgeschlagen habt. Das war doch oberhalb des Strandes, etwas geschützt zwischen den beiden Kegeln?«

Victor nickte.

»Diese Löcher konntet ihr damals nicht sehen, denn zu der Zeit, als eure Expedition dort war, lagen sie unter Schnee begraben. Dann aber, Victor, ist der Schnee geschmolzen. Und eure Überreste, die verstreut herumlagen, sind in die Löcher gerutscht. Gut geschützt vor den eisigen Winden.«

»Das ergibt doch keinen Sinn«, sagte Victor. »Sie sind bis da rauf, um in Pflocklöchern herumzustochern? Von deren Existenz Sie noch nicht mal was ahnten?«

»Stimmt.«

»Um wonach zu suchen?«

»Nach Seehundfett, warum nicht?«

»Und haben Sie welches gefunden?«

»Nein. Kohle, aber kein Fett. Es tut mir leid, wirklich leid. Komm mal mit raus, Victor.«

Adamsberg lehnte sich an die Außenwand des Pavillons, zum Schutz vor dem einsetzenden Regen. Er zog die Hustenpillendose aus seiner Jacke und ließ die fünf kleinen Knochen in seine Hand gleiten.

»Von einer Lüge zur anderen sind wir jetzt fast am Ende des Weges angekommen. Das sind menschliche Knochen, Handgelenkknochen. Von zwei Erwachsenen, einer Frau und einem Mann. Abgetrennt, gegart und gegessen. Hier siehst du die Spuren des Feuers und die Einschnitte des Messers.«

Adamsberg legte die Knochen in das Döschen zurück und steckte es in die Tasche.

»Deine DNA-Analyse oder die von Amédée wird beweisen, dass drei von diesen Relikten eindeutig Adélaïde Masfauré zuzuordnen sind. Und die DNA der Schwester von Éric Courtelin wird zeigen, dass der andere Körper der des ›Legionärs‹ ist. War es das, was Alice Gauthier Amédée anvertraut hat? Dass sie verspeist worden sind? Weiß er es?«

»Ja«, sagte Victor mit heiserer Stimme. »Dieses Dreckstück von Gauthier. Er hätte es niemals erfahren dürfen.«

»Erträgt er es?«

»Schwer. Er ist in Behandlung. Ich schlafe mit in seinem Zimmer, seit er von ihr zurück ist. Er schreit im Traum, dann wecke ich ihn und beruhige ihn.«

Adamsberg kam in den Raum zurück und setzte sich Amédée gegenüber.

»Sie hat dir also alles gesagt, Alice Gauthier?«

»Für ihr Seelenheil, ja«, flüsterte Amédée.

»Und was noch? Dass sie erfroren sind oder dass sie umgebracht wurden?«

»Dass er sie umgebracht hat.«

»Zufällig, bei Auseinandersetzungen? Oder absichtlich, um sie zu … verspeisen?«

»Bewusst, um sie zu verspeisen«, murmelte Amédée. »Danach haben sie es alle begriffen.«

»Wie haben sie's begriffen?«

»Der, den sie den ›Doc‹ nannten, hat einen kleinen Knochen ausgespuckt. Vom Legionär. Es war bei der dritten

Mahlzeit. Und der Doc hat alles gesagt. Aber es war zu spät, sie hatten ihn schon vollständig …«

»Aufgegessen«, half ihm Adamsberg.

»Und eines Morgens haben sie meine Mutter tot aufgefunden.«

»Erstochen?«

»Nein, wahrscheinlich im Schnee erstickt, hat Gauthier gesagt, kurz vor Morgengrauen.«

»Sodass es, als der Mörder ihnen ein paar Tage später wieder etwas, sagen wir, zum Überleben bringt, sagen wir, eine junge Robbe, alle begriffen. Dass er ihnen anbot, es noch mal zu tun.«

»Ja.«

»Das reicht«, befahl Victor, »lassen Sie ihn. Ja, in dem Moment haben wir es begriffen. Alle.«

»Und sie haben es trotzdem getan? Wissentlich diesmal?«

»Ja. Alle außer mir. Ich, ich wusste ja, dass es meine Mutter war.«

Ob es stimmt oder nicht, dachte Adamsberg.

»Und das stimmt«, sagte Amédée. »Alice Gauthier hat gesagt, dass ›der junge Mann nicht davon gegessen‹ habe.«

»Und wie hast du überlebt, Victor?«

»Ich weiß es nicht. Ich war der Jüngste.«

»Und warum hast du dich nicht aufgelehnt, dich widersetzt?«

»Sie waren neun gegen mich. Neun, die sich alle darüber einig waren, es zu tun.«

»Auch Henri Masfauré?«

»Ja.« Victor holte tief Luft. »Er saß neben mir, sehr schwach schon, zitternd vor Kälte. Ich habe ihn angefleht, es nicht zu tun. Da sagte er mir, dass sie nun auf immer in ihm wäre. Und hat gegessen.«

»Jetzt«, sagte Adamsberg, »versteht man endlich das ganze Ausmaß des Schweigens, das euch auferlegt wurde. Die Drohung, die auf jedem von euch lastet. Und warum ihr so gehorsam wart. Es war einfach unaussprechlich. Aber nicht, wenn der Tod naht. Siehe Alice Gauthier, die das so egoistisch für sich in Anspruch genommen hat. Und jeder von euch könnte es tun, in einem Augenblick großer Schwäche, der Reue, einer Depression, nach einem Erweckungserlebnis, in einer Krankheit, in tiefer Verzweiflung. Und ich glaube, ja, ich bin sicher«, Adamsberg stand auf und begann in dem kleinen Esszimmer hin und her zu laufen, »dass er euch überwacht, euch beobachtet, euch zusammenruft. Dass ihr euch alle seht und er euch regelmäßig unter die Lupe nimmt.«

»Nein!«, rief Victor. »Wir schweigen, und das weiß er. Dazu braucht er uns nicht zu sehen und auch nicht ›unter die Lupe zu nehmen‹.«

»Ihr trefft euch«, beharrte Adamsberg etwas nachdrücklicher. »Und du weißt, wer es ist. Du kennst sicher nicht seinen Namen, aber sein Gesicht. Beschreib ihn mir, hilf mir, ihn zu finden.«

»Nein. Ich weiß nicht.«

»Du bist nicht als Einziger in Gefahr, Victor. Amédée ist es auch. Er weiß es jetzt wie alle anderen.«

»Ich schütze ihn. Amédée wird nicht reden.«

»Nein«, bestätigte Amédee hastig und stockend.

»Und die anderen? Sind die dir egal?«

»Ja.«

»Weil sie deine Mutter verspeist haben?«

»Ja.«

Adamsberg machte seinen Mitarbeitern ein Zeichen. Sie erhoben sich.

»Bedenk die Folgen deines Schweigens, Victor.«

»Es ist alles bedacht.«

Sie ließen die beiden Brüder in Schweigen zurück, Amédée niedergeschlagen, den Kopf in die Hände gestützt, Victor unnachgiebig und entschlossen.

»Der knickt nicht ein«, sagte Veyrenc, als sie ins Auto stiegen.«

»Amédée vielleicht«, meinte Retancourt.

»Aber Amédée kennt das Gesicht des Mörders nicht.«

Sie fuhren im Regen zurück, der heftig gegen die Scheiben schlug.

»Gut, dass du Amédée die Knochen nicht gezeigt hast«, sagte Veyrenc.

»Das war ja nun das Mindeste«, sagte Adamsberg, und ein Schauer überlief ihn, sei es von der feuchten Jacke, sei es bei der flüchtigen Vorstellung einer Männerhand, die ihm die Knochen seiner aufgefressenen Mutter zeigen würde.

»Ich setze euch an der Brigade ab«, sagte er. »Aber ich komme nicht mit rein.«

»Sie überlassen denen das Feld, Kommissar?«, fragte Retancourt und schüttelte sich.

»Wozu soll ich sie provozieren? Der Misserfolg zehrt an ihnen, das Scheitern verkrampft sie. Was denkt ihr über Danglard?«, fügte er lächelnd hinzu. »Glaubt ihr, dass er scharf auf den Posten ist?«

»Danglard ist nicht wie sonst«, versicherte Veyrenc. »Irgendetwas treibt ihn um.«

»Und ich denke, es ist Robespierre«, schloss Adamsberg.

Zerk lief schweigend umher. Sein Vater war, ohne zu Abend zu essen, eingeschlafen, die Füße in den Kamin gestreckt.

Zerk wusste, was in Island passiert war, und wachte über seinen Schlaf. Dass Violette ihn vor dem Afturganga gerettet hatte, wie sie einst die Taube gerettet hatte, hatte seine Bewunderung für sie noch vergrößert. Das Klingeln des Telefons kurz nach 22 Uhr machte ihn rasend. Adamsberg öffnete die Augen und hob ab.

»Kommissar«, sagte Froissy, »es hat einen neuen Mordversuch gegeben.«

43

Adamsberg erhob sich und war vollends wach.

»Wo? Wann?« Er griff nach seinem Notizbuch.

»In Vallon-de-Courcelles, acht Kilometer hinter Dijon. Das Opfer hat sich wie durch ein Wunder retten können.«

»Wer hat es gemeldet?«

»Die Gendarmerie von Dijon. Der Mann ist selbst in die Notaufnahme gekommen, er liegt im Krankenhaus. Der Mörder hat ihn aufgehängt, aber er hat sich aus der Schlinge befreien können.«

»Was sagt er?«

»Im Augenblick spricht er noch nicht. Die Luftröhre ist in Mitleidenschaft gezogen, er wird künstlich beatmet, bis die Schwellung zurückgeht. Aber es geht ihm gut, er wird durchkommen. Er äußert sich mit Gesten und schreibt, allerdings noch sehr wenig. Die Gendarmen waren am Tatort. Es ist in einer Garage passiert, wohin unser Mörder sein Opfer verschleppt hat.«

»Wieso *unser* Mörder?«

»Sie haben das Zeichen gefunden, es war mit Filzstift auf einen Benzinkanister geschrieben. In Rot diesmal.«

»Blau, weiß, rot, die Revolution. Der Dreckskerl amüsiert sich.«

»Ja. Nach Aussage der Gendarmen soll das Opfer, ein kräftiger Mensch, sich an eine Kette geklammert haben, die von der Decke herabhing. Die Spuren hätten sich in seine

Haut eingegraben. Durch Klimmzüge sei es ihm so gelungen, die Schlinge zu lockern, sich dann mit dem rechten Fuß auf einem Wandregal abzustützen und sie gänzlich aufzuziehen.«

»Wie heißt der Mann?«

»Vincent Bérieux. Vierundvierzig Jahre, verheiratet, zwei Kinder, Informatiker. Ich schicke Ihnen ein Foto. Er ist intubiert und liegt auf dem Bett, sieht also zwangsläufig etwas anders aus als sonst. Aber Sie können sich zumindest einen allgemeinen Eindruck machen.«

Adamsberg öffnete das Foto auf seinem Mobiltelefon. Der Mann mochte der vagen Beschreibung entsprechen, die Leblond von dem »Radfahrer« gegeben hatte. Kantiger Schädel, wohlproportioniertes Gesicht, ziemlich gut aussehend, wenn auch nicht sehr ausdrucksvoll, und leere braune Augen, was man nach einem solchen Schock verstehen konnte. Er wählte die Telefonnummer, die Château ihm für einen Notfall anvertraut hatte – »Versuchen Sie die Leitung nicht zurückzuverfolgen, Kommissar, der Anschluss läuft nicht unter meinen Namen« –, und schickte ihm das Bild mit der Bitte, es sofort an Leblond und Lebrun weiterzuleiten, selbst wenn sie schon schlafen sollten.

Zerk hatte inzwischen das Abendessen aufgewärmt, ein Gedeck für ihn aufgelegt und zwei Gläser Wein eingegossen, Adamsberg dankte ihm mit einer Handbewegung, während er die Gendarmerie in Dijon anrief. Man verband ihn mit Chefbrigadier Oblat, der die Ermittlung leitete.

»Ich habe schon mit Ihrem Anruf gerechnet, Kommissar. Ich komme gerade von der Befragung des Opfers«, sagte Oblat mit starkem burgundischen Akzent. »Er versucht sich über Zeichensprache zu verständigen und schreibt auch hin und wieder was auf. Er wurde gegen 19 Uhr überfallen und zu seiner Garage geschleppt, wo der Strick und der Stuhl bereits vorbereitet waren.«

»Wurde die Garage aufgebrochen?«

»Sie ist nie verschlossen. Er bewahrt nur gewöhnliches Werkzeug, Nägel, Heimwerkerartikel dort auf.«

»Kennt der Mann seinen Aggressor?«

»Er schwört, nein. Er sagt, der Angreifer sei dick, nahezu fettleibig. Etwa einen Meter achtzig groß oder auch etwas weniger. Das ist alles, was wir zu seinem Aussehen haben, er trug eine Maske auf dem Gesicht und eine weiße Perücke.«

»Eine weiße?«

»Ja, und auf dem Boden unter dem Strick haben wir eine Strähne weißer Haare gefunden, Kunsthaar.«

»Glattes oder welliges Haar?«, fragte Adamsberg und nahm auf ein energisches Zeichen von Zerk sein Kartoffelomelett in Angriff, bevor es kalt wurde.

»Habe ich nicht gefragt. Ein Dicker, das ist alles, was wir haben. Ach, ja. Unter der Maske trug er eine Brille. Also ein Dicker mit Brille. In einem grauen Anzug, banaler geht's nicht.«

»Hat niemand in …« – er sah kurz in sein Notizbuch – »… Vallon-de-Courcelles einen unbekannten Wagen bemerkt?«

»Wir haben die Leute befragt, die noch wach waren. Wenn Sie auf dem Land die Leute aus dem Bett holen, sind sie nicht sehr gesprächig. Morgen werden wir einen Zeugenaufruf rausschicken. Aber von den dreizehn, die nicht schliefen, hat keiner einen Wagen bemerkt. Ich denke auch nicht, dass der Mörder so blöd gewesen ist, sein Auto auf dem Kirchplatz zu parken. Es reicht ja, sich außerhalb hinzustellen und zu Fuß ins Dorf reinzugehen. Alle Welt isst dort zeitig zu Abend, geht zeitig schlafen, da ist keine Katze mehr auf der Straße.«

»Ein Dicker mit Brille und zu Fuß.«

»Viel ist das nicht, was, Kommissar? Wir haben mit der Spurensicherung begonnen, aber der Kerl mit seiner Maske und seinen falschen Haaren hat sicher nicht vergessen, Handschuhe überzuziehen. Übernehmen wir die Vorermittlung, oder wollen Sie das machen?«

»Ich überlasse Ihnen das in vollem Vertrauen, Chef.«

»Danke, Kommissar. Weil, die in Paris haben so 'n bisschen die Tendenz, uns alles wegzuschnappen, verstehen Sie, ohne dass ich hier was Kritisches sagen will. Aber schließlich sind Sie das ja, nicht wahr, und nicht Paris. Sollen wir auch den Filzstift analysieren?«

»Überflüssig. Schicken Sie mir aber ein Foto von dem Zeichen. Und Aufnahmen vom Tatort.«

»Schon rausgegangen an Ihre Brigade, wir hatten ja Ihre Anzeige erhalten und haben darum auf so was geachtet. Fingierter Selbstmord, habe ich mir gesagt, sieh nach, ob sich ein Zeichen findet. So habe ich es dann auf dem Kanister entdeckt. Weder versteckt noch besonders auffällig.«

»Ausgezeichnet, Chef. Aber schicken Sie mir das ab sofort an meine persönliche E-Mail-Adresse. Ja, ich buchstabiere sie Ihnen. Haben Sie das Opfer unter Polizeischutz gestellt?«

»Rund um die Uhr, Kommissar, bis auf weiteren Befehl. Der beste Schutz wäre ja, wenn wir die Presse vermeiden könnten. So würde der Mörder nicht erfahren, dass er seinen Coup verfehlt hat, und er würde nicht wiederkommen.«

»Wir würden in der Tat Zeit gewinnen.«

»Was bedeutet dieses Zeichen eigentlich? Ist es ein verschnörkeltes H?«

»Es ist eine Guillotine.«

»Sagen Sie bloß. Das ist ja nicht gerade lustig. Wie in der Revolution also?«

»Genau.«

»Ist das 'n Verrückter oder was? Ein durchgeknallter Revolutionär oder so? Oder auch das Gegenteil, Sie wissen, was ich meine?«

»Das versuchen wir gerade herauszufinden. Wir durchforsten eine Gesellschaft, die diese Epoche untersucht. Wir vermuten, dass er sich bei denen herumtreibt, dort seine Opfer sucht. Aber sie hat fast siebenhundert Mitglieder. Und dazu sind sie noch anonym.«

»Das ergibt ja ein Mordskuddelmuddel, sagen Sie mal. Wie wollen Sie das bloß lösen?«

»Wir warten auf den Schritt zu viel, auf den Fehler, den er macht.«

»In der Zeit kann der ja vierzig weitere Leute umbringen, wenn er aufpasst.«

»Das ist mir klar, Chef.«

»Pardon, Kommissar, ich wollte Sie nicht entmutigen.«

»Macht nichts. Vielleicht hat er ihn heute Abend gemacht, den Fehler. Seine Frau und die Kinder, wo waren die?«

»Übers Wochenende bei der Großmutter in Clamecy.«

»Ein Dicker mit Brille, zu Fuß und gut unterrichtet.«

»Viel Glück, Kommissar. Wenn es bei 'ner Ermittlung mal hakt, kann man nichts tun, man darf sich nicht verrückt machen lassen. Was nicht geht, das geht nicht. Aber hat mir Spaß gemacht, mit Ihnen zu plaudern. Ich halte Sie auf dem Laufenden über das, was wir morgen herausfinden.«

»Unglaublich geschwätzig, aber nicht dumm«, sagte Adamsberg, als er aufgelegt hatte. »Und ein anständiger Kerl.«

»Ich wärme dir dein Omelett auf.«

»Nicht nötig, ich esse es so, auf die spanische Art.«

»Fährst du nach Dijon?«

»Nein. Er schickt mir alle Informationen.«

»Und warum maskiert der Mörder sich auf diese Weise? Entschuldige, aber man kann bei deinem Handy alles mithören. Kann er sich nicht wie jeder andere eine Strumpfhose übers Gesicht ziehen?«

»Vielleicht war das sein Fehler, Zerk. Aber er konnte nicht ahnen, dass die Sache schiefgehen würde. Zweiter Fehler: Er ist zu schnell abgehauen, nachdem er ihn aufgehängt hatte. Der Stuhl hat im Umfallen möglicherweise Krach gemacht, vielleicht hat ihn das erschreckt.«

»Willst du nicht Danglard Bescheid sagen?«

»Froissy hat Bereitschaft mit Mercadet. Die werden das schon tun.«

»Du willst es nicht tun«, bestätigte Zerk. »Was ist los mit ihm, was denkst du?«

»Es ist nicht das erste Mal, dass er sauer auf mich ist.«

»Aber es ist das erste Mal, dass er andere mit reinzieht. Was ist mit ihm los?«

»Ganz einfach, wir treten auf der Stelle. Und wenn Danglard auf der Stelle tritt, langweilt er sich. Das ist sein schlimmster Feind. Denn wenn Danglard sich langweilt, überkommt ihn die Angst. Und wenn ihn Angst überkommt, geht er unter oder wird aggressiv. Aber ich denke, dass die Begegnung mit Robespierre ihm nicht gutgetan hat. Er ist gewissermaßen aufgeputscht. Er wird sich beruhigen, Zerk, mach dir keine Gedanken.«

»Was bedeutet langweilen?«

»Wahrscheinlich ist das eins der wenigen vernünftigen Dinge, die ich dir vermacht habe. Selbst wenn du nichts tust, langweilst du dich nicht.«

Die Antwort von François Château piepte auf seinem Telefon. *Leblond hat keine Zweifel. Es handelt sich um den Mann, den sie den »Radfahrer« nennen. Ein Zeitweiliger aus der Gruppe der Eingeschleusten oder dem, was von ihr übrig ist.*

Er heißt Vincent Bérieux, schrieb Adamsberg zurück, *und wohnt in Vallon-de-Courcelles. Sagt Ihnen das etwas?*

Nein. Aber ich bin hin und wieder schon mal durch Vallon-de-Courcelles gefahren. Ein bezauberndes Dorf, das sich an den Berghang schmiegt.

»Will der mich verarschen?«, sagte Adamsberg und zeigte Zerk die Mitteilung.

»Glaube ich nicht.«

Da gibt es keine Berge, es liegt bei Dijon, tippte Adamsberg.

So nennen sie es dort eben. Jeder redet sich den Berg schön, den er hat. Gute Nacht, Kommissar.

»Doch, er verarscht mich.«

Adamsberg rief noch einmal Froissy an.

»Wer hatte heute Abend Dienst vor der Wohnung von François Château?«

»Sofort, Kommissar ... Lamarre und Justin. Aber Château ist heute Abend nicht nach Hause gekommen. Während er sonst immer zur selben Zeit kommt. Darum ist Noël vor einer Viertelstunde zum Hotel gefahren. Château arbeitet manchmal bis spätabends. Sie haben in vierzehn Tagen eine Steuerprüfung, wahrscheinlich ist ihr Buchhalter ein wenig im Stress. Aber auch in seinem Büro war er nicht oder nicht mehr.«

»Hat niemand ihn reingehen oder rauskommen sehen?«

»Nein, Kommissar. Château geht immer durch den Park, von wo er einen direkten Zugang zu seinem Büro hat. Er kann sehr wohl dort gewesen sein, ohne dass man es bemerkt hätte.«

»Wie er es auch genauso gut hätte verlassen können,

Froissy. Und inzwischen genug Zeit gehabt hätte, aus Dijon zurückzukehren.«

Adamsberg schrieb François Château eine neue Nachricht.

Wo sind Sie, Château?

Zu Hause, im Bett. Wissen Sie, wie spät es ist, Kommissar?

23.15 Uhr. *Meine Leute haben Sie nicht nach Hause kommen sehen.*

Dann sehen sie offenbar schlecht, was im Hinblick auf meinen Schutz nicht gerade beruhigend ist. Ich habe noch im Hotel gearbeitet, wir haben bald eine Steuerprüfung. Ich bin vor zwanzig Minuten nach Hause gekommen.

»Mist!«, rief Adamsberg und schmiss sein Telefon auf den Tisch.

»Aber der in Dijon hat doch gesagt, dass der Angreifer dick war.«

»Er ist einer von der Gesellschaft, also einer, der weiß, wie man sich verkleidet. Wenn er dick erscheint, dann, weil er in Wirklichkeit dünn ist. Château ist dünn.«

»Aber klein. Er hat von einem Kerl von einem Meter achtzig gesprochen, nicht wahr?«

»Oder auch weniger.«

»Und warum sollte sich Château selbst ins Knie schießen, indem er seine eigenen Mitglieder umlegt?«

»Hat Robespierre doch auch gemacht.«

Adamsberg sah noch einmal auf seinen Monitor, bevor er zum Schlafen nach oben ging. Brigadier Oblat hatte schnell gearbeitet: Aufnahmen von dem Zeichen und vom Tatort. Er zog sich einen Stuhl heran, um die Bilder von Nahem zu betrachten; Zerk stand hinter ihm.

»Also fährst du doch nach Dijon«, sagte er schlicht.

44

Chefbrigadier Oblat fuhr ihn vom Bahnhof zur Garage von Vincent Bérieux in Vallon-de-Courcelles.

»Es wurde nichts angerührt?«, fragte Adamsberg, als er eintrat.

»Nichts, Kommissar, wegen des Zeichens. Wir haben auf Sie gewartet.«

»Warum hat der Mörder Ihrer Meinung nach die Schlinge nicht in der Mitte aufgehängt? Warum ist sie seitlich angebracht?«

Oblat kratzte sich den Nacken, den der Uniformkragen beengte.

»Vielleicht störten ihn die Ölkanister«, sagte er.

»Vielleicht. Ziemlich schwer, dieser Stuhl, auf den er ihn hat steigen lassen. Gehen Sie mal nach draußen und horchen Sie.«

Adamsberg hob den Stuhl auf und stieß ihn noch einmal um.

»Nun, Chef? Was haben Sie gehört?«

»Nicht viel.«

»Hätten die Nachbarn etwas bemerken können?«

»Die wohnen zu weit weg, Kommissar.«

»Warum ist er dann so übereilt geflohen?«

»Die Nerven, anders kann ich es mir nicht erklären. Nach vier Morden, überlegen Sie mal, man ist ja nicht aus Stahl.«

»Können wir den Strick mal abmachen?«

»Er gehört Ihnen«, sagte Oblat und kletterte auf den Stuhl.

Adamsberg befühlte den Strick, wie man einen Stoff prüft, fuhr mit der Hand über die rauen Fasern, bewegte die Schlinge hin und her und gab ihn dem Brigadier zurück.

»Können Sie mich zum Krankenhaus fahren?«

»Auf der Stelle«, sagte Oblat. »Sie werden sehen, der Mann ist nicht sehr gesprächig.«

»Die Nerven«, sagte Adamsberg.

»Vor allem der Schock. Man könnte meinen, er will alles vergessen, so was kommt vor.«

Es war fast halb zwei, als Adamsberg das Krankenhaus betrat, das Mittagessen der Patienten war vorüber. Der Geruch von Kohl und kaltem Kalbfleisch hing in der Luft. Vincent Bérieux hatte ihn nicht erwartet; intubiert und einen Infusionsschlauch im Gesicht, lag er schlaff im Bett und sah auf den Fernseher. Der Kommissar stellte sich vor und fragte nach seinem Befinden. Schmerzen, hier in der Kehle. Hunger. Müdigkeit. Die Nerven, der Schock.

»Ich bleibe nicht lange«, sagte Adamsberg. »Ihr Fall steht mit vier anderen Opfern in Zusammenhang.«

Der Mann zog fragend die Brauen hoch: *Warum? Wie?*

»Wegen dem hier«, sagte Adamsberg und zeigte ihm die Zeichnung. »Dieses Zeichen war auf einen Kanister in Ihrer Garage gemalt. Bei den vier anderen Opfern fand sich das gleiche Zeichen. Kennen Sie es?«

Bérieux schüttelte mehrmals den Kopf.

Adamsberg hatte nicht bedacht, wie schwer es sein würde, im Gesicht eines Menschen zu lesen, der mit einer Sonde im geöffneten Mund und von anhaltendem Schmerz verzerrten Zügen daliegt. Er hätte nicht sagen können, ob Bérieux log oder nicht.

»Diese weiße Perücke, könnten Sie mir die beschreiben?«

Der Kranke bat um seinen Block und den Stift.

So was Altmodisches. Wie die Männer früher trugen, schrieb er.

»Sie haben keine Ahnung, wer der Angreifer sein könnte?«

Überhaupt nicht. Normales, ruhiges Leben.

»So ruhig nun wieder auch nicht, Monsieur Bérieux. Was veranlasst Sie, von Zeit zu Zeit Vallon-de-Courcelles und seine Ruhe, sein friedliches Leben, die Familie zu verlassen, um die Gesellschaft zum Studium der Schriften Maximilien Robespierres aufzusuchen?«

Bérieux runzelte überrascht und verdrossen die Stirn.

»Wir wissen es«, sagte Adamsberg. »Die vier anderen Opfer gehörten ihr auch an.«

Der Mann griff wieder zu seinem Stift.

Sagen Sie meiner Frau nichts davon, sie weiß es nicht. Sie sähe es nicht gern.

»Ich werde ihr nichts sagen. Warum also, Monsieur Bérieux?«

Ein Kollege hatte mir davon erzählt. Ich fahre oft nach Paris, zu Software-Schulungen. Eines Abends bin ich da mal rein.

»Warum?«

Aus Neugier.

»Das genügt mir nicht. Interessieren Sie sich für Geschichte?«

Nein.

»Was dann?«

Verdammt, ich habe immer ein Faible für Robespierre gehabt. Ich wollte mir das mal ansehen. Sagen Sie es nicht meiner Frau, schrieb er und unterstrich den letzten Satz.

»Und danach? Nachdem Sie es einmal gesehen hatten?«

Es hat mich halt gefesselt, verdammt. Und so bin ich wieder hingegangen. Wie man ins Casino geht.

»Wie oft gehen Sie hin?«

Zweimal im Jahr.

»Seit wann?«

Seit sechs oder sieben Jahren.

»Henri Masfauré, Alice Gauthier, Jean Breuguel, Angelino Gonzalez, sagen Ihnen diese Namen etwas?«

Kopfschütteln.

Adamsberg zog die Fotos der vier Opfer aus seiner Jacke.

»Kennen Sie sie vom Sehen?«

Ja, bedeutete Bérieux durch Kopfnicken, nachdem er sich die Bilder mehrmals angeschaut hatte.

»Sprachen Sie miteinander?«

Dort hat man sich nichts zu sagen. Man geht nicht zum Reden hin. Man hört zu.

»Man hat mir gesagt, dass Sie sich kannten. Flüchtig jedenfalls. Dass Sie ein paar Worte miteinander wechselten, sich grüßten.«

Höflichkeitsgesten wie gegenüber vielen anderen auch.

Adamsberg suchte seine Augen, die er wie schläfrig gesenkt hielt. Mehr würde der Mann nicht sagen. Er kannte sie. Vincent Bérieux hatte sich in die Gesellschaft eingeschleust, so wie sie auch. In welcher Absicht? In wessen Auftrag? Und um was zu suchen, in so vielen Jahren?

Der Kranke klingelte nach der Schwester. Er sei müde, brauche Ruhe, gab er ihr zu verstehen.

»Sie erschöpfen ihn«, sagte die Schwester. »Sein Herzrhythmus hat sich beschleunigt. Wenn es denn sein muss, bitte ich Sie, ein andermal wiederzukommen. Er hat einen Schock erlitten, das müssen Sie verstehen.«

Sein Herzrhythmus hat sich beschleunigt, dachte Adamsberg, während er auf dem Platz vor der Kathedrale Saint-Bénigne, zwei Schritte vom Bahnhof entfernt, zu Mittag aß. Vincent Bérieux hatte seine Fragen gehasst. Ihm fiel François Châteaus Nachricht vom gestrigen Abend ein. Der Präsident war ihm weder schockiert noch beunruhigt darüber vorgekommen, dass ein weiteres seiner Mitglieder, das fünfte, überfallen worden war. Eher bissig, ungerührt. Gestern Abend war Château Robespierre gewesen, gleichgültig gegenüber dem Schicksal anderer.

Justin war am Apparat.

»Wo waren Sie mit Lamarre während der Observierung gestern Abend?«, fragte er schroff. »Château sagt, er sei um 22.55 Uhr nach Hause gekommen, aber Sie haben ihn nicht gesehen.«

»Er kann über die Dächer gegangen sein«, entgegnete Justin.

»Kann er nicht, der Zugang über die Tiefgarage wird jetzt überwacht. Wo waren Sie?«

»Wir haben uns keinen Meter wegbewegt, Kommissar.«

»Was einen nicht hindert, sich irgendwie zu beschäftigen. Ich werde Sie nicht auf die Guillotine schicken, Lieutenant, aber denken Sie nach, es ist wichtig.«

»Das heißt, einmal haben wir Kopf oder Zahl gespielt. Die Münze ist ein bisschen weit gerollt. Wir haben sie zurückgeholt und nachgesehen, sagen wir eine Minute. Es war immerhin ein Zwei-Euro-Stück.«

»In der Zeit konnte Château locker sein Haus betreten.«

»Ja.«

»Während Sie spielten.«

»Ja.«

»Worauf haben Sie gewettet?«

»Ob Château nach Hause kommt oder nicht.«

»Und was hat die Münze gesagt?«

»Dass er kommen würde.«

Aus dem Zug informierte Adamsberg Commandant Danglard per SMS: *Strick seitlich angebracht, Gewebe rau, Haare von weißer Perücke gefunden, Opfer schweigt.* Dieselbe Nachricht schickte er an Veyrenc und Retancourt.

Was ist er für ein Mensch?, antwortete Veyrenc.

Ein in sich zusammengerollter Kater. Ein sehr muskulöser, stämmiger Kater.

Kommst du in die Brigade?

Nein. Wie ist die Stimmung?

Knirschend, klebrig, fiebrig. 18 Uhr bei dir?

Ich bin da.

Veyrenc legte sein Telefon hin. Es war etwas so Seltenes, dass Adamsberg während einer laufenden Ermittlung am Samstag nicht in der Brigade vorbeisah, dass er das Bedürfnis verspürte, ihn aufzusuchen. Nicht, dass er fürchtete, die aufrührerische Stimmung in der Brigade könnte ihm sehr nahegehen. Der Kommissar war nicht empfänglich für solcherart nervöse Erregung, die an der Oberfläche seiner Trägheit abglitt. Danglards Opposition dagegen war von anderer Natur, und sie musste ihn in irgendeiner Weise treffen.

Beide Männer saßen nun schon über eineinhalb Stunden zusammen und analysierten vergeblich die verschiedenen Elemente des Falls, von denen eines immer flüchtiger war als das andere. Leblond hatte angerufen, um Genaueres zu erfahren. Ein wenig angespannt, aber mehr nicht. Schwieriger war es mit Lebrun, der, in heller Aufregung über den neuen Mordversuch, schon wieder in der Brigade erschienen war, abermals mit Bart und Perücke.

»Er schwitzte«, erzählte Veyrenc, »und dabei schmolz sein Make-up.«

»Ich nehme an, er hat verstärkten Polizeischutz gefordert.«

»Ja. Er hat sogar verlangt, dass sämtliche Zugänge des Krankenhauses in Garches überwacht würden. Was unrealistisch ist.«

»Und um wem aufzulauern? Einem Menschen, von dessen Aussehen wir nicht die geringste Ahnung haben, verloren in der Menge aller hineingehenden Personen, Besucher inklusive? Wir wissen, dass er eine Brille trägt und auf seinen zwei Beinen läuft. Was hat Danglard beschlossen?«

»Er hat ihm vorgeschlagen, Urlaub zu nehmen, sich bei dem Freund, wo er derzeit wohnt, einzuschließen oder aber wegzufahren. Geht auch nicht wegen seiner Arbeit und der Gesellschaft. Danglard hat ihm zu seiner Beruhigung einen zweiten Mann zugeordnet. Er wollte auch einen Waffenschein haben, um sich im Fall eines Angriffs zu verteidigen.«

»Die Gegenwehr bricht rundum ein.«

»Das scheint dich nicht zu beunruhigen.«

»Im Gegenteil, es gefällt mir. Wenn die Gegenwehr einbricht, kommt Bewegung in die Sache. Verstehst du, Louis? Die Bewegung, auf die wir so warten. Diese Perücke, die weißen Haare, die sie in der Garage gefunden haben, das ist Bewegung. Denn sie sind das überflüssige Element. Wie Zerk gesagt hat, warum zieht er sich nicht wie jedermann eine Strumpfhose übers Gesicht? Der Brigadier aus Dijon hat mich wieder angerufen. Es sind lange Haare, an den Enden eingerollt. Folglich aus einer Perücke gefallen, und du kannst dir denken, aus was für einer. Das bringt uns nicht weit, aber der Mörder ist immerhin ein Risiko eingegangen. Warum setzt er sich eine auf?«

»Um sich in die Rolle zu versenken?«

»Du denkst an Château. Aber ich glaube, dass er diesen Trick gar nicht braucht, um sich in die Figur hineinzuversetzen. Oder das Gegenteil: damit die Figur in ihn eindringt und von ihm Besitz ergreift. Er weiß, was zu tun ist. Er hat den Schlüssel dazu. Und der ist viel mächtiger als eine armselige Perücke, die jeder x-Beliebige sich aufsetzen kann.«

Veyrenc goss sich ein zweites Glas Portwein ein.

»Erinnerst du dich an Robespierres Tod?« Adamsberg kam allmählich in Fahrt. »An den Bericht, den Danglard uns im Auto davon gegeben hat? Als man den Verwundeten auf eine Trage legt und zwei Chirurgen sich um ihn bemühen?«

»Ja, natürlich.«

»Einer der Ärzte greift ihm in den Mund, holt einen blutigen Knochensplitter heraus und zwei Zähne, die herausgebrochen sind. Jetzt bist du mal dieser Chirurg. Streng dich an. Vor dir liegt Robespierre. Der vor Kurzem noch der Abgott des Landes, das Idol der Revolution, der große Mann war. Was machst du mit den Zähnen, Louis?«

»Wie bitte?«

»Die Zähne, die du in der Hand hältst? Die Zähne des großen Robespierre? Sind die dir egal? Schmeißt du sie auf den Boden wie ein gewöhnliches Stück Abfall? Wie wenn du eine Ente ausnimmst? Überleg.«

»Verstehe«, sagte Veyrenc nach einem Moment. »Nein, ich schmeiße sie nicht weg. Ich kann sie nicht wegschmeißen.«

»Vergiss nicht, du bist kein Robespierre-Anhänger.«

»Selbst dann. Ich schmeiße sie nicht weg.«

»Du behältst sie«, bekräftigte Adamsberg und schlug mit der flachen Hand auf den Tisch. »Selbstverständlich behältst du sie. Und sei es nur, um nicht die Gotteslästerung zu begehen, dass du sie den Hunden vorwirfst. Aber später, Citoyen Chirurg, als Robespierre tot ist, als sein Körper vom ungelöschten Kalk zerfressen ist, auf dass er nie wieder ausgegraben werde, was machst du da?«

Veyrenc überlegte rasch, trank einen kleinen Schluck, verlagerte sein Bein.

»Ich bin nur Chirurg, ich bin kein Anhänger von Robespierre«, resümierte er für sich selbst. »Nun, ein paar Monate später vertraue ich sie jemandem an. Jemandem, für den sie eine unerhörte Bedeutung haben könnten und bei dem sie gut aufgehoben sind.«

»Wem? Hilf mir, ich weiß es nicht.«

Veyrenc konzentrierte sich erneut, länger diesmal, zählte an seinen Fingern ab, schüttelte den Kopf, schien die möglichen Kandidaten abzuwägen, einige in die engere Wahl zu ziehen, andere zu verwerfen.

»Der, die ihn ihr ganzes Leben lang wahnsinnig geliebt hat. In der Tat gab es zwei Frauen. Madame Duplay, seine Wirtin, und eine ihrer Töchter, Éléonore. Aber Madame Duplay hat sich nach Robespierres Hinrichtung im Gefängnis erhängt. Bleibt noch Éléonore. Ja, ich werde Éléonore die Zähne bringen. Er war ihr Gott.«

»Was ist aus ihr geworden?«

»Sie ist wie durch ein Wunder der Repression, die darauf folgte, entgangen und hat Robespierre um beinahe vierzig Jahre überlebt. Aber ohne ihn ist ihr Leben erloschen. Sie hat dieses knappe halbe Jahrhundert völlig zurückgezogen gelebt, mit ihrer Schwester, glaube ich. Es war eine Trauer, die nie endete.«

»Kinder hat sie also nicht gehabt?«

»Offensichtlich nicht.«

»Jetzt bist du Éléonore.«

»Na, wenn du meinst.«

»Konzentrier dich.«

»Ja.«

»Wirst du nach vierzig Jahren einer solchen Hingabe sterben, Éléonore, ohne dir Gedanken über Robespierres Zähne zu machen?«

»Sicher nicht.«

»Also, an wen wirst du sie weitergeben, wenn du eine alte Frau geworden bist?«

»An meine Schwester? Sie hat einen Sohn.«

»Was ist aus dem Sohn geworden?«

»Ein Anhänger Napoleons, glaube ich.«

»Sieh in der *tölva* nach«, sagte Adamsberg und schob den Laptop hinüber.

»So ist es«, sagte Veyrenc nach ein paar Minuten. »Noch zu Lebzeiten von Éléonore ist ihr Neffe bereits Hauslehrer von Napoleon III. geworden. Verrat.«

»Der bietet sich also nicht an, Éléonore. Wem sonst?«

Veyrenc erhob sich auf seinen Krücken, stocherte ein wenig im Feuer herum – es war kühler geworden in diesen ersten Maitagen –, setzte sich wieder. Er pochte mit seiner hölzernen Krücke auf den Boden und überlegte.

»Dem, den das Gerücht für den Sohn von Robespierre hält«, entschied er. »Dem Gastwirt François-Didier Château.«

»Genau, Louis. In welchem Jahr stirbt Éléonore?«

»Gib mir noch mal die *tölva* ... Sie starb 1832«, sagte er nach einigen Sekunden. »Siehst du, achtunddreißig Jahre nach ihm.«

»Zu diesem Zeitpunkt ist unser Gastwirt François-Didier Château zweiundvierzig Jahre alt. Kurz vorher übergibt sie ihm die beiden Zähne. Ist es so, Louis? Éléonore, vertraust du ihm die beiden Zähne an?«

»Ja.«

»Wo werden sie aufbewahrt? Wie wir es mit den isländischen Knochen gemacht haben, in einer alten Dose für Hustenpastillen?«

Wieder hämmerte Veyrenc mit der Krücke in regelmäßigen Abständen auf den Boden.

»Dieses Geräusch geht mir auf die Nerven, Louis.«

»Ich denke nach, das ist alles.«

»Ja, schon, aber es nervt mich, ich weiß auch nicht, warum.«

»Pardon, es ist ein Reflex. Nein, vor allem zu jener Zeit sind die beiden Zähne bestimmt in ein Medaillon eingefasst worden. Unter Glas, mit einem Goldrahmen vielleicht. Oder einem silbernen.«

»Und es wird um den Hals getragen?«

»Dafür ist es gemacht.«

»Und nach François-Didier, wohin gelangen die Zähne so von Nachfahre zu Nachfahre?«

»Zu unserem François Château.«

Adamsberg lächelte.

»Voilà«, sagte er. »Hältst du das für möglich? Für annehmbar?«

»Durchaus.«

»Also, dann ist doch etwas von Robespierre übrig.«

»Immerhin gibt es im Musée Carnavalet auch eine Haarlocke von ihm.«

»Aber Zähne, das ist schon noch was anderes. Hast du diese zwanghafte Geste an François Château bemerkt, wenn er Robespierre spielt?«

»Dass er mit den Augen blinzelt?«

»Nein, mit seiner Hand. Er fasst ständig an sein Spitzenjabot, an seine Brust. Ich sage dir, Louis, er trägt das Medaillon. Ich könnte meine Hand dafür ins Feuer legen.«

»Würde ich dir im Moment nicht so empfehlen.«

»Stimmt. Und sobald er sich das Medaillon um den Hals legt, wird er zu Robespierre, mit dessen Zähnen auf seiner Haut. Ich bin sicher, im Hotel trägt er es nicht. Sicher auch, dass man es ihn als Kind tragen ließ. Diese Zähne, dieser Talisman, sie sind der Auslöser seiner totalen Verschmelzung, ja sogar physischen Verschmelzung mit seinem Ahnen. Er wird tatsächlich ein anderer. Er wird gänzlich zu *ihm*.«

»Und wenn er tötet, *falls* er tötet, trägt er die Zähne dann auch an sich?«

»Notwendigerweise. Und es ist nicht mehr Château, der tötet, es ist Robespierre, der säubert, der hinrichtet. Eben darum glaube ich, dass die Perücke überflüssig ist. Er braucht sie überhaupt nicht. Er hat etwas viel Besseres als eine Verkleidung.«

»Aber Robespierre erschien nie ohne seine Perücke. Kannst du dir Château vorstellen, wie er sich eine Strumpfhose übers Gesicht zieht? Eine Frauenstrumpfhose auf Robespierres Kopf?«

»Da ist was dran«, sagte Adamsberg und warf sich in den Stuhl zurück, die Arme verschränkt.

»Ist er in einem solchen Maß von ihm besessen?« Veyrenc sah zur Decke und ließ von Neuem seine Krücke auf die Bodenfliesen fallen.

Es trat ein langes Schweigen ein, das Adamsberg nicht brach. Sein Blick ging ins Leere, sah nur dichten Nebel, Afturganga-Nebel. Plötzlich fasste er Veyrencs Handgelenk.

»Mach weiter«, sagte er, »mach weiter und schweig.«

»Womit soll ich weitermachen?«

»Mit dem Gehämmere. Mach weiter. Ich weiß, warum mich das nervt. Weil es eine Kaulquappe hochsteigen lässt.«

»Eine Kaulquappe?«

»Den noch formlosen Anfang einer Idee, Louis«, beeilte sich Adamsberg zu erklären, aus Angst, er könne sich abermals im Nebel verlieren. »Ideen steigen immer aus dem Wasser hoch, woher, glaubst du, kommen sie sonst? Aber wenn man redet, verschwinden sie wieder. Schweig also. Und mach weiter.«

Obwohl er an Adamsbergs unwahrscheinliche Gedankengänge und die Verworrenheit seiner Eingebungen gewöhnt war, beobachtete Veyrenc doch etwas beunruhigt seine Haltung, weit geöffnete Augen, keine Pupille, starre Lippen. Er ließ weiter die Krücke auf den Boden fallen. Konnte ja sein, dass es half. Dass dieser Rhythmus die Vibration der Gedanken begleitete, wie wenn man im Gleichschritt läuft, wie wenn das Rattern des Zuges einen in den Schlaf wiegt.

»Es erinnert mich an Leblond«, sagte Adamsberg. »Den seidigen Leblond. Die Schlange im Gras, erinnerst du dich, in der letzten Konventssitzung. Wen spielte er da gleich?«

»Fouché.«

»Richtig, Fouché. Mach weiter.«

Nach einigen Minuten war Veyrenc versucht, mit dem Spiel aufzuhören, doch Adamsberg bedeutete ihm durch eine Drehbewegung seiner Hand fortzufahren. Bis er plötzlich aufstand, sich seine Jacke überwarf, in der noch schwer sein Holster hing, und durch den Garten davonrannte. Veyrenc folgte ihm humpelnd, sah ihn die Straße hinunterrennen, in seinen Wagen steigen.

»Ich komme wieder!«, schrie er.

Veyrenc hörte ihn den ersten, dann den zweiten Gang einlegen und hinter der Ecke der kleinen Straße verschwinden.

45

Adamsberg raste auf der Nationalstraße dahin, schnell, viel zu schnell. Fahr langsamer, kein Grund zur Eile, fahr langsamer. Aber dieses Tempo, das so ungewöhnlich für ihn war, entsprach dem wirren Strom, in dem Gedanken, Sätze, Bilder an ihm vorbeizogen. So als würde die Geschwindigkeit sie alle glätten, wie wenn man Eier schlug. Der zynische Fouché, der Nebel, die Zähne, die Perücke, der Strick in der Garage, seine raue Beschaffenheit, die Handwurzelknochen, Robespierre, der Afturganga, das Schweigen dieses Bérieux. Die Angst, das Geräusch der hölzernen Krücke auf den Fliesen, die Bewegung. Das Schachbrett, auf dem sich nichts bewegte.

Der Afturganga. Seltsamerweise kam ihm, als er an den Inseldämon dachte, bruchstückhaft jene Beschreibung Robespierres wieder in den Sinn: ein *Reptil, das sich spannt und sich aufrichtet, mit einem unbeschreiblichen, entsetzlich anmutigen Blick … was man empfindet, ist schmerzliches Mitleid, gemischt mit Grausen.* Die Bilder überlagerten sich, Robespierre wurde zum Afturganga der Revolution, zu dem, der tötet und der gibt, vorausgesetzt, man versucht ihn nicht zu erkennen, vorausgesetzt, man dringt nicht in sein geheiligtes Territorium vor.

Im Spiegel sah er die Lichter zweier Motorräder auf sich zukommen; das eine überholte ihn, der Fahrer bedeutete ihm, an den Rand zu fahren. Scheißbullen!

Er sprang aus dem Wagen.

»Okay«, sagte er, »ich bin zu schnell gefahren. Ein dringender Einsatz. Ich bin Polizist.«

Er reichte den Gendarmen seinen Ausweis. Der eine lächelte.

»Kommissar Jean-Baptiste Adamsberg«, las er laut. »Sieh einer an, was für ein Zufall.«

»Ein dringender Einsatz?«, sagte der andere, der breitbeinig dastand, so als hätte er sein Motorrad noch zwischen den Schenkeln. »Und kein Blaulicht?«

»Ich hab vergessen, es draufzusetzen«, erwiderte Adamsberg. »Ich komme morgen bei euch vorbei, dann regeln wir das. Von welcher Gendarmerie seid ihr?«

»Saint-Aubin.«

»Habe ich notiert. Dann bis morgen, Brigadiers.«

»Nichts da, von wegen morgen«, sagte der erste Gendarm. »Erstens ist morgen Sonntag, und zweitens ist es dann zu spät.«

»Zu spät wofür?«

»Für den Alkoholtest«, antwortete der Brigadier, und sein Kollege holte schon den Ballon heraus und streckte ihn ihm hin.

»Pusten Sie, Kommissar.«

»Ich wiederhole«, sagte Adamsberg so ruhig wie möglich, »ich habe einen dringenden Einsatz.«

»Tut uns leid, Kommissar. Ihr Kurs war unsicher.«

»Unsicher«, bestätigte der andere ernst, so als handelte es sich um eine Staatsangelegenheit. »Sie sind nur so durch die Kurven geschrammt.«

»Ich fuhr sehr schnell, das ist alles. Ein dringender Einsatz, wie oft soll ich es noch sagen?«

»Pusten Sie, Kommissar.«

»Also gut«, lenkte Adamsberg ein. »Geben Sie schon her.«

Er setzte sich wieder auf den Fahrersitz und blies in das Röhrchen. Der Motor lief noch.

»Positiv«, erklärte der Gendarm. »Folgen Sie uns.«

Adamsberg, schon in Fahrerposition, warf die Tür zu und brauste davon. Bevor die beiden Männer wieder auf ihre Motorräder gestiegen waren, nahm er eine Abzweigung nach rechts und entkam ihnen über kleinere Landstraßen.

22.30 Uhr, es war finstere Nacht, ein feiner Regen fiel. Zehn Minuten nach elf bremste er vor dem hölzernen Eingangstor zum Haras de la Madeleine. In beiden Pavillons brannte noch Licht. Er schlug heftig an die Tür.

Victor erschien in der Allee. »Was soll dieser Krach?«

»Adamsberg! Mach auf, Victor.«

»Kommissar? Gedenken Sie uns noch lange auf den Wecker zu fallen?«

»Ja. Öffne, Victor.«

»Warum haben Sie nicht geklingelt?«

»Um Céleste nicht zu wecken, falls sie noch im Haus ist.«

»Auf jeden Fall werden Sie Amédée geweckt haben«, sagte Victor und öffnete das Portal unter dem Rasseln der schweren Eisenketten.

»Es brennt noch Licht bei ihm.«

»Er schläft bei Licht.«

»Ich dachte, Sie schlafen mit in seinem Pavillon.«

»Später, wenn ich mit meiner Arbeit fertig bin. Na bitte, Sie haben ihn geweckt.«

Amédée überquerte die Allee, er hatte sich in der Eile ein Paar Jeans übergezogen und eine dicke Jacke über den nackten Oberkörper geworfen.

»Es ist der Kommissar«, sagte Victor zu ihm. »Schon wieder der Kommissar.«

»Es dauert nicht lange«, sagte Adamsberg.

Victor führte ihn in ein kleines, kaum möbliertes Zimmer, ein abgewetztes, schweres Ledersofa, ein alter Sessel, ein niedriger Tisch. Natürlich keinerlei Familienstücke bei ihm.

»Wollen Sie einen Kaffee?«, fragte Amédée ein bisschen verängstigt.

»Bitte, ja. Diese Szene ganz am Anfang, Victor, beschreib mir diese Szene noch einmal.«

»Welche Szene, verdammt?«

Victor hatte recht, jetzt konnte er das Tempo verlangsamen. Es gab nun wirklich keinen Grund zur Eile mehr.

»Tut mir leid. Ich bin wie der Teufel gefahren, die Bullen haben mich angehalten. Die Mistkerle haben mich pusten lassen.«

»Na und?«

»Positiv.«

»Und wie kommt es, dass Sie hier sind? Sonderbehandlung für Kommissare?«

»Ganz im Gegenteil. Die haben sich schon die Hände gerieben bei der Vorstellung, mich einzubuchten. Ich habe mich in meinen Wagen geschmissen und bin auf und davon.«

»Fahrerflucht. Schlecht, so was«, meinte Victor amüsiert.

»Sehr schlecht«, bestätigte Adamsberg ganz ruhig. »Erzähl mir die Szene, als die zwölf Franzosen sich um den Tisch in dem Gasthof von Grímsey versammelt haben. Am Abend, bevor es auf die Fuchsinsel hinüberging.«

»Also gut. Aber was soll ich davon erzählen?«

»Den Mörder, beschreib ihn mir.«

Victor stand seufzend auf, ließ die Arme hängen.

»Das habe ich doch schon getan.«

»Dann tu es noch mal.«

»Es war ein ganz normaler, durchschnittlicher Typ«, sagte

Victor gelangweilt. »Bis auf die Haare: Er hatte unheimlich viele. So ein Gesicht, das man gar nicht bemerken würde, kleiner Backenbart, Brille. Um die fünfzig, vielleicht auch weniger. Wenn man jung ist, erscheinen einem alle Leute alt.«

»Und sein Stock, Victor, du hattest doch von einem Stock gesprochen?«

»Ist das wichtig?«

»Ja.«

»Also, er hatte einen Stock, um beim Gehen das Eis zu prüfen.«

»Du sagtest, er tat etwas mit diesem Stock.«

»Ach, ja. Er hob ihn an und ließ ihn auf den Boden zurückfallen. Das machte so ein Geräusch auf den Fliesen. *Tock. Tock. Tock.*«

»Schnell oder langsam? Versuch dich zu erinnern.«

Victor senkte die Stirn, kramte in seinem Gedächtnis.

»Langsam«, sagte er schließlich.

»Gut.«

»Eins verstehe ich nicht. Sie haben die Geschichte mit Island bis ins Letzte klären wollen, koste es, was es wolle – warum, wissen wir nicht.«

»Ja.«

»Und Sie haben es getan. Dabei suchen Sie gar nicht den Mörder von der Insel, Sie suchen den Mörder aus dem Robespierre-Klub. Den, der diese Zeichen hinterlässt.«

»Stimmt.«

»Warum also fangen wir jetzt wieder mit Island an?«

»Weil ich beide Mörder suche, Victor. Gib mir mal Papier, mehrere Blätter, und irgendwas zum Zeichnen. Einen Bleistift am besten.«

Amédée brachte ihm das Material und ein Brett als Unterlage.

»Ich habe nur einen blauen Buntstift. Geht der auch?«

»Sehr gut«, sagte Adamsberg und machte sich an die Arbeit. »Ich zeichne mehrere Porträts, Victor. Ich beginne mit dem Mörder von der Insel.«

Adamsberg arbeitete schweigend zehn Minuten lang. Dann reichte er Victor eine erste Zeichnung.

»Sah er so aus?«, fragte er.

»Nicht unbedingt.«

»Jetzt lüg mich nicht mehr an, Victor, diesmal sind wir nun wirklich am Ende der Straße angekommen, wir stehen schon vor der Absperrung. Und die werden wir nicht mit Portwein einreißen. Oder sah er eher so aus?« Er reichte ihm eine zweite Zeichnung. »Findest du die treffender?«

»Wenn Sie so lange an den Porträts herumbasteln, bis es hinhaut, spiele ich nicht mit.«

»Ich bastle nicht, ich leite ab.«

»Wovon?«

»Von einem heutigen Gesicht, das ich um zehn Jahre verjünge. Was nicht einfach ist, weil dieses Gesicht nichts Bemerkenswertes hat, wie du gesagt hast. Keine Hakennase, keine blitzenden Augen, kein vorspringendes Kinn, nichts von alledem. Weder hässlich noch schön. Weder Danton noch Billaud-Varenne. Also, so in etwa?«

Victor betrachtete das Porträt, dann ließ er es auf den Couchtisch fallen und presste die Lippen zusammen.

»Sag schon«, drängte Adamsberg.

»Einverstanden«, sagte Victor schwer atmend, als wäre er gerannt. »Ja, so.«

»Das ist er?«

»Ja.«

»Der Mörder von Island.«

Adamsberg holte ein paar zerknitterte Zigaretten aus seiner Tasche und bot sie an. Amédée nahm sich eine und betrachtete sie.

»Ist das Schmuggelware? Hasch?«

»Nein, die sind von meinem Sohn.«

Adamsberg zündete seine Zigarette an, nahm den Stift und machte sich wieder an die Arbeit. Ein Geräusch draußen ließ ihn aufhorchen, er unterbrach sich und achtete einen Moment darauf. Die Blätter in der Hand, ging er zu dem vorhanglosen Fenster, das auf den Park hinausging. Die Nacht war undurchdringlich, die Laterne auf der Straße erhellte nur schwach das Stück Allee zwischen den beiden Pavillons.

»Vielleicht ist es Marc«, sagte Victor. »Der macht Krach, wenn er herumläuft.«

»Lässt er Céleste denn allein in der Nacht?«

»Normalerweise nicht. Vielleicht kommt er Sie begrüßen. Oder es ist der Wind.«

Adamsberg setzte sich wieder und fuhr mit dem Zeichnen fort. Drei weitere Porträts, für die er fünfzehn Minuten brauchte.

»Was zeichnen Sie jetzt?«, fragte Amédée.

»Jetzt zeichne ich den anderen. Den Mörder aus dem Robespierre-Kreis. Ich weiß, Victor, dass du ihn gesehen hast. Wenn du Henri Masfauré in die Assemblée begleitet hast.«

»Da habe ich mir nicht alle Leute angesehen.«

»Aber ihn schon. Zwangsläufig.«

»Warum?«

»Du weißt es.«

»Warum drei Zeichnungen?«

»Weil der Kerl mehrere Gesichter hat, und ich weiß nicht, welches davon du kennst. Stell dir sein Gesicht unter weißem

Puder vor, mit grauen Schatten, denk dir ein bisschen Silikon auf den Wangen hinzu, eine Perücke, ein Spitzenteil, das den Hals kaschiert, und schon ist die Illusion perfekt. Darum zeichne ich dir mehrere. Denn man kann mit keiner Schminke der Welt weder die Neigung der Augen, die Stellung der Lippen oder die Form der Wangenknochen verändern. Hier«, sagte er und legte seine neuen Skizzen auf das Tischchen.

Und wieder wandte Adamsberg den Kopf zum Fenster. Ein Streifen, ein Rascheln. Eine Katze? Eine Katze macht keine Geräusche. Ein Hase? Ein Igel? Igel machen Geräusche. Victor legte den Finger auf eine der Zeichnungen, dann auf eine andere.

»Der und vielleicht auch der. Aber nicht unbedingt in dieser Aufmachung.«

»Aber es ist der Mann, den du in der Nähe von Masfauré gesehen hast?«

»Ja.«

»Und somit auch in deiner Nähe.«

»Wie das?«

»Komm, hör auf, Victor. Und jetzt sieh her«, sagte er und legte die erste Zeichnung, vom Inselmörder, und die letzte, von dem Mann aus dem Robespierre-Klub, nebeneinander hin.

Victor hatte seine Finger bereits heftig umgebogen, doch Amédée, völlig gebannt von Adamsbergs Arbeit und vielleicht auch etwas benommen durch seine Medikamente, bemerkte es nicht, wieder einmal nicht. Amédée hatte in all der Zeit zu viel gelitten, um noch ganz Herr seiner Sinne zu sein.

»Es ist derselbe Mann«, sagte er spontan.

»Danke, Amédée. Du siehst es ebenso wie er, Victor. Aber

du, du weißt es vor allem. Dass es derselbe Mann ist. Der Mörder von der Insel. Der euch zu Treffen bestellte …«

»Er hat uns nicht zu Treffen bestellt!«, schnitt Victor ihm wütend das Wort ab.

Adamsberg hob plötzlich eine Hand und gebot Schweigen, er horchte einen Augenblick in das Gemurmel der Nacht hinaus.

»Wir sind nicht allein«, sagte er leise.

Alle lauschten angestrengt.

»Ich höre nichts«, sagte Victor.

»Da läuft jemand«, sagte Adamsberg. »Sehr leise. Mach das Licht aus. Tretet zurück.«

Er zog seine Pistole, entsicherte sie, dann näherte er sich vorsichtig dem Fenster.

»Hattest du das Tor wieder verschlossen, Victor?«, fragte er leise.

»Ja.«

»Dann ist er durch den Wald gekommen. Gibt's hier ein Gewehr?«

»Zwei.«

»Bring sie her. Gib eins davon Amédée.«

»Ich kann nicht schießen«, sagte Amédée mit schwacher Stimme.

»Du wirst es trotzdem tun. Du drückst ab. Gib nur auf den Rückstoß acht.«

»Vielleicht ist es einer, der Ihr blödes Gewummere am Tor gehört hat und nachsehen kommt«, meinte Victor.

»Nein, Victor, nein«, sagte Adamsberg, während er in die Nacht hinausstarrte. »Es ist dein ›widerlicher Kerl‹.«

Victor ging geduckt in die kleine Küche hinüber, um die Gewehre zu holen, und gab eines davon Amédée.

»Sind Sie sicher?«

»Ja.«

»Wo ist er?«

»Er läuft an Amédées Pavillon entlang«, sagte Adamsberg. »Die Nacht ist pechschwarz, ich kann ihn kaum erkennen. Warst du es, Victor, der ihm gesagt hat, dass ich in Island war? Dass ich die Knochen gefunden habe?«

»Nie im Leben! Sind Sie verrückt?«

»Wieso ist er dann hier?«

Ein kurzer Lichtschein vom Mond, dann war es wieder stockfinster. Eine MP5, verflucht, der Kerl hatte eine MP5 oder etwas ähnlich Scheußliches.

»Um Himmels willen«, sagte Adamsberg und ging in Richtung Tür. »Der ist bis an die Zähne bewaffnet.«

»Was?«, sagte Amédée.

»Er hat eine Maschinenpistole. Damit kann er zehn Mann in drei Sekunden umlegen.«

»Haben wir eine Chance?«, fragte Amédée, der versuchte, das Gewehr anzulegen.

»Eine einzige. Nicht zehn, nicht zwei. Dreht das Sofa um, mit dem Rücken zur Tür. Kniet euch dahinter, jeder auf einer Seite. Es ist ein altes, zähes Möbel, es wird euch für eine Weile schützen. Bewegt euch nicht von dort weg.«

»Und Sie?«

»Ich geh raus. Knarrt die Tür, Victor?«

»Nein.«

Adamsberg öffnete sie vorsichtig.

»Wenn er die Allee überquert«, flüsterte er, »wird er von der Laterne kurz beleuchtet. Ich dagegen nicht. So wird er zur Zielscheibe, das ist sie, unsere Chance.«

»Die Laterne geht um Mitternacht aus«, sagte Amédée mit versagender Stimme.

»Und wie spät ist es?«

»Drei Minuten vor.«

Mit einem leisen Fluch glitt Adamsberg nach draußen und schlich drei Meter an der linken Hauswand entlang bis zum Stamm einer Platane. Endlich setzte der Mann vorsichtig einen Fuß auf den Kies der Allee, es knirschte. Im Gegensatz zu ihm war der Mörder nicht ganz in Schwarz gekleidet. Adamsberg konzentrierte sich auf das helle Dreieck seines Hemds und drückte ab, viermal. Ein Schmerzensschrei. Die Laterne erlosch.

»Du hast mich nur am Arm erwischt, du Hurensohn!«, schrie der Mann. »Aber ich kann auch mit der linken Hand schießen, Idiot! Du bist also dort gewesen, du Hohlkopf? Was hast du auf der Insel gefunden?«

»Die Knochen von deinen Toten!«

Adamsberg legte an, bevor der Mann Zeit hatte, die MP mit der unversehrten Hand zu fassen. Er zielte aufs Knie, konzentrierte sich drei Sekunden lang und schoss. Der Mann brach zusammen, sein fehlgeleiteter Schuss ging ins untere Laubwerk der Platane. Seine Waffe war schwer, zu schwer, drei Kilo in seiner linken Hand, und unmöglich, den Handschutz mit dem verletzten rechten Arm zu halten. Es ist eben nicht jeder gleich ein guter MP-Schütze, der einer sein will.

»Gib sie her, Adamsberg!«, brüllte der Mann. »Gib mir die Knochen, oder ich knall nach dir auch noch deine Jungs ab!«

Die Wut raubte ihm den Atem, seine Stimme überschlug sich, wurde zum Geheul. Aber der Kerl war robust und hartnäckig, er stand wieder auf, ein Arm hing herab, und Adamsberg sah seine gebeugte Silhouette mit langsamen Schritten, ein Bein nachziehend, auf sich zukommen. Er stürzte zum Pavillon, schloss die Tür zweimal ab, illusorische Verteidigung. Nochmals zwei Sekunden Pause, gerade so viel, um sich zu den beiden Brüder hinter das Sofa zu werfen. Wie viel Schuss hatte er noch? Zwei vielleicht.

Eine Salve sprengte das Schloss, gefolgt von einer zweiten, deren Kugeln in die Wand und das Gestell des Sofas einschlugen. Die Brüder schossen auf gut Glück zurück, ohne ihn zu treffen. Im Lichtschein der Detonationen sah Adamsberg, wie der Lauf der Waffe hin und her schwankte, dürftig gestützt, kaum noch kontrolliert, aber auf sie gerichtet.

»Zeig dich, Victor!«, schrie der Mann. »Noch gebe ich dir eine Chance, sie zu retten, deine Céleste und ihr verdammtes Wildschwein, die da draußen verbluten!«

»Du rührst dich nicht, Victor!«, befahl Adamsberg.

Er schoss sein Magazin leer, aber der Mann war zum Fenster hin ausgewichen, und er verfehlte ihn. Aus und vorbei, er würde sie alle drei kriegen. Hätte er das voraussehen können? In einem letzten Aufbäumen hob er den Couchtisch an und warf ihn in Richtung des Mörders, doch der erhob sich aus den Trümmern des Möbels, zweifellos etwas mitgenommen, aber unzerstörbar. Als plötzlich zwei Lichtkegel ihn von hinten anstrahlten.

Die Fensterscheiben barsten, und zwei Schüsse in die Beine mähten den Unzerstörbaren ohne Vorwarnung nieder. Ihre Waffen noch in der einen Hand, die Taschenlampen in der anderen, sah Adamsberg die beiden Streifenpolizisten hereinkommen, die ihn auf der Nationalstraße angehalten hatten. Der breitbeinige Brigadier hielt den Mann auf den Boden gedrückt, während sein Kollege ihm die Maschinenpistole wegriss. Dem Himmel sei Dank, dass ich diesen Portwein getrunken habe, dachte Adamsberg. Und absurderweise hörte er in dem ganzen Gemetzel mit einem Mal die tiefe Stimme von Rögnvar: *Wen der Afturganga gerufen hat, den lässt er nicht im Stich.*

Victor hatte das Licht wieder angeschaltet. Adamsberg legte dem Brigadier schnell eine Hand auf die Schulter.

»Im Wald liegen zwei Schwerverletzte, rufen Sie den Rettungsdienst.«

Dann rannte er hinter Victor her zur Hütte. Der Keiler lag hechelnd am Boden, er war am Bauch getroffen. Neben ihm Céleste, eine Hand auf dem Flaum seiner Schnauze, die andere hielt ihre Pfeife umklammert, sie wimmerte leise und murmelte. Adamsberg untersuchte sie. Eine Salve hatte sie am Oberschenkel erwischt. Sie hatte mehr Glück gehabt als Marc, die Arterie schien nicht getroffen zu sein, aber ganz sicher war er sich nicht.

»Soll ich ihr Wasser geben?«, fragte Victor.

»Beweg sie nicht. Sprich mit ihr, halt sie wach. Gib mir dein Hemd.«

Er rollte den Stoff um die Wunde und drückte ihn fest zusammen. Dann zog er sein T-Shirt aus und gab es Victor.

»Press das gegen Marcs Bauch. Er verliert zu viel Blut.«

Mit nacktem Oberkörper unter seiner Jacke rannte er von Neuem los, um die Rettungsmannschaft zu dirigieren, deren Sirene er schon hörte. Er ließ das Fahrzeug bis an den Waldsaum fahren, dann folgten ihm die zwei Männer und zwei Frauen mit ihrer Ausrüstung über den Pfad. Céleste wurde auf die erste Trage gelegt und sofort mitgenommen.

»Wo ist das andere Opfer?«, fragte die Frau, die dageblieben war.

»Dort.« Adamsberg zeigte auf das Wildschwein.

»Wollen Sie mich auf den Arm nehmen?«

»Die zweite Trage!«, schrie Adamsberg.

»Beruhigen Sie sich, Monsieur, ich bitte Sie.«

»Kommissar. Kommissar Adamsberg. Die zweite Trage, bitte, retten Sie ihn, verdammt noch mal!«

Die Frau hob beschwichtigend die Hand, schüttelte den Kopf und rief den Tierrettungsdienst an. Zehn Minuten später wurde auch Marc abtransportiert. Adamsberg kniete sich hin, hob Célestes Pfeife auf, und beim Aufstehen fiel sein Blick auf Victor. Sie sprachen kein Wort, beide Männer waren schweißüberströmt und ihre Gesichter in Aufruhr.

Im Pavillon machte sich unterdessen ein Arzt an den Wunden – am Arm, am Knie, an den Waden – des Mörders zu schaffen, der brüllend auf dem Boden lag.

»Ihr Name, Brigadier?«, fragte Adamsberg.

»Drillot. Auf den ersten Blick, als wir die Szene sahen, war uns klar, dass wir den Mann erst mal zu Boden bringen mussten. Sie sind Kommissar, und der Kerl hatte eine Maschinenpistole. Das war die Situation. Aber sagen Sie nicht, dass wir ohne Vorwarnung geschossen haben, wir hatten nicht die Zeit.«

»Ich werde versichern, dass Sie ihn gewarnt haben, bevor Sie das Fenster eingeschlagen haben.«

»Danke. Aber wir können ihn nicht einbuchten, ohne zu wissen, warum.«

Adamsberg ließ sich in den Sessel fallen, der wie durch ein Wunder keine einzige Kugel abbekommen hatte. Wie die Weinflasche bei der Ermordung von Angelino Gonzalez, schoss es ihm durch den Kopf.

»Er hat sechs Menschen umgebracht«, sagte er mit tonloser Stimme und zündete sich eine Zigarette an. »Zwei vor zehn Jahren in Island, vier im Verlauf des letzten Monats. Dazu ein Mordversuch gestern Abend. Heute Abend bewaffneter Angriff auf eine Frau und ihren Gefährten, schließlich Mordversuch bei uns dreien.«

»Sein Name?«, fragte der Gendarm mit den O-Beinen, der sich als Brigadier Verrin vorstellte.

»Keine Ahnung. Sie haben doch, wie alle Ihre Kollegen, unsere Anzeige zu dem Mörder mit dem Zeichen erhalten? Diesem Zeichen hier«, er kritzelte es auf eines der zu Boden gefallenen Blätter.

Verrin nickte.

»Genau, Kommissar.«

»Der Mann ist das.«

Verrin eilte breitbeinig nach draußen. Victor kam durch den mit Schutt übersäten Raum, der von den Wänden und der Decke herabgefallen war, und reichte dem Kommissar ein frisches Hemd.

»Ich habe ihm ein Schlafmittel gegeben«, sagte er. »Er schläft.«

»Wer?«, fragte Brigadier Drillot, den Notizblock in der Hand.

»Amédée Masfauré. Der Sohn eines der Opfer.«

»Sie werden mir noch alle durch die Bank Ihre Personalien geben«, sagte Drillot kühl.

Die Rettungsleute führten jetzt den Verwundeten davon. Brigadier Verrin kam außer Atem zurückgerannt.

»Ich habe in seinem Wagen seine Papiere gefunden. Er heißt Charles Rolben. Habe schon mit der Gendarmerie Rambouillet telefoniert. Wissen Sie, wer das ist, Charles Rolben?«

»Nein«, sagte Adamsberg.

»Ein hoher Beamter. Ein sehr hoher. So hat man mir gesagt. Und ›keinen Staub aufwirbeln, keinen Staub aufwirbeln, überlegen Sie sich gut, was Sie da vorhaben‹. Wir werden Beweise brauchen, Kommissar, hieb- und stichfeste Beweise. Bei einem von dem Kaliber geht man auf Zehenspitzen ran. Der Commandant ist sehr beunruhigt.«

»Sie haben diesen ›sehr hohen Beamten‹ doch mit einer MP5 in der Hand gesehen, Brigadier?«

»Jawohl.«

»Die Kugeln aus dieser Waffe werden Sie im Körper von Céleste Grignon finden, die er zusammen mit ihrem Gefährten im Wald niedergemäht hat. Und in den Wänden dieses Zimmers. Und im Leder, im Holz und in den Sprungfedern dieses alten Sofas. Ja, Brigadier, es ist ein grausamer Mörder. Ich kann Ihnen sogar sagen, dass er Spaß daran hatte. Ja, er hat gemordet – und ohne Gewissensbisse. Angefangen bei den zwei Leuten aus einer Reisegruppe, die auf einer isländischen Insel im Nebel festsaß. Erinnern Sie sich an die Geschichte?«

»Dunkel. Aber vielleicht hatte er einen ernsthaften Beweggrund, Kommissar?«

Victor warf Adamsberg einen flehentlichen Blick zu.

»Nicht mal das«, log Adamsberg. »Es ist ein Verrückter. Er hat einen Mann erstochen. Er hat eine Frau zu vergewaltigen versucht und sie anschließend umgebracht. Trennen wir uns jetzt, Brigadier, Sie wissen, wo Sie mich finden können. Am Montag erhalten Sie einen ersten Bericht. Oder sagen wir, Montagabend. Denn er wird lang, sehr lang werden.«

»Vielleicht, Kommissar. Aber wir sind noch nicht mit Ihnen fertig.«

»Das heißt?«

»Überhöhte Geschwindigkeit, Trunkenheit am Steuer, Nichtbefolgung einer Anordnung und Fahrerflucht.«

»Ach so. Sie sind mir gefolgt?«

»Wir haben Sie verloren. Aber anhand Ihres Mobiltelefons konnten wir Sie orten.«

»Sie werden verstehen«, sagte Adamsberg betont langsam, »dass Ihr Commandant wohl oder übel gezwungen sein wird, darüber Bericht zu erstatten: Sie haben auf einen hohen Beamten geschossen, von hinten und ohne Vorwarnung.«

»Scheiße«, brüllte Drillot, »Sie haben gesagt, dass Sie uns decken.«

»Und ich sage, lassen Sie die Trunkenheit am Steuer und die Fahrerflucht fallen. Es war ein dringender Einsatz, ich habe es Ihnen zehnmal erklärt, als Sie mich auf der Straße angehalten haben. Ein Polizist kann nicht wissen, was in der nächsten Stunde passieren wird, wenn er zufällig mal zwei Gläser Portwein mit einem Freund getrunken hat.«

»Ich würde eher sagen, drei«, meinte Drillot.

»Zwei, Brigadier. Der Test *konnte* gar nicht positiv ausfallen.«

»Wenn ich Sie recht verstehe, Kommissar« – Drillot kniff die Augen zusammen –, »zweifeln Sie an unserem Wort?«

»Sie verstehen mich durchaus recht.«

Verrin machte seinem Kollegen ein Zeichen und neigte den Kopf.

»Und womit erklären wir, dass wir Ihnen gefolgt sind?«, fragte er.

»Überhöhte Geschwindigkeit. Sie haben mich nie angehalten, ich fuhr einfach zu schnell, Sie sind mir bis hier hinterhergejagt.«

»Das klingt logisch«, sagte Verrin.

»Akzeptiert«, fügte Drillot hinzu.

»Wohin hat man Céleste gebracht? Die Frau, die er im Wald angeschossen hat?«

»Ins Krankenhaus von Versailles.«

»Und Marc?«

»Welchen Marc?«

»Das Wildschwein.«

»Welches Wildschwein?«

Die Kriminaltechniker nahmen jetzt ihre Arbeit im Pavillon auf, Adamsberg räumte den Platz. Victor begleitete ihn zu seinem Wagen und beugte sich über die heruntergelassene Scheibe.

»Sie haben denen nichts über die Geschehnisse auf der Insel gesagt.«

»Nein. Du hattest zu Recht Angst vor ihm. Aber wir sehen uns noch mal. Mit Amédée.«

»Warum?«, fragte Victor, erneut beunruhigt.

»Zu einem Abendessen in der Auberge. Du wirst unser Menü bestellen, wir laden auch Bourlin ein.«

»Und der Typ, den ich damals in der Auberge gesehen habe? Dieser ›Steuerprüfer‹?«

»Das war er. Er hatte schon damals meine Spur aufgenommen.«

»Kommissar!«, rief Victor ihm nach, als der Wagen bereits anfuhr.

Adamsberg bremste, und Victor rannte die paar Meter, um ihn einzuholen.

»Glauben Sie es? Dass ich meine Mutter nicht gegessen habe?«

»Ich bin mir sicher. Wer für seinen Bruder die Enten gegessen hat, der isst nicht seine Mutter.«

Als er zu Hause war, nahm Adamsberg sich die Zeit, eine sehr kurze E-Mail an Danglard zu verfassen:

Sitzung Brigade morgen 15 Uhr. Wäre dankbar, wenn Sie alle verständigen würden.

Dann eine weitere an Brigadier Oblat in Dijon:

Mörder gefasst. Bewachung von Vincent Bérieux aufheben.

Und eine letzte an die Brigadiers Drillot und Verrin:

Danke.

46

Danglard parkte seinen Wagen im Hof der Brigade, er war in großer Unruhe. Adamsberg hatte seine Nachricht nach 4 Uhr morgens verschickt, um sämtliche Mitarbeiter an einem Sonntag einzuberufen. Er wusste, dass Adamsberg gestern in Dijon bei dem fünften Opfer gewesen war und dass die Aussage von Vincent Bérieux sie wieder einmal in nichts weitergebracht hatte. Ein maskierter Dicker mit Perücke und Brille.

Danglard rechnete mit dem Schlimmsten, als er mit weichen Knien den Hof überquerte, und im Grunde mit dem Naheliegendsten. Adamsberg würde zurückschlagen. Respektlosigkeit, Insubordination, er konnte zu Recht einige von ihnen auffordern, um ihre Versetzung zu bitten. An erster Stelle ihn selbst, aber auch Noël, Mordent und selbst Voisenet, obwohl der etwas gemäßigter aufgetreten war. Danglard fühlte, wie der Dunst des Schuldbewusstseins ihm den Atem nahm. Er vor allem war es gewesen, der mit seinem Sarkasmus und seiner Missbilligung die anderen ermutigt hatte, bis auf Noël, der niemanden brauchte, um ihn in seiner Aggressivität zu bestärken. Andererseits, so dachte er und richtete sich gleich wieder ein wenig auf, während er die Tür zum Gebäude öffnete, andererseits musste ja, wenn das Schiff leckte, irgendeiner den Kapitän zur Vernunft bringen und Adamsberg ans feste Ufer zurückziehen, zu Fakten, Logik und folgerichtigen Handlungen. War es nicht symptomatisch für ihn, und sogar in gravierender Weise, dass der Kommissar wider alle Vernunft in die isländischen Nebel aufgebrochen war, die ihn um ein Haar auch verschlungen hätten? Lag es nicht in seiner, Danglards, Verantwortung, weiterhin einen vernünftigen Kurs zu nehmen?

Aber sicher. Bestärkt von der Offensichtlichkeit seiner Aufgabe und der Verpflichtung, sie zu erfüllen, so schwer sie sein mochte, betrat der Commandant nun etwas selbstbewusster den Konzilsaal, bemerkte aber auch auf den Gesichtern der Aufrührer dieselben Zeichen von Besorgnis. Adamsberg, das wussten alle, ließ sich nur selten zu einer offenen Konfrontation hinreißen, aber dieses Mal spürten sie, dass eine Grenze überschritten war. Und die wenigen Wutausbrüche des Kommissars konnten ebenso kurz wie aggressiv sein. Viele erinnerten sich noch an den Tag, als er mit einer zerbrochenen Weinflasche auf dieses Arschloch von Brigadier Favre losgegangen war. In dieser furchtgeladenen Atmosphäre suchten darum auch sie, wie Danglard, nach Rechtfertigungen, die sie dem Kommissar entgegenhalten konnten.

Als Adamsberg mit seinem ruhigen Schritt den großen Saal betrat, war ihm keinerlei Aggressivität anzumerken, was bei ihm jedoch nichts zu bedeuten hatte. Jeder, je nachdem, auf welcher Seite des Tisches er saß, forschte entweder beunruhigt oder mit geheimem Vergnügen im Gesicht des Kommissars. Das gelöster als sonst und wie von irgendeiner Qual befreit erschien, die seine Züge mitunter entstellt und sein Lächeln verkrampft hatte. Niemand ahnte, dass es an dem höllischen Algengeflecht lag, das sich entwirrt hatte.

Adamsberg blieb stehen, verzeichnete, dass die neue Sitzordnung – der Pro-Flügel, der Contra-Flügel, die Gemäßigten, die Zögernden – sich seit der letzten Zusammenkunft nicht verändert hatte. Selbst Estalère verharrte diesmal an seinem Platz, und Adamsberg musste ihm erst ein ermunterndes Zeichen geben, damit er sich an die Zubereitung der siebenundzwanzig Kaffees machte. Der Kommissar hatte keine feste Abfolge für seine Rede vorgesehen, die Dinge würden sich wie immer von allein ergeben.

»Der Mörder aus dem Robespierre-Kreis ist gestern Nacht verhaftet worden«, begann er und verschränkte die Arme vor der Brust. »Nachdem er mehrere Kugeln abgekriegt hat, liegt er derzeit im Krankenhaus von Rambouillet, die Verhaftung erfolgte am Ende einer Schießerei in Le Creux.«

Ungewollt sah Adamsberg auf die Innenfläche seiner rechten Hand, dieser Hand, die neun Schüsse auf einen Mann abgefeuert hatte. Einen Mann, der auf der Insel gemordet hatte, der Gauthier ertränkt, Masfauré erschossen, Breuguel erstochen, Gonzalez die Treppe hinuntergestürzt, Bérieux aufgehängt und Céleste schwer verwundet hatte.

»Seine Verletzungen am rechten Arm und am Knie gehen auf mein Konto«, fuhr er fort, »die an den Beinen auf das der Brigadiers Drillot und Verrin aus Saint-Aubin. Ich präzisiere, dass der Mann mit einer MP5 bewaffnet war, mit der er uns unter Beschuss nahm, mich, Victor und Amédée Masfauré. Vorher hatte er im Wald bereits Céleste und ihr Wildschwein mit Kugeln durchsiebt.«

»Wieso war der Mann in Le Creux?«, konnte Froissy ohne jedes Schuldgefühl in der Stimme fragen.

»Er war mir einfach gefolgt. Ebenso wie die beiden Brigadiers aus Saint-Aubin.«

»Und warum die Brigadiers?«, fragte auch Retancourt ohne alle Hintergedanken.

»Überhöhte Geschwindigkeit«, erwiderte Adamsberg lächelnd, »Nichtbefolgung einer Anordnung sowie Fahrerflucht.«

Mercadet warf ihm einen amüsierten Blick zu.

»Warum all diese Delikte, Kommissar?«, wagte sich Voisenet aus der Reserve, wenn auch nicht sehr laut, denn schließlich veränderte die Verhaftung des Mörders die gesamte Konstellation, und eine gewisse Zurückhaltung schien geboten. Obwohl dieser Sieg, wenn er recht verstand, ja nur einem Zufall zu verdanken war.

»Nun, damit sie mir folgten, Voisenet.«

»Ist das wahr?«

»Nein. Aber ihr Eingreifen war entscheidend. Gegenüber der Maschinenpistole hatte ich nur meine Dienstwaffe und die beiden Brüder je ein Jagdgewehr. Aber eine MP5 ist schwer, und der Mann musste seinen Angriff allein mit seinem linken Arm weiterführen, ohne dass er den Handschutz zu Hilfe nehmen konnte. Dadurch wurde er langsamer und weniger treffsicher, das war unser Glück. Doch ohne die Streifenpolizisten von Saint-Aubin hätten wir es, glaube ich, nicht überlebt«, schloss Adamsberg ohne jedes Pathos.

Estalère war fertig mit dem Kaffee-Austeilen, und jeder klammerte sich an diese Ablenkung. Niemand setzte diesmal dem unvermeidlichen Geklingel der Untertassen und der Löffel ein Ende, das sich folglich lange hinzog.

»Es war also nur ein Zufall?«, wagte Noël sich vor. »Dass der Mörder plötzlich auftauchte?«

»Sprechen Sie lauter, Noël«, sagte Adamsberg und zeigte auf sein Ohr. »Ich bin noch ganz taub von den Detonationen.«

»Zufall also? Das plötzliche Auftauchen des Mörders?«, wiederholte Noël etwas lauter.

»Durchaus nicht, Lieutenant. Ich war zu Victor gefahren, um ihm das mutmaßliche Gesicht des Mörders aufzuzeichnen. Nach all der Zeit, in der es, verborgen unter seinen Masken, in meinem Denken geschmort hatte, war es erst gestern Abend aus dem Nebel aufgetaucht.«

»Hatten Sie Anhaltspunkte?«, fragte Danglard, der nach den immerhin etwas mutigen Auftritten von Voisenet und Noël nicht stumm bleiben konnte.

»Viele.«

»Und Sie haben nicht mit uns darüber gesprochen?«

»Ich habe nichts anderes getan, Commandant. Sie kannten dieselben Fakten wie ich« – Adamsberg hob die Stimme –, »die ganze Brigade, die Sie seit meiner Abreise nach Island leiten, verfügte darüber. Ich habe Ihnen gesagt, dass sich auf dem Schachbrett Robespierre nichts bewegt, während sich doch ›das Tier von selbst bewegt‹. Ich habe Ihnen gesagt, dass man dahin gehen muss, wo die Bewegung ist. Ich habe Ihnen gesagt, dass die Fährten Sanson, Danton, Desmoulins nutzlos sind. Und vieles andere auch: Warum sollte einer es ausgerechnet auf zeitweilige Mitglieder abgesehen haben, auf episodisch in Erscheinung tretende Parasiten, wenn er wirklich die Gesellschaft erschüttern oder Robespierre treffen wollte? Und warum ein so diskretes und zugleich so kompliziertes Zeichen für die Guillotine hinterlassen? Warum diese nagelneuen Bücher über Island bei Jean Breuguel? Warum dieses hartnäckige Schweigen von Victor? Warum diese Ängste auf allen Seiten? Waren sie echt? Falsch? Warum eine Perücke aufsetzen, um Vincent Bérieux zu erhängen? Sie haben genau wie ich die Bilder vom Tatort erhalten: Warum war die Schlinge nicht in der Mitte der Garage aufgehängt, sondern seitlich? Ich habe Sie gestern sogar sofort darüber informiert: *Strick seitlich angebracht, Gewebe rau, Haare von weißer Perücke, Opfer schweigt,* habe ich Ihnen geschrieben. Diese Fakten hatten Sie alle in der Hand, genau wie ich. Aber seit einiger Zeit waren Sie ja nicht mehr in der Lage, etwas zu sehen oder zu hören. Und dabei, Commandant, bildete das alles doch ein ziemlich zusammenhängendes Gewebe, oder?«

Danglard hatte nicht die Zeit – oder die Lust – gehabt, diese einzelnen Fakten alle zu notieren, falls man denn so was wie das »sich bewegende Tier« überhaupt unter »Fakten« einordnen konnte. Justin und Froissy dagegen schrieben eilig mit, während er im Moment nur einen Schwarm Marienkäfer sah, die er, zugegeben, wohl nicht erkannt hatte, wie sie da über den trüben Hintergrund der Vallée de Chevreuse verstreut waren.

»Es waren also nicht *meine* Anhaltspunkte, Danglard«, fuhr Adamsberg fort, »sondern auch Ihre und die aller anderen.«

»Nehmen wir's mal an.«

»Nehmen wir was an? Wer von Ihnen, Danglard, Voisenet oder Mordent, die Sie über alles so gut Bescheid wissen, hat mich darauf hingewiesen, dass das Fleisch einer Robbe nicht nach Fisch schmeckt? Niemand. Sie kennen alle die Berichte von Victor und Amédée über die Tragödie in Island. Laut Amédée kommt der Mann eines Abends *bluttriefend und nach Fisch stinkend* zurück und schleppt eine Robbe an. Amédée fügt hinzu, dass Alice Gauthier eine begeisterte Erinnerung an dieses Essen bewahrt hatte, als hätten sie *einen Riesenlachs oder so was* verspeist. Und in Victors späterem Bericht über diesen wundersamen Fang ist von *mehreren Kilo Fisch* die Rede, er betont es auch noch einmal, wenn er erzählt, dass sie bei ihrer Rückkehr nach Grímsey *von Kopf bis Fuß nach Seehundfett und verfaultem Fisch stanken.* Ich habe Ihnen gesagt, dass die beiden Brüder Zeit gehabt hätten, sich über ihre Version der Geschichte zu verständigen, bevor sie mit uns sprachen. Dass es viel zu viele gleichlautende Details in ihren Berichten gäbe, der ›widerliche Kerl‹ zum

Beispiel oder der ›brennende Hosenboden‹ des Mörders. Ich habe Ihnen gesagt, Danglard, dass die Geschichte falsch ist. Haben Sie die Aussagen der beiden danach noch einmal gelesen? Nein, denn zu diesem Zeitpunkt wollte hier niemand mehr was von Island oder Le Creux hören. Dabei waren wir mit diesem Le Creux noch längst nicht am Ende unserer Untersuchungen. Wir hatten es fallengelassen, wir hatten einen Weg verfehlt, ja, wir hatten es regelrecht aufgegeben.«

Er hörte Lucios heisere Stimme: *Es gibt einen Weg, den du nicht gesehen hast … Scheint sich gut zu amüsieren, der Kerl.*

»Haben *Sie* diese Befragungen noch einmal gelesen, Kommissar?«, fragte Kernorkian in neutralem Ton.

»Ja, um die Übereinstimmungen in ihren beiden Aussagen festzustellen. Warum logen sie und worüber genau? *Der Lachs, der Fisch, der stinkende Fisch,* das kam zum Beispiel in beiden Berichten beharrlich immer wieder vor. Aber, Danglard, aber, Voisenet, Sie wissen besser als ich, dass die Robbe ein Säugetier ist und kein Fisch. Gerade durch Sie wusste ich das übrigens auch.«

»Sie verschlingt aber tonnenweise Fisch, so eine Robbe«, bemerkte Estalère. »Also stinkt sie vielleicht danach?«

Adamsberg schüttelte den Kopf.

»Das ändert nichts an der Tatsache, dass ihr Fleisch nicht nach Fisch riecht. Rindfleisch riecht ja auch nicht nach Gras.«

»Ich verstehe«, sagte Estalère nachdenklich. »Wonach schmeckt sie dann, die Robbe?«

»Irgendwas zwischen Leber und Ente. Mit einer Note von Salz und Jod.«

»Woher wissen Sie das? Haben Sie auf Grímsey Robbe gegessen?«

»Nein, ich habe danach gefragt.«

Adamsberg lief ein paar Meter in die eine, dann in die andere Richtung.

»Und schließlich«, fuhr er fort, »habe ich Ihnen hundertmal gesagt, dass diese Ermittlung von Anfang an die Form eines monumentalen Knäuels trockener Algen angenommen hatte.«

Was nun ganz und gar kein »Fakt« ist, dachte Danglard, während Justin sogar das mitschrieb.

»Und dass man in ein derartiges Gewirr nicht geradlinig und schnell eindringen kann. Wir bekamen nur winzige Bruchstücke dabei zu fassen und rannten doch unaufhörlich weiter in neue Fallen. Anhaltspunkte, ja, die hatten wir, aber sie waberten zu Dutzenden unter der Wasseroberfläche, ohne erkennbaren Zusammenhang, ungleich, nebulös, verworren. Bewusst verwirrt von diesem undurchsichtigen, unerbittlichen Mörder. Es brauchte einen ernsthaften Auslöser, damit dieser ganze Wust nach oben kam, an die Luft. Und sein Gesicht erkennbar wurde.«

»Das des Mörders?«, fragte Estalère sicherheitshalber.

»Das des Mörders.«

»Und Sie es noch vor uns Victor zeigten.«

»In der Tat, Danglard. Weil Victor den Mörder kannte.«

»Wie das?«

»Weil er an der Seite von Masfauré regelmäßig in die Gesellschaft ging. Ich brauchte seine Aussage, und ich habe sie bekommen. Nein, es war Amédée, der die Schleusen geöffnet hat. Ich bin mir nicht sicher, ob Victor geredet hätte. Aber Amédée vertraute mir, er hatte seinen Gefährten aus der Kindheit und seinen Bruder wiedergefunden.«

»Sodass es am Ende nicht sinnlos gewesen war«, sagte Veyrenc, »noch einmal zur Ferme du Thost zu fahren.«

»Und welchen Auslöser meinen Sie?«, fragte Mordent, dessen Reiherhals heute eingezogen war, verkürzt, geschützt von den grauen Federn seines Rollkragens. »Der den Wust nach oben steigen ließ?«

»Das Geräusch eines Stocks, der auf den Boden hämmert. Und das auch Sie hätten bemerken können, Danglard. Sie waren an jenem Abend mit mir im Konvent. Aber Sie waren schon nicht mehr richtig da, an Ihnen nagte ja nur noch Ihre Wut über meine Abreise nach Grímsey.«

»Was meinen Sie?«, fragte Voisenet.

»Gestern Abend saß Veyrenc da und ließ seine Krücke immerzu auf den Boden fallen. In dem Moment stieg das ganze Zeug mit einem Schlag aus dem Trüben hoch ins klare Wasser. Zwangsläufig. Obwohl ich anfangs ja noch Fouché gesehen habe. Aber es genügte, den Blickwinkel etwas zu erweitern.«

Danglard fühlte sich völlig verloren. Adamsbergs Worte ergaben für ihn keinen Sinn. Er brauchte eine klare, eindeutige Antwort, er hatte den Kommissar im Verdacht, dass er sich einen Spaß daraus machte, sie durch die Nebel seiner persönlichen Insel zu scheuchen.

»Dieser Mörder aus der Robespierre-Gesellschaft«, sagte er mit Bestimmtheit. »Wer ist es, Kommissar?«

»Nun, der Mörder von Island, Commandant.«

Bedrücktes Schweigen machte sich breit, ratlose Seufzer, Geräusche von leeren Tassen, von Stiften, die abgelegt wurden, auf denen man herumkaute, und Estalère hielt es für angebracht, eine zweite Runde Kaffee zu servieren. Entgegen dem, was viele unter ihnen denken mochten, hatte Estalère die komplexe Entwicklung des Widerstands, der sich gegen Adamsberg aufgebaut hatte, sowohl in seinen ernsten Hintergründen als auch in seinen belanglosen Seiten sehr wohl mitgekriegt.

»Der Mörder«, fuhr Adamsberg fort, »den wir auf der kleinen Fuchsinsel gesucht haben. Dort, wo alles begonnen hat. Dort, so hatte ich Ihnen gesagt, wo noch das Flackern einer Bewegung zu spüren war. Denn das hatte ich Ihnen doch gesagt, nicht wahr? Einer Bewegung, die sich in kleinen Wellen fortgesetzt hat bis zu dem Überfall auf Vincent Bérieux und schließlich auf uns gestern Abend.«

»Sein Name?«, fragte Danglard, der den vorwurfsvollen Unterton in Adamsbergs gleichförmiger Stimme sehr wohl heraushörte.

»Charles Rolben, ein hoher Beamter, nichts Geringeres als das. Sechs Morde und fünf Mordversuche.«

»Wen zählen Sie zu den sechs?«, fragte Noël und zog den Reißverschluss seines Blousons auf, vielleicht ein unbewusstes Zeichen der Öffnung.

»Auf der Insel der ›Legionär‹ Éric Courtelin und Adélaïde Masfauré. Hier Alice Gauthier, Henri Masfauré, Jean Breuguel, Angelino Gonzalez. Die Mordversuche: Vincent Bérieux, die beiden Brüder Masfauré und ich selbst. Überfall auf Céleste, schwere Verletzungen. Und Marc«, fügte er hinzu.

»Eine beeindruckende Liste«, fasste Mercadet zusammen.

»Abgesehen von den Leuten auf der Insel und Céleste«, sagte Danglard, »waren sie alle Mitglieder der Robespierre-Gesellschaft.«

»Aber das ist uns doch scheißegal, Danglard!«, fuhr Adamsberg auf. »Wollen Sie denn noch immer nicht begreifen? Sie gehörten alle zu der Gruppe der Touristen, die auf Island in den Nebel gerieten! Jean Breuguel: der ›Führungskader‹, den Victor uns beschrieben hat! Der, der sich auf den Stein legte und lachte. Angelino Gonzalez: der ›Spezialist für

Kaiserpinguine‹! Vincent Bérieux, den Victor für einen Skilehrer hielt! Alle gehörten sie zu dieser Gruppe! Und alle hatten sie ihre Reisegefährten gegessen. Ist das etwas so Belangloses, Danglard? War es nicht sogar kolossal? Und war das nicht auch der Weg, den zu verfolgen Sie mir vorgeworfen haben?«

Danglard schob seine Notizen von sich und goss sich ein Glas Wasser ein. Der Commandant gab auf, und alle begriffen es. Auf diesen Wendepunkt hatte Adamsberg gewartet, um die Dinge nun etwas klarer darzustellen, so er es denn vermochte.

»Wenn es also Island war«, sagte Mordent, »wie haben Sie da das Gesicht des Mörders von der Insel zeichnen können? Eines Unbekannten, dieses Charles Rolben?«

»Weil wir ihn kannten, Mordent. Er war in der Robespierre-Gesellschaft immer präsent wie alle anderen.«

»François Château?«

»Nicht Château, Commandant. Sondern der Mann, der Angst hatte. Der, der unseren Schutz verlangte.«

»Lebrun«, sagte Retancourt.

»Lebrun. Lebrun, der Gewaltmensch, der Sanguiniker, der Brutalo, der Egozentriker, der sich unter seiner Schminke, seinen Bärten und seinen Perücken immer so gut zu tarnen verstand. Und unter seinen nichtssagenden Gesichtszügen, die er nach Belieben verändern konnte. Der ›Fiesling‹, wie Amédée ihn nannte. Erinnern Sie sich an ihn, Danglard, in der Rolle von Couthon? Sah er da auch noch so nichtssagend aus? Und zeigte er sich nicht ehrlich beeindruckt von der Grausamkeit eines Leblond-Fouché?«

Danglard nickte kurz.

»Und erinnern Sie sich, dass Lebrun an jenem Abend, als er im Rollstuhl des gelähmten Couthon saß, seinen Stock mehrmals auf den Boden stieß? Erinnern Sie sich, dass der Inselmörder dasselbe mit seinem Stock tat, mit dem er das Eis prüfen wollte? Nur einer der Gründer der Gesellschaft konnte auf den Gedanken kommen, vor zehn Jahren an diesem Ort die Überlebenden von der Insel zu diesen sich zwangsläufig ergebenden Treffen zu beordern. Um sie zu taxieren, ihre Schwächen, ihre Schwachstellen zu beobachten. Eine geniale Idee: sie auf seinen Befehl in Abständen immer wieder zu sehen, aber in einem Rahmen, wo man geschminkt, kostümiert und vor allem anonym war. Wer würde sie dort jemals bemerken? Und vor allem, vor allem – wenn einer dieser ›Eingeschleusten‹ oder mehrere oder sogar alle ums Leben kamen, würde die Polizei dann in Island suchen? Oder nicht vielleicht eher in der Umgebung von *Robespierre,* dessen Person noch immer solche Leidenschaften auslöst? Natürlich bei Robespierre. Und dahin sind wir auch gerannt, ich als Erster.«

»Wenn er uns aber«, warf Veyrenc ein, »von der Island-Spur ablenken und uns dorthin manövrieren wollte, warum hat er dann nicht ein eindeutigeres Zeichen benutzt? Ein leichter lesbares?«

»Darin liegt ja das Geniale, Veyrenc. Gib den Bullen oder wem auch immer einen allzu klaren Hinweis, und sie bleiben lustlos, misstrauisch. ›Zu plump, um wahr zu sein‹, ›eine Falle‹, würde man sich sagen, eine zugeschobene, also verdächtige Karte. Aber zwinge sie nachzudenken, lass sie glauben, dass sie, die Bullen, allein kraft ihrer Intelligenz die Bedeutung des Zeichens erkannt haben, und sie werden sich wie die Verrückten auf ihre Entdeckung stürzen. Je mehr man sich anstrengen muss, desto mehr hängt man an einer Sache. Falls es uns nicht gelungen wäre, das Zeichen zu entschlüsseln, hätte uns der Brief von François Château, ein ehrlicher, aufrichtiger Brief, geradewegs auf die Robespierre-Spur geführt. Niemand gab an, dieses Zeichen zu kennen, und sie sagten alle die Wahrheit, außer Lebrun, der es erfunden hatte. Für uns und nur für uns. Es war weder allzu klar noch allzu vertrackt. Irgendwas dazwischen. Und nachdem die Nachricht von den drei Morden in den Zeitungen erschienen war, hat Lebrun Château natürlich gedrängt, uns einzuschalten. Ja, noch besser. Für den Fall, dass wir versucht gewesen sein sollten, uns noch eine Weile in Island aufzuhalten, hat er diese drei neuen Bücher in Breuguels Bibliothek gestellt. Nagelneu! Was uns alle zu dem Schluss verleitet hat, er wollte uns mit der Insel auf eine falsche Fährte locken. Ah, der Kerl hat einen Fehler gemacht, dachten wir wie die Einfaltspinsel. Aber dieser ›Fehler‹ war natürlich Absicht. Was gab es Besseres, um uns zu veranlassen, dass wir Island aufgaben? Und wir sind auch darauf hereingefallen. Alle. Gefangen im Dunstkreis der Robespierre-Gesellschaft, wo sich – ich sage es noch einmal – nichts bewegte. Und warum? *Weil dort nichts passierte.* Lebrun hatte uns in der Hand mit diesem Schachbrett mit den fast siebenhundert Spielern, auf dem sich jedoch keine Figur bewegte. Denn die wahren Figuren bewegten sich woanders. Und vor diesem toten Schachbrett wären wir stehen geblieben bis zum Schluss, ohne einen Ausweg zu finden, weil es gar keinen gab.«

»Bis alle Teilnehmer der Island-Gruppe umgebracht gewesen wären«, sagte Mercadet.

»Und ohne dass der Mörder uns auch nur in Gedanken erschienen wäre«, gab Voisenet zu.

»So ist es, Lieutenant. Lebrun? Der unterhaltsame Lebrun? Der uns auch noch tatkräftig unterstützte, indem er uns auf die ›Gruppe der Nachfahren‹ hinwies? Diese Leute, die uns nichts gebracht haben? Der sogar ein bisschen mit dem Feuer spielte, wenn auch ohne Risiko, so wie man mit dem Finger durch eine Kerzenflamme streicht, als er uns die Gruppe der ›Eingeschleusten‹ anbot, denen er angeblich misstraute. Die Gruppe der ›Eingeschleusten‹, die nichts anderes war als die Gruppe der ›Isländer‹, die er zweimal im Jahr in die Konventssitzung bestellte, um sie zu sondieren und ihnen erneut das Schweigegebot aufzuerlegen.«

»Das mit der Kerze verstehe ich nicht«, sagte Estalère.

»Ich erkläre es dir«, sagte Adamsberg. »Durchs Feuer, ohne sich zu verbrennen. Wer diese Eingeschleusten seien?, fragte sich Lebrun. Leute, die sich an Robespierre rächen wollten? Royalisten? Spione? Die Robespierre auch beseitigt hätte? Dachte er das in seinem Wahn? Warum nicht? Der arme Lebrun, der am Ende selbst solche Angst bekam. Und wir haben ihm geglaubt.«

»Scheiße«, sagte Voisenet, der in diesem Augenblick wieder ganz der Alte war. »Wir haben uns von Anfang bis Ende wie Billardkugeln hin und her schieben lassen.«

»Nicht bis zum Ende, Voisenet. Bis zu dem Punkt, wo die Unbeweglichkeit anormal und verdächtig wurde. Bis wir uns so lange im Kreise gedreht hatten, dass wir uns fragen konnten, ob es noch einen anderen Weg gibt. Oder eine vergessene, verdunkelte, aufgegebene Spur. Und da gab es nur eine.«

»Island«, gab Noël zu, und wieder einmal musste Adamsberg den Mut dieses Flegels Noël bewundern, der ohne Scham kapitulierte.

»Eins noch«, sagte Adamsberg. »Als Lebrun in meiner Abwesenheit hier war, um noch einmal Schutz für sich zu fordern, hat er da auf irgendeine Weise erfahren, dass ich in Island war? Ich weiß nur, dass man ihm gesagt hat, ich sei in Familienangelegenheiten unterwegs.«

Danglard hob langsam einen schlaffen Arm. Alles schwieg.

»Ich war's«, sagte er. »Während ich mit ihm über seinen Personenschutz verhandelte, habe ich was darüber fallenlassen.

»Was genau, Danglard?«

Der Commandant hatte den Mut, den Kopf zu heben, ganz wie Danton, so sagte er sich, auf dem Weg zum Schafott.

»Ich habe ihm gesagt, wir täten in Ihrer Abwesenheit, was wir könnten, Sie seien zu Ihrer Entspannung nach Island gereist.«

»Das ist nicht gerade wenig, Danglard.«

»Nein.«

»Allein wegen dieser Information ist er hergekommen, nachdem er meinen Wagen vor meiner Tür hat stehen sehen. Er hat mir seit Beginn der Ermittlung nachspioniert, hat alle meine Bewegungen verfolgt. Und diese Information haben Sie ihm in Ihrer Verbitterung geliefert. Stellen Sie sich nun seine Reaktion vor: Ich bin nach Island zurück! Genau auf die Fährte, die er zu verwischen suchte, indem er uns zu dem unergründlichen Robespierre-Kreis hinlenkte. Da überfällt er Vincent Bérieux. Bérieux, den namenlosen ›Radprofi‹ von der Gesellschaft, den ›Skilehrer‹ von der Fuchsinsel. Er setzt sich eine Perücke auf und versucht ihn zu erhängen. Warum mit Perücke? Um uns auf Biegen und Brechen zu Robespierre zurückzuführen. Ja, er tut noch mehr. Denn er bringt die Schlinge seitlich an, ganz nah bei einer Kette, an die Bérieux sich klammern kann, und dicht an einem Wandregal, auf dem er sich mit dem Fuß abstützen kann. Das Seil ist rau, zu rau, als dass die Schlinge gut gleiten wird. So denkt er, dass Bérieux als durchtrainierter Sportler sich da herauswinden wird. Und in der Tat, Berieux schafft es.«

»Er erhängt ihn und verschont ihn gleichzeitig?«, sagte Kernorkian. »Was hat das für einen Sinn?«

»Dass Bérieux aussagen kann, dass sein Angreifer eine Perücke aus der Revolutionszeit trug. Damit wir nicht von Robespierre ablassen.«

»Verstanden«, sagte Estalère, konzentriert auf den Innenseiten seiner Wangen herumkauend.

»Na klar«, seufzte Mordent.

»Und in weiser Voraussicht lässt Lebrun eine Strähne aus seiner Perücke auf dem Boden zurück für den Fall, dass sein ›Erhängter‹ tatsächlich dabei umkommen sollte. Aber Bérieux überlebt, und Bérieux spricht von dieser Perücke, ohne auf weitere Einzelheiten einzugehen. Er tut es aus demselben Grund wie sein Angreifer: damit wir an der Robespierre-Gesellschaft dranbleiben und von Island nie mehr die Rede sein wird. Damit wir niemals herausfinden, dass er wie alle anderen seine Reisegefährten gegessen hat. Er hat zu mir gesagt, er ginge zu den Sitzungen ›aus Leidenschaft für Robespierre‹, und natürlich war das gelogen. Er ging dorthin, weil er genauso wie die anderen hinbestellt war.«

»Na klar«, wiederholte Mordent mit einem noch tieferen Seufzer.

»Alles wäre so perfekt gelaufen, wie Lebrun es sich vorgestellt hat: Die Perücke hätte uns nach einem Typen suchen lassen, der so verrückt ist, in einem Kostüm aus dem 18. Jahrhundert Menschen zu ermorden. Und an welchen hochrangigen Verrückten aus der Gesellschaft konnten wir nur denken? An welchen Verrückten mit weißer Perücke?«

»Robespierre«, sagte Retancourt.

»Gegen den wir früher oder später Anklage erhoben hätten. Ein Nachfahre des ›Unbestechlichen‹, ein Typ mit zerstörter Kindheit, schwer geschädigt durch einen frömmelnden Großvater, ein Typ, der seine Rolle spielt, als wäre er von ihr besessen, ja, wir hatten alles, was wir brauchten, um aus ihm einen Psychopathen, einen Wahnsinnigen, einen Mörder zu machen. Da hat uns Lebrun-Rolben mit Sicherheit die Hand geführt. Vergessen Sie nicht, dass er Bérieux an einem Abend aufgehängt hat, für den François Château, der noch im Hotel arbeitete, kein Alibi besaß.«

»Er schickte seinen Freund auf die Guillotine«, sagte Froissy.

»Solche Leute haben keine Freunde, Froissy.«

»Und warum«, sagte sie und hob die Nase von ihrem Bildschirm, »hat er sich nach Alice Gauthier zuerst auf Masfauré gestürzt? Warum nicht auf Gonzalez oder Breuguel?«

»Weil wir, nachdem wir erst einmal auf die Robespierre-Gesellschaft angesetzt waren, erfahren sollten, dass Masfauré deren großer Geldgeber war. Weil wir wissen sollten, dass der Anschlag der Gesellschaft galt und nicht dem Island-Reisenden.«

»Na klar«, sagte Mordent noch einmal schnaubend. »Dennoch, auf Sie zu schießen war gewagt.«

»Nicht mehr als auf einen anderen. Er fürchtete, dass Amédée, ein wackliger Stein im Gebäude, unter dem Sperrfeuer meiner Fragen am Ende nachgeben würde. Und dann fahre ich auch noch gleich nach meiner Rückkehr aus Island zu den beiden Brüdern hinaus. Folglich hatte ich da oben etwas gefunden. Und auf die eine oder andere Weise in Erfahrung gebracht, was wirklich auf der warmen Insel geschehen war. Als ich gestern Abend mit dem Wagen losfahre, folgt er mir. Ich schlage die Strecke nach Le Creux ein, das bestätigt seine schlimmsten Befürchtungen. Diesmal kann er uns nicht am Leben lassen. Er ist bereit. Er nimmt die schnellste Verbindung und ist mir bald voraus, während ich mich über die Landstraßen schlängele, um die Gendarmen abzuhängen. Durch die Löcher im Maschendraht, der den Wald umgibt, kommt er aufs Gelände, räumt nebenbei noch Céleste und Marc aus dem Weg und kommt geradewegs auf uns zu.«

»Und Sie haben die Schüsse im Wald nicht gehört?«, fragte Voisenet.

»Es ist fast zwei Kilometer entfernt, und der Wind kam aus östlicher Richtung. Wenn Lebrun nichts von meiner Reise nach Island erfahren hätte, Danglard, hätte er sich seine Schüsse aufgehoben, denn nun war er sich sicher, dass wir uns auf die Robespierre-Gesellschaft kaprizieren würden bis hin zur Verhaftung von François Château. Wir hätten ihn uns am Montagabend beim Verlassen des Parkhauses reibungslos geschnappt. Er hätte Céleste nicht verletzt, er hätte nicht auf uns geschossen. Ich muss Sie alle daran erinnern, dass keine persönliche Auskunft über einen Mitarbeiter der Brigade jemals an einen Unbekannten weitergegeben werden darf. Selbst wenn er nur mal pinkeln gegangen ist oder dem Kater was zu fressen gibt. Und auch dann nicht, wenn dieser Unbekannte sympathisch erscheint oder hilfsbereit oder verängstigt ist. Tut mir leid, Danglard.«

Danglard ließ einen kurzen Moment verstreichen, dann stand er auf; er hatte mit einem Schlag seine schlichte, würdevolle Eleganz wiedergefunden. Adamsberg, der jeden Überschwang und alles Feierliche hasste, ging leicht auf Distanz, aber Danglards Gesichtsausdruck ließ keinerlei Neigung zum Pathos erkennen.

»Ich möchte Ihnen meinen Glückwunsch aussprechen«, sagte er ruhig. »Ich selbst habe einen schweren Fehler begangen, der zum Tod von vier Menschen, darunter Ihnen, hätte führen können, ja sogar führen müssen. Weshalb ich Ihnen noch heute Abend meine Demission unterbreiten werde.«

»Heute Abend geht nicht«, erwiderte Adamsberg, als schlüge er eine Einladung zum Essen aus, »weil Sonntag ist, und sonntags lese ich nicht. Es geht auch morgen nicht, wir müssen uns an den Bericht machen, da brauche ich Ihre Feder. Auch danach ist es unmöglich, denn ich habe drei Wochen Urlaub beantragt. Folglich werden Sie in der Zeit die Brigade leiten.«

Um wohin zu fahren?, fragte sich Danglard. In seine Pyrenäen natürlich, um die nackten Füße in das grüne Wasser des Gave de Pau zu tauchen.

»Ist das ein Befehl?«, fragte Mordent, und sein Hals schraubte sich aus seinen Schultern.

»Es ist einer«, bestätigte Adamsberg.

»Es ist ein Befehl«, flüsterte Mordent Danglard zu.

»Nun machen Sie schon, dass Sie wegkommen«, sagte Adamsberg sanft. »Es ist Sonntag.«

Veyrenc fasste Adamsbergs Arm, als er sich schon zur Tür wandte.

»Trotzdem«, sagte er, »ohne die beiden Brigadiers hättest du dran glauben müssen.«

»Nicht unbedingt. Denn wen ein Afturganga gerufen hat, den lässt er nie im Stich.«

»Stimmt, das hatte ich vergessen.«

»So gesehen«, murmelte Danglard, der hinter ihnen ging, »hat der Afturganga auch die Gendarmen von Saint-Aubin gerufen.«

»So gesehen«, sagte Adamsberg, »war das nach langer Zeit mal wieder eine exzellente Beobachtung von Ihnen, Commandant. Ich kann beruhigt fahren.«

47

Nachdem sie miteinander zu Abend gegessen hatten, liefen Adamsberg und François Château durch den fast verlassenen Park der Île de la Cité und um das Reiterstandbild von Henri Quatre herum. Château rang noch mit dem Entsetzen und der heißen Wut, in die Adamsbergs Äußerungen über seinen Sekretär Lebrun-Rolben ihn gestürzt hatten.

»Sich das vorzustellen, ein kannibalischer Staatsanwalt. Charles! Charles, der andere Leute ersticht, um sie zu verschlingen! Nein, ich fasse es nicht, ich kann es mir einfach nicht vorstellen.«

Den Satz hatte Château in der einen oder anderen Form wohl schon ein Dutzend Mal wiederholt. An diesem Abend war er wirklich Château und nicht Robespierre. Das Medaillon trug er heute nicht, davon war Adamsberg überzeugt.

»Hat er gesprochen?«, fragte Château.

»Er lehnt es ab, auch nur ein einziges Wort zu sagen. Der Arzt diagnostiziert einen Zustand … Eine Sekunde, Château, ich habe es mir aufgeschrieben … ›Einen Zustand zerstörerischer Wut‹«, sprach Adamsberg nach einem Blick in sein Notizbuch weiter, »›mit extremen Manifestationen von Frustration und Abscheu, die sich zweifellos aus einer psychopathischen Veranlagung herleiten.‹ Er hat alles, was er konnte, in seinem Zimmer zerschlagen, Fernseher, Telefon, Fenster, Nachttisch, er steht unter Beruhigungsmitteln. So viel Gewaltbereitschaft, haben Sie die nie an ihm bemerkt?«

»Nein«, sagte Château und schüttelte den Kopf, »nein. Obwohl …«, er zögerte.

»Wie war er als Staatsanwalt?«

»Einer von denen, die man ›erbarmungslos‹ nennt. Ich wollte solchem Gerede nicht allzu viel Aufmerksamkeit schenken, es verwirrte mich.«

»Inwiefern?«

»Weil er eine ausgeprägte Vorliebe für das Revolutionstribunal von Robespierre hatte. Es war mitunter schon recht verstörend. Er sagte zum Beispiel gern, dass im Vergleich dazu unsere Gerichtshöfe die reinsten Kaffeekränzchen wären.«

»Waren Sie Freunde?«

»Kollegen. Er wahrte immer Distanz. Er hatte, nun ja, einen ausgeprägten Sinn für gesellschaftliche Distinktion. Ich war nur Buchhalter und er Staatsanwalt. In dem Milieu, in dem er tätig war, verkehrte er mit den sogenannten hochrangigen Persönlichkeiten, also aus Politik und Finanzwelt. Er gab prunkvolle Empfänge, sagte mir Leblond, in seiner Villa in Versailles, wo sich Leute aus den besten Kreisen trafen. Oder auch den schlimmsten, nicht wahr?«

»Leblond war dazu eingeladen?«

»Er ist ein namhafter Psychiater, praktiziert im Krankenhaus von Garches.«

»Dort, wo Lebrun uns bat, ihn zu beschützen.«

»Das war reine Usurpation.« Château zuckte mit den Schultern. »Charles war nie Psychiater. Das hat er zu Ihnen gesagt?«

»Ja.«

»Es ist insofern nicht ganz falsch, als das Gebiet ihn faszinierte. Er wollte die Menschen ›erahnen‹, er bestürmte Leblond mit Fragen: Könnte man an diesem oder jenem Zeichen, an einer Geste, einem Ausdruck, einem Tonfall die Fragilität eines Menschen erkennen? Eine Depression, Reuegefühle? Die Schwachstellen der anderen, das war es, was ihn interessierte. Und wenn er Leblond zu seinen Soireen einlud, dann erteilte er ihm Aufträge. Einen Politiker, einen Bankier, einen Industriellen zu beobachten und ihm Bericht darüber zu erstatten. Leblond gefiel das überhaupt nicht, er sagte ihm, er sei Arzt und kein Seelenschnüffler, doch Charles konnte einen sehr dominanten Einfluss auf einen haben. Man gehorchte ihm eben. Aber manchmal«, hier lächelte Château, »war ich es, den er fürchtete, oder schlimmer noch, den er gezwungen war zu bewundern.«

»Wenn Sie Robespierre waren?«

»Genau, Kommissar. Er war fanatischer Robespierre-Anhänger. Nur eins warf er ihm vor: seine berühmte Tugendhaftigkeit. Die Tatsache, dass Robespierre bei keiner einzigen Hinrichtung zugegen sein wollte. Seine Abneigung gegen Blut. Er war der Meinung, das sei lumpige Heuchelei gewesen. ›Laienhafte Analyse, mein Freund‹, erklärte Leblond ihm dann. Aber Charles ließ sich davon nicht abbringen. Er hätte gewollt, dass Robespierre ein Mann der Aktion gewesen wäre, nicht des Kabinetts, er hätte ihn sehen wollen, wie er selbst die Leute enthauptete und mit dem Volk durch die Straßen rannte, wie er die Köpfe aufspießte, wie er persönlich aufs Schafott stieg, um das Fallbeil zu betätigen. Heute versteht man es: Er, Charles, liebte das, das Blut, die Exekutionen, die Massaker. Und sich selbst. Was bedeuteten schon zwei Menschenleben, dort in Island, wenn nur er überleben würde? Aber warum hat er sich nun so viele Jahre später darangemacht, sie alle der Reihe nach zu töten? Hat ihn die Mord-Furie gepackt?«

»Eine Selbstschutz-Furie, Château. Alice Gauthier hatte

ein Geständnis abgelegt, seitdem war das Gleichgewicht der Island-Überlebenden erschüttert. Amédée Masfauré konnte reden und sein Vater damit auch. Ebenso Victor. Die Kontrolle über die Gruppe entglitt ihm. Da hat er beschlossen, ein für alle Mal mit ihnen Schluss zu machen.«

»Ich kann es nicht fassen«, wiederholte Château wohl zum dreizehnten Mal. »Sechs Morde, und um ein Haar elf. Wie geht es dieser Frau, auf die er im Wald geschossen hat wie ein erbärmlicher Fouché?«

Adamsberg schwieg einen Moment lang.

»Die Prognosen sind zurückhaltend, so heißt es.«

»Das tut mir sehr leid. Nachdem der Konvent im Juli das letzte Mal tagen wird, das sind die Sitzungen vom 8. und 9. Thermidor, löse ich die Gesellschaft auf.«

»Sie hatten mir gesagt, dass Ihre Mittel – die Ihnen von Masfauré zugeteilt wurden, aber auf Befehl von Charles Rolben, das können Sie sich ja denken – Ihnen erlauben, Ihre Recherche zum Abschluss zu bringen.«

»Unwichtig, Kommissar, es wäre unanständig weiterzumachen. Der Vorhang ist gefallen. Sobald man im Übrigen erfahren wird, wer Charles war, was er getan hat und in welcher Gesellschaft er als Sekretär tätig war, wird der Skandal uns ohnehin davonfegen. Die Seite ist umgeblättert.«

Château setzte sich auf eine Bank, die Beine ausgestreckt, aber den Rücken dennoch gerade aufgerichtet, und Adamsberg zündete sich im Halbdunkel eine Zigarette an.

»Warum nicht?«, sagte Adamsberg. »Warum es nicht auf andere Weise leben?«

»Was leben?«

»Robespierre. Nicht wahr, Sie tragen die Zähne heute Abend nicht?«

»Welche Zähne?«

»*Seine* Zähne. Die von dem Chirurgen in der Nacht des 10. Thermidor aufbewahrt und später an Éléonore Duplay weitergegeben wurden, von ihr an François-Didier Château und so fort von männlichem Nachkommen zu männlichem Nachkommen bis hin zu Ihnen. Der Sie von dem mutmaßlichen Sohn Robespierres abstammen.«

»Sie fantasieren, Kommissar.«

»Da«, sagte Adamsberg und legte einen Finger auf Châteaus Brust. »Da tragen Sie sie, in einem Medaillon. Und dann tritt *er* in Sie ein. Er wirft François Château mit Leib und Seele hinaus und kehrt zurück, er allein, ohne Sie.«

Château streckte die Hand nach einer Zigarette aus, ihr Aussehen schien ihn nicht mehr zu stören.

»Wozu sich noch immer dagegen sträuben?«, sagte Adamsberg, während er ihm Feuer gab. »Die Geschichte vollendet sich.«

»Was kann Ihnen das bedeuten? Ob es diese Zähne gibt oder nicht? Ob ich sie trage oder nicht? Ob *er* von mir Besitz ergreift oder nicht? Was interessiert Sie das?«

»Mein Interesse könnte diesem François Château gelten. Der am Ende ›mit Leib und Seele‹ von *ihm* verschlungen werden wird, und warum auch nicht? Aber ich glaube, heute Abend ertrage ich keine weiteren Verschlingungen mehr.«

»Es gibt keine Lösung«, sagte Château düster.

»Lassen Sie eine DNA-Analyse machen. Von den Zähnen und Ihnen selbst. Dann haben Sie die Antwort. Dann werden Sie endlich wissen, ob Sie tatsächlich von ihm abstammen oder ob die ledige Mutter im Jahr 1790 sich nur damit gerühmt hat, von dem großen Mann schwanger zu sein.«

»Niemals.«

»Haben Sie Angst?«

»Ja.«

»Sein Nachkomme zu sein oder es nicht zu sein?«

»Vor beidem.«

»Ängste, die im Zweifel wuchern wie Pilze in einem Keller, können nur durch sichere Gewissheit ausgeräumt werden.«

»Das hört sich so einfach an, Kommissar.«

»In der Tat. Aber dann werden Sie's wissen, und das wird vieles verändern.«

»Ich möchte gar nicht vieles verändern.«

»Es werden dann historische Fakten sein«, fuhr Adamsberg fort. »Wie auch immer die Antwort ausfällt, Sie werden sich auch weiterhin unter der Erscheinung von Robespierre produzieren können, wenn Ihnen danach ist. Aber Sie werden wissen, wer *er* ist und wer François Château. Das ist immerhin etwas. Und die Zähne, die bringen Sie dahin, wo sie hingehören: zum Volk, würde Robespierre sagen. Geben Sie sie dem Volk zurück. Ins Musée Carnavalet, wo sie nur eine kümmerliche Strähne von seinem Haar besitzen.«

»Niemals«, sagte Château noch einmal. »Niemals, verstehen Sie?«

Adamsberg drückte seine Zigarette aus und stand auf, um von Neuem um den Sockel von König Henri zu kreisen.

»Ich gehe«, sagte er schließlich, als er zur Bank zurückkam.

Er überließ Château seinem schweren Schicksal und ging über die Brücke auf das linke Flussufer hinüber, atmete den Geruch der Seine, stützte sich auf die Brüstung, um sie fließen zu sehen, schmutzig, heruntergekommen, aber noch immer ein mächtiger Strom. Eine Viertelstunde verging, vielleicht auch mehr. Château stand plötzlich neben ihm auf das Mäuerchen gestützt, nicht fröhlich, aber doch ein wenig gelassener und mit einem vagen Lächeln um den Mund.

»Ich werde sie machen lassen, Kommissar. Diese DNA-Analyse.«

Adamsberg nickte. Dann richtete Château sich zu seiner ganzen Stocksteifigkeit auf – die er immer behalten würde – und reichte ihm die Hand.

»Danke, Citoyen Adamsberg.«

Es war das erste Mal, dass Château ihn mit seinem Namen und nicht seinem Titel ansprach.

»Möge das Leben dir wohlgesinnt sein, Citoyen Château«, entgegnete Adamsberg. »Und mögen deine Nachkommen Töchter sein.«

Adamsberg ging zu Fuß nach Hause. Bevor er den kleinen Sperrbalken öffnete, sah er auf seine Handfläche. Es ist nicht jedem gegeben, Robespierre die Hand zu reichen.

48

Adamsberg hatte mit seiner Abreise gewartet, bis er erfreulichere Nachrichten von Céleste hatte, und Danglard hatte ihn zum Flughafen gefahren. Sie trennten sich am Flugsteig. Tags darauf würde der Commandant allein mit dem Verhör des Mörders Charles Rolben beginnen müssen.

»Wie an ihn herangehen«, sagte Danglard, »welchen Weg einschlagen, welche Taktik wählen, das bereitet mir noch Sorgen.«

»Kein Grund dazu, Danglard. Rolben ist grausam und ohne Gewissen, es ist folglich sinnlos, sich eine Taktik zu überlegen. Er wird nie kapitulieren, weder unter dem Eindruck von Sanftheit noch von Geistesschärfe noch von Feingefühl noch von Gewalt und auch nicht von Ihrem Weißwein. Er ist Herr der Gewalt, erwarten Sie nichts von ihm. Begnügen Sie sich damit, ihm unsere Beweise und unsere Zeugen aufzuzählen. Nur eins wird ihn vielleicht ausrasten lassen. Wenn Sie gar keine große Notiz von ihm nehmen, während Sie mit ihm reden, so als wäre er kaum von Bedeutung. Halten Sie mich auf dem Laufenden. Werden Sie Céleste besuchen?«

»Heute Nachmittag.«

»Dann geben Sie ihr das hier zurück« – Adamsberg zog die Pfeife aus seiner Tasche –, »das wird ihre Lebensgeister wecken. Und sagen Sie ihr, dass Marc wohlbehalten wieder auf dem Gestüt angekommen ist.«

Nachdem Adamsberg durch das Gate gegangen war, blieb Danglard noch eine Weile allein in der großen Halle zurück, in der Hand die Pfeife und die Marienkäfer, die dazugehörten. Er wollte den Start der Maschine abwarten, bevor er zurückfuhr. Dort würde jetzt Frühling sein, das Gras würde sich wieder aufrichten und grün werden. Der Commandant hatte seine Uhr im Blick.

9.40 Uhr. Danglard nickte. Das Flugzeug startete in Richtung der Insel Grímsey.